Excalibur

Herausgegeben von
Melissa Andersson
und
Gerd Rottenecker

Die Chroniken von Deverry im Droemer Knaur Verlag:

1. *Der Wanderer von Deverry* (Band 70121)
2. *Die Ausgestoßenen von Deverry* (Band 70122)
3. *Dämmerung über Deverry* (Band 70123)
4. *Der Magier von Deverry* (Band 70124)
5. *Zeit der Verbannung* (Band 70125)
6. *Zeit der Omen* (Band 70126)

Weitere Bände in Vorbereitung.

Katharine Kerr

DIE CHRONIKEN VON DEVERRY

5

Zeit der Verbannung

Ins Deutsche übertragen von
Regina Winter

Knaur

Die amerikanische Originalausgabe erschien 1991
unter dem Titel »A Time of Exile« bei Bantam Spectra, New York

Besuchen Sie uns im Internet
www.droemer-knaur-de.

Deutsche Erstveröffentlichung 7/99

Umschlagkonzept: Melissa Andersson
Umschlaggestaltung: Agentur Zero, München
Umschlagillustration: Keith Parkinson, »Yvgenie«
Karte: Dieter Jüdt, Trier
Lektorat: Michael Ballauff & Harald Jösten/Kiel
Satz: Ventura Publisher im Verlag
Druck und Bindung: Clausen & Bosse, Leck
Printed in Germany
ISBN 3-426-70125-1

2 4 5 3 1

Im Gedenken an
Harold »Jake« Jacobson (1934–1988).
Er fehlt uns allen sehr.

KARTE

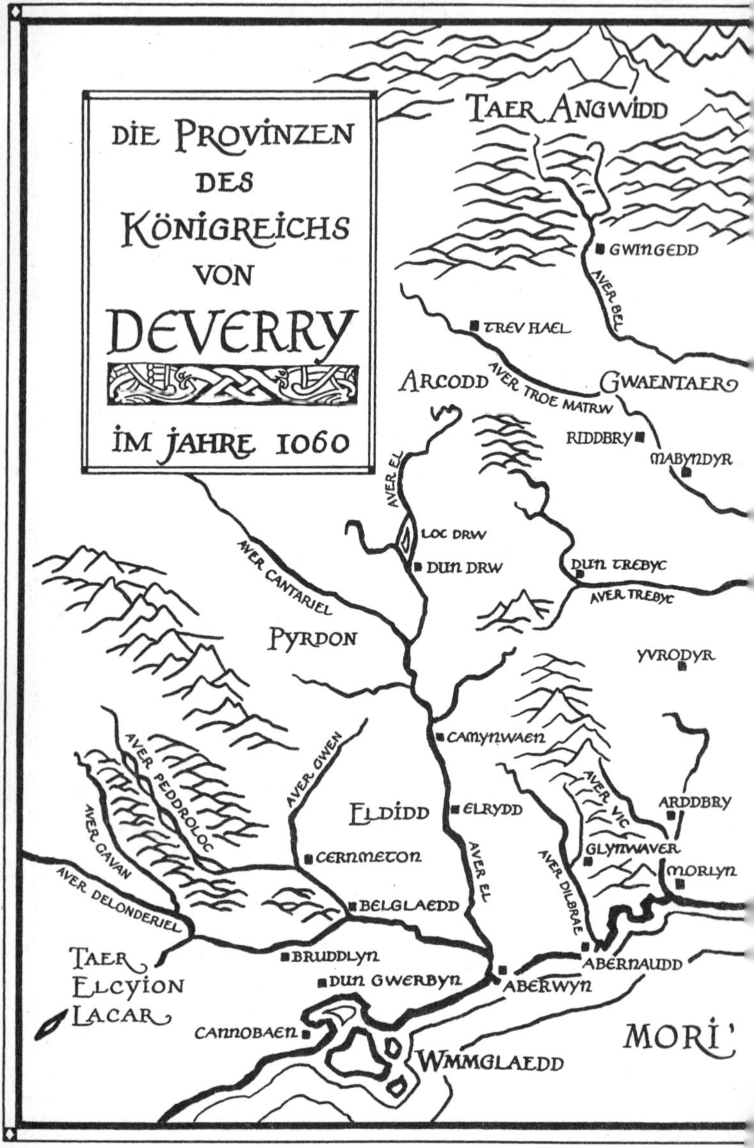
DIE PROVINZEN
DES
KÖNIGREICHS
VON
DEVERRY
IM JAHRE 1060
TAER ANGWIDD
GWINGEDD
AVER BEL
TREV HAEL
ARCODD
AVER TROE MATRW
GWAENTAER
RIDDBRY
MABYNDYR
AVER EL
LOC DRW
DUN DRW
DUN TREBYC
AVER TREBYC
AVER CANTARIEL
PYRDON
YVRODYR
CAMYNWAEN
AVER PEDDROLOC
AVER OWEN
AVER GAVAN
ELDIDD
ELRYDD
AVER VIC
ARDDBRY
GLYNWAVER
MORLYN
CERNMETON
AVER EL
AVER DILBRAE
AVER DELONDERIEL
BELGLAEDD
TAER
ELCYION
LACAR
BRUDDLYN
DUN GWERBYN
ABERWYN
ABERNAUDD
CANNOBAEN
WMMGLAEDD
MORI'

TAER ANGWIDD
DUN PYR
LADOTYN
BOBYR
CAER ICEL
CERRGONNY
AVERBY
PREN CLUDAN
CAMYN YRAEN
CANTRAE
DUN CANTRAE
LYN EBYN
AVER NAIDDYR
GADDMYR
DUN ARDDVIC
LAENWN
BELGWEGYR
LUGHCARN
AVER CAN
HENDYR
GLASLOC
MUIR
AVER LUGH
LOC LAS
DUN HIRAEDD
BLAEDDBYR
GWERCONEDD
DUN DEVERRY
AVER LIT
BUCCBRAEL
CWM PECL
MWBBRY
AVER NERR
DEVERRY
CENCYN
LOC TAMYO
DRAUDDBRY
AUDDGLYN
NAIN CYR
AVER GWARMAEL
RIDDLIT
AVER BEL
DUN AEDYN
AVER TAB
DUN MANNANAN
CERRMOR
SLAITH
YNIS BEL
BEL METON
MOC
AD MOCYCLAU
DUN TONAU
R DDAE
YNISODD PECL

PROLOG
AN DER GRENZE VON ELDIDD
1096

So geizig wie ein Zwerg« ist ein Vergleich, den das Bergvolk für ein Kompliment hält. Es mißfällt ihnen, etwas zu verschwenden, sei es nun ein Stück Tuch oder eine Brotkante, aber ganz besonders achten sie auf ihre Edelsteine und Metalle. Wie sie diese schützen, verraten sie allerdings niemandem, außer ihren Verwandten. Otho, der Schmied der Silberdolche in Dun Mannanan, war da nicht anders als jeder andere Zwergenhandwerker. Vielleicht war er sogar noch ein wenig vorsichtiger. Seine üblichen Kunden waren heißblütige junge Männer, die sich schlimm genug entehrt hatten, um Silberdolch werden zu müssen. Und ein umherziehender Schwertkämpfer, der nur für Geld und nicht für Ehre kämpft, gehört nun wirklich nicht zu den Leuten, denen man, was Zwergensilber oder magische Geheimnisse angeht, trauen kann.

Während seiner langen Jahre unter Menschen im Königreich Deverry hatte Otho ein paar anderen Silberschmieden beigebracht, wie man die spezielle Legierung für die Dolche herstellt – ein ausgesprochen komplizierter Prozeß mit einer Anzahl seltsamer Schritte, wie Rezitationen und bestimmten Gesten. Otho weigerte sich immer, Fragen darüber zu beantworten. Er erklärte, wenn seine Schüler wollten, daß alles erwartungsgemäß verliefe, bräuchten sie nur seinen Anweisungen zu folgen. Wenn sie das nicht wollten, könnten sie sofort seine Schmiede verlassen und sich und anderen Ärger ersparen. Alle Lehrlinge hielten den Mund und blieben; sie waren schlau genug zu erkennen, daß man ihnen hier eine Art von Magie beibrachte, selbst wenn sie nie erfuhren, was die Zaubersprüche nun genau bewirkten. Nachdem sie eigene Werkstätten eröffnet hatten, wiederholten sie Othos Prozeduren auf dieselbe Art, die er ihnen beigebracht hatte, so daß jeder Dolch aus Zwergensilber in Deverry zwei Arten von Dweomer hatte.

Den einen Zauber verriet Otho schon einmal, besonders gegenüber Leuten, die er mochte und denen er vertraute; den anderen hätte er sogar vor seinem eigenen Bruder verborgen. Der erste bewirkte im Metall selbst eine Abneigung gegen die Aura von Elfen, weshalb der Dolch hell aufleuchtete, wenn ein Elf sich ihm auch nur auf ein paar Fuß näherte. Der andere – geheime – Zauber war das notwendige Gegenteil und produzierte enge Wesensverwandtschaft zum wahren Besitzer des Dolches, so daß, wenn die Waffe gestohlen wurde oder verlorenging, die magischen Strömungen des Universums den Dolch früher oder später nach Hause trugen. Mit »wahrem Besitzer« meinte Otho allerdings sich selbst, was bedeutete, daß jeder verlorene Dolch irgendwann wieder zu ihm zurückfand, ganz gleich, wer ihn tatsächlich geschmiedet oder wieviel sein Besitzer dafür bezahlt hatte. Otho rechtfertigte sich damit, daß er den Kaufpreis als eine Art Miete betrachtete – ein Detail, welches er gegenüber seinen Kunden nie erwähnte.

Einmal, und nur ein einziges Mal, hatte Otho eine Ausnahme gemacht, und das nur durch Zufall. Um 1044 hatte er einen Dolch für Cullyn von Cerrmor geschmiedet, einen der wenigen Menschen, die er wirklich bewunderte. Im Lauf der Ereignisse wurde diese Klinge an Rhodry Maelwaedd weitergegeben, einen jungen Lord, der ins politische Exil getrieben und so zum Silberdolch geworden war. Sobald Rhodry Hand an die Waffe legte, wurde deutlich, daß sein Blut von speziellem Adel war – die Klinge schimmerte und klagte ihn an, zumindest ein halber Elf zu sein. Widerwillig und nur um Cullyn von Cerrmors

Tochter zu gefallen, hatte Otho den Zauber von der Waffe genommen. Dabei war ihm allerdings nicht klar – schließlich beruhte sein Dweomer mehr auf seinem Gedächtnis als auf tatsächlichem Verständnis –, daß er damit auch den zweiten Zauber geschwächt hatte: Der Dolch betrachtete nun Rhodry und nicht den Zwerg als seinen wahren Besitzer.

Das Leben eines Silberdolches ist niemals leicht, und Rhodrys Zeit auf dem langen Weg war schlimmer als die der meisten. Irgendwann verlor er die Klinge tatsächlich, weit entfernt von seiner Heimat, auf dem bardekianischen Archipel, im südlichen Meer, im Jahr 1064. Etwa zu derselben Zeit, als Rhodry den Mann tötete, der den Dolch gestohlen hatte, tauchte die Waffe selbst auf dem Marktplatz einer kleinen Bergstadt namens Ganjalo auf, wo sie mehrere Jahre verblieb und nicht verkauft werden konnte. Der Händler konnte das nicht verstehen – da war dieser schöne und exotische Gegenstand zu einem wirklich vernünftigen Preis zu haben, und niemand wollte ihn kaufen. Endlich erregte der Dolch die Aufmerksamkeit eines Hausierers, der ihn einem reichen Mann verkaufte, welcher seltsame Messer aller Art sammelte. Wieder vergingen Jahre, bis der Sammler starb und seine Söhne die Klingen unter sich verteilten. Der Jüngste, der zufällig ein Kapitän war, fühlte sich aus irgendwelchen Gründen zu dem silbernen Dolch hingezogen und überließ dafür seinem Bruder einen ganzen Satz Fischmesser mit Perlmuttgriffen. Als der Kapitän das nächste Mal auf See ging, nahm er den Dolch mit.

Aber nicht nach Deverry. Der Kapitän pendelte zwischen dem eigentlichen Bardek und den abgelegenen Inseln von Orystinna, was eine lukrative Strecke war. Er sah daher keinen Grund, die gefährliche Überfahrt zu dem weit entfernten barbarischen Königreich zu unternehmen. Nach einigen Jahren dieser Ost-West-Reisen wechselte der Dolch wiederum den Besitzer. Der Kapitän hatte beim Glücksspiel eine unerklärliche

Pechsträhne und mußte den Dolch einem Freund überlassen, um seine Schulden zu bezahlen. Der Freund nahm die Waffe mit in einen nördlichen Hafen und verkaufte sie an einen Juwelier auf dem Marktplatz. Dort lag der Dolch nun wieder, bis Londalo, ein junger Kaufmann, vorbeikam, der regelmäßig mit Deverry Handel trieb und immer kleine Geschenke für die Zollbeamten und kleineren Lords brauchte. Der Dolch sah irgendwie barbarisch aus, und Londalo kaufte ihn, um ihn auf seine nächste Reise mitzunehmen.

Der arme Londalo wußte natürlich nicht, daß es in Deverry eine Beleidigung war, jemandem einen solchen Dolch zu schenken. Das erfuhr er schnell genug, in der Stadt Abernaudd, wo ihn seine unüberlegte Geste einen Handelsvertrag kostete. Als er sein Pech in einer Schenke beklagte, erklärte ihm ein freundlicher Fremder den Sachverhalt, und Londalo hätte den Dolch beinahe auf den nächsten Misthaufen geworfen. Aber da der Kaufmann seine Lektion gelernt hatte, behielt er die Waffe doch, als Mahnung, nie wieder von vornherein anzunehmen, die Bräuche anderer Länder zu kennen. Wenn Silber Gefühle haben könnte, hätte der Dolch in diesem Augenblick vor Wut geglüht. So fuhr er also jahrelang immer wieder zwischen Bardek und der deverrianischen Küste hin und zurück, während Londalo reicher, älter und zu einem geachteten und wichtigen Mitglied seiner Kaufmannsgilde wurde, bis er und der Dolch im Frühjahr des Jahres 1096 schließlich in Aberwyn auftauchten, wo Rhodry Maelwaedd inzwischen als Gwerbret regierte. Die magischen Strömungen um den Dolch herum verdichteten sich und wurden so stark, daß Londalo sie tatsächlich wie eine Art Unruhe spüren konnte.

An dem Morgen, an dem er eine Audienz beim Gwerbret hatte, stand Londalo in seiner Kammer im besten Gasthaus Aberwyns und trug gereizt sein Clanzeichen auf. Normalerweise hätte ein dafür ausgebildeter Sklave ihm die hellblauen

Streifen und roten Rauten auf die Wange gemalt, die ihn als Angehörigen des Hauses Ondono kennzeichneten, aber es war unklug, Sklaven mit nach Deverry zu nehmen. Umgeben von Barbaren, die seltsame Vorstellungen von Eigentumsrechten hatten, geschah es oft, daß Sklaven die Gelegenheit nutzten und einfach verschwanden. In einem solchen Fall zeigten sich die barbarischen Behörden dann alles andere als hilfsbereit und im schlimmsten Fall sogar feindselig. Londalo hielt sich seinen Handspiegel vors Gesicht, um die Farbe auf seiner hellbraunen Haut zu begutachten, und beschloß schließlich, daß es genügen müsse. Immerhin hatten die Barbaren – selbst die wichtigeren wie dieser Lord, den er besuchen würde – keine Ahnung von der Kunst. Aber die Unruhe blieb. Irgend etwas stimmte nicht.

Es klopfte an der Tür, und Harmon, sein junger Gehilfe, trat mit einer respektvollen Verbeugung ein.

»Möchtet Ihr jetzt gehen, Herr?«

»Ja. Ich sehe, daß du die Entwürfe der Handelsverträge bei dir hast. Gut, gut.«

Mit einem kurzen Lächeln tätschelte Harmon die schwere Lederrolle mit Dokumenten, die er unter den Arm geklemmt hatte.

Auf dem Weg durch die Straßen von Aberwyn bemerkte Londalo, wie sein junger Gehilfe sich angewidert in alle Richtungen umsah; hin und wieder drückte er sich ein parfümiertes Taschentuch an die Nase, wenn sie an einem ganz besonders reifen Misthaufen vorbeikamen. Zweifellos war ein Besuch in Deverry für einen zivilisierten Menschen unangenehm. Es sah so aus, als hätte man diese Stadt einfach rund um den Hafen hingeworfen, statt sie nach einem Plan zu bauen. Alle Gebäude waren rund und mit Stroh gedeckt statt rechteckig und anständig mit Dachschindeln versehen; die Straßen zogen sich nach dem Zufallsprinzip um sie herum, wie jene verworrenen Spiral- und Webemuster, die diese Barbaren bei ihren Dekorationen bevorzugten. Überall herrschte Chaos: bellende Hunde, umherrennende Kinder, Männer auf Pferden, die an gefährlich schnellen, ratternden Wagen vorbeiritten, und hin und wieder ein taumelnder Betrunkener.

»Herr«, sagte Harmon schließlich, »ist das hier wirklich die wichtigste Stadt in Eldidd?«

»Ich fürchte ja. Aber vergiß nicht, mein junger Freund, der Mann, den wir aufsuchen, mag dir vielleicht wie ein Barbar vorkommen, aber er hat die Macht, uns zum Tode zu verurteilen, wenn wir ihn beleidigen. Die Gesetze sind hier sehr anders als bei uns. Jeder Herrscher ist gleichzeitig Richter und Advokat, solange man sich auf seinem Land befindet. Und ein Gwerbret wie der Lord hier in Aberwyn ist erheblich mächtiger als einer unserer Archonten.«

Etwa in der Mitte der Stadt lag der Palastkomplex, oder die Festung, wie die Barbaren das nannten. Die Barbaren sprachen alle darüber, wie wunderbar diese Festung mit ihren vielen Türmen sei, aber die Bardekianer fanden die Steinmetzarbeit grobschlächtig und den Effekt vollkommen verdorben durch die Hütten, Schuppen und Schweineställe, die sich um die Türme duckten. Als sie sich an geschäftigen Dienern vorbeidrängten, wurde Londalo plötzlich klar, daß er den Silberdolch am Ledergürtel seines Hemdes trug.

»Bei den Sternengöttinnen! Ich werde wirklich alt! Ich kann mich gar nicht erinnern, dieses Ding da vom Tisch genommen zu haben.«

»Ich glaube nicht, daß das eine Rolle spielen wird, Herr. Alle Männer hier strotzen nur so vor Waffen.«

Obwohl Londalo den Gwerbret von Aberwyn zuvor nie kennengelernt hatte, wußte er, daß Rhodry Maelwaedd ein ehrlicher und gerechter Mann und ein wenig zivilisierter war als die meisten seiner Art. Londalo stellte also erfreut fest, daß der Hof der Festung einigermaßen sauber war, die Diener anständige Kleidung trugen und nirgendwo die Leichen gehenkter Verbrecher zur Schau gestellt wurden. Am Tor des höchsten Turmes des eigentlichen Brochs empfing sie der ältliche Haushofmeister. Hastig flüsterte Londalo Harmon noch zu, daß auch dieser Mann ein Adliger war.

»Also achte auf deine Manieren. Gib ihm keine Befehle, und bedank dich immer, wenn er etwas für dich tut.«

Der Haushofmeister führte sie in einen großen, runden Raum, dessen Boden mit geflochtenen Binsen bedeckt war und in dem etliche lange, grob gezimmerte Holztische standen, an denen zumindest hundert Männer, alle mit Messern und Schwertern bewaffnet, Bier tranken und Brot aßen, während Dienerinnen umhergingen und eher damit beschäftigt waren, zu klatschen oder Bemerkungen mit den Männern auszutauschen, als zu arbeiten. Nahe an einer gemeißelten Sandsteinfeuerstelle stand ein aus Ebenholz gefertigter polierter Tisch. Das war der Ehrenplatz des Gwerbret. Londalo war sehr erfreut, als der Haushofmeister sie bat, dort Platz zu nehmen, und ihnen Bier in Glaskrügen bringen ließ. Er stellte auch mit Entzücken fest, daß der Wandbehang, den er als Geschenk vorausgeschickt hatte, an der Wand nahe der gewaltigen Feuerstelle hing. Als er zerstreut über den Griff des Silberdolches strich, wurde ihm klar, daß seine seltsame Unruhe verschwunden war. Harmon jedoch warf den bewaffneten Männern in der Halle immer wieder nervöse Blicke zu.

»Schon gut«, flüsterte Londalo. »Die Herrscher hier haben ihre Männer im Griff, und außerdem ehrt jeder seine Gäste. Niemand wird dich auf der Stelle umbringen.«

Harmon zwang sich zu einem Lächeln, trank einen Schluck Bier und hätte das bittere, stinkende Zeug beinahe wieder ausgespuckt. Aber er war Kaufmann genug, um diese Reaktion hinter einem Husten zu verbergen und sich dazu zu zwingen, es noch einmal zu probieren. Kurze Zeit darauf kamen zwei junge Männer in die Halle. Da ihre weiten Hosen aus einem der bunten Karostoffe genäht waren, wie sie deverrianische Adlige trugen, und da sich der gesamte Kriegshaufen erhob, um sich vor ihnen zu verbeugen, nahm Londalo an, daß es sich um die Söhne des Gwerbret handelte. Sie sahen sich sehr ähnlich, mit lockigem, rabenschwarzem Haar und kornblumenblauen Augen. Nach barbarischen Maßstäben waren sie beide gutaussehende Männer, aber es war nicht ihr Aussehen, das ihn plötzlich beunruhigte.

»Beim großen Wellenvater selbst! Man hat mir gesagt, daß nur ein Sohn hier zu Besuch sei! Wir müssen uns darum kümmern, auch Geschenke für den anderen zu besorgen, ganz gleich, was es kostet.«

Der Haushofmeister kam herangeeilt und bedeutete ihnen, sich zu erheben, damit sie im richtigen Augenblick niederknien konnten. Sich vor sogenannten Adligen niederzuknien ärgerte Londalo. Er war daran gewöhnt, seine Regenten selbst zu wählen und auch wieder abzuwählen, wenn sie seinen Maßstäben nicht entsprachen. Als einer der jungen Männer zu ihm kam, räusperte sich der Haushofmeister.

»Rhodry, Gwerbret Aberwyn, der Maelwaedd, und sein Sohn.«

In seiner Verwirrung hätte Londalo beinahe vergessen, sich hinzuknien. Dieser Lord hier konnte nicht älter als fünfundzwanzig sein! Im Geist verfluchte er die Kaufmannsgilde, daß sie ihm für einen solch wichtigen Vertrag falsche Informationen gegeben hatte.

»Wir fühlen uns geehrt, daß Ihr uns empfangt, o Herr, aber Ihr müßt uns verzeihen, daß wir Euch in dieser Trauerzeit überhaupt belästigen.«

»Trauer?« Der Gwerbret runzelte verwirrt die Stirn.

»Nun, als wir zu Eurem geschätzten Land aufbrachen, Euer

Gnaden, war Euer Vater noch am Leben, oder so sagte man uns zumindest – der ältere Rhodry von Aberwyn.«

Der Gwerbret brach in Lachen aus und bedeutete ihnen, sich zu erheben und sich wieder hinzusetzen.

»Ich nehme an, Ihr habt mich nie zuvor gesehen, guter Kaufmann. Ich regiere hier seit dreißig Jahren und bin vierundfünfzig Jahre alt. Nein, ich mache keinen Witz.« Zerstreut wandte er sich ab, und plötzlich trübte so etwas wie Trauer seinen Blick. »O nein, das ist kein Witz.«

Londalo vergaß seine Höflichkeit und starrte ihn an. Im Haar des Gwerbret fand sich keine Spur von Grau, in seinem Gesicht war keine echte Falte zu sehen – wie konnte er vierundfünfzig sein, was schon zu Hause alt war, aber für einen barbarischen Krieger ein beinahe unglaubliches Alter bedeutete? Der Gwerbret wandte sich ihm wieder zu und lächelte strahlend.

»Aber das hat keine Bedeutung. Was bringt Euch zu mir, guter Mann?«

Londalo räusperte sich in Vorbereitung auf das wichtige Thema des Austauschs von Getreide aus Eldidd gegen Luxusgüter aus Bardek. Gerade, als er dazu ansetzte, etwas zu sagen, beugte sich Rhodry vor und erstarrte.

»Bei den Göttern, ist das ein Silberdolch, den Ihr da tragt? Der Griff sieht ganz danach aus.«

»Ja, Euer Gnaden.« Im Geist verfluchte Londalo sich selbst, weil er das elende Ding mitgebracht hatte. »Ich habe ihn vor vielen Jahren auf den Inseln gekauft, und ich trage ihn bei mir, weil … nun, das ist eine ziemlich lange Geschichte …«

»Auf den Inseln? Darf ich ihn sehen, guter Kaufmann?«

»Selbstverständlich, Euer Gnaden.«

Rhodry nahm den Dolch und starrte lange den Falken an, der auf der Klinge eingraviert war, dann begann er zu lachen.

»Ist Euch klar, daß dieser Dolch einmal mir gehörte? Vor

vielen, vielen Jahren? Er wurde mir gestohlen, als ich auf den Inseln war.«

»Wie bitte? Wirklich? Euer Gnaden, dann müßt Ihr ihn sofort zurückbekommen! Darauf bestehe ich.«

Später am Nachmittag, nachdem der Vertrag unterzeichnet und Londalo wieder auf dem Heimweg war, wurde es ruhig in der großen Halle von Aberwyn, da der Kriegshaufen zu Übungen geritten war. Normalerweise hätte Rhodry seine Männer begleitet, aber diesmal war er am Ehrentisch zurückgeblieben, um über diesen seltsamen Zufall nachzudenken, der ihm den Silberdolch zurückgebracht hatte. Dienerinnen waren damit beschäftigt, die Tische abzuwischen; ein paar Stallburschen saßen nahe der offenen Tür und würfelten um Kupferstücke, und im Stroh lagen die Hunde und schliefen. Nach einer Weile kam Rhodrys ältester Sohn und setzte sich zu ihm. Es war kaum zu glauben, daß der Junge schon erwachsen war, zwei eigene Söhne hatte und über die Ländereien von Dun Gwerbyn herrschte. Rhodry konnte sich noch genau daran erinnern, wie sehr er sich gefreut hatte, als sein erster Erbe zur Welt gekommen war, und wie sehr Cullyn ihn geliebt hatte. Es tat weh, jetzt daran zu denken, daß sein Erstgeborener begann, ihn zu hassen, und das alles nur, weil sein Vater sich weigerte, zu altern und zu sterben. Nicht daß Cullyn je ein Wort gesagt hätte, aber die Kälte zwischen ihnen war deutlich spürbar. Hin und wieder ertappte Rhodry seinen Sohn dabei, wie er sich die Symbole des Gwerbretrangs ansah – das Drachenbanner, das Zeremonialschwert der Gerechtigkeit – und sich so etwas wie Gier in seinen Blick stahl. Endlich konnte Rhodry die Stille nicht mehr ertragen.

»Es ist also alles ruhig im Tierynrhyn?«

»Ja, Vater. Deshalb dachte ich, ich könnte einmal zu einem Besuch vorbeikommen.«

Rhodry lächelte und fragte sich, ob Cullyn wohl gehofft

hatte, ihn krank vorzufinden. Sein Sohn war ein ehrgeiziger Mann, denn Rhodry hatte ihn so erzogen, hatte ihn auf die Zeit vorbereitet, in der er das große Gwerbretrhyn von Aberwyn beherrschen und die Reichtümer, die der wachsende Handel mit Bardek ihm brachte, gut verwenden sollte. Er selbst hatte das Rhan beinahe zufällig geerbt. Er konnte sich nur zu genau an seinen Schrecken erinnern, als er während der ersten Jahre das Gefühl hatte, in Einzelheiten zu ertrinken. Genau aus diesem Grunde hatte er seinen Sohn so gut vorbereitet.

»Es ist wirklich seltsam, Vater, daß dein Dolch zu dir zurückgefunden hat.«

»Das ist es.« Rhodry nahm den Dolch vom Tisch und reichte ihn seinem Sohn. »Siehst du den Falken auf der Klinge? Das ist das Zeichen des Mannes, nach dem man dich benannt hat.«

»Ja, er hat mir erzählt, daß er einmal ein Silberdolch war. Ihr Götter, Cullyn von Cerrmor fehlt mir immer noch, und er ist nun schon so lange tot.«

»Mir fehlt er ebenfalls. Weißt du, ich glaube, ich werde diesen Dolch wieder tragen, zur Erinnerung an ihn.«

»Vater, das kannst du nicht tun! Es ist ein Zeichen der Schande!«

»Ach ja? Und wer wird es wagen, mich deshalb zu verspotten?«

Cullyn wandte in unbehaglichem Schweigen den Blick ab, als könnte jede mögliche Erwähnung von gesellschaftlichem Rang auch den unschuldigsten Spaß verderben. Seufzend reichte er den Dolch zurück und griff wieder nach seinem Bierkrug.

»Wie wäre es mit einer Runde Carnoic?« fragte Rhodry.

»Gern.« Als Cullyn ihn anlächelte, lag die ganze alte Zuneigung in seinen dunkelblauen Augen. »Es ist zu schlammig, um draußen zu jagen.«

Sie waren bei ihrer dritten Runde, als Rhodrys Frau, Lady Aedda, herunterkam. Sie war inzwischen siebenundvierzig Jahre alt, ein wenig in die Breite gegangen, und ihr rötlichbraunes Haar war durchzogen von grauen Strähnen. Tiefe Falten umspielten ihren Mund. Sie hatte Rhodry aus politischen Gründen geheiratet, und in den ersten Jahren war es eine schlechte Ehe gewesen, aber im Lauf der Zeit hatten sie sich zurechtgefunden. Rhodry hatte sie irgendwie gern, und er verspürte eine gewisse Dankbarkeit, daß sie ihm vier kräftige Erben für Aberwyn geschenkt hatte.

»Wenn Ihr es wünscht«, sagte Rhodry, »können wir aufhören zu spielen.«

»Das ist nicht notwendig, Herr, ich kann zusehen.«

Dennoch brachten sie in schweigender Einigkeit das Spiel rasch zu Ende und legten die Spielsteine weg. Aedda hatte im Lauf der Jahre so wenig von ihnen gefordert, daß sie ihr gerne alle kleinen Zugeständnisse machten, die ihnen möglich waren. Während sie den Nachmittag weiter mit Gesprächen über die diversen Vasallen verbrachten, trank Rhodry mehr und mehr und sagte weniger und weniger. Die Wärme, das lange Schweigen, die Berechenbarkeit der Anmerkungen seiner Frau – das alles bedrückte ihn, bis er schließlich aufstand und die Halle verließ. Niemand wagte ihn zu fragen, wohin er ging, oder ihm zu folgen.

Sein Zimmer lag im zweiten Stock eines Halbbroch; ein üppig möblierter Raum mit bardekianischen Teppichen und Glasfenstern, mit gepolsterten Sesseln an der Feuerstelle und fünf wunderbar gearbeiteten Schwertern an einer Wand. Rhodry riß das Fenster auf und lehnte sich hinaus, um in den Hof und in den Garten hinabzuspähen, wo der Drache von Aberwyn einen Marmorspringbrunnen krönte. Ein alter Diener schlurfte über den Rasen – ansonsten bewegte sich nichts. Einen Augenblick hatte Rhodry das Gefühl, kaum atmen zu können. Er warf den Kopf mit einem Fluch zurück, der halb ein Klagelaut war, und wandte sich ab.

Über dreißig Jahre lang hatte er nun das Rhan beherrscht, und die meiste Zeit hatte er es genossen: die Symbole seines Rangs, die greifbare Macht, die er in seinem Gerichtshof und auf dem Schlachtfeld hatte, und die subtilere, aber noch größere Macht, die er in den Intrigen am Hof des Hochkönigs ausübte. Als er nun zurückblickte, konnte er sich genau erinnern, in welchem Augenblick dieses Wohlgefallen verschwunden war. Er war im Königspalast in Dun Deverry gewesen, und als er die große Halle betrat, hatte der Haushofmeister ihn wie immer angekündigt. Bei den Worten »Rhodry, Gwerbret Aberwyn« hatten sich alle anderen Adligen umgedreht, um ihn anzusehen – einige, weil sie diesen Mann beneideten, der so eindeutig in der Gunst des Hochkönigs stand; andere, weil sie sich fragten, was Rhodrys Gegenwart für ihre eigenen Intrigen bedeuten mochte, und wieder andere nur, um einen so wichtigen Mann zu sehen. Alles, was Rhodry selbst verspürte, war Gereiztheit, daß sie so starrten, als wäre er ein zweiköpfiges Kalb auf dem Marktplatz. Und von diesem Tag vor etwa zwei Jahren an hatte Rhodry sich immer wieder gefragt, wann er endlich sterben und alles loswerden konnte, was er einmal geliebt hatte.

Er ging vom Fenster weg und setzte sich auf den halbrunden Rosenholzsessel, der mit kunstvollen Schnitzereien des Drachen von Aberwyn verziert war. Er zückte den wiedergekehrten Silberdolch und betrachtete ihn. Die Klinge sah wie Silber aus, aber sie war härter als der beste Stahl, und sie glitzerte ohne Kerbe oder Kratzer. Als er mit einem Daumennagel dagegenschnippte, erklang ein reiner, klarer Ton.

»Zwergensilber«, murmelte er. »Beim Höllenfürsten, ich muß verrückt sein, daß ich mir wünsche, wieder auf dem langen Weg zu sein!«

Er besaß noch ein anderes Stück aus Zwergensilber, einen Ring, den er immer am Mittelfinger der rechten Hand trug, ein einfaches Band aus elfischer Schmiede, auf dessen Außenseite Rosen eingraviert waren. Innen zeigte die Gravur eine elfische Schrift. Gerade, als er die Hand hob, um sich den Ring anzusehen, öffnete ein Page die Tür.

»Euer Gnaden? Störe ich?«

»Nein.«

»Euer Gnaden, am Tor steht eine heruntergekommene alte Kräuterfrau, und sie besteht darauf, mit Euch zu sprechen. Die Wachen wollten sie wegschicken, aber sie hat uns auf eine so seltsame Art angesehen, Euer Gnaden, und ich … nun … ich hatte Angst vor ihr, also dachte ich, ich sage es Euch lieber.«

Rhodrys Herz begann schneller zu schlagen.

»Hat sie ihren Namen genannt?«

»Ja, Euer Gnaden. Sie heißt Jill.«

»Ich werde sie hier oben empfangen.«

Der Junge starrte ihn verblüfft an, dann verbeugte er sich und trabte davon.

Während er auf die Frau wartete, die er einmal mehr als das eigene Leben geliebt hatte, ging Rhodry unruhig zwischen Fenster und Tür hin und her. Er hatte Jill seit dreißig Jahren nicht mehr gesehen, nicht seit dem Abend, an dem sie ihn verlassen hatte, seit sie einfach aus seinem Leben davongeritten war, um einem Wyrd zu folgen, das noch seltsamer war als sein eigenes. Zu Anfang hatte er ständig an sie gedacht und sich gefragt, ob er ihr wohl fehlte, ob ihre Studien des Dweomer ihr das Glück brachten, das sie wollte. Aber im Lauf der Jahre war seine Wunde vernarbt, und er hatte die Erinnerung gehen lassen und sich nur hin und wieder noch einmal gefragt, ob es ihr wohl gutginge. Sie war einmal nach Aberwyn gekommen, um sich um ihren sterbenden Vater zu kümmern, aber Rhodry hatte sich zu dieser Zeit am Hof in Dun Deverry aufgehalten. Und nun war sie hier. Er fürchtete, ihr entgegenzutreten, denn sie war nur ein paar Jahre jünger als er, und er haßte den Gedanken, ihre Schönheit vom Alter verwüstet zu sehen. Als er hörte, wie sie dem Pagen dankte, überschlug sich sein Herz beinahe. Die Tür ging auf.

»Die Kräuterfrau, Euer Gnaden.«

Herein kam eine Frau in Männerkleidung, mit schmutzigen braunen Brigga und einem häufig geflickten Leinenhemd voller grüner Flecken. Ihr Haar, das so kurz geschnitten war wie das eines Jungen, war von silbrigem Grau. Die Krähenfüße um ihre blauen Augen waren tief eingekerbt, aber sie schien weder jung noch alt zu sein und so lebendig und kraftvoll, daß es unmöglich war, sie für etwas anderes als gutaussehend zu halten. Schön war sie nicht, nicht mehr, aber als Rhodry dieses Gesicht ansah, das sich mit dem des hübschen Mädchens vergangener Jahre überschnitt, stellte er fest, daß es besser zu ihr paßte als die Schönheit, an die er sich erinnerte. Ihr Lächeln konnte ihn immer noch bewegen.

»Willst du denn gar nichts sagen?« fragte sie lachend.

»Verzeih. Es ist eine Art Schock, daß du jetzt so auftauchst.«

»Zweifellos. Und ich fürchte, dir steht noch Schlimmeres bevor.«

Ohne zu warten, daß er sie bat, ließ sie sich auf einem der Sessel an der Feuerstelle nieder. Er setzte sich ihr gegenüber, und ein paar Augenblicke herrschte Schweigen. Dann fiel ihm auf, daß er seinen Silberdolch wahrscheinlich im selben Augenblick zurückbekommen hatte, als sie in die Stadt geritten war, und er schauderte und spürte die kalte Berührung des Wyrd, die ihm die Haare sträubte.

»Was meinst du damit?«

»Nun, als erstes muß ich dir sagen, daß Nevyn tot ist.«

Rhodry grunzte, als hätte man ihm einen Schlag versetzt. Er hatte Nevyn, ihren Lehrer und Meister der Zauberkunst, sehr gut gekannt. Tatsächlich verdankte ihm Rhodry sowohl sein Leben als auch sein Rhan.

»Mögen ihn die Götter in den Anderlanden für alles belohnen. Ich habe immer gedacht, der Dweomer würde den alten Mann ewig am Leben halten.«

Sie grinste so breit, daß es vollkommen unangemessen schien. »Er war froh, endlich gehen zu können.«

»Wie ist es passiert? War er krank, oder hatte er einen Unfall?«

»O nein, nichts dergleichen. Seine Zeit war gekommen, und er ging. Er hat sich von uns allen verabschiedet, sich aufs Bett gelegt und ist gestorben. Das ist alles.« Ihr Lächeln verschwand. »Er fehlt mir. Jede Stunde des Tages.«

»Das tut mir wirklich leid für dich.«

Als teilten sie sein Mitleid, erschien das Wildvolk, Feen und Sylphen und Gnomen, und versammelten sich um sie. Als ein dürrer, grauer Bursche auf Jills Schoß kletterte und nach oben griff, um ihr die Wange zu tätscheln, lächelte sie wieder und schob die Trauer weg. Der Anblick des Wildvolks erinnerte Rhodry an seine eigenen Probleme. Was immer Jill ihm einmal bedeutet hatte, nun war sie eine Dweomermeisterin und verfügte über seltsame Kräfte und noch seltsameres Wissen.

»Ich muß dich etwas fragen«, sagte er. »Wie lange lebt ein Elfenhalbblut wie ich?«

»Ziemlich lange, wenn auch nicht so lange wie reinblütige Elfen. Ich würde sagen, du hast noch gut hundert Jahre vor dir, mein Freund. Wenn ich längst begraben bin, wirst du immer noch wie ein junger Mann von zwanzig aussehen.«

»Bei allem Eis der Höllen, das darf nicht geschehen! Wie lange wird es noch dauern, bis ganz Aberwyn herausfindet, daß ich kein echter Maelwaedd bin?«

»Nicht sonderlich lange. Die einfachen Leute flüstern schon darüber und reden von Dweomer. Bald werden es auch die

Adligen tun, und dann werden sie dir ein paar deutliche Fragen darüber stellen, wieviel Elfenblut es genau im Maelwaedd-Clan gibt und ob diese Gerüchte darüber, daß Elfen ewig leben, wahr sind. Sollte jemand herausfinden, wer dein wirklicher Vater war, wird das ein schwerer Schlag für die Ehre des Clans sein.«

»Es steht verdammt viel mehr auf dem Spiel als die Ehre der Maelwaedds – siehst du das denn nicht, Jill? Meine Söhne werden enterbt werden, es wird zum Bürgerkrieg kommen und ...«

»Selbstverständlich sehe ich das!« Sie hob die Hand, um ihm zu bedeuten, daß er schweigen sollte. »Das ist der andere Grund für mein Kommen.«

Wieder spürte er diese Kälte über seinen Rücken laufen. Es war dreißig Jahre her, seit er Jill zum letztenmal gesehen hatte, und immer noch hatten sie mitunter denselben Gedanken.

»Ich hatte ein Vorzeichen«, fuhr sie fort. »Es kam direkt, nachdem wir Nevyn begraben hatten – ich und die Leute in dem Dorf, in dem wir wohnten –, und ich ging zu dem kleinen See, nahe unserem Heim. Die Sonne ging gerade unter, und es standen ein paar Wolken am Himmel. Du weißt, wie einfach es ist, in den Wolken bei Sonnenuntergang Bilder zu sehen. Ich sah eine Wolkenwand, die genauso geformt war wie ein Falke, der einen kleinen Drachen in den Klauen hält. Oho, dachte ich, das sind ich und Rhodry! Und im selben Augenblick spürte ich die Dweomerkälte, und ich wußte, daß es stimmt. Und hier bin ich.«

»So einfach? Du denkst an mich, und da bist du?«

»Nun, ich mußte den ganzen Weg nach Aberwyn reiten wie jeder andere auch.«

»Das habe ich nicht gemeint. Warum hat dich dieses Vorzeichen in den Wolken herkommen lassen?«

»Ach das! Das geht dich nichts an.«

Er wollte nachhaken, aber ihre Miene hielt ihn zurück. Sie lächelte nicht mehr und wirkte ein wenig abweisend, wie der Einband eines abrupt zugeklappten Buches. Er konnte sich erinnern, daß Nevyn Leute, die nach Dingen fragten, die sie nicht wissen sollten, mit demselben leeren Blick angesehen hatte.

Gwerbret oder nicht, er würde nur seine Zeit verschwenden, wenn er weitere Fragen stellte.

»Ich nehme nicht an, daß du mich so verzaubern könntest, daß ich altere?«

»Du hast immer noch Humor, nicht wahr? Das kann ich nicht, und selbst wenn, dann würde ich es nicht tun. Aber der Ausweg ist offensichtlich. Du mußt deinem ältesten Sohn das Rhan überlassen und Eldidd verlassen.«

»Wie bitte? Das kann ein Mann von meinem Rang kaum so einfach bewerkstelligen.«

»Wenn du das Rhan übergibst, wird dein Sohn es behalten. Wenn du dich hingegen daran klammerst, wird dein Sohn es verlieren.«

»Es geht nicht nur um das verfluchte Rhan! Du bittest mich, all meine Verwandten hinter mir zu lassen. Jill, bei den Göttern, ich habe Enkel.«

»Möchtest du, daß man sie umbringt, um die letzten Spuren einer Bastardfamilie zu verwischen?«

Mit einem Stöhnen schlug er die Hände vors Gesicht. Sie fuhr gnadenlos fort.

»Sobald die ersten Gerüchte auftauchen, daß du kein echter Maelwaedd sein könntest, wirst du mit dem Schwert dagegen angehen müssen. Ehrenduelle haben schon öfter zum Krieg geführt, besonders, wenn ein solcher Preis wie Aberwyn lockt. Wenn du den Bürgerkrieg verlierst, werden deine Feinde alle töten, die auch nur im entferntesten als deine Erben betrachtet werden könnten, selbst Rhoddas kleinen Jungen.«

»Halt den Mund! Das weiß ich genauso gut wie du.«

»Und?«

Er blickte auf und bemerkte, daß sie ihn ruhig und fragend ansah. Einen Moment lang haßte er sie.

»Es ist alles schön und gut, davon zu reden, daß ich Eldidd verlassen könnte, aber ich bin kein jüngerer Sohn mehr. Wenn ich dem König eine Petition vorlege, damit er mir gestattet abzudanken, werden sich die Gerüchte häufen wie Pferdedreck in einem Winterstall. Und was ist, wenn unser Lehnsherr mich direkt nach meinen Gründen fragt? Ich könnte versuchen zu lügen, aber ich bezweifle, daß ich so überzeugend sein würde. Der König kennt mich verdammt gut.«

Sie starrte stirnrunzelnd ins Feuer, während sie nachdachte.

»Da hast du wohl recht. Darüber muß ich nachdenken.« Sie stand abrupt auf. »Falls jemand fragen sollte, wieso ich hergekommen bin, sag ihnen, ich wollte dir von Nevyn erzählen. Ich werde dich bald wieder aufsuchen.«

Dann war sie verschwunden und hatte die Tür hinter sich geschlossen, bevor Rhodry auch nur aus dem Sessel aufgestanden war. Eine Weile versuchte er, sich davon zu überzeugen, daß er nur einen seltsamen Traum gehabt hatte, aber der Elfenring an seinem Finger erinnerte ihn an die Wahrheit: daran, daß er seinen Clan zurücklassen müßte, weil er ihn liebte. Außerdem hatte der Dweomer ihm in der Vergangenheit bereits mehrere Male das Leben gerettet. Er wußte mit plötzlicher kalter Sicherheit, daß jetzt die Zeit gekommen war, diese Schuld zu bezahlen.

Cullyn Maelwaedd war zum Herrscher geboren und erzogen worden, man hatte ihm sorgfältig beigebracht, anderen – wenn auch mit aller Höflichkeit – seinen Willen aufzuzwingen. So war er nicht daran gewöhnt, sich schuldig zu fühlen, und er haßte dieses ständige Nagen seines schlechten Gewissens. Jedesmal, wenn er seinen Vater ansah, quälte es ihn, und es gab Zeiten, da wünschte er sich, Rhodry wäre … nicht tot, nein, niemals das, aber vielleicht wäre es besser gewesen, wenn es zumindest einige Anzeichen gegeben hätte, daß er tatsächlich eines Tages sterben würde. Sein Dilemma war einzigartig: Da Rhodry sich geweigert hatte, Cullyn zu Pflegeeltern zu schicken, wie es der Brauch verlangte, und die ungeahnte Unverschämtheit besessen hatte, seinen Sohn selbst aufzuziehen, war Cullyn einer der wenigen adligen Herren in Deverry, die ihren Vater ehrlich liebten. Jedesmal, wenn er sich dabei erwischte, daß er sich fragte, ob er Aberwyn jemals erben würde, und sein Gewissen ihn anschließend plagte, erkannte er die Weisheit dieses Brauches, die Söhne zu Pflegeeltern zu geben. Immerhin lebten sie in einer Welt, in der die Macht eines Sohnes vom Tod seines Vaters abhing.

Cullyn war außerdem ziemlich sicher, daß sein Vater von diesen Gedanken wußte. Nach den ersten paar Tagen seines Besuches hatte sich Rhodry immer mehr zurückgezogen und verbrachte lange Stunden, indem er entweder allein über Land ritt oder sich in seinem Zimmer einschloß und brütete. Cullyn dachte schon daran, nach Hause zurückzukehren, aber da er erklärt hatte, für zehn Tage bleiben zu wollen, fürchtete er, eine verfrühte Abreise würde Rhodry mißtrauisch machen. Am fünften Morgen kam er zum Frühstück in die große Halle und stellte fest, daß Rhodry die Festung bereits verlassen hatte. Er ging zum Stall, um den Stallburschen zu fragen, aber der Gwerbret hatte nicht gesagt, wohin er reiten wollte. Auf dem Weg an den Schuppen hinter dem Broch vorbei bemerkte Cullyn zwei Dienerinnen, die hektisch über etwas tratschten – eine bedeutungslose Aktivität, hätten sie nicht plötzlich geschwiegen, als sie ihn erblickten. Er ging an ihnen vorbei und quälte sich mit Fragen, ob nun selbst schon die Diener sein Geheimnis kannten.

Als er später in seine Kammer im Broch ging, geschah etwas Ähnliches; diesmal hörten zwei Pagen just in dem Augenblick zu flüstern auf, als sie ihn sahen. Cullyn packte einen von ihnen am Hemdkragen.

»Und was hast du gerade gesagt, was für meine Ohren nicht taugt?«

Die beiden Jungen wurden kreidebleich und sahen aus, als wären sie am liebsten davongerannt.

»Ich bitte um Verzeihung, Herr, bitte, es war gar nichts.«

»Ach ja? Wieso seid ihr dann beide so blaß geworden?«

Der zweite Page war älter und offenbar ein wenig klüger. Er trat vor und vollführte eine passable Verbeugung.

»Herr, wir haben es nicht böse gemeint. Wir sprachen über dieses seltsame Gerücht, das sich in der Stadt ausbreitet. Vielleicht solltet Ihr ja davon erfahren. Dann könntet Ihr die Leute davon abhalten, es zu verbreiten.«

»Ach ja? Und was sagen die Leute in der Stadt?«

»Ach, Ihr wißt, Herr, der Gwerbret sieht doch immer noch so jung aus. Wir hörten, daß eine alte Frau auf dem Marktplatz sagte, das läge am Dweomer. Sie sagte, ein alter Zauberer hätte ihn vor vielen, vielen Jahren verzaubert, und daher würde er nie alt werden, aber dann irgendwann ganz plötzlich sterben, wie um für den Zauber zu bezahlen. Die alte Frau sagte, es sei ein Gerthddyn in der Stadt, der diese Geschichte verbreitet. Der hat sie irgendwo oben im Norden gehört.« Er hielt inne und war sichtlich beunruhigt. »Herr, das stimmt doch nicht, oder? Seine Gnaden sind so ein guter Mensch, und ich möchte einfach nicht, daß er stirbt.«

»Nein, das kann wirklich nicht wahr sein. Macht euch darüber keine Sorgen.«

Aber er zögerte, nun selber besorgt, und erinnerte sich an all die Geschichten darüber, daß Rhodrys Leben mehr als einmal vom Dweomer berührt worden war. Was, wenn dieses seltsame Gerücht tatsächlich der Wahrheit entsprach? Obwohl zu dieser Zeit die meisten Menschen in Deverry wußten, daß es so etwas wie Magie gab, ahnten nur wenige etwas von ihrer wahren Kraft und ihren Möglichkeiten. Daher war Cullyn durchaus bereit zu glauben, daß Zauberei seinen Vater so unnatürlich jung halten konnte. Er rief vier Männer aus seinem Kriegshaufen als Eskorte für den Weg in die Stadt zusammen. Auf dem Marktplatz fanden sie heraus, daß der Gerthddyn im besten Gasthaus von Aberwyn, in der *Grünen Gans*, gewohnt hatte, aber als sie dorthin kamen, erzählte der Wirt ihnen, der Mann habe das Haus am Morgen verlassen.

»Ich wette, Herr, er hat gewußt, daß er hier nicht lange bleiben konnte, nachdem er solch schlimme Geschichten über Euren Vater verbreitet hat. Der Gwerbret hat wirklich nichts Eitles an sich, Herr, warum sollte er Bündnisse mit Zauberern schließen, nur um sein gutes Aussehen zu bewahren?«

»Da habt Ihr recht. Wie sah dieser Bursche aus?«

»Er nannte sich Salamander, Herr, ein dünner Bursche mit blondem Haar. Oh, er konnte wirklich reden, Herr, also ist es kein Wunder, daß dieses elende Gerücht sich so schnell verbreitet hat. Aber wartet einen Augenblick, Herr.« Er hielt inne, um nachdenklich an seinen braunen Zahnstummeln zu saugen. »Salamander behauptete nicht direkt, das Gerücht sei wahr. Er erklärte, er hätte es oben in Belglaedd gehört, und fragte uns, ob wir glaubten, daß es wahr sein könnte.«

»Nun gut – er ist verschwunden und macht uns keinen Ärger mehr.«

Als Cullyn in die große Halle zurückkehrte, saß Rhodry am Kopf des Ehrentisches und trank. Er winkte seinen Sohn zu sich herüber und lächelte ihn auf eine Art an, die Cullyn mehr an den Rhodry aus alten Tagen erinnerte als alles, was er in der letzten Zeit gesehen hatte.

»Da bist du ja, Junge. Ich habe nachgedacht. Sollen wir

morgen früh jagen gehen? Ich war im Wald, und der Wildhüter erzählte mir, es gäbe ein paar junge Hirsche. Wir könnten einen töten und damit dem alten Hirsch helfen, seine Herde ein weiteres Frühjahr zu behalten.«

»Gerne, Vater.«

Cullyn winkte einem Pagen, ihm Bier einzugießen. Während sie sich über die Jagd unterhielten, vergaß er einen Augenblick alle seltsamen Gerüchte.

Im Morgengrauen gesellte sich Cullyn im Hof zu seinem Vater und dem Anführer der Meute. Die Hunde warteten ebenfalls schon, aufgeregt, mit gespitzten Ohren und wedelnden Schwänzen. Als die Männer auf die Pferde stiegen und zum Wald hinaus ritten, umringten die Hunde ihren Meister, der zu Fuß neben den Reitern hertrabte. Im ersten Tageslicht ließen die Jäger Aberwyn hinter sich und zogen nach Norden, am Ufer des Flusses Gwyn entlang, der noch vom Frühjahrshochwasser geschwollen war. Nach etwa acht Meilen erreichten sie das Jagdgebiet des Gwerbret, das – verglichen mit dem größeren Jagdgebiet in der Nähe von Belglaedd weiter im Norden – nur ein kleines Wäldchen war. Während sie frühstückten und die Hunde ruhen ließen, erschien der Wildhüter und setzte sich zu ihnen. Alban war ein Mann mit verwittertem Gesicht, so zäh wie eine alte Eiche. Da er beinahe ebenso scheu war wie das Wild selbst, dauerte es lange, ihm die Neuigkeiten aus der Nase zu ziehen; er sagte immer einen Satz und zog sich lange in sich zurück, bis er den nächsten herausbrachte. Rhodry lauschte mit erstaunlicher Geduld.

Da Cullyn gerne jagte, war er beinahe so aufgeregt wie die Hunde, als sie sich endlich wieder auf den Weg machten. So früh im Jahr trugen die Bäume gerade erst ihre ersten Blätter, und die Farne standen noch niedrig. Die Jagdhunde sausten hierhin und dorthin, schnupperten mehr in den Wind als am Boden und rannten dann plötzlich bellend nach links. Lachend gab Rhodry seinem Pferd die Sporen, und Cullyn folgte. Als sie die Hunde einholten, wendeten diese abrupt und hetzten in Richtung Fluß weiter.

Plötzlich stolperte Cullyns Pferd ein wenig, was ihn zwang, langsamer zu reiten, bis das Tier sein Gleichgewicht wiedererlangt und sich beruhigt hatte. Danach hatte Rhodry einen großen Vorsprung. Cullyn konnte ihn und die Hunde gerade noch durch die Bäume erkennen, als er hörte, wie das Bellen zu entsetztem Kläffen wurde und der Hundeführer aufschrie. Den Speer bereit, gab er seinem Pferd die Sporen, duckte sich unter den Ästen hindurch und galoppierte auf eine Lichtung, wo er einen wilden Eber sah, der wütend das Rudel angriff. Die Hunde stoben davon, und der Hundeführer sprang gerade noch rechtzeitig in einen Baum. Sie hatten keine Eberhunde dabei und, was noch schlimmer war, keine Eberspeere mit den lebenswichtigen Querstreben am Schaft. Cullyns Pferd warf ängstlich den Kopf zurück, als der gewaltige, stinkende Eber einen der Hunde verfolgte. Als Cullyn dem Tier wieder die Sporen gab, erschien Rhodry, galoppierte zwischen Eber und Hund hindurch und stach dabei mit dem Speer nach dem Wildschwein. Wild schnaubend wandte sich der Eber ihm zu. Mit einem Kriegsschrei folgte Cullyn Rhodry und dem Wildschwein. Er erkannte, was sein Vater vorhatte – er wollte den langsameren Eber immer wieder verletzen, ihn am Laufen halten und ihn langsam verbluten lassen, bis sie ihn schließlich töten konnten. So wütend, wie das Tier war, würde es ein langer, schwerer Kampf werden.

Aber sie hatten den Fluß vergessen. Gerade als Cullyn Rhodry und den Eber einholte, brachen sie aus dem Wald heraus und erreichten wieder den Weg am Fluß. Rhodry schrie Cullyn zu, er solle zurückbleiben, und er versuchte, sein Pferd zu wenden, aber das Tier warf nur einen Blick auf den Eber, der ihm folgte, bäumte sich auf und glitt dann aus und stürzte.

Rhodry kam problemlos aus dem Sattel und landete unverletzt, aber der Eber drehte sich um und griff an.

»Vater!« Cullyns Stimme war wie der Schrei eines Kindes. »Vater!«

Gerade halb wieder auf die Beine gekommen, warf sich Rhodry zur Seite und rollte sich direkt in den Fluß. Blind vor Wut sprang der Eber ihm nach. Cullyn konnte sich später nicht einmal daran erinnern, daß er abgestiegen war und sich seiner Lederkleidung entledigt hatte: Er wußte nur, daß er plötzlich im Fluß war und verzweifelt von einem Ufer zum anderen schwamm und sich von der Strömung abwärts tragen ließ, bis er schließlich vollkommen erschöpft Alban vom Ufer aus rufen hörte.

»Kommt ans Ufer, Herr! Ich flehe Euch an, kommt ans Ufer!«

Mit letzter Kraft kämpfte Cullyn gegen die Strömung an, schwamm ans Ufer und packte das Speerende, das Alban ihm entgegenstreckte. Sie brauchten beide ihre gesamte Kraft, um Cullyn an Land zu ziehen.

»Ich habe ihn nicht einmal gesehen«, keuchte Cullyn.

»Ich auch nicht, Euer Gnaden.«

Mit diesem Titel angeredet zu werden nahm Cullyn den letzten Atem. Als er aufblickte, sah er, daß dem Wildhüter Tränen über die Wangen liefen, und der Anblick ließ auch ihn aufschluchzen. All sein Mißtrauen, all sein Neid und seine Angst hatten schließlich ein Ende gefunden, und doch hätte er lieber ein Jahr in der Hölle verbracht, nur um seinen Vater zurückhaben zu können.

»Bei allen Göttern und ihren Frauen«, flüsterte Salamander. Sein Gesicht war bleich vor Angst. »Ich hätte mir nie träumen lassen, daß dein Junge versuchen würde, dich aus dem Wasser zu ziehen.«

»Ich auch nicht, oder ich hätte diesem dummen Plan niemals

zugestimmt!« Rhodry hätte ihn am liebsten geschlagen. »Aberwyn hätte an einem einzigen Tag gleich zwei Gwerbrets verlieren können! Ihr Götter, mußtest du diesen elenden Eber denn so überzeugend machen? Ich hätte nie geglaubt, daß eine Illusion so stinken könnte.«

»Das verstehst du nicht, Bruder.« Salamander strich sich mit dem Handrücken über die verschwitzte Stirn. »Dieser Eber war kein Produkt von Zauberei. Er war echt, vollkommen solide, nicht zu bestreiten und vollkommen ungeplant.«

Rhodry spürte, wie er ebenfalls bleich wurde. Er wollte gerade etwas besonders Widerwärtiges sagen, als Jill in ihr Versteck auf der anderen Seite des Flusses zurückgekrochen kam.

»Er ist in Sicherheit«, flüsterte sie. »Der Wildhüter und der Hundeführer sind bei ihm, und auch alle Hunde. Sie haben die Pferde wieder eingefangen, und zweifellos werden sie bald nach Hause reiten. Wir sollten lieber hier verschwinden, bevor dein ganzer Kriegshaufen auftaucht, um nach deiner Leiche zu suchen.«

»Es ist nicht mehr mein Kriegshaufen.«

»Das stimmt, und wir haben es nur der Gnade der Götter zu verdanken, daß sie jetzt für deinen ältesten Sohn und nicht seinen jüngeren Bruder reiten.« Sie wandte sich Salamander zu. »Du und deine verfluchten ›kunstvollen‹ Pläne!«

»Du warst diejenige, die darauf bestand, daß es Zeugen geben müsse, und du warst auch mit diesem Plan einverstanden. Tadle mich nicht, Meisterin monströser Magie, denn ich habe ihnen diesen stinkenden Eber nicht in den Weg geschickt.«

Jill knurrte noch leise, aber sie ließ das Thema fallen. Einige Zeit warteten sie noch, bis sich Männer und Hunde auf den Rückweg gemacht hatten. Salamanders Dweomer konnte zwar einen einzelnen Mann, der aus dem Fluß kroch, unsichtbar machen, aber keine ganze Gruppe mit drei Pferden, einem Maultier und zwei Packpferden. Nun, da er wußte, daß Cullyn in Sicherheit war, fühlte sich Rhodry elend und taub, und er haßte die Ironie des Wyrd, daß er erst jetzt herausgefunden hatte, wie sehr sein Sohn ihn liebte, wo er den Jungen niemals wiedersehen würde.

Endlich gaben die Jäger ihre vergebliche Suche auf und kehrten nach Aberwyn zurück. Rhodry war mehr als froh, seine feuchten Kleider gegen eine einfache graue Brigga und ein altes Leinenhemd ohne Wappen tauschen zu können. Dazu schnallte er sich einen billigen Gürtel mit seinem Silberdolch daran um.

»Jetzt bin ich also wieder ein Silberdolch.«

»Nicht lange«, sagte Salamander. »Wir werden schon bald im Elfenland sein.«

»Immer vorausgesetzt, daß niemand uns erwischt.«

»Mach dir darum keine Sorgen«, wandte Jill ein. »Salamander kann dafür sorgen, daß dich niemand erkennen wird, selbst wenn sie dich direkt ansehen.«

»Also gut. Wir sollten losreiten.«

»Ja. Unser Vater erwartet uns nahe der Grenze.«

»Das wird ziemlich seltsam werden, nach all diesen Jahren meinem echten Vater zu begegnen, der noch dazu ein Barde ist.«

»Mutter, ich habe versucht ihn zu retten, ich habe es wirklich versucht.« Cullyn klang wieder wie ein kleiner Junge.

Aedda griff nach seinen Händen und drückte sie fest.

»Selbstverständlich. Das weiß ich doch.«

Um seinetwillen und weil der Junge ihr leid tat, gelang es ihr, das Angemessene zu tun und zu weinen, aber es lag keine Trauer darin. Jahrelang hatte sie sich angestrengt, Rhodry keine Schuld zu geben; immerhin war sie nicht das erste

Mädchen in Deverry, das geheiratet hatte, um einen Vertrag zu besiegeln, und sie würde auch nicht die letzte sein. Dennoch, er hatte ihr ihre Jungfräulichkeit, ihre Jugend, ihr Leben genommen, während er sie immer von seinen Angelegenheiten fernhielt, und am Ende nahm er ihr auch noch ihre Söhne. Sie haben dich immer mehr geliebt als mich, dachte sie. Bei allen Dämonen der Hölle, ich bin froh, daß du tot bist.

Dies war der erste Tod des Rhodry Maelwaedd, womit sich die Prophezeiung eines alten Einsiedlers bewahrheitete, der viele Jahre zuvor vorausgesagt hatte, er werde zweimal sterben.

Rhodry, Salamander und Jill hielten sich an Landstraßen und Feldwege, kauften ihre Vorräte von Bauern und mieden die Festungen der Adligen. Zehn Tage lang ritten sie nach Westen, bis sie den großen Bach oder kleinen Fluß erreichten, der als Y Brog bekannt war und der für die meisten Menschen die Grenze von Eldidd darstellte, da jenseits dieses Flusses nur noch Elfen lebten. Während Rhodrys Herrschaft war das Westvolk – wie die Menschen von Eldidd die Elfen nannten – ein wenig zugänglicher geworden als in der Vergangenheit. Gelegentlich waren ein paar Elfen in den Grenzstädten von Cannobaen oder Cernmeton erschienen, um ihre wunderschönen Pferde gegen Eisen- und Glasarbeiten zu tauschen; noch seltener tauchten Botschafter in Aberwyn selbst auf, um dem Gwerbret Zeichen ihrer Freundschaft und Allianz zu überbringen. Noch immer waren sie für die meisten Menschen seltsam, fremd und furchteinflößend. Rhodry hatte es stets bedauert, daß es ihm nicht gelungen war, seine Untertanen dazu zu bringen, das Westvolk im Rhan willkommen zu heißen. Da er seine Söhne dazu erzogen hatte, die Elfen zu mögen und zu bewundern, konnte er zumindest hoffen, daß das Westvolk in der Festung weiterhin willkommen war.

»Ich nehme an, ich werde ab und zu erfahren, wie es in Aberwyn zugeht«, meinte er eines Abends. »Besonders, wenn Calonderiel vorhat, dem neuen Gwerbret seine Ehre zu erweisen.«

»Natürlich wird er das tun.« Salamander kniete am Lagerfeuer und legte Zweige nach. »Das gehört mit zum Plan. Er wartet, um sich noch mit uns zu unterhalten, und dann reitet er nach Osten. Was ist denn? Hast du Angst um deine Ländereien? Nun, ich sollte wohl eher sagen: um deine ehemaligen Ländereien.«

»Es ist seltsam – ich kann nicht aufhören, an Aberwyn zu denken. Die ganze Zeit erlasse ich im Geist Befehle, wie die Dinge in Zukunft zu handhaben sind, und ich ertappe mich sogar dabei, daß ich mich nach einem Pagen umsehe, um diese Befehle weiterzugeben.«

»Darüber wirst du mit der Zeit hinwegkommen. Betrachte es als eine Art Fieber. Diese Herrschermanieren werden dir vergehen, wenn deine Gesundheit erst zurückgekehrt ist.«

»Also gut. Vielleicht brauche ich ein paar stärkende Kräuter oder so etwas.«

Beide grinsten. Sie waren zwar nur Halbbrüder, sich aber in so mancher Hinsicht ähnlich. Salamanders Haar allerdings war von so hellem Aschblond wie Rhodrys dunkel, aber sie hatten denselben kräftigen Unterkiefer und die tiefliegenden Augen, ebenso die leicht spitzen Ohren, die sie als Halbblut auswiesen.

»Wo steckt Jill eigentlich?« Salamander hörte auf, sich um das Feuer zu kümmern, und setzte sich neben Rhodry.

»Das weiß ich nicht. Sie meditiert, oder was immer ihr Zauberer so tut.«

»Höre ich da eine säuerliche Note in deinen süßen Tönen? Eine Spur von Gereiztheit, von Verärgerung gar, eine gewisse Eifersucht oder Ablehnung unserer hohen Kunst oder vielleicht etwa …«

»Wirst du wohl den Mund halten, du Schwätzer?«

»Aha, ich hatte also recht.«

In diesem Augenblick erschien Jill auf der anderen Seite des Feuers. Sie lagerten an einem kleinen Gehölz, und in dem schwachen Licht sah es so aus, als sei sie direkt aus dem Nichts aufgetaucht, wie es das Wildvolk immer tat.

»Ihr beide seht aus wie ertappte Einbrecher. Habt ihr etwa über mich gesprochen?«

»Dir müssen die Ohren geklungen haben.« Salamander grinste. »Wir haben uns nur gefragt, wo du wohl steckst, und schon wurde unsere Frage beantwortet und das Rätsel gelöst. Setz dich.«

Mit einem dünnen Lächeln kam Jill der Aufforderung nach.

»Wir sollten morgen die verfallene Festung erreichen«, stellte sie fest. »Dort treffen uns die anderen. Erinnerst du dich daran, Rhodry? Die Stelle, wo Lord Corbyns Männer versuchten, uns während der Rebellion festzusetzen?«

»Ihr Götter, das war vor so vielen Jahren, aber ich erinnere mich tatsächlich, und ich werde diese Stelle immer lieben, denn dort habe ich dich zum erstenmal gesehen.«

»Du bist beinahe ein solcher Schwätzer wie dein Bruder.« Sie stand auf und verschwand lautlos im Gehölz.

Rhodry verzog das Gesicht und starrte ins Feuer.

»Ich glaube, Bruder, da gibt es etwas, das du nicht ganz verstehst.« Salamander hielt des dramatischen Effekts wegen inne. »Jill ist für dich inzwischen unerreichbar. Sie ist für uns beide unerreichbar, obwohl ich zugeben mußte, daß es eine kurze Zeit in meinem Leben gab, in der ich selbst wahnsinnig in sie verliebt war – ohne das geringste Ergebnis, will ich schnell hinzufügen, außer einer kalten und grausamen Abweisung und der Zerstörung meiner geringsten Hoffnungen.«

»Oh. Wer ist es also?«

»Kein *er*, du Ausbund an Eifersucht, es ist kein Mensch,

sondern eine Sache. Jill gehört dem Dweomer. Wieso glaubst du eigentlich, daß sie dich überhaupt verlassen hat? Weil die Liebe zum Dweomer doppelt so stark brennt wie Begierde oder selbst Gefühle.«

Rhodry und Jill hatten sich vor so langer Zeit getrennt, daß Rhodry sich nicht mehr an Einzelheiten erinnern konnte, aber er erinnerte sich nur zu gut an seine Bitterkeit.

»Ich habe es damals nicht verstanden und verstehe es immer noch nicht, und ich will verflucht sein, wenn ich es auch nur möchte.«

»Dann kann ich nichts dagegen sagen. Aber ich warne dich, Rhodry, verliebe dich nicht wieder in sie.«

Rhodry zuckte nur die Achseln und fragte sich, ob die Warnung vielleicht zu spät kam.

Am Morgen überquerten sie den Fluß und ließen das besiedelte Land hinter sich. Den ganzen Tag lang ritten sie durch Grasland und an verstreuten kleinen Gehölzen vorbei; an diesem Abend schlugen sie ihr Lager in grüner Leere auf. Aber früh am nächsten Tag sah Rhodry am Horizont einen eingestürzten Turm, so einsam im endlosen Gras wie das Steingrab eines Kriegers – was es auch hätte sein können.

»Ist diese Festung eigentlich gewaltsam erobert worden?«

»Ich habe keine Ahnung«, erwiderte Jill. »Calonderiel weiß es vielleicht.«

Der fragliche Elf, ein alter Freund und Kriegshauptmann seines Volkes, wartete nahe der Bresche in den halb eingestürzten Mauern, in der sich einmal hölzerne Tore befunden hatten. Zuerst sahen sie sein Pferd, einen wunderbaren goldfarbenen Wallach mit silberner Mähne und Schweif, der zum Grasen angepflockt war. Calonderiel selbst ging im Hof auf und ab, wo Gras rings um die letzten Pflastersteine wuchs und Efeu den Broch erkletterte. Ein hochgewachsener, schlanker Mann wie die meisten seines Volkes, hatte der Kriegsherr dunkelviolette Augen mit vertikal geschlitzten Pupillen wie die einer Katze, mondbleiches Haar, und seine Ohren waren so lang und spitz wie eine Muschel.

»Da seid ihr ja!« rief er auf deverrianisch. »Ich dachte schon, Salamander hätte euch irgendwo verloren.«

»Erspare mir die Beleidigungen«, sagte Salamander mit der Andeutung einer Verbeugung. »Du hast wohl mit meinem Vater gesprochen, wenn du so schlecht von mir denkst. Was mich daran erinnert – wo ist mein hochverehrter Erzeuger? Ich dachte, er wäre ganz begierig darauf, endlich seinen anderen Sohn zu sehen.«

»Das wird er auch sein, wenn er erst hört, daß ihr nach Westen gekommen seid.« Calonderiel wandte sich Rhodry zu. »Ich muß mich entschuldigen, aber Devaberiel ist mit einem der Alarli nach Norden gezogen. Ich habe meine Männer losgeschickt, um nach ihm zu suchen. Er wird schon wieder auftauchen.«

»Verflucht soll das alles sein!« rief Jill, bevor Rhodry etwas einwenden konnte. »Ich wollte mit ihm reden, bevor ich weiterreite, und nun muß ich hier herumhocken und warten.«

»Sie kann recht ungeduldig sein, nicht wahr?« Calonderiel grinste. »Du solltest dich doch inzwischen an uns Elfen gewöhnt haben, Jill. Dinge geschehen, wenn sie geschehen, und keinen Augenblick vorher.«

»Also gut«, sagte Rhodry. »Ich gestehe, daß ich ebenfalls ein wenig enttäuscht bin.«

»Und du mußt zugeben, Cal«, warf Salamander ein, »daß mein Vater sich hin und wieder wirklich Zeit lassen kann. Er behauptet, er bewegt sich würdevoll und gemessen – ich würde es eher träge, verzögert oder schlicht und ergreifend langsam nennen.«

»Du magst nicht unrecht haben.« Der Kriegsherr sah Jill an. »Aber immerhin ist Aderyn im Lager.«

»Das wird das Warten allerdings leichter machen. Wie weit sind sie noch weg?«

Überhaupt nicht weit, wie sich herausstellte. Ein paar Meilen weiter westlich zog sich das Lager an einem Bach entlang: etwa zwanzig bunte, runde Zelte, eine große Pferdeherde, eine kleinere Schafherde, ein ordentlicher Stapel von Schlittenstangen. Als sie näher kamen, liefen ihnen schreiende Kinder und kläffende Hunde entgegen; etwa dreißig Erwachsene kamen gemessenen Schrittes hinterher.

Im Lauf der Jahre hatte Rhodry genug Elfisch gelernt, um alle begrüßen und die diversen Begrüßungsansprachen verstehen zu können, die man für ihn hielt. Er lächelte und verbeugte sich und wiederholte Namen, die er einen Augenblick später wieder vergaß. Calonderiel bestand darauf, daß die beiden Brüder in seinem Zelt wohnen sollten, und es gab viele gefällige Hände, die ihre Ausrüstung tragen und ihre Pferde versorgen wollten. Metschläuche und Schalen mit Essen erschienen, als sich alle zu einem Fest um das Hauptfeuer versammelten. Jeder wollte Devaberiels Sohn kennenlernen und ihm von dem großen Bankett erzählen, das für den Abend geplant war. In all der Verwirrung dauerte es einige Zeit, bis Rhodry auffiel, daß er Jill ganz vergessen hatte.

Etwa eine halbe Meile vom Hauptlager entfernt stand Aderyns verwittertes Zelt allein neben einer Gruppe von Weiden am Bachufer. Es war wunderbar ruhig hier, wenn man vom Zwitschern der Vögel absah. Jill pflockte ihr Pferd an und ließ es mit Aderyns kleiner Herde grasen, dann trug sie ihre Sachen zum Zelt. Gerade als sie sich fragte, ob sie zum Gruß laut rufen sollte, öffnete sich die Zeltklappe, und Aderyns neuer Schüler, ein helläugiger junger Elf namens Gavantar, kroch heraus. Er war sogar noch schlanker als die meisten seines Volkes, so daß

Jill ihn eher als einen Geist denn als Mann betrachtete. Aber als er ihr die Lasten abnahm, schien er kräftig genug.

»Laß mich das für dich tragen, o Weise des Ostens. Du hättest mir auch dein Pferd überlassen können.«

»Ich bin noch keine verschrumpelte alte Frau, Junge. Ist dein Meister hier?«

»Selbstverständlich, und er wartet auf dich.«

Obwohl es draußen warm war, war es im Zelt dämmerig und kühl, und die Luft knisterte von den umherhuschenden Elementargeistern, die Aderyn immer umgaben. Wildvolk hockte überall im Zelt, auf dem Boden oder an die Wände und die bunten Zelttaschen geklammert, die von den Stäben herabhingen. Ein kleines Feuer glühte unter dem Rauchloch in der Mitte. Der Dweomermeister selbst saß im Schneidersitz auf einem Lederkissen. Er war ein kleiner Mann, kein Elf, sondern ein Mensch, mit riesigen, dunklen Augen in einem schmalen, faltigen Gesicht und schlohweißem Haar, das von seiner Stirn in zwei Wirbeln abstand wie die Hörner einer Eule. Als er Jill sah, grinste er in ehrlichem Entzücken und stand auf, um nach ihren Händen zu greifen.

»Es ist gut, dich einmal wieder wirklich zu sehen! Komm und setz dich. Darf ich dir etwas Met anbieten?«

»Nein danke. Ich vertrage das Zeug nicht so gut wie du. Aber ich hätte gern einen Becher von diesem gewürzten Honigwasser.«

Der Schüler legte die Satteltaschen hin und eilte ins Hauptlager, um einen Schlauch des gewünschten Getränks zu besorgen. Aderyn und Jill setzten sich einander gegenüber, und sie holte ein paar in Tuch gewickelte Bündel aus ihrem Gepäck. Eine kleine Herde von Gnomen drängte sich um sie, um zuzusehen, darunter auch der kleine graue, der Jill überallhin folgte.

»Nevyn wollte, daß du diese Bücher bekommst.« Sie reichte

Aderyn ein paar uralte Bände mit gerissenen Ledereinbänden. »Ich weiß allerdings nicht, was du mit zwei weiteren Ausgaben von Prinz Maels Schriften anfangen sollst.«

»Sie mit aller Ehre und Hochachtung herumschleppen, denke ich. Diese Bände hier bedeuten mir tatsächlich etwas. Der Mann, der sie Nevyn gab, war jemand, den ich sehr bewunderte.« Er fuhr mit seinen schlanken Fingern über die eingeprägten Ornamente, an denen hier und da noch Reste von Blattgold zu sehen waren, eine gepunzte Rosette, die zwei Dachse und darunter das Motto *Wir sind zäh* zeigte. »Aber daß er sich nach all diesen Jahren noch daran erinnert hat!«

»Und hier ist ein Andenken an Brin Toraedic. Er sagte, ich soll dir ausrichten, daß es sich dabei um ein wahres Wunder handelt, weil es älter ist als ihr beide zusammen.«

Aderyn lachte und hob den Becher, der aus gehämmertem Gold bestand und mit einem Buckelmuster verziert war, das nichts ähnelte, was je eine Elfen- oder Menschenwerkstatt verlassen hatte. Jill selbst betrachtete den alten Mann forschend; er schien nicht älter und schwächer zu sein als je zuvor, dennoch machte sie sich Sorgen. Er ging auf diesen Gedanken ein.

»Meine Zeit ist noch nicht abgelaufen. Ich muß Gavantar ausbilden, und der hat gerade erst mit seinen Studien begonnen.«

»Aha. Ich habe mich … nun, nur gefragt.«

»Es muß schlimm für dich gewesen sein, als Nevyn gegangen ist.« Das war keine Frage.

»Ja. Es ist nicht nur, daß er mir fehlt – obwohl das schlimm genug wäre. Ich fühle mich so furchtbar unfähig, kaum mehr als eine Schülerin und nicht in der Lage, Meisterin des Aethyr zu sein.«

»Ach, das machen wir alle durch! Du wirst in deine Aufgabe hineinwachsen. Es ist, wie wenn man Hauptmann eines Kriegshaufens wird, nehme ich an. Diese Verantwortung – am Anfang muß sie einem überwältigend erscheinen, wenn man an all die Leben denkt, die von den Entscheidungen eines solchen Hauptmanns abhängen.«

»Da hast du recht. Aber ich muß Nevyns Aufgabe beenden. Ich habe das Gefühl, daß ich es schon um seinetwillen vollkommen richtig machen muß.«

»Einen Augenblick! Es war nicht *seine* Aufgabe, jedenfalls nicht mehr, als es die deine ist. Laß solche Eitelkeiten nicht zu, oder du mußt dir tatsächlich Sorgen machen. Es ist unser aller Aufgabe, und die Aufgabe und der Wille der Großen. Stell es dir wie einen gewaltigen Wandteppich vor. Wir alle weben ein kleines Stück, so groß, wie wir es gerade können, und reichen dann den Entwurf an den nächsten weiter. Niemand könnte das ganze Ding allein fertigstellen.«

»Da hast du recht.« Jill lächelte und spürte, wie ihre finstere Stimmung sich hob. »Darauf trinke ich! Hier kommt Gavantar zurück.«

Gavantar brachte eine Lederflasche, die nach bardekianischem Zimt und Nelken roch. Nachdem das Getränk eingeschenkt war, bezog er Wache an der Zeltklappe und weigerte sich mit einem schüchternen Kopfschütteln, näher zu kommen, selbst als Aderyn ihn einlud. Er war gerade erst zum Dweomer gestoßen, nahm Jill an, und immer noch voller Ehrfurcht vor dem, was er für seltsame und gewaltige Kräfte hielt. Bald genug würde er verstehen, wie natürlich Aderyns Magie auf ihre Art war, und er würde sich hier mehr zu Hause fühlen.

»Ist Rhodry immer noch bei Calonderiel?« fragte sie.

»Das ist er, Weise. Das ganze Lager möchte ihn kennenlernen.«

»Gut. Dann wird er zumindest für ein paar Stunden keinen Ärger machen.« Sie wandte sich wieder Aderyn zu. »Rhodry gehört zu den Dingen, die mich beunruhigen.«

»Aha. Liebt er dich immer noch?«

»Das nehme ich an, aber es ist nicht wichtig. Ich frage mich vor allem, was aus ihm werden soll. Nein, ich mache mir wirklich schreckliche Sorgen. Wir haben ihn von allem weggeholt, was er kennt und liebt. Das ist schwierig genug, und darüber hinaus hat er dieses Wyrd. Sein Leben ist so lange von dieser Prophezeiung bestimmt worden, und nun hat er sie erfüllt. Was soll jetzt aus ihm werden?«

»Prophezeiung?«

»Eine, die Nevyn vor vielen Jahren empfing. Erinnerst du dich nicht daran? Rhodrys Wyrd ist das Wyrd von Eldidd, hieß es.«

»Ach das! Selbstverständlich – er ist gerade noch rechtzeitig zurückgekommen, um Gwerbret zu werden, nicht wahr?«

»Du scheinst das alles verdammt leichtzunehmen. Es hätte einen langen und schrecklichen Bürgerkrieg in Eldidd gegeben, wenn Rhodry das Rhan nicht geerbt hätte.«

Aderyn nickte nur. Jill nahm an, daß er so alt war und so viele Kriege gesehen hatte, daß ein weiterer Konflikt ihm nichts bedeutete.

»Und dann ist da dieser Rosenring«, fuhr sie fort. »Ich habe jetzt monatelang über dieses Schmuckstück nachgedacht. Deshalb will ich auch mit Devaberiel sprechen, um ihn zu fragen, was für ein seltsames Geschöpf ihm den Ring überreicht hat. Ich wette, es war kein normaler Elf.«

»Da hast du recht.« Aderyns Stimme war jetzt deutlich angespannt. »Ich habe meine eigene Theorie, wer dieser geheimnisvolle Wohltäter war.«

»Das würde ich gerne hören. Und was ist mit dieser elenden Inschrift? Wenn wir wüßten, was sie bedeutet, könnten wir vielleicht das ganze Rätsel lösen.«

Obwohl sie erwartete, daß er ihr seine Gedanken mitteilte oder zumindest deutlich machte, daß er ihre letzten Sätze gehört hatte, blieb Aderyn lange Zeit sitzen und starrte einfach ins Leere. Endlich begann er zu sprechen, mit einer Stimme, die halb Flüstern, halb Seufzen war.

»Dieser Ring – dieser verfluchte Ring! Zwergenarbeit, und er hat sein eigenes Leben genau wie all ihre Schmuckstücke. Aber dieses hier ist seltsamer als die meisten, und ich wette, daß seine Aufgabe noch nicht erledigt ist.«

Er schüttelte den Kopf und sprach dann mit normaler Stimme weiter. »Aber ja, die Prophezeiung … daß ein Mann mit Elfenblut am Ende in Eldidd regieren sollte! Man stelle sich das vor!«

»Nun, sein Sohn hat ebenfalls eine gute Portion Elfenblut. Der junge Cullyn.« Jill mußte bei seinem Blick lächeln. »Aderyn, du siehst vollkommen schockiert aus!«

Der alte Mann zuckte mit den Achseln und wandte den Blick ab. In diesem Augenblick schien er niedergedrückt von all den Lasten und der Trauer seines langen Lebens. Wildvolk drängte sich um ihn, tätschelte seine Hände, kletterte auf seinen Schoß und warf Jill böse Blicke zu, als wäre sie am Schmerz ihres Freundes schuld. Trotz seiner Schüchternheit rückte Gavantar näher und blickte mit gerunzelter Stirn zwischen den beiden Meistern seiner Kunst hin und her.

»Nun, das Land gehörte einmal dem Westvolk«, fuhr Jill fort. »Ich würde gerne sehen, daß sie dort wieder willkommen sind. Oder ist es falsch, daß Elfen und Menschen sich in dieser Weise vermischen?«

»Überhaupt nicht.« Aderyn entledigte sich dieser Stimmung und der Hälfte des Wildvolks mit einem Schulterzucken und einer Handbewegung. »Und es wäre meiner Meinung nach großartig, wenn das Westvolk bei allen wichtigen Entscheidungen in Eldidd etwas zu sagen hätte. Es fällt mir nur schwer, das zu glauben, wenn ich mich erinnere, was im Lauf der Jahre geschehen ist. Es hat so viele Feindseligkeiten gegeben, Jill, schreckliche Feindseligkeit zwischen meinen beiden Völkern. Genau so denke ich immer von Elfen und Menschen, weißt du, als wären sie beide mein, obwohl ich es einmal wirklich gehaßt habe, noch ein Mensch zu sein. Es ist selbstverständlich Rhodry, der tatsächlich zwischen den Welten hängt. Und es wird nicht einfach für ihn sein. Das kann ich aus meiner eigenen Erfahrung bezeugen.« Er schwieg lange. »Nein, es wird für ihn viel schlimmer werden. Es gibt Dinge, die ihm in anderen Leben geschehen sind und die nun Ergebnisse zeitigen. Das ist einer der Gründe, wieso ich unbedingt hier an der Grenze sein wollte, um ihn zu empfangen.«

»Ach ja? Um was geht es dabei?«

»Ach, das ist eine lange und komplizierte Geschichte, die sich über Hunderte von Jahren zieht, obwohl ich denke, daß wir nun an ihrem Ende stehen. Du erinnerst dich, oder? Daß seine Seele in einem anderen Körper einmal mein Vater war?« Der alte Mann grinste. »Falls sich noch jemand an diesen Tag erinnern kann, der weit im Nebel der Zeit verschwunden ist – den Tag, an dem ich geboren wurde.«

Jill lächelte mit ihm, aber sie spürte die Berührung des Dweomer kalt auf ihrem Rücken. Immerhin war sie selbst in einem anderen Körper seine Mutter gewesen. Aderyn war zu höflich, das zu erwähnen.

»Aber Gweran – mein Vater, meine ich, und Rhodry in anderem Fleisch – war der menschlichste Mann, den ich kannte.«

»Du vergißt, daß er auch ein Barde war. In der Seele jedes Barden gibt es einen Hauch von … nun, was? Wahnsinn? Wildnis? Von etwas Seltsamem, Magischem und Verrücktem und Inspiriertem gleichzeitig.«

»So ist es. Daran hatte ich zuvor noch nicht gedacht. Wyrd und die Wirren des Wyrd! Es heißt immer, daß kein Mensch es wirklich erkennen kann.«

»Aber dennoch versuchen wir es alle.«

»Genau, und zuvor haben wir von den Aufgaben anderer gesprochen, nicht wahr? Aber Rhodry könnte jetzt meine Aufgabe sein – du brauchst dir also keine Sorgen zu machen –, obwohl ich eines Tages vielleicht deine Hilfe brauchen werde. Nachdem Gweran gestorben war, glaubte ich nicht, daß du noch viel damit zu tun hattest.« Er stützte nachdenklich das Kinn auf die Hand. »Du hast immer zu den Menschen gehört, Jill, nicht zu den Elcyion Lacar, wie ich – nicht, daß ich jemals daran gedacht hätte, daß Rhodrys Seele so viel mit den Elfen zu tun bekäme, Barde oder nicht. Es ist seltsam, wie verworren das Wyrd eines Menschen werden kann. Aber du solltest dir darüber keine Sorgen machen. Wirklich, ich glaube nicht, daß du damit noch etwas zu tun hattest, es sei denn sozusagen im Vorübergehen.«

Und gegen ihren Willen war Jill verärgert, daß es einen Teil von Rhodrys Seele und Rhodrys Wyrd geben sollte, der nichts mit ihr zu tun hatte.

DEVERRY UND ELDIDD
718

I

Wenn sich an einem kalten, grauen Morgen die Nebel vom Loc Tarnig erhoben, konnte man gut verstehen, wieso die ortsansässigen Bauern glaubten, es spuke an diesem See. Aderyn sah nur ein paar Flecke der Wasseroberfläche und an einer Stelle einen Baum und vier stahlgraue Felsen, während sich am gegenüberliegenden Ufer die fichtenschwarzen Berge zu Gipfeln und Schatten erhoben. Das Geräusch von hundert Wasserfällen murmelte und plätscherte wie Geisterstimmen durch den Nebel. Im Augenblick sorgte sich Aderyn allerdings mehr wegen eines aufkommenden Regens als wegen möglicher Gespenster. Damals war er noch ein junger Mann, sein Haar war von unauffälligem Braun, und immer hing ihm eine unordentliche Locke in die Stirn, statt in der Eulenart nach oben zu stehen wie später. Er war auch noch magerer, weil er die Hälfte der Zeit, wenn er tief in seine Dweomerstudien versunken war, einfach zu essen vergaß. An diesem Morgen lag er auf den Knien im hohen Frühlingsgras und grub mit einem kleinen Silberspaten Baldrianwurzeln aus.

Wildvolk hatte sich versammelt, um ihn zu beobachten – zwei kleine, graue Gnomen, dünn und langnasig, und drei blaugrüne Feen mit spitzen Zähnen und hübschen Gesichtern. Wie Kinder kamen sie näher, stellten mit Gesten stumme Fragen und standen ständig im Weg. Aderyn benannte alles, worauf sie zeigten, und arbeitete rasch, immer mit einem Auge auf den heranziehenden Wolken. Als er gerade fertig war, hob ein Gnom einen Erdklumpen auf und warf ihn auf seinen

Genossen. Fauchend und zähnefletschend stürzten sich auch die Feen in die sofort beginnende Schlammschlacht.

»Hört auf! Eure Herren werden das ausgesprochen unhöflich finden!«

Eine Fee zwickte ihn in den Arm. Dann verschwanden sie alle und hinterließen neben einer deutlich wahrnehmbaren Bewegung der Luft einen Geruch nach sauberem Blätterhumus. Aderyn suchte seine Sachen zusammen und eilte zurück zu der runden Steinhütte, die er mit seinem Meister teilte. Zwei Jahre zuvor hatten er und Nevyn diese Hütte und einen kleinen Stall für ihre Pferde und Maultiere mit eigener Hand gebaut. Hinter dem Haus lag ihr Garten, wo sowohl Bohnen und Kohl als auch exotische Kräuter wuchsen. Außerdem hatten ein paar Hühner dort ihren Stall. Die meisten Vorräte bezogen sie jedoch aus den Bauerndörfern am Nordende des Sees, wo die Einwohner Lebensmittel gegen Arzneien eintauschten.

Als Aderyn in den einzigen, runden Raum des Hauses eilte, fand er Nevyn am Feuerkreis in der Mitte, wo er dem Spiel der Flammen zusah. Nevyn war damals beinahe hundert Jahre alt, ein hochgewachsener Mann mit dichtem, weißem Haar und tiefliegenden blauen Augen, aber er war kräftiger als die meisten Männer mit zwanzig und hatte die Haltung des Prinzen, der er einmal gewesen war.

»Gerade noch rechtzeitig. Jetzt geht der Sturm los.«

Eine Windbö trieb den Rauch durch die zugige Hütte, und die Tropfen fielen aufs Dach. Nevyn stand auf und half Aderyn, den Baldrian zum Trocknen auf saubere Tücher zu legen. Die Wurzeln mußten mit einem kleinen Silbermesser ganz dünn geschnitten werden, was einen unangenehmen Geruch verursachte, und die Männer mußten dabei feine Lederhandschuhe tragen, damit sie sich nicht vergifteten.

»Nevyn? Werden wir noch lange am Loc Tarnic bleiben?«

»Du nicht.«

Aderyn starrte ihn an.

»Es ist an der Zeit, daß du dich alleine aufmachst. Ich habe dich alles gelehrt, was ich weiß, und dein Wyrd ist ein anderes als das meine.«

Aderyn hatte immer gewußt, daß dieser Tag einmal kommen würde, aber er war den Tränen nahe. Nevyn legte die letzte Scheibe der Wurzeln nieder, wandte sich ihm zu und bedachte ihn mit einem ungewöhnlich sanftmütigen Blick.

»Ich sehe dich ungern gehen. Du wirst mir fehlen, Junge, aber jetzt ist es an der Zeit. Du bist jetzt dreimal neun Jahre alt, und dieses Alter stellt für jeden einen Wendepunkt dar. Komm schon, das weißt du. Du kannst dich von deinen Kräuterkenntnissen ernähren und kleiden, und ich habe dir die Tore des Dweomer so weit geöffnet, wie ich kann. Nun wirst du diese Tore durchschreiten und dein eigenes Wyrd auf dich nehmen müssen.«

»Aber worin wird es bestehen?«

»Das kann ich dir nicht sagen. Kein Mensch kann das Wyrd eines anderen sehen. Du hast die Schlüssel, dieses Tor zu öffnen. Es ist an der Zeit, daß du ein Ritual durchführst und sie benutzt. Die Herren des Wyrd werden dir enthüllen, was du wissen mußt – und kein bißchen mehr.«

Als der Regen am Morgen aufhörte, nahm Nevyn sein Pferd und zwei Packmaultiere und ritt zu den Dörfern, um Vorräte zu kaufen. Er sagte, er werde drei Tage lang wegbleiben, damit Aderyn das Ritual in Ruhe vollziehen könnte, aber um was für ein Ritual es ging, sagte er ihm nicht. Erst in diesem Augenblick wurde dem Schüler klar, daß der wichtigste Augenblick seines Lebens allein in seinen Händen lag. Er würde sich auf seine Kenntnisse verlassen und versuchen müssen, ein Ritual zu finden, das ihm sein Wyrd enthüllte und ihm zumindest einige kurze Augenblicke mit seinem Geheimnis und seiner unsterblichen Seele in Verbindung brachte, mit dem wahren Kern seines Wesens, das diesen als Aderyn bekannten jungen Mann erfunden und geprägt hatte, wie ein Töpfer aus Ton eine Schale herstellt. Als er in der Tür stand und Nevyn davonreiten sah, verspürte Aderyn eine Mischung aus Panik und Aufregung. Die Zeit war gekommen, und er glaubte, bereit zu sein.

An diesem ersten Tag ging Aderyn seinen üblichen Aufgaben in Garten und Haus nach, aber er dachte immer wieder daran, was vor ihm lag. Ihm stand so vieles an Überlieferungen zur Verfügung – Briefwechsel, Gebete an die Götter, Beschwörungen und Anrufungen der Geisterwelt, Zeichen, Symbole und Gesten, um Ströme von Kraft und innerer Energie in Bahnen zu lenken. In seiner Aufregung dachte er zunächst daran, sie alle zu nutzen, oder zumindest doch so viele wie möglich, um ein Ritual zu schaffen, das alle anderen Rituale zusammenfaßte, so kunstvoll miteinander verflocht wie die Golddrähte einer wunderschönen Brosche, die man selbst einem König zum Geschenk geben könnte. Während er Kohlbeete jätete, wehte sein Geist hierhin und dorthin, fügte hier ein Symbol, dort ein Gebet hinzu, versuchte zwanzig Jahre Arbeit in ein einziges, mächtiges Muster zu weben. Dann wurde ihm plötzlich die Ironie klar: Hier wühlte er im Dreck wie ein Unfreier und schmiedete dabei grandiose Pläne. Er lachte laut und betrachtete seine schmutzigen Finger, die schwielig waren von Jahren solcher Arbeiten. Die Großen hatten zuvor seine Demut und seine bescheidenen Opfer immer angenommen. Zweifellos wäre auch jetzt ein schlichtes Ritual das beste. Mit dieser Einsicht kam ein Gefühl des Friedens, weil er die erste Prüfung bestanden hatte.

Aber genau wie mit einer schlichten Mahlzeit oder einem schlichten Garten würde auch hier jedes Element vollkommen sein und sich exakt an der richtigen Stelle befinden müssen. Am zweiten Tag arbeitete Aderyn am Morgen angestrengt, damit er bis zum Mittag alles hinter sich gebracht hatte. Er nahm eine leichte Mahlzeit zu sich und ging dann nach draußen und setzte sich unter einen Weidenbaum am Seeufer. Das Wasser glitzerte in der warmen Frühlingssonne. Am abgelegenen Ufer erhoben sich die felsigen Berge dunkel vor einem blauen Himmel. Er betrachtete sie, dachte wieder darüber nach, was er alles wußte, und versuchte rigoros, sich einzuschränken, statt sich davon erdrücken zu lassen. Eine einfache Annäherung an ein zentrales Symbol – er sah die Gipfel an und lächelte. Den Rest des Tages übte er jedes Wort und jede Geste, die er benutzen würde, stellte sie aber in der Reihenfolge um, damit sich nicht bereits wirkliche Kraft aufbaute. Am Abend, im Licht des Feuers, bereitete er seine magischen Waffen vor – den Stab, den Becher, den Dolch und einen Pentagrammanhänger, den er vor vielen Jahren hergestellt und geweiht hatte. Er polierte alles, dann vollzog er noch einmal die einfachen Weihen, um ihre Kraft zu erneuern.

Am dritten Tag ging er schweigend seiner Alltagsarbeit nach. Sein Geist schien so ruhig wie ein tiefer Fluß und wurde nur selten von dem gestört, was die meisten Menschen als Gedanken bezeichnen würden. Aber in seinem Herzen erneuerte er wieder und wieder das grundlegende Gelübde, welches das Geheimnis des Dweomer öffnet: Ich möchte lernen, um der Welt helfen zu können. Er erinnerte sich an so vieles, an kranke Kinder, die er heilen geholfen hatte, an Kinder, die gestorben waren, weil auch die Kräuter nicht mehr helfen konnten, an Bauern mit krummen Rücken, die zusehen mußten, wie der beste Teil ihrer Ernte ihnen von den Adligen weggenommen wurde, an diese Adligen selbst, deren Gier und Machtbesessenheit sie antrieb wie Sporen ein Pferd und sie leiden ließ, obwohl sie dieses Leiden Ruhm nannten. Irgendwann, weit in der Zukunft, am Ende dieses Zeitalters aller Zeitalter, würde die gesamte Dunkelheit sich in Licht verwandeln. Bis dahin würde Aderyn gegen das Dunkel ankämpfen, wo immer er es fand. Und der erste Ort, wo er stets Dunkelheit finden würde, war seine eigene Seele. Bis auch dort das Licht schien, konnte er nur wenig tun, um anderen Seelen zu helfen. Und um jener Hilfe willen flehte er um Licht.

Im Sonnenuntergang wickelte er seine magischen Waffen in ein einfaches Tuch und machte sich auf zum Seeufer. Im Zwielicht richtete er sich die Stelle ein, an der er seine Magie vollziehen wollte: keinen üppigen Tempel, in dem es vor goldenen Symbolen nur so glitzerte und nach Räucherwerk duftete, sondern ein Stück grasigen Bodens. Er benutzte den Dolch, um einen Kreis in den Rasen zu schneiden, dann legte er das Tuch als Altar in die Mitte. Darauf plazierte er den Dolch, den Stab und das Pentagramm, dann nahm er den Becher und füllte ihn mit Seewasser. Er stellte den Becher zu den anderen Gegenständen und kniete sich vor das Tuch, den Bergen gegenüber. Irgendwie vertiefte sich das Zwielicht und ließ dann nach, während die ersten Sterne aufgingen, die ihrerseits verblaßten, als der Vollmond riesig über einem nebligen Horizont erschien. Aderyn hockte auf den Hacken und hob die Hände, die Handflächen flach nach oben, etwa auf Schulterhöhe. Als er seinen Willen konzentrierte, schien das Mondlicht zu ihm hin zu strömen, als könne er es beinahe berühren. Er schob die Hände nach vorn und sah im Osten seines Altars zwei große Lichtsäulen, eine aus reinem Mondsilber, die andere so dunkel wie schwarzes Feuer in der Sternennacht. Als er die Hände senkte, bestanden die Säulen unabhängig von seinem eigenen Willen weiter. Der Tempel war offen.

Nacheinander nahm er seine Waffen, den Dolch für den Osten, den Stab für den Süden, den Becher für den Westen und das Pentagramm für den Norden, und zeichnete damit an jedem Kardinalpunkt des Kreises einen fünfzackigen Stern. Rund um sich vollendete er die Kuppel, wobei er die beiden letzten Sterne allein mit seinem Geist zeichnete. Als er sich wieder auf den Boden kniete, sah er den Tempel von einem Licht erglühen, wie es nie in seiner Macht gestanden hätte. Die Herren des Lichts kamen, um ihm zu begegnen. Aderyn stand auf und hob die Hände gen Osten. Vollkommen ruhig, aber mit einem Geist, der so geschärft war wie die Spitze des Dolches und so tief wie der Becher, sammelte er das Licht um sich und spürte und sah dann, wie es zu ihm niederstieg, ihn durchdrang wie ein Pfeil und sich im Boden verankerte. Er riß die Arme zur Seite, als der Kreuzschaft ihn von beiden Seiten durchstach. Es schien, als wüchse er ungeheuer an, als ragte er über das gesamte Universum, den Kopf über den Sternen, die Füße auf der winzigen, sich drehenden Erdkugel weit unter ihm – gewaltig, aber hilflos, ans Kreuz der Macht genagelt, reglos und ausgebreitet, der Gnade der Großen ausgeliefert.

Die Stimmen kamen von überall und nirgends her.

»Wieso wünschst du dir Wissen?«

»Nur um zu dienen, nicht für mich.«

Mit einem Rauschen wie von kaltem Wind, mit schwindelerregendem Drehen und dem Gefühl zu fallen spürte er, wie er wieder schrumpfte, bis er wieder auf dem feuchten Gras stand. Er sah den Tempel, der ihn umgab, die schimmernden Säulen, die magischen Waffen, die in reflektiertem Licht leuchteten, die großen fünfzackigen Sterne in den richtigen Positionen. Er wäre beinahe auf die Knie gefallen, aber er faßte sich und hob wieder die Hände. In seinem Geist baute er eine Vision zwischen den Säulen auf – einen hohen Berg, bedeckt mit dunklen Bäumen und mit Streifen hellen Felsens unter einem sonnigen Himmel –, bis sie auch unabhängig von seinem Geist bestand und wie eine bemalte Leinwand vor ihm hing. Er rief die Herren des Lichts an, trat vor und durch den Schleier hindurch.

Die Sonne schimmerte bleich auf dem Felsen. Der Pfad wand sich steil zwischen toten Büschen und an blattlosen Bäumen entlang. Über allem hing der erdrückende Geruch von Staub. Aderyn stolperte und schlug sich am Felsen blutig, aber er kletterte weiter. Seine Lungen brannten in der dünnen, kalten Luft. Endlich erreichte er den Gipfel, wo riesige Felsbrocken wie die Knochen eines lange verstorbenen Tieres aus dem grauen Boden ragten. Er hatte Angst. Nie hätte er diese Unfruchtbarkeit, diesen Todesgeruch erwartet. Obwohl der Wind kalt war, begann er zu schwitzen. Ihm war, als glotzten unter jedem Felsen kleine Augen hervor, als lachten kleine Stimmen höhnisch. Er konnte ihren Haß spüren, als sie ihn beobachteten.

»Würdest du auch hier dienen?« fragte die Stimme.

Aderyn mußte sich die Worte abringen.

»Ja. Ich sehe, daß ich hier gebraucht werde.«

Dann ertönte ein Geräusch – drei laute Donnerschläge dröhnten über die toten Felsen. Als sie verklungen waren, waren die Augen und Stimmen mit ihnen gegangen. Der Berggipfel war mit üppigem, grünem Gras bewachsen, Blumen so bunt wie Edelsteine blühten überall, und die Sonne war warm.

»Sieh nach unten«, sagte die Stimme. »Sieh nach Westen.«

Aderyn kletterte oben auf einen Felsen und schaute sich um. Die Sonne schien über einem ruhig fließenden, breiten Fluß unterzugehen. Am abgelegenen Ufer erstreckte sich ein Eichenwald.

»Der Westen. Dein Wyrd liegt im Westen. Gehe dorthin und heile. Gehe dorthin und finde jene, denen du dienen kannst. Versuche wiedergutzumachen, was andere ihnen angetan haben.«

Während Aderyn zusah, ging die Sonne weiter unter. Der Wald wurde dunkel und verschwand in den Schatten. Aber immer noch konnte er das Rauschen des Wassers hören. Er schreckte auf und bemerkte, daß er im taufeuchten Gras kniete und die hundert Wasserstimmen des Loc Tarnig hörte. Im Westen ging der Mond unter. Er erhob sich und trat wieder zwischen die beiden Säulen. Er kniete sich abermals vor den Altar, hob die Hände und sprach ein Dankgebet an die Herren des Lichts. Kaum war er damit fertig, verschwanden die Säulen wie Kerzen, die man ausbläst. Er zog die fünfzackigen Sterne in sich selbst zurück und löschte die magischen Kreise.

»Und alle Geister, die durch diese Zeremonie gebunden wurden, sollen wieder frei sein! Es ist vorüber. Es ist zu Ende.«

Vom See herüber hallten drei Donnerschläge zur Antwort. Aderyn stand auf und stampfte dreimal auf den Boden, dann fiel er schwitzend vor Erschöpfung auf die Knie. So blieb er zitternd knien, bis es im Osten dämmerte und ihm das Sonnenlicht ein wenig Kraft zurückgab. Er sammelte seine magischen Waffen auf, band sie wieder in das Tuch, und als er sich erhob, sah er Nevyn über das Gras auf sich zukommen.

»Oh! Bist du die ganze Zeit in der Nähe gewesen?«

»Hast du wirklich geglaubt, ich lasse zu, daß du dich dem alleine stellst? Das hast du gut gemacht, Junge.«

»Ich habe die Stimmen der Großen gehört. Das werde ich nie vergessen.«

»Aber vergiß auch nicht, daß du erst am Anfang stehst.«

Aderyn verschlief den ganzen Tag und den größten Teil der Nacht. Als er ein paar Stunden vor der Morgendämmerung erwachte, wußte er, daß die Zeit gekommen war, zu gehen. Während er dort im Dunkeln lag und über den Weg nach Westen nachdachte, war er ruhig und wußte, ohne zu wissen, warum, daß er Nevyn wiedersehen würde, zweifellos viele Male im Laufe der kommenden Jahre. Seine Trauer über den Abschied vom geliebten Meister war nur eine weitere Prüfung; er hatte glauben müssen, daß er Nevyn verlieren würde, damit die Großen sahen, ob er sich trotzdem losreißen würde. Jetzt bist du kein Schüler mehr, dachte er, zwar auch noch kein

Meister – aber ein reisender Geselle, der bereit ist, sich nach Arbeit umzutun.

Mitten in der Hütte flackerte ein Feuer, und daneben saß Nevyn.

»Ich dachte schon, daß du wach bist«, sagte der alte Mann. »Sollen wir ein letztes Mahl zusammen einnehmen, bevor du gehst?«

»Ja. Ich weiß, daß ich das nicht tun muß, aber ich wünschte, ich könnte dir für alles danken, was du für mich getan hast.«

»Du warst immer ein höflicher Junge. Nun, dann tu noch ein Letztes für mich. Verabschiede dich von deiner Familie, bevor du nach Westen ziehst. Ich habe dich ihnen immerhin weggenommen, und ich denke, ich sollte dich ein letztes Mal zurückschicken.«

Aderyns neues Selbstvertrauen verschwand ganz plötzlich. Nevyn grinste ihn an, als wisse er genau, was da geschah.

»Ich werde es tun!« fauchte Aderyn. »Aber ich hatte gehofft, ihnen das ersparen zu können.«

»Du meinst wohl, es dir selbst zu ersparen. Und wie willst du mit den gewaltigen Kräften des Universums umgehen, wenn du dich nicht einmal deinem eigenen Vater stellen kannst?«

Nach ihrer Mahlzeit sattelte Aderyn sein Pferd und belud das Packmaultier. Er besaß nur wenig – seine Decke, ein zweites Hemd, einen Umhang, seine magischen Waffen und die Kochtöpfe und anderen Gegenstände, die er für ein Lager am Straßenrand brauchte – aber er hatte einen großen Vorrat an Kräutern, Wurzeln, Salben und anderen Arzneien, die alle vorsichtig in die Segeltuchtaschen verstaut werden mußten. Nevyn bestand auch darauf, ihr kleines Vermögen an Münzen zu teilen und Aderyn die Hälfte mitzugeben.

»Du hast es ebenso verdient wie ich. Geh im Licht. Wir

werden uns irgendwann wieder begegnen, und wenn es notwendig ist, können wir durch das Feuer miteinander sprechen.«

»Ja.« Aderyn spürte einen Kloß in seinem Hals. »Aber du wirst mir fehlen.«

Als er davonritt, sein Maultier hinter sich herführend, drehte sich Aderyn im Sattel noch einmal um. Nevyn stand an der Tür der Hütte und sah ihm nach. Er winkte einmal, dann ging er wieder nach drinnen.

An einem warmen Tag, der schon das Versprechen des kommenden Sommers trug, erreichte Aderyn das Dorf Blaeddbyr und Lord Maroics Festung, wo sein Vater, Gweran der Barde, dem Wolfsclan diente und wo Aderyn geboren und aufgewachsen war. Zu Aderyns Überraschung erschienen ihm der Hof und die vertrauten Gebäude viel kleiner, als er sie in Erinnerung hatte. Am Broch stieg er vom Pferd und sah sich auf dem staubigen Hof um. Ein paar neugierige Diener blieben stehen und starrten ihn an; ein paar Reiter kamen herüber, als wollten sie ihn fragen, was er hier wollte. Plötzlich hörte er die Stimme einer Frau.

»Ado, Ado, den Göttern sei Dank!«

Das war seine Mutter Lyssa, die gleichzeitig lachte und weinte, als sie sich in seine Arme warf. Auch Aderyn selbst war den Tränen nahe. Er umarmte sie fest, dann legte er ihr die Hände auf die Schultern und lächelte sie an. Lyssa war etwas rundlicher geworden, aber immer noch schön, und in ihrem rabenschwarzen Haar fanden sich nur wenige graue Strähnen. Ihre großen blauen Augen blitzten, und ihre Wangen waren kaum von Falten gezeichnet.

»Es ist so schön, dich wiederzusehen«, sagte Lyssa. »Wirklich, ich fragte mich schon, ob wir dich je wiedersehen würden. Kannst du eine Weile bei uns bleiben?«

»Ja, wenn Lord Maroic es erlaubt. Aber Mutter, das ist mein letzter Besuch bei euch – ich möchte, daß ihr das wißt.«

Lyssa holte tief Luft, aber Aderyn wußte, daß es keine Tränen oder Vorwürfe geben würde. Lachend kamen seine anderen Verwandten aus dem Broch gerannt und drängten sich um ihn – sein jüngerer Bruder Acern, der irgendwann einmal die Stelle seines Vaters als Barde einnehmen würde, seine Schwester Araena, verheiratet mit dem Hauptmann von Maroics Kriegshaufen, die schon ein eigenes Kind hatte, und endlich sein Vater Gweran, so hochgewachsen und beeindruckend wie immer. Schwatzend eskortierten sie ihn in die Halle, wo der alternde Lord Maroic sich von seinem geschnitzten Sessel erhob und verkündete, daß er Aderyn so lange Speis und Trank und Unterkunft geben würde, wie dieser bleiben wolle. Die Alltäglichkeit, die Fröhlichkeit, die Banalität dieses Besuchs brachen über Aderyn herein wie eine Welle, als wäre der Dweomer nur ein Traum, den er einmal, vor langer Zeit gehabt hatte. Wieder von seiner Familie umgeben zu sein machte ihm deutlich, wieso der Weg, den er vor sich hatte, einsam sein mußte. Dieses seltsame Wissen, das ihm so wichtig war, würde er niemals teilen können. Es trennte ihn von den anderen, noch während er redete und klatschte und eine schwere Mahlzeit nach der anderen mit ihnen teilte, während all der langen, trägen Tage seines Besuchs.

Gweran strengte sich an, soviel Zeit wie möglich mit Aderyn zu verbringen. Aderyn nahm an, daß Lyssa ihm gesagt hatte, daß sein erstgeborener Sohn nie wieder nach Hause kommen würde. Sie war immer die Verbindung zwischen den beiden Männern gewesen, hatte sie versöhnt und hatte ihnen Dinge gesagt, die sie einander selbst nie hätten mitteilen können. Es gab einen guten Grund für ihren Abstand. Wenn Aderyn das silberne Haar seines Vaters betrachtete, seine aufrechte, beinahe königliche Haltung und die gute

Kleidung, die er trug wie die Ehre, die sie auch tatsächlich darstellte, fiel es ihm schwer zu realisieren, daß Gweran ein Mörder war, der das Gesetz als Waffe benutzt hatte. Manchmal fragte er sich, ob Gweran selbst sich noch an den jungen Reiter Tanyc erinnerte, dem er vor zwanzig Jahren eine so kluge Falle gestellt hatte. Vielleicht tat er das, denn selbst wenn sie sich über Aderyns Kindheit unterhielten, scheute Gweran jedesmal zurück, wenn die Sprache auf Aderyns siebentes Lebensjahr kam, in dem der Mord geschehen war. Aderyn war es nur recht, daß das Thema vermieden wurde. Obwohl er damals nur ein Kind gewesen war und in aller Unschuld gesprochen hatte, hatte er immer noch das Gefühl, die Blutschuld seines Vaters zu teilen. Sieben Jahre alt oder nicht, er war es, der verraten hatte, was Gweran auf seinen Rachefeldzug geschickt hatte: »Immer sieht Tanyc Mama an, Vater.« Selbst nach all diesen Jahren konnte er noch seine Jungenstimme hören, die ohne – es zu wissen – ein Todesurteil aussprach.

Da er viel meditiert hatte, um die alte Wunde zu heilen, war Aderyn überrascht, daß ihn der Mord nun doch wieder quälte. Das kam zweifellos von seinem Besuch hier in der Festung, deren Mauern einmal sein Entsetzen umgeben hatten. Er erinnerte sich noch genau daran, wie er an einem sonnigen Morgen aus dem Bett gestiegen war, die Fensterläden geöffnet hatte und direkt unter seinem Turmzimmer Tanycs Leiche von den Zinnen hängen gesehen hatte. Er war an Händen und Füßen gebunden, sein Kopf wackelte wie der einer Stoffpuppe, und die Raben hatten sich bereits über ihm gesammelt. Aderyn hatte sich nur vorstellen können, daß es einen schrecklichen Unfall gegeben hatte. Er begann, nach seiner Mutter zu schreien, die zu ihm gerannt kam, aus dem Fenster sah und in einem Augenblick entsetzter Ehrlichkeit gerufen hatte: »Dein Vater hat ihn umgebracht!« Später versuchte sie, das zu berichtigen, aber inzwischen wußte Aderyn bereits, daß sein Vater tatsächlich den jungen Krieger dazu verlockt hatte, das Schwert gegen ihn, einen Barden, zu ziehen – nach deverrianischem Gesetz ein Schwerverbrechen. Auf die Art der Kinder wußte er, daß seine Mutter ihm beim erstenmal die Wahrheit gesagt hatte.

Aderyn fragte sich, ob auch Lyssa das Gefühl hatte, teilzuhaben an dieser Schuld. Immerhin hatten Gweran und Tanyc um sie gekämpft. Während des Besuchs sagte Lyssa wenig, sie hörte nur zu, als Aderyn und sein Vater sich unterhielten, und sie betrachtete Gweran mit geduldiger Hingabe. Ihr Gatte war ein guter Mann, der sie immer noch liebte; er war berühmt, und Schüler kamen von weit her, um bei ihm zu lernen; seine Fähigkeiten sicherten ihren Wohlstand. Vielleicht hatte sie sich bemüht zu vergessen, daß er um ihretwillen einen Mann umgebracht hatte. Vielleicht.

Am letzten Tag seines Besuchs gingen Aderyn und Lyssa hinunter zum Nerraver, wie sie es so oft getan hatten, als Aderyn noch ein Kind gewesen war. Der Fluß strömte zwischen üppigen grünen Ufern dahin, und seine kleinen Silberwellen glitzerten in der Sonne. Als sie sich hinsetzten, um sich ein wenig auszuruhen, suchte Lyssa im Gras ein paar Gänseblümchen, als wäre sie noch ein junges Mädchen.

»Ado? Erinnerst du dich an das Jahr der großen Dürre?«

»Ja.« Das war auch das Jahr des Mordes. »Wußtest du, daß es Nevyns Dweomer war, der den Regen brachte?«

»Selbstverständlich. Das war der einzige Grund, wieso ich zugelassen hatte, daß du sein Schüler wurdest.«

»Und bereust du diesen Entschluß nun?«

»Nun ...« Lyssa sah die Gänseblümchen an. »Wenn eine Mutter wirklich eine Mutter ist, dann weiß sie, daß ihre Söhne sie verlassen werden. Ich habe immerhin noch deine Schwester und ihre Kinder.«

»Das mag sein. Aber du fehlst mir wirklich, Mutter.«

Lyssa zuckte mit den Achseln und schob die kleinen Blüten hin und her. Sie kämpfte angestrengt gegen die Tränen an.

»Glaubst du, daß du auf diesem seltsamen Weg jemals eine Frau finden wirst?« fragte sie schließlich.

»Das bezweifle ich. Es wäre kein gutes Leben für eine Frau, aus dem Gepäck zu leben und an der Straße ein Lager aufzuschlagen.«

»Das stimmt – aber sag mir bitte nicht, daß Dweomermeister sich mit Schankmädchen und solchen Frauen einlassen.«

»Das glaube ich nicht, und ich habe auch nicht vor, das zu tun.«

Lyssa betrachtete ihn, den Kopf leicht schief gelegt.

»Du interessierst dich nicht sehr für Frauen, oder?«

»O doch. Ganz ehrlich, Mutter. Ich ziehe ihre Gesellschaft und ihre Gespräche denen der meisten Männer vor.«

»Das habe ich nicht gemeint.«

Als er es verstand, war Aderyn sehr unbehaglich zumute – sie war immerhin seine Mutter.

»Nein, ich interessiere mich nicht auf diese Art für sie. Aber mach dir nichts draus, Mutter. Ich interessiere mich auch nicht für Männer.«

»Das hätte mich nicht gestört. Ich hatte einfach nur immer das Gefühl, daß diese ganze Sache nicht nach deinem Geschmack ist. Glaubst du, uns Frauen nicht trauen zu können?«

»Und wieso sollte ich das denken?«

»Oh, du hast als Kind ein wenig zuviel miterlebt.«

Aderyn zögerte, dann beschloß er, daß es Zeit für die Wahrheit war.

»Du sprichst von Tanyc.«

»Genau.« Wieder betrachtete Lyssa die Gänseblümchen. »Er ist um meinetwillen gestorben, ganz gleich, wer daran schuld war.« Sie hob den Kopf und sah ihn an. »Ich schwöre es dir,

Ado, ich habe ihn nie auch nur mit einem Wort oder einer Geste ermutigt.«

»Das habe ich auch nicht angenommen. Aber es geht nicht darum, Mutter. Es ist der Dweomer. Er nimmt mein ganzes Leben ein. Alles, was ich einer Frau geben könnte, habe ich dem Dweomer gegeben, sowohl mein Herz als auch meine Seele.«

Lyssa seufzte in ehrlicher Erleichterung, als hätte sie sich die Schuld für das einsame Leben ihres Sohnes gegeben. Als er später allein war, fragte sich Aderyn, ob ihre Angst nicht in gewisser Weise gerechtfertigt war. Er hatte ihr nie etwas vorgeworfen, aber der Mord hatte Zweifel in ihm darüber hinterlassen, was es bedeutete, ein Mann zu sein. Von einer Frau so besessen zu sein, wie Tanyc es gewesen war; eine Frau so zu lieben wie sein Vater, den es bis zum Verbrechen geführt hatte. Er beschloß, lieber über dieses Thema zu meditieren und diesen Knoten in seinem Geist aufzulösen, denn ansonsten würde es seiner Arbeit im Weg sein.

Diesen ganzen Sommer lang zog Aderyn weiter nach Westen, von einem Dorf zum anderen, wobei er gut vom Verkauf der Kräuter leben konnte – zumindest nach seinen Maßstäben, da er mit zwei Mahlzeiten am Tag und hin und wieder einem Krug Bier in einer sauberen Schenke zufrieden war. Manchmal ließ er sich irgendwo für eine oder zwei Wochen nieder, um neue Kräuter zu sammeln oder um sich um eine schwierige Krankheit zu kümmern, aber danach zog er stets weiter und ließ dankbare Bauern zurück. Jeden Abend meditierte er über sein Wyrd und fragte sich, worin es wohl bestehen mochte. Langsam bekam er das Gefühl, daß er sich nach Südwesten wenden sollte, aber von dieser Intuition abgesehen, gab es keine weiteren Zeichen, zumindest keine einfachen. Als er seinen ersten Hinweis bekam, dauerte es lange, bis er ihn erkannte.

An der Westgrenze des Königreichs gab es einen Fluß, den Vicaver, zu dem Aderyn einfach aus dem Grund ging, weil er ihn sich ansehen wollte. Dieser Fluß war allerdings nicht von dem Eichenwald seiner Visionen gesäumt, sondern von Bauernhöfen, Weiden und einigen verstreuten Bäumen. Aderyn überquerte den Fluß und ritt zum Dorf Ladotyn, das nur aus etwa fünfzig Häusern bestand. Immerhin gab es hier eine richtige Schenke. Der Wirt erzählte ihm, daß manchmal Handelskarawanen durchs Dorf kamen, auf dem Weg vom Königreich Eldidd nach Westen oder umgekehrt.

»Und wenn Ihr daran denkt, durch diese Berge weiter nach Westen zu reiten, guter Herr, dann solltet Ihr Euch tunlichst ein paar anderen Reisenden anschließen. Diese Wilden oben in den Bergen machen immer Ärger.«

»Nun, ich habe nicht vor, den ganzen Winter hier zu verbringen, ob nun eine Karawane vorbeikommt oder nicht.«

»Es ist Eure Beerdigung, nicht meine – falls Ihr überhaupt in einem Grab landet, und nicht in ihren Mägen.«

Obwohl kurz darauf tatsächlich eine Karawane am Gasthaus haltmachte, stellte sich heraus, daß sie aus Eldidd weiter nach Deverry zog, und der Karawanenmeister bezweifelte sehr, daß Aderyn so spät im Jahr noch Händler finden würde, die in die Gegenrichtung zogen. Als sie so im Hof standen und sich unterhielten, erzählte Lillyc, daß er in einigen Städten gewesen war, die an einem Fluß namens El lagen.

»Das ist ein seltsamer Name«, meinte Aderyn. »Ich glaube nicht, daß ich ihn je zuvor gehört habe.«

»Zweifellos.« Lillyc grinste ihn an wie jemand, der insgeheim einen Witz macht. »Es ist kein deverrianisches Wort, und es stammt auch nicht aus Eldidd. Der Name kommt vom Westvolk. Sie leben im Westen von Eldidd. Früher wohnten sie weiter östlich, aber nun ist das Grenzland ordentlich besiedelt.«

»Ach ja? Dieses Westvolk – sind sie so etwas wie die Alten?«

»Wenn Ihr diese Unfreien mit den Schlitzaugen und dem dunklen Haar meint, nein. Nein, das Westvolk ist etwas ganz anderes, ein seltsamer Haufen. Sie haben keine richtigen Bauernhöfe oder Städte. Sie ziehen mit ihren Pferden und Schafen umher, wohin sie wollen.« Lillyc hielt inne und runzelte die Stirn. »Aber sie haben mir und so manch anderem Kaufmann geholfen, ein Vermögen zu machen. Sie lieben Gegenstände aus Eisen – sie können das Zeug nicht selbst bearbeiten, nehme ich an. Wie könnte man das auch, wenn man nur umherzieht und keine anständige Schmiede hat? Sie verkaufen uns Pferde. Seht dort.«

In diesem Augenblick kam einer von Lillycs Männern vorbei, der zwei der schönsten Pferde am Zügel führte, die Aderyn je gesehen hatte. Es waren beides Stuten, mindestens sechzehn Spannen hoch, und ihre breite Brust und die schlanken Beine sprachen von Kraft und Geschwindigkeit. Das Verblüffendste allerdings war ihre Farbe, ein dunkler Goldton, wie frischer Lehm vom Flußufer, und ihre Mähnen und Schweife waren so silbrig bleich wie Mondschein.

»Sie sind wunderbar, guter Mann!« sagte Aderyn. »Ich wette, jeder Adlige in Deverry wird Euch ein kleines Vermögen für Zuchtstuten wie diese geben.«

»Genau. Aber ich mußte auch ein kleines Vermögen für sie hinlegen, das kann ich Euch sagen.«

Ein seltsames Volk also, dieses Westvolk, und vielleicht mit seltsamen Kenntnissen. Dieser Gedanke ließ Aderyn einen kalten Schauer über den Rücken laufen, und er fragte sich, ob sie in irgendeiner Weise mit seinem Wyrd verbunden waren.

»Ich bin fest entschlossen, nach Westen zu ziehen. Glaubt Ihr, daß das Wetter in den Bergen noch ein paar Wochen gut sein wird?«

»Das Wetter ist längst nicht so gefährlich wie die Wilden.

An Eurer Stelle, Junge, würde ich warten. Ein Kräutermann wie Ihr ist wichtig. Wir würden es alle bedauern, Euch zu verlieren.«

Aderyn lächelte nur. Warten war nicht seine starke Seite.

Da er weiter reisen würde, als er zuvor geplant hatte, beschloß Aderyn, sich mit Nevyn in Verbindung zu setzen. Als er an diesem Abend in sein Zimmer ging, entzündete er in der Feuerstelle ein kleines Feuer. Als er an seinen alten Meister dachte, entstand über den Flammen rasch Nevyns Abbild und betrachtete ihn stirnrunzelnd.

»Aha, du hast dich also entschlossen, mit mir zu reden. Ich habe mich schon fast zu Tode gesorgt.«

»Ich bitte untertänigst um Verzeihung, aber bis jetzt war alles in Ordnung.«

»Gut. Nun, nachdem du mit mir gesprochen hast, kann ich mich wieder mit dir in Verbindung setzen, ohne deiner Würde zu schaden, aber laß mich bitte nicht wieder monatelang über dein Schicksal nachbrüten.«

»Selbstverständlich nicht. Und ich bitte abermals um Entschuldigung.«

»Das ist genug Demut für heute. Was hast du angestellt?«

Aderyn erzählte ihm von seinem wenig interessanten Sommer, dann wandte er sich dem Plan zu, nach Eldidd zu reisen. Während langsam die alte Vertrautheit zwischen ihnen wieder entstand, wuchs Nevyns Abbild über dem Feuer, bis es schien, als stünden sie sich direkt gegenüber, als begegneten sie sich in einer grauen Leere, umwirbelt von violettem Nebel.

»Nun, ich sehe nicht, wieso du nicht nach Eldidd gehen solltest«, sagte Nevyn schließlich.

»Kennt Ihr andere von unserer Art hier?«

»Nein, aber das bedeutet nicht, daß es keine gibt. Halte die Augen offen, Junge, und sieh, was du findest. Vergiß nicht, was ich dir immer gesagt habe: In diesen Angelegenheiten besteht keine Notwendigkeit zur Eile.«

»Was hältst du von diesem seltsamen Stamm, dem Westvolk?«

»Nicht viel, weil ich nie zuvor von ihnen gehört habe. Aber das ist alles sehr interessant.«

Damals war Eldidd ein unabhängiges Königreich, dessen Könige von jenen legendären Kriegern abstammten, die als Hippogryph und Drache bekannt waren – den beiden Pflegebrüdern von König Bran, die sich ihm bei der großen Wanderung angeschlossen hatten. Im Jahr 297 hatten sich Cynaeval und Cynvaenan, ihre Nachfahren und die damaligen Anführer der beiden Clans des Drachen und des Hippogryph nach einem langen Kampf um das Königreich Deverry zusammen mit all ihren Verbündeten, Verwandten, Anhängern und Abhängigen aus Deverry zurückgezogen und waren nach Westen gesegelt, um ihren eigenen Thron und ihre eigene Königsstadt zu gründen. Jahrelang führten die kleinen Kolonien eine ausgesprochen bedrängte Existenz an der Küste, aber mit der Zeit kamen die Leute des Drachen zu Wohlstand und breiteten sich über die großen Flußtäler des Dilbrae und des El aus, während der Hippogryph-Clan von seiner Stadt Aberwyn am Gwyn entlang weiter nach Nordwesten zog bis zu dem Fluß mit dem seltsamen Namen Delonderiel. In dem Jahr, in dem Aderyn das Belaegyrys-Gebirge überquerte, hatte das Königreich Eldidd etwa zweihunderttausend Einwohner.

Weil er neue Kräuter sammeln mußte, vermied Aderyn die sandige Küstenstraße und entschied sich für den leichteren Nordpaß durch die Berge. Auf der westlichen Seite fand er Hügelland vor, bewachsen mit braunem, frostzerfressenem Gras, und dort stolperte er in einem geschützten Tal über ein winziges Dorf. Die kleinen rechteckigen Hütten, die mit schmutzigem Stroh gedeckt waren, bestanden aus grob zusammengeflochtenen Zweigen, die man mit Schlamm bestrichen hatte, um die Kälte fernzuhalten. Auf dem braunen Stoppelgras weideten Ziegen und ein paar Kühe. Es war ein Dorf der Alten, jenes unglücklichen Volkes, das hier gelebt hatte, bevor die blutrünstigen Deverrianer ihnen ihr Land abgenommen hatten. Diese dunkelhaarigen, schlanken Menschen hatten ihre eigene, unglaublich komplizierte Sprache, genauer gesagt eine ganze Gruppe unverständlicher Sprachen, die in den dichter bevölkerten Teilen von Deverry und Eldidd von den Eroberern verboten worden waren, aber insgeheim am Leben gehalten wurden. Als Aderyn zu den Hütten ritt, kamen die Bewohner heraus, um ihn, sein schönes Pferd und das Maultier anzustarren. Die acht Männer des Dorfes traten ihm in einer Gruppe entgegen und hielten ihre primitiven Speere bereit, aber als Aderyn sie in ihrer Sprache ansprach und erklärte, daß er ein Kräutermann sei, senkten sie die Waffen. Ein Mann von etwa vierzig, in ein braunes Hemd gekleidet, trat vor und stellte sich als Wargal, der Dorfhäuptling, vor.

»Verzeiht diese Begrüßung, aber wir haben dieser Tage guten Grund, vorsichtig zu sein.«

»Ach ja? Sind die Menschen aus Eldidd so nah?«

»Diese verachtenswerten Blauaugen sind immer viel zu nah.«

Einen Augenblick lang betrachteten sie einander mit unbehaglichem Schweigen. Wargal schaute zwischen Aderyn und seinen Leuten hin und her. Aderyn nahm an, daß er ein Geheimnis hatte, und er konnte raten, um was es ging: Das Dorf schützte einen geflohenen Unfreien.

»Gibt es Kranke in Eurem Dorf?« fragte Aderyn. »Ich habe viele Kräuter, und ich werde gerne jedem helfen, im Austausch gegen ein bißchen frische Milch und Unterkunft für die Nacht.«

»Ich gebe gern jedem Fremden die Milch meiner Herde. Aber falls Ihr tatsächlich ein wenig Arznei übrig habt – eine unserer Frauen hat einen schlimmen Abszeß.«

Die Dorfleute kümmerten sich um Aderyns Pferd und das Maultier, während Wargal ihn mit in sein eigenes Haus nahm, in dem es bis auf drei große Tonkrüge neben der winzigen Feuerstelle und der Strohmatratze, die er mit seiner Frau teilte, keine Möbel gab. An der Wand hingen einige Bronzetöpfe und ein paar Messer aus demselben Metall und einige grobgewebte Säcke. Aderyn setzte sich neben Wargal auf den Ehrenplatz an der Feuerstelle, während sich die anderen Dorfbewohner hereindrängten, um sich dieses erstaunliche Ereignis – einen Fremden in ihrem Dorf – anzusehen. Nach höflicher Konversation über Schalen von Ziegenmilch wurde die Frau mit dem Abszeß vor den neugierigen Augen der Menge behandelt. Andere Dorfbewohner traten vor, um sich die Kräuter anzusehen und schüchtern Fragen zu stellen, aber den meisten konnte Aderyn nicht helfen – die wahre Plage dieses Dorfes bestand in Unterernährung. Von Angst vor den Adligen Eldidds getrieben, versuchten sie hier auf Boden, der so unfruchtbar war, daß niemand sonst ihn haben wollte, ihr ärmliches Dasein zu fristen.

Aderyn hätte lieber seine eigenen Vorräte verzehrt, als ihnen noch mehr wegzunehmen, aber Wargal bestand darauf, daß er die Mahlzeit der Familie aus Ziegenkäse und dünnem Fladenbrot teilte.

»Ich bin überrascht, daß ihr die Winterernte noch nicht eingebracht habt«, bemerkte Aderyn.

»Nun, wir werden zur Ernte nicht hiersein. Wir haben uns vor ein paar Tagen beraten und beschlossen, nach Norden zu gehen. Die verfluchten Blauaugen kommen jeden Tag näher. Was, wenn einer ihrer Häuptlinge beschließt, an der Straße eine dieser Festungen zu bauen?«

»Und euch zu Sklaven seines Hofs macht? In diesem Fall ist es weise zu gehen.«

»Weiter nördlich gibt es viel offenes Land, nehme ich an. Aber es fällt uns schwer, die Felder unserer Vorfahren zu verlassen! In der nahen Quelle gibt es auch einen Gott – ich hoffe nur, daß er nicht zornig sein wird, weil wir ihn verlassen.« Er zögerte einen Augenblick. »Wir dachten dran, im Frühjahr zu gehen, aber es ist uns zu schwer gefallen, besonders den Frauen. Nun haben wir noch einen anderen Grund.«

»Ach ja?«

Wargal betrachtete ihn forschend. »Ihr scheint ein guter Mensch zu sein«, sagte er schließlich. »Ihr habt nicht zufällig Kräuter, die das Brandzeichen aus dem Gesicht eines Menschen löschen?«

»Ich wünschte, es wäre so. Wenn ihr einen Flüchtling beherbergt, solltet ihr besser bald gehen, da sein Herr bestimmt nach ihm sucht.«

»Das habe ich den anderen schon gesagt. Wir wollten morgen packen.« Wargal sah sich in der Hütte um. »Nicht, daß wir viel zu packen oder zu verlieren hätten – wenn man einmal von dem Gott in der Quelle absieht.«

Aderyn spürte plötzlich die Dweomerkälte in seinem Nacken. Die Worte brannten in seinem Mund – eine eindeutige Warnung, die sich ihren Weg ins Freie bahnte.

»Ihr müßt unbedingt morgen schon gehen. Bitte glaubt mir – ich kenne mich mit Magie und Vorzeichen aus, und ihr müßt morgen gehen und so schnell reisen, wie ihr könnt. Ich werde ein Stück mit euch kommen.«

Mit bleichem Gesicht starrte Wargal ihn an, dann kreuzte er zwei Finger, um den bösen Blick abzuwenden, für den Fall, daß Aderyn auch darüber verfügte.

Der Aufbruch am nächsten Morgen dauerte viel länger, als Aderyn es sich gewünscht hätte. Obwohl der wenige Besitz der

Dörfler bald auf Kuh- und Menschenrücken gepackt war, mußten die Ziegen erst zusammengetrieben werden. Endlich gingen die Flüchtlinge, etwa acht Familien mit ungefähr zwanzig Kindern, Kühe, Ziegen und sechs kleine, braune Hunde zur heiligen Quelle, um dem Gott ein letztes Opfer von Käse zu bringen, während Aderyn unruhig auf dem Weg hinter ihnen wachte. Als sie das Tal endlich verließen, war es schon Nachmittag, und die kleineren Kinder waren bereits müde und weinten. Aderyn setzte das Kleinste auf seinen Sattel und ging zu Fuß. Wargal und ein junger Mann namens Ibretin gingen neben ihm her. Auf Ibretins Wange war das Brandmal zu sehen, das ihn als Eigentum eines Adligen kennzeichnete.

»Wenn Ihr glaubt, daß sie uns einholen werden, Weiser«, sagte Ibretin zu Aderyn, »werde ich zurückkehren und mich umbringen lassen. Wenn sie uns finden, werden sie den ganzen Stamm mit zurücknehmen.«

»Das ist nicht notwendig«, fauchte Wargal.

»Es wird nicht geschehen, wenn ich etwas dagegen tun kann«, sagte Aderyn. »Ich will verflucht sein, wenn ich zulasse, daß ein Mensch umgebracht wird, weil er sich die Freiheit genommen hat, die die Götter ihm gegeben haben. Vielleicht kann ich mit meiner Magie dafür sorgen, daß wir schwerer zu finden sind.«

Beide Männer lächelten, getröstet von Aderyns Lügen. Obwohl er seine Aura gut genug beherrschen konnte, um unbemerkt und dadurch praktisch unsichtbar zu bleiben, konnte Aderyn doch kein ganzes Dorf verschwinden lassen.

Zwei Tage lang zogen sie nach Norden, hielten sich im Hügelland und legten dabei am Tag kaum zwölf Meilen zurück. Je mehr Aderyn seinen Geist den Vorzeichen öffnete, desto deutlicher wußte er, daß man sie verfolgte. Am dritten Abend benutzte er sein Zweites Gesicht und entdeckte, daß das alte Dorf abgebrannt worden war. Nur der Kriegshaufen eines

Lords hätte es so zerstören können, und dieser Kriegshaufen würde blind sein müssen, um die Spur zu verfehlen, die so viele Menschen und Ziegen hinterlassen hatten. Aderyn verließ das Lagerfeuer und suchte nach Ibretin, der die Ziegen hütete.

»Du hast mich weise genannt. Glaubst du, daß ich wirklich ein Zauberer bin?«

»Das kann ich nur hoffen. Wargal denkt es jedenfalls.«

Es war zu dunkel, um Ibretins Gesicht richtig sehen zu können. Aderyn hob die Hand und sammelte blaues Licht zwischen seinen Fingern, das wie eine kühle Fackel leuchtete. Ibretin schnappte nach Luft und wich zurück.

»Jetzt weißt du es, statt nur zu hoffen. Hör zu, die Männer, die uns verfolgen, sind schon ganz in der Nähe. Früher oder später werden sie uns einholen. Du hast angeboten zu sterben, um deine Freunde zu retten. Wie wäre es, wenn du mir statt dessen bei einem Plan hilfst?«

Also zogen Wargal und die anderen Dorfbewohner am nächsten Morgen weiter nach Norden, Aderyn und Ibretin jedoch wandten sich nach Süden. Aderyn ritt, aber er ließ Ibretin zu Fuß gehen und sein Maultier führen, als wären sie bereits einige Zeit als Diener und Herr zusammen gereist. Nach etwa einer Stunde stießen sie auf den Kriegshaufen. Die Männer brachen gerade ihr Lager ab, hatten ihre Pferde bereits gesattelt und standen herum und warteten auf den Befehl ihres Lords. Der Lord selbst, ein hochgewachsener junger Mann, mit blaugrau karierten Brigga und Eichenwappen auf seinem Hemd, war damit beschäftigt, Erde auf ein Lagerfeuer zu treten. Als Aderyn und Ibretin sich näherten, rannten die Männer auf sie zu und drängten sich um sie. Aderyn konnte sehen, daß Ibretin vor Angst zitterte.

»Seht nur«, rief einer der Männer. »Dieser Hausierer hat unser entflohenes Huhn erwischt! Dafür wird Lord Degedd Euch belohnen, mein Freund.«

»Ach ja?« erwiderte Aderyn. »Nun, ich bin nicht sicher, ob ich eine Belohnung wünsche.«

Er gab Ibretin ein Zeichen, sich zurückzuhalten, und stieg vom Pferd, als Degedd sich durch seine Männer drängte. Aderyn verbeugte sich vor dem Lord, was dieser mit einem knappen Nicken würdigte.

»Ich habe tatsächlich Euren entflohenen Unfreien gefunden, aber ich wollte ihn Euch abkaufen, Herr. Er kann gut mit dem Maultier umgehen, und ich brauche einen Diener.«

Vollkommen verblüfft starrte Degedd ihn einen Augenblick an, dann blinzelte er und rieb sich das Kinn mit der Hand.

»Ich bin nicht sicher, ob ich verkaufen will. Ich würde mich lieber daran erfreuen, ihm die Haut von seinem verfluchten Rücken zu ziehen.«

»Das wäre ein ausgesprochen unkluges Vergnügen.«

»Und wer seid Ihr, daß Ihr glaubt, mir so etwas sagen zu können?«

Da Aderyn nicht sehr groß war, überragte ihn der sechs Fuß große, muskulöse Adlige. Aderyn stützte die Hände auf die Hüften und blickte zu ihm auf.

»Eure Männer haben mich einen Hausierer genannt, aber das bin ich nicht. Ich bin ein Kräutermann, der Euer Land durchreist, und einer, der die Gesetze der Götter kennt. Wollt Ihr mir etwa weitere Fragen stellen?«

»Allerdings. Es interessiert mich keinen Schweinefurz, ob Ihr ein gelehrter Mann seid oder nicht, und außerdem lügt Ihr vielleicht.«

»Dann will ich Euch mal ein Beispiel meiner Gelehrtheit geben. Freie Menschen zu versklaven, damit sie auf Eurem Land arbeiten, ist falsch. Nach dem Willen der Götter dürfen nur Verbrecher und Schuldner als Unfreie gehalten werden. Dieses Gesetz galt im alten Land für tausend Jahre, und es gilt seit Hunderten von Jahren auch hier, solange geizige, gierige Menschen wie Ihr es nicht brechen.«

Als die Männer des Kriegshaufens beschämt die Blicke abwandten, wurde der Lord dunkelrot vor Zorn. Er zog sein Schwert, und der Stahl glitzerte in der Sonne.

»Halte dein häßliches Lügenmaul und gib mir meinen Unfreien zurück! Und dann verschwinde, oder du stirbst direkt hier, du gelehrtes Schwein!«

Mit einem sanften Lächeln hob Adcryn die Hand und beschwor die Geister des Feuers herauf. Sie kamen und manifestierten sich mit wildem Flackern auf der Schwertklinge. Aufheulend versuchte Degedd noch einen Moment den Griff festzuhalten, dann fluchte er und ließ das glühendheiße Metall zu Boden fallen. Aderyn verwandelte die Flammen in Visionen und schleuderte hell leuchtendes, aber harmloses blaues Feuer auf den Kriegshaufen. Schreiend wichen sie zurück und überließen es ihrem Herrn, Aderyn allein gegenüberzustehen.

»Und nun werde ich Euch zwei Kupferstücke für diesen Mann geben. Das ist ein großzügiger Preis.«

Degedd war kreidebleich geworden. Er wollte etwas sagen, bekam aber kein Wort heraus und nickte daher nur zustimmend. Aderyn schnürte den Beutel auf und zählte dem Lord die Kupferstücke in die zitternde linke Hand – seine rechte schien ihm weh zu tun.

»Euer Kämmerer wird zweifellos der Meinung sein, daß Ihr einen guten Tausch gemacht habt. Und wenn Ihr jetzt mit Euren Männern sofort auf Euer Land zurückkehrt, dann besteht keine Notwendigkeit, daß je ein anderer diese Geschichte hört.«

Degedd zwang sich zu einem säuerlichen Lächeln. Zweifellos war er nicht darauf versessen, daß man in jeder Schenke in Eldidd darüber lachte, daß er von einem Kräutermann beschämt worden war – vor allem, da ihm keiner glauben würde, daß der Kräutermann Magie benutzt hatte. Mit fröhlichem Winken stieg Aderyn wieder aufs Pferd und ritt davon, und Ibretin und das Maultier eilten hinterher. Nach etwa einer Meile drehten sie sich um und sahen Lord Degedd und seinen Kriegshaufen in raschem Trab nach Süden reiten. Aderyn suchte nach weiteren Dweomerwarnungen und spürte, daß die Gefahr tatsächlich vorüber war. Dann lachte er laut.

»Das war der beste Scherz, den ich seit langem gemacht habe.«

Ibretin versuchte zu lächeln, aber dann brach er in Tränen aus. Er weinte auf dem gesamten Rückweg.

An diesem Abend gab es in ihrem Lager ein so gutes Festessen, wie ihre mageren Vorräte es erlaubten. Aderyn saß mit Wargal und seiner Frau am größten Feuer, während die anderen Dorfleute ganz in der Nähe hockten und ihn anstarrten, als wäre er ein Gott.

»Wir müssen den Ziegen einen Tag Ruhe gönnen, oder sie werden keine Milch mehr geben«, sagte Wargal. »Ist das ungefährlich, Weiser?«

»Ich glaube schon. Aber ihr solltet lieber noch ein ganzes Stück weiter nach Norden ziehen, bis ihr euch wieder niederlaßt.«

»Das hatten wir auch vor. Wir hoffen, daß Ihr mit uns kommt.«

»Ich werde euch noch eine Weile begleiten, aber mein Schicksal liegt im Westen, und ich muß den Weg beschreiten, auf den meine Magie mich schickt.«

Nach drei weiteren mühsamen Tagen wendete sich das Glück für Wargals Stamm. Eines Nachmittags überschritten sie einen hohen Hügel und sahen von dort aus einen Fluß, an dem sich bereits Menschen ihrer Art niedergelassen hatten; es gab Hütten, fruchtbare Felder und Wiesen voller Ziegen. Als sie zu dem Dorf kamen, eilten die Bewohner ihnen entgegen. Es gab nur sieben Hütten, aber offenbar Land genug für erheblich mehr Familien. Nach einer hastigen Stammesberatung sagte ihr Häuptling Ufel zu Wargal, daß er und seine Leute willkommen seien, hier zu siedeln.

»Je mehr, desto besser«, sagte Ufel. »Unsere jungen Männer lernen das eine oder andere von den verfluchten Blauaugen. Eines Tages werden wir um unser Land kämpfen können.«

Wargal warf den Kopf zurück und stieß einen Freudenschrei aus.

Zunächst schlugen die Flüchtlinge ihr Lager am Flußufer auf. Die Dorfleute brachten Lebensmittel und kamen, um ihre neuen Nachbarn kennenzulernen. Am Feuer von Häuptling Ufel saßen Wargal und Aderyn und tranken Bier aus Holzbechern.

»Es sieht so aus, als wohntet ihr hier schon einige Zeit«, sagte Aderyn. »Möget ihr immer in Frieden leben.«

»Das hoffe ich. Wir haben einen mächtigen Gott in unserem Tal, und bisher hat er uns schützen können. Wenn Ihr wollt, zeige ich Euch morgen seinen Baum.«

»Danke, den würde ich gerne sehen.« Vorsichtig trank Aderyn einen Schluck Bier und fand es angemessen schwach. »Es gibt also keine Blauaugen in der Nähe?«

»Nein. Und ich bete zu unserem Gott, daß er sie fernhalten wird. Es kommen nur wenige hier durch – hin und wieder einer vom Volk, das ist alles.«

»Von wem?«

»Das Volk. Die Blauaugen nennen sie Westvolk, aber sie selbst nennen sich nur das Volk. Auch von ihnen sehen wir nicht mehr viel. Als ich noch ein Junge war, kamen sie hier öfter mit ihren Pferden durch. Vielleicht haben die Blauaugen versucht, auch sie zu versklaven, aber ich wette, das dürfte ihnen schwergefallen sein.«

»Nach allem, was ich hörte, tauschen die Menschen aus Eldidd zuweilen mit ihnen Eisenwaren gegen diese Pferde.«

»Gegenstände aus Eisen? Die Blauaugen sind dumm genug, dem Volk Eisen zu geben?« Ufel sprang auf und begann, unruhig auf und ab zu gehen. »Das könnte zu schrecklichem Unheil führen!«

»Wie bitte? Das verstehe ich nicht. Das Westvolk braucht das Eisen offenbar und ...«

»Ich kann es nicht erklären. Ihr seid ein guter Mann für ein Blauauge, aber Euch das zu erklären würde Geis brechen.«

»Das würde ich nie von euch verlangen. Ich werde nicht mehr darüber sprechen.«

Am nächsten Morgen stand Aderyn noch vor der Dämmerung auf und schlich sich davon, bevor jemand im Dorf wach war, weil er allen den traurigen Abschied ersparen wollte. Er folgte einem Pfad, der sich über die von Krüppelkiefern bewachsenen Berge zog und auf dem er keine Menschenseele traf, bis er wieder auf die Straße stieß. Obwohl hier die Felder gepflügt und zur Herbstaussaat bereit waren und Obstbäume an der Straße standen, gab es dazwischen nur wenige Häuser und selten Dörfer – ganz anders als in Deverry. Erst als er dem Fluß El, dem Rückgrat dieses Landes, näher kam, wurde die Besiedlung dichter, und nach sechs Tagen auf der Straße erreichte er schließlich Elrydd, eine richtige Stadt, in der er ein Gasthaus fand, zwar nicht billig, aber sauber, mit frischem Stroh auf dem Boden des Schankraums.

Aderyn bezahlte mit einigen seiner kostbaren Münzen für die Übernachtung, dann brachte er sein Gepäck in eine keilförmige Kammer im Obergeschoß. Wenlyn, der Wirt, servierte ihm ein großzügiges Abendessen aus dickem Rindereintopf und frischem Brot, und danach gab es noch mit Honig gesüßte Apfelscheiben. Auch er wußte vom Westvolk.

»Sie sprechen eine seltsame Sprache, an der man sich nur den Kiefer verrenkt. Sie sind meistens gut gelaunt und zu Scherzen aufgelegt, aber wenn sie hier durchkommen, bleiben sie nicht in meinem Gasthaus. Ich traue ihnen nicht über den Weg. Ich bin verdammt sicher, daß sie stehlen und die ganze Zeit nur lügen. Man kann Menschen nicht trauen, die nicht in einem richtigen Dorf wohnen. Warum ziehen sie ständig umher, wenn sie nicht etwas zu verbergen haben?« Wenlyn hielt inne und goß Aderyn Bier nach. »Und was Frauen angeht, haben sie überhaupt keine Ehre. Selbst hier in dieser Stadt gibt es ein Mädchen, das einen Bastard von einem der ihren hat.«

»Nun, es soll vorkommen – und gar nicht so selten –, daß auch Männer aus Eldidd Bastarde zeugen. Ihr solltet nicht die ganze Herde nach einem Pferd beurteilen.«

»Das ist leicht gesagt, guter Herr, und zweifellos weise. Aber diese Männer haben etwas an sich ... Die Mädchen sind so versessen auf sie wie Katzen auf Katzenminze, das schwöre ich. Das kann einen Mann schon nervös machen, wenn er sich dauernd fragen muß, was die Mädchen in diesen Fremden sehen. Aber Frauen haben nun mal keinen Verstand.«

Aderyn zwang sich zu einem höflichen Lächeln, während Wenlyn die Dummheit der Frauen beseufzte.

»Sagt mir, guter Mann«, meinte Aderyn schließlich, »wenn ich auf der Königsstraße weiter nach Westen reite, werde ich irgendwann Leuten von diesem Volk begegnen?«

»Zweifellos, aber wieso solltet Ihr das wollen? Und wenn Ihr es tatsächlich tut, solltet Ihr gut auf Euer Maultier und das Pferd aufpassen. Aber was das Wo angeht, laßt mich nachdenken ... ich bin nie selbst dort gewesen ... aber unsere Kaufleute ziehen in die Gegend von Cernmeton, um zu handeln.«

»Ich danke Euch. Ich werde am Morgen abreisen. Und dann werde ich mir dieses Volk einmal ansehen.«

Wenlyn starrte ihn an, als hielte er ihn für verrückt, dann ließ er Aderyn in Ruhe zu Ende essen. Als Aderyn den letzten Rest des Eintopfs mit dem Brot auftunkte, staunte er über sich selbst. Aber er spürte eindeutig, daß ihn etwas nach Westen rief, und er wußte, daß er sich lieber beeilen sollte.

Draußen auf dem Grasland wechselten die Jahreszeiten langsamer als in den Bergen. Etwa zu der Zeit, als Aderyn in den Hügeln von Eldidd bereits die Vorzeichen des Herbstes sah, lag weit im Westen immer noch goldenes Sonnenlicht über dem scheinbar endlosen Grün. Als das Alar an einem kleinen Erlengehölz vorbeikam, das sich um eine Quelle drängte, standen die Bäume reglos in der drückenden Hitze, als wollte der Sommer hier nie ein Ende nehmen. Dallandra drehte sich im Sattel um und schaute zu Nananna hinüber, die neben ihr auf einem goldenen Wallach mit weißer Mähne und Schweif ritt. Die ältere Elfenfrau schien erschöpft, ihr Gesicht unter der Krone weißer Zöpfe war bleich wie Pergament, und ihre faltigen Lider über den violetten Augen halb geschlossen.

»Möchtest du an der Quelle rasten, Weise?«

»Nein, mein Kind. Ich kann warten, bis wir den Fluß erreichen.«

»Wenn du sicher bist …«

»Mach dir um mich keine Sorgen! Ich mag alt sein, aber ich bin immer noch genug bei Verstand, um dir sagen zu können, wann ich Ruhe brauche.«

Nananna, die trotz ihrer fünfhundert Jahre noch aufrecht im Sattel saß, versetzte ihrem Pferd einen Klaps mit den Zügeln und ritt ein Stück vor. Mit dem Zweiten Gesicht konnte Dallandra sehen, wie die Energie sie umfloß, große, pulsierende Silberströme in ihrer Aura, beinahe zuviel Kraft für einen so zerbrechlichen Körper. Bald würde Nananna sterben. Dallandras Herz schmerzte jeden Tag bei dem Gedanken, ihre Lehrerin der Magie bald zu verlieren, aber sie konnte die Wahrheit nicht leugnen.

Ihre Begleiter folgten ihnen automatisch. Das Alar war am Morgen bereits mit den Herden vorausgeeilt und hatte ihnen eine kleine Eskorte anderer zurückgelassen, die ebenfalls langsamer reiten mußten. Als erste kam Enabrilia, die das Packpferd führte, das den schweren Holzschlitten mit den Zelten hinter sich herzog. Ihr Mann Wylenteriel, der das Kind in einer Ledertasche auf dem Rücken trug, folgte in einigem Abstand und trieb die Zuchtstuten mit ihren Fohlen in langsamem, aber stetigem Tempo an. Sein Bruder Talbrennon ritt ein wenig seitlich. Als der Nachmittag fortgeschritten war, gab Nananna endlich zu, daß sie müde war, und sie schlugen ihr Lager bei einem Weidengehölz auf. Normalerweise lagerten sie nur für eine Nacht und hätten sich deshalb nicht die Mühe gemacht, Zelte aufzuschlagen, aber Dallandra wollte eines für Nananna aufbauen.

»Das ist nicht notwendig«, wehrte Nananna ab.

»Es ist keine Mühe, Weise«, sagte Wylenteriel. »Tal und ich werden es rasch aufschlagen.«

»Kinder, meine Zeit, euch zu verlassen, ist noch nicht gekommen, und wenn diese Zeit da ist, könnt ihr so viel Wirbel um mich veranstalten, wie ihr wollt, aber es wird mir keine weitere Stunde geben.«

»Ich weiß das«, sagte Dallandra. »Aber …«

»Kein Aber, Kind. Wenn du es weißt, dann benimm dich entsprechend.«

Wylenteriel bestand allerdings auf einem Kompromiß: Er und Tal bauten ein kleines Schutzdach, um die Feuchtigkeit der Nacht abzuhalten, und packten Kissen vom Schlitten, um sie auf den mit Zeltleinen bedeckten Boden zu legen. Dallandra half Nananna sich niederzulassen, dann kniete sie sich hin und zog der alten Frau die Stiefel aus. Nananna beobachtete sie mit müdem Lächeln und stützte die knorrigen Hände auf die Knie.

»Ich gebe zu, daß ich vor dem Essen gern ein wenig schlafen würde.«

Dallandra deckte sie zu. Dann half sie, das Lager aufzubauen. Die Männer tränkten die Pferde bereits am Fluß; Enabrilia saß neben einem Haufen Gepäck auf dem Boden und stillte Farendar, der unruhig an ihrer Brust wimmerte. Er war erst ein Jahr alt, nach elfischen Maßstäben praktisch ein Neugeborener. Dallandra ging ein Stück flußabwärts, getrieben von einer plötzlichen Unruhe. Selbst im hellen Sonnenlicht wurde ihr kalt, und sie spürte die Warnungen wie Eissplitter ihren Geist durchdringen – ein Bild des Winters, daß etwas ihr Leben zerreißen und unwiderruflich verändern würde. Wahrscheinlich Nanannas Tod. Schaudernd kehrte sie in die Gesellschaft ihrer Freunde zurück.

Am Abend, als die anderen um ein kleines Lagerfeuer saßen, ging Dallandra zu dem Unterstand. Nananna ließ eine große Kugel goldenen Lichts erscheinen und hängte sie unter das Dach. Sie suchte in ihrer Satteltasche nach der kleinen Silberschachtel, in der sie ihre Steine aufbewahrte. Sie besaß fünf dieser Edelsteine, jeder von einer kleinen Silberscheibe eingefaßt, in die Zeichen eingraviert waren: ein Rubin für Feuer, ein Topas für Luft, ein Saphir für Wasser, ein Smaragd für Erde und schließlich der größte von allen, ein Amethyst für Aethyr. Nananna legte die Scheiben auf ein Kissen und betrachtete sie einige Zeit stirnrunzelnd.

»Ich hatte einen Traum, und ich will noch etwas mehr herausfinden. Ich denke, ich nehme den Amethyst.«

Vorsichtig packte Nananna die anderen Edelsteine wieder in Seide und nahm die Amethystscheibe in ihre rechte Hand. Dallandra kniete sich neben sie und sah den Stein an, in dessen Mitte ein Licht aufblitzte, das sich zu einer rauchigen Leere öffnete – so kam es Dallandra zumindest vor. Nananna jedoch starrte konzentriert hinein und nickte dann und wann über eine Einzelheit. Endlich sprach sie die rituellen Worte, die die Vision beendeten.

»Das ist wirklich interessant«, sagte Nananna. »Was hältst du davon?«

»Nichts. Ich konnte es nicht sehen.«

»Ein Magier kommt aus dem Osten zu uns. Sein Schicksal liegt bei uns, und ich soll ihn aufnehmen.«

»Doch keiner von diesen stinkenden Rundohren?«

»Jeder, der dem Licht dient, ist in meinem Zelt willkommen.«

»Selbstverständlich, Weise, aber ich hätte nicht geglaubt, daß ein Rundohr überhaupt den Geist zur Magie hat.«

»Also wirklich! Solch barsche Worte und Vorurteile passen nicht zu einer Schülerin des Lichts.«

»Verzeih.«

»Nicht, daß ich die Rundohren meinerseits sonderlich mögen würde. Aber ich versuche es. Auch du solltest dein Bestes tun.«

Am nächsten Nachmittag erreichten sie das Alardan, das große Lager, in dem sich das Volk am Ende eines langen Sommers, in dem sie mit ihren Herden umhergezogen waren, stets traf. In diesem Jahr hatten die Banadars der weit verstreuten Stämme den Forellensee ausgewählt, den südlichsten einer Kette von vier Seen, an einem breiten Fluß, den die Menschen aus Eldidd mit ihrer charakteristischen Phantasielosigkeit einfach Aver Peddroloc nannten, den Vier-Seen-Fluß. Im Süden des Sees befand sich ein ausgedehnter Eichenwald, der für das Volk schon seit Tausenden von Jahren eine heilige Begräbnisstätte darstellte. Vom nördlichen Ufer ging eine offene Wiese aus, auf der sich nun Hunderte von bunten Zelten wie Blüten erhoben. Dahinter waren Schaf- und Pferdeherden zu sehen, die von Hirten zu Pferd bewacht wurden.

Als ihre kleine Gruppe sich näherte, trieb Talbrennon ihr

Vieh zu den anderen Herden. Dallandra führte ihr Alar zum Seeufer und fand eine Stelle für ihr Lager. Als sie abstiegen, kamen gleich zehn Männer angerannt, um der Weisen und ihrer Schülerin die Arbeit abzunehmen. Dallandra führte Nananna von der ganzen Unruhe weg und half ihr, sich ins Gras zu setzen, wo Enabrilia und das Kind zu ihnen stießen. Farendar war wach und starrte seine Mutter mit einem breiten, zahnlosen Grinsen an.

»Sieh, Kleiner, dort ist das Lager. Ist es nicht hübsch? Heute abend wird es Musik geben, und du kannst zuhören.«

Farendar, ein hübsches Baby mit großen, violetten Augen und weichem blondem Haar, hatte die langen, zarten und noch fest aufgerollten Ohren aller Elfenbabys. Sie würden sich erst öffnen, wenn er etwa drei war.

»Gib deiner Tante Dalla einen Kuß.« Enabrilia hielt ihn hoch. »Malamalas Liebster.« Pflichtschuldigst küßte Dallandra eine weiche rosa Wange. Das Kind sonderte einen eindeutigen Geruch ab.

»Er muß neu gewickelt werden.«

»Oh, wie ungezogen er ist!«

Enabrilia kniete sich ins Gras, zog dem Kind das Hemdchen aus und schnürte die Lederwindel auf. In der Windel befand sich ein Polster aus weichem Gras, das offensichtlich gut genutzt worden war; Enabrilia schüttelte es aus und begann, den Kleinen zu säubern. Die ganze Zeit schwatzte sie fröhlich auf eine Weise weiter, die Dallandra fast den Magen umdrehte. Ihre Freundin zwitscherte entzückt über ihr Baby, ganz gleich, was der Kleine tat, ob er nun in die Windeln machte oder seine kleine Rotznase lief. Manchmal fiel es Dallandra schwer zu glauben, daß sie noch dieselbe Frau vor sich hatte, die einmal Bogenschießen übte und weit vor dem Alar über das Grasland ritt und die allein zusammen mit Dallandra im Wald ihr Lager aufschlug. Selbstverständlich war jedes Kind kostbarer als

Gold und beim Volk doppelt so selten; das wußten alle Elfen, und Dallandra erinnerte sich selbst oft genug daran. Als Enabrilia begann, dem Kind die mit frischem Gras gefüllte Windel wieder anzulegen, urinierte Farendar über sich selbst und ihre Hand, aber seine Mutter lachte nur, als hätte er etwas besonders Kluges getan.

»Ich sollte wohl lieber zum Lager zurückkehren«, sagte Dallandra. »Ich werde nachsehen, ob das Zelt fertig ist.«

Die Zelte standen tatsächlich bereits, und Halaberiel, der Banadar, wartete mit vier Mitgliedern seines Kriegshaufens vor Nanannas Zelt. Junge Angeber, dachte Dallandra, als sie die Männer mit ihren langen Schwertern aus Eldidd und ihrer stolzen Haltung sah. Halaberiel selbst war allerdings etwas anderes. Ein weitsichtiger Mann und ein kluger Richter für die Alarli, die seiner Gerichtsbarkeit unterstanden. Als Dallandra ihn mit erhobener Hand grüßte, nahm er die Geste des Respekts mit einem knappen Nicken zur Kenntnis.

»Ich freue mich, dich zu sehen, Weise. Ich hoffe, es geht Nananna gut.«

»Sie ist ein wenig müde. Sie ist unten am Ufer.«

»Dann werde ich mit ihr sprechen.« Halaberiel warf seiner Eskorte einen Blick zu. »Ihr bleibt hier.«

Die vier setzten sich gehorsam vor das Zelt. Das sind wirklich die schlimmsten von allen, dachte Dallandra. Calonderiel, Jezryaladar, Elbannodantar und Albaral – alle starrten sie mit einem gierigen Lächeln an. Am liebsten hätte sie ihnen eine Ladung Dreck ins Gesicht getreten. Als sie dem Banadar folgte, stand Calonderiel auf und lief hinter ihr her, packte sie am Arm und beugte sich vertraulich zu ihr vor.

»Bitte, Dalla, willst du nicht einen kleinen Spaziergang mit mir machen? Bei den Göttern, die auf dem Mond leben, ich habe seit Wochen jede Nacht von dir geträumt.«

»Ach ja?« Dallandra riß sich los. »Dann hast du vielleicht

vor dem Schlafengehen zuviel Met aus Eldidd getrunken. Du solltest es lieber mit einem Abführmittel versuchen.«

»Wie kann eine so schöne Frau so grausam sein? Ich würde für dich sterben. Ich würde alles tun, was du sagst, gegen tausend Rundohren kämpfen oder den wildesten Eber erlegen! Bitte, gib mir doch einen Auftrag! Sag mir etwas Gefährliches, und ich werde es für dich tun.«

»Was für ein Schmalzkopf du doch bist!«

»Wenn ich wie ein Verrückter rede, dann liegt das nur daran, daß ich verrückt vor Liebe zu dir bin. Habe ich dich nicht schon seit Jahren geliebt? Habe ich in all der Zeit eine andere Frau auch nur angesehen? Habe ich dir nicht Geschenke aus Eldidd gebracht? Bitte, geh doch wenigstens ein kleines Stück mit mir. Wenn ich sterbe, weil du mich nicht küßt, wird mein Blut über dich kommen.«

»Und wenn ich Kopfschmerzen von deinem Geschwätz bekomme, muß ich die auch noch ertragen. Cal, es gibt im Lager viel hübschere Frauen als mich. Such dir eine und verführe sie, ja?«

»Bei den Göttern!«

Calonderiel warf den Kopf zurück, und in seinen violetten Augen blitzte so etwas wie Zorn auf. »Bedeutet dir Liebe denn überhaupt nichts?«

»Soviel wie Fleisch einem Hirsch bedeutet. Aber es gefällt mir nicht, daß du unglücklich bist; wir sind so lange Freunde, schon seit unserer Kinderzeit.«

Calonderiel, der in diesem Jahr siebzig geworden war, war ein gutaussehender Mann und sogar für einen vom Volk recht groß; er überragte Dallandra um einen Kopf. Sein Haar war so hell, daß es in der Sommersonne weiß schien, und seine Augen wirkten wie ein dunkler Teich unter schattigen Bäumen. Aber Dallandra fand die Vorstellung, daß er sie küßte – oder noch schlimmer, andere Zärtlichkeiten mir ihr austauschte –, so widerwärtig wie den Gedanken, in Fleisch zu beißen und dort eine Made zu finden.

»Außerdem«, fuhr sie fort, »wie würden es deine Freunde aufnehmen, wenn ich mich für dich entscheiden würde?«

»Sie müßten es ertragen. Wir haben darum gewürfelt, wer die erste Gelegenheit erhält, um dich zu werben, und ich habe gewonnen.«

»Du hast was?« Dallandra schlug ihm so fest ins Gesicht, daß er zurückwich. »Du Ungeheuer! Du eingeweidesaugender Schafswurm! Soll ich mich davon etwa noch geschmeichelt fühlen?«

»Aber selbstverständlich. Freut es dich denn nicht zu wissen, daß gleich vier Männer bereit sind, für dich zu sterben?«

»Nicht, wenn sie um mich würfeln wie um ein Stück Eisen aus Eldidd.«

»So haben wir es nicht gemeint!«

»Ihr seid nur ein großer Haufen Pferdedreck.«

Als Dallandra weitergehen wollte, packte er ihren Arm abermals, senkte den Kopf und bückte sich vor ihr, wie ein Vogel, der aus einem Bach trinkt.

»Bitte warte! Sag mir zumindest, ob es einen gibt, den du mehr liebst als mich? Wenn das der Fall ist, dann werde ich mit gebrochenem Herzen davonreiten, aber ich werde gehen.«

»Da ich dich überhaupt nicht liebe, wäre es schwierig, jemanden zu finden, den ich mehr liebe, aber um ehrlich zu sein, habe ich mich nicht einmal nach einem umgesehen. Warum glaubst du mir nicht, du Wolkenhirn? Ich liebe dich nicht. Ich liebe überhaupt niemanden. Ich will keinen Mann. Das ist die reine Wahrheit. Mehr gibt es nicht zu sagen. Jetzt weißt du es.«

Zorn flackerte in seinen Augen auf.

»Das kann ich einfach nicht glauben. Komm schon, sag es mir: Was kann ich tun, damit du mich liebst?«

Sie setzte dazu an, ihn weiter zu beschimpfen, dann fiel ihr etwas Besseres ein.

»Ich werde nie einen Mann lieben, der nicht ebenfalls ein Magier ist wie ich.«

»Wie kannst du so etwas sagen! Welcher Mann wird dir je gleichkommen? Magie ist Frauensache.«

»Das muß nicht so sein.« Dallandra lächelte. »Auch ein Mann könnte es lernen – wenn er den Mut hätte, aber den haben die meisten von euch nicht.«

Als Dallandra sich diesmal losriß und weiterging, blieb Cal zurück und trat wild gegen ein Grasbüschel. Dallandra eilte zum Ufer, wo Nananna und Halaberiel zusammen im Schatten eines Weidenbaums saßen und sich angeregt unterhielten.

»Ich habe den Banadar gebeten, uns einen kleinen Gefallen zu tun«, erklärte Nananna. »Was meine Vision von gestern betrifft.«

»Selbstverständlich werde ich dem Weisen entgegenziehen. Ich werde meine Eskorte mitnehmen.« Er dachte kurz nach. »Laß mich überlegen – der letzte Rundohrkaufmann ist immer noch hier. Ich könnte ihn fragen, ob er einen Fremden gesehen hat.«

»Nein«, meinte Nananna. »Ich weiß, daß das deine Aufgabe nur schwieriger machen wird, Banadar, aber es wäre mir lieber, wenn du so wenig wie möglich mit den Rundohren sprichst.«

Halaberiel warf ihr einen beunruhigten Blick zu, dann nickte er.

»Nimm Cal bitte mit«, warf Dallandra ein. »Ich will ihn nicht mehr sehen.«

»Ach, komm schon.« Halaberiel bedachte sie mit einem väterlichen Lächeln, das sie nur noch mehr ärgerte. »Er ist wirklich ein anständiger Junge. Wenn du ihm nur eine Chance geben würdest …«

Als Dallandra die Arme über der Brust verschränkte und ihn

seltsam anstarrte, wandte sich Halaberiel hastig ab und machte das Abwehrzeichen gegen den bösen Blick. Obwohl der böse Blick nur ein Mythos war, hielten die meisten Dweomerleute diesen Aberglauben durchaus für nützlich.

»Also gut, Cal wird mit mir kommen«, sagte Halaberiel. »Was nun dieses Rundohr angeht, das wir abholen sollen – kannst du mir ein Zeichen geben, wonach wir suchen müssen, Weise?«

»Komm nach Einbruch der Dunkelheit zu meinem Zelt. Ich werde dir auch ein Rätsel geben, das du ihm stellen kannst, nur um sicher zu sein, daß du das Pferd in der Kuhherde auch findest.«

»Gut.« Halaberiel erhob sich und verneigte sich vor ihr. »Soll ich dich zu deinem Zelt führen?«

Nananna wartete, bis der Banadar außer Hörweite war, bevor sie sprach.

»Und warum brichst du dem armen Cal das Herz?«

»Ich liebe ihn nicht.«

»Nun gut, aber es ist nichts Schlimmes daran, wenn du dir einen netten jungen Mann suchst, der dich im Winter warm hält.«

Dallandra zog die Nase kraus und schauderte. Nananna lachte und tätschelte Dallandras Arm sanft mit ihrer knochigen Hand.

»Wie du willst, Kind. Aber es mag einem kalten Herzen immer schwerer fallen, Magie zu bewirken, während es älter und kälter wird.«

»Das mag sein, aber ich kann es nicht ausstehen, wenn sie in meiner Nähe sind und kläffen wie Hunde um eine Hündin! Manchmal wünsche ich mir, ich wäre häßlich geboren.«

»Es wäre vielleicht einfacher gewesen, aber die Wolkengöttin hat dir nun einmal Schönheit verliehen, und zweifellos hatte sie ihre Gründe dafür. Ich würde mich jetzt nicht mehr mit ihr darüber streiten.«

Dieser Abend war der erste einer Reihe langer, vielversprechender Feste. Jeder Alar bereitete riesige Mengen eines bestimmten Gerichtes vor und stellte die Töpfe dann vor die Zelte – Dallandra kochte einen großen Kessel voll Trockengemüse, gewürzt mit Curry aus Bardek –, und die Leute gingen von einem Alar zum anderen, probierten das Essen, blieben stehen und unterhielten sich mit alten Freunden und zogen dann zum nächsten Topf weiter. Dallandra nahm sich eine Holzschüssel und schlenderte von Alar zu Alar, um für Nananna eine Auswahl ihrer Lieblingsgerichte zu besorgen. Die alte Frau setzte sich wie eine Königin auf einen Stapel Kissen am Lagerfeuer und empfing ihre Besucher. Bis zum Ende des Alardan würde sie jeden einzelnen gesehen und ihm weise Ratschläge gegeben haben. Manchmal fiel diese Rolle auch Dallandra zu, aber sie fürchtete immer, zu jung zu sein und auf keinen Fall mit Nananna gleichziehen zu können. Ihre schlimmste Angst war, daß sie auf irgendeine Weise ihr Volk, das ihr vertraute, verraten könnte.

Langsam wurde es dunkler; über dem abgelegenen, leeren Horizont erhob sich der Vollmond. Vereinzelt erklang Musik im Lager, als Harfen- und Flötenspieler ihre Instrumente herausholten und mit den alten Liedern begannen. Singend oder zumindest leise vor sich hin summend, bewegten sich die Leute im Licht von hundert Lagerfeuern. Als der Mond aufgegangen war, kam der Rundohrkaufmann, um Nananna seinen Respekt zu erweisen. Da man von ihr erwartete, daß sie ihre Kenntnisse der Sprache von Eldidd erweiterte, rückte Dallandra näher, als Namydd aus Aberwyn und sein Sohn Daen sich tief vor Nananna verbeugten und sich dann zu ihren Füßen niedersetzten. Der Kaufmann war grauhaarig und rundlich, und sein schütteres Haar ließ seine runden Ohren schmerzlich deutlich hervortreten. Daen hingegen sah für einen seiner Art ganz angenehm aus, und dichtes, blondes Haar bedeckte, was Dallandra für deformierte Ohren hielt.

»Ich bin ausgesprochen dankbar, mit Euch sprechen zu können, Weise«, erklärte Namydd in seiner barbarischen Sprache. »Ich habe Euch als Zeichen meiner Hochachtung ein kleines Geschenk mitgebracht.«

Daen überreichte seinem Vater ein Päckchen, das Namydd seinerseits Nananna mit einer tiefen Verbeugung übergab. Mit einem königlichen Lächeln packte die alte Frau das Geschenk aus und hielt zwei wunderschöne Häutemesser aus Stahl mit Griffen aus geschnitztem Knochen hoch.

»Wie schön! Ich danke Euch, guter Kaufmann. Hier, Dallandra, such dir eines davon aus.«

Begierig nahm Dallandra die Messer und betrachtete sie im Licht des Feuers. Ein Messer war nur mit miteinander verwobenen Spiralen verziert, das andere zeigte in dem ungelenken Stil der Barbaren ein laufendes Pferd. Dallandra wählte das abstrakte und reichte Nananna das andere zurück.

»Ich danke Euch«, sagte Dallandra. »Das ist wirklich ein schönes Stück.«

»Nicht halb so schön, wie Ihr es verdient hättet«, warf Daen ein.

Dallandra wurde klar, daß er sie betört anstarrte. O nein, nicht auch noch er! dachte sie. Sie erhob sich, nickte ihm höflich zu und eilte dann mit der Entschuldigung ins Zelt, die Messer wegräumen zu wollen.

Als der Mond den Höchststand erreicht hatte, war Nananna müde. Dallandra scheuchte die letzten Besucher davon, dann begleitete sie Nananna ins Zelt und half ihr ins Bett. Im sanften Schimmer des magischen Lichts wirkte die alte Frau so zerbrechlich wie ein kleines Kind.

»Ich liebe Alardans«, sagte Nananna. »Du kannst jetzt gehen und dir die Tänze ansehen, wenn du willst, Kind.«

»Bist du sicher, daß du mich nicht mehr brauchst?«

»Nicht, wenn ich schlafe. Oh – ich habe Halaberiel ganz vergessen. Sag ihm, ich werde am Morgen mit ihm sprechen.«

Am nächsten Morgen erschien Halaberiel kurz nach Sonnenaufgang mit seinen vier jungen Männern vor ihrem Zelt. Sie setzten sich alle nieder, während Nananna den jungen Rundohrmann beschrieb, den sie in ihrer Vision gesehen hatte – einen schlanken Mann, sehr viel kleiner als einer vom Volk, mit dunklen Haaren und großen Eulenaugen. Er reiste mit einem Packmaultier und verdiente sich seinen Lebensunterhalt als Kräutermann.

»Er sollte also nicht so schwierig zu finden scin«, schloß Nananna. »Als ich ihn sah, verließ er gerade Eldidd und machte sich auf den Weg nach Westen. Und nun solltet ihr anderen gehen, während ich dem Banadar das geheime Rätsel mitteile.«

Dallandra verließ das Zelt, wobei sie Calonderiel sorgfältig mied, und ging hinüber zu Enabrilias Zelt. Enabrilia buk gerade auf einem Rost Brot mit Mehl aus Eldidd, während Wylenteriel das Baby wickelte. Enabrilia brach ein Stück von dem warmen Brot ab und reichte es Dallandra.

»Ich muß dir später etwas zeigen«, sagte Enabrilia. »Wir haben gestern zwei Wallache gegen ein paar wunderschöne Dinge eingetauscht. Einen großen Eisenkessel und Unmengen Leinen.«

»Wunderbar! Ich sollte auch ein paar unserer überzähligen Pferde zu den Rundohren bringen.«

Die Kaufleute aus Eldidd verließen das Alardan am nächsten Tag, nahmen Pferde und Edelsteine mit und ließen Gegenstände aus Eisen sowie Tuch und Met zurück. Dann kümmerte sich das Alardan um den eigentlichen Zweck dieser Versammlung – Handel miteinander zu treiben und die Marschordnung für die langen Reisen zu den diversen Winterlagern festzulegen. Als die Abenddämmerung begann, nahm Dallandra eine

Axt aus Eldidd und ging etwa eine Meile weit zu einem Eichenhain, in dem sie vorher einen toten Baum entdeckt hatte. In den blauen Schatten unter den alten Bäumen, im dichten Unterholz war es kühl und still – zu still. Es sang nicht einmal ein Vogel. Plötzlich spürte Dallandra, daß jemand sie beobachtete. Drohend hob sie die Axt.

»Also gut, komm raus«, rief sie.

So lautlos, wie ein Geist erscheint, trat ein Mann aus dem Unterholz. Er war in Felle gekleidet und hatte einen langen Speer mit einer behauenen Steinspitze in der Hand, dessen Schaft mit bunter Erde gefärbt und mit Federn und Keramikperlen dekoriert war. Um seinen Hals hing ein kleiner Lederbeutel, der ebenfalls kunstvoll geschmückt war. Einer vom Waldvolk, der einem Alardan so nahe kam – Dallandra senkte die Axt und starrte ihn überrascht an. Sein Lächeln, als er sie betrachtete, hatte etwas Höhnisches.

»Du bist eine Magierin«, sagte er schließlich.

»Ja. Brauchst du meine Hilfe?«

»Deine Hilfe?« Die Worte trieften nur so vor Sarkasmus. »Ungläubige Hündin! Als würde ich auch nur für das Geringste deine Hilfe brauchen. Dieser Axtkopf besteht aus Eisen.«

Dallandra, die plötzlich verstand, seufzte. Das Waldvolk hielt sich an alte Bräuche und alte Tabus – so sahen es ihre Leute jedenfalls.

»Ja, aber das hat weder mir noch meinen Freunden geschadet. Ich sage die Wahrheit.«

»Darum geht es nicht. Die Wächter sind zornig. Mit eurem stinkenden, widerlichen Eisen vertreibt ihr die Wächter.«

Für Dallandra waren die Wächter ein religiöses Prinzip und keine richtigen Wesen, aber es hatte keinen Sinn, mit dem Waldvolk über Philosophie zu diskutieren.

»Bist du gekommen, um uns zu warnen? Ich danke dir für deine Sorge, und ich werde um Vergebung beten.«

»Wage nicht, mich zu verspotten! Glaubst du, ich weiß nicht, wie sehr ihr uns verachtet? Wage nicht, mit mir zu reden, als wäre ich ein Kind, oder ich …«

Als er vortrat und den Speer hob, erhob Dallandra eine Hand und beschwor das Wildvolk des Aethyr herauf. Strahlendes blaues Feuer schoß mit einem Zischen aus ihrer Hand. Der Mann schrie auf und fiel auf die Knie.

»Also gut«, sagte sie ruhig. »Was willst du? Wenn du mich nur tadeln wolltest, muß ich dir sagen, daß ich im Augenblick sehr beschäftigt bin.«

»Ich will überhaupt nichts, Weise.« Er zitterte und klammerte sich fest an den Speerschaft. »Ich habe jemanden mitgebracht, der deine Hilfe braucht.«

Als er rief, kam ein Mensch aus dem Unterholz gekrochen. Sein dunkles Haar war verfilzt, seine abgerissenen braunen Lumpen schmutzig. Er fiel vor Dallandra auf die Knie und blickte verzweifelt zu ihr auf. Er war so abgemagert, daß sie jeden Knochen in den Händen sehen konnte, die er zu ihr hob.

»Bitte helft mir«, stotterte er in der Sprache von Eldidd.

Dallandra sah ihm ins schmutzige Gesicht. Auf seiner linken Wange war ein Brandmal tief ins Fleisch gegraben – das Zeichen eines rundohrigen Lords. Ein Unfreier …

»Selbstverständlich helfen wir dir«, sagte Dallandra. »Komm mit mir. Geben wir dir erst mal etwas zu essen.« Sie wandte sich dem Mann mit dem Speer zu. »Ich danke dir. Möchtest du auch bei uns essen?«

Zur Antwort erhob er sich nur und verschwand wie ein Hirsch wieder im Wald. Mit einem leisen Winseln kam das Rundohr taumelnd auf die Beine. Als sie das Alar erreichten, drängten sich alle um Dallandra und ihren Gast und schimpften auf die rundohrigen Adligen. Wylenteriel drückte dem Mann ein Stück Brot in die schmutzigen Hände und holte eine

Schale Schafsmilch – das gebratene Lammfleisch und gewürztes Essen hätten ihm im Augenblick nur geschadet.

»Einer vom Waldvolk hat ihn gebracht«, erklärte Dallandra. »Sie haben wohl gewartet, bis die Kaufleute weg waren.«

»Ich habe gehört, daß ihr Leuten wie mir helft«, stotterte der Unfreie. »Bitte, ich kann es nicht mehr ertragen. Mein Herr ist so ein grausamer Mann. Sein Aufseher peitscht uns halb tot, wann immer es ihm paßt.«

»Dieser Lord ist vermutlich schon auf der Suche nach ihm«, sagte Dallandra auf elfisch zu denen, die in der Nähe standen. »Ich wünschte, Halaberiel wäre hier, aber wir werden uns ohne ihn etwas ausdenken müssen.«

»Mein Alar reitet nach Westen.« Gannobrennon trat vor. »Wir werden ihn mitnehmen, und wir brechen heute abend schon auf.«

»Gut, aber was, wenn die Rundohren auf der Suche nach ihm hierher kommen?« sagte Elbaladar. »Wir sollten das Alardan lieber abbrechen.«

Auf diese Bemerkung folgten Vorschläge, gute Ratschläge, Zurückweisungen, bis es schließlich zum Streit kam. Langsam kam Nananna aus ihrem Zelt und ging zu der Gruppe hinüber. Bei ihrem Anblick schwiegen alle.

»Elbaladar hat recht«, sagte Nananna. »Wir sollten das Lager heute abend noch abbrechen. Ich kann mich durch meine Steine mit Halaberiel in Verbindung setzen und ihm alles erzählen.« Sie hielt inne und sah die Versammelten an. »Ich brauche vier oder fünf junge Männer bei meinem Alar. Wir können nicht schnell reiten, daher könnten die Rundohren uns einholen.«

Die Nachrichten verbreiteten sich rasch: Sie retteten einen rundohrigen Sklaven, und die Weise hatte entsprechende Befehle gegeben. Die Leute verschlangen ihr Festessen, dann packten sie ihre Ausrüstung ein und brachen die Zelte ab. Nach und nach trennten die Alarli ihre Tiere von der Gemeinschaftsherde und verschwanden schnell im dunklen Grasland, bis die Wiese wieder leer war und nur zerdrücktes Gras davon kündete, wo das Alardan einmal stattgefunden hatte. Kurz nach Mitternacht brachten vier junge Männer ihren Besitz zur Gruppe der Weisen, zu den letzten beiden Zelten von Hunderten, die noch stehengeblieben waren.

»Ich kann heute abend noch ein paar Stunden reiten«, erklärte Nananna. »Ich will wieder zurück nach Osten ziehen. Wenn der rundohrige Lord schon jemanden finden muß, dann sollte besser ich das sein.«

Zwei Stunden später schlugen sie am Ufer eines Flusses, der aus dem Forellensee entsprang, ihr Lager auf. Am Morgen überquerten sie den Fluß und wandten sich direkt nach Süden. Enabrilia und Dallandra führten die Schlittenpferde, während Wylenteriel, Talbrennon und einer der neuen das Vieh hüteten. Die anderen drei ritten weit vorn, die Hände immer am Schwertgriff, und suchten ununterbrochen den Horizont ab, bereit, sich zwischen jedes Rundohr und Nananna zu stellen. Gegen Mittag näherte sich eine Staubwolke, aus der schließlich sechs Reiter auftauchten, die rasch über das Grasland trabten.

»Gut«, sagte Nananna. »Warten wir hier und lassen uns einholen. Dalla, du übernimmst das Reden.«

Die Reiter wendeten ihre Pferde und galoppierten die letzte Meile zum Alar. Angeführt wurden sie von einem kräftigen blonden Mann mit den karierten Brigga, die ihn als Lord aus Eldidd kennzeichneten; hinter ihm kamen fünf von seinem Kriegshaufen, alle bewaffnet und kampfbereit. Der Lord ließ seine Männer etwa zwanzig Fuß vom Alar entfernt stehen und ritt allein vor. Mürrisch betrachtete er die kleine Gruppe; Dallandra sah, daß ihm wohl auffiel, wieviel bewaffnete Männer sie dabeihatten – sechs, wenn man den jungen Talbrennon mitzählte.

»Herr! Sollen wir angreifen?«

»Halt den Mund!« brüllte der Lord zurück. »Kannst du nicht sehen, daß sie Frauen dabeihaben? Und eine davon ist auch noch alt.«

Dallandra entspannte sich ein wenig; er hatte also zumindest eine Spur von Ehre. Der Lord lenkte sein Pferd dicht zu ihrem.

»Kann einer von euch meine Sprache sprechen?«

Dallandra starrte ihn großäugig und dümmlich an.

»Eldidd.« Er seufzte und zeigte auf sich. »Ich bin ein Lord. Ich habe einen Unfreien verloren. Habt ihr ihn gesehen?«

»Unfrei?« sagte Dallandra langsam. »Was ist unfrei? Oh – Bauer.«

»Das stimmt.« Der Lord hob die Stimme, als verstünde sie ihn nur, wenn er schrie. »Eine Art Bauer. Er hat ein Brandmal hier.« Er zeigte auf seine Wange. »Ein Brandmal. Er gehört mir, und er ist weggelaufen.«

Dallandra nickte bedächtig, als dächte sie über all das nach.

»Er ist ein junger Mann und trägt braune Kleider«, schrie der Lord, so laut er konnte. »Habt ihr ihn gesehen?«

»Nicht gesehen. Kein Bauer gesehen.«

Der Lord seufzte und warf einen fragenden Blick auf die Ausrüstung des Alars, als würde sich der Unfreie vielleicht auf einem Schlitten verstecken.

»Woher kommt ihr Leute? Von Norden? Von Süden?« Er zeigte in die unterschiedlichen Richtungen. »Verstehst du? Woher kommt ihr?«

»Norden. Kein Bauer gesehen. Kein Bauer im Nordgras.«

»Nun, auf diesen elenden Ebenen hättet ihr ihn wohl gesehen.«

»Was elend?«

»Ach, schon gut.« Der Lord verbeugte sich vage in ihre Richtung, dann drehte er sich um und rief seinen Männern zu:

»Also gut, Männer, wir reiten nach Osten weiter. Der Bastard muß sich wieder nach Osten gewandt haben.«

Sobald der Kriegshaufen außer Sichtweite war, brachen alle in Gelächter aus. Dallandra beugte sich über ihren Sattelknauf und lachte, bis ihr der Bauch weh tat.

»Das war wirklich ein Witz«, keuchte Wylenteriel, der die Sprache von Eldidd perfekt sprach. »Kein Bauer gesehen! Bei den Höllen von Eldidd, Dalla!«

»Nicht gut sprechen. Ich nur Elf. Ich auch taub.«

Unter weiterem Gelächter setzten sie sich wieder in Marsch und setzten ihre Reise nach Süden fort.

Etwa vier Tage westlich von Eldidd kam Aderyn zu einem winzigen See, der mit Weiden umgeben war. In einem nahe gelegenen Dorf litt eine Frau an Schüttelfrost und ein Mann an Abszessen an den Zähnen. Aderyn schlug am Seeufer sein Lager auf, mit einem anständigen Steinkreis um sein Feuer, einem Segeltuchunterstand über seiner Ausrüstung und einem schönen Stapel Feuerholz, das die dankbaren Dorfleute lieferten, und er ritt täglich ins Dorf, um sich um seine neuen Patienten zu kümmern. Als sie außer Gefahr waren, sammelte er noch ein paar Tage wilde Kräuter. An seinem zehnten Abend, während er gerade am Feuer saß und Brot und Käse aß, hörte er, wie sein Pferd grüßend anderen Tieren zuwieherte, aber er konnte sie weder sehen noch hören. Als auch das Maultier unruhig wurde, wurde Aderyn nervös. Er war gut zwei Meilen vom Dorf entfernt, also weitab von jeder Hilfe, falls er welche brauchen würde.

Im Gehölz knackte ein Zweig, dann herrschte wieder Stille. Aderyn fuhr herum und starrte ins Dunkel. Er glaubte zu sehen, daß sich etwas bewegte … zu schlank für einen Hirsch … nein, das waren nur Zweige. Laß deine Nerven nicht mit dir durchgehen, sagte er sich. Aber dann hörte er etwas weiter entfernt ein anderes Geräusch; einen Schritt, einen Zweig. Er zog sich dicht zum Feuer zurück und griff nach der einzigen Waffe, die er hatte – einem Tischdolch.

Die fünf Männer traten unter den Weiden hervor und kamen schweigend in den Lichtkreis des Feuers. Während Aderyn sie noch anstarrte, zu verängstigt, um etwas zu sagen, hatten sie ihn schon umzingelt und jede Flucht verhindert. Alle fünf hatten hellblondes Haar, das im Feuerschatten wie Mondlicht aussah, und sie sahen einander derart ähnlich, daß Aderyn sie zunächst für Brüder hielt. Sie waren anders gekleidet als die Menschen in Eldidd, statt weiter Brigga trugen sie enge Lederhosen und dunkelblaue Hemden, die kunstvoll bestickt waren, aber ihre langen Schwerter stammten eindeutig aus Eldidd.

»Guten Abend«, sagte einer von ihnen höflich. »Seid Ihr der Kräutermann, von dem die Dorfleute uns erzählt haben? Aderyn lautete der Name.«

»Das bin ich. Braucht Ihr meine Hilfe? Ist jemand krank?«

Der Mann lächelte und kam näher. Überrascht bemerkte Aderyn seine Ohren, die lang, spitz und gewunden wie eine Muschel waren, und seine großen Augen mit den Katzenpupillen.

»Ich heiße Halaberiel. Gib mir die Antwort auf ein Rätsel, guter Kräutermann: Wo hast du die Sonne aufgehen sehen, wenn du mit deinen anderen Augen schaust?«

»Um Mitternacht, aber das ist ein seltsames Rätsel für einen Mann.«

»Es wurde mir auch von einer Frau aufgetragen. Nun, guter Kräutermann, wir brauchen deine Hilfe tatsächlich. Wirst du mit uns nach Westen kommen?«

»Habe ich denn eine Wahl?«

»Nein.« Halaberiel lächelte ihn freundlich an. »Aber ich versichere dir, daß wir dir nichts tun wollen. Bei meinem Volk gibt es eine Frau, die große Macht in dem hat, was ihr Rundohren Dweomer nennt. Sie möchte mit dir sprechen. Sie hat mir nicht gesagt, warum, aber ich tue, was Nananna will.«

Er wandte sich den anderen zu. »Calonderiel, hol sein Pferd und sein Maultier. Jezry, bring unsere Pferde.«

Die beiden verschwanden beinahe lautlos im Dunkeln.

»Dann reiten wir also sofort«, sagte Aderyn.

»Wir reiten nicht weit. Ich will nur eine gewisse Entfernung zum Dorf zurücklegen. Es könnte sein, daß die Dorfleute zu ihrem Lord rennen und ihm Geschichten vom Westvolk erzählen, das sich hier herumtreibt.« Plötzlich lachte er. »Immerhin stehlen wir heute nacht tatsächlich etwas, nämlich ihren Kräutermann.«

»Der Kräutermann ist neugierig genug, freiwillig mitzukommen. Ich würde gern mit jemandem sprechen, der den Dweomer beherrscht.«

»Ich sehe, daß du dich tatsächlich darüber freust. Ich hätte dich ungern gefesselt, aber wir können es schließlich nicht zulassen, daß du davonfliegst, sobald wir dir den Rücken zudrehen.«

»Fliegen? Nicht unbedingt, aber ich habe tatsächlich Möglichkeiten, mich im Dunkeln zu bewegen.«

»Aha, dann bist du also nur ein Schüler. Nun, zweifellos kann Nananna dir das eine oder andere beibringen.«

Halaberiel sprach so sachlich davon, daß die Bedeutung seiner Worte unmißverständlich war. Konnte diese Nananna etwa tatsächlich fliegen? Hatten alle Dweomermeister des Westvolks diese Macht, die für menschliche Zauberer nur ein Traum war? Aderyns Herz begann begierig zu klopfen. Hätte Halaberiel es sich jetzt anders überlegt und versucht, Aderyn fernzuhalten, wäre es zu einem unangenehmen Kampf gekommen. Aderyns Entführer und Begleiter sattelten sein Pferd, beluden sein Maultier, löschten dann sein Feuer und warfen

Erde darauf. Als die Pferde sich auf den Weg über die dunkle Wiese machten, ritt Halaberiel neben Aderyn.

»Ich werde Nananna heute nacht sagen, daß wir dich gefunden haben.«

»Du kannst dich also mit ihr in Verbindung setzen.«

»Ich kann es nicht. Aber sie wird mir in einem Traum erscheinen, und dann sage ich es ihr.«

Kurz nach Mitternacht befahl Halaberiel seinen Männern, ihr Lager am Flußufer aufzuschlagen. Aderyn nahm an, daß sie inzwischen etwa zehn Meilen zurückgelegt hatten. Im Dunkeln konnte er nicht viel sehen, aber am Morgen entdeckte er einen rasch fließenden, breiten Fluß und dahinter, am abgelegenen Ufer, einen Eichenwald. Er sprang auf und lief zum Ufer. Tief im Herzen wußte er, daß dies der Fluß seiner Vision sein mußte. Mit einem kleinen Freudenschrei machte er ein paar Tanzschritte.

»Stimmt etwas nicht?« Halaberiel trat neben ihn.

»Alles ist in Ordnung. Du brauchst dir wirklich keine Gedanken zu machen, daß ich fliehen würde, glaub mir.«

Nach dem Frühstück überquerten sie den Fluß und führten die Pferde langsam in den Wald, der bald so dicht wurde, daß sie absteigen und ihre Tiere einen Wildpfad entlangführen mußten. Nach ein paar weiteren Meilen verschwand auch dieser Wildpfad, und sie mußten sich ihren eigenen Weg durch die Bäume suchen. Drei quälende Stunden lang wandten sie sich weiter nach Westen und hielten dabei häufig an, um die Pferde zu beruhigen oder zu entscheiden, welches der beste Weg sei. Endlich, als Aderyn am liebsten schon aufgegeben hätte, kamen sie zu einer Straße: einer anständigen, festgestampften, geraden Straße von etwa zehn Fuß Breite, die so gerade wie ein Speer durch den Wald verlief.

»Da sind wir«, bemerkte Halaberiel. »Wenige Rundohren würden lange genug weitersuchen, um das hier zu finden.«

»Es sieht so aus, als traut ihr meiner Art nicht.«

»Wieso sollte ich auch?« Halaberiel bedachte ihn mit einem kühlen Blick. »Ich will dich nicht beleidigen, aber zuerst haben wir den Rundohren die Küste überlassen, dann begannen sie, die Flüsse entlangzuziehen und uns zu verdrängen, und nun vermehren sie sich wie Ratten und schwärmen über das ganze Land aus. Wohin sie gehen, machen sie die Alten, die lange vor ihnen hier waren, zu Sklaven. Werden sie endlich aufhören, sich weiter auszubreiten? Oder werden sie weiter nach Norden und Westen ziehen und das Grasland dort für ihre Felder pflügen und das Gras vernichten, das wir für unsere Pferde brauchen? Werden sie auch uns eines Tages zu Sklaven machen? Ich weiß von mindestens einem Vertrag mit meinem Volk, den sie gebrochen haben. Ihnen vertrauen? Nein, wirklich nicht.«

»Ich versichere dir, jene von uns, die dem Dweomer dienen, hassen Sklaverei so sehr wie du. Wenn ich jeden Unfreien im Königreich befreien könnte, würde ich das auf der Stelle tun.«

»Zweifellos, aber das kannst du eben nicht.« Mit einem gereizten Schulterzucken wandte sich Halaberiel ab und an seine Männer. »Ziehen wir auf der Straße weiter. Wir können den Pferden Ruhe gönnen, wenn wir die große Quelle erreicht haben.«

Die Quelle befand sich zwei Meilen weiter westlich: ein mit Steinen eingefaßter Teich, von dem aus ein ebenfalls gepflasterter Überlauf zu einem Bach in den Bäumen führte. Bevor einer von ihnen trank, hob Halaberiel die Hände über dem Wasser und sprach in seiner wohlklingenden Sprache ein kurzes Gebet, um dem Gott der Quelle zu danken. Dann sattelten sie ihre Pferde ab und tränkten sie, bevor sie sich hinsetzten und ihre eigene Mahlzeit aus geräuchertem Fisch und weichem Schafskäse zu sich nahmen. Langsam konnte Aderyn die jungen Männer voneinander unterscheiden: Calonderiel war größer als die anderen, Elbannodanter so zart und hübsch wie ein Mädchen, Jezryaladar hatte dieses rasch aufblitzende Grinsen, und Albaral sprach wenig und aß dafür um so mehr.

»Banadar?« fragte Calonderiel. »Hat Nananna dir gesagt, wo sie ist?«

»Nicht weit hinter dem Wald. Sie und ihre Eskorte haben sich gestern mit ein paar großen Alarli getroffen, und sie lagern alle zusammen beim Gespensterteich. Der Rest unseres Kriegshaufens ist ebenfalls auf dem Weg dorthin. Wir ziehen dann alle zusammen weiter ins Winterlager.«

Nachdem er fertig gegessen hatte, sah sich Aderyn die Quelle näher an. In die Steine waren Ranken und Blumen eingemeißelt, und hinter ihnen spähten die kleinen Gesichter des Wildvolks hervor.

»Halaberiel?« fragte er. »Haben deine Leute diese wunderbare Steinmetzarbeit geschaffen?«

»Früher einmal. Das hier ist über achthundert Jahre alt. Kein Mann und keine Frau der heutigen Zeit könnte das so gut.«

»Ach ja? Deine Männer nennen dich Banadar. Ist das ein Titel wie Lord oder Prinz?«

»In gewisser Weise, aber nur in gewisser Weise. Wir werden anfangen müssen, dir unsere Sprache beizubringen, Aderyn. Die meisten hier beherrschen zumindest ein paar Worte der Sprache von Eldidd, aber unsere Verwandten weiter im Westen kümmern sich nicht um die Sprachen der Barbaren.«

Später folgten sie einem kleinen Bach, der aus dem Wald hinaus aufs Grasland führte, und schlugen dann ihr Nachtlager auf. Als Aderyn sein Maultier ablud, wurde ihm klar, daß er keine Ahnung mehr hatte, wo er sich befand, daß er vollkommen von Eldidd und allem, was er kannte, abgeschnitten war. Vielleicht wäre er in der Lage gewesen, den Rückweg durch den Wald und zum Fluß zu finden – vielleicht. Später, als die anderen schon schliefen, saß Aderyn noch am Lagerfeuer und dachte an Nevyn. Das Abbild des alten Mannes baute sich sofort auf und lächelte ihn an.

»Habe ich dich geweckt?« dachte Aderyn ihm zu.

»Nein. Ich saß nur hier und fragte mich, was du wohl treibst. Wo bist du? Immer noch in Eldidd?«

»Nein. Seltsame Dinge sind geschehen.«

Aderyn berichtete seinem alten Meister ausführlich von seinem gezwungenen Besuch bei dieser Nananna. Nevyns Abbild sah ihn aus dem Feuer heraus nachdenklich an.

»Das ist wahrlich seltsam. Ich wußte nicht einmal, daß im Westen ein anderes Volk lebt, das sich so sehr von uns unterscheidet. Ich glaube, König Bran und Cadwallon der Druide haben ihr Volk zu einem seltsameren Ort geführt, als sie sich je hätten träumen lassen. Ich werde darüber nachdenken müssen, aber nach allem, was du sagst, sieht es so aus, als hätten diese Elfen ihren Ursprung in einem anderen Teil der Lande als die Menschen.«

»So sieht es aus. Ich bin neugierig auf ihren Dweomer.«

»Ich ebenfalls. Aber du wirst mir sicher bald mehr darüber berichten können. Es scheint so, als hätten die Herren des Lichts dieser Nananna von dir erzählt. Das ist alles sehr interessant. Und wer weiß? Vielleicht werde ich eines Tages nach Westen reiten. Bis dahin sei bitte vorsichtig. Laß dich auf nichts Unkluges ein, nur weil du nach mehr Wissen suchst.«

Dann war er verschwunden und der Kontakt abgebrochen.

Gegen Mittag des nächsten Tages erreichten sie das Lager. Zunächst kamen sie zur Schafherde, die von Hunden und berittenen Hirten bewacht wurde. Einer von ihnen war eine Frau, die dieselben Lederhosen und dasselbe dunkelblaue Hemd wie die Männer trug, aber ihr langes Haar zu einem dicken Zopf geflochten hatte. Nach etwa einer Stunde erreichten sie eine Herde von etwa sechzig Pferden, darunter jene goldfarbenen Tiere mit silbernen Mähnen und Schweifen, für die in Eldidd so viel Geld gezahlt wurde. Direkt hinter den Herden standen unter den Weidenbäumen an einem Fluß die Zelte. Ein jedes war ein Wirbel bunter Farben – Tiere, Vögel, Blätter, Ranken –, alles miteinander verwoben, aber so realistisch gemalt, daß es aussah, als würden die Vögel jeden Augenblick davonfliegen. In der Mitte befand sich ein großes Lagerfeuer, an dem sowohl Männer als auch Frauen arbeiteten, Fleisch schnitten und etwas in einem großen Kessel zubereiteten. Andere Elfen standen einfach nur dabei und unterhielten sich. Als sie Halaberiel entdeckten, kamen sie angerannt und redeten alle auf einmal. Aderyn hörte, wie sein Name mehrere Male erwähnt wurde, und einige starrten ihn ganz offen an. In einer Flut von Lachen und Gerede begannen die Männer, ihnen beim Absatteln zu helfen.

Aderyn fiel eine junge Frau auf, die ein wenig abseits stand. Ihr silberbleiches Haar hing ihr in zwei langen Zöpfen bis zur Taille. Ihr Gesicht war oval, ihre riesengroßen Augen waren so dunkel und grau wie Sturmwolken und ihr Mund so zart wie der eines Kindes.

Als sie auf ihn zukam, um mit ihm zu sprechen, spürte er, daß sein Herz wie eine Tanztrommel schlug.

»Aderyn? Ich heiße Dallandra; ich bin Nanannas Schülerin. Die Weise ruht sich gerade aus, aber ich werde dich später zu ihr führen. Ich danke dir, daß du zu uns gekommen bist.«

»Das habe ich gerne getan, aber der Banadar hat mir auch keine große Wahl gelassen.«

»Wie bitte?« Dallandra wandte sich dem Banadar zu. »Was hast du getan – ihn entführt wie eine Bande rundohriger Banditen?«

Obwohl Halaberiel lachte, wich er doch einen Schritt vor ihrem Zorn zurück. Sie ist wunderbar, dachte Aderyn, und bei allen Göttern, sie muß ebenfalls eine Dweomermeisterin sein! Plötzlich wurde er sich bewußt, daß Calonderiel ihn mit halb zugekniffenen Augen beobachtete, die Arme über der Brust verschränkt. Aderyns Herz sank; er hätte wissen sollen, daß eine Frau wie diese längst versprochen war. Dann nahm er sich zusammen – was tat er da? Ausgerechnet *er* benahm sich wie ein dummer Junge, der um eine Frau werben will? Hastig fand er seine Würde wieder und verbeugte sich vor Dallandra.

»Es ist nicht notwendig, den Banadar zu tadeln. Ich wäre um des Dweomer willen gerne tausend Meilen weit gereist. Tatsächlich habe ich das bereits getan.«

Sie lächelte, erfreut über diese Antwort.

»Wo sollen wir dich unterbringen? Du hast kein eigenes Zelt.«

»Ich werde ihn mitnehmen«, erklärte Halaberiel. »Wirklich, guter Aderyn, mein Zelt gehört dir, wenn es dir gefällt.«

Das Zelt des Banadar, ein blau-purpurnes Riesenrund von dreißig Fuß Durchmesser, stand am Rand des Lagers. Auf dem Boden lagen Haufen von Decken und Satteltaschen. Halaberiel fand eine freie Stelle neben der Tür und wies Aderyn an, seine Sachen dort abzulegen.

»Die unverheirateten Männer in meinem Kriegshaufen schlafen hier, aber ich verspreche dir, daß sie bessere Manieren haben als die Krieger eines Rundohrenlords.«

Jezryaladar brachte Aderyns Kräutervorräte und ließ sie einfach neben dem Bettzeug auf den Boden fallen. Offensichtlich waren die Elfen der Ansicht, daß das alles war, was er an Gepäck benötigte; Halaberiel nahm seinen Arm und führte Aderyn wieder nach draußen, um ihn den Leuten am Feuer vorzustellen. Eine junge Frau, die ein Baby in einer Tasche aus Leder und Holz auf dem Rücken trug, reichte Aderyn eine Holzschüssel mit Gemüseeintopf und einen Holzlöffel und bediente dann den Banadar. Essend blieben sie auf einer Seite des Feuers stehen und sahen zu, wie die jungen Männer des Kriegshaufens sich für ihren Anteil anstellten.

»Ich nehme an, das Fleisch wird später ausgegeben«, meinte Halaberiel vage.

»Oh, schon gut. Ich esse ohnehin nicht viel Fleisch.«

Im weiteren Verlauf des Nachmittags fand Aderyn heraus, daß die meisten vom Volk die Sprache Eldidds beherrschten, aber insgesamt wurde er ignoriert, oder man betrachtete ihn auf eine Weise als selbstverständlich, von der ihm ein wenig schwindlig wurde. Nachdem sie gegessen hatten, setzte sich Halaberiel vor eins der Zelte und begann auf elfisch ein Gespräch mit zwei Männern. Aderyn schlenderte durch das Lager, sah sich die Bilder auf den Zelten an und beobachtete, was die Leute taten, in dem vergeblichen Versuch, sich ihnen anzupassen. Sie schlenderten umher, sprachen mit allen, denen sie begegneten, oder begannen mit irgendeiner Arbeit, nur um sie bald wieder liegenzulassen. Aderyn sah, wie Jezryaladar und ein anderer junger Mann einen großen Kessel voll Wasser vom Fluß herantrugen; dann blieb der Kessel lange dort stehen, bevor Calonderiel ihn auf einen eisernen Dreifuß hob, um das Wasser zu erhitzen, und dann dauerte es noch erheblich länger, bis ein paar junge Männer sich endlich aufmachten, Holzschüsseln zu spülen. Als Aderyn weiterging, sah er eine junge Frau hinter einem Zelt auf dem Boden sitzen und sich mit zwei schlanken, braunen Hunden unterhalten; dann legte sie sich nieder, schlief ein, und die Hunde legten sich neben sie. Als er später wieder an dieser Stelle vorbeikam, waren sie verschwunden. Kurz vor Sonnenuntergang war der Lammbraten fertig. Zwei Männer nahmen ihn vom Spieß und legten ihn auf ein langes Holzbrett, während andere die Hunde verscheuchten. Alle versammelten sich und schnitten sich Stücke vom Fleisch ab, die sie meist gleich im Stehen aßen. Aderyn sah, wie Dallandra ein paar ausgewählte Stücke auf einen Holzteller legte und sie zu einem Zelt brachte, das mit Rosenranken bemalt war.

»Nananna ist offenbar wach«, sagte Halaberiel zwischen zwei Bissen. »Weißt du, sie ist sehr alt und braucht viel Ruhe.«

Insgeheim fragte Aderyn sich, ob es nicht Tage dauern würde, bis Nananna sich daran erinnerte, daß sie ihn hatte herbringen lassen. Als es dunkler wurde, entzündeten ein paar Männer ein zweites Feuer und setzten sich daran, um auf hölzernen Harfen zu musizieren, die denen in Deverry ein wenig ähnlich sahen, aber in Vierteltönen gestimmt waren. Ein paar bliesen auch lange Holzflöten, die einen jammernden, beinahe unangenehmen Ton von sich gaben. Sie spielten ein paar Minuten, und dann begannen sie zu singen – eine komplizierte Melodie in den seltsamsten Harmonien. Während Aderyn noch konzentriert zuhörte, erschien Dallandra.

»Sie möchte dich jetzt sehen. Folge mir.«

Zusammen gingen sie zu dem Zelt mit den Rosen darauf. Dallandra hob die Zeltklappe und bedeutete ihm mit einem Winken hineinzugehen. Drinnen schien ein weiches, goldenes Licht, das von Dweomerkugeln ausging, die an den Zeltstangen hingen. Es wimmelte nur so von Wildvolk: Gnomen hatten sich wie Katzen zusammengerollt oder wanderten herum, Feen klammerten sich an die Zeltstangen, Sylphen hingen wie kristallene Verdickungen in der Luft. Auf der anderen Seite des Zeltes kauerte eine schlanke alte Frau, die ihre schlohweißen Zöpfe zu einer Krone aufgesteckt hatte, wie ein Vogel auf einem Stapel von Lederkissen. Aderyn konnte die Kraft, die von ihr ausging, wie eine kühle Brise in seinem Gesicht spüren. In der Luft hing ein Knistern und Knacken, das zur Lebendigkeit ihrer violetten Augen paßte. Als sie ihn heranwinkte und ihn bat, sich zu ihren Füßen zu setzen, kniete er statt dessen in ehrlicher Ehrfurcht nieder. Auch als Dallandra sich zu ihrer Lehrerin gesellte, konnte Aderyn den Blick nicht von Nanannas Gesicht wenden. Als sie schließlich sprach, war ihre Stimme so kräftig und wohlklingend wie die einer jungen Frau.

»Du bist also der Dweomermann aus dem Osten?«

»Nun, ich bin *ein* Dweomermann aus dem Osten. Ich höre, du hast schon gewußt, daß ich auf dem Weg war.«

»Ich habe etwas in meinem Stein gesehen.« Nananna hielt inne und betrachtete Aderyns Gesicht in aller Ruhe. »Tatsächlich hatte ich darum gebeten, daß man dich schickt.«

Dallandra keuchte leise.

»Ich werde bald sterben«, fuhr Nananna fort. »Es ist Zeit, und Dallandra wird mein Zelt, meine Pferde und meinen Platz in unserem Volk übernehmen.« Sie legte dem Mädchen eine knochige, bleiche Hand auf die Schulter. »Aber ich habe zusammen mit dem angenehmen auch ein bitteres Erbe zu vergeben. Ich bin alt, Aderyn, und ich werde ganz offen sprechen. Ich mag dein Volk nicht. Ich fürchte die Gier der Menschen und was sie uns antun werden.«

»Ich fürchte es ebenfalls. Glaub mir bitte – ich würde sie aufhalten, wenn ich könnte.«

Nanannas Blick bohrte sich tief in seine Augen. Aderyn erwiderte ihn, ohne mit der Wimper zu zucken, und ließ sie die Wahrheit aus seinen Worten lesen.

»Ich habe vom Dweomer des Ostens gehört«, sagte sie nach einiger Zeit. »Er scheint dem Licht zu dienen, ebenso wie ich, wenn auch auf seine eigene Art.«

»Es gibt nur ein Licht, aber einen Regenbogen von tausend Farben.«

Erfreut von dieser Antwort, lächelte die alte Frau – ein dünnes Zucken bläulicher Lippen.

»Aber eine dieser Farben ist das Rot von Blut«, erwiderte sie. »Sag mir eins: Wird dein Volk das meine um des Landes willen umbringen?«

»Das fürchte ich, ja. Sie haben bereits andere dafür getötet – oder sie versklavt.«

»Niemand wird jemals einen Elf versklaven können«, warf Dallandra ein. »Wir würden lieber sterben, jeder von uns.«

»Still, Kind!« Nananna hielt nachdenklich inne. »Sag mir, Aderyn, was hat dich zu uns gebracht?«

»Ich habe in diesem Frühjahr meinen Meister verlassen und meine Vision erhalten. Darin sah ich einen Fluß weit im Westen. Als Halaberiel mich zu dir brachte, überquerte ich diesen Fluß.«

»Und du willst nun zurück zu deinen eigenen Leuten? Ich kann den Banadar bitten, dich hinzuführen.«

»Weise, es gibt Flüsse, die nie zweimal überquert werden können.«

Die alte Frau lächelte zustimmend. Aderyn war kalt vor Erregung, aber es war eine angenehme Unruhe. Er konnte das entfernte Singen und den Klang der Flöten hören.

»Wenn du gebeten hast, daß ich dir geschickt werde«, sagte er, »was erwartest du dann von mir?«

»Ich bin noch nicht sicher, aber ich möchte auf jeden Fall, daß Dallandra einen Mann aus deinem Volk an ihrer Seite hat, der deine Art so gut versteht wie sie die unsere. Ich sehe Blut auf dem Grasland, und ich höre Schwertklirren und Geschrei. Ich müßte mich schämen, wenn ich nicht versuchen würde, es aufzuhalten. Willst du eine Weile mit uns reiten?«

»Gerne. Wie kann ich zulassen, daß mein Volk etwas tut, das für immer auf seinem Wyrd lasten wird?«

»Gut gesprochen. Sag mir, Dalla – wirst du mit diesem Mann zusammenarbeiten können?«

Dallandra betrachtete Aderyn so lange, daß sein Herz wieder schneller zu schlagen begann.

»Nun«, sagte sie schließlich, »ich würde auch mit Dämonen

aus der Hölle zusammenarbeiten, wenn es meinem Volk helfen könnte. Er wird schon genügen.«

»Schön und gut, wie deine Leute sagen würden.« Nananna erhob die knochige Hand zu einem Segen. »Reite mit uns nach Süden, junger Aderyn, und wir werden sehen, was unsere Götter für uns geplant haben.«

II

Herbstregen ergoß sich auf die Stadt Cernmeton. Das Wasser bildete überall große Pfützen. Cinvan, fest in seinen dicken Winterumhang aus dunkelblauer Wolle gewickelt, ritt so rasch wie möglich durch die gewundenen Straßen und überließ es den wenigen Städtern, die hier unterwegs waren, rechtzeitig aus dem Weg zu springen. Dann trabte er durch die Tore der Festung des Tieryn, einer ummauerten Gruppe von Gebäuden, die sich um einen Steinbroch drängten. Er ritt nach hinten zu den Ställen und rief nach einem Stallburschen. Ein Junge kam angerannt.

»Du bist also zurück? Wie war es zu Hause?«

»Wie ich es erwartel habe. Ilabc ich etwas verpaßt?«

»Nein, es sei denn die Besäufnisse in der Halle unseres Lords.« Er seufzte melancholisch. »Im Augenblick veranstalten wir ein Carnoic-Turnier. Bisher liegt Edyl mit sechs Spielen in Führung.«

»Dann werde ich sehen, ob ich ihn noch schlagen kann.«

In der großen Halle hing der Rauch von zwei großen Feuerstellen in der Luft. Auf einer Seite saß der fünfunddreißig Mann starke Kriegshaufen hinter Bierkrügen. Oben an der Ehrenfeuerstelle fläzte sich Tieryn Melaudd in seinem geschnitzten Sessel und trank zusammen mit seinen beiden Söhnen, Waldyn und Dovyn. Der Tieryn war ein rotgesichtiger, schwarzhaariger Mann in den mittleren Jahren, dick geworden, aber immer noch imstande, sein Schwert zu schwingen. Von den Söhnen hatte Waldyn, der ältere, das blonde Haar seiner deverrianischen Mutter geerbt, der jüngere sah aus wie eine schlanke Version seines Vaters. Alle wußten, daß Dovyn der Lieblingssohn des Tieryn war – eine Schande, denn unter den neuen Gesetzen würde er nichts von den Ländereien erben können. Cinvan kniete vor dem Tieryn nieder, der ihm mit einem Wink zu sprechen erlaubte.

»Wie ich geschworen habe, kehre ich in Euren Dienst zurück, Herr. Ich danke untertänigst, daß Ihr mich habt gehen lassen.«

»Sei willkommen, Junge. Und wie geht es deinen Verwandten?«

»Es geht ihnen gut, Herr.« Cinvan log, aber er sah keinen Sinn darin, den Tieryn mit einem Problem zu belasten, bei dem er ihm ohnehin nicht helfen konnte.

»Gut, gut. Hol dir einen Krug Bier und setz dich zu deinen Kameraden.«

Cinvan erhob sich, verbeugte sich und floh aus der ehrfurchtgebietenden Gegenwart der Adligen. Er holte sich einen Krug Bier aus dem offenen Faß, das hinten an der Mauer stand, dann setzte er sich zum Kriegshaufen. Die meisten sahen zu, wie Edyl und Peddyc Carnoic spielten – ein Brettspiel, bei dem es darum ging, schwarze und weiße Steine in einem Dreiecksmuster so zu führen, daß man die Steine des anderen blockieren konnte. Jeder Zug der beiden war langsam und wohlüberlegt und wurde vom Rest des Kriegshaufens mit Jubel oder Flüchen begleitet. Als Cinvan dastand und ihnen zusah, kam Garedd herüber und legte ihm die Hand auf die Schulter.

»Unser Falke ist also ins Nest zurückgekehrt? Schade – ich hatte gehofft, daß du auf der Straße ersäufst.«

Cinvan versetzte ihm einen spielerischen Schlag.

»Bastard! Ist, während ich weg war, irgendwas Aufregendes passiert?«

»Nichts. Und wie war Eldidd?«

»So gut, wie es sein mußte.«

Garedd warf ihm einen Blick voll aufrichtigen Mitleids zu. Sie nahmen ihre Bierkrüge und setzten sich an einen Tisch, der weit von dem Spiel und der Menge abgelegen war.

»Und deine Schwester?« fragte Garedd.

»Das ist das Schlimmste von allem. Bei den Höllen! Ich hätte sie am liebsten grün und blau geschlagen. Erst läßt sie sich einen Bastard anhängen, und jetzt gibt sie ihn auf.«

»Sie hat *was* getan?«

»Das Kind weggegeben – diesem verdammten katzenäugigen Kerl. Er kommt ins Dorf geritten und verlangt das kleine Mädchen – weil es für unsere Dewigga sowieso nur eine Last wird, das sagt er jedenfalls, und sie läßt es sich abnehmen.« Cinvan setzte den Krug mit lautem Krachen auf den Tisch. »Und Vater war so verdammt betrunken, daß er sich nicht darum gekümmert hat. Pferdedreck!«

»Warte mal, vielleicht ist es ja wirklich das beste. Jetzt hat deine Schwester wenigstens die Möglichkeit, irgendwann doch noch einen Mann zu finden.«

»Das hat sie auch gesagt, verdammt soll sie sein! Aber diese Schande: meine eigene Nichte, meine eigene Blutsverwandte beim Westvolk! Was wird ihr Vater tun, habe ich Dewigga gefragt, ihr beibringen zu stehlen? Und sie besitzt die Unverschämtheit, mich ins Gesicht zu schlagen und mir zu sagen, ich solle den Mund halten! Frauen!«

Garedd nickte in schweigendem Mitgefühl. Cinvan zog seinen Dolch und spielte damit herum. In den Griff war sein persönliches Zeichen graviert, der zustoßende Falke, der ihm seinen Spitznamen im Kriegshaufen eingebracht hatte. Er fuhr mit seinem schwieligen Daumen über die Gravierung und dachte daran, eines schönen Tages diesem Gaverenteriel die Kehle durchzuschneiden.

»Und weißt du, was sie noch gesagt hat? Daß sie immer gewußt hat, daß der Mann die Kleine holen würde, wenn sie alt genug wäre. Da hast du aber verdammtes Glück gehabt, daß du es mir nicht gesagt hast, meine ich. Was glaubst du wohl, wieso ich den Mund gehalten habe? fragt sie. Da hattest du verdammt recht, sage ich, und dann schlägt sie mich noch mal.«

»Und warum hast du sie nicht grün und blau geschlagen?« wollte Garedd wissen.

Cinvan zuckte die Achseln, legte den Dolch auf den Tisch und griff nach seinem Bierkrug. Die Wahrheit war bitter genug: Er hatte schon zuviel davon gesehen, nachdem sein Vater seine Mutter jedesmal halbtot geschlagen hatte, wenn sie ihm auch nur einen falschen Blick zuwarf. Ihr Schluchzen hallte immer noch in seinen Träumen wider.

»Ach, das wäre der Mühe nicht wert«, sagte er schließlich. »Ich habe ihr nur gesagt, wenn sie noch einen Bastard bekommt, soll sie diesmal nicht zu mir gerannt kommen, wenn sie Geld für die Hebamme braucht, und sie stolzierte mit hocherhobener Nase aus dem Zimmer, wie eine adlige Dame.«

»Gut für dich. Frauen müssen wissen, wo ihr Platz ist.«

»Verdammt richtig.«

Schweigend tranken sie ihr Bier aus. Am anderen Tisch zeigte Edyls wütendes Aufheulen – er war schon immer ein schlechter Verlierer gewesen –, daß Peddyc gerade gewonnen hatte. Unter Lachen und Scherzen wechselten Münzen den Besitzer.

»Und unser Falke ist auch wieder da«, rief Ynryc, der gerade ein Silberstück von den Verlierern einsteckte. »Komm schon, Cinvan – versuch ein Spiel mit Peddyc hier. Du hast immer eine gute Hand mit den Steinen.«

»Vielleicht … wenn er gegen mich antreten will.«

»Ach, ich bin dabei«, sagte Peddyc grinsend. »Sehen wir mal, ob ich meinen Gewinn halten kann.«

Edyl erhob sich von seinem Platz am Spielbrett.

»Willkommen zurück, Falke. Und, hat deine Schwester dir schon einen Neffen geschenkt? Und hat er diesmal richtige Ohren?«

Die ganze Welt versank in Rot. Cinvan trat vor, schlug Edyl fest mit der Rechten in den Magen und zog sofort mit der Linken nach. Edyl sackte schlaff zusammen, und die ganze Halle brach in Tumult aus. Cinvan spürte, wie man ihn an den Armen packte, und hörte Garedd, der ihm zurief, er solle sich beruhigen. Abrupt war der rote Nebel wieder verschwunden. Cinvan kniete, in kaltem Schweiß gebadet, vor seinem Lord nieder.

»Was soll das alles? Bei den Höllen, du bist doch gerade erst eine Stunde wieder hier, Cinvan!«

Cinvan nickte wie betäubt. Er war so sicher, dies würde mit Peitschenhieben enden, daß er schon die Striemen auf seinem Rücken spürte. Der junge Dovyn packte seinen Vater am Arm und flüsterte ihm etwas zu.

»Oh.« Melaudd drehte sich zu Peddyc um. »Hat Edyl Bemerkungen über Cinvans Schwester gemacht?«

»Ja, Herr.«

»Nun, dann hat er bekommen, was er verdient hat. Teilt ihm mit, daß ich das gesagt habe, wenn er wieder wach wird. Aber Cinvan, versuch demnächst, den Frieden in meiner Halle nicht mehr zu stören, ja? Wenn du diese dummen, faulen Witze ignorierst, werden sie nach einer Weile auch damit aufhören.«

»Da habt Ihr recht, Herr. Ich bitte um Verzeihung.«

Später am Tag, als Melaudds und Waldyns Frauen und ihre Dienerinnen aus der Frauenhalle nach unten kamen, um bei den adligen Herren am Ehrentisch zu sitzen, gesellte sich

Dovyn zum Kriegshaufen. Cinvan fragte sich, ob der junge Adlige sich bei diesen Männern wohl mehr zu Hause fühlte, nachdem sein Bruder nun einen Sohn hatte – einen weiteren Erben, der zwischen ihm und Cernmeton stand.

»Gut, daß du wieder da bist, Falke.«

»Danke, Herr. Ich muß mich für so einiges bedanken.«

»Keine Ursache, ehrlich. Ich muß dich etwas fragen. Ich werde bald nach Aberwyn reiten. Mein Vater hat mir erlaubt, einige seiner Männer als Eskorte mitzunehmen. Ich dachte an dich, Garedd, Peddyc und Tauryn. Hast du Lust auf einen Ritt im Regen?«

»Gerne, Herr. Euer Vater ist sehr großzügig mit seinem Bier, aber die Zeit im Winter vergeht nur langsam.«

»Das dachte ich auch.« Dovyn grinste ihn an. »Aber im Frühjahr könnten wir ein wenig Spaß haben. Ich reite nach Aberwyn, um ein Stück von diesem leeren Land oben am Peddroloc zu beanspruchen. Wenn ich genug Bauern finden kann, bei den Göttern, wieso sollte ich nicht eigenes Land und eine eigene Festung haben?«

»Warum nicht?« Cinvan hob seinen Krug. »Gut für Euch, Herr. Ich nehme an, Euer Vater unterstützt Euch.«

»Ja.« Dovyns Lächeln war voll jungenhafter Hoffnung und Stolz. »Er sagt, er hilft mir auch mit dem Kriegshaufen aus, wenn jemand vom verfluchten Westvolk was dagegen hat, daß ich mich dort ansiedle. Ich kann mir gut vorstellen, den Namen des Bären-Clans ein wenig weiter nach Westen zu tragen.«

»Und seinen Ruhm.« Cinvan trank einen Schluck Bier. »Möge der Bär leben, wo er will.«

Als der Sturm zwei Tage später nachließ, machten sich Lord Dovyn und seine Eskorte auf nach Aberwyn. Auf dem ganzen Weg gaben ihnen Melaudds Vasallen und Verbündete Unterkunft, Verpflegung und Bier, und das war alles, was für Cinvan zählte. Dovyn war so begeistert von seinen Plänen, daß er ununterbrochen darüber schwatzte. Da die Alten diesen Teil des Landes bereits verlassen hatten, würden seine neuen Ländereien von freien Bauern bearbeitet werden müssen, aber unter den Freien von Eldidd gab es viele jüngere Söhne. Bei den Gemeinen konnte ein Freier sein Eigentum unter den Erben aufteilen, aber wer würde sich schon mit einem winzigen Teil eines Hofes zufriedengeben, wenn er einen ganzen Hof bekommen konnte? Mit einem adligen Herrn und seinem Kriegshaufen, die ihn gegen das Westvolk verteidigten, würde ein solcher Bauernsohn froh sein, umziehen und neues Land bearbeiten zu können, das dann im Austausch für seine Arbeit und seinen Zins in sein Eigentum übergehen würde. In der alten Heimat hatten die Adligen ihr Eigentum ebenfalls immer aufgeteilt, aber hier, in diesem neuen und feindseligen Land mit so viel leerem Gelände um sie herum, zogen sie es vor, die Adelssitze nicht zu schwächen, und übergaben sie jeweils einem einzigen Erben. Lord Dovyn würde zunächst ein armer Lord sein, aber sein wohlhabender Vater war bereit, ihm mit Vieh und zusätzlichen Pferden auszuhelfen, bis die ersten Ernten – und damit die Steuern – eingingen.

Etwa auf halbem Weg übernachteten sie bei Tieryn Braur von Belglaedd, der Dovyn freundlich begrüßte und sogar veranlaßte, daß seine Männer in der Mannschaftsunterkunft und nicht in den Ställen untergebracht wurden. Beim Abendessen erhielten die vier Reiter des Bären anständige Plätze an einem Tisch beim Feuer und soviel Fleisch und Met, wie sie wollten, obwohl Cinvan nur wenig trank. Oben am Ehrentisch sprach der junge Lord mit seinem Gastgeber und einer hübschen jungen Frau, die offenbar die Tochter des Tieryn war. Aus weiter Entfernung beobachtete Garedd sie mit einem sentimentalen Lächeln.

»Ich glaube, unser Dovyn hat gerade die Herrin seiner neuen Ländereien gefunden.«

»Wie?« sagte Cinvan. »Wer?«

»Die Tochter, du Dummkopf! Sieh doch nur.«

Gehorsam schaute Cinvan hin. Dovyn und das Mädchen lächelten einander bei jedem Wort an.

»Das wärmt einem doch wirklich das Herz.« Garedd hielt inne und rülpste. »Was würdest du wetten, daß er zuvor keine Chance hatte, sie zu gewinnen, aber jetzt, wenn er Land anbieten kann, ganz anders dasteht?«

»Du bist betrunken.«

»Das bin ich, aber warum auch nicht? Es ist wie in einer Bardengeschichte. Er wird das Land um ihretwillen gewinnen.«

Cinvan ignorierte ihn einfach und trank noch einen Schluck Met.

Da die Männer des Bären direkte persönliche Vasallen des Prinzen waren, wohnten Dovyn und seine Eskorte in Aberwyn in der königlichen Festung selbst, einem vieltürmigen Broch mitten in der Stadt. Bei den Mahlzeiten saßen die vier Reiter auf einer Seite einer riesengroßen Halle, in der Platz genug war für zweihundert Mann, und beobachteten ihren Herrn, der weit entfernt an der anderen Feuerstelle saß, in deren Sims die Drachen des Rhan eingemeißelt waren. Am Tag stand es den Männern frei, sich in der Stadt umzusehen, die mit ihren zwanzigtausend Einwohnern die größte war, die Cinvan je gesehen hatte. Jeden Morgen ging er mit Garedd zusammen hinunter zum Hafen, wo die vier Kriegsgaleeren des Prinzen vor Anker lagen und Handelsschiffe kamen und gingen. Am Nachmittag gingen sie in eine der Schenken, die die Männer des Prinzen ihnen empfohlen hatten, und suchten sich ein paar billige Huren oder manchmal auch nur eine, um Geld zu sparen. Wie Garedd eines Tages erklärte, war das Leben in Aberwyn verdammt viel vergnüglicher, als in Melaudds Halle Carnoic zu spielen oder ein Küchenmädchen beschwatzen zu müssen, mit ihnen ins Heu zu gehen.

Leider findet jedes Paradies auf Erden früher oder später sein Ende. An ihrem letzten Tag in Aberwyn gingen Cinvan und Garedd hinunter in ihre Lieblingsschenke, um sich von den Mädchen dort zu verabschieden. Als sie über einem Bier saßen, kam ein untersetzter, grauhaariger Bursche in rotweiß karierten Brigga herein. Umständlich nahm er seinen pelzbesetzten Umhang von den Schultern und sah sich angewidert in dem Raum mit den grob gezimmerten Tischen, dem strohbestreuten Boden und den stark geschminkten Mädchen um.

»Was will denn der hier?« fragte Garedd.

»Der sucht nach uns. Siehst du. Jetzt kommt er.«

Der Kaufmann kam mit einem freundlichen, wenn auch etwas starren Lächeln zu ihrem Tisch.

»Ich heiße Namydd. Ich sehe, Ihr reitet für den Bären-Clan.«

»Ja«, erwiderte Garedd, und er war derjenige, der sich mit dem Kaufmann unterhielt, während Cinvan nur dasaß und finster dreinschaute. »Und was können wir für Euch tun, guter Mann?«

Namydd wischte die Holzbank mit der Handkante ab, dann setzte er sich hin und bestellte Bier für alle. Als das Mädchen es brachte, inspizierte er den Rand seines Kruges genau und wischte auch den noch mit dem Ärmel ab, bevor er trank.

»Ich habe interessante Neuigkeiten über Euren Lord Dovyn gehört. Jemand, den ich am Hof des Prinzen kenne, sagte mir, er hätte einen Anspruch auf das Land an den vier Seen angemeldet.«

»Das hat er. Was interessiert es Euch?«

»Oh, sowohl ich als auch Euer Herr könnten dabei gewinnen. Wißt Ihr, ich bin Kaufmann, und ich würde für das Recht, ein Handelskontor in seinem Dorf einzurichten, bezahlen.«

»Nun, er hat noch kein Dorf, guter Mann. Aber das Geld wird er sicher brauchen können.«

»Wie die meisten Lords in seiner Situation. Ich würde auch gern mit ihm darüber sprechen, aber ich wollte zuerst mit einem oder zwei seiner Männer reden. Sagt mir, ist Euer Lord von der zugänglichen Sorte?«

»Ja. Er ist ein wirklich anständiger junger Mann.«

»Wunderbar! Und wie bald wird er das Land in Besitz nehmen?«

»Ach, irgendwann im Sommer. Soweit ich diese Dinge verstehe, muß er sich vorher noch um alle möglichen Arten gesetzlicher Angelegenheiten kümmern. Warum kommt Ihr nicht im Winter nach Cernmeton? Zweifellos wird er Euch dann mehr sagen können.«

»Das werde ich, das werde ich.«

Namydd lächelte strahlend, aber Cinvan blickte weiter finster drein. Er hätte nicht sagen können, warum, aber er war sicher, daß dieser Kaufmann sein eigenes Spiel spielte und keines, das wirklich zum Vorteil seiner Lordschaft war.

Einige Wochen lang zogen die Elfen nach Süden, zur wärmeren Küste und den dortigen Winterlagern. Aderyn schlief zwar in Halaberiels Zelt, ritt aber zusammen mit Nananna und Dallandra, nahm die Mahlzeiten mit ihnen gemeinsam zu sich und verbrachte auch die meisten Abende an der Seite der Weisen. Beginnend mit den grundlegenden Prinzipien, verglichen sie ihre beiden magischen Systeme Stück für Stück, oder genauer gesagt, Aderyn legte sein magisches System dar, während Nananna Unmengen von Überlieferungen beisteuerte. Es bestand kein Zweifel daran, daß ihr Dweomer zu den mächtigsten gehörte und im Einverständnis mit den wahren Prinzipien des Universums ausgeübt wurde, aber er war dennoch eine Sammlung von Fragmenten. Sie wußte zum Beispiel nichts von Astrologie und nur wenig über die Ebenen des Universums unterhalb der Astralen. Wenn es um die geheimen

Pfade ging, war ihre Überlieferung vollkommen wirr und basierte nur auf Erfahrungen ihrer Lehrerin und ihrer selbst. Aderyn wurde schließlich klar, daß Nanannas Lehrerin diese Technik erst sehr spät im Leben entdeckt hatte, und das beinahe durch Zufall. Eines Abends setzte er allen Takt ein, den er aufbringen konnte, um Nananna zu fragen, ob ihr klar sei, daß der Stoff ihrer Magie ein wenig ausgefranst war. Aber sie war kein bißchen beleidigt, sondern lachte nur.

»Ausgefranst, junger Aderyn? Er hängt in Fetzen und ist voller Löcher, würde ich sagen. Das liegt alles an der Verbrennung. Wir haben damals all unsere Bücher verloren und mit ihnen solche Annehmlichkeiten wie Traktate über die Bewegungen der Sterne und ausführliche Korrespondenzen über Rituale.«

»Ein Brand? Hat jemand einfach alle Bücher über Magie verbrannt?«

»Ein wenig mehr als nur Bücher. Aber selbstverständlich ... das kannst du ja nicht wissen.« Sie hielt einige Zeit inne, und Trauer grub sich tief in ihr Gesicht. »Vielleicht paßt mein zerrissener Dweomer zu uns, weil das Volk, junger Aderyn, selbst nichts als ein Überrest ist. Vor langer, langer Zeit wohnten wir in Städten, den sieben Städten der weiten Berge, über die ein Rat aus sieben Königen herrschte. Es gab gepflasterte Straßen und große Häuser, wunderschöne Tempel und Bibliotheken mit Büchern, die jeder lesen durfte – so hat man mir jedenfalls erzählt; ich habe es selbst nie gesehen. So alt ich sein mag, war es doch vor meiner Zeit, vor gut achthundert Jahren, als die Horden kamen. Einige sagen, es seien Dämonen gewesen, häßliche, untersetzte, haarige Geschöpfe mit Reißzähnen und großen Nasen. Ich nehme eher an, daß sie aus Fleisch und Blut waren. Aber wie dem auch sei, es kamen Hunderttausende von ihnen, und sie waren auf der Flucht aus den nördlichen Wäldern, aus einem Grund, den nur sie kannten, und sie brannten und plünderten und töteten. Innerhalb von ein paar Jahren zerstörten sie die Städte, und nun sind nur noch wir übriggeblieben und ziehen durchs Grasland. Wir sind die Kinder jener, die entkommen konnten, und unsere Familien waren überwiegend Bauern, sonst hätten wir nicht überlebt. Zwei Frauen, die sich in Magie auskannten, entkamen den brennenden Städten, aber sie konnten bei ihrer Flucht keine Bücher retten. Sie hatten Glück, überhaupt lebendig davongekommen zu sein.«

»Nur zwei? Das waren alle?«

»Das waren die einzigen Überlebenden aus den großartigen Schulen und Tempeln. Sie taten ihr Bestes weiterzugeben, was sie wußten, aber wie bei euch Menschen sind auch bei uns begabte Zauberer nicht sonderlich häufig. Eine von ihnen war außerdem alt und starb bald, erschöpft von den schrecklichen Dingen, die sie erlebt hatte. Meine Lehrerin war eine Schülerin der anderen.«

»Weiß eigentlich jemand genau, wie diese Horden ausgesehen haben?«

Nananna lachte – ein leises, bitteres Geräusch.

»Sie waren vielleicht keine echten Dämonen, aber es war auch nicht dein Volk, junger Aderyn, also solltest du beruhigt sein. Die alten Geschichten stimmen darüber überein, daß sie nur drei Finger an jeder Hand hatten und daß ihre Gesichter besonders um den Unterkiefer wie geschwollen und deformiert aussahen. Als ich noch ein junges Mädchen war, hörte ich einen der Ältesten über diese deformierten Gesichter reden, und er sagte, für ihn hätte es so ausgesehen, als wären sie mit rituellen Narben bedeckt. Ich habe nie gehört, daß jemand in Deverry so etwas getan hätte.«

»Und wir haben auch alle fünf Finger. Ich kann dir nicht sagen, wie froh ich darüber bin – einen Augenblick war ich sicher, wir trügen die Schuld an der Zerstörung eurer Städte.«

»Warum? Liegt das im Wesen deiner Leute?«

»Nun, das auch, aber als ich meine Vision hatte, hörte ich eine Stimme, die mir sagte, ich solle nach Westen gehen. Und sie sagte, ich solle versuchen wiedergutzumachen, was mein Volk Schlimmes getan hat. Also dachte ich, daß wir euch vielleicht etwas schuldig wären.«

»Die Menschen von Eldidd schulden uns eine ganze Menge, aber nicht wegen der Verbrennung – jedenfalls nicht, daß ich wüßte.« Nananna hielt abrupt inne. »Was soll dieser Krach da draußen?«

Aderyn hörte aufgeregte Stimmen und Schritte. Als Dallandra sich erhob, um nachzusehen, öffnete Halaberiel die Zeltklappe von außen.

»Weise, es tut mir leid, dich zu stören, aber der Kaufmann Namydd ist hier, und er hat schlechte Nachrichten.«

Als Dallandra elfisch zu sprechen begann, unterbrach Nananna sie mit einer ungeduldigen Geste.

»Auch Aderyn muß das verstehen können. Sprich in seiner Sprache. Und du, Banadar, bring bitte Namydd herein.«

Kurz darauf kehrte Halaberiel mit einem dicklichen grauhaarigen Mann in den karierten Brigga und dem bestickten Hemd eines Kaufmanns zurück. Er war offensichtlich erschöpft, seine Augen gerötet, und seine Bewegungen, als er sich vor Nananna verbeugte, waren steif.

»Ich danke Euch, daß Ihr mich empfangt, Weise«, sagte Namydd. »Ich habe Euch ein paar Geschenke gebracht, nur als Zeichen meiner Hochachtung, aber mein Sohn ist immer noch dabei, die Pferde abzuladen. Wir sind Tag und Nacht geritten, um Euch zu erreichen.«

»Dann setzt Euch hin und ruht Euch aus. Dalla, hol dem armen Mann ein wenig Met. Banadar, bleib bei uns. Nun, was bringt Euch in solcher Eile hierher?«

»Große Unruhe, Weise«, sagte Namydd. »Einer der nördlichen Lords, Dovyn vom Bären heißt er, hat Anspruch auf das Land am Loc Cyrtaer angemeldet – auf jenen Ort, wo wir uns jeden Herbst treffen, um Handel zu treiben.«

»Ach ja?« warf Halaberiel ein. »Und hat er auch vor, die Bäume unserer Begräbnisstätte zu fällen?«

»Ich weiß, daß dieses Land Eurem Volk heilig ist.« Namydd hielt inne und nahm von Dallandra eine Holzschale mit Met entgegen. »Die Kaufmannsgilde von Aberwyn ist auf Eurer Seite. Wir haben versucht, uns beim Prinzen für Euch einzusetzen, aber er sagt, daß Ihr selbst an seinen Hof kommen und einen Gegenanspruch anmelden müßt.«

Als Halaberiel auf elfisch zu fluchen begann, brachte ihn Nananna mit einem Stirnrunzeln wieder zum Schweigen.

»Dann werden wir das eben tun«, erklärte die alte Frau. »Ich bin sicher, der Prinz wird zustimmen, wenn er einsieht, wie gerecht unser Anspruch ist. Sagt mir, Namydd, hat dieser Lord wirklich die Begräbnisstätte beansprucht?«

»Er will Land, das ganz in der Nähe davon liegt, aber ich denke – ich hoffe und bete –, daß der Prinz, was solch heilige Dinge angeht, der Vernunft zugänglich ist. Die Gilde hat mich hergeschickt, um Euch Hilfe anzubieten. Eure Leute können bei uns wohnen, wenn Ihr nach Aberwyn kommt. Wir haben einen Mann, der sich auf die Gesetze spezialisiert hat und der als Euer Berater fungieren wird – selbstverständlich alles auf unsere Kosten.«

»Ich danke Euch«, sagte Nananna mit müdem Lächeln. »Ich vergesse manchmal, wie reich der Handel mit uns Euch gemacht hat.«

Namydd zuckte zusammen.

»Nun, so ist es. Die Weise ist weise genug zu wissen, daß ein Mann am vertrauenswürdigsten ist, wenn seine eigenen Interessen auf dem Spiel stehen. Wenn der Banadar zustimmt, würde ich davon ausgehen, daß er der Beste ist, nach Aberwyn zu reiten. Unser Volk hat große Hochachtung vor Leuten in hoher Stellung.«

»So ist es«, warf Aderyn ein. »Und noch größere vor solchen von königlichem Blut. Hal, du stammst nicht zufällig von den Königen der sieben Städte ab?« Er warf Nananna einen Blick zu. »Es waren doch sieben, nicht wahr?«

»Ja.« Halaberiel war aufgeregt genug, der Antwort der Weisen zuvorzukommen. »Ihr Götter, du mußt wirklich über große Magie verfügen, wenn du mir das ansiehst! Es stimmt tatsächlich – es ist ein jämmerliches Erbe, aber das meine.«

»Dann solltest du vielleicht meinem demütigen Rat folgen und als Prinz reisen – im vollsten Sinne des Wortes.«

Halaberiel schaute einen Moment lang verwirrt drein, dann grinste er.

»Es könnte amüsant sein, ein wenig von dem Pomp zu veranstalten, der die Blauaugen so erfreut«, sagte Halaberiel. »Was hält die Weise davon?«

»Oh, ich bin derselben Ansicht. Banadar, nimm den armen Namydd mit zu deinem Zelt, damit er ein wenig schlafen kann. Dann komm zu mir zurück, damit wir anfangen können zu planen. Namydd, ich bin Euch und Eurer Gilde zu tiefstem Dank verpflichtet.«

Namydd verbeugte sich und wäre beinahe vor Müdigkeit umgefallen, dann ließ er sich von Halaberiel davonführen. Nachdem sie weg waren, wandte sich Nananna Aderyn zu.

»Wirst du mit dem Banadar reiten?« sagte sie. »Ich wäre dir sehr dankbar dafür. Ich kann dir einen Stein mitgeben, damit du dich mit mir in Verbindung setzen kannst. Und ich denke, es wäre klug, in dieser Angelegenheit die Hilfe eines Mannes zu haben, der das Licht versteht.«

»Gern, Weise.«

»Aber ich will dich warnen. Du kannst deine eigenen Leute nie vollständig verlassen, ganz gleich, wieviel Loyalität du uns schenkst. Du mußt darauf achten, gerecht zu sein und nicht parteiisch. Verstehst du das? Wenn die Herren des Lichts gewollt hätten, daß du ein Elf wärst, wärest du in einem elfischen Körper zur Welt gekommen.«

»Das verstehe ich, Weise, und ich werde gut über das nachdenken, was du gesagt hast.«

Beinahe gegen seinen Willen warf Aderyn Dallandra einen Blick zu. Der Blick ihrer sturmgrauen Augen war distanziert und kühl; sie betrachtete ihn abschätzend, als fragte sie sich, ob er tatsächlich seinen feinen Worten gerecht werden könne. Aderyn schwor sich, sein Bestes zu geben, und sei es um ihretwillen.

Bis zum Morgen hatten sich die Neuigkeiten über das ganze Lager ausgebreitet. Junge Männer und Frauen griffen zu den Waffen und schworen blutige Rache, falls die Rundohren die Begräbnisstätte auch nur berühren sollten. Die älteren in der Gruppe drängten sich um Halaberiel und überschütteten ihn mit Warnungen und guten Ratschlägen. Jeder Mann und jede Frau, die Pferde besaßen, hatten ein Recht, in solch einer wichtigen Angelegenheit mitzureden, aber bei Einbruch der Nacht hatten sie schließlich einen Entschluß gefaßt. Das Lager ging seinen gesamten Besitz durch und stellte einundzwanzig goldfarbene Pferde, einundzwanzig kunstvoll verzierte Sättel und Zaumzeuge, einen ganzen Haufen neuer Kleidung und alle Edelsteine, die sie besaßen, zur Verfügung, um Prinz Halaberiel und seine Eskorte aussehen zu lassen, als wären sie so reich wie der Drachenthron selbst. Halaberiel besaß einen Edelstein, der selbst Aderyn beeindruckte, einen riesigen Saphir, so blau wie das Meer im Winter, gefaßt in rötliches Gold, das mit Gravuren von Rosen verziert war. Als der Kriegshaufen Halaberiel diesen Anhänger anlegen sah, schwiegen alle; Jezryaladar hob sogar die Hände und verbeugte sich voller Respekt.

»Er gehörte meinem Großvater, Ranadar vom Hohen Berg«,

sagte Halaberiel zu Aderyn. »Nicht, daß er ihm etwas genützt hätte.« Als letzte Verfeinerung nahm Aderyn die Männer des Kriegshaufens beiseite und unterwies sie in den Höflichkeiten, die ein Rundohrenkriegshaufen einem Mann von königlichem Blut erweisen würde. Endlich wählten sie Packpferde – Braun- und Rotschimmel – und ein paar junge Männer aus, die sich als Diener ausgeben sollten. Da Aderyn selbst als Berater des Prinzen auftreten würde, bekam auch er die besten Kleider und ein silbergraues Reitpferd.

In seiner letzten Nacht im Lager wickelten sich Aderyn und Dallandra in dicke Umhänge und gingen ein Stück durch das stille Grasland vom Lager weg. Die Nacht war klar, der Mond stand hell am Himmel, und es war so kalt, daß sie ihren Atem sehen konnten.

»Sei bitte vorsichtig, Aderyn«, sagte Dallandra plötzlich. »Ich habe bei dieser Sache ein schlechtes Gefühl.«

»Eine Dweomerwarnung?«

»Ich weiß nicht, ob ich es so nennen würde. Nur ein schlechtes Gefühl. Es tut mir leid, aber ich traue deinem Volk nicht.«

»Das kann ich dir nicht übelnehmen. Ihr Götter, mir wird ganz elend, wenn ich daran denke, wieviel ihr schon verloren habt, und jetzt kommt mein Volk hierher und will euch das wenige, was euch geblieben ist, auch noch nehmen.«

»Aber es gibt genug Land für uns alle! Das ist ja das Traurige daran. Es gibt wirklich genug für alle, wenn die Rundohren das nur begreifen würden. Das Grasland erstreckt sich weit in den Westen und Norden, bis man in die Berge kommt.«

»Wie weit waren die sieben Städte von hier entfernt?«

Sie zuckte die Achseln und dachte nach.

»Ich habe keine Ahnung. Man müßte monatelang reiten, nehme ich an. Wir gehen nicht mehr dorthin.«

»Warum nicht? Gibt es in den Ruinen Gespenster?«

»Wahrscheinlich, aber das ist nicht der Grund. Ich habe eine alte Geschichte über eine Seuche gehört. Am Ende hat sie die Horden getötet, und die Barden sagen, daß ihre Leichen die Straßen verstopften. Wenn du diese ganzen alten Geschichten hören willst, solltest du bei der Winterversammlung einen Barden fragen. Sie erhalten das alles am Leben.«

»Du scheinst dich nicht sonderlich dafür zu interessieren.«

»Ihr Götter, ich bin damit aufgewachsen – ich habe soviel über die Verbrennung gehört, bis ich es nicht mehr hören konnte. Also gut, wir haben einmal viel glanzvoller gelebt! Wen interessiert das noch? Die Vergangenheit ist tot, sage ich, und wir müssen das Beste aus dem machen, was wir heute haben.«

Aber ihre Stimme brach beinahe vor Bitterkeit und Bedauern.

Da Lord Dovyn und seine Eskorte Aberwyn schon verlassen hatten, bevor die Kaufmannsgilde ihren Vertreter zum Prinzen schickte, kehrten sie in der Ansicht nach Hause zurück, die Angelegenheit von Dovyns neuem Land wäre geregelt. Cinvan und der Rest des Kriegshaufens verfielen in die übliche träge Herbstroutine: Bei gutem Wetter ritten sie aus, und bei schlechtem versammelten sie sich in der großen Halle, um Bier zu trinken und das Carnoic-Turnier fortzusetzen, das inzwischen zu einer hitzigen Angelegenheit geworden war. Garedd markierte eines seiner Silberstücke, um zu verfolgen, wo es im Verlauf der Wetten landete – und tatsächlich kehrte es jedesmal, nachdem er es verloren hatte, nach relativ kurzer Zeit wieder zu ihm zurück. Cinvan stürzte sich ernsthaft in den Kampf und stieg bis zur Spitze der Wettstreitenden auf. Die kalte, reine Strategie des Spiels, bei dem ein einziger Fehler tödlich sein konnte, gefiel ihm, und er hatte stundenlang die diversen Züge und Taktiken studiert. Wenn ihre Frauen an den langen Nachmittagen taten, was immer Frauen in der Frauenhalle tun mochten, kamen auch Melaudd, Waldyn und Dovyn mit Bierkrügen in der Hand hinüber, betrachteten die Spiele und schlossen ebenfalls hier und da eine Wette ab.

Als die Botschaft eintraf, waren sie alle auf der Reiterseite der Halle. Cinvan war mitten in einem besonders schwierigen Spiel gegen Peddyc, der ihm beinahe ebenbürtig war. Er überlegte gerade, ob er einen seiner Spielsteine opfern sollte, um springen und zwei von Peddycs Steinen beanspruchen zu können, als es an der Tür unruhig wurde. Der Torhüter kam mit einem erschöpften Reiter herein, der am Umhang die Drachenbrosche von Aberwyn trug.

»Lord Dovyn – eine dringende Botschaft für Euch.«

Schimpfend unterbrachen Cinvan und Peddyc ihr Spiel. Ein Diener eilte davon, um den Schreiber zu suchen, der sofort herunterkam, nach dem Pergament griff und es laut vorlas. Die Männer des Kriegshaufens drängten sich neugierig um ihre Herren.

»An Dovyn, geringeren Lord vom Bären, neu ernannten Lord von Loc Cyrtaer. Ich, Addryc, durch die Gnade seiner Hoheit Waryn, König von Eldidd, Prinz Aberwyn, grüße Euch«, begann der Schreiber. »Halaberiel, Sohn des Berenaladar, Sohn des Ranadar, eines Königs des Westvolks, hat mir eine Angelegenheit von großer Schwierigkeit vorgelegt. Auf das Land, das Ihr vor kurzem bei Eurem Besuch an meinem Hof beanspruchtet, besteht ein früherer Anspruch des besagten Halaberiel, als Teil seines königlichen Jagdreviers. Gewisse Teile besagten Landes dienten auch als Begräbnisstätte seines Stammes, und seit urdenklichen Zeiten wurden dort die Ahnen des Westvolks bestattet. Ich erbitte daher dringend Eure Anwesenheit in meinem Palast, damit diese Angelegenheit besprochen und persönlich an meinem Gerichtshof entschieden werden kann. Unter meinem Siegel und Zeichen, Addryc, Prinz von Aberwyn.«

»Bei den Ärschen der Götter!« rief Dovyn. »Dieses verfluchte Westvolk! Diese Unverschämtheit! Ein Prinz, wie? Jede Wette!« In stummem Flehen wandte er sich an seinen Vater.

»Ob dieser Halaberiel nun ein Prinz ist oder nicht – Addryc ist auf jeden Fall einer«, sagte Melaudd. »Wir sollten also am besten nach Süden reiten und uns die Sache ansehen.«

Dovyn begann, ruhelos auf und ab zu gehen.

»Warum hat sich dieser verfluchte Pferdehirt nicht früher gemeldet? Diese verdammte Unverschämtheit! Das wird alles hinauszögern.«

»Vielleicht, vielleicht auch nicht«, wandte Waldyn ein. »Beruhige dich, Bruder, es hat keinen Zweck, das Schwert zu ziehen und Funken zu sprühen, ehe du weißt, wie der Prinz entscheidet.«

»Das stimmt.« Melaudd wandte sich dem Boten zu. »Wird dieser Halaberiel von einer bewaffneten Eskorte begleitet?«

»Ja, Herr. Zwanzig Mann.«

»Also gut. Dann werden wir auch zwanzig von meinen Männern mitnehmen und den Rest hier bei Waldyn lassen.«

Sehr zu ihrer Freude waren auch Cinvan und Garedd unter jenen, die für die Eskorte ausgewählt wurden und so eine weitere Gelegenheit erhielten, die Wunder des Lebens in Aberwyn zu genießen. Beim Abendessen, als jene, die in der Festung zurückbleiben sollten, murrten, fluchten und die anderen um ihr Glück neideten, fragten Cinvan und Garedd den Boten nach jeder noch so kleinen Neuigkeit aus, von denen er, da er ein einfacher Reiter war wie sie selbst, wenig genug wußte.

»Nun«, sagte Garedd schließlich, »glaubst du wirklich, daß dieser Halasonstwas ein echter Prinz ist?«

»Nun, ich weiß, es ist nicht freundlich, so etwas zu sagen, aber ich habe keinen Zweifel daran. Ich habe noch nie so viele

Edelsteine an einem Lord gesehen! Und die Männer seiner Eskorte verbeugten sich ständig und machten Kratzfüße, dauernd heißt es ›mein Prinz hier‹ und ›mein Prinz da‹, sie holen ihm Met und bringen ihm Kissen. Wißt ihr, ein Gutes kann man über das Westvolk sagen – sie vertragen ihren Met. Ich habe noch nie einen Mann so trinken sehen wie diesen Prinzen.«

»Mich interessiert eher, wie sie ihre Schwerter halten«, sagte Cinvan.

»Hör mir zu, Junge.« Der Bote warf ihm einen scharfen Blick zu. »Es wird am Hof von Aberwyn kein Blutvergießen geben. Ein Mann, der dort sein Schwert zieht, erhält fünfundzwanzig Peitschenhiebe, und wenn er danach immer noch lebt, dann werfen sie ihn aus dem Kriegshaufen, damit er auf der Straße verhungert.«

»Das weiß ich ebensogut wie du«, fauchte Cinvan. »Ich fragte mich nur, ob es wohl zu einem Krieg kommen wird.«

»Warte«, warf Garedd ein. »Das müssen die Herren entscheiden. Wenn das Urteil gegen Dovyn ausfällt, wird er sich anderswo nach Land umsehen müssen, das ist alles. Gott weiß, daß es davon draußen im Westen genug gibt.«

Cinvan drehte sich um und spähte zum Ehrentisch, wo Melaudd und Dovyn sich eindringlich unterhielten und Melaudds Frau mit zitternden Fingern ein Stück Brot zerpflückte.

Halaberiel und seine Begleiter waren schon drei Tage auf Reisen, als Nananna von Aderyn hörte. Er konnte sich direkt mit ihrem Geist in Verbindung setzen und mußte nicht auf einen Traum warten. An diesem Abend war Dallandra gerade dabei, ein paar Zweige auf ihr kleines Feuer zu legen, als die alte Frau plötzlich erstarrte und geradeaus schaute.

»Bis jetzt ist alles gutgegangen«, sagte Nananna schließlich. »Sie sind ohne Schwierigkeiten auf Rundohrenland gelangt, und jetzt sind sie etwa anderthalb Tagesritte von der Stadt entfernt.«

»Geht es Aderyn gut?«

»Selbstverständlich, sonst könnte er sich ja wohl kaum mit mir in Verbindung setzen.«

»Entschuldige. Ich mache mir nur solche Sorgen, daß man sie vergiften oder in einen Hinterhalt locken oder ermorden könnte.«

»Hattest du einen Wahrtraum oder eine Vision?«

»Nein, es ist nur meine Angst, die aus mir spricht. Ich weiß es auch, aber ich kann nichts dagegen tun.«

»Versuche es nicht. Laß die Stimmen zu dir sprechen, aber ignoriere sie.« Nananna legte den Kopf schief und betrachtete ihre Schülerin forschend. »Du hast Aderyn liebgewonnen, nicht wahr?«

»Er ist recht nett«, meinte sie beiläufig. »Für ein Rundohr. Nein, das ist boshaft von mir. Bisher hat er sich als guter Freund erwiesen, und ob er ein Rundohr ist oder nicht, hat nichts damit zu tun.«

»Ja, das ist besser. Ich mag ihn selbst gern, aber was wichtiger ist, er will uns unbedingt helfen. Er verfügt über Kenntnisse, die dem Volk vor achthundert Jahren verlorengingen, und er ist bereit, sie mit denen zu teilen, die darum bitten. Das finde ich bewundernswert.«

»Ich ebenfalls, Weise. Vielleicht habe ich die Rundohren falsch eingeschätzt. Laß uns nur hoffen, daß es in Eldidd mehr Männer wie Aderyn gibt.«

Auf dem Weg nach Süden ließ Melaudd den Kriegshaufen schnell von Festung zu Festung seiner Verbündeten und Vasallen reiten. Überall, wo sie haltmachten, ermutigten die Lords sie und boten ihre Unterstützung an. Man schien allgemein der Ansicht, daß dieses verdammte Westvolk schon genug Schwierigkeiten gemacht habe, und je eher man sie aufs offene Land zurücktriebe, desto besser. Aber als sie Aberwyn erreichten, wartete dort eine unangenehme Überraschung auf sie. Sie sollten selbstverständlich in der Festung des Drachenprinzen wohnen, aber das tat auch der Prinz des Westvolks mit seiner Eskorte. Aus schlichter Gerechtigkeit hatte Addryc Halaberiel Zuflucht und Schutz angeboten. Die Männer von Melaudds Kriegshaufen betrachteten diese Höflichkeit jedoch als Verrat. Dovyn war wütend genug, offen darüber zu sprechen.

»Was wettet ihr, daß diese verfluchten Kaufleute dahinterstecken? Jämmerliche Münzenpolierer!«

»Beruhige dich, Junge«, sagte Melaudd scharf. »Der Handel ist für Aberwyn wichtig. Ich bin so zornig wie du, aber du mußt die Situation Seiner Hoheit verstehen. Paß auf, was du sagst, solange wir hier sind.«

»Wie kannst du unseren Prinzen so beleidigen, Vater? Glaubst du wirklich, daß er Geld mehr schätzt als Ehre?«

»Ich sage, halt den Mund! Du bist erst ein Bärenjunges und noch nicht richtig trockengeleckt, also überlaß das Reden mir.«

Als der Kriegshaufen des Bären zum Abendessen in die Halle kam, stellten sie fest, daß ihre Rivalen bereits vor ihnen eingetroffen waren und so weit wie möglich von ihnen entfernt saßen. Sie waren von Männern Aberwyns umgeben. Ein anderer Teil von Addrycs Kriegshaufen umdrängte die Bären – auf die freundlichste Weise natürlich – und bat sie, sich hinzusetzen. Cinvan nahm von einer Dienerin einen Krug Bier entgegen und blickte quer durch die große, rauchige Halle zur Ehrenfeuerstelle, wo die Adligen und ihre Gäste Met tranken. Prinz Addryc saß mit Melaudd und Dovyn zu seiner Linken am Ehrentisch und der Elfenführer zu seiner Rechten. Der Bursche war hochgewachsen, selbst für einen vom Westvolk, und sah tatsächlich wie ein Prinz aus; es war nicht nur sein

Aufzug, dachte Cinvan, auch die Art, wie er sich bewegte und wie er mit der Lässigkeit eines Mannes sprach, der daran gewöhnt ist, daß man ihm gehorcht. Neben ihm saß ein schlanker junger Mann, der recht menschlich aussah, mit wirrem, braunem Haar und dunklen Augen, die sich gebannt auf diejenigen richteten, die gerade etwas sagten. Cinvan tippte einem der Männer aus Aberwyn auf die Schulter.

»Wer ist der Mann neben diesem Halaberiel?« fragte er. »Der dünne Bursche, der in seinem vornehmem Hemd beinahe ersäuft.«

»Aderyn, der Berater des Prinzen. Alle sagen, er sei ein Dweomermann.«

»Pferdedreck! Das sind doch Altweibergeschichten.«

»Ach ja? Da wäre ich nicht so sicher, Junge.«

Cinvan sah Garedd an, der sich eines Urteils enthielt und nur die Schultern zuckte. Cinvan verspürte kalte Angst, wenn er an Dweomer dachte. Es war, als sollte er sich an etwas erinnern oder etwas wissen oder eine Warnung beherzigen – er konnte seine eigenen Gedanken nicht mehr verstehen. Zum Glück kamen nun die Diener mit dem Braten und dem Brot und lenkten ihn von diesen wenig vertrauten und schmerzlichen Betrachtungen ab.

Später fand sich Cinvan dem geheimnisvollen jungen Berater von Angesicht zu Angesicht gegenüber. Er war auf den Hof gegangen, um sich zu erleichtern. Als er wieder hereinkam, begegnete er Aderyn, der zweifellos aus dem gleichen Grund gerade die Halle verließ. Nur für den Fall, daß dieser schlichte Junge tatsächlich ein Zauberer war, verbeugte sich Cinvan höflich und trat beiseite. Aderyn nickte freundlich, dann blieb er stehen, um ihm ins Gesicht zu sehen. Als er in diese eulendunklen Augen schaute, wurde Cinvan kalt. Er hatte das Gefühl, der Blick des anderen durchdringe ihn und nagle ihn an die Wand hinter ihm wie ein Karnickelfell, das zum

Trocknen aufgespannt wird. Schließlich lächelte Aderyn und ließ ihn los.

»Guter Herr«, stotterte Cinvan, »kenne ich Euch von irgendwo?«

»Ja, aber Ihr werdet Euch nicht erinnern.«

Aderyn ging weiter und ließ den zitternden Cinvan stehen. Cinvan eilte zurück zum Tisch und zum Trost seiner Gefährten. Er griff nach dem Krug und trank einen großen Schluck.

»Was hat der Berater zu dir gesagt?« wollte Garedd wissen. »Da in der Tür, meine ich.«

»Ach, nichts Wichtiges, aber ich bin jetzt sicher, daß er wirklich ein Dweomermann ist.«

Das Abendessen am Tisch des Prinzen war eine angespannte Angelegenheit, und die Gespräche trugen wahrlich nicht zur Verdauung bei.

Zum Schweinebraten verlangte Addryc Aussagen von beiden Parteien, dann ließ er sie einander wütend anstarren, während er nachdachte. Als die gebackenen Äpfel aufgetragen waren, meinte er schließlich, er sei sicher, man könne den einen oder anderen Vertrag ausarbeiten, nachdem er erst einmal die Priester über die Gesetze konsultiert habe.

»Ein Vertrag, Euer Hoheit?« meinte Halaberiel. »Wir haben gewisse Erfahrungen mit Euren Verträgen, fürchte ich.«

»Und was meint Ihr damit, mein Prinz?« fragte Addryc ruhig.

»Die Angelegenheit der Ländereien hinter Eurem Dorf Cannobaen.«

Addryc verzog das Gesicht und betrachtete nachdenklich den Apfel, der in einer Silberschale mit Sahne schwamm.

»Ich schäme mich wegen dieser Angelegenheit, aber es gab nichts, was ich tun konnte. Ich habe den fraglichen Lords verboten, sich hinter der im Vertrag festgelegten Grenze anzusiedeln.«

»Warum sind sie dann immer noch dort?«

»Weil sie sich meiner Gerichtsbarkeit entzogen und sich als persönliche Vasallen an meinen Vater, den König, gebunden haben. Ich muß ehrlich sagen, daß ich wütend war, aber was konnte ich tun? Meinem eigenen Vater den Krieg erklären? Das wäre meine einzige Wahl gewesen.«

Halaberiel zog in höflichem Unglauben eine Braue hoch, aber er gestattete dem Prinzen, das Thema zu wechseln.

Um diese Situation, in der Rivalen an seinem Tisch aßen, nicht noch zu verlängern, hielt Prinz Addryc am Morgen nach der Ankunft der Bären ein Malover über das fragliche Land am Loc Cyrtaer ab. Sie trafen sich in einem halbrunden Raum, in dem das Drachen-Banner von Aberwyn und das Hippogryph-Wappen von Eldidd an feuchten Steinwänden hingen. Bronzene Kohlenbecken waren überall im Raum verteilt und glühten kirschrot gegen die Kälte an. Der Prinz saß an einem niedrigen Schreibtisch, hatte das Zeremonienschwert von Aberwyn vor sich und einen Schreiber mit Federn und Pergament zur Rechten. Hinter ihm standen zwei Berater und ein Priester des Bel, um den Prinzen über die heiligen Gesetze zu beraten. Vor ihm hatten Aderyn und Halaberiel zur Rechten Platz genommen, während Melaudd und sein Sohn links saßen. Obwohl Addryc ein beeindruckender Mann war, der sich gerade und aufrecht hielt, Spuren vom Grau der Weisheit in seinem rabenschwarzen Haar hatte und dessen dunkelblaue Augen befehlsgewohnt blickten, tat er Aderyn leid. Er war klug genug zu erkennen, daß jede Entscheidung, die der Prinz treffen würde, falsch wäre, da er zwischen der mächtigen Kaufmannsgilde auf der einen und seinen adligen Vasallen auf der anderen Seite stand. In der Hoffnung, ihn zu einem Kompromiß überreden zu können, hatte Aderyn dem Banadar die Wahrheit gesagt: Wenn sich Addryc vollkommen zugunsten der Westleute entschied, würden seine Vasallen vermutlich gegen ihn rebellieren. Der Rechtsberater der Kaufmannsgilde hatte empfohlen, geduldig zu sein, aber Aderyn bezweifelte, daß der Banadar einem von ihnen viel Aufmerksamkeit geschenkt hatte. Als sie nun zusammensaßen und auf den Beginn des Verfahrens warteten, war Halaberiels Miene distanziert. Es war unmöglich zu sagen, was er dachte. Melaudd und sein Sohn jedoch waren so offen wie das Wiesenland: Nur mühsam beherrschte Wut zeigte sich in jeder Linie ihres Gesichts. Sie konnten schon den Gedanken nicht ertragen, daß sich ihnen irgend jemand, aus welchem Grund auch immer, entgegenstellte.

»Also gut, meine Herren«, sagte Addryc schließlich. »Wir haben gestern abend die ganze Angelegenheit ausführlich besprochen. Ich halte es nicht für notwendig, das zähe Fleisch des Falles noch einmal wiederzukäuen.«

Halaberiel und die beiden Lords nickten zustimmend.

»Ich habe mich auch mit Seiner Heiligkeit besprochen«, Addryc zeigte auf den Priester. »Er hat mir erklärt, daß es eine schwerwiegende Sünde sei, sich auf einem heiligen Begräbnisplatz niederzulassen, dort Holz zu schlagen oder zu pflügen. Zweifellos würden sich die Götter des Westvolks dem großen Bel anschließen, wenn er einen Fluch über solche Taten verhängt.«

Als Dovyn dazu ansetzte, etwas zu sagen, brachte ein Blick seines Vaters ihn wieder zum Schweigen.

»Ich versichere Eurer Hoheit und Seiner Heiligkeit, daß mein Sohn niemals eine solche Blasphemie begehen würde«, meinte Melaudd. »Wenn Seine Hoheit, der Prinz des Westvolks, sich darum kümmern könnte, daß die Grenzen dieses heiligen Geländes genau markiert werden, werde ich dafür sorgen, daß kein Mensch es betritt, es sei denn zu einem religiösen Zweck.«

»Also gut.« Addryc wandte sich Halaberiel zu.

»Und wird Euer Hoheit bereit sein, das Land zu kennzeichnen?«

»Das werde ich«, sagte Halaberiel. »Wenn notwendig mit Schwertern.«

Addryc verzog das Gesicht. Melaudd erhob sich von seinem Stuhl.

»Bezweifelt der Prinz etwa mein Wort?«

»Niemals«, erwiderte Halaberiel ruhig. »Aber Ihr werdet nicht ewig leben, und wer weiß, was für Männer Seiner Lordschaft nachfolgen?«

Der Augenblick war gerettet. Melaudd verbeugte sich und setzte sich wieder hin. Die beiden Berater des Königs seufzten erleichtert. Aderyn bemerkte, daß er selbst die Luft angehalten hatte, und atmete wieder aus.

»Also gut«, sagte Addryc. »Ich werde einen Erlaß aufsetzen, in dem die Unantastbarkeit dieser Wälder erklärt wird und den ich öffentlich sowohl in Cernmeton als auch in Eldidd aushängen lassen werde.«

Der Schreiber tunkte eine Feder in ein Tintenfaß und machte sich ein paar Notizen. Der Federkiel kratzte in der Stille schmerzlich laut.

»Um uns nun dem restlichen Land zuzuwenden«, begann Addryc. »Lord Dovyn, der Prinz hat Euch einen Kompromiß angeboten – Land weiter im Nordosten, wo Ihr Euch niederlassen könnt.«

»Und wieso sollte ich einen Kompromiß eingehen?« fauchte Dovyn. »Glaubt er denn, daß ihm ganz Eldidd gehört?«

Melaudd vergaß sich so weit, daß er seinem Sohn einen Schlag auf die Schulter versetzte, aber der Schaden war angerichtet. Halaberiel erhob sich und starrte den jungen Mann an.

»Herr, ich besitze überhaupt nichts«, erklärte Halaberiel. »Nicht mehr, als jeder edle Lord Eures Volkes das Land besitzt, das ihm die Götter geliehen haben. Der einzige Besitz, den einer von uns mit einiger Sicherheit fordern kann, sind die sechs Fuß Land, die Eure Familie eines Tages benutzen wird, Euch zu begraben, und der einzelne Baum, den meine Familie fällen wird, um mich in derselben Zukunft zu verbrennen. Es gibt allerdings Land, das mein Volk nutzt, und anderes Land, das wir nicht einmal betreten. Ich schlage Eurer arroganten Seele nur vor, daß sie Land nehmen soll, das andere nicht wollen, und uns damit allen eine Menge Ärger erspart.«

Dovyn wurde dunkelrot. Halaberiel setzte sich wieder hin und sah den Prinzen an.

»Prinz Halaberiel.« Addryc warf Melaudd einen nervösen Blick zu. »Ich habe Euch die Gesetze von Eldidd bereits erklärt. Wenn Ihr einen gewissen Anspruch auf dieses Jagdgebiet erheben wollt, der vor unseren Gerichten bestehen kann, dann müßt Ihr einen bestimmten Teil jeden Jahres dort zubringen. Ein Mann, der Land ungenutzt läßt, verliert jeden Anspruch darauf.«

»Ich verstehe, und das ist auf seine Art eine vernünftige Entscheidung. Ihr werdet mich dort in jedem Frühjahr finden.«

»Also gut. Lord Melaudd, direkt nördlich Eurer Ländereien an den Ufern des Gwynaver liegt freies Land. Darf ich fragen, wieso Euer Sohn keinen Anspruch darauf erhoben hat?«

»Weil er am Seeufer siedeln wollte, Euer Hoheit«, erwiderte Melaudd. »Es gibt keine Siedlungen an den Seen, und es ist gutes Land, das gut zu verteidigen ist.« Er warf Halaberiel einen Blick wie einen Dolch zu. »Es mag ein Tag kommen, an dem Euer Hoheit wünscht, daß es dort eine starke und loyale Festung gibt.«

Addryc blinzelte zweimal. Der Priester sah aus, als betete er lautlos.

»Und mit Eurer Erlaubnis möchte ich noch etwas anmerken«, fuhr Melaudd fort. »Ich habe nie gehört, daß das Westvolk Könige hatte, bis wir Eure Botschaft empfingen, und ich wette, Ihr wußtet es auch nicht. Es kommt mir seltsam vor, daß Ihr Euch um eines Fremden willen von den Männern abwendet, die Euch so lange treu gedient haben.«

»Und habe ich mich bereits von Euch abgewandt?« fragte Addryc kühl. »Ich habe mein Urteil noch nicht verkündet.«

Beschämt wandte Melaudd den Blick ab.

»Mein Prinz.« Addryc wandte sich Halaberiel zu. »Ich ziehe in Erwägung, Euch zu bitten, mir Land für Dovyns Ansiedlung am Seeufer zu überlassen. Im Gegenzug dafür werde ich Euch und Eurem Volk einen klaren, förmlichen und eindeutigen Anspruch auf das Land am Westufer des Gwynaver zusprechen. Mit meinem Siegel auf der Urkunde wird die Angelegenheit nie wieder bezweifelt werden. Die Begräbnisstätte und das Nordufer des Sees werden Euch gehören. Das Südufer und eine Festung an der Mündung des Flusses gehören Dovyn. Alles Land zwischen dem See und dem Gwynaver wird Euer sein, um darin zu jagen, es zu befestigen oder was Ihr damit tun möchtet.«

»Mit Bären am Südufer wäre eine Festung wohl angebracht«, sagte Halaberiel. »Euer Hoheit, mir ist klar, daß dies eine schwierige Entscheidung für Euch ist. Ihr habt ein großzügiges Angebot gemacht, das ich gerne annehmen würde. Andererseits habe ich ebenso wie Ihr Vasallen. Ich warne Euch – keiner von meinem Volk wird das Südufer gern aufgeben. Ihr sitzt da und windet Euch und fragt Euch, ob Eure Lords Euch Ärger machen werden, wenn Ihr zu meinen Gunsten entscheidet. Ich winde mich mindestens ebenso und frage mich, was mein Volk von mir halten wird, wenn ich diesen Handel annehme. Versteht Ihr das?«

Das war so anmaßend, fremd und vollkommen ehrlich, daß die Berater und Priester laut aufkeuchten. Addryc lehnte sich in seinem Sessel zurück und seufzte und fuhr mit den Fingern über den Griff des kunstvoll geschmückten Zeremonienschwertes – er verstand es nur zu gut. Halaberiel wandte sich Aderyn zu und zog eine bleiche Braue hoch.

»Und was rät mir mein ehrenwerter Berater?«

Aderyn erhob sich, verbeugte sich vor dem Prinzen und führte Halaberiel aus der Halle.

»Ich denke, wir sollten es annehmen, Hal. Mehr werden wir nicht bekommen, und Nananna wird sich anstrengen, die Widerstrebenden zu besänftigen. Ihr seid nicht wirklich die Art von Prinz, der sich um Rebellionen sorgen muß, aber Addryc schon.«

»Armer alter Addryc. Nun, wir haben die Begräbnisstätte gerettet, und das war für mich das wichtigste. Ich traue diesen Bären allerdings nicht. Wie lange wird es dauern, bis sie ihre gierigen Schnauzen nach Norden recken? Man sollte dieses Bärenjunge übers Knie legen und verprügeln.«

»Da habt Ihr recht, aber wenn Ihr die Entscheidung abweist, wird es Krieg geben. Melaudd kann die anderen Vasallen des Prinzen gegen Euch ins Feld führen, weil Ihr die Entscheidung abgelehnt habt.«

»Ist das wahr?« Halaberiel dachte einen Augenblick nach. »Dann laßt mich sehen, ob ich seiner gequälten Hoheit ein weiteres Zugeständnis entringen kann.«

Sie kehrten in den totenstillen Raum zurück. Halaberiel verbeugte sich, dann blieb er stehen, um sein königliches Gegenüber anzusprechen.

»Euer Hoheit, Eure Entscheidung erscheint mir gerecht, bis auf einen einzigen kleinen Punkt. Werdet Ihr mir und meinem Volk den Zugang zu den nördlichen Landen aus dem Süden gewähren? Die beste Furt liegt auf dem Land, das Ihr dem Bären geben wollt.«

»Ich sehe keinen Grund, wieso Ihr kein Wegerecht haben

solltet. Die Straße sollte ohnehin öffentlich sein, so daß die Kaufleute sie benutzen können.«

Als Dovyn dazu ansetzte, etwas zu sagen, legte sein Vater ihm die Hand auf den Arm.

»Das erscheint mir nur gerecht, Euer Hoheit«, sagte Melaudd, »wenn der Prinz für das Verhalten seines Volkes garantieren wird, wenn sie durchreisen. Ich weiß, daß sie mit Schafen und Pferden umherziehen, und die Bauern können sich die Verluste nicht leisten, wenn Vieh in ihre Felder einfällt.«

»Wir werden einen Pakt schließen«, sagte Halaberiel. »Für sämtliches zertrampelte Getreide wird in Lammfleisch und Wolle gezahlt.«

Melaudd nickte zufrieden; der Prinz lächelte; die Berater nickten Aderyn zufrieden zu.

»Und was, wenn Eure Leute meine bestehlen?« fauchte Dovyn.

Jeder, der im Raum noch gesessen hatte, erhob sich. Der Priester trat vor, um eventuelles Blutvergießen zu vermeiden. Halaberiel schüttelte Aderyns Hand ab und trat auf Dovyn zu.

»Was wollt Ihr damit andeuten?«

»Jeder weiß, daß das Westvolk Diebesvolk ist. Wieso solltet Ihr kein Prinz von Dieben sein?«

Mit einem erschrockenen Keuchen warf Melaudd sich vorwärts, aber es war zu spät. Halaberiel hatte Dovyn so fest ins Gesicht geschlagen, daß der junge Mann zurücktaumelte. Dann wandte sich Halaberiel dem Prinzen zu.

»Dies ist also die Art von Hof, die Ihr in Eldidd haltet«, sagte Halaberiel. »Wenn ein Mann sich Eurem Urteil unterwirft, muß er sich Beleidigungen und Lügen gefallen lassen.«

»Auf keinen Fall«, sagte Addryc kühl. »Lord Dovyn wird sich förmlich bei Euch entschuldigen. Ich nehme an, sein Vater ist derselben Meinung wie ich.«

»Das ist sein Vater tatsächlich, Euer Hoheit.« Melaudds

Stimme bebte. »Und ich werde der erste sein, der sich entschuldigt.«

Alle Augen waren auf die beiden Prinzen gerichtet, die plötzlich durch die Unverschämtheit eines geringeren Lords auf derselben Seite standen. Aderyn spürte eine kalte Dweomerberührung und drehte sich um. Er sah, wie Dovyn sein Schwert zog.

»Nein!« schrie Aderyn. »Hal, paß auf!«

Halaberiel fuhr herum, als Dovyn ausholte. Aderyn warf sich vorwärts und erhielt einen Schlag auf die linke Hand – zum Glück keinen heftig geführten, denn Dovyn versuchte im letzten Augenblick innezuhalten, oder Aderyn wäre für den Rest seines Lebens als Aderyn Einhand bekannt gewesen. Er hörte seinen Knochen brechen und starrte betäubt auf das Blut, als es in der Halle laut wurde – Schreie, Flüche, die Prinzen riefen nach Ordnung, der Priester flehte seinen Gott an. Melaudd packte seinen Sohn und schüttelte ihn so fest, daß Dovyn das Schwert fallen ließ. Halaberiel packte Aderyn an der Schulter, hielt ihn aufrecht und fluchte, als er die Wunde sah. Der Belpriester rannte vor und griff nach Aderyns Arm, als die Tür aufgerissen wurde und die Wache des Prinzen hereinstürzte. Dunkelrot vor Zorn bedeutete Addryc ihnen mit einer Geste, sich zurückzuhalten, aber sie blieben im Flur stehen.

»So, Melaudd«, knurrte Addryc. »Habt Ihr Eure Söhne so erzogen – in meiner Halle das Schwert zu ziehen? In *meiner* Halle? Beim Namen aller Götter unseres Volkes! In meinem Gerichtssaal!«

Melaudd versuchte zu antworten, aber er zitterte zu sehr. Dovyn riß sich los und warf sich zu Füßen des Prinzen.

»Ich bitte um Eure Verzeihung, Eure Hoheit. Ich … ich … ich habe mich vergessen.«

Halaberiel überließ Aderyn den Prinzen und trat vor.

»Und wie lange werdet Ihr Euch dann an das Urteil Seiner

Hoheit erinnern? Euer Hoheit, erwartet Ihr wirklich, daß ich mit einem solchen Mann einen Vertrag abschließe?«

Aderyn wurde plötzlich klar, daß er kurz vor der Ohnmacht stand, und das konnte er sich bei dieser gefährlichen Situation nicht leisten. Er taumelte zu einem Stuhl und setzte sich hin. Der Priester kniete neben ihm und versuchte verzweifelt mit einem Schal, den der Schreiber ihm gereicht hatte, das Blut zu stillen.

»Seht Euch das an!« Addryc knurrte vor Empörung. »Er hat einen Berater verwundet, einen unbewaffneten Mann! Wachen! Holt den Wundarzt!«

»Es geht mir gleich wieder gut«, keuchte Aderyn.

Das weiße Tuch war schon von Blut durchtränkt, und Aderyns Finger standen in einem unnatürlichen Winkel ab, aber er verspürte keinen Schmerz. Im Geist bemerkte er die eigenen Symptome wie aus der Entfernung: Zittern, Kälte, trockener Mund – o ja, er war im Schockzustand. Er blickte auf und versuchte, sich auf die seltsame Szene vor sich zu konzentrieren: Dovyn, rot vor Scham, zu Füßen des Prinzen; Halaberiel vor Zorn erstarrt; Melaudd kreidebleich, den Mund bewegend, als betete er zu den Göttern, ihn aus diesem Alptraum erwachen zu lassen.

»Euer Hoheit«, flüsterte Aderyn. »Bitte entscheidet nicht im Zorn. Mein Prinz, das gilt auch für Euch.«

Dann verlor er das Bewußtsein. Er schien in einem dunklen Wirbel zu stehen, durchzogen von goldenen Flecken. Inmitten eines zischenden Geräuschs hörte er, wie jemand seinen Namen rief, und Nananna kam aus dem Nebel. Hier auf den inneren Ebenen war ihr Abbild jung und schön, ihre Haltung die einer Kriegerin.

»Was haben sie dir angetan? Lebt der Banadar noch?«

»Ja. Ich bin nur ohnmächtig, das ist alles. Der Junge, der mich verletzt hat, ist festgenommen worden.«

Obwohl Aderyn ihr gern noch mehr gesagt hätte, begann er wegzutreiben, als erhebe er sich vom Boden eines dunklen, goldfleckigen Flusses. Das Zischen wurde lauter und lauter; dann durchbrach er plötzlich die Wasseroberfläche und fand sich wach in einem Federbett. Ein untersetzter Mann mit blondem Schnurrbart bandagierte seine geschienten Finger. Aderyn roch den sauberen, scharfen Duft von zerdrückten Kampferwurzeln an seiner Wunde.

»Das sollte gut heilen«, sagte der Wundarzt über die Schulter. »Nur oberflächlich. Eine Menge kleinerer Blutgefäße sind durchtrennt, deshalb sieht es aus wie die dritte Hölle, aber es ist nicht gefährlich. Was die Finger angeht: Zwei davon sind gebrochen, aber es ist ein glatter Bruch.«

»Genau«, keuchte Aderyn. »Außerdem brauche ich Wasser, um meine Körpersäfte zu ergänzen.«

»Ah, Ihr seid wach. Man hat mir schon gesagt, daß Ihr eine Art Arzt seid.«

Der Wundarzt tätschelte ihm freundlich die Schulter und machte Platz für Halaberiel, der Aderyn in einem silbernen Kelch Wasser brachte. Er setzte sich aufs Bett, schob Aderyn den Arm unter die Schultern und half ihm trinken.

»Dieser Schlag war eigentlich für mich bestimmt. Das werde ich nie vergessen. Man wird dich immer als Freund des Volkes betrachten.«

»Keine Ursache.« Aderyn war immer noch zu erschöpft, als daß er dieses Versprechen zu schätzen gewußt hätte. »Was hast du beschlossen, und was will der Prinz tun?«

»Bis jetzt noch nichts.« Jetzt trat Addryc selbst vor. »Prinz Halaberiel und ich haben Euren letzten weisen Rat angenommen. Lord Dovyn ist in einer Kammer unter Hausarrest. Sein Vater hat mir geschworen, daß er nicht fliehen wird. Melaudd ist ein guter Mann, und er ist ehrlich erschüttert von der Arroganz seines Sohnes.«

»Zweifellos«, sagte Aderyn. »Mir tut jeder Vater mit einem solchen Sohn leid.«

Aderyn trank mehrere Kelche Wasser, dann lehnte er sich erschöpft in die Kissen zurück. Ihm wurde klar, daß er sich in Halaberiels luxuriösem Quartier befand und daß es voller Menschen war. Drüben bei den Fenstern saßen die anderen Elfen in verbissenem Schweigen am Boden. Zwei Männer von der Wache des Prinzen standen in der Tür und warteten auf Befehle ihres Herrn. Am polierten Holztisch packte der Chirurg seine Ausrüstung und sprach leise zu seinem jungen Schüler.

»Ich werde meine Entscheidung über Dovyn heute abend fällen«, sagte Addryc. »Der Wundarzt sagt, Ihr solltet lieber eine Weile ruhen, und ich möchte, daß Ihr als Opfer dieser Unverschämtheit aussagt.«

»Schön und gut, Euer Hoheit, aber was ist mit dem Land?«

Der Prinz wandte sich Halaberiel zu, der nur die Achseln zuckte.

»Wenn schon sonst nichts«, erklärte Addryc, »dann wird mein Dekret über die heilige Begräbnisstätte in alle Ewigkeit bestehen.«

»Tatsächlich?« Halaberiel wandte sich Aderyn zu. »Ich denke später darüber nach.«

Addryc nickte resigniert. Einen Augenblick blieb er noch unsicher stehen, dann verabschiedete er sich mit einer anmutigen Verbeugung und ein paar Worten darüber, daß Aderyn sich ausruhen solle. Nachdem der Wundarzt ebenfalls gegangen war, standen die anderen Elfen auf und traten näher zu Aderyns Bett, alle zwanzig in einem unordentlichen Kreis.

»Ich sage, wir sollten davonreiten und Melaudds Festung niederbrennen«, sagte Calonderiel. »Dieser Schlag galt dem Banadar.«

Zustimmendes Murmeln war zu hören.

»Ach, halt den Mund, Cal!« fauchte Halaberiel. »Seit wann

verfolgen wir die Mutter für das Verbrechen des Sohnes? Und in dieser Festung ist mehr als nur eine Frau.«

»Das mag sein, aber es wäre gut zu sehen, wie seine Zelte in Flammen aufgehen.«

»Wir sollten einfach nach Westen ziehen und ihnen das elende Land überlassen«, warf Jezryaladar ein. »Wer will schon etwas mit solchen Leuten zu tun haben?«

»Wie bitte?« zischte Albaral. »Und diesen Haufen Pferdedreck gewinnen lassen?«

Acht oder neun Männer redeten gleichzeitig und stritten sich. Halaberiel brachte sie zum Schweigen.

»Hört zu, ich sehe zwei Möglichkeiten. Es hängt davon ab, was Addryc unternimmt, um Dovyn für sein Verbrechen zahlen zu lassen. Wenn er mir Gerechtigkeit anbietet, dann würde ich sagen, wir stimmen dem Kompromiß zu. Wir tun das schließlich nicht für uns. Das Volk braucht die Kaufleute und ihr Eisen und Korn, und wir müssen imstande sein, die Begräbnisstätte zu bewachen. Die Rundohren sind erheblich in der Überzahl. Sie können sich einen Krieg erheblich besser leisten als wir.«

Calonderiel wollte etwas sagen und überlegte es sich dann anders. Alle anderen nickten zustimmend, als Halaberiel fortfuhr.

»Aber was wir als nächstes tun, das hängt davon ab, was mit dem jungen Dovyn geschieht. Wenn ich den Kompromiß annehme, könnte es folgendermaßen weitergehen: Wenn wir den Gwynaver beherrschen, beherrschen wir eine ihrer Hauptrouten nach Norden. Wenn sie an unserem Fluß entlangreiten wollen, können wir nein sagen, und der Prinz steht hinter uns.«

»Dieser Fluß wendet sich weiter nördlich nach Westen«, führte Calonderiel den Gedankengang fort. »Wenn wir eine Hauptroute nach Westen blockieren können, ist das um so besser.«

»Gut, Cal, du hast mitgedacht.« Er warf Aderyn einen Blick zu. »Du bist totenbleich, Berater.«

»Ich muß schlafen. Bitte, laßt mich ein wenig ruhen, aber – bei den Göttern unserer beiden Völker – sorgt dafür, daß die Jungs in der Zwischenzeit keinen Ärger machen.«

Kurz vor Sonnenuntergang erwachte Aderyn von den Schmerzen, die seine Wunde ihm bereitete. Er fand eine Flasche starken Weins an seinem Bett und trank etwas davon, um den Schmerz zu lindern, dann lag er eine Weile ruhig und sah zu, wie die letzten schrägen Sonnenstrahlen Schatten über die bardekianischen Teppiche auf dem Holzboden warfen. Er überlegte gerade, ob er aufstehen und ein paar Kerzen anzünden sollte, als es zaghaft an der Tür klopfte.

»Herein.«

Sehr zu seiner Überraschung kam Cinvan, ein Mann aus dem Kriegshaufen des Bären, hereingehuscht und kniete in ehrlicher Demut neben seinem Bett nieder. Als Aderyn in Cinvans junges Gesicht blickte, erinnerte er sich, daß er dieselbe Seele schon in einem anderen Körper gekannt hatte – Tanyc, der damals scheinbar riesengroß gewesen war, weil Aderyn selbst noch ein kleiner Junge von sieben war. Es war ein Schock, Tanycs Seele überhaupt wiederzubegegnen, und noch mehr, daß dies so bald geschehen war.

»Was kann ich für Euch tun, Junge?« fragte Aderyn.

»Nun, das weiß ich eigentlich nicht. Ich sollte nicht hiersein, denke ich. Ermüde ich Euch? Ich kann wieder gehen.«

»Wenn Ihr beunruhigt genug seid, um hierherzukommen, dann sollte ich zuhören. Ich nehme an, es hat sich herumgesprochen, was im Gerichtssaal passiert ist.«

»Genau, aber ich wette, Ihr wißt noch nicht einmal die Hälfte. Garedd sagte, ich solle Euch mit so etwas nicht stören. Wißt Ihr, Garedd ist so etwas wie mein Freund, und normalerweise denkt er für uns beide, aber ich mußte Euch einfach fragen. Wißt Ihr, es heißt, Addryc sei ungeheuer zornig auf Lord Dovyn, und er wolle ihn auspeitschen lassen wie einen einfachen Reiter, weil er das Schwert gegen Euch gezogen hat.«

»Da habt Ihr recht – das hatte ich noch nicht gehört.«

»Und wißt Ihr, unser junger Herr hat mich einmal davor gerettet, ausgepeitscht zu werden, und daher dachte ich, nun, da Ihr ein Berater seid, daß Ihr die Dinge ein wenig anders seht als die meisten und Euch vielleicht für Gnade aussprecht.«

»Ich spreche mich immer für Gnade aus, wenn ich kann, also solltet Ihr Euch deshalb beruhigen. Aber ich fürchte, das ist nicht mehr meine Angelegenheit.«

Cinvan nickte nachdenklich. Er war Tanyc dem Wesen nach sehr ähnlich, dachte Aderyn, und unter normalen Umständen vermutlich ebenso arrogant. Dennoch war Aderyn gerührt, daß dieser junge Mann sich allen Regeln widersetzte, um für seinen jungen Herrn um Gnade zu bitten.

»Wie geht es Eurer Wunde?« fragte Cinvan. »Nach dem, was ich gehört habe, wird sie sauber heilen, aber es ist schrecklich für mich zu wissen, daß mein Herr sich entehrt hat, indem er einen unbewaffneten Berater verletzte. Äh … und ich meine, es tut mir auch leid, daß Ihr Schmerzen habt.«

»Danke.« Aderyn verstand langsam, wieso dieser Garedd normalerweise für Cinvan dachte. »Nun, vielleicht wird der Prinz noch einmal darüber nachdenken, ob er Euren Herrn auspeitschen läßt, wenn sein Zorn sich ein wenig beruhigt hat. Immerhin will er Lord Melaudd nicht verärgern.«

Und dennoch sollte sich erweisen, daß diese vernünftige Aussage zu optimistisch gewesen war. Nach dem Abendessen berief der Prinz eine Versammlung in seiner Gerichtskammer ein. Bei Kerzenlicht kamen dort Aderyn und Halaberiel, Melaudd und Dovyn, die ernsten, grauen Berater, der Priester des Bel und der nervöse junge Schreiber zusammen. Zur Eröffnung der Gerichtssitzung legte Addryc das Zeremonialschwert von Aberwyn auf den Tisch, an dem er saß. Kerzenlicht blitzte auf der goldenen Klinge auf und glitzerte auf den Juwelen des Griffs und des Handschutzes. Addryc setzte sich hinter den Tisch und wies Dovyn an, vor ihm niederzuknien; eine barsche Geste, die Melaudd zusammenzucken ließ.

»Wir sind hier, um zu entscheiden, was wir mit Euch tun wollen, Lord Dovyn. Laßt mich Euch an Euer Verbrechen erinnern. Gerade als der Sieg, den Ihr wünschtet, für Euch in Reichweite war, habt Ihr ihn in eine Niederlage umgewandelt. Ihr habt einen Mann von königlichem Blut beleidigt. Ihr habt jedes Gesetz gebrochen, indem Ihr in meiner Gegenwart und in meiner Festung das Schwert gezogen habt. In Eurer Ungeschicklichkeit habt Ihr nicht den verwundet, den Ihr treffen wolltet, was schlimm genug gewesen wäre, sondern einen unbewaffneten Mann, der nicht einmal die Gelegenheit hatte, sich zu verteidigen. Ihr habt in der Gerichtskammer des Prinzen Blut vergossen. Ihr habt Eurem Vater Schande gemacht. Ihr habt Eure Familie und Euren Clan entehrt. Wenn Euer Vater Euch ins Exil schicken würde, würde ich auf diesen Erlaß mein Siegel geben.«

Dovyn sackte zu Boden, den Kopf gesenkt, das Gesicht kreidebleich.

»Habt Ihr etwas zu Eurer Verteidigung zu sagen?« wollte Addryc wissen.

»Nichts, Euer Hoheit«, flüsterte Dovyn.

»Das dachte ich mir. Tieryn Melaudd, habt Ihr etwas zugunsten Eures Sohnes vorzubringen?«

»Nichts, Euer Hoheit, außer, daß ich ihn liebe.« Er hielt ehrlich verblüfft inne und sah sich in der Kammer um, als könnte er immer noch nicht glauben, daß er hier war, um die Schande seines Sohnes zu bezeugen. »Ich habe wahrhaft versucht, ihn richtig zu erziehen. Ich empfinde seine Schande als die meine. Ich werde dem Prinzen gern den vollen Blutpreis für seinen Berater zahlen, genauso, als hätte mein Sohn den Mann getötet und nicht nur verwundet.«

»Ihr wollt was, Herr?« Halaberiel richtete sich in seinem Sessel auf. »Ist es der Brauch Eures Landes, Gerechtigkeit zu kaufen?«

»Bitte, Prinz«, sagte Aderyn. »Ihr versteht die Gesetze von Eldidd nicht. Er versuchte nicht, Gerechtigkeit zu kaufen, sondern ihr Genüge zu leisten. Jeder Mann hat seinen Blutpreis. Wird er getötet oder verstümmelt, muß die Familie des Verbrechers seinem Clan diesen Preis zahlen. Melaudd ist ungeheuer großzügig, dies anzubieten, ohne auch nur auf das Urteil des Prinzen zu warten.«

»Aha.« Halaberiel wandte sich Melaudd zu. »Dann bitte ich um Verzeihung, Herr, daß ich Euch falsch verstanden habe.«

Melaudd nickte nur, als wäre ihm im Grunde gleich, was der Prinz tat oder nicht. Eine Spur von Ekel blieb um Halaberiels Mund zurück, als hätte er in verfaultes Obst gebissen.

»Ihr könnt Euch wahrlich glücklich schätzen, Prinz«, sagte Addryc, »daß ein solch weiser Mann unseres Volkes Euch berät. Aber im Herzen stimme ich Euch zu. Das Lwdd ist tatsächlich angemessene Wiedergutmachung für den Schaden, der Berater Aderyn zugefügt wurde, und in seinem Namen nehme ich es von Euch an, Melaudd.« Er nickte dem Schreiber zu, der seines Amtes waltete. »Aber es bleibt immer noch die Tatsache, Lord Dovyn, daß Ihr Geis gebrochen habt, indem Ihr in meiner Halle das Schwert gezogen habt. Wäre dies in der großen Halle geschehen, nachdem Ihr und der Prinz Met getrunken hattet, dann wäre ich vielleicht gnädiger gestimmt. Aber Ihr habt kaltblütig und vollkommen nüchtern das Schwert in meiner Gerichtskammer gezogen, und das in Anwesenheit Eures Vaters.«

Dovyn war so zusammengesackt, daß er mit der Stirn beinahe den Boden berührte. Melaudd lehnte sich im Sessel zurück, die Hände verkrampft, die breiten Knöchel bleich.

»Daher«, fuhr Addryc fort, »verlange ich Wiedergutmachung über die für die Verwundung von Berater Aderyn hinaus. Den Gesetzen könnt Ihr kein Lwdd zahlen, weil Ihr sie verletzt habt, Tieryn Melaudd. Die Strafe für dieses Verbrechen besteht in fünfundzwanzig Peitschenhieben im Hof.«

»Euer Hoheit.« Melaudd sprang auf und warf sich neben seinem Sohn nieder. »Ich flehe Euch an im Namen alles dessen, was ich als Euer Vasall für Euch getan habe, ihm diese Schande zu ersparen. Nicht unbedingt die Peitschenhiebe, Hoheit, aber die Schande – im Hof ausgepeitscht zu werden wie ein einfacher Reiter.«

»Ich fürchte, er hat sich verhalten wie ein einfacher Reiter, Tieryn Melaudd.«

»Euer Hoheit?« Aderyn erhob sich und verbeugte sich. »Auch ich möchte um Gnade bitten. Dieser Mann ist noch sehr jung.«

»Alt genug, um die Gesetze zu kennen. Diese Angelegenheit betrifft Euch nicht, guter Berater.«

»Euer Hoheit?« Halaberiel erhob sich und verbeugte sich. »Ich würde nie die Weisheit Eures Urteils in Frage stellen, aber darf ich trotzdem etwas fragen?«

»Ihr dürft, Prinz.«

»Ist die Strafe für dieses Verbrechen der Tod?«

»Nein.«

»Aber der Mann ist jung und könnte von so vielen Peitschenhieben sterben.«

»Das mag sein«, sagte Addryc mit einem Nicken. »Also gut. Ich senke hiermit die Strafe auf fünfzehn. Dovyn, hebt den Kopf und seht den Mann an, den Ihr für Euren Feind hieltet. Er hat um Gnade für Euch gebeten.«

Langsam hob Dovyn den Kopf und wandte ihn Halaberiel zu, aber in seinen kornblumenblauen Augen brannte der Haß.

Prinz Addryc hob das Zeremonienschwert mit der Spitze nach oben.

»Nun, also hört mein Dekret«, sagte er. »Tieryn Melaudd wird das volle Lwdd für Berater Aderyns Wunde zahlen. Lord Dovyn wird morgen in meinem Hof fünfzehn Peitschenhiebe erhalten.« Er senkte das Schwert und schlug dreimal mit dem Ende des Griffs auf den Tisch. »So sei es.«

Melaudd begann zu weinen – ein leises Schluchzen, die rostigen Tränen eines Mannes, der nicht mehr geweint hat, seit er ein kleiner Junge war. Auf Addrycs Befehl betraten zwei Wachen die Kammer, rissen Dovyn auf die Beine und führten ihn hinaus. Melaudd folgte ihnen. Halaberiel packte Aderyn am Ellbogen und half ihm bei seiner Verbeugung vor dem Prinzen; dann ließen sie Addryc mit seinem Zorn allein.

»Wie geht es dir, Ado? Gut genug, um auf einen Kelch Met in mein Zimmer zu kommen?«

»Ich bin kein großer Trinker, aber heute abend komme ich gern. Aber ich muß zuerst in die große Halle – ich muß mit jemandem dort reden.«

In der großen Halle fanden sie die Männer der verschiedenen Kriegshaufen, allerdings nicht die Elfen. Addryc hatte den Männern des Westvolks befohlen, in ihrem Quartier zu bleiben. An einer Seite fand Aderyn Cinvan, der neben einem untersetzten blonden jungen Mann saß, den er als Garedd vorstellte.

»Es tut mir leid, Junge«, sagte Aderyn. »Ich habe versucht, mich für Gnade auszusprechen, aber der Prinz hat anders entschieden. Ich fürchte, sie werden Euren Herrn morgen auspeitschen.«

»Das haben wir gehört. Die Wachen kamen heraus und haben uns alles erzählt. Es tut mir sehr leid, aber ich bin nicht der Mann, das Urteil des Prinzen zu hinterfragen.«

»Mit tut es ebenfalls leid«, sagte Garedd. »Herr, stimmt es, daß Euer Prinz sich für Gnade ausgesprochen hat?«

»Ja. Ihm ist es zu verdanken, daß der Junge nur fünfzehn Hiebe bekommt.«

Am Morgen blieb Aderyn in seiner Kammer, während die Gerechtigkeit des Prinzen Dovyns nackten Rücken traf. In seiner Zuflucht oben im Hauptbroch hörte Aderyn, wie man die Kriegshaufen antreten ließ, um Zeugen dessen zu werden, was geschah, wenn man die Disziplin des Prinzen brach. Dann war es totenstill. Einmal hörte er ein leises Geräusch, das ein Schrei hätte sein können. Aderyn tat sein Bestes, an andere Dinge zu denken, bis er hörte, daß die Menschenmenge sich auflöste. Kurze Zeit später kamen Halaberiel und die anderen Elfen nach oben und drängten sich in seine Kammer.

»So etwas Barbarisches habe ich noch nie gesehen«, sagte Halaberiel.

Jezryaladar band einen Metschlauch auf, nahm einen langen Schluck und reichte ihn dem Prinzen weiter, der ebenfalls trank, bevor er ihn weiterreichte. Halaberiel ging schweigend auf und ab. Der Metschlauch wurde herumgereicht, bis er leer war.

Später an diesem Morgen kam ein Page und bat den Prinzen und seinen Berater zu Addryc. Aderyn und Halaberiel folgten dem Jungen in die Privatgemächer des Prinzen. Sie wurden in einen bequemen Raum geführt, der mit Teppichen und Wandteppichen ausgestattet und mit geschnitzten Sesseln an einer kleinen Sandsteinfeuerstelle möbliert war und dessen Fenster zu einem Garten hinausgingen. Einen Kelch mit Met in der Hand, stand Addryc an der Feuerstelle, und Melaudd saß zusammengesunken auf einem der Sessel. Addryc ließ den Pagen Halaberiel und Aderyn Met eingießen, dann schickte er den Jungen weg. Während der ganzen Zeit rührte sich Melaudd nicht und hob den Blick nicht vom Boden.

»Ich sehe keinen Grund, diese Diskussion vor Gericht weiterzuführen«, sagte Addryc. »Was mich angeht, so hat Lord Dovyn den Preis gezahlt, den das Gesetz verlangt, und diese Angelegenheit ist erledigt. Stimmen Ihr und Euer Berater mir zu, Prinz?«

»Ja«, sagte Halaberiel. »Tieryn Melaudd, Ihr habt mein Mitgefühl.«

Melaudd sah ihn an. Er schien an diesem Morgen um zehn Jahre gealtert zu sein.

»Ich nehme an, ich sollte Euch danken, aber ich kann es nicht über mich bringen.«

Addryc hob ruckartig den Kopf und trat vor.

»Bei den Höllen! Was soll ich tun – mich vor dem Grund der Demütigung meines Sohnes erniedrigen? Bevor dieser Prinz hierherkam, war alles in bester Ordnung, aber nun sehe ich, wie der Mann, dem ich diene, sich nach einem Fremden richtet!«

»Tieryn Melaudd.« Addrycs Stimme war kühl und leidenschaftslos. »Ihr vergeßt Euch.«

Melaudd öffnete den Mund, um etwas zu sagen, überlegte es sich anders und erhob sich, um sich vor dem Prinzen zu verbeugen.

»Wir müssen uns immer noch um die Angelegenheit des Landes kümmern«, sagte Aderyn zu Melaudd.

»Mag sein. Aber ich frage mich, wieso ich mich dazu zwingen lassen soll, mich mit Euch zu einigen.«

»Ach ja?« fauchte Halaberiel. »Hört mir gut zu! Dieses Land gehört uns, nicht Euch, nicht dem Prinzen und niemandem in Eldidd. Versteht Ihr mich, Melaudd? Der einzige Anspruch, den Ihr habt, ist der, den ich Euch zugestehe.«

»Ach ja? Jahrelang habe ich nicht einen von Euch auf diesem Land gesehen. Es liegt da und wird verschwendet …«

»Melaudd!« Addryc ging einen Schritt auf ihn zu. »Wir

haben über die Frage der Nutzung schon im Malover entschieden.«

Melaudd schluckte seine Worte mit einem weiteren Dolchblick auf beide Prinzen herunter. Halaberiel nickte Addryc zu, dann fuhr er fort.

»Ich bin hierhergekommen, um Eurem verfluchten Welpen Ländereien aus meinem eigenen Gebiet anzubieten, und alles, was mir zum Dank dafür entgegengebracht wird, ist Arroganz. Also gut. Ein Prinz meiner Linie kann ebenso arrogant sein, wenn es notwendig ist. Sollten Euer Sohn oder einer seiner verfluchten Reiter auch nur einen Pferdehuf auf dieses Land setzen, dann wird einer von meinem Volk dasein, um ihn auf den Speer zu spießen.«

Der Tieryn wandte sich Addryc mit einem Grollen zu.

»Muß ich das hier in Eurem Palast hinnehmen, Eure Hoheit?«

Addryc zögerte – ein Mann, der mit bloßen Füßen über eine Schwertklinge lief.

»Ich habe mein Urteil abgegeben. Wenn der Prinz des Westvolks die Angelegenheit von meiner Rechtsprechung zurückzieht, kann ich nichts tun.«

»Nichts?« Melaudds Wort war ein Wutgeheul.

»Nichts. Ich kann Euch weder Hilfe geben, noch werde ich Euch im Weg stehen. Aber das Dekret über die Begräbnisstätte ist gültig. Sollte dieser heilige Boden je entweiht werden, wird meine Wache persönlich einschreiten, und ich werde sie anführen.«

»Ach ja?« sagte Halaberiel. »Meine Hochachtung für die Gerechtigkeit von Eldidd ist gerade verschwunden, Euer Hoheit, ganz gleich, welche feinen Worte Ihr benutzt. Ihr gebt Melaudd das Recht, Krieg gegen mein Volk zu führen.«

»Ich gebe ihm überhaupt nichts! Ihr versteht das nicht! Indem ich meine Rechtsprechung zurückziehe, habe ich Euch den Weg geöffnet, Euch direkt an meinen Vater, den König, zu wenden. Ich werde dafür sorgen, daß er sich der Angelegenheit augenblicklich annimmt.«

»Der König!« spuckte Melaudd, »Ihr würdet dieses … dieses Geschöpf da zum König gehen lassen?«

Addryc riß eine Hand zum Schlag hoch, nahm sich zusammen und erstarrte.

»Macht Euch deshalb keine Sorgen, Melaudd«, sagte Halaberiel. »Ich habe nicht vor, weiter mit Wieseln zu verhandeln, nicht einmal mit den Wieseln des Königs. Also gut, Prinz Addryc. Ihr habt Eure Entscheidung gefällt und ich die meine. Wir werden Eure Gastfreundschaft nicht mehr weiter beanspruchen. Ich wünschte jetzt nur, Ihr hättet Dovyn doch fünfundzwanzig Hiebe gegeben.«

Mit einer Geste zu seinem Berater stolzierte Halaberiel aus dem Raum. Als er zurückblickte, sah Aderyn, wie Addryc Melaudd am Arm packte; dann schloß ein Page die schwere Tür mit einer Verbeugung. Auf dem Weg durch die gewundenen Korridore von Aberwyns Broch sagte Halaberiel kein Wort, und Aderyn hatte Angst, ihn anzusprechen. Als sie in seine Gemächer zurückkamen, fanden sie Namydd, der nervös bei den Elfen wartete.

»Ich danke Euch für Eure Hilfe, guter Kaufmann«, sagte Halaberiel. »Aber die Wiesel haben ein nettes Loch im Zaun gefunden. Ich warne Euch – wenn Ihr das nächste Mal zum Forellensee kommt, um Handel zu treiben, könntet Ihr Euch mitten in einem Krieg wiederfinden.«

Namydd stöhnte. Halaberiel ging auf und ab, während er erzählte, was geschehen war, und hielt dabei häufig inne, um zu fluchen, während die anderen nur zuhörten und die Hände an die Schwertgriffe legten.

»Hal, bitte!« sagte Aderyn schließlich. »Versuche, Addrycs Position zu verstehen. Die Adligen hier in Deverry reden viel vom Willen des großen Bel, aber sie regieren nicht nach Gottes Recht. Selbst Hochkönige sind schon gestürzt worden, und es wird zweifellos wieder geschehen. Der Prinz kann es nicht riskieren, daß der Norden gegen ihn rebelliert.«

»Oh, ich verstehe vollkommen. Genau deshalb sehe ich keinen Sinn darin, mich weiter mit ihm oder seinem verfluchten Vater, dem König, abzugeben. Er erkennt, was ehrenhaft wäre, aber er tut es nicht. So sind alle Rundohren. Es ist wie damals, beim Vertrag von Cannobaen. Sie sprechen große Worte, aber wenn es darum geht, auch nur eine Kleinigkeit aufzugeben, dann tut es ihnen furchtbar leid, aber ... es gibt immer ein Aber, nicht wahr? Es wäre besser, wenn sie offen drauflosschmatzen würden wie die Schweine, die sie tatsächlich sind, statt herumzutänzeln. Ich habe versucht, ebenso zu tänzeln, und nun habe ich genug davon. Wir werden die Begräbnisstätte kennzeichnen und sehen, ob der gute Prinz seinen ehrenhaften Schwur hält. Wir werden auch sehen, was Dovyn tut. Es kann sein, daß wir ihm eine Lektion erteilen müssen. Und dann, guter Namydd, sehen wir, was als nächstes passiert.«

Die zwanzig Männer sprangen auf und jubelten, aber Halaberiel brachte sie mit einer Geste zum Schweigen.

»Wir reden hier vom Tod. Seid nicht so begierig darauf wie die Rundohren. Los – fangt an zu packen. Wir verlassen dieses stinkende Loch noch am Nachmittag.«

Mit blitzenden Augen beugte sich Garedd zu Cinvan und flüsterte: »Das wird alles verflucht interessant.«

»Wird es Krieg geben? Das ist alles, was mich interessiert.«

»Typisch Falke – nur Fleisch im Kopf! Aber hör zu, Cinno, als ich diesen Nachmittag im Stall war, hörte ich, wie Melaudd mit Lord Ynydd vom roten Löwen sprach. Melaudd versucht herauszufinden, wie weit seine Verbündeten ihn und Dovyn gegen dieses verfluchte Westvolk unterstützen werden.«

»Ach ja? Und was hat Ynydd gesagt?«

»Verdammt wenig. Er gibt sich vorsichtig und behauptet, Dovyn hätte sich selbst in diese Lage gebracht und müsse nun sehen, wie er wieder herausfindet. Aber ich wette, er hat nur Angst vor dem Prinzen.«

Cinvan sah sich in der üppigen, großen Halle um. »Je schneller wir aus Aberwyn rauskommen, desto besser. Im Norden haben die Männer mehr Mut.«

»Jetzt verlassen sie Aberwyn«, sagte Nananna. »Es hat Ärger gegeben.«

Die alte Frau war über ihren Steinen zusammengesackt. Mit einem Aufschrei schlang Dallandra die Arme um sie, aber Nananna hob den Kopf, und es gelang ihr, müde zu lächeln.

»Noch sterbe ich nicht, Kind, aber ich gebe zu, daß ich sehr müde bin. Hilfst du mir bitte ins Bett?«

Dallandra half ihr auf die Kissen, breitete eine Felldecke über sie und löschte, nachdem Nananna eingeschlafen war, das Dweomerlicht. Nachdem sie die Steine weggepackt hatte, mit deren Hilfe sich Nananna über den Fortgang der Verhandlungen informiert hatte, blieb sie noch einige Zeit unsicher stehen, aber dann verließ sie das Zelt, weil sie die alte Frau mit ihrer Unruhe nicht wieder wecken wollte. Draußen aßen die anderen gerade. Als Dallandra zu ihnen kam, reichte Enabrilia ihr eine Holzschale mit Wildeintopf.

»Wie geht es der Weisen?«

»Sie ist sehr müde. Bril, es hat Ärger gegeben. Die Männer haben sich so schnell wie möglich auf den Rückweg gemacht.«

Die Gespräche und das Singen verklangen abrupt. Dallandra fühlte sich noch hilfloser als zuvor.

»Mehr weiß ich nicht. Aderyn hatte keine Zeit, uns mehr zu sagen.«

»Und woher wissen wir, daß wir diesem Rundohrzauberer trauen können?« fauchte Talbrennon.

»Weil Nananna es gesagt hat, du schimmliger Pferdeapfel!« Dallandra war entsetzt über ihren eigenen Zorn. »Ihr Götter, haben wir denn noch nicht genug Ärger?«

In der darauffolgenden Stille klang das Knistern des Feuers wie ein Waldbrand. Dallandra reichte ihrer Freundin die Schale zurück, dann drehte sie sich um und verließ das Lager. Sie wollte allein sein.

Zuvor an diesem Abend hatte ihr Alar zusammen mit mehreren anderen etwa neunzig Meilen südlich des Forellensees ein Lager aufgeschlagen. Obwohl sie sich auf einem hohen Plateau des Graslandes befanden, lag der Rand des Urwalds nur ein paar Meilen entfernt im Tiefland, wo es auch Bauernhöfe der Rundohrherren gab. Umgeben von einem Schwarm Wildvolk ging Dallandra den Hügel hinab, um im Wald Trost zu suchen, wie es selbst die zivilisiertesten Elfen in unruhigen Zeiten gern taten. Als sie das Gehölz am Waldrand erreicht hatte – überwiegend Buchen und Farne –, setzte sie sich auf einen umgestürzten Baumstamm und öffnete ihren Geist für die Gedanken Aderyns. Sie konnte schwach, sehr schwach spüren, daß er sich wegen der Zukunft sorgte und daß seine Hand ihm weh tat; einmal hatte sie kurz sein Bild vor Augen, wie er sich an den Sattel klammerte, während der Kriegshaufen rasch durch die Nacht ritt. Das war alles, und so ungern sie es zugab, daß sie sich um ein Rundohr sorgte, war ihr doch ganz elend davon.

Plötzlich wurde ihr klar, daß sie nicht allein war. Es war viel zu still: keine Eulen riefen, nichts raschelte im Unterholz. Sie war meilenweit vom Lager entfernt und hatte nicht einmal ein Messer dabei. Als sie aufstand, huschte das Wildvolk erschrocken davon. Dallandra holte tief Luft und versuchte, ihr laut klopfendes Herz zu ignorieren. Wenn die Rundohren hier lauerten, dann blieb ihr nur noch ihre Magie als Waffe. Sie dachte daran zu fliehen, aber Bewegung und Lärm würden sie verraten. Im Süden sah sie, wie ein auf und ab hüpfender Lichtkreis auf sie zukam; Zweige knackten, strichen an etwas entlang, das sich bewegte. Ein Jagdhorn erklang, klar und melancholisch. Plötzlich teilte sich das Licht, vervielfältigte sich zu einer Reihe von Lichtern, die wie bei einer Fackelprozession tanzten, und Gesang trieb durch die kühle Nacht, als die Prozession näher kam, immer näher, sie umkreiste, das Singen lauter wurde – eindeutig elfisch, aber irgendwie wild und schwer zu verfolgen – und die Lichter Dallandra schließlich blendeten.

Aus dem Kreis trat eine Frau. Sie war hochgewachsen und schlank, sogar für eine vom Volk, und silberhelles Haar fiel ihr offen bis zur Taille. Ihre gelben Augen waren riesig, ihre Pupillen smaragdgrün. Zunächst hatte Dallandra geglaubt, sie trüge ein Kleid aus Blattgold, aber das mußte mit dem Licht zusammenhängen, denn plötzlich war es einfach ein knielanges Hemd aus grobem Leinen. Auch ihr Haar schien nun dunkler, beinahe blond. In der Hand hatte sie einen Bogen und an der Hüfte einen Köcher voller Pfeile.

»Weißt du, wer ich bin?«

»Ich … ich … ich habe vom gesegneten Hof gehört. Die Geister der sieben Könige und der Getreuen, die mit ihnen starben.«

Die Frau lachte spöttisch. Sie trug einen goldenen Reif um die Stirn, Edelsteine blitzten an ihrer Kehle, und wieder glitzerte ihr Kleid vor Gold. Der Bogen war verschwunden.

»Alles nur Legenden, Mädchen, alles nur Legenden. Wir sind tatsächlich der gesegnete Hof, aber es gab uns schon lange vor euren Königen, ihrem stinkenden Eisen und ihren ekelhaften Städten.« Sie drehte sich herum, um über die Schulter hinweg jemanden anzusprechen. »Habt ihr das gehört? Habt ihr gehört, was aus unserem Ruhm geworden ist? Man hält uns jetzt nur noch für Geister – und das von unserem eigenen Volk.«

Wutschreie erklangen und drangen durch den Wald wie eisiger Wind. So sehr Dallandra sich auch mühte, sie konnte über den Fackelkreis hinweg nichts erkennen. Als sich die Frau wieder umdrehte, trug sie abermals das grobe Leinenhemd und Jagdstiefel; sie hatte den Bogen gespannt und einen Pfeil mit silberner Spitze aufgelegt.

»Sag mir deinen Namen, oder wir werden dich durch die Wälder jagen wie ein Tier, Mädchen. Du stinkst nach dem Dämonenmetall.«

Was Dallandra am härtesten traf, war die Ironie der Situation – daß sie nun vor Nananna sterben sollte, während sie sich die ganze Zeit für den Tod der Lehrerin gewappnet hatte. Die Frau lächelte und zeigte dabei lange spitze Zähne wie eine Fee. Dallandra versuchte zu sprechen, schluckte und konnte nur das einzige sagen, was ihr einfiel.

»Die Wächter.«

Die Frau lachte, der Bogen war verschwunden, und ihr Kleid war nun aus Seide von tiefem, beruhigendem Blau.

»Du hast recht. Vergiß uns nicht.«

Mit einem Aufheulen riß sie den Arm hoch und verschwand im Fackelkreis. Wer immer die anderen sein mochten, sie lachten und johlten und sangen mit ihr, während die Prozession davoneilte, so rasch, als schwebten sie über den Boden. Vielleicht taten sie das ja. Dallandra zitterte zu sehr, um sich Spekulationen hinzugeben. Sie sank auf die Knie und schauderte, während die Lichter sich entfernten, weiter und weiter, der Gesang verklang, das Lachen nur noch ein Seufzen des Windes und dann verschwunden war. Endlich zwang Dallandra einen Satz auf ihre Lippen. »Es tut mir leid, daß ich je an Euch gezweifelt habe.«

Mit einem letzten Schaudern sah sie sich um und entdeckte einen Pfeil, der mit der Spitze im Boden steckte. Als sie ihn herauszog, hörte sie die Stimme der Frau im Wind flüstern.

»Ein Geschenk für dich. Vergiß uns nicht.«

Dallandra rannte den ganzen Weg zurück zum vertrauten Lager und dem Feuer. Immer noch zitternd, immer noch nach Luft schnappend, erzählte sie ihre Geschichte, während alle sich um sie drängten und den Pfeil mit der Silberspitze von einem zum anderen reichten.

»Wir sollten uns ihn lieber jetzt gleich ansehen«, meinte Wylenteriel, »weil es passieren kann, daß es morgen nur noch ein verdrehter Zweig ist.«

Erst jetzt fielen Dallandra all die alten Geschichten über die Wächter ein, die sie einmal als Kind gehört hatte, »erfundene Geschichten für die Kleinen«, hatte man sie immer genannt. Nun wußte sie, daß sie zumindest bis zu einem gewissen Grade der Wahrheit entsprachen. Aber als am Morgen die Sonne aufging, war der Pfeil immer noch ein Pfeil, wunderbar gearbeitet, aus dunklem Holz und mit den blauen Federn eines Hähers versehen. Dallandra zeigte ihn Nananna, als sie der alten Frau das Frühstück brachte.

Nananna wurde morgens nur langsam wach. Als sie sich aufsetzte, zupfte sie mit knochigen, steifen Fingern ungeschickt an den Kissen, als ob sie sie ärgerten. Einen winzigen Augenblick konnte sie sich nicht an den Namen ihrer Schülerin erinnern. Dallandra spürte, wie ihr Tränen sowohl der Angst als auch der Trauer in die Augen traten. Sie wandte sich ab und verbarg sie.

»Was ist das für ein Pfeil?« Nanannas Stimme war plötzlich wieder kühler und beherrscht. »Es liegt ein gefährlicher Dweomer darauf.«

»Gefährlich?«

»Tödlich für solche wie uns, Kind. Ich kann so etwas wie Schicksal spüren. Dieser Pfeil kann einen Gestaltwandler im Flug töten und ihm wieder Elfengestalt geben, wenn er aus dem Himmel fällt.«

»Das wußte ich nicht, Weise, aber ich habe der, die ihn mir gegeben hat, auch nicht vertraut. Etwas Seltsames ist mir gestern abend passiert.«

Als Dallandra mit ihrer Geschichte begann, war Nananna ganz aufmerksam, aber nach einiger Zeit schien sie abzuschweifen. Sie fuhr langsam mit den Fingern über den polierten Schaft des Pfeils, dann ließ sie ihn vom Schoß fallen.

»Nun Kind, das ist dein Rätsel, nicht das meine«, sagte sie schließlich. »Ich weiß nichts von diesen Dingen.«

Die Angst wurde erheblich deutlicher, kalt und bedrohlich, als hätte sich ein Mörder ins Zelt geschlichen.

»Nun, wahrscheinlich hat es nicht viel zu bedeuten.« Dallandra zwang sich, forsch und vergnügt zu klingen. »Wie wäre es mit Haferbrei? Namydd der Kaufmann hat uns beim letzten Mal schöne Haferflocken aus Eldidd mitgebracht.«

Als sie später allein war, weinte Dallandra stundenlang.

Direkt nördlich von Cannobaen überquerte Halaberiels Kriegshaufen einen flachen Bach, der keinen Namen hatte – später sollte er als der Dachsbach bekannt werden – und der eigentlich die Grenze von Eldidd bezeichnen sollte, obwohl es noch etwa zwanzig Meilen westlich Festungen und Bauernhöfe der Vertragsbrecher gab. Aderyn bekam diese Festungen jedoch nie zu sehen, weil sie sich nun nach Norden wandten, zum Waldrand hin. Als sie ihn endlich erreichten, war Aderyn erschöpft, denn Halaberiel hatte darauf gedrungen, daß sie schnell ritten. Baum und Wiese, Fels und Straße – all das verschwamm zu dem endlosen Schmerz dieses langen Rittes.

Endlich erreichten sie ein Lager, wenn auch nicht das von Nananna, und man packte Aderyn in ein Zelt, wo er auf Lederkissen schlief, während sich der Prinz mit den Anführern der Alarli unterhielt.

Als sie am Morgen weiterritten, begleiteten sie zwanzig weitere Krieger und auch eine Herde von Ersatzpferden. Aderyn war entsetzt, als er bemerkte, daß einige der Krieger Frauen waren. Am Mittag des Tages begegneten sie einem einzelnen Alar, der nach Süden zog und sechs weitere männliche Krieger beisteuerte, außerdem drei weibliche Bogenschützen und ein mit Pfeilen beladenes Pferd. Bei Sonnenuntergang ritten sie in Nanannas Lager, das bereits riesig war. Andere Dweomermeister hatten Nanannas Hilferuf vernommen und ihre Leute geschickt, darunter sechzig Krieger mit Ersatzpferden und Waffen. Schließlich, stellte Halaberiel fest, würden sie jedes Schwert brauchen, das sie bekommen konnten.

»Unsere Langbogen sind nur Jagdwaffen. Ich kann mir nicht vorstellen, daß sie gegen eldiddische Rüstungen helfen. Aber ich weiß es selbstverständlich nicht – wir haben es nie versucht.«

»Ah.« Aderyn versuchte, interessiert zu nicken, dann verlor er das Bewußtsein.

Als er wieder erwachte, lag er auf einem Haufen Kissen in Halaberiels riesigem Zelt. Dweomerlicht schimmerte am Rauchloch. Zunächst glaubte er, seine verletzte Hand würde bluten, dann wurde ihm klar, daß sie in einer Holzschale mit warmem Kräuterwasser lag. Als sich jemand neben ihn kniete, wandte er sich um und entdeckte Dallandra, in deren wunderschönen Augen die Sorge stand. Er dachte, daß aller Schmerz es wert war, zu sehen, wie sehr sie sich um ihn sorgte.

»Dieser verdammte rundohrige Wundarzt hat sich mit deiner Hand sehr ungeschickt angestellt«, fauchte sie. »Wir haben

Glück, daß die Körpersäfte nicht vollkommen ins Ungleichgewicht geraten sind.«

»Nun, ich habe seine Anweisungen auch nicht sonderlich gut befolgt. Ihr Götter, mein Mund! Gibt es hier Wasser?«

Sie reichte ihm einen Holzbecher voll Quellwasser, sah zu, wie er trank, und füllte dann aus einem Schlauch nach.

»Wir fühlst du dich, von deiner Hand abgesehen?«

»Ein wenig müde, aber es geht mir gut. Es ist nur, daß dieses dumme Ding so weh tut.«

Sie stand auf, nahm seine Hand aus dem Wasser und trocknete sie mit einem Tuch ab. Ihre Berührung war so leicht, daß er keinen Schmerz verspürte, nicht einmal an den gebrochenen Fingern.

»Ich habe den Verband eingeweicht«, stellte sie fest. »Damit er sich zusammenzieht, wenn er trocknet, und die Schiene fester zieht.« Mit leichtem Stirnrunzeln legte sie ihre Hand auf die seine und starrte die Schiene an, den Mund nachdenklich halb geöffnet. Der Schmerz schien aus den Wunden zu rinnen wie vergossenes Wasser. »Da. Besser?«

»Viel besser! Ich danke dir tausendmal.«

»Wenn es wieder weh tut, komm zu mir, und ich werde dir helfen.« Sanft legte sie seine Hand auf ein Kissen und griff nach der Schale schmutzigen Kräuterwassers. »Ich werde das jetzt wegschütten.«

Aderyn hörte, wie sie draußen mit jemandem sprach, und einen Augenblick später kam Halaberiel herein. Der Prinz hatte seine schöne Kleidung gegen eine enge Lederhose, ein einfaches Hemd und eine schwere Lederweste eingetauscht, die aussah, als könne sie die eine oder andere Klinge abwenden.

»Dallandra sagt, du wirst wieder gesund. Ich freue mich, das zu hören.«

»Danke, Banadar. Ich habe draußen viel Lärm gehört. Sind noch mehr Männer angekommen?«

»Fünfzehn, das ist alles. Aber inzwischen ist unser Kriegshaufen relativ groß, und auf dem Weg nach Norden lesen wir vielleicht noch ein paar auf. Ich nehme an, daß auch Melaudd jeden Mann aufstellt, den er finden kann. Ich habe eine Gruppe von Spähern zum See geschickt. Wir anderen werden morgen losreiten.«

»Ich komme mit euch.«

»Bist du sicher? Es ist nicht notwendig ...«

»Doch. Ich bin schließlich Kräutermann. Wenn es zum Kampf kommt, wirst du mich mehr brauchen als fünf Schwerter.«

»Also gut, und vielen Dank.«

Wie sich zeigte, war Aderyn nicht der einzige Heiler und Dweomermeister, der darauf bestand, mit der Armee zu reiten. Als Dallandra an diesem Abend zurückkam, um sich um seine Wunde zu kümmern, war sie den Tränen nahe.

»Was ist denn?« fragte Aderyn.

»Nananna. Sie kommt mit euch zum Forellensee.«

»Wie bitte? Es wird sie vollkommen erschöpfen.«

»Sie ist bereits erschöpft. Es ist Zeit. Sie wird sterben.«

Dallandra weinte. Tränen liefen ihr über die Wangen, während ihr ganzer Körper in lautlosem Schmerz bebte. Als Aderyn auf die Beine kam und ihr den heilen Arm um die Schultern legte, wich sie zurück.

»Es ist falsch von mir, so zu weinen. Ihre Zeit ist gekommen, das ist alles.« Sie wischte sich das Gesicht mit dem Ärmel ab. »Ich sollte es akzeptieren.«

»Das ist leichter gesagt als getan.«

Zerstreut nickte sie.

»Wirst du mit ihr kommen? Und mit uns?«

»Selbstverständlich. Glaubst du, ich lasse sie alleine gehen?« Sie sah ihn so wütend an, daß er zurückwich. »Oh, es tut mir leid, daß ich dich angefaucht habe. Ich bin nur ganz verstört.«

»Das ist dein gutes Recht. Ich habe mir nur Sorgen um sie gemacht.«

»Ich auch. Ich nehme Enabrilia mit, die sich mit mir zusammen um sie kümmern kann. Sie läßt das Kind bei ihrem Mann und den anderen. Es tut mir leid, Ado. Ich wollte es dir schon vorher sagen.«

Er drückte das an sich wie einen Schatz: Sie hatte die vertrauliche Kurzform seines Namens benutzt, als würden sie einander schon lange kennen.

Während des langen, schweren Weges zum See hielt sich Aderyn immer bei den beiden Dweomermeisterinnen. Dank Dallandras Heilzauber störte ihn seine Hand kaum mehr, aber selbst wenn sie weh getan hätte, hätte er sie aus Sorge um Nananna ignoriert. Er fragte sich oft, ob die alte Frau die Begräbnisstätte noch lebend erreichen würde. Morgens kam sie gut genug aufs Pferd, aber nach ein paar Stunden ließ ihre Energie nach, und sie ritt vornübergebeugt, klammerte sich mit beiden Händen an den Sattel, ihre dünnen Finger wie die Krallen eines uralten Vogels, der sich verzweifelt irgendwo festkrallte. Wenn sie spätabends das Lager aufschlugen, konnte sie nicht mehr vom Pferd steigen – Aderyn und Dallandra hoben sie herunter und trugen sie wie ein Kind zu ihren Decken. Da sie kaum essen konnte, wurde sie jeden Tag leichter, bis sie fast nur noch aus Knochen und reiner Willenskraft bestand.

»Ich werde lange genug leben, die Begräbnisstätte zu sehen«, sagte sie dann. »Macht euch keine Sorgen um mich, Kinder.«

Am Ende sollte sie recht behalten. Gegen Mittag eines Spätherbsttages führte Halaberiel seine Armee – denn inzwischen war es eine Armee von etwa zweihundert Kriegern – auf einen niedrigen, grasbewachsenen Hügel. Aderyn, der in der Nachhut ritt, hörte plötzlich Rufe. Da er aber die Worte nicht verstehen konnte, glaubte er, die Männer hätten den Feind erspäht.

»Bleib hier bei Nananna!« rief er Dallandra zu.

Er galoppierte bis zur Spitze der Reihe. Während er ritt, konnte er die Rufe besser verstehen: *dal-en! dal-en! Der See! Der See!* Mit der Hügelkuppe erreichte Aderyn auch Halaberiel, der einen kurzfristigen Halt befahl. Unten im Tal lag der silberne See, ein langer Wasserfinger in einem schmalen Tal, das sich von Südosten nach Nordwesten erstreckte. Im Norden breitete sich ein dichter Wald aus, dessen dunkle Fichten in ordentlichen Reihen standen, die deutlich machten, daß dies kein natürlicher Wuchs war. Halaberiel zeigte darauf.

»Die Begräbnisstätte. Und die Bäume meiner Vorfahren.«

An diesem Nachmittag schlugen sie ihr Lager zwischen Wald und Nordstrand des Sees auf einer Wiese auf, die deutlich als Lagerplatz angelegt war: Es gab in regelmäßigen Abständen Feuergruben und kleine Schuppen, in denen man Feuerholz trocknen und Lebensmittel sicher aufbewahren konnte. Nachdem Aderyn Dallandra geholfen hatte, das Lager aufzuschlagen – so gut er das mit seiner gebrochenen Hand eben konnte –, gesellte er sich zum Kriegsrat, der aus Halaberiel und zehn anderen Elfen bestand, die man hastig zu Hauptleuten gewählt hatte. Über eine Stunde stritten sie sich auf elfisch über Strategien, während Aderyn versuchte, die wenigen Worte, die er kannte, aufzuschnappen; schließlich gab er auf und döste ein. Als der Rat sich gerade auflöste, kamen einige der Männer aus dem Kriegshaufen des Banadars dazu und sprachen aus Höflichkeit gegenüber dem Dweomermann deverrianisch. Dabei sagte Calonderiel etwas so Seltsames, daß Aderyn aufmerksam wurde.

»Wieviel Bäume sollen wir fällen, Banadar?«

»Ich weiß nicht. Viele. Zu viele – ach, bei der Dunklen

Sonne, viel zu viele, um sich darüber Gedanken zu machen! Wir sollten in den Wald gehen und nachsehen, wieviel Holz dort bereits lagert.« Halaberiel sah Aderyns erstaunten Blick und lächelte schmerzlich. »Komm mit uns. Es gibt dort etwas für dich zu sehen.«

In der letzten Nachmittagssonne verließen sie das Lager und begaben sich in die dunklen, würzig riechenden Korridore zwischen den Bäumen. Auf einer Lichtung, nur wenige Schritte vom Waldrand entfernt, stand ein Gebäude aus Steinen und grob behauenen Balken, das auf jeder Seite etwa dreißig Fuß maß. Als Halaberiel die knarrende Holztür öffnete, konnte Aderyn sehen, daß es etwa zu einem Drittel mit Feuerholz gefüllt war. Da er sich inzwischen daran gewöhnt hatte, daß die sparsamen Elfen ihre Feuer mit getrockneten Pferdeäpfeln und Zweigen nährten, starrte er das Holz an, als sei es ein Drachenhort aus Gold und Edelsteinen.

»Wenn jemand vom Volk stirbt«, sagte Halaberiel, »nehmen wir etwas von diesem trockenen Holz, um die Leiche zu verbrennen. Dann fällen wir einen Baum, um es zu ersetzen, und pflanzen einen neuen. So stirbt jedesmal, wenn einer vom Volk stirbt, auch ein Baum, und ein anderer wird geboren. Normalerweise gleicht sich alles aus. Aber jetzt wird es Krieg geben.«

»Und ihr werdet trockenes Holz brauchen.« Aderyn war plötzlich sehr müde. »Viel davon.«

»Genau. Aber das wird ein Problem. Selbst wenn wir morgen mit dem Fällen beginnen, wird das Holz noch lange Zeit zu grün sein. Ach, bei den Göttern unserer beider Völker! Wäre dieser Ort nicht so heilig, würde ich mich einfach zurückziehen und die Seen den elenden Rundohren überlassen.«

»Niemals!« Calonderiels Stimme war nur ein Fauchen. »Banadar, wie kannst du das auch nur sagen?«

Achselzuckend schloß Halaberiel die Tür wieder und wandte

sich ab. Sie hatten das Lager beinahe erreicht, als Dallandras Freundin Enabrilia auf sie zugerannt kam.

»Aderyn, Aderyn, beeile dich! Nananna stirbt!«

Aderyn hatte angefangen zu laufen, bevor es ihm auch nur bewußt war. Er folgte Enabrilia durchs Lager und kam keuchend an Nanannas Zelt an. Als er es betrat, blieb die Frau draußen. Er konnte hören, wie sie den anderen befahl, zurückzubleiben und still zu sein; dann verklang ihre Stimme. Drinnen im Zelt warf ein bleiches Dweomerlicht weiche Schatten. Nananna lag auf den Lederkissen, den Kopf in Dallandras Armen, ihr weißes Haar offen über ihren Schultern wie Schnee. Das Gesicht der alten Frau war so bleich und trocken wie Pergament, die Haut spannte sich fest über den Knochen, und ihre Augen waren riesig und dunkel, als ihre Katzenpupillen sich anstrengten, das verbleibende Licht zu sehen.

»Aderyn ist hier«, sagte Dallandra leise. »Er wird seine Kräuter holen und dir helfen.«

»Das ist nicht nötig«, flüsterte Nananna heiser. »Komm her, Kind.«

Aderyn kniete sich vor sie und nahm eine ihre welken Hände in seine Hand.

»Sag mir, Aderyn, wirst du bei uns bleiben?«

»Ja. Mein Wyrd liegt hier. Das weiß ich, selbst wenn ich mir nicht sicher bin, was es eigentlich ist.«

»Ich weiß.« Ihre Stimme wurde noch leiser. »Ich hatte einen letzten Traum. Lehre mein Volk, Aderyn. Lehre sie deinen Dweomer, damit sie ihre Magie damit heilen können. Und lehre sie auch die Kräuterkunde, um die Ärzte zu ersetzen, die sie vor so langer Zeit verloren haben.«

»Gerne, Weise. Alles, was ich weiß, gehört ihnen.«

Sie lächelte mit blutleeren Lippen und ruhte sich einen Augenblick aus, bevor sie weitersprach.

»Dalla, du sollst ihm beibringen, sich Flügel wachsen zu

lassen wie die deinen. Das wird sein Lohn sein: daß er fliegen kann, wohin er will.«

»Also gut.« Dallandras Stimme war fest, aber als Aderyn aufblickte, sah er Tränen auf ihren Wangen. »Alles, was ich weiß, gehört ihm.«

»Gut.« Nananna atmete seufzend aus. »Es darf keine Geheimnisse zwischen euch geben, hört ihr, keine! Nur mit dem Dweomer können unsere beiden Völker sich in Frieden begegnen, und nichts darf zurückgehalten werden.«

»Also gut«, sagte Aderyn. »Aber was meinst du mit ›Flügel wachsen lassen‹?«

»Unser Dweomer kennt das eine oder andere Kunststück, das dir unbekannt sein dürfte.« Nananna gelang ein Lächeln. »Dallandra und ich sind Gestaltwandler. Eines Tages wirst auch du lernen, den Körper und die Flugkünste eines Vogels zu übernehmen – einer Eule, glaube ich, deinen großen Augen nach zu schließen.«

Aderyns Augen wurden noch größer.

»Tausend Dank. Ich schwöre, ich werde mich dessen würdig erweisen und es nur benutzen, um dem Licht zu dienen.«

»Gut. Sehr gut. Ich habe euch beide auf den Weg gebracht. Jetzt ist es Zeit für mich zu gehen. Kind, lege mich jetzt nieder.«

Dallandra legte sie auf die Kissen und kniete sich neben Aderyn.

Einen Augenblick lag Nananna ruhig und sammelte ihre Energie; dann begann sie leise zu rezitieren, und ihre Stimme gewann noch einmal an Kraft.

»Der Fluß öffnet sich vor mir. Ich sehe Licht über dem Fluß. Es ist Zeit, aufs Meer hinauszusegeln.«

Als Dallandra laut aufschluchzte, wurde Aderyn klar, daß sie zu verzweifelt war, sich um das Ritual zu kümmern, und daß er ihren Platz übernehmen mußte.

»Möge die Sonne dich wärmen, während du auf dem Fluß

segelst«, flüsterte er. »Möge die Strömung dich rasch dahintragen.«

»Die Sonne wärmt mich. Ich steige am Flußufer ins Boot.«

»Ich sehe den silbrigen Fluß nach Westen fließen, das dunkle Ried und das Boot, das für dich bereitsteht.«

Während er sprach, sah Aderyn im Geist tatsächlich die Vision, die sie zusammen aufbauten, indem sie sich gegenseitig die Szenerie beschrieben. Ins goldene Sonnenlicht gekleidet, bestieg die Seele das Boot – eine bleiche Flamme silbernen Lichts, die zunächst flatterte und dann hell aufglühte, ganz anders als eine menschliche Seele.

»Sonne und Mond, scheint auf sie!« rief Aderyn. »Bringt sie zum Meer aus Licht, Liebe und Leben.«

Das Boot trieb flußabwärts, und die Silberflamme glühte, während sie stolz weiterfuhr. Aderyn schien auf Vogelflügeln über ihr zu schweben und sah, wie ihr im Sonnenuntergang andere in einer großen Lichtwelle entgegenkamen. Nananna erhob sich über das Boot und flog ihnen in einem plötzlichen, blendenden Aufscheinen entgegen. Als Aderyn mit seinen wirklichen Augen blinzelte und den Kopf schüttelte, brachte er sich damit zurück auf die physische Ebene und sah Nananna tot auf den Kissen liegen.

»Es ist vorüber«, sagte er. »Sie hat ihre wahre Heimat erreicht.«

Wie Donner erklang ein hohler Trommelschlag als Antwort, drei Schläge grollten über das Lager. Von draußen hörte er einen Schrei, ein hohes, schrilles Klagen um die Tote. Aderyn schlug einmal mit der offenen Handfläche auf den Boden, um die Kraft zu erden. Es war vorüber. Ihre ausgebildete Seele brauchte nicht noch drei Tage nahe der Leiche zu bleiben; sie war bereits frei. Aderyn verschränkte Nanannas dünne Arme vor der mageren Brust und schloß ihre Augen, welche die Seele nicht mehr zum Sehen brauchte.

»Wir sollten sie bald verbrennen«, sagte er. »Oder bahrt ihr die Toten noch auf und beweint sie?«

Dallandra schüttelte den Kopf, dann fiel sie in die laute Totenklage ein. Tränen liefen ihr über die Wangen, als sie immer und immer wieder ihren Jammer herausschrie, sich an den Haaren riß, die Zöpfe zu einem silbernen Trauerwasserfall löste und sich so heftig von einer Seite zur anderen warf, daß Aderyn die Arme um sie schlang und sie festhielt. Sie weinte an seiner Brust, schluchzte wie ein Kind, ihr weiches, helles Haar wie eine Wolke über seinen Armen, während draußen das Volk seinen Trauergesang fortsetzte.

»Still, still, es war an der Zeit.«

So plötzlich, wie es gekommen war, hörte ihr Weinen wieder auf. Er konnte sehen, wie sie sich zusammennahm, bevor sie aufblickte, ihre Augen so grau wie Nebel über dem Meer.

»Das war es. Und eines Tages werden wir uns in irgendeinem Land wiederbegegnen.«

»Genau. Vertraue auf das Licht.«

Erschöpft lehnte Dallandra den Kopf an seine Schulter. Als Aderyn sie im Arm hielt, wurde ihm mit klopfendem Herzen klar, daß er sich verliebt hatte.

In dieser Nacht verbrannten sie Nananna und verstreuten ihre Asche unter den Bäumen des heiligen Waldes, an einer Stelle, wo der Mond durch die Äste fiel und den Boden silbern berührte. Halaberiel schwor, daß Menschen diesen Ort niemals entweihen würden. Die ganze Nacht weinten sie und sangen Trauergesänge, aber als die Sonne aufging, war ihre Trauer verschwunden.

Es gab nichts zu tun, als zu warten, was der Bären-Clan als nächstes unternehmen würde.

»Vierhundert Mann!« sagte Garedd. »Ich hätte nie geglaubt, daß unser Lord so viele Krieger zusammenbringt.«

»Ich habe dir doch gesagt, daß die Männer im Norden mehr Mut haben«, meinte Cinvan. »Wir werden dieses stinkende Westvolk von Lord Dovyns Land vertreiben.«

Sie standen auf dem Dach von Tieryn Melaudds Festung, angeblich auf Wache, aber sie hatten den größten Teil des Nachmittags damit verbracht, sich ans Geländer zu lehnen und die letzten Vorbereitungen für den Marsch nach Westen zu beobachten. In jenen Tagen waren vierhundert Mann eine beträchtliche Armee, und im Hof unter ihnen drängten sich Pferde, Nachschubwagen und Männer, Diener rannten herum und verluden Vorräte, die Herren und ihre Reiter sprachen über den bevorstehenden Feldzug.

»Morgen«, sagte Cinvan. »Wir reiten morgen. Es wird aber auch Zeit.«

»Ich bin froh, daß wir nicht zu denen gehören, die als Wachen hier zurückbleiben.«

»Da hast du recht. Und je eher es losgeht, desto besser.«

Garedd nickte zustimmend und wandte sich wieder dem Geschehen im Hof zu. Cinvan ging auf die andere Seite des Turmdaches und schaute nach Westen, wo weit entfernt der Feind zweifellos auf sie wartete. Normalerweise wäre er vor einem Marsch zu einem Kampf tatsächlich so begierig gewesen, wie er sich jetzt gab. Aber diesmal beunruhigten ihn Gedanken, die er kaum verstehen konnte. Selbstverständlich wünschte er sich Schlachtenruhm, und er hatte keine Angst vor Schmerz – das war nicht das Problem. Es fiel ihm einfach schwer, sich einzureden, daß er das Westvolk so sehr haßte, wie er sollte, da sie doch immerhin die Feinde seines geschworenen Lords waren. Ganz gleich, wie sehr er versuchte, die Erinnerung zu verbannen, er mußte doch immer daran denken, daß Prinz Halaberiel um Gnade für Dovyn gebeten hatte. Und was war mit dem Mann seiner Schwester? Was, wenn Gaverro zum elfischen Kriegshaufen gehörte? Cinvan haßte den Elf aus ganzem Herzen, aber was war mit seiner kleinen Tochter, die jetzt schon so weit von der Mutter weg war? Was, wenn seine Nichte nach diesem Kampf zur Waise wurde? Cinvan ging immer wieder auf und ab und kämpfte mit einem völlig ungewohnten Gewissen. Als der Sonnenuntergang schließlich den Westen golden und rot färbte, erinnerte er sich daran, daß er einen Schwur geleistet hatte und gar nichts anderes tun konnte, als dem Befehl seines Herrn zu folgen.

»Unsere Wache ist zu Ende«, rief Garedd. »Kommst du? Was ist denn mit dir los?«

»Nichts. Ich bin schon auf dem Weg.«

Aber er blieb noch einmal stehen und warf einen letzten Blick nach Westen. Er schauderte und fragte sich zum ersten Mal im Leben, ob er in dem kommenden Krieg sterben würde. Dann schüttelte er das Gefühl ab und ging hinunter in die Wärme und Lebendigkeit der großen Halle.

Drei Tage nach Nanannas Tod kamen die ersten Späher zurück. Aderyn aß gerade zusammen mit Halaberiel, als sie im Lager eintrafen; bei den plötzlichen, ausgelassenen Rufen ließ der Banadar sein Essen stehen und eilte ihnen entgegen, und Aderyn folgte ihm. Aderyn konnte die Berichte in elfisch nicht verstehen, aber Calonderiel erinnerte sich nach einiger Zeit seiner guten Erziehung und übersetzte für ihn.

»Die Bären sind da, sie lagern auf dem Streifen Land, das Dovyn beanspruchte. Sie haben eigene Spähtrupps ausgeschickt. Unsere Männer haben ein paar von ihnen im Wald angetroffen und sie getötet. Wenn sie nicht zurückkommen, werden die Bären wissen, daß wir hier sind. Sie haben ein Rundohr am Leben gelassen, damit er den Bären über das Gelände berichten kann. Das war Halaberiels Befehl: einen am Leben zu lassen. Ich weiß nicht, warum.«

»Wieviel Männer hat Melaudd?«

»Etwa vierhundert.«

»Ihr Götter!«

»Das ist tatsächlich nicht gut.« Calonderiel hielt inne und rieb sich das Kinn. »Nun, wenn wir bei der Verteidigung des Begräbnisplatzes sterben, liegt darin eine gewisse Poesie.« Er packte Aderyn am Arm und führte ihn von den anderen weg. »Kannst du mir etwas versprechen? Wenn der Kampf beginnt, wirst du mit Dallandra im Lager bleiben, weil ihr euch doch um die Verwundeten kümmern wollt, nicht wahr?«

»Das haben wir vor, ja.«

»Also gut. Sollten wir alle getötet werden, wirst du sie dann in Sicherheit bringen?«

»Ja. Das verspreche ich dir bei den Göttern meines Volkes.«

»Ich danke dir. Ich weiß, daß sie mich nie lieben wird, aber ich kann zumindest zufrieden sterben, wenn ich weiß, daß sie lebt.«

»Du wirst vielleicht überhaupt nicht sterben, Dummkopf.« Das war Jezryaladar, der zu ihnen herüberkam. »Der Banadar hat sich einen Trick ausgedacht. Das war der Grund, wieso er einen Späher entkommen ließ, und das hättest du längst wissen können, wenn du genauer zugehört hättest.«

»Da sie so in der Überzahl sind, wird sein Trick uns nicht sonderlich helfen, ganz gleich, wie klug er ist, und hör auf, mich Dummkopf zu nennen.«

»Ich bitte um Verzeihung.« Grinsend deutete Jezryaladar eine Verbeugung an. »Und dein Intellekt scheint tatsächlich Fortschritte gemacht zu haben, wenn dir endlich klargeworden ist, daß du bei Dalla keine Chance hast.«

Calonderiel brüllte auf und schlug Jezryaladar so fest ins Gesicht, daß er zurücktaumelte. Bevor er sich erholen oder ein Wort sagen konnte, war Calonderiel davonstolziert. Jezryaladar rieb sich die Wange und fluchte leise vor sich hin.

»Ist alles in Ordnung?« wollte Aderyn wissen.

»Und weißt du was – ich habe es verdient! Ich fürchte, wir sind heute abend alle ein wenig nervös.«

»Glaubst du, daß Cal recht hat und unsere Lage hoffnungslos ist?«

»Nein, aber ich will verflucht sein, wenn ich weiß, warum. Ich bin nur tief in meinem Herzen ganz sicher, daß Halaberiel uns auf die eine oder andere Weise einen Sieg verschaffen wird, obwohl ich bezweifle, daß der Banadar das selbst glaubt.«

Das Tal, in dem der Forellensee lag, fiel auf der Ostseite steil ab, aber im Westen bildeten sanfte Hügel ein etwas flacheres Gelände, zumindest zwanzig Schritte breit, oft breiter, das sich an der ganzen Länge des Sees entlangzog. Als der Späher mit der Nachricht zurückkam, daß das Westvolk am anderen Ende lagerte, beschlossen Melaudd und seine Verbündeten sofort, dieses flache Gelände zu benutzen, wo sie in Dreier- oder Viererreihen reiten konnten und vor einem plötzlichen Hinterhalt sicher waren.

»Nicht, daß es einen Hinterhalt geben wird«, bemerkte Garedd. »Nach allem, was ich höre, hat das Westvolk nur etwa achtzig Reiter mit Schwertern.«

»Das beunruhigt mich«, sagte Cinvan, und er meinte es ehrlich. »Ich hasse es, gegen einen so unterlegenen Gegner zu kämpfen. Ich bin ein ehrenhafter Krieger und kein Metzger.«

»Nun, Melaudd hat ebenfalls Ehre. Er wird nicht alle vierhundert Männer einen kleinen Kriegshaufen wie diesen angreifen lassen. Wahrscheinlich wird nur die halbe Armee beteiligt sein, und dann werden wir sehen, was geschieht.«

»Das ist zumindest ein wenig besser.«

Als geschworene Kämpfer des Bären-Clans ritten Cinvan und Garedd mit dieser ersten Hälfte der Armee, als sie am Morgen aufbrachen. Vierhundert Reiter drängten sich auf dem schmalen Ufer, und daß der Tag noch einmal sommerlich warm geworden war, ließ die Tiere träge und die Männer übermäßig selbstsicher werden, mit dem Ergebnis, daß die Marschlinie, die sich auf das Schlachtfeld zubewegte, über eine Viertelmeile lang war. Da zu diesem Zeitpunkt alle annahmen, die Männer der Nachhut würden ohnehin nicht am Kampf teilnehmen, störte es keinen, daß sie nicht sehen konnten, was an der Spitze geschah. Cinvan und Garedd ritten etwa zwölf Reihen hinter Tieryn Melaudd und Lord Dovyn und konnten alles sehen, was sie sehen wollten, besonders, da das Gelände leicht wellig war.

»Haben sie den Verstand verloren?« sagte Melaudd angesichts der ersten Elfen so laut, daß Cinvan ihn über das Klirren der Ausrüstung hinweg hören konnte.

»Wahrscheinlich«, murmelte Garedd, aber natürlich hörte ihr Lord diese Antwort nicht.

Die elfischen Schwertkämpfer waren vom Pferd gestiegen. In gleichmäßigen Reihen standen sie einige hundert Schritt vor ihnen, in einem Halbkreis, dessen Spitzen den Bären zugewandt waren. An einer Seite befand sich der See selbst, und auf der anderen eine Reihe zugespitzter Holzpfähle. Sie waren in gleichmäßigen Abständen in den Abhang gerammt, und ihre Spitzen zeigten nach oben.

»Das ist klug«, sagte Cinvan widerwillig. »Wir können sie nicht einfach umgehen und niederreiten.«

»Genau. Aber warte, was ist das hinter ihnen? Das sieht aus wie Frauen.«

»Und auch sie haben Palisaden vor sich. Was soll das? Bei allem Eis der Höllen, was machen diese Frauen hier? Sollen sie ihre Männer anfeuern?«

»Das sind doch alles Wilde!«

»Sieh mal«, Cinvan zeigte den Hügel hinauf. »Da oben sind noch mehr, aber es sind keine Schwertkämpfer. Ihr Götter, sie haben Bögen.«

»Und?«

Die ganze Zeit hatte sich die Armee weiter vorwärtsbewegt, jetzt ein wenig schneller, und die Männer drängten ihre Pferde in eine festere Formation. Cinvan sah Silber aufblitzen, als Tieryn Melaudd sein Horn blies: das Zeichen, die Schwerter zu ziehen und sich zum Angriff bereitzuhalten. Vor ihnen regte sich die elfische Linie nicht. Die Schwertkämpfer standen wie versteinert, während die Reiter vorwärts ritten, bis sie nur noch etwa hundert Schritt von der Öffnung des Halbmondes entfernt waren. Dann plötzlich schrie jemand etwas auf elfisch; daraufhin schien es, als fegte ein Wind durch das wartende Westvolk und ließe sie schaudern wie hohes Gras vor einem Sturm. Bogen wurden erhoben, Pfeilspitzen blitzten, ein Zischen und Pfeifen erscholl, als über hundert Pfeile hoch in die Luft schossen und auf die gerüsteten Reiter und ihre ungerüsteten Pferde niederregneten.

Schreie erklangen, Pferde bäumten sich auf und stolperten, Männer stürzten oder wurden abgeworfen, verwundet oder nicht. Wieder ertönte das Zischen und Rauschen des Todes; Lord Dovyns Horn blies zum Angriff, verstummte aber, als der dritte Pfeilregen sich auf die Reihen ergoß. Die Pferde gerieten in Panik – ein Angriff war unmöglich, weil immer mehr tote oder verwundete Pferde und Männer das Feld blockierten. Mit einem leeren, blutigen Sattel auf dem Rücken brach Lord Dovyns Pferd aus der Menge aus und stolperte den Hügel hinauf. Wieder Pfeile, wieder und wieder – aus vollem Hals fluchend, versuchte Cinvan, sein Pferd mit reiner Willenskraft durch die Menge zu drängen, um an die Seite des verwundeten Tieryns zu gelangen. Rings um ihn versuchten Reiter, sich zu befreien, ihre Pferde zu wenden, um sich den Hügel hinauf oder in das flache Wasser des Sees zu retten. Aber unaufhaltsam wurden sie von hinten von ihren eigenen Kameraden bedrängt, die nichts von dem Gemetzel wußten und nur aus den Geräuschen entnahmen, daß der Bären-Clan in Gefahr war. Von der tödlichen Kraft ihrer Ehre beflügelt, stürzten sie vorwärts und schadeten so den Männern, die sie retten wollten.

Es hörte nicht auf, Pfeile zu regnen, und nun jubelte und schrie das Westvolk. Als Cinvan endlich die erste Reihe erreichte, sah er, daß die Frauen, über die er sich so verächtlich ausgelassen hatte, Bogenschützinnen waren und den Tod ebenso unerbittlich auf die Feinde niederregnen ließen wie ihre Männer. Das Schwert in seiner Hand war sinnlos, und er fluchte weiter, als noch mehr Pfeile flogen, mehr und mehr und mehr.

»Cinno! Sie lassen uns im Stich!« schrie Garedd. »Unsere Verbündeten! Sie weichen zurück!«

Cinvan drehte sich gerade noch rechtzeitig um, um Garedd sterben zu sehen, die Brust durchbohrt von einem breitköpfigen Pfeil, der die Ringe seines Kettenhemdes vorne und hinten zerriß. Blut spuckend fiel er zur Seite und wurde von den Pferden anderer Reiter niedergetrampelt, als diese panisch davongaloppierten. Zischend und pfeifend ging ein neuer, tödlicher Regen nieder. Cinvans Pferd schrie und bäumte sich auf, als Eisen seine Flanke streifte, aber dann stand es wieder. Silberhörner erklangen: Rückzug, Rückzug! Immer noch unverwundet, riß Cinvan sein Pferd herum und trieb es zu einem letzten Galopp an. Er konnte Tieryn Melaudds breiten Rücken direkt vor sich sehen und folgte ihm blind, direkt in das flache Wasser am Seeufer. Hinter sich hörte er ein paar Männer fluchen und schreien. Sie riefen, man solle das Feld umgehen und die Bogenschützen von hinten angreifen.

»Zu ihrem Lager!« rief Melaudd. »Trampelt alles nieder! Rache! Zu ihrem Lager!«

Dann lachte der Tieryn – das Aufheulen eines Wahnsinnigen, die Klage eines ebenso wahnsinnig Trauernden. Nur aus Loyalität folgte Cinvan seinem Lord, während sich sein Geist gegen die Unehrenhaftigkeit eines solchen Tricks wehrte.

So gut er das mit der linken Hand konnte, legte Aderyn seine Kräuter zurecht, um die Verwundeten zu behandeln, als er die Pferde hörte. Zuerst glaubte er, die Elfen hätten verloren und zögen sich zurück; dann hörte er die Kriegsrufe und erkannte, daß es Männer aus Eldidd waren, die vor Wut und Haß kreischten. Dallandra schrie auf und kam auf ihn zugerannt.

»Die Bären! Sie kommen hierher!«

»Lauf, in den Wald, schnell!«

Sie gehorchte, ohne nachzudenken. Aderyn setzte an, ihr zu folgen, hielt aber inne. Wenn er seine Arzneien hier ließ, würden Verwundete sterben. Inzwischen sah er die Pferde, etwa fünfzig aus einer Armee von vierhundert, in einer Staubwolke direkt auf das unverteidigte Lager zureiten. Aus weiterer Ferne hörte er elfische Kriegsschreie. Er packte die schweren Kräuterpakete, dann erstarrte er in plötzlicher Panik, als die ersten Reiter direkt auf ihn zukamen, mit blitzenden Schwertern auf die Zelte einschlugen und ihre Pferde alles niedertrampeln und umreißen ließen. Aderyn wußte, daß er fliehen sollte, konnte seine eigene Stimme laut sprechen und sich anflehen hören, endlich zu rennen, aber die Panik ließ ihm das Blut in den Adern erstarren wie von einem Schlangenbiß, als zwei Reiter näher kamen und näher und näher.

»Nicht den Berater!« Ein dritter Reiter kam an einem Zelt vorbeigestürzt und ritt schräg auf die anderen zu. »Weg da!«

Schwerter blitzten auf; einer der angreifenden Männer schrie auf und fiel über den Hals seines Pferdes.

»Ich sagte, weg da!«

Der zweite Reiter wandte sich tatsächlich ab und ritt den Weg zurück, den er gekommen war, um dort Halaberiel und seinen Schwertkämpfern zu begegnen, die nun wieder zu Pferd saßen. Staub stieg zusammen mit Kriegsgebrüll auf, als die letzten Bären nach Süden flohen. Aderyns Retter wendete sein

Pferd, um ihnen zu folgen, dann zügelte er es plötzlich und sackte im Sattel zusammen. Aderyn lief zu ihm und konnte ihn gerade noch auffangen, als er aus dem Sattel glitt. Ein Pfeil hatte sein Kettenhemd in der Achselgrube durchdrungen, wo sein Herz nun das Leben aus ihm herauspumpte. Aderyn zog ihm den Helm ab und löste das Helmpolster vom totenbleichen Gesicht: Cinvan.

»Ein Berater und ein unbewaffneter Mann«, flüsterte der Junge. »Ich konnte doch nicht zulassen, daß mein Herr sich ein zweites Mal entehrt.«

Dann starb er mit einem Zittern.

»Alles in Ordnung?« Das war Halaberiel, der herangelaufen kam, das blutige Schwert in der einen, den Helm in der anderen Hand. Er hatte Blutflecken im Gesicht und auf dem hellen Haar.

»Ja. Ziehen wir uns zurück?«

»Zurückziehen?« Halaberiel brüllte vor Lachen. »Wir haben gewonnen, Mann! Wir haben sie alle erledigt!« Aderyn weinte wie ein Kind, aber als er in Cinvans glasige Augen sah, war er nicht sicher, ob es Freudentränen oder Tränen der Trauer waren.

In diesem letzten Kampf im Lager, als sie gegen Männer antraten, die in ihrem Herzen geschworen hatten, zu sterben und der Schande ein Ende zu machen, fielen auch Elfen, aber es waren nur neun und zwanzig Verwundete gegen unglaubliche Verluste bei den Menschen. Halaberiel hatte recht, den Sieg vollkommen für sich zu beanspruchen. Den ganzen Tag arbeiteten Aderyn und Dallandra daran, zusammen mit Freiwilligen die Verwundeten zu versorgen, bis sie beide selbst so blutüberströmt waren wie die Leichen. Im Mondlicht schwammen sie im See, um sich zu säubern, dann kehrten sie ins Lager zurück, wo die Toten aufgebahrt waren, die man am Morgen verbrennen wollte. Dallandra war so müde und elend, daß sie zum Schlafen ins Zelt kroch, ohne auch nur einen Bissen zu sich zu nehmen, aber Aderyn, der aus seiner Schülerzeit an Kriegswunden gewöhnt war, schloß sich dem Siegesmahl an. Da Halaberiel beschlossen hatte, daß sie zu Ehren der Schlacht das trockene Holz benutzen und so ein richtiges Feuer entfachen konnten, flackerte und tanzte das Licht durchs Lager, während Musik von Trommeln und Harfen erklang. Betrunken und grölend rannte der Kriegshaufen des Banadar von einer Gruppe zur anderen, während Halaberiel auf einem Kissenhaufen an der Seite saß und nur zusah. Als Aderyn sich zu ihm gesellte, reichte ihm Halaberiel einen Schlauch Met. Aderyn trank vorsichtig ein paar Schlucke, um seine schmerzenden Muskeln zu entspannen.

»Über hundert Rundohren sind entkommen«, sagte Halaberiel abrupt. »Alle Männer der Nachhut, also waren es wahrscheinlich eher Melaudds Verbündete als Männer des Bären. Glaubst du, sie werden eine Armee aufstellen und zurückkommen, um sich zu rächen?«

»Nein. Melaudds anderer Sohn wird sich aufplustern und versuchen, seine Verbündeten zusammenzurufen, aber wer wird nach dieser Niederlage noch zu ihm halten? Und ihm selbst können nicht mehr als eine Handvoll Männer geblieben sein – diejenigen, die zurückgeblieben sind, um die Festung zu bewachen.«

»Gut. Dann werden wir die Begräbnisstätte erst später eingrenzen. Ich möchte weiterreiten, bevor der Winterregen beginnt.«

»Ja? Wohin denn?«

»Nach Süden.« Halaberiel bedachte ihn mit einem erschreckenden Lächeln. »Um diese Siedlung westlich von Cannobaen zu zerstören.«

Aderyn starrte ihn verwirrt an.

»Ich habe heute etwas begriffen«, fuhr Halaberiel fort. »Unsere Bögen sind nicht nur dazu gut, Wild zu erlegen. Nie wieder werde ich kriechen und mich vor diesen Rundohrenlords erniedrigen. Eldidd mögen sie haben, aber nicht mehr.« Er warf den Kopf zurück und lachte laut. »Keinen verfluchten Zoll mehr, bei allen Göttern unserer beiden Völker!« Dann wurde seine Miene weicher. »Verzeih, Aderyn. Ich habe vergessen, daß ich von deinem Volk sprach. Es gibt keinen Grund für dich, mit uns nach Süden zu reiten. Du kannst mit Dallandra einfach zum Alar zurückkehren und dort auf uns warten.«

Aderyn stand auf und starrte ins Feuer.

»Es sei denn, du verläßt uns.« Auch Halaberiel war aufgestanden und trat jetzt neben ihn. »Kein Mann vom Volk und auch keine Frau würde versuchen, dich aufzuhalten, wenn du davonreiten willst, selbst wenn du direkt zu unseren Feinden gehst und sie warnst.«

Aderyn wandte sich ab und ging davon, direkt auf die Wiese hinter dem Lager zu, und blieb dort stehen. Hinter ihm tanzten die Krieger in einer langen Reihe an den Feuern vorbei. Sie hatten die Arme in Schulterhöhe ausgestreckt und die Köpfe zurückgelegt, während sie zu den komplizierten Rhythmen der Trommeln und der Harfe stampften. Über die Musik hinweg erklangen Stimmen, halb Trauergesang, halb Triumphgeschrei. Halaberiel trat hinter ihn und legte ihm väterlich eine Hand auf die Schulter.

»Es tut mir leid«, sagte der Kriegsführer. »Aber diese Festung muß zerstört werden. Wir werden selbstverständlich die Frauen und Kinder verschonen und auch jeden Mann, bei dem wir es uns leisten können.«

»Das weiß ich.« Endlich konnte Aderyn wieder sprechen. »Was kann ich sagen? Ich habe bereits zugesehen, wie mein Volk eine Armee aufgestellt hat, um euch anzugreifen. Hättet ihr nicht eure Bogen, hätten sie euch abgeschlachtet wie Vieh.«

»Genau. Aber du bist auch nicht nach Westen geritten, um

Menschen sterben zu sehen. Möchtest du nach Eldidd zurückkehren? Ich gebe dir eine Eskorte, wenn du willst.«

Für einen Moment geriet Aderyn ins Wanken. Obwohl er Nananna versprochen hatte zu bleiben, wußte er, daß sie ihn unter diesen Umständen nie an sein Versprechen gebunden hätte. Wenn das, was Halaberiel nun vorhatte, zu einem Krieg führte, gehörte er wahrscheinlich zu seinem eigenen Volk. Dann stieg die Abneigung beinahe körperlich in ihm auf: sein eigenes Volk, das sein Wort brach und mordete und anderer Leute Land stahl und sie versklavte, und das alles im Namen der Ehre? Nun erkannte er, daß er nie wieder nach Deverry zurückkehren und dort leben konnte, nicht einmal als Heiler und Kräutermann. Was war ihm geblieben? Das Leben eines Eremiten am Rand der Wildnis? Er stellte sich vor, wie er sich immer weiter zurückzog, seine geheimen Kenntnisse um ihrer selbst willen hortete, bis das Wissen bitter wurde und ihn in den Wahnsinn trieb. Halaberiel wartete geduldig, und seine Augen lagen im flackernden Licht im Schatten.

»Ihr seid jetzt mein Volk«, sagte Aderyn. »Ich bleibe hier.«

Dann trat er vor und nahm einen Platz am Ende einer Tänzerreihe ein. Er kannte nur die Schritte deverrianischer Ringtänze, aber das genügte, als die Reihe ihn weiter über die Wiese zog. Die ganze Nacht lang hüpfte er zum Klang der Musik, bis es ihm in seiner Erschöpfung so vorkam, als hätte er überhaupt keinen Körper mehr, als schwebte er mit den Elfenkriegern über der Wiese und dem Dunkel. Aber als er gegen Morgen auf sein Zelt zutaumelte, war Aderyn klar, daß er zurückbleiben würde, wenn der Kriegshaufen nach Süden ritt. Die Elfen hatten auch andere Heiler; einer von ihnen würde bei der Schlacht westlich von Cannobaen seinen Platz einnehmen müssen.

Alle schliefen an diesem Tag lang und erwachten dann fluchend und weinend zu der schweren Aufgabe, ihre Toten zu verbrennen und Melaudds Armee in langen Gräben anständig zu beerdigen – nachdem man die Leichen von Pferden und Männern jeglichen Metalls entledigt hatte, ob Rüstung oder Werkzeug. Aus Hochachtung vor den Vorurteilen der Adligen befahl Halaberiel, daß Tieryn Melaudd, sein Sohn Dovyn und die zwei Verbündeten, die mit ihnen gestorben waren, in einem gesonderten Grab beigesetzt wurden, obwohl er ein paar Bemerkungen über die Dummheit von Männern machte, die sich um ihre Leichen sorgten. Sie schichteten niedrige Hügel über den Gräbern auf und meißelten die Geschichte der Schlacht in eine Steinplatte. Das dauerte Tage, und die ganze Zeit ritten Späher nach Süden, um die Rundohren im Auge zu behalten. Aderyn und Dallandra arbeiteten von morgens bis abends und versuchten, verwundete Männer und Pferde zu retten. Die elfischen Verwundeten genasen schnell, verglichen mit Menschen, und außer in den schlimmsten Fällen ohne die Spur einer Infektion. Die Reiter, die einmal für Tieryn Melaudd geritten waren, waren eine ganz andere Sache. Die schwer Verwundeten starben alle; der Rest war so mürrisch und elend, wie es nur Besiegte im Lager eines Feindes sein können. Aderyn kümmerte sich allein um sie, um es Dallandra zu ersparen.

»Und das weiß ich zu schätzen«, sagte sie eines Morgens. »Aber was machen wir mit ihnen? Ich nehme an, sie sind Gefangene. Wird Halaberiel sie gegen etwas austauschen?«

»Es gibt nichts, wogegen er sie tauschen will, sagte er, also will er sie einfach freilassen.« Aderyn zögerte, betrachtete forschend ihr bleiches Gesicht und die dunklen Ringe unter ihren Augen. »Wie geht es dir, Dalla? Du arbeitest dich halb tot.«

»Dann muß ich nicht so oft daran denken, wie mir Nananna fehlt. Und wenn ich müde genug bin, habe ich keine schlechten Träume.«

»Träume von ihr?«

»Eigentlich nicht.« Sie wandte sich ab und schien die weißen Wolken zu betrachten, die von Süden her herangetrieben wurden. »Ich hoffe, wir gehen bald. Der Winter ist schon auf dem Weg.«

Aderyn bemerkte, daß er aus einer geistigen Kammer so deutlich ausgeschlossen wurde, als hätte man ihm die Tür vor der Nase zugeschlagen.

Als sie das Lager abbrachen, teilte Halaberiel seine Streitkräfte auf. Die unerfahreneren Krieger eskortierten die Gefangenen zur Grenze von Eldidd, wo sie sie freilassen würden, bevor sie sich nach Westen wandten, um zu ihren Alarli zurückzukehren. Die besten Kämpfer machten sich mit dem Banadar zu der Festung hinter Cannobaen auf, die nach dem Bruch des Vertrags gebaut worden war. Aderyn, Dallandra, die elfischen Verwundeten, die verwundeten Pferde und eine kleine Eskorte aus jenen Bogenschützen, die einfach genug vom Kämpfen hatten, wandten sich zurück nach Westen zu dem Ort, an dem sie den Rest der Alarli zurückgelassen hatten – Jahre zuvor, wie es Aderyn vorkam, in einem anderen Leben. An dem Tag, an dem sie losmarschierten, regnete es, und es regnete Tag um Tag weiter, während Welle um Welle von Wolken über sie hinwegfegte. Mit so vielen Verwundeten schafften sie bestenfalls zwölf Meilen am Tag, und als sie endlich wieder zu den Alarli stießen, waren diejenigen, die auf sie warteten, schon sehr unruhig. Als sie heranritten, stieg tatsächlich ein großes Jammergeschrei auf, weil alle glaubten, sie wären die einzigen Überlebenden einer schrecklichen Niederlage. Sobald sich die Nachricht herumsprach, waren alle ebenso wütend wie erleichtert.

»Das paßt zu diesem elenden Banadar!« fauchte Enabrilia. »Er hat uns nicht einmal eine Nachricht geschickt!«

»Ich muß um Verzeihung bitten«, sagte Aderyn. »Hätte ich

das geahnt, hätte ich selbstverständlich jemanden vorausgeschickt. Wir haben angenommen …«

»Daß Halaberiel daran gedacht hätte, uns Bescheid zu sagen. Ich weiß, ich weiß. Nicht deine Schuld. Hier ist übrigens nicht mehr viel Gras übrig.«

»Nun, wir werden morgen weiterziehen. Der Banadar wollte, daß sich alle in die Winterlager aufmachen. Er sagt, er wird dort zu uns stoßen.«

»Gut. Bei diesem schrecklichen Wetter kann der Winter nicht mehr weit sein.«

In diesem Augenblick wurde Aderyn klar, daß sie und die anderen im Lager ihn als Halaberiels Stellvertreter betrachteten und ohne Frage seine Befehle entgegennahmen, ebenso wie die von Dallandra. Ob er sich selbst für würdig hielt oder nicht, diese Leute hielten ihn nun für einen Weisen.

Weit westlich von Cannobaen wird die Küste felsig und erhebt sich zu gefährlichen Klippen, die große Steinfinger ins Meer hinausstrecken, und sinkt dann wieder zu tiefen Schluchten ab, wo sich der Winterregen in felsigen Flußbetten sammelt. Diese Schluchten bieten einigen Schutz vor dem ununterbrochenen Wind. Zu der Zeit, von der wir sprechen, pflegte das Volk hier seine Winterzelte aufzuschlagen, obwohl immer noch einige von ihnen die grasenden Herden oben im Grasland bewachen mußten, denn in den Schluchten selbst war Viehfutter knapp. Aderyn und Dallandra brachten ihre Schutzbefohlenen sicher in einem dieser Lager unter, bevor Halaberiel und der Kriegshaufen sie vier Tage später einholten. An einem Tag, der durch ununterbrochenen Nieselregen schier unerträglich geworden war, trafen die erschöpften Männer und Pferde im Lager ein. Es waren acht weniger als zuvor, und zwanzig Bogenschützen waren verwundet. Aber bei aller Müdigkeit kündeten sie jubelnd vom Sieg: Mit einem Überraschungsangriff hatten sie den Lord und seinen Kriegshaufen besiegt und dann die Festung zur Übergabe gezwungen. Aderyn war so damit beschäftigt, sich um die Verwundeten zu kümmern, daß er den Banadar erst später an diesem Abend sah, als Halaberiel ihn zu einer Beratung in sein Zelt rief. Obwohl sechs elfische Anführer ums Feuer saßen, sprach Halaberiel um Aderyns willen deverrianisch.

»Wir brauchen deinen Rat. Glaubst du, daß der Prinz im Frühjahr eine Armee gegen uns aussenden wird?«

»Das bezweifle ich. Ich nehme an, daß Addryc im Augenblick eher Essig in die Wunden seiner Vasallen gießt, indem er sie darauf hinweist, was mit Männern geschieht, die die Dekrete ihrer Prinzen mißachten. Du hast für ihn die Rebellen bestraft, und darüber hinaus hast du ihm diese Festung vom Hals geschafft. Glaubst du, es hat ihm gefallen, an seiner Westflanke Männer zu wissen, die einem anderen Herrn treu sind?«

»Aber dieser Herr ist Addrycs eigener Vater.«

»Bei den Adligen gilt so etwas ausgesprochen wenig.«

Halaberiel dachte einige Zeit nach.

»Also gut«, sagte er schließlich. »Ich werde ihm das nächste Mal, wenn wir auf einen rundohrigen Kaufmann stoßen, eine förmliche Entschuldigung zuschicken – ich traue den Lords von Eldidd nicht genug, um einen Boten zu entsenden. Und wenn der Frühling kommt, werden wir zum See reiten und die Begräbnisstätte kennzeichnen. Es war immerhin Teil des Abkommens mit dem Prinzen, daß ich dafür sorge, daß die Rundohren mich auf meinem Land finden können.«

»Ja, und ich würde wetten, daß das genügt.«

»Also gut. Ich habe Addryc bereits eine Botschaft geschickt. Ich habe sie den Flüchtlingen mitgegeben, die nach Cannobaen zogen. Nur einen kleinen Brief, in dem ich ihn frage, was er von der Gerechtigkeit des Westvolks hält.« Er lächelte sanft. »Sie scheint erheblich rigoroser zu sein als seine eigene.«

AN DER GRENZE DES ELFENLANDES
719–915

Der Schrecken der Schlacht und danach der lange Rückzug mit den Verwundeten hatten Dallandras Herz und Geist so sehr erfüllt, daß sie kaum Zeit gehabt hatte zu trauern. Nachdem Halaberiel und die Männer zurückgekehrt waren, ging das Leben im Winterlager langsam wieder zu seinem normalen Rhythmus über, und sie spürte den Verlust Nanannas wie eine frische Wunde im Herzen. Sie gewöhnte sich an, sich lange vom Lager zu entfernen. Entweder ritt sie an der wilden Küste entlang, oder sie nahm ihre Vogelgestalt an und schwebte in den kurzen Pausen zwischen zwei Stürmen hoch über dem smaragdgrünen Grasland, wo der Himmel kalt und rein war und der Wind ihren Flügeln Auftrieb gab.

Obwohl sie wußte, daß Aderyn begierig war, fliegen zu lernen, schob sie den Unterricht immer wieder auf. Im Winterlager waren andere Dweomerleute, alle ungeduldig, ihn kennenzulernen und jene Lehren zu hören, die in Deverry erhalten geblieben waren, während sie dem Westen verlorengingen. Die Vogelgestalt anzunehmen und zu fliegen war ein schwieriges Unterfangen, verlangte vollendete Konzentration, Einsamkeit und schlicht auch gutes Wetter. Bei stürmischem Wetter konnte ein ungelernter Dweomermann ebensowenig fliegen lernen wie ein gerade flügge gewordener Vogel. Aber tief im Herzen wußte Dallandra, daß sie den Unterricht immer wieder verschob, weil sie einfach nicht wollte. Früher oder später würde sie ihr Versprechen gegenüber Nananna halten und ihm alles beibringen, aber bis sie es unbedingt mußte, wollte sie es für sich behalten, für sich allein – den letzten Rest der spirituellen Geheimnisse, die sie und Nananna geteilt hatten.

Dallandras Vogelgestalt war ungewöhnlich. Wenn Meister der Kunst endlich ihr Ziel erreichten und die Gestalt wechselten, fanden sie sich üblicherweise in einer Vogelgestalt, die einer echten Vogelart entsprach, obwohl sie das nicht wirklich selbst entscheiden konnten. Der Prozeß, diese Gestalt ausfindig zu machen, bestand im Weiterentwickeln der Konstruktion eines Lichtkörpers, bei der der Magier eine Gedankenform erstellt, in die er sein Bewußtsein überträgt, um sich auf der ätherischen Ebene zu bewegen. Obwohl er sich diese Gestalt zu Anfang jedesmal, wenn er sie nutzen will, in allen Einzelheiten vorstellen muß, erscheint nach einiger Übung der komplette Körper sofort, wenn der Magier ihn heraufbeschwört. Dem liegt kein größerer Zauber zugrunde als die Tatsache, daß Übung eben den Meister macht – auf dieselbe Art, wie ein normales Gedankenbild, wie das Gedankenhaus, das etwa ein Kaufmann verwendet, um dort Informationen über seine Kunden zu lagern, nach langer Zeit der Übung geläufig wird. Die elfische Gestaltwandlerin begann mit der Vorstellung einer einfachen Vogelgestalt, in nur einer einzigen Farbe und mit verallgemeinerten Zügen. Nachdem dieses Bild einmal deutlich und klar in ihrem Geist stand, übertrug sie ihr Bewußtsein auf dieselbe Weise, wie sie es in den Lichtkörper übertrug, und begab sich dann in dieser vogelähnlichen Gestalt auf die ätherische Ebene.

Irgendwann schließlich kam die wahre Prüfung, indem sie diese ätherische Gestalt als Grundlage benutzte, die tatsächliche Substanz ihres physischen Körpers zu verändern, bis auf der physischen Ebene keine Spur der Elfenfrau zurückblieb und tatsächlich ein riesiger Vogel durch die Luft flog. Einige Elfen starben, wenn sie dies zum erstenmal versuchten; einige sogar noch danach, meist aus Fahrlässigkeit. Die meisten

Schüler jedoch starben weder, noch hatten sie Erfolg. Jene wenigen, denen der Transfer in die physische Ebene gelang, erlebten eine weitere Überraschung. Wenn sie die Augen öffneten und ihr Gefieder betrachteten, entdeckten sie, daß sie ein ganz bestimmter Vogel waren und nicht mehr dem allgemeinen Bild ihrer geistigen Anstrengung entsprachen. Die Vogelart wurde von den Tiefen ihres Unbewußten gewählt und entsprach daher ihrem Wesen.

Nicht bei Dallandra. Die Prozedur zu erlernen hatte sie ein ganzes schwieriges Jahr gekostet; ohne Nanannas Glauben in ihre Fähigkeiten hätte sie nach sechs Monaten aufgegeben. Endlich jedoch, nach einer langen, durchgearbeiteten Nacht, als sie gerade aufgeben wollte, spürte sie, wie ihre Arme länger und leichter wurden, ihr Körper sich voller und seltsam glatt anfühlte, und dann öffnete sie neue Augen und sah sich auf Klauenfüßen stehen. Sie war ein - was war sie nun geworden? Sicherlich ein Vogel, aber von einer unkenntlichen Art taubengrauer Farbe, selbst Füße und Augen, mit den kräftigen Flügeln und dem glatten Kopf eines Raubvogels, aber dem geraden Schnabel eines Hänflings. Nananna hatte noch nie einen solchen Vogel gesehen; als sie später mit anderen Dweomerfrauen sprachen, erkannte auch keine von ihnen den Vogel, und ihnen wurde klar, daß Dallandra die verallgemeinerte Form in ihrer Vorstellung materialisiert hatte - etwas, das zuvor noch nie geschehen war. Da sie allerdings genauso gut fliegen konnte wie die anderen, störte sich außer Dallandra selbst niemand sonderlich daran. Schließlich zählte vor allem, daß sie die Transformation durchführen konnte. Dallandra selbst hatte das Gefühl, daß sie ein beunruhigendes und ausgesprochen ungewöhnliches Vorzeichen erhalten hatte, und selbst Nananna konnte ihr diese Furcht nicht ausreden.

Furcht oder nicht, sie flog leidenschaftlich gern, und in diesen Wochen, als ihre Trauer um Nananna die ganze Welt grau in grau aussehen ließ, suchte sie, sooft sie konnte, Zuflucht im Wind. Auf einem dieser einsamen Flüge begegnete sie den Wächtern wieder. Wochenlang, während des gesamten, schrecklichen Nachspiels der Schlacht, hatten sie Dallandra nun schon in Träumen heimgesucht, in einem Wirbel bunter Farben und Lichter und Musik, um seltsame Warnungen abzugeben oder noch seltsamere Scherze zu machen, an die sie sich am Morgen nie erinnern konnte. Eines Nachmittags, als eine bleiche und sinkende Sonne sich immer noch anstrengte, den Morgennebel zum Schwinden zu bringen, segelte sie über eine Schlucht, als drei rein weiße Schwäne vorbeiflogen, die Beine ungelenk baumelnd, die langen Hälse auf und ab wippend. Schwäne waren hier, auf dem Grasland, ein so ungewöhnlicher Anblick, daß Dallandra ihnen sofort folgte, nur um festzustellen, daß sie so groß waren wie sie selbst und daher keine echten Vögel. Da sie keine Dweomermeisterinnen kannte, die zu Schwänen wurden, folgte sie ihnen, bis sie in einem niedrigen Seitenarm des Flusses niedergingen. Sie selbst landete auf festem Boden und hüpfte zum Ufer. Als sie sprachen, hörte Dallandra die Worte direkt in ihrem Geist, ohne Anstrengung, ohne Klang, und durch den Dweomer der Wächter konnte sie auf dieselbe Art antworten.

»Aha«, erklärte der größte Schwan, der männlich zu sein schien, »unsere kleine Schwester kann also fliegen.«

»Wer hätte das gedacht?« sagte der größere weibliche Schwan. »Hast du den Pfeil noch, den ich dir gegeben habe, Mädchen?«

»Selbstverständlich. Aber wie habt ihr mich erkannt?«

Unter amüsiertem Lachen flatterten die Schwäne mit echtem Wassersprühen auf und landeten dann in einem Lichtwirbel neben ihr auf dem Boden. Plötzlich waren sie wieder Elfen, ganz in Grün gekleidet, grob gewebte Hemden und Hosen, und die jüngere Frau trug einen kurzen grünen Umhang. Zu ihrem

Entsetzten fand sich Dallandra in ihrer eigenen Gestalt wieder, aber vollkommen nackt.

»Die Dinge scheinen für dich schwieriger zu sein als für uns.« Die junge Frau nahm den Umhang ab und warf ihn ihr zu. »Da. Du wirst frieren.«

Dallandra fing den Umhang auf und wickelte sich hinein. Sie war sicher, daß sie blutrot angelaufen war.

»Danke«, sagte sie mit aller Würde, die sie aufbringen konnte. »Habt ihr Namen?«

»Selbstverständlich, aber den werde ich dir nicht nennen. Wir haben uns gerade erst kennengelernt.«

»In meinem Land ist es Brauch, sich mit dem Namen vorzustellen, wenn man jemanden kennenlernt.«

»Das ist ausgesprochen dumm«, erklärte die ältere Frau. »So etwas würde ich nie tun, und ich schlage es auch dir nicht vor, Mädchen. Aber ich will dich etwas fragen, und es ist eine sehr wichtige Frage, also solltest du gut zuhören. Warum besteht dein Volk darauf, Eisen zu benutzen, wenn ihr doch wißt, daß wir es hassen?«

»Nun, als erstes, wieso sollten wir uns darum kümmern, was ihr haßt oder nicht?«

»Sehr gut, die Frage mit einer anderen zu beantworten. Du lernst schnell. Aber ich gebe dir eine Antwort. Weil wir die Wächter sind. Deshalb.«

»Und wenn wir aufhörten, Eisen zu benutzen, würdet ihr etwas tun, was uns auf irgendeine Weise hilft?«

»Das haben wir schon zuvor getan, oder nicht?«

»Ich weiß es nicht. Ich kann mich nicht erinnern. Ich meine, das war vor so vielen Jahren, und ich war damals noch nicht einmal geboren.«

Diese Antwort schockierte die drei. Verwirrt sahen sie einander an – und verschwanden und nahmen den Umhang mit. Dallandra schleuderte ihnen ein paar Flüche nach, dann konzentrierte sie sich darauf, wieder die Vogelgestalt anzunehmen, und flog direkt nach Hause. Sie hatte viele Fragen für die älteren Dweomermeisterinnen im Lager.

Und dennoch schien keine von ihnen viel über die Wächter zu wissen. Keine hatte zuvor in Betracht gezogen, daß sie tatsächlich existierten und nicht nur Teil einer alten Legende waren. Daß sie eher Geister als fleischliche Wesen waren, schien deutlich zu sein, aber niemand wußte, wo ihre Heimat im Universum wirklich lag, nicht einmal Aderyn.

»Weißt du, auch wir haben Geschichten von Wesen, die diesen Wächtern entsprechen könnten«, stellte er eines Nachmittags fest. »Mein Volk muß ihnen irgendwo auf seinen Reisen begegnet sein. Aber unsere Berichte darüber sind nur Einzelheiten, hier und da eine Geschichte, ganz ähnlich wie bei euch.«

»Sie bestehen darauf, zum Volk zu gehören, und sie scheinen an dasselbe Land gebunden zu sein. Und sie sind komplexer als Elementargeister. Sie haben Gesichter und Herzen – oh, das ist einfach alles Unsinn.«

»Nein. Du meinst, daß sie dir wie wirkliche Individuen vorkommen.«

»Genau. Aber irgendwie ungestaltet oder unvollendet … Ach, ich weiß es einfach nicht! Wir werden warten müssen, bis du sie auch gesehen hast, dann können wir vielleicht mehr herausfinden. Sie sind allerdings faszinierend.«

»Ganz bestimmt. Ich hoffe, daß ich ihnen einmal begegne.«

Aber es schien, als mieden sie ihn; sie kamen nur zu Dallandra, wenn sie allein war. Wenn sie zu Pferd unterwegs war, sah sie sie nur aus der Ferne. Für gewöhnlich hörte sie seltsame Musik, drehte sich danach um und sah eine ihrer Prozessionen in weiter Entfernung über das Grasland ziehen. Wann immer sie versuchte zu galoppieren und sie zu erreichen, verschwanden sie einfach. Wenn sie ihre Vogelgestalt angenommen hatte und flog, kamen sie häufig als Schwäne oder Fischadler und flogen mit ihr, oft ohne ihr auch nur ein einziges Wort oder einen Gedanken mitzuteilen. Endlich fiel ihr auf, daß sie ihr in ihrer wirklichen Gestalt aus dem Weg gingen, weil sie üblicherweise etwas aus Eisen dabeihatte – ein Messer an ihrem Gürtel, das Gebiß am Pferdezaumzeug oder die Steigbügel.

An einem kühlen, aber sonnigen Tag entschloß sie sich, ohne Sattel und nur mit einem Seilhalfter zu reiten, und ließ ihre Messer zu Hause. Und schon bald, nachdem sie das Lager verlassen hatte, erschienen die beiden Frauen und ihr männlicher Begleiter auf milchweißen Pferden mit rostbraunen Ohren.

»Aha«, stellte die ältere Frau fest. »Du hast das Dämonenmetall zu Hause gelassen.«

»Ja, aber ich verstehe wirklich nicht, warum ihr es so haßt.«

Der Mann runzelte nachdenklich die Stirn. Sein Gesicht war ausgesprochen hübsch und sehr elfisch, sein Haar gelb wie eine Osterglocke, seine Lippen hatten das Rot von Sauerkirschen, und die Augen waren himmelblau – Farben, die Dallandra so künstlich vorkamen wie die Zeltfarben, die Handwerker aus Mineralien und Rinden herstellten.

»Wir verstehen das auch nicht«, sagte er schließlich, »ansonsten würden wir es dir sagen. Hör zu, Mädchen, vielleicht kannst du dieses Rätsel für uns lösen. Wenn Eisen in der Nähe ist, können wir nicht richtig zu eurer Welt durchdringen. Wir schwellen und verändern uns und leiden. Es tut weh, das kann ich dir sagen.«

»In unsere Welt durchkommen? Und wo liegt eure Welt?«

»Weit weg und über dem Himmel und unter dem Hügel«, sagte die junge Frau und beugte sich im Sattel begierig vor. »Würdest du sie gerne sehen?«

Dallandra spürte die Warnung wie einen Schlag ins Gesicht.

»Eines Tages vielleicht, aber nun muß ich nach Hause gehen und mich um meine Herde kümmern.«

Sie wendete das Pferd, spornte es gnadenlos an und galoppierte davon, während das Lachen der Wächter hinter ihr herhallte und in ihrem Kopf noch lange Zeit zu hören war.

Dank der Offenheit des männlichen Wächters konnte Aderyn einen Teil des Rätsels lösen, genauer gesagt sein alter Meister, mit dem Aderyn durch das Feuer Verbindung aufnahm. »Er sagt, sie müssen irgendwo zwischen Geistern und uns stehen«, berichtete Aderyn. »Die Körper, die wir sehen, sind tatsächlich nur ätherische Substanz, die auf die physische Ebene durchdringt, und eigentlich kein Fleisch und Blut. Sie müssen imstande sein, großen Zauber über sich zu verhängen und ihre Gestalt zu verändern, aber Nevyn sagt, dazu brauchen sie eine Art echter Substanz, mit der sie arbeiten können. Weißt du, was ein Magnet ist?«

»Nein.«

»Den haben bardekianische Kaufleute erfunden. Sie nehmen eine Eisennadel und machen etwas damit, damit sie eine übergroße Menge Aethyr aufsaugt. Ich weiß nicht, was sie tun – ihre Kapitänsgilde hält es geheim. Wenn sie damit fertig sind, ziehen diese Magneten jedenfalls winzige Eisenspäne an – es ist seltsam, so etwas mit anzusehen, denn die Späne hängen an der Nadel wie Haare an der Katze. Aber das Wichtigste daran ist, daß nach diesem geheimnisvollen Prozeß ein Ende der Nadel immer nach Süden zeigt. Sie benutzen es zum Navigieren.«

»Bei der Dunklen Sonne! Ein wahres Wunder! Aber was hat das mit den Wächtern zu tun?«

»Nun, Nevyn sagt, daß Eisen Aethyr aus den Wächtern heraussaugt, ähnlich wie ein Magnet. Dann zieht es die ätherische Substanz entweder an oder stößt sie ab.«

»Läßt sie schrumpfen und schwellen, genau wie dieser Mann sagte.«

»Ja. Und was ihre wahre Heimat angeht, so liegt sie vielleicht auf der ätherischen Ebene, aber sie gehören nicht zum Wildvolk. Nevyn meinte, sie könnte in einem Teil des Universums liegen, den wir nicht einmal kennen.«

»Das ist wirklich eine große Hilfe! Aber es ist doch gleich, wohin sie gehören. Wichtig ist, was sie von uns wollen. Sie behaupten, dem Volk in der Vergangenheit gedient zu haben. Denkst du, sie sind wie eure Herren des Lichts, die Großen? Ich meine, Seelen wie wir, die vor uns zum Licht gegangen sind?«

»Das habe ich Nevyn auch gefragt, und er meinte, er bezweifle das, einfach, weil die Wächter so seltsam und willkürlich und irgendwie gefährlich scheinen.«

»Nun, dann sind sie vielleicht unsere Nachfolger.«

»Aber das ist das Wyrd des Wildvolks, unter eurer Fürsorge zu wachsen und Bewußtsein zu erlangen. Ich frage mich, warum die Wächter immer als Elfen erscheinen und die elfische Art nachahmen. Ich traue ihnen nicht, Dalla, und ich wünschte, du würdest dich nicht allein mit ihnen treffen.«

»Aber wenn ich es nicht tue, wie sollen wir etwas über sie herausfinden?«

»Können wir nicht einfach das Waldvolk fragen, wenn wir im Frühjahr wieder nach Osten reiten?«

»Das Waldvolk sagt über die Wächter immer nur, daß sie Götter seien.«

Dallandra wurde plötzlich klar, daß Aderyns Warnung sie ärgerte. Wie kann er es wagen, mir zu sagen, was ich tun soll, dachte sie. Denn sie wußte, daß die Wächter in Wahrheit so faszinierend waren, daß sie sie einfach nicht aufgeben wollte. Noch an diesem Nachmittag ließ sie alles Eisen zurück, nahm ihre Lieblingsstute und ritt hinaus aufs Grasland. Nicht weit vom Winterlager gab es eine Stelle, auf der sich drei Rinnsale zu einem Bach vereinten, und den »Kindergeschichten« zufolge wurde ein solcher Ort, an dem drei Bäche zusammenflossen, immer von den Wächtern bevorzugt. Dallandra machte sich auf den Weg, um diese Theorie zu überprüfen. Zuerst sah sie das Pferd, einen weißen Wallach mit rostbraunen Ohren, dann seinen Reiter, der abgestiegen war und auf der anderen Seite des Wassers im Gras saß. Als sie näher heranritt und selbst abstieg, stand er auf und streckte die Hand aus. In der kalten Wintersonne schien sein unmöglich gelbes Haar von selbst zu leuchten.

»Komm mit mir, kleine Schwester.« Seine Stimme war so wohlklingend wie eine Harfe.

»Ach, ich denke, ich bleibe lieber auf meiner Seite des Wassers, danke. Immerhin kenne ich nicht einmal deinen Namen.«

Er legte den Kopf zurück und lachte.

»Also gut, dieser Punkt geht an dich! Du kannst mich Evandar nennen.«

»Ich will keinen Namen, bei dem ich dich nennen kann, ich will deinen wahren Namen wissen.«

»Noch ein Punkt für dich! Was, wenn ich dir sagte, daß er Kerun lautet?«

»Dann würde ich dich einen Lügner nennen, weil das der Name eines Rundohrgottes ist.«

»Und damit den dritten Punkt machen. Wenn ich dir meinen wahren Namen nenne, wirst du mir deinen sagen?«

»Das hängt davon ab, ob du den anderen meinen Namen nennst, obwohl ich ihren nicht kennen werde.«

»Meine Frau heißt Alshandra, meine Tochter Elessario, und ich heiße tatsächlich Evandar. Es sollte ein Scherz sein, dir meinen wirklichen Namen zu nennen und dich glauben zu lassen, daß er falsch ist. Und weil du gedacht hättest, daß er falsch ist, hätte es dir keine Macht gegeben, obwohl er Macht haben sollte, und es wäre alles irgendwie sehr zufriedenstellend gewesen. Für einen Scherz zumindest.«

Wäre er ein Elf gewesen, hätte sie ihn für verrückt gehalten, aber da er einer anderen Art angehörte, konnte sie das wohl kaum sagen. Ein Handel allerdings war ein Handel.

»Ich heiße Dallandra.«

»Ein hübscher Name. Und nun komm auf meine Seite des Wassers, weil ich dir meinen Namen genannt habe.«

»Nein, denn ich habe dir zur Erwiderung meinen Namen verraten.«

Wieder lachte er nur.

»Du bist wirklich wunderbar.« Wie ein Lichtblitz aus Silber verschwand er, dann erschien er wieder auf ihrer Seite des Wassers. »Also werde ich statt dessen zu dir kommen. Gibst du mir einen Kuß, weil ich das Wasser überquert habe?«

»Nein, denn ich habe dir bereits den Gefallen getan, um den du mich gebeten hast. Ich habe etwas über das Eisen herausgefunden.«

Obwohl er ihr mit ernster Miene und mit nachdenklichem Blick zuhörte, fragte sie sich, ob er ihre Erklärung tatsächlich verstand, weil sie so abstrakt war.

»Also gut«, sagte er schließlich, »ich habe nie einen dieser Magneten gesehen, aber ich wette, sie würden mir weh tun. Ich danke dir, Dallandra. Du bist ebenso klug wie schön.«

Sein Lächeln war so liebenswert, sein Blick so intensiv, daß sie automatisch einen Schritt zurücktrat. Sein Lächeln wich echter Melancholie.

»Mißbilligst du mich so sehr?« fragte er.

»Nein. Du kommst mir nur gefährlich vor, und ich möchte auch nicht, daß Alshandra eifersüchtig wird.«

»Du bist mehr als klug – du bist wirklich weise!« Er grinste und enthüllte spitze Zähne. »Wir wollen euch nicht weh tun, weißt du, tatsächlich haben wir schon häufig versucht, euch zu helfen. Nun, die meisten von uns. Es gibt einige ...« Er hielt inne, starrte einen Augenblick ins Gras und zuckte dann die Achseln. »Wir brauchen euch, wißt ihr.«

»Warum?«

»Damit wir nicht verschwinden.«

»Wie bitte? Warum solltet ihr verschwinden?«

»Ich glaube ... ich glaube ...« Er blickte auf, starrte dann aber über ihre Schulter hinweg zum Himmel. »Ich glaube, wir sollten wie ihr sein, aber wir haben es irgendwie nicht erreicht. Ja, das glaube ich wirklich. Wir haben es nicht geschafft. Irgendwie.«

Und dann war er verschwunden und sein Pferd mit ihm. Dallandra war plötzlich kalt, und ihr wurde übel, so schrecklich übel, daß sie einen Augenblick brauchte, um festzustellen, daß sie Angst hatte und nicht krank war. Sie stieg aufs Pferd und ritt nach Hause. Etwa eine halbe Meile vom Lager entfernt begegnete sie Aderyn, der gedankenverloren am Fluß entlangschlenderte. Bei seinem Anblick hätte sie vor Erleichterung beinahe laut aufgeschrien: Er war so gewöhnlich und vertraut und *sicher;* er mochte ein Rundohr sein, aber da er ein Dweomermann war, hatte er eine engere Verbindung zu ihr als jeder Mann ihres eigenen Volkes. Als er sie sah, lächelte er sie so erfreut an, daß sie sich plötzlich fragte, ob er sie liebte, ja, sie hoffte, daß er das tat, denn zum erstenmal in ihrem Leben wurde ihr klar, daß die Liebe eines Mannes auch eine Zuflucht und nicht nur Belästigung sein konnte. Sie stieg ab und führte ihr Pferd zu ihm herüber.

»Bist du ausgeritten?« fragte er.

»Ja.« Sie bemerkte, daß er sie einfach nicht nach den Wächtern fragen wollte, und dafür liebte sie ihn beinahe. »Ich verbringe zuviel Zeit allein, glaube ich.«

»Ach ja?« Er grinste erleichtert. »Ich wollte nichts darüber sagen, aber ...«

»Tatsächlich *aber.* Weißt du, es ist an der Zeit, daß wir dir endlich das Fliegen beibringen.«

»Nichts wäre mir lieber.«

So dicht, daß ihre Schultern sich berührten, und tief in ihr Gespräch versunken, gingen sie zusammen zurück ins Lager, aber es kam Dallandra so vor, als hörte sie das spöttische Lachen der Wächter im Schrei weit entfernter Seevögel. Als sie in plötzlicher Angst schauderte, streckte Aderyn den Arm aus und nahm sie an der Hand.

»Was ist denn?«

»Ach, nichts. Ich bin einfach müde.«

Als er ihre Hand wieder losließ, tat er das so langsam, so widerstrebend, und in seinem Blick lagen so viele Gefühle, daß sie wußte, daß er sie liebte. Ihr Herz flatterte in ihrer Kehle wie ein gefangener Vogel.

»Geht es dir wirklich gut?« fragte er.

»Ich glaube schon. Ado, ich bin heute einem Wächter begegnet, und er hat mir seltsame Dinge erzählt. Ich brauche deine Hilfe.«

»Dann sollst du sie haben – alles, was ich dir geben kann. Dalla, ich würde alles für dich tun, alles.«

Und anders als bei den anderen jungen Männern, die sie umworben hatten, wußte sie, daß er es ernst meinte.

Im Lauf der feuchten und trägen Wintertage wurde Aderyn klar, daß es mehr als nur Ehre mit sich brachte, Dweomermeister beim Westvolk zu sein. Dallandra hatte Nanannas gesamten Besitz geerbt – das Zelt und seinen Inhalt, zwanzig Pferde und eine Herde aus fünfzig Schafen –, aber sie kümmerte sich nicht um die Tiere. Sie kochte ihre eigenen Mahlzeiten und auch die Aderyns, weil sie gerne kochte, aber der Rest des Volkes erledigte ihre sonstigen Arbeiten; wenn sie es zugelassen hätte, hätten sie ihr gedient wie einer großen Dame. Da auch Aderyn Dweomer beherrschte, wurde er auf dieselbe Weise behandelt. Sobald die Elfen bemerkten, daß er nichts besaß, begannen sie, ihn zu beschenken. Jedes in irgendeiner Weise ungewöhnliche Tier – sämtliche Lämmer, die außerhalb der Jahreszeit geboren wurden, alle Pferde mit seltsamen Zeichen im Fell, selbst ein Hund, der sich als außergewöhnlich intelligent erwies – war in den Augen des Volks Eigentum jener, die ebenso seltsame Eigenschaften hatten, und man führte diese Tiere automatisch der Herde der Weisen zu. Wie Aderyn eines Abends gegenüber Nevyn bemerkte, als sie sich durch das Feuer unterhielten, hatte sein neues Leben gegenüber dem eines umherziehenden Kräutermanns einige Vorteile.

»Nun, das mag ein Vorteil sein«, dachte Nevyn ihm leicht säuerlich zu, »aber vergiß nie, daß du dienen sollst, nicht bedient werden. Wenn dein Kopf zu sehr schwillt, könnten die Herren des Wyrd einen Weg finden, ihn wieder schrumpfen zu lassen.«

»Das stimmt, und ich habe einiges an wirklicher Arbeit zu tun, also brauchst du dir darum keine Sorgen zu machen. Hier ist so viel Wissen verlorengegangen, Nevyn. Ich wünschte nur, ich wäre ein echter Gelehrter. Ich habe schreckliche Angst, gegenüber diesen Leuten zu versagen.«

»Bei Dweomerbelehrungen ist es so: Wenn man erst einmal die Wurzeln hat, wird die Pflanze wieder von selbst wachsen. Bringe ihnen bei, was du weißt, und sie werden den Rest finden. Außerdem werde ich vielleicht demnächst in deine Gegend kommen und dir Bücher mitbringen.«

»Ja? Das wäre wunderbar! Und du könntest meine Dallandra kennenlernen.«

Nevyns Abbild lächelte.

»Das würde mich wirklich freuen«, sagte der alte Mann. »Aber ich kann noch nicht versprechen, wann ich dasein werde.«

Jeden Nachmittag zogen sich Aderyn und Dallandra nun in ihr Zelt zurück, wo sie begann, ihm sowohl die Gestaltwandlung als auch die Elfensprache beizubringen. Sein Geist und sein Herz waren so erfüllt, daß er kaum sicher sein konnte, ob er sie so sehr liebte, weil sie den Dweomer beherrschte, oder ob ihr Dweomer nur ein weiterer, wunderbarer Schatz war, den er bei seiner Geliebten fand. Er nahm an, daß Dallandra von seiner Liebe wußte, aber sie sprachen nicht davon. Aderyn selbst war davon überzeugt, daß sie sich für einen schlichten Mann wie ihn nicht interessierte, aber zu freundlich war, das auszusprechen und damit sein Herz zu brechen. Da er nie verliebt gewesen war und das auch nie erwartet hatte, war er gefangen in seiner eigenen Naivität Frauen gegenüber – menschlichen und natürlich auch Elfenfrauen. Er hatte noch nie ein Mädchen geküßt, nicht ein einziges Mal, nicht einmal im Scherz.

An einem ruhigen Abend, der ein wenig wärmer war als üblich, verließen Aderyn und Dallandra das Lager und gingen zum Strand, um ein einfaches Ritual zu üben. Sie hatten nicht vor, großen Dweomer oder große Macht heraufzubeschwören; sie wollten einfach nur üben, gemeinsam dieses Ritual und die angemessenen Gesten im Einklang durchzuführen. Als der Mond sich von der Erde losriß und das Wasser mit Silber überflutete, stellten sie sich einander gegenüber und begannen, den unsichtbaren Tempel zu bauen, indem sie ihn sich zunächst vorstellten und dann einander beschrieben, was sie sahen. Mit zwei geübten Geistern entstanden die Kräfte rasch. Der rechteckige Altar, die beiden Säulen, die flammenden Pentagramme erschienen, kaum daß sie erwähnt wurden, und glühten vor Kraft. Aderyn und Dallandra stellten sich beiderseits des Altars – er nach Osten, sie nach Westen – und legten ihre Hände auf den schimmernden Würfel von Astralstein, den nur ihre eigenen Augen erblickten. Zum erstenmal spürte

Aderyn ihn auch tatsächlich so fest und kalt wie echten Stein unter seinen zitternden Händen.

Dallandra hob den Kopf und sah ihn an. Obwohl sie noch nicht mit irgendwelchen Anrufungen begonnen hatten, sah er plötzlich eine weibliche Gestalt hinter ihr stehen, ein schimmernder Umriß im Mondlicht. Zuerst dachte er, es wäre eine von den Wächtern, dann trat die Gestalt vor, verströmte Licht und Macht, stand fest und wirklich und wurde riesig, bis sie die wirkliche Elfenfrau, die neben ihr stand, beinahe zu verschlingen schien. Ihr helles Haar breitete sich aus wie Sonnenlicht, und ihr Lächeln durchdrang Aderyns Herz, so daß er aufschrie und zitterte, als der Duft von Rosen die Luft erfüllte.

»Was siehst du?« Das war Dallandras Stimme, aber so gewaltig wie eine Welle, die an den Strand dröhnte.

»Die Göttin. Ich sehe sie, und sie steht über dir.«

Kaum bewußt, was er tat, sank Aderyn auf die Knie und hob die Hände in Anbetung, während die Göttin sich wieder mit dem Mondlicht vereinte und vom Wind davongetragen wurde. Als sie weg war, sank er zusammen und weinte wie ein verlassener Geliebter. Dallandra stieß einen Schrei aus und stampfte auf den Boden. Ganz plötzlich verschwand die Kraft, verschwand der Tempel, und Aderyn sackte vorwärts und wäre beinahe zu Boden gestürzt, weil er sich auf den Astralaltar gestützt hatte. Halb ausgestreckt auf dem feuchten Sand, war er zu erschöpft, mehr zu tun, als zuzusehen, während Dallandra das Ritual beendete und die unsichtbaren Kräfte bannte. Erst als sie fertig war, hörte er das Rauschen des Meeres wieder. Dallandra kniete sich neben ihn und griff nach seinen Händen.

»Ich habe noch nie solche Macht verspürt. Ich weiß nicht, was wir falsch gemacht haben – wenn man es falsch nennen kann.«

»Selbstverständlich war es falsch!« fauchte Aderyn. »Ich schulde dir hundert Entschuldigungen. Ich habe vollkommen die Beherrschung verloren. Bei den Höllen, du mußt mich für einen Anfänger halten.«

Dallandra lachte, ein leises, wohlklingendes Geräusch.

»Wohl kaum!«

Im Dunkeln hing immer noch ein leichter Schimmer über ihrem Gesicht. Plötzlich und zum erstenmal in seinem Leben verspürte Aderyn Begierde – nicht eine sentimentale Sehnsucht, sondern reinen körperlichen Hunger nach ihrem Körper. Er konnte an nichts anderes denken; er wollte sie packen und nehmen wie der schlimmste Barbar in der Welt. Rasch zog er seine Aura ein und riß sich zusammen, aber sie hatte die Heftigkeit seiner Gefühle bemerkt, weil sie sich auf seiner Miene widerspiegelten.

»Wir haben das Ritual zu rasch abgebrochen.« Dallandras Stimme zitterte. »Ich bin es, die sich entschuldigen muß. Wir hätten zulassen sollen, daß die Kräfte verebben.«

»Das hätte nur zu Schlimmerem geführt.«

Aderyn ließ ihre Hände los, stand auf und drehte ihr den Rücken zu, weil ihm vor Scham ganz elend war. Als sie zögernd eine Hand auf seine Schulter legte, drehte er sich um und schob sie weg.

»Du solltest lieber in dein Zelt zurückkehren.«

Angestrengt gegen Tränen ankämpfend, rannte sie ins Lager zurück. Er ging hinunter zum Wasser, griff nach einem flachen Stein und ließ ihn übers Wasser hüpfen. Als der Stein sank, stellte er sich seine Begierde vor und ließ die Empfindung mit dem Stein sinken.

Als sie sich am Morgen trafen, um ihre Studien fortzusetzen, tat Dallandra, als wäre nichts Ungewöhnliches passiert, aber Aderyn konnte sehen, daß sie beunruhigt war. Sie verbrachten eine unangenehm distanzierte Stunde, in der sie sich über die angemessene Visualisierung der Vogelgestalt unterhielten, während von draußen die Geräusche des Alar hereindrangen –

Kinder schrien, Hunde bellten, Enabrilia kicherte, als sie etwas mit einer anderen Frau besprach, ein kurzer Streit, ein Faustkampf zwischen zwei jungen Männern, das Geschrei, als der Rest des Alar hinrannte, um den Kampf zu verhindern. Nachdem sie zum zehnten Mal unterbrochen worden waren, konnte Aderyn es einfach nicht mehr ertragen.

»Beim Höllenfürsten selbst, warum können sie nicht einmal einen Augenblick still sein?«

»Das weiß ich nicht.« Dallandra dachte ernsthaft über die Frage nach. »Das ist ein interessanter Punkt.«

Aderyn hätte sie beinahe angeschrien, aber er nahm sich zusammen.

»Es ist nicht der Lärm, der dich stört«, sagte sie schließlich, »du weißt es, und ich weiß es auch.«

Er hatte das sehr unmagische Gefühl zu erröten. Einen Moment schien sie erschrocken über ihre eigenen Worte, dann zwang sie sich weiterzusprechen.

»Je mehr wir zusammenarbeiten, desto mehr werden die Kräfte uns aufeinander zuziehen. Wir werden uns dem früher oder später stellen müssen.«

»Selbstverständlich, aber dann ... nun, es tut mir wirklich leid, ganz ehrlich, aber ... dann wäre es keine gute Idee für uns ... ich meine ...« Aderyns Worte gingen in der Verlegenheit unter.

Lange Zeit starrte sie auf den Boden des Zeltes, und sie schien ebenso schüchtern zu sein, wie er sich fühlte. Endlich blickte sie auf, mit der Haltung einer Frau, die der Hinrichtung entgegenreitet.

»Ich weiß, daß du mich liebst. Ich muß ehrlich sein – ich liebe dich noch nicht, aber ich weiß, daß das bald der Fall sein wird, einfach, weil ich mit dir zusammenarbeite und weil ich dich schon gern genug habe. Wir könnten also genausogut gleich anfangen, das Lager zu teilen.«

Als Aderyn etwas sagen wollte, brachte er nur ein leises Murmeln heraus. Er spürte, wie seine Wangen brannten.

»Ado! Was ist denn?«

»Nichts. Ich meine, es hat nichts mit dir zu tun.«

Als sie versuchte, ihm die Hand auf den Arm zu legen, wich er zurück.

»Das verstehe ich nicht.« Dallandra war zutiefst gekränkt. »Habe ich mich geirrt? Ich dachte, daß du mich begehrst. Liebst du mich nicht?«

»Selbstverständlich! Bei den Höllen – irgendwie mache ich alles falsch.«

Wie ein Pferd in Panik konnte Aderyn nur daran denken davonzurennen. Ohne ein weiters Wort verließ er das Zelt, rannte durchs Lager und zum Strand. Hier lief er über den festen Sand an der Wasserlinie, bis er völlig außer Atem war, dann warf er sich auf den weichen, sonnengewärmten Strand weiter landeinwärts. So viel zu großer Dweomermacht, sagte er sich. Du elender Dummkopf! Er fand ein altes Stück Treibholz und begann, es zu Fasern zu zerrupfen. Er hatte nur eine sehr unklare Vorstellung davon, was ein Mann mit einer Frau tat – was würde sie von ihm halten? Wie konnte er ein so schönes Wesen auch nur berühren – was, wenn er alles falsch machte und ihr weh tat?

Die windzerzauste Stille, die warme Sonne, die Schönheit des auf dem Wasser tanzenden Lichtes, all das half ihm, sich wieder zu beruhigen, bis er nachdenken konnte. Langsam und logisch erinnerte er sich daran, daß sie zweifellos recht hatte. Wenn sie eine solche Intensität polarisierter Kraft zwischen ihnen schufen, war es die einzige Möglichkeit, der Sache ihren Lauf zu lassen, damit die Energie angemessen abfloß – auf eine Weise, die so rein und heilig war wie jeder andere Teil seines Lebens. Der Dweomer hatte nie erwartet, daß er im Zölibat lebte wie ein Priester. Er liebte Dallandra wirklich. Und ihr

Angebot war ehrlich gewesen. Dann erinnerte er sich, wie sie dagesessen hatte, als er sie verließ: mit erstaunt geöffnetem Mund, wahrscheinlich annehmend, daß er verrückt sei oder Schlimmeres, oder vielleicht spottete sie auch über ihn. Er schlug die Hände vors Gesicht und weinte. Als er sich schließlich wieder beherrschen konnte, blickte er auf und sah sie ganz in der Nähe stehen.

»Ich bin dir nachgelaufen. Bitte sag mir, womit ich dich gekränkt habe.«

»Mit gar nichts. Es ist alles mein Fehler.«

Dallandra betrachtete ihn forschend mit ihren sturmgrauen Augen, dann setzte sie sich neben ihn. Ohne nachzudenken, streckte er die Hand aus; sie nahm sie, ihre Finger warm und weich auf seinen.

»Ich liebe dich wirklich«, sagte Aderyn. »Aber ich wollte es dir auf bessere Weise sagen.«

»Ich hätte warten sollen, bis du es mir sagst. Es tut mir ebenfalls leid. Viele Männer haben sich in mich verliebt, aber ich wollte nie etwas mit einem zu tun haben. Ich habe Angst, Ado. Ich wollte es einfach hinter mich bringen.«

»Nun, ich habe auch Angst. Ich war vorher noch nie mit einer Frau zusammen.«

Dallandra lächelte so schüchtern wie ein junges Mädchen, und ihr Griff um seine Hand wurde fester.

»Dann müssen wir es eben zusammen lernen. Oh, bei diesen Höllen, von denen du immer redest, Ado, wir haben so viel seltsames Wissen aufgehäuft und kennen Geister von jeder Ebene der Welt und haben in die Zukunft geschaut und all diese Dinge. Wir werden doch sicher herausfinden können, was andere Leute lernen, wenn sie noch Kinder sind!«

Aderyn lachte, und lachend konnte er sie küssen, auf ihre zarten, roten Lippen. Als sie die Arme um seinen Hals schlang, spürte er Wärme aufsteigen, die gegen seine Angst kämpfte. Er war zufrieden mit ihren Küssen, dem Duft ihres Körpers in seinen Armen und dem gelegentlichen schüchternen Streicheln. Hin und wieder sah sie ihn an und lächelte mit solcher Zärtlichkeit, daß er am liebsten geweint hätte: Eines Tages würde sie ihn lieben, diese Frau, die er für unerreichbar gehalten hatte.

»Soll ich meine Sachen heute nacht in dein Zelt bringen?« fragte er.

Sie erlebte einen letzten Augenblick des Zweifels: das sah er an ihrer plötzlichen Reglosigkeit.

»Oder wir können den Dingen einfach ihren Lauf lassen. Dalla, ich liebe dich genug, um zu warten.«

»Das ist es nicht.« Ihre Stimme war unsicher. »Ich habe nur Angst, daß ich dich benutze.«

»Mich benutzen?«

»Wegen der Wächter. Ich habe manchmal das Gefühl, daß ich auf ihr Meer hinausdriften könnte. Ich will einen Anker, Ado. Ich brauche einen Anker, aber ich ...«

»Dann laß mich dir helfen. Ich habe gesagt, daß ich es tun werde, und das habe ich ernst gemeint.«

Lachend warf sie sich in seine Arme und klammerte sich an ihn. Jahre später würde er sich an diesen Augenblick erinnern und sich selbst verbittert sagen, daß sie ihn gewarnt hatte.

Und dennoch, er konnte sich nie übelnehmen, daß er die Warnung ignoriert hatte, wo er doch so glücklich war, als jeder Tag seines neuen Lebens so warm und golden und süß wurde wie ein Stück sonnengereiftes Obst, ganz gleich, wie sehr draußen der Winter tobte. An diesem Nachmittag trug er seine Sachen zu Dallandras Zelt, und er stellte fest, daß diese einfache Tatsache beim Volk einer Hochzeit gleichkam. Am Abend gab es ein Festessen und Musik, und als sich Aderyn und Dallandra von der Festlichkeit wegschlichen, stellten sie fest, daß man ihr Zelt abgebaut und eine gute halbe Meile vom Lager entfernt wieder aufgeschlagen hatte.

Während Dallandra ein Feuer entzündete, verschnürte Aderyn die Zeltklappe. Nun, da sie allein waren, wußte er nicht mehr, was er sagen sollte, und beschäftigte sich damit, seine Ausrüstung ordentlich im Zelt unterzubringen. Er schob alles immer wieder hin und her, als ob das wichtig wäre, während sie auf einem Stapel Decken saß und ihm zusah. Als er endlich nicht mehr so tun konnte, als hätte er noch etwas zu tun, setzte er sich neben sie, blickte aber nur zu Boden.

»Nun … äh … ich weiß nicht«, sagte er. »Soll ich dir sagen, wie sehr ich dich liebe?«

Er hörte sie lachen, und als er dann aufblickte, sah er, daß sie ihr Haar gelöst hatte und die Zöpfe aufflocht. Ihr schmales Gesicht schien beinahe verloren in dem dichten silbernen Gewebe, das ihr bis zur Taille reichte. Als er es wagte, mit der Hand darüberzustreichen, lächelte sie ihn an.

»Wir haben die Zeltklappe verschnürt«, sagte sie. »Niemand wird es jetzt wagen, uns zu stören.«

Lächelnd beugte sich Aderyn zu ihr und küßte sie. Diesmal wandte sie sich ihm mit einem schüchternen Begehren zu, das seine Leidenschaft entfachte.

Von diesem Tag an behandelten ihn alle, als hätte er schon immer beim Volk gelebt und als wäre er immer Dallandras Mann gewesen, genauso wie sie seine Frau wurde, so natürlich, daß er das Gefühl hatte, sein Herz würde vor Freude brechen, vor der ersten wirklichen menschlichen Freude, die er je im Leben empfunden hatte, Teil eines Paars und nicht mehr einsam zu sein. Selbst Calonderiel akzeptierte die Situation, dennoch verließ er bald nach dem kürzesten Tag des Jahres den Kriegshaufen des Banadar und schloß sich einem anderen

Alar an. Aderyn hatte deshalb ein schlechtes Gewissen und sprach darüber mit Halaberiel.

»Mach dir keine Sorgen«, sagte der Banadar. »Er wird es sich anders überlegen, wenn sein gebrochenes Herz geheilt ist. In seinem Alter passiert das wahrscheinlich relativ schnell.«

Und Halaberiel sollte recht behalten. Als sie beim ersten warmen Wetter das Winterlager abbrachen, kam Cal zurück und begrüßte jeden, Aderyn eingeschlossen, wie einen lange verlorenen Bruder, brachte seine Ausrüstung an der alten Stelle im Zelt des Banadar unter, und keiner verlor ein Wort darüber. Als die Alarli nach Norden, zum Forellensee, zogen, schlossen sich ihnen andere Krieger an, Schwertkämpfer und Bogenschützen, Männer und Frauen, bis eine ganze Armee zur Begräbnisstätte ritt, um dort ihr Lager aufzuschlagen und auf Neuigkeiten aus Eldidd zu warten. Da der Dweomer Aderyn keine Warnungen schickte, bezweifelte er, daß es zum Krieg kommen würde, aber Halaberiel verbrachte lange ruhelose Nächte damit, am Seeufer auf und ab zu gehen, bis endlich Namydd mit seiner Handelskarawane kam, um zu verkünden, daß es nichts als Frieden geben würde.

Obwohl Melaudds älterer Sohn, der nun Tieryn Waldyn war, nach Rache geschrien und den ganzen Winter damit verbracht hatte, nach Männern für seinen Feldzug zu suchen, hatte er keinen Erfolg gehabt. Prinz Addryc hatte seine Hilfe verweigert, da sich der Bär seinem Erlaß über den heiligen Begräbnisplatz der Elfen widersetzt hatte. Keiner der anderen wollte sich die Ungnade des Prinzen zuziehen oder sich den langen Bögen des Westvolks stellen, und Waldyns mögliche Verbündete fanden eine ganze Armee von Gründen, dies nicht zu tun, vor allen Dingen, nachdem sich die Nachrichten aus Cannobaen, daß ein Trupp von Westvolk die Festung im Westen angegriffen und besiegt hatte, nach Norden ausgebreitet hatte.

»Also kann Waldyn in sein Bier murmeln, was er will«,

schloß Namydd. »Aber er wird in diesem Sommer keine Rache bekommen. Außerdem gibt es jetzt Ärger an der Grenze nach Deverry. Der König von Eldidd hat die Zölle für die Bergpässe eingenommen, solange sich Menschen erinnern können, aber nun beansprucht der Gwerbret von Morlyn sie. Und deswegen wird Blut fließen.«

»Wunderbar«, sagte Halaberiel. »Sie werden sich nicht auf unser Land wagen, wenn sie untereinander zerstritten sind. Mögen die Kriegsgötter sie zu einem langen, langen Tanz führen.«

Das Volk verbrachte über einen Monat am Forellensee, grub Steine aus den Hügeln und benutzte sie, um eine Grenzlinie zu markieren und den heiligen Boden zu kennzeichnen. Niemand konnte sich daran erinnern, wie man den Mörtel herstellte, der einmal die berühmten Städte im Westen zusammengehalten hatte, aber wie Halaberiel feststellte, würden sie oft genug zurückkommen, um die Grenzlinie immer wieder reparieren zu können, ohne daß sie eine richtige Mauer bauten. Während der Arbeiten setzte Aderyn seine Belehrungen fort, da mehrere Dweomermeister ihnen gefolgt waren, und schließlich stattete auch Nevyn ihm den versprochenen Besuch ab. Der alte Mann hatte nicht nur Bücher mitgebracht – drei ganze Bände kostbarer Schriften, darunter auch das Geheimbuch Cadwallons des Druiden –, sondern auch eine Maultierladung mit Pergamentrollen, große Blöcke getrockneter Tinte und Schiefertafeln, mit denen man die Tinte ins Wasser reiben konnte. Griffel konnten sie sich selbst aus dem Ried schneiden.

»Woher hast du das Geld für all das?« wollte Aderyn wissen, während er die Tinte bestaunte. Jeder Block war mit den Pelikanen des Gottes Wmm gestempelt. »Oder hat der Tempel es dir einfach geschenkt?«

»Die Tinte war tatsächlich ein Geschenk, aber den Rest habe

ich gekauft. Lord Maroics Sohn hat mich gut dafür bezahlt, daß ich seiner neuen Frau das Leben gerettet habe.« Nevyns Blick wurde plötzlich starr. »Ado, ich habe Neuigkeiten für dich. Komm mit mir.«

Als sie das Zelt verließen, schien Dallandra das kaum zu bemerken, so sehr war sie in die Bücher versunken. In der heißen Nachmittagssonne gingen sie hinunter zum See, wo kleine Wellen an den weißen Sandstrand schlugen.

»Etwas stimmt nicht, oder?« sagte Aderyn.

»Ja. Es gab im letzten Winter in Blaeddbyr ein schlimmes Fieber. Dein Vater und deine Mutter sind tot. Auch Lord Maroic ist tot und die meisten älteren Leute dort und alle kleinen Kinder im Dorf.«

Aderyn riß den Kopf hoch. Er hätte weinen und klagen mögen, aber er bekam keinen Laut heraus und konnte sich nicht regen. Nevyn legte ihm sanft die Hand auf die Schulter.

»Es schmerzt mich ebenfalls, Ado. Ich dachte, es wäre besser, es dir persönlich zu sagen, als dir die Nachricht nur durch das Feuer mitzuteilen.«

Aderyn nickte und wunderte sich über sich selbst und all die Trauer, die seine Zunge offenbar gelähmt hatte. Sie sind nicht wirklich tot, sagte er sich. Sie sind nur weitergegangen. Sie werden wiedergeboren werden. Du weißt das doch.

»Dieses Fieber war schrecklich.« Nevyns Stimme war leise und distanziert, als spräche er mit sich selbst. »Aber zumindest ging es schnell. Lyssa wäre vielleicht durchgekommen, wäre nicht Gweran bereits tot gewesen. Ich glaube nicht, daß sie wirklich ohne ihn weiterleben wollte.«

Wieder nickte Aderyn nur, immer noch unfähig zu sprechen.

»Tränen sind keine Schande, Junge. Sie sind weitergegangen zu einem neuen Leben, aber wer weiß, ob du sie je wiedersehen wirst?«

Bei diesem Satz konnte Aderyn endlich weinen. Er legte den Kopf zurück und schluchzte laut, wie einer vom Volk.

»Sie werden mir fehlen«, sagte er schließlich. »Besonders Mutter. Ihr Götter, Nevyn, ich komme mir so verloren vor! Von dir abgesehen, habe ich nun wirklich niemanden mehr als das Volk.«

»Ja, da hast du recht, aber das ist dein Wyrd, Junge. Ich weiß nicht, warum, aber es ist dein Wyrd, und du hast es anerkannt. Dafür hast du meinen Respekt.«

Da Aderyn in seiner Trauer das lärmige Lagerleben nicht ertragen konnte, führte Nevyn ihn auf einen langen, ruhigen Spaziergang halb um den See. Seinen alten Lehrer in der Nähe zu haben war tröstlicher als alle Kräuter. Als die Sonne unterging, machten sie sich auf den Rückweg, und Aderyn strengte sich an, sich abzulenken.

»Und was hältst du von meiner Dallandra?«

Nevyn grinste und sah plötzlich viel jünger aus.

»Ich wäre versucht, irgendeine kluge Bemerkung darüber zu machen, welches Glück du hast, eine so schöne Frau zu finden, aber ihre Schönheit ist tatsächlich noch das wenigste, nicht wahr? Sie hat große Macht, Ado, sehr große Macht.«

»Selbstverständlich.«

»Nimm das nicht zu leicht.« Nevyn blieb stehen und bedachte ihn mit einem seiner eisigen Blicke. »Verstehst du mich, Aderyn? Im Augenblick ist sie in dich und in den Gedanken, deine Frau zu sein, verliebt, aber sie ist eine Frau von sehr großer Macht.«

»Dessen bin ich mir jeden Tag bewußt. Und es gibt auch noch eine andere Sache. Denkst du denn, mir ist nicht klar, daß sie Hunderte von Jahren länger leben wird als ich? Ganz gleich, wie sehr ich sie liebe, ich bin nur ein geringfügiges Ereignis in ihrem Leben.«

»Wie bitte? Was sagst du da?«

»Verzeih mir, ich habe vergessen, daß du das nicht weißt. Das Volk lebt sehr, sehr lange, hier auf den Ebenen etwa fünfhundert Jahre, obwohl in den Städten sogar sechs- oder siebenhundert die Regel waren.«

Nevyn zögerte überrascht. »Aber Ado, der Neid ...«

»Ich weiß. Ich muß dagegen ankämpfen. Gegen meinen eigenen herzzerreißenden Neid.« An diesem Abend saßen sie zu dritt in Aderyns und Dallandras Zelt. Es war zu warm für ein Feuer, also hängte Dallandra eine Kugel aus Dweomerlicht an die Zeltstangen. Wildvolk umschwärmte sie, die Gnomen hockten auf Kissen, Feen und Sylphen hingen in der Luft, und ein paar mutige graue Burschen kletterten wie Katzen auf Nevyns Schoß.

»Aderyn hat mir von den Wächtern erzählt«, sagte Nevyn zu Dallandra. »Das ist wirklich eine seltsame Sache.«

»Nicht wahr«, meinte Dallandra. »Weißt du, wer oder was sie sind?«

»Geister, die nie wirklich geboren wurden.«

Aderyn und Dallandra starrten ihn an.

»Sie haben sich nie inkarniert, meine ich«, fuhr der alte Mann fort. »Aber ich habe das deutliche Gefühl, daß sie Seelen sind, die sich eigentlich hätten inkarnieren sollen. Ich glaube, das war es, Dalla, was Evandar mit ›es nicht geschafft haben‹ meinte: daß sie in der materiellen Welt eine fleischliche Existenz hätten haben sollen, sich aber geweigert haben. Die inneren Ebenen sind frei und wunderschön und voller Macht – und das ist eine große Versuchung. Sie sind außerdem vollkommen instabil und zerbrechlich. Nichts kann dort bestehenbleiben. Nicht einmal eine Seele, die einmal unsterblich gewesen wäre, hätte sie sich der Disziplinierung der Gestalt unterworfen.«

»Du meinst, die Wächter werden tatsächlich verblassen und irgendwann einfach verschwinden?« Angestrengt runzelte sie die Stirn.

»Ja. Irgendwann. Vielleicht nach Millionen von Jahren unserer Zeit, vielleicht bald – ich weiß es nicht.« Nevyn grinste. »Es ist nicht so, daß ich ein Experte auf diesem Gebiet bin.«

»Ja, natürlich.« Dallandra dachte noch einen Augenblick nach, bevor sie fortfuhr. »Evandar sagte, sie hätten ›wir‹ sein sollen. Sind es also elfische Seelen?«

»Mag sein. Es könnte auch sein, daß sie einer anderen Linie angehören, einem anderen Strom in diesem breiten Muster des Bewußtseins, der das Universum durchströmt, aber einem, der irgendwie in den falschen Seitenarm geraten ist. Es ist eigentlich unwichtig. Jetzt sind sie hier, und sie suchen verzweifelt nach einem Muster, dem sie folgen können.«

»Aber Evandar sagte, sein Volk könne uns helfen und Dinge für uns tun.«

»Zweifellos. Ihnen steht große Dweomermacht zur Verfügung, da sie sich auf den inneren Ebenen aufhalten. Ich wage nicht einmal daran zu denken, was sie alles tun können. Aber ich möchte eines wetten: Sie kennen weder Weisheit noch Mitgefühl. Das ist im allgemeinen so bei jenen, die die materielle Welt und ihr Leid nie gekannt haben.« Nevyn beugte sich vor und sah Dallandra an. »Sei vorsichtig, Mädchen. Sei jeden Augenblick wachsam, wenn du in ihrer Nähe bist.«

»Das bin ich, glaub mir. Und ich will von jetzt an erst einmal nichts mehr mit ihnen zu tun haben. Wenn es mein Wyrd ist, mehr über sie zu erfahren, dann muß es warten, bis ich die Kraft habe, angemessen mit ihnen umgehen zu können.«

Und Nevyn lächelte erleichtert, als hätte er gerade zugesehen, wie ein Pferd eine gefährliche Hürde übersprang und sicher auf der anderen Seite aufkam.

Es dauerte drei Jahre, bis Dallandra wieder mit den Wächtern sprach. Im ersten Jahr ihrer Ehe mit Aderyn beschäftigte sie sich bewußt so intensiv damit, alles zu lernen, was er ihr beibringen konnte, und ihn zu lehren, was sie wußte, daß sie kaum Zeit hatte, an diese seltsamen Geister zu denken. Sie weigerte sich auch, allein irgendwo hinzugehen, und zweifellos mieden die Wächter ihre Begleiter, wenn schon nicht Dallandra selbst. Einem unausgesprochenen Pakt folgend, erwähnten sie und Aderyn sie niemals wieder, und sie lernten, schnell das Thema zu wechseln, wenn einer der anderen Dweomermeister die Wächter erwähnte. Dallandras Liebe zu Aderyn wurde tatsächlich der Anker, nach dem sie gesucht hatte. Er war so freundlich und so besorgt um sie, daß es ihr leichtfiel, ihn zu lieben: warmherzig, sanft und verläßlich. Dallandra war nicht die Art Frau, die von einem Mann Aufregung erwartete; ihre Arbeit bescherte ihr genügend Aufregung, die eine durchschnittliche Frau, menschlicher oder elfischer Art, in den Wahnsinn getrieben hätte. Da Aderyn genau das war, was sie brauchte, tat sie ihr Bestes, ihm ihrerseits alles zu geben.

Doch am Ende des zweiten Jahres begann Dallandra die Wächter wieder zu sehen, wenn auch nur in weiter Entfernung. Wenn das Alar von einem Lager zum anderen zog und sie mit Aderyn oder Halaberiel an der Spitze ritt, hörte sie hin und wieder von weitem das melancholische Silberhorn und blickte auf, um am Horizont eine Prozession winziger Gestalten zu sehen. Wenn sie ihre Begleiter darauf hinweisen wollte, verschwanden die Gestalten. Wenn sie und Aderyn zusammen flogen – inzwischen hatte er gelernt, die Gestalt einer großen Silbereule anzunehmen –, sah sie manchmal die drei Schwäne, die in weiter Entfernung zu ihnen durch die Luft zogen. Wann immer sie und Aderyn versuchten, sie einzuholen, verschwanden sie einfach mit einem Aufflackern von Licht.

Im dritten Frühjahr nach ihrer Hochzeit begannen die Träume. Zunächst waren es kurze Bilder von den elfischen

Gestalten, die sie zuvor gesehen hatte: Evandar, Alshandra und Elessario. Sie warfen Dallandra vor, sie verlassen zu haben. Manchmal boten sie ihr irgendwelche Gefallen an, zu anderen Zeiten drohten sie ihr, aber beides hatte keinerlei Kraft. Ihre Vorwürfe allerdings schmerzten. Sie konnte sich noch genau an Evandar erinnern, wie er gesagt hatte, daß sein Volk ihre Hilfe brauche, um nicht zu verschwinden, und sie erinnerte sich auch an Nevyns Theorien und seine Warnungen. Sie sagte sich selbst, die Wächter hätten ihre Wahl getroffen, als sie sich weigerten, die Last der körperlichen Welt auf sich zu nehmen. Wie das elfische Sprichwort besagte: Sie hatten ihr Pferd aus der Herde geholt – jetzt sollten sie es verdammt selbst satteln. Vorausgesetzt selbstverständlich, daß Nevyns Theorien richtig waren; vorausgesetzt, daß sie wußten, was sie taten.

Nach einem besonders lebhaften Traum legte Dallandra schließlich ihrer Stute das Halfter an und ritt auf dem nackten Pferderücken und allein aufs Grasland hinaus. Sie hatte allerdings ein Messer mit einer Stahlklinge dabei. Nach etwa einer Stunde fand sie einen Platz, der nach den Wächtern aussah: Ein kleiner Bach lief zwischen zwei Haselbüschen hindurch, den letzten beiden aus einer Reihe, die ein Alar anscheinend in großer Verzweiflung gefällt hatte. Dallandra stieg mehrere hundert Schritt von diesen Büschen entfernt vom Pferd, band die Stute an und steckte das Messer mit der Klinge nach unten neben den Pflock in den Boden, so daß der halbe Griff herausragte, die Klinge aber vergraben war. Erst nachdem sie sich versichert hatte, daß sie es wiederfinden würde, ging sie auf die Haselbüsche zu. Und tatsächlich stand eine Gestalt auf ihrer Seite dieses anderweltlichen Tores: Elessario. Wäre es Evandar gewesen, hätte Dallandra sich sofort abgewandt, aber sie vertraute einer anderen Frau, besonders einer, die so jung und verwundbar schien und noch kaum erwachsen war. Elessario hatte das unmöglich gelbe Haar ihres Vaters, aber es hing ihr lang und offen bis auf die Taille, und auch ihre Augen waren gelb und hatten samaragdgrüne Katzenpupillen.

»Du bist also gekommen«, sagte Elessario. »Hast du gehört, daß ich dich gebeten habe?«

»Ja, in meinen Träumen.«

»Was sind Träume?«

»Weißt du das nicht? Dort sprichst du zu mir.«

»Was meinst du?« Sie öffnete den vollkommenen, üppigen Mund verwirrt. »Wir sprechen mit dir, wenn wir ins Torland kommen, das ist alles.«

»Oh. Dein Vater hat mir deinen Namen gesagt, Elessario.«

Sie riß den Kopf hoch wie ein erschrockenes Reh.

»Wie gemein von ihm! Das ist ungerecht! Ich kenne deinen nicht.«

»Hat er ihn dir nicht gesagt? Er kennt ihn.«

»Ja? Er ist nie sonderlich gerecht, weißt du.« Plötzlich wandte sie sich um und starrte den Bach hinauf zwischen den Büschen hindurch. »Mutter ist noch schlimmer.«

»Du bezeichnest sie als Mutter und Vater, aber sie können dich nie gezeugt und geboren haben. Jedenfalls nicht auf die übliche Weise.«

»Aber als ich wurde, waren sie da.«

»Als du wurdest?«

Elessario zuckte die Achseln.

»Ich wurde, und sie waren da.«

»Also gut. Weißt du, was ich mit ›geboren werden‹ meinte?«

Als die junge Frau den Kopf schüttelte, erzählte Dallandra es ihr und beschrieb den ganzen Prozeß, so lebhaft sie konnte, ebenso den Akt der Zeugung, um die Reaktion der anderen zu beobachten. Die junge Frau lauschte schweigend, starrte sie mit ihren gelben Augen an und verzog hin und wieder angewidert den Mund, aber sie hörte weiter zu.

»Was hältst du davon?« sagte Dallandra schließlich.

»Das ist mir nie passiert, mit all diesem Blut und Schleim!«

»Das glaubte ich auch nicht, nein.«

»Aber warum? Was für eine schreckliche Sache! Warum?«

»Um mehr über diese Welt zu erfahren.« Dallandra zeigte auf Himmel und Erde, Gras und Wasser. »Um etwas darüber zu lernen und nie zu verschwinden.«

Einen Augenblick dachte Elessario nach, und wieder bewegte sie den Mund, aber diesmal nachdenklich und nicht angewidert. Dann drehte sie sich um, schritt zwischen den Büschen in den Bach hinaus und war verschwunden. Das sollte für heute genügen, dachte Dallandra. Wir werden schon sehen, ob sie sich überhaupt daran erinnern kann. Als sie zu ihrem Pferd zurückkehrte, kam ihr Nevyns Theorie über nie inkarnierte Geister wahrer und wahrer vor. Sie hatte gerade ihre angepflockte Stute erreicht, als sie hinter sich einen kalten Wind spürte. Sie fuhr herum und sah Alshandra, hochaufragend und wütend, einen Bogen in der Hand, auf den sie den silbernen Pfeil schon aufgelegt hatte. Plötzlich erinnerte Dallandra sich an den Pfeil, den sie ihr gegeben hatte, und noch lebhafter daran, daß er nicht aus ätherischer Substanz bestand, sondern aus echtem, festem Holz und zugespitztem Metall.

»Warum bist du so zornig?«

»Du willst nicht zu uns in unser Land kommen.«

»Wenn ich das täte, würde ich je zurückkehren können?«

»Wie?« Alshandras Wut verschwand; sie schien auf normale Größe zu schrumpfen, hielt aber immer noch den Bogen. »Wieso solltest du das wollen?«

»Weil ich hierher gehöre. Weil das, was ich liebe, hier ist.«

Alshandra warf den Bogen in die Luft, wo er verschwand, als wäre er durch ein unsichtbares Fenster in einen verborgenen Raum gefallen. Dallandras Blut erstarrte beinahe: Das hier waren keine gewöhnlichen Geister, wenn sie die Materie in solcher Weise manipulieren konnten.

»Du wirst mir meine Tochter abnehmen, Mädchen. Deshalb fürchte ich dich.«

»Wie bitte? Ich will dir deine Tochter nicht stehlen.«

Alshandra schüttelte gereizt den Kopf, als hätte Dallandra sie falsch verstanden.

»Lüg nicht – ich kann es dir ansehen. Du wirst mir meine Tochter nehmen. Aber ich werde etwas im Gegenzug verlangen. Vergiß das nicht, Mädchen.«

Wieder wurde sie riesig und bog die Finger zu Klauen. Dallandra ließ sich auf die Knie fallen, packte das Messer, zog es aus der Erde und erhob sich in einer anmutigen Bewegung wieder. Alshandra schrie entsetzt auf und wich zurück. Einen ängstlichen Augenblick standen sie da und starrten einander an; dann bog sich Alshandras Gestalt, als würde eine unsichtbare Kraft aus der Messerklinge gegen ihre Mitte drücken und sie zurückschieben. Sie sah genauso aus wie eine Reflexion auf der Oberfläche eines stillen Teichs, wenn plötzlich eine Brise das Wasser bewegt: wackelnd und verzerrt. Dann war sie verschwunden, mit einem letzten Schrei, der über das Grasland hallte und Dallandras Stute erschrocken schnauben ließ.

In dieser Nacht erschien Evandar in Dallandras Träumen und sagte nur eins: *Das hättest du nicht tun sollen.* Er brauchte ihr nicht zu sagen, wovon er gesprochen hatte. Was er nicht verstehen konnte, war, daß sie keine Angst empfand, sondern Schuld, weil sie Alshandra solchen Schmerz bereitet hatte.

Als sie am Morgen im Zelt saßen und wilde Beeren und Schafskäse aßen, brach Dallandra ihre unausgesprochene Vereinbarung und erzählte Aderyn, was passiert war. Sie war völlig verblüfft, als er wütend wurde.

»Du hast gesagt, du würdest sie nie wiedersehen!« Seine Stimme war gepreßt vor Zorn. »Was hast du dir eigentlich dabei gedacht, so allein loszureiten?«

Sie konnte ihn nur entsetzt anstarren. Er hielt inne, schluckte schwer und fuhr sich mit den Händen übers Gesicht.

»Verzeih mit, meine Liebste. Ich – sie erschrecken mich, die Wächter meine ich.«

»Ich finde sie auch nicht gerade sonderlich beruhigend.«

»Warum also ...« Mit einiger Anstrengung nahm er sich zusammen.

Die Frage war tatsächlich wichtig, und sie dachte lange darüber nach, während er wartete – offensichtlich geduldig, bis auf die Tatsache, daß er die Hände zu Fäusten geballt hatte.

»Ich glaube, es liegt daran, daß sie leiden«, sagte sie schließlich. »Evandar zumindest, und seine Tochter befürchtet, daß etwas mit ihrem Volk nicht in Ordnung ist. Sie brauchen Hilfe, Ado.«

»Ach ja? Nun, ich sehe nicht ein, wieso ausgerechnet du sie ihnen geben solltest.«

»Bisher bin ich die einzige, die sie haben.«

»Ich brauche dich ebenfalls, genau wie der Rest des Volkes.«

»Das weiß ich.«

»Warum jagst du dann immer wieder diesen Dämonen nach?«

»Ach komm schon, sie sind keine Dämonen!«

»Ich weiß, ich weiß. Es tut mir leid. Ich mag sie einfach nicht. Und außerdem hast du nicht nur Mitleid, oder? Du findest sie auf irgendeine Art faszinierend.«

»Das muß ich zugeben. Das liegt daran, daß sie ein solches Rätsel sind. Wir haben uns alle Geschichten angehört, die wir finden konnten, von deinem alten Meister und seinen Büchern und von den Dweomermeistern des Volkes, und wir wissen immer noch nicht, was sie sind. Ich bin die einzige, die jetzt eine Gelegenheit hat, das herauszufinden.«

»Es ist also alles Neugier?«

»Neugier?« Sie war nicht zornig, aber verärgert. »So würde ich es nicht abtun.«

»Ich wollte es nicht abtun.«

»Ach ja?«

Und so hatten sie ihren ersten Streit, der leise geführt wurde, weil vor dem Zelt der Rest des Alars den üblichen morgendlichen Tätigkeiten nachging. Schließlich stand Dallandra auf und stürmte nach draußen, lief durch das Lager und hinaus aufs Grasland. Als sie nach einiger Zeit langsamer ging und zurückschaute, war sie ärgerlich, weil er ihr nicht gefolgt war. Dann ging sie weiter und umkreiste das Lager in großer Entfernung.

»Dallandra! Dallandra!« Die Stimme schien weit entfernt und dünn. »Warte! Vater hat mir deinen Namen gesagt.«

Sie fuhr herum und sah, daß Elessario auf sie zugerannt kam. Als die junge Frau näher kam, teilte sich das Gras vor ihr, als hätte sie tatsächlich Substanz und Gewicht, aber ihre Gestalt war durchscheinend und dünn. Lächelnd hielt sie Dallandra die Hand hin, die sie zu einer Faust geschlossen hatte.

»Ein Geschenk für dich.«

Als Dallandra die Hand ausstreckte, ließ Elessario ihr eine silbrige Nuß auf die Handfläche fallen. Sie sah aus wie eine Walnuß in der Schale und hatte einen Stiel und ein Blatt, aber sie war vollkommen aus Silber, das ein leises Klingen von sich gab, als Dallandra mit dem Daumennagel gegen die Schale schnippte.

»Ich danke dir – aber warum gibst du mir das?«

»Weil ich dich mag. Und als ein Zeichen. Wenn du jemals in unser Land kommen willst, werde ich dich hinführen.«

»Ja? Wie denn?«

»Berühre damit deine Augen, und du siehst die Straßen.«

Fast automatisch setzte Dallandra genau dazu an und hielt

sich gerade noch rechtzeitig zurück. Mit zitternder Hand steckte sie die Nuß in die Hosentasche.

»Ich danke dir, Elessario. Ich werde daran denken.«

Das junge Mädchen nickte, und sie sah in ihrem Glück so unschuldig aus, daß es unmöglich war, sie irgendwelcher Heimtücke zu verdächtigen. Mit Evandar war das natürlich etwas anderes.

»Hat dein Vater dir das gegeben, damit du es mir übergibst?«

»O ja. Er weiß, wo sie wachsen.«

»Ah. Das dachte ich mir.«

Elessario wollte etwas sagen, dann jaulte sie plötzlich auf wie ein getretener Hund.

»Da kommt jemand! Er! Dein Mann!«

Elessario verschwand. Dallandra fuhr herum und sah, daß Aderyn auf sie zueilte. Als sie ihm entgegenging, lächelte er so erleichtert, daß ihr der Streit wieder einfiel.

»Es tut mir leid, daß ich davongelaufen bin«, sagte sie.

»Nun, es tut mir leid, daß ich all diese Dinge gesagt habe. Ich liebe dich so sehr.«

Sie warf sich in seine Arme und küßte ihn. Als er die Arme fest um sie geschlungen hatte, fühlte sie sich wieder sicher, warm und sicher und sogar glücklich. Aber irgendwie vergaß sie, ihm von der silbernen Nuß zu erzählen, und als sie sie in ihrer Tasche wiederfand, wickelte sie sie in ein Stück Tuch und verbarg sie unten in einer ihrer Satteltaschen, in die er niemals schaute.

Es war einige Monate später. Die Tage wurden kürzer, und im Alar begann man davon zu sprechen, das Winterlager aufzusuchen, als Aderyn bemerkte, daß Dallandra die Wächter regelmäßig traf. Sie ritt zwar zumindest an drei Nachmittagen der Woche allein davon, aber sie brauchten beide soviel Zeit allein, zur Meditation und für bestimmte Rituale, daß es ihm am Anfang nicht auffiel. Seine eigene Lehrarbeit beanspruchte so viel von seiner Aufmerksamkeit, daß er sogar dankbar war, daß sie anderweitig beschäftigt war. Später wurde ihm klar, daß er sich wohl auch geweigert hatte zu glauben, daß seine Frau ganz entschieden gegen seine Wünsche verstoßen würde; zweifellos hätte keine deverrianische Frau das getan, und obwohl er sich bewußt anstrengte, es nicht zu tun, betrachtete er im Herzen Dallandra als seine Ehefrau, ebenso wie seine Mutter die Ehefrau seines Vaters gewesen war. Außerdem nahm sie immer ihr Messer mit, und das Pferd hatte den üblichen Zügel mit seinem Gebiß und eisernen Steigbügeln und Beschlägen am Sattel – eine Sicherheit gegen die Wächter. Irgendwann wurde ihm selbstverständlich klar, daß sie das Pferd leicht zurücklassen konnte, ebenso wie das Messer, wenn sie ihre Freunde traf.

Was ihn endlich dazu brachte, die Wahrheit zu erkennen, war ihre wachsende Zerstreutheit. Beim Alardan im Herbst, als das Volk ihr als der Weisen seine Probleme vorlegte, verbrachte sie damit sowenig Zeit wie möglich. Wenn es möglich gewesen wäre, diese Angelegenheiten vollständig Aderyn zu übergeben, hätte sie das getan. Auch wenn sie allein waren, war sie meist in Gedanken versunken; es war beinahe unmöglich, ein Gespräch mit ihr zu führen. Aber im Geist fand er weiter Entschuldigungen für sie – sie dachte an ihre Meditationen, sie grübelte über verlorenes Wissen nach –, bis er mit Enabrilia sprach, der er zufällig bei der Pferdeherde begegnete.

»Ist Dallandra krank?« fragte sie ihn.

»Nein. Warum?«

»Sie ist die ganze Zeit so abgelenkt. Heute früh bin ich ihr am Bach begegnet und mußte sie dreimal begrüßen, bevor ihr überhaupt auffiel, daß ich da war. Als sie es schließlich bemerkte, starrte sie mich einfach nur an. Ich schwöre, es brauchte eine Weile, bis sie sich überhaupt daran erinnerte, wer ich war.«

Aderyn spürte, wie die Spitze einer kalten Nadel den Rand seines Verstandes berührte.

»Es kann natürlich sein«, fuhr Enabrilia fort, »daß sie einfach schwanger ist. Ich meine, ihr seid jetzt seit vier Jahren zusammen, das ist zwar noch nicht lange, aber du bist – ich meine das nicht beleidigend –, du bist immerhin ein Rundohr. Man sagt immer, daß die Dinge bei Rundohrmännern anders sind.«

Aderyn hörte ihr Geschwätz kaum mehr. Enabrilias Sorge zwang ihn dazu, etwas zu sehen, das er haßte. Als Dallandra ins Lager zurückkehrte, wartete er in ihrem Zelt auf sie.

»Du hast sie wiedergesehen, nicht wahr?« Er machte keine Umschweife.

»Ja. Ich habe nie versprochen, das nicht mehr zu tun.«

»Warum hast du mir nicht davon erzählt?«

»Warum sollte ich? Es beunruhigt dich nur. Außerdem bin ich nie in ihr Land gegangen. Ich bringe sie immer dazu, zu uns zu kommen.«

Er stand da und suchte nach Worten, während sie ihn ansah, den Kopf ein wenig schief gelegt, ihr Blick vollkommen ruhig und mehr als ein wenig zerstreut.

»Wieso hast du solche Angst?« wollte sie schließlich wissen.

»Ich will nicht, daß du mit ihnen davongehst und mich verläßt.«

»Dich verlassen? Wie bitte? O mein Geliebter! Niemals!« Sie warf sich in seine Arme. »Es tut mir so leid. Ich wußte nicht, daß du dir deshalb Sorgen machst.« Sie blickte auf und sah ihn forschend an. »Um der Arbeit willen muß ich vielleicht ein paar Nächte allein weggehen, aber das wird alles sein.«

»Wirklich?« Er wollte sie anflehen, jeden Augenblick des

Tages mit ihm zu verbringen, aber er wußte, daß eine solche Bitte angesichts ihrer gemeinsamen Arbeit lächerlich und unmöglich gewesen wäre. »Versprichst du mir das?«

»Selbstverständlich! Ich werde immer wieder zu dir nach Hause kommen. Immer.«

Sie küßte ihn so leidenschaftlich, daß er wußte, sie hatte die Wahrheit gesagt – daß sie zumindest ihre eigenen Worte glaubte. Seine Erleichterung war wie eine warme Flut, die seine gesamten Ängste weit aufs Meer hinaustrug. Und lange Zeit, während des ganzen kalten und sturmgerüttelten Winters, legte sie diese Zerstreuung ab und widmete ihm soviel wie möglich von ihrer Aufmerksamkeit. Als es Frühling wurde, war er der Ansicht, er sei dumm gewesen, sich wegen ihrer Arbeit mit den Wächtern Sorgen zu machen, selbst wenn sie ihm offen sagte, daß sie häufig mit Elessario sprach.

»Dieses Kind braucht mich, Ado. Weißt du, ich glaube wirklich, daß sie und ihr Volk sich ebenso inkarnieren sollten, wie du und ich es getan haben. Irgend etwas war irgendwo falsch. Einiges von dem, was ich erfahren habe, läßt mich denken, daß diese Wesen über das Universum verstreut sind, über mehrere innere Ebenen. Ich glaube, das meinen sie. Sie sprechen davon, in mehreren Welten zu leben, nicht nur in einer einzigen.«

»Aber von so etwas habe ich noch nie gehört.«

»Ich auch nicht. Deshalb faszinieren sie mich so sehr. Weißt du, ich habe meine Eltern für den Dweomer verlassen, weil ich geheime und verborgene Dinge liebe.«

»Das ging mir ebenso. Das kann ich verstehen. Aber sei bitte vorsichtig, wenn du bei ihnen bist. Ich traue ihnen einfach nicht.«

»Ich auch nicht. Mach dir keine Sorgen.«

»Aber nimm einmal an, sie würden sich inkarnieren. Was würde aus ihnen werden?«

»Ich habe keine Ahnung. Sie auch nicht. Ich nehme an, sie sind jetzt schon so lange hier, daß sie uns ähnlich werden würden – den Elfen meine ich, nicht euch Rundohren.« Die Worte hallten in seinem Geist wie ein Warnschrei wider. Seit ihrer Hochzeit hatte sie nicht einmal zwischen ihrer und seiner Art unterschieden. Es schmerzte so sehr, daß er zögerte und sie weiterreden ließ, bis der Augenblick verloren war.

»Sie werden viel aufgeben müssen, um so wie wir zu werden«, sagte sie. »So viel, daß ich mich frage, ob es ihnen je gelingt. Wenn nicht, nun, sie sind diejenigen, die mir immer wieder sagen, daß sie verblassen und für immer verloren sein werden. Ich möchte nicht, daß das irgendeiner Seele geschieht. Es wäre wirklich eine Tragödie.«

»Da hast du recht. Aber es ist ihre Wahl.«

»Ja? Solange sie niemanden haben, der ihnen den Weg zeigt, haben sie auch keine Wahl.«

»Meinst du? Wollen sie dich dafür? Als eine Art kosmische Hebamme?«

»Ja, genau.« Sie schien überrascht, daß er das noch nicht begriffen hatte. »Genau das.«

Im grünen Gras am Bach saß Evandar, die Harfe an der Seite. Von nahem konnte Dallandra sehen, daß die Harfe aus echtem Holz war, wie der Pfeil, den man ihr gegeben hatte, und von elfischem Zuschnitt, obwohl erheblich kunstvoller als alle, die sie je gesehen hatte: mit Einlegearbeiten aus Perlmutt in einem Muster von Algen und Seepferdchen. Evandar bemerkte, daß sie das Instrument betrachtete.

»Diese Harfe ist aus den verlorenen Städten, aus Rinbaladelan, um genau zu sein.«

»Du mußt sie genommen haben, bevor die Stadt fiel.«

»O ja.« Er runzelte die Stirn. »Ich habe versucht, bei der Verteidigung von Rinbaladelan zu helfen. Es war hoffnungslos, selbst für mich. Aber es war ein wunderschöner Ort, und ich haßte es, diese ganze Schönheit zerstört zu sehen.«

»War es nur die Schönheit? Was war mit den Elfen, die dort lebten?«

»Sie leben, sie sterben, sie kommen und gehen, und das macht mir nichts aus. Aber Steine und Edelsteine bleiben, und das Spiel von Wasser auf Stein und das Spiel von Licht auf Edelsteinen. Der Hafen von Rinbaladelan hat mir mit seiner Schönheit fast das Herz zerrissen. Diese haarigen Geschöpfe haben ihn mit Schutt aufgefüllt und ihn versanden lassen und Leichen ins Wasser geworfen, so daß es trüb und faul wurde. Und dann kamen die Krebse und die Hummer, um die Leichen zu fressen, und die pelzigen Geschöpfe aßen die Krebse und bekamen die Seuche und starben, und ich habe gelacht, als sie auf ihren aufgeblähten Bäuchen durch die Rinnsteine jener Stadt krochen, die sie zerstört hatten.«

Als Dallandra schauderte, war er ehrlich verblüfft über ihre Reaktion.

»Sie haben es verdient zu sterben, weißt du«, sagte Evandar. »Sie haben meine Stadt vernichtet und all deine Leute. Ich weiß nicht, warum du immer wieder sagst, daß du dich nicht an Rinbaladelan erinnerst, Dalla. Ich bin sicher, daß ich dich dort gesehen habe.«

»Das mag sein, aber ich erinnere mich nicht an meine früheren Existenzen. Wenn man gestorben ist und wiedergeboren wird, erinnert man sich an nicht viel. Eine Seele, die sich an alles erinnerte, wäre zu belastet, um ein neues Leben anfangen zu können.«

Jetzt war er es, der schauderte.

»Alles zu vergessen! Ich könnte es nicht ertragen und auch nicht auf solche Weise gebunden leben wie du!«

»Evandar, es ist an der Zeit für ein paar ehrliche Worte, wenn du dazu imstande bist. Du bittest mich immer wieder, dir zu helfen, aber dann sagst du, daß du meine Hilfe nicht willst.«

»Nun, das ist, weil mir das alles so neu ist.« Er griff nach der Harfe und spielte Töne von so unirdischer Süße, daß Dallandra die Tränen in die Augen traten. »Es geht nicht um mich. Es geht um Elessario.«

»Ah. Du liebst sie wirklich, nicht wahr?«

»Lieben? Nein. Ich möchte sie nicht besitzen. Ich möchte sie nicht einmal die ganze Zeit an meiner Seite haben.« Er blickte von den Saiten auf. »Ich möchte nur, daß sie glücklich ist, und ich möchte sie nicht verblassen sehen. Ist das Liebe?«

»Ja, du Dummkopf! Es ist größere Liebe, als sie einfach nur zu begehren.«

Seine Überraschung war beinahe komisch.

»Nun, wenn du das so sagst, Dalla. Man überlege sich das!« Wieder spielte er, diesmal eine leicht spöttische, ein wenig schrille Melodie. »Also gut. Ich liebe Elessario, so seltsam sich das für mich anhört. Sie ist noch jung, viel zu jung, um zu wissen, was sie aufgeben würde, wenn sie deinen Leuten zur Geburt und Fleisch in dieses endlose Rad folgen würde, in diese glitzernde, seltsame und manchmal merkwürdig klebrige und schleimige und feuchte Welt, in der ihr lebt. Aber dann würde sie alles haben, was wir haben sollten, und ich könnte in Frieden sterben.«

»Warum nicht mit ihr hierherkommen und leben?«

Er schüttelte den Kopf und beugte sich wieder über die Harfe. Er spielte ein Tanzlied; sie hörte es an den treibenden Akkorden und daran, wie ihre Füße zu zucken begannen. Sie mußte sich zwingen, reglos zu sitzen, bis er schließlich in eine Molltonart überging und das Lied nicht beendete.

»Du wirst uns nicht verstehen, ehe du in unser Land kommst«, sagte er.

»Nehmen wir einmal an, ich käme – nur eine Annahme –,

was würde mit meinem Körper geschehen, während ich weg bin?«

»Dieser Fleischklumpen? Interessiert dich das denn?«

»Selbstverständlich! Ohne ihn kann ich nie wieder zu dem Mann, den ich liebe, nach Hause zurückkehren.«

»Warum sollte mir das etwas ausmachen?«

»Weil ich ohne meinen Körper sterben und davongehen werde, um wiedergeboren zu werden. Du mußt dann lange warten und wieder ganz von vorn anfangen.«

»Nun gut, das wäre wirklich lästig. Laß mich nachdenken. Du kannst dich von einer Frau in einen Vogel verwandeln und wieder zurück. Also wenn ich den Fleischklumpen zu einem Edelstein an einer Kette mache und du dir die Kette um den Hals hängst, könntest du ihn überallhin mitnehmen und dich wieder zurückverwandeln, wenn du nach Hause gehen willst. Wirklich, Dalla, wenn du nur ein paar Tage bei uns bleiben würdest – nur ein paar Tage –, um uns zu besuchen und uns kennenzulernen, dann würdest du wissen, wie du meiner Elessario helfen kannst, da bin ich sicher.« Plötzlich lächelte er. »Meiner Elessario. Die ich liebe. Wie seltsam das klingt, aber weißt du, ich glaube, du hast recht.«

Er spielte eine Disharmonie und verschwand.

Hätte Evandar um seiner selbst willen gebeten, wäre Dallandra vielleicht nie gegangen – das wurde ihr jetzt klar –, aber daß er um einer anderen Seele willen bat, änderte alles. Sie hatte bereits genug von seinem Volk gesehen, besonders von Alshandra, um zu verstehen, wie recht Nevyn hatte, als er meinte, sie hätten kein Mitgefühl. Daß Evandar offenbar zu einer Liebe fähig war, die darüber hinausging, etwas für sich selbst zu wollen, war wunderbar, und diese Veränderung mußte weiter genährt werden. Dennoch war sie sich immer der Gefahren bewußt, und besonders haßte sie den Gedanken, Aderyn wissen zu lassen, daß sie sich auf solche Gefahren einließ. Er würde sie nur anschreien, und mit diesem Gedanken wurde ihr deutlich, daß sie sich bereits entschlossen hatte.

Sie konnte es aber auch nicht ertragen, Aderyn anzulügen, daher ritt sie an diesem Morgen davon, ohne ihm etwas zu sagen. Als sie gut fünf Meilen vom Lager entfernt war, sattelte sie ihre Stute ab, nahm ihr das Zaumzeug ab und schickte sie mit einem Klaps aufs Hinterteil zurück nach Hause. Dann holte sie die silberne Nuß aus ihrer Tasche und wickelte sie aus dem Tuch. Lange Zeit betrachtete sie sie nur und fragte sich, ob sie wirklich den Mut haben würde, es zu tun. Was, wenn Evandar log? Aber sie verfügte über genügend Dweomer, um Wahres von Falschem trennen zu können, und sie wußte, er war in seiner ganzen, langen Existenz nie so ehrlich gewesen. Am Ende trieb sie ihr Respekt vor Aderyn an. Was würde er von ihr halten, wenn sie sich feige verhielt – voll großer Pläne, aber ohne Mut? Mit einer letzten Willensanstrengung berührte sie ihre Augen mit der Nuß, erst das linke, dann das rechte.

Als sie die Nuß wieder senkte, schien sich am Anfang nichts geändert zu haben, und Dallandra lachte über sich selbst, weil Elessario ihr diesen Streich gespielt hatte. Aber als sie die Nuß in die Tasche steckte, wurde ihr plötzlich eine gewisse Veränderung der Landschaft bewußt: Die Farben waren leuchtender, das Gras von so intensivem Grün, daß es wie Smaragdsplitter schien, der Himmel schimmerte so tief blau wie ein sonnenbestrahltes Meer. Als sie ein paar Schritte weiterging, sah sie im Norden, über dem smaragdenen Gras, Nebel in der Luft hängen, scheinbar am Horizont, aber als sie darauf zuging, kam er näher und löste sich in zarte Fluten aus Grau- und Lavendeltönen auf, durchschossen von hellstem Rosa und Blau, wie bei dem Perlmutt in Evandars Harfe. Und als sie an diese Harfe dachte, hörte sie plötzlich leise Musik.

Der Nebel umgab sie nun mit der köstlichen Kühle von Seide. Vor sich sah sie drei Straßen sich hell über das Grasland ziehen. Eine Straße führte nach links und zu einem dunklen Hügelgelände, so unheimlich und finster, daß sie wußte, daß das nicht Evandars Land sein konnte. Eine führte nach rechts und zu hohen Bergen, hell und flimmernd in der feinen Luft, die Gipfel mit Schnee bedeckt, so weiß, als wäre er von innen beleuchtet. Die dritte Straße ging direkt geradeaus in die neblige Ebene. Während Dallandra noch zögernd dort stand, kam Elessario die neblige Straße entlanggerannt.

»Dalla, Dalla, oh, es ist so wunderbar, daß du gekommen bist! Wir werden eine wunderbare Zeit haben.«

»Warte, ich kann nicht lange bleiben, nur ein paar Tage.«

»Ja, das hat Vater mir gesagt. Du mußt zu deinem Mann zurückkehren, den du liebst. Hier. Vater sagte, ich solle dir das geben.«

Sie reichte ihr einen Amethyst, der an einer Goldkette hing. Als Dallandra den Edelstein entgegennahm, schrie sie auf, denn er war zu einer Statue ihrer selbst bearbeitet, nicht mehr als zwei Zoll lang, aber ein vollendetes Abbild, bis hin zur Form ihrer Hände. Sie zog die Kette über den Kopf.

»Wenn du je siehst, daß ich diesen Stein verliere, sag es mir sofort, Elessario.«

»Das hat Vater mir auch eingeprägt. Ich verspreche es. Jetzt laß uns gehen. Heute abend wird es ein Fest geben, weil du gekommen bist.«

Als Elessario voller Vertrauen nach ihrer Hand griff, wurde Dallandra klar, daß dieser Geist zumindest noch jung genug war, um zu lernen, wie man liebte. Hand in Hand gingen sie die neblige Straße entlang, und als Dallandra zurückschaute, war Nebel alles, was sie hinter sich sehen konnte.

Drei Stunden vor Sonnenuntergang kam Dallandras Stute zur Herde zurück. Als Calonderiel, der zufällig zu den Wachen gehörte, das Tier kommen sah, schickte er einen Jungen ins

Lager, um Aderyn zu holen. In seinem Zelt hörte Aderyn den Jungen schon nach ihm rufen und kam ihm entgegen.

»Weiser, Weiser«, keuchte der Junge. »Das Pferd der Weisen ist ohne sie nach Hause gekommen.«

Aderyn rannte zur Herde. Vor seinem geistigen Auge tauchten schreckliche Bilder auf. Dalla abgeworfen, mit gebrochenem Genick; Dalla im Steigbügel hängengeblieben und zu Tode geschleift; Dalla in eine Schlucht gestürzt und tot auf dem Boden liegend. Calonderiel kam ihm mit der Stute entgegen.

»Sie kam einfach so, ohne Sattel und Zaumzeug.«

»Ihr Götter! Vielleicht hat Dalla an etwas gearbeitet, und die Stute hat das Halfter abgestreift und ist davongerannt.«

Aber noch während er das sagte, spürte er, wie etwas Kaltes, Klammes nach seinem Herzen griff. Er war so verstört, daß bei dem Versuch, sie mittels des Zweiten Gesichts zu finden, nichts herauskam. Ganz gleich, was er benutzte, um sich zu konzentrieren, er sah nichts, weder sie noch ihre Spur, nicht einmal ihren Sattel und das Zaumzeug, das doch irgendwo noch liegen mußte. Schließlich sattelte Calonderiel drei Wallache, band die Stute an ein Führseil und bat dann Albaral, den besten Fährtensucher des Kriegshaufens, ihnen zu helfen. Auf dem Weg trabte Albaral vor ihnen her wie ein Jagdhund, den Blick auf den Boden gerichtet. Zum Glück war außer Dallandra niemand aus dem Alar an diesem Tag ausgeritten, und schon bald fand Albaral die Spur, die sie gerade wie ein Pfeil über das Grasland führte.

Die Sonne tanzte über dem wolkenverhangenen Horizont, als sie Sattel und Zaumzeug fanden. Albaral rief Calonderiel zu, er solle verhindern, daß die Pferde das Gelände weiter zertrampelten. Da sprang Aderyn vom Pferd, lief zu dem anderen Elf und hockte sich ins hohe Gras.

»Das sind wirklich ihre Sachen«, sagte er.

Albaral nickte und umkreiste die Stelle wieder, um festzustellen, ob er Fußabdrücke und andere Anzeichen dafür finden konnte, daß Dallandra diese Stelle verlassen hatte. Aderyn kniete nieder, und als er eine Hand auf den Sattel legte, wußte er mit dweomerberührter Sicherheit, daß sie weg war. Nicht tot, aber so weit weg, daß er sie nie wiederfinden würde. Unwillkürlich schrie er laut auf, ein langgezogenes Jammern, das Albaral herumwirbeln ließ.

»Weiser! Ein Vorzeichen?«

Aderyn nickte, unfähig, etwas zu sagen. Calonderiel ließ die Pferde stehen und kam zu ihm gerannt. Er wollte etwas sagen, überlegte es sich dann aber anders, seine Katzenaugen so weit aufgerissen wie die eines kleinen Elfenkindes. Schaudernd wandte Albaral sich ab.

»Ich habe ein paar Spuren gefunden. Weiser, möchtest du hier warten?«

»Nein, ich komme mit euch. Geh voran.« Aber die Spuren führten nur ein paar Schritte weit, zu einer Stelle, wo das Gras in einer Weise zerdrückt war, daß es Albarals geübten Augen sagte: Sie war hier erst auf die Knie gefallen und dann vollkommen zusammengebrochen. Darüber hinaus gab es nichts, kein Zeichen, daß sie wieder aufgestanden war, keine Fußabdrücke, nichts, als hätte sie sich in einen Vogel verwandelt und wäre davongeflogen.

»Aber sie hat ihre Kleider nicht hiergelassen«, sagte Aderyn. »Sie könnte nicht mit Kleidern fliegen.«

»Das Gras ist hier irgendwie feucht«, meinte Albaral, der am Boden kniete. »Wie von Tau oder Nebel.«

»Eine Art Dweomernebel?« Unbewußt kreuzte Calonderiel die Finger, um Hexerei abzuwehren.

Aderyns Angst schnürte ihm die Kehle zu. War ein großer Vogel aus diesem Nebel herabgestoßen und hatte sie davongetragen?

Aderyn hörte plötzlich den Klang eines Silberhorns, das von weit her erschallte, und am Horizont sah er eine Reihe von Reitern, die sich in schwarzer Silhouette vor den blutroten Wolken abzeichneten, bevor sie verschwanden.

»Die Wächter«, flüsterte Cal. »Haben sie sie mitgenommen?«

Aderyn sank auf die Knie und rupfte Hände voll zerdrückter Grashalme aus: die letzten Dinge auf Erden, die ihr Körper berührt hatte. Die anderen brauchten lange, um ihn zu überreden, wieder mit ins Lager zu kommen.

Nachdem sie erst einmal dort waren, blieb Aderyn die ganze Nacht in seinem Zelt und ging endlos auf und ab. In einem Augenblick wußte er mit herzzerreißender Sicherheit, daß er sie nie wiedersehen würde; im nächsten wallte seine Hoffnung wieder auf, und er sagte sich, sie würde zurückkehren, vielleicht am Morgen, vielleicht schon in einer Stunde, vielleicht kam sie jetzt gerade wieder auf das Lager zu. Dann wieder brannten Tränen in seiner Kehle, wenn er dachte, daß sie so gut wie tot war. Im Morgengrauen taumelte er aus dem Zelt und ging in die Richtung, in die sie verschwunden war, aber natürlich fand er sie nicht. Als er zum Lager zurückkehrte, behandelten ihn alle wie einen Kranken, sprachen leise, wenn er in der Nähe war, boten ihm Essen an, sagten, er solle sich hinlegen, und sahen ihn so traurig an, daß er sie beinahe angeschrien hätte.

Aderyn schlief fast den ganzen Tag, wachte die Nächte, bis sieben Tage ohne ein Zeichen von Dallandra vergangen waren. Erst dann, im Morgengrauen der achten Nacht, dachte er schließlich an das Offensichtliche und setzte sich durch das Feuer mit Nevyn in Verbindung. Der alte Mann antwortete so rasch, daß er bereits wach gewesen sein mußte. Als Aderyn ihm erzählte, was geschehen war, schien das Abbild über dem Feuer vor Kummer noch älter zu werden.

»Sie hat mir einmal versprochen, daß sie mich nicht verlassen würde«, sagte Aderyn schließlich. »Und wie ein Dummkopf habe ich ihr geglaubt. Nicht für mehr als ein paar Tage, sagte sie, und ich habe ihr geglaubt.«

»Hör zu, ich kann mir wirklich nicht vorstellen, daß Dallandra ein solches Versprechen bricht, ganz gleich, welchen Zauber diese Wächter haben.«

»Nun, vielleicht auch nicht. Nevyn, ich weiß einfach nicht, was ich denken soll! Wenn ich nur wüßte, was mit ihr passiert ist, wenn ich das wirklich wüßte! Es ist doch nur eine Theorie, daß die elenden Wächter sie mitgenommen haben.«

»Warum fragst du sie nicht?«

»Sie fragen? Ich kann sie nicht einmal finden!«

»Hast du es denn wirklich versucht?«

Aderyn verließ das Zelt und ging hinaus in die Dämmerung. Er hatte es nicht wirklich versucht, dachte er. Tief im Herzen wollte er die Wächter nie wiedersehen, wollte sie nur verfluchen oder sie anschreien und ihnen auf irgendeine Weise denselben Schmerz zufügen, den er empfand. Aber wenn er das tat, würden sie Dallandra wahrscheinlich nie zurückgeben. Er verließ das Lager und ging hinaus aufs Grasland, zunächst blind und ziellos einherstolpernd, bis er ruhig genug war, um nachdenken zu können. Aus den alten Geschichten wußte er einiges über die Orte, an denen Wächter erscheinen mochten: Grenzen, Kreuzwege, Flußmündungen, überall, wo es ein Tor oder eine Furt oder einen Grenzstein zwischen unterschiedlichen Bereichen zu geben schien. Einer trüben Erinnerung folgend, kam er schließlich zu einer Stelle, wo drei Rinnsale sich zu einem richtigen Bach vereinten.

»Evandar!« schrie er voll blinder Trauer und blindem Zorn. »Evandar! Gib mir meine Frau zurück!«

Seine einzige Antwort war das Gras, das seufzte, als es sich im Wind bog, und das Gurgeln des Wassers im steinigen Bett. Diesmal schrie er wie ein Berserker.

»Evandar! Gib mir zumindest die Gelegenheit, um sie zu kämpfen. Evandar!«

»Sie ist nicht mein, also kann ich sie nicht behalten oder zurückgeben.«

Die Stimme erklang direkt hinter ihm. Keuchend wirbelte Aderyn herum und fand sich diesem scheinbaren Elf gegenüber. Evandars gelbes Haar leuchtete wie Osterglocken in der Morgensonne. Er trug ein grünes Hemd über einer ledernen Hose, hatte einen Bogen über den Rücken gehängt und einen Köcher mit Pfeilen an der Hüfte.

»Sie ist aus freiem Willen zu uns gekommen«, fuhr Evandar fort. »Das ist sie wirklich. Ich habe sie um Hilfe gebeten, aber ich hätte sie nie entführt.«

»Und ich nehme an, du wirst mir nicht sagen können, ob sie jemals zurückkommt.«

»Natürlich wird sie zurückkehren, wenn sie will. Wir werden sie nicht gegen ihren Willen behalten.«

»Und was, wenn sie nicht will? Das scheint dich nicht zu interessieren.«

Evandar runzelte die Stirn, starrte ins Gras und sprach weiter, ohne aufzublicken.

»Ich habe das seltsamste Gefühl im Herzen, und alles wegen dir. So etwas habe ich noch nie empfunden, aber ich glaube, du tust mir leid, Aderyn von den Silberflügeln. Mein Herz ist so schwer und wund, daß ich nicht weiß, wie ich es sonst nennen soll.« An dieser Stelle blickte er auf, und tatsächlich schimmerten seine blauen Augen vor Tränen. »Ich werde dir etwas versprechen. Du wirst sie wiedersehen. Das schwöre ich dir, ganz gleich, wie lange sie bleibt.«

»Ich glaube, daß du es ehrlich meinst, aber dein Versprechen wird mir vielleicht nicht helfen können. Ich bin kein Elf. Mein Volk lebt nur kurz, sehr kurz, verglichen mit den Elfen und noch kürzer im Vergleich zu dir. Wenn sie nicht bald nach

Hause kommt, werde ich nicht mehr hier sein. Verstehst du das?«

»Ja.« Er dachte intensiv nach und kaute dabei auf sehr menschliche Weise auf der Unterlippe. »Also gut. Dagegen kann ich etwas tun. Ich werde dir etwas versprechen ... oh, was ... ah, ich weiß. Vor langer Zeit gab meine Frau deiner Frau einen Pfeil. Hier, nimm einen anderen mit. Du hast nun mein Wort und meinen Schwur, Aderyn von den Silberflügeln, daß sie zurückkommen wird und daß du lange genug leben wirst, um sie zurückkommen zu sehen.«

Aderyn nahm den Pfeil und fuhr mit den Fingern über das glatte, feste Holz, das so kalt und so fest und so wirklich war wie das Gras unter seinen Füßen.

»Dann danke ich dir, Evandar, weil ich dir nichts anderes als meinen Dank geben kann.«

»Dein Dank wird genügen, wenn mir das auch selbst seltsam vorkommt.«

Als Aderyn aufblickte, war der Wächter verschwunden, aber der Pfeil war geblieben. Aderyn brachte ihn zurück ins Lager, in sein Zelt, suchte in Dallandras Sachen und fand den zweiten Pfeil, in ein besticktes Tuch gewickelt, in einer ihrer Satteltaschen. Er wickelte beide wieder ein, steckte sie zurück in die Tasche, setzte sich dann auf den Boden und starrte an die Wand, starrte einfach nur, ohne nachzudenken, Stunde um Stunde.

Für Dallandra war auf der nebligen Straße weniger als eine Stunde vergangen. Gegen Sonnenuntergang brachte Elessario sie zu einer großen Wiese voller winziger weißer Blüten. Überall darauf verstreut standen Tische aus vergoldetem Holz, das mit Juwelen eingelegt war, die im Licht von tausend Kerzen in goldenen Kerzenhaltern blitzten. Plötzlich war es Nacht, und im Kerzenlicht saßen die Wächter beim Festessen. Sie waren grün und gold gekleidet, und Gold und Edelsteine glitzerten an ihren Kehlen und Handgelenken und funkelten in ihrem Haar; alle sahen wie Elfen aus, aber schöner, in derselben Weise, wie Elfen schöner sind als Menschen. Dallandra war nicht sicher, wie viele dort saßen, vielleicht tausend, aber wenn sie versuchte, sie zu zählen, hielten sie nicht still – so kam es ihr zumindest vor. Aus dem Augenwinkel sah sie einen Tisch mit zehn Personen, aber wenn sie den Kopf drehte, um genauer hinzusehen, war der Tisch weg, oder es sah aus, als säßen nur zwei oder drei dort, oder vielleicht zwanzig statt zehn. Wenn sie eine Gruppe aus der Entfernung sah, schienen sie miteinander zu verschwimmen wie Gestalten, die man in Wolken sieht, oder wie die Flammen eines Feuers. Über das Lachen hinweg erscholl Musik von Harfen, Flöten und Trommeln, und diese Musik war von solcher Schönheit, daß Dallandra die ganze Zeit den Tränen nahe war.

Elessario und Dallandra setzten sich, eine zu seiner Linken, die andere zu seiner Rechten, an den Tisch, an dessen Kopf Evandar saß. Er nahm Dallandras Hand und küßte sie.

»Willkommen. Hattest du eine gute Reise?«

»Ja, danke.«

»Gut, aber du mußt müde sein. Trink ein wenig Met.«

Er reichte ihr einen hohen, schlanken Kelch aus reinem Silber, um den eine kleine Rosengirlande aus rötlichem Gold gewickelt war. Obwohl Dallandra die kunstvolle Handwerksarbeit bewunderte, vergaß sie die alten Geschichten nicht und setzte ihn unberührt ab.

»Ich habe keinen Durst, danke.«

Sein schönes Gesicht verzog sich vor Zorn.

»Wieso lehnst du es ab, mit mir zu trinken?«

»Ich habe nicht vor, für immer hierzubleiben, und deshalb werde ich auch euer Essen nicht anrühren.«

»Ich habe dir bereits geschworen, daß du gehen kannst,

wann immer du willst, und keinen Augenblick später. Du kannst sicher mit uns trinken.«

»Bitte, Dalla!« warf Elessario ein. »Du kannst doch nicht die ganze Zeit hungrig bleiben.«

Sie zögerte, dann lächelte sie und hob den Kelch. Wenn sie ihnen nicht vertraute, würden auch sie ihr niemals trauen.

»Auf deine Gesundheit, Evandar, und dein Weiterbestehen.« Sie trank einen Schluck. »Oh, bei den Göttern, dieser Met ist wunderbar!«

»Es schmeckt wie der Met, den sie in Bravelmelim gebraut haben.«

Beim Anblick des Festessens und der Feiernden, ihrer schönen Kleider, ihres Schmucks, der vergoldeten Teller und Schüsseln und der kostbar bestickten Tischdecken fiel ihr plötzlich etwas auf.

»All das ist den verlorenen Städten nachempfunden, nicht wahr?« Dallandra machte eine die ganze Lichtung umfassende Geste. »Eure Kleidung und alles andere.«

»Genau.« Er lächelte erfreut. »Und später werden uns Jongleure und Akrobaten unterhalten, genau wie jene, denen eure Könige zugesehen haben.«

Das Festessen und die Unterhaltung gingen bis zum Morgengrauen, und das war viel bezaubernder, als ein normaler Bann hätte sein können. Immerhin wäre Dallandras eigener Dweomer fähig gewesen, jede ungeschickte Manipulation ihres Geistes oder ihrer Aura zu bemerken, aber in diesem kleinen Zeitraum, den sie beobachtete – nein, in dem sie lebte –, entstand die Vergangenheit ihres Volkes wieder vor ihr, aufs genaueste nachgeahmt von Geschöpfen, für die diese Nachahmung das Leben selbst oder zumindest das einzige Leben bedeutete, das sie kannten. Die reine intellektuelle Begierde, noch mehr zu sehen, diese fehlende Geschichte zu verstehen, packte sie fest und ließ sie verharren, wo sie war. Als das Fest schließlich zu Ende war und die Feiernden im Morgengrauen davongingen, nahm Evandar sie mit zu einem Spaziergang am Flußufer, an dem man Gärten angelegt hatte, die genau wie die in Tanbalapalim aussahen. Sie überquerten eine Brücke, in die Rosenranken und kleine Wildvolkgesichter eingemeißelt waren, und betraten einen Palast, der im Nebel schwebte. Einige Räume öffneten sich direkt ins Nichts, einige Hallen endeten an Bäumen, einige Fußböden schienen transparent, mit Schatten, die sich darunter hin und her bewegten. Das Zimmer, in dem sich alle niederließen, um sich zu unterhalten, machte jedoch einen soliden Eindruck. Es hatte eine hohe Decke mit geschliffenen Eichenbalken und einen hellgrauen Schieferboden, der mit roten und goldenen Teppichen bedeckt war. Die beiden Wände, in denen keine Türen oder Fenster eingelassen waren, waren bemalt wie die Außenseite eines Zeltes, nur sehr viel zarter; auf einer war eine Landschaft zu sehen, eine Flußmündung im Sonnenaufgang, auf der anderen ein Blick auf den Hafen von Rinbaladelan. Die polierten Ebenholzmöbel waren mit Seidenkissen in vielen Farben gepolstert.

»War dies einmal das Zimmer einer Königin der verlorenen Städte?« fragte Dallandra.

»Nein.« Evandar grinste. »Es gehörte der Frau eines Kaufmanns, das ist alles.«

Dallandra war beeindruckt.

»Du hast keine Ahnung, wie schön die Städte waren, Dalla«, fuhr er fort, und seine Stimme brach in ehrlichem Kummer. »Euer Volk war reich. Sie lebten sogar noch länger, als ihr heutzutage lebt, und hatten genügend Zeit, jedes Handwerk bis zur Perfektion zu lernen. Darüber hinaus waren sie ausgesprochen großzügig und taten ihren Reichtum zusammen, um so wunderbare Orte zu bauen, daß sie jedem den Atem raubten, der sie sah – selbst einer seltsamen Seele wie mir. Ich liebte diese Städte. Wirklich, ich glaube, sie waren es, die mich lehrten zu lieben. Würden sie immer noch stehen, würde ich vielleicht in eure Welt gehen und dort so leben, wie du es von mir willst. Aber sie sind weg, und mein Herz ist zur Hälfte mit ihnen gestorben.«

»Nun, das stimmt«, sagte Dallandra. »Zerbrochener Stein heilt nicht, und eingestürzte Mauern erheben sich nicht wieder.«

»Ja.« Er wandte den Blick ab und starrte aus dem Fenster auf eine Blumenwiese hinaus. »Und dein Volk kehrte nie zurück, nicht einmal, um sie zu beweinen. Es fiel mir schwer, das zu verzeihen, das und natürlich das elende Eisen.«

»Evandar, ich habe genug davon, daß eure Leute ständig wegen des Eisens jammern. Glaubst du denn, wir hätten diese Städte ohne Eisen bauen können? Glaubst du denn, wir würden im Grasland ohne Messer und Pfeilspitzen und Äxte überleben können?«

»Daran hatte ich überhaupt nicht gedacht. Verzeih mir.«

»Wenn sie in den Städten Eisen benutzt haben, Vater«, warf Elessario ein, »wie konntest du es dort aushalten?«

»Mit großen Schwierigkeiten. Aber es war den Schmerz wert.«

Dallandra stürzte sich auf ihn wie ein zuschlagender Falke. »Wenn die Schönheit diesen Schmerz wert war, dann ...«

Sein Lachen ließ sie innehalten, aber es war ein angenehmes Lachen.

»Du bist so heimtückisch wie ich, Zauberin.« Er erhob sich und zeigte auf seine Tochter. »Komm mit, laß unseren Gast ausruhen.«

»Ich bin tatsächlich müde.« Dallandra gähnte plötzlich. »Ich habe das Lager – nun, es muß einen ganzen Tag hersein, seit ich es verlassen habe.«

Während der ersten zwanzig Jahre von Dallandras Abwesenheit hoffte Aderyn immer, daß sie bald, jeden Tag, jeden Augenblick zurückkehren würde. Das Volk staunte über ihn, daß er so stark war, so treu ihrer Erinnerung, wo doch alle alten Geschichten berichteten, daß niemand je aus dem Land der Wächter zurückgekehrt war. Während dieser zwanzig Jahre verbrachte er einige Zeit damit, mit dem Waldvolk zu reden, das die Wächter als Götter verehrten, und lernte, was sie über diese seltsamen Geschöpfe wußten. Wenn ihre Schamanen – Priester ist ein etwas zu würdiges Wort – darauf bestanden, daß er froh sein sollte, daß man seine Frau so geehrt und als Konkubine der Götter entführt hatte, gelang es Aderyn kaum, höflich zu bleiben, und danach kehrte er nicht wieder zurück, um mit ihnen zu sprechen.

Es war seine Arbeit, die ihn rettete. Zunächst überwachte er das Kopieren der Bücher, die Nevyn gebracht hatte, und lehrte diese neuen Kenntnisse allen Elfen, die bereits Meister der alten waren. Dann nahm er junge Schüler und bildete sie von Grund auf in seinem Handwerk aus. Nach der Zeitrechnung von Deverry war es im Jahr 752, als er seine ersten drei Schüler aussandte, um andere zu lehren, und in diesem Jahr, als er sich immer noch nach seinem nächsten Schüler umsah, kam Nevyn zur Grenze von Eldidd, um ihn zu besuchen.

Sie trafen sich etwa dreißig Meilen nördlich von Cannobaen, dort, wo der Aver Gavan, wie die Menschen ihn nennen, in den Aver Delonderiel mündet. In diesem Frühling hielten die Elfen dort einen Pferdemarkt ab, weil die Kaufleute aus Eldidd mehr als je für gute Tiere bezahlten. Nevyn brachte allerdings keine Güter aus Eisen, sondern Neuigkeiten. Der König von Eldidd brauchte diese Pferde, weil er Deverry gerade den Krieg erklärt hatte.

»Schon wieder?« sagte Aderyn gereizt. »Ihr Götter, ich bin

froh, daß ich nicht mehr in den Königreichen lebe, mit all diesen dummen Streitereien und Hetzereien.«

»Ich fürchte, es ist diesmal erheblich mehr als kleinliche Streiterei.« Nevyn sah erschöpft aus. »Der Hochkönig ist ohne Erben gestorben, und es gibt drei Männer, die Ansprüche erheben, darunter der König von Eldidd.«

»Oh, das ist wirklich eine ernste Angelegenheit.«

»Ja.« Nevyn betrachtete ihn nachdenklich. »Weißt du, ich fühle mich dieser Tage furchtbar alt. Ihr Götter, du hast so viel Grau in deinem Haar, und ich erinnere mich immer noch an den kleinen Jungen, den ich als Schüler angenommen habe.«

»Ehrlich gesagt fühle ich mich noch älter, als ich bin.«

»Ah.« Nevyn schwieg einen taktvollen Augenblick. »Nun, wie geht es dir? Ohne sie, meine ich.«

»Ganz gut. Ich habe meine Arbeit.«

»Und deine Hoffnung?«

»Sie ist schwach, aber noch am Leben. Ich nehme an, sie ist am Leben. Vielleicht ist meine Hoffnung auch nur eine dieser balsamierten Leichen. Man liest ja, daß die Bardekianer es mit ihren wichtigen Verstorbenen so machen.«

»Ich kann dir nicht übelnehmen, daß du verbittert bist.«

»Klinge ich immer noch so verbittert? Dann nehme ich an, daß meine Hoffnung doch noch am Leben ist.« Zum erstenmal seit sechs Jahren hätte er beinahe geweint, aber mit einem tiefen Seufzer nahm er sich wieder zusammen. »Was ist also mit diesem Bürgerkrieg? Wie lange, glaubst du, wird er dauern?«

Nevyn betrachtete ihn lange Zeit, als fragte er sich, ob er seinem alten Schüler einen so offensichtlichen Themenwechsel durchgehen lassen sollte.

»Ich fürchte, zu lange«, sagte er schließlich. »Alle drei Thronprätendenten sind schwach, was bedeutet, daß keiner direkt gewinnen wird. Ich habe auch ausgesprochen grausige

Vorzeichen erhalten. Etwas ist auf den inneren Ebenen gewaltig aus dem Gleichgewicht geraten – ich weiß noch nicht genau, was. Aber ich habe vor zu tun, was ich kann, um diesem Unsinn ein Ende zu machen. Ich wette, der Krieg wird sich in etwa zehn Jahren ausgebrannt haben.«

Diese hoffnungsvolle Einschätzung sollte sich als extrem optimistisch erweisen: Die Zeit der Unruhen würde einhundertundfünf Jahre dauern. Aber es war am Ende tatsächlich Nevyn, der ihr unter großen Mühen ein Ende machte. Hätte einer von ihnen gewußt, wie lange die Kriege dauern würden, hätten sie vielleicht den Mut verloren und überhaupt nichts unternommen, aber zum Glück waren sie – Dweomer oder nicht – gezwungen, ein Jahr nach dem anderen zu leben, wie andere Menschen auch. Obwohl sich Nevyn sofort in die Politik stürzte – eine Geschichte, die andernorts erzählt wird –, hatten Aderyn und das Volk damit etwa dreißig Jahre lang wenig zu tun. Erst nachdem der Bedarf der verschiedenen Armeen das Netzwerk des Handels, das Deverry und Eldidd zusammenhielt, zerstört hatte, kamen die Kaufleute nicht mehr so oft nach Westen. Eisen wurde in Eldidd zu selten, als daß die Kaufleute es einfach außer Landes bringen konnten. Das Volk murrte, aber das Waldvolk spottete nur über sie und erklärte, die Wächter hätten es irgendwie fertiggebracht, den Handel mit dem Dämonenmetall zu verhindern. Manchmal fragte sich Aderyn, ob sie damit nicht recht hatten.

Nevyn informierte ihn selbstverständlich laufend über den Fortgang des Krieges, aber nur ein Ereignis hatte für Aderyn persönliche Bedeutung. Tatsächlich war er gefühlsmäßig so weit entfernt von dem Gemetzel und den Intrigen, daß ihm klar wurde, daß er nun mehr als ein Freund des Volkes war – er dachte wie ein Mann vom Volk. Die Rundohren schienen weit weg und unwichtig; ihre Leben vergingen zu schnell, als daß ihre Taten Bestand gehabt oder viel Bedeutung gewonnen hätten. Aber im Jahr 774 erwähnte Nevyn bei einem ihrer Gespräche durch das Feuer, daß zwei Freunde gestorben waren. Nevyns Schmerz war selbst in seinem Abbild deutlich wahrzunehmen.

»Es tut mir leid, dich so traurig zu sehen«, dachte Aderyn ihm zu.

»Danke. Weißt du, es betrifft auch dich. Ihr Götter, verzeiht mir! Ich hätte es dir sagen sollen, als sie noch lebten. Ich spreche von den Seelen, die einmal deine Eltern waren, weißt du – Gweran und Lyssa, wiedergeboren und dann so bald schon wieder getötet von diesem elenden, dämonengezeugten Krieg. Erinnerst du dich immer noch an sie?«

»Wie bitte? Natürlich erinnere ich mich! Nun, das tut mir leid. Ich nehme es jedenfalls an. Ich meine, es ist nicht so, als wären sie noch meine Verwandten. Hmm. Ich frage mich, ob ich sie je wiedersehen werde?«

»Wer weiß? Niemand kann das Wyrd eines anderen lesen. Aber ich muß sagen, daß mir das sehr unwahrscheinlich vorkommt. Ihr Wyrd scheint an die Königreiche gebunden zu sein und deines an ein völlig anderes Volk.«

Aber es sollte sich herausstellen, daß Aderyn bei der Beendigung der Kriege tatsächlich eine kleine Rolle spielen sollte. Im Jahr 834 verließ er das Elfenland für ein paar Wochen und reiste nach Pyrdon, der ehemaligen Provinz, die die Gelegenheit ergriffen hatte, zu rebellieren und sich zu einem unabhängigen Königreich auszurufen. Inzwischen, so hatte Nevyn ihm gesagt, gab es so viele Ansprüche auf die Throne sowohl Deverrys als auch Eldidds, daß es aussah, als würden die Kriege ewig fortdauern. Nevyn und die anderen Dweomermeister hatten beschlossen, einen Erben auszuwählen und sich mit ihrer ganzen Magie und ihrem Einfluß hinter ihn zu stellen, in einem verzweifelten Versuch, das Land zu befrieden. Einfach, weil er derjenige Dweomermeister war, der am nächsten am

Loc Drw lebte, wo der Auserwählte wohnte, machte sich Aderyn auf den Weg, um einen Blick auf den jungen Prinzen Maryn zu werfen, Sohn Casyls von Pyrdon, den die Vorzeichen als möglichen künftigen Herrscher von Deverry bezeichnet hatten. Er reiste als einfacher Kräutermann und erschien am Abend eines heißen Sommertages vor Casyls Festung, die auf einer Insel in der Mitte eines Sees stand.

Am Anfang des Dammes, der zur Festung führte, standen bewaffnete Wachen. Als Aderyn auf sie zuging, fragte er sich, ob sie ihn wohl durchlassen würden.

»Guten Tag, guter Mann«, sagte der ältere der beiden. »Sieht aus, als wärt Ihr ein Hausierer oder so.«

»Nein, ich bin ein Kräutermann.«

»Das ist gut! Zweifellos werden die Damen der Festung einen Blick auf Eure Waren werfen wollen.«

»Warte!« Der jüngere Soldat trat vor. »Was, wenn er ein Spion ist?«

»Ach, komm schon! Niemand wird einen so alten Mann zum Spionieren schicken. Geht ruhig weiter.«

Die Worte trafen Aderyn wie ein Schlag ins Gesicht. Alt? War er wirklich alt? Da die Damen der Festung, die Königin eingeschlossen, ihn gastfreundlich empfingen, hatte er während seines Aufenthalts in der Festung manche Gelegenheit, sich im Spiegel zu betrachten. Ja, die Wachen hatten recht gehabt: Sein Haar war schneeweiß, sein Gesicht faltig, seine Augen müde, unglaublich müde von dem langen Schmerz über seine gestohlene Frau. Dallandras Verlust hatte seine Jugend hinweggebrannt wie ein Steppenbrand das Gras. Während jener Tage in Casyls Festung starb der letzte Rest seiner Hoffnung, daß er seine Frau je wiedersehen würde. Das wurde ihm klar, als Nevyn ihn bat, einen weiteren Tag zu bleiben, und er ohne Nachdenken zustimmte; er hatte einfach nicht mehr das Bedürfnis, so schnell wie möglich zum Alar zurückzukehren, weil sie in der Zwischenzeit ja dort eingetroffen sein könnte.

Als er schließlich wieder ins Elfenland kam, sagte er den Barden, sie könnten zu ihren Geschichten über die Wächter etwas hinzufügen: Sie hielten ihre Versprechen nicht immer.

Für Dallandra vergingen diese hundert Jahre wie vier Tage, wunderschöne Tage voller Feste und Musik, Lachen und alten Geschichten. Mitunter erinnerte sie sich an Aderyn und merkte sich Dinge, die sie ihm erzählen wollte, wenn sie zurückkehrte, denn sie wußte, daß die Informationen, die Evandar über die alten, verlorenen Städte besaß, ihren Mann ebenso faszinieren würden wie sie selbst. Genau wie sie nie müde wurde, von den Städten zu hören, wurde Evandar nie müde, von ihnen zu erzählen, und das mit solcher Zuneigung, daß sie eine gewisse Strategie zu erkennen begann. Spät am vierten Abend saßen sie zusammen auf einem Hügelabhang auf einer Wiese, wo unter schimmernden Fackeln Harfner spielten und junge Leute feierlich und langsam tanzten.

»Es ist so anders als die Tänze meines Volkes«, stellte Dallandra fest. »Wir springen und schreien und tanzen so schnell wie der Wind.«

»Oh, ich erinnere mich auch an eure Tänze – man hat sie damals ländliche Tänze genannt.«

»Aha. Ich habe nachgedacht. Ich frage mich, ob die Städte nicht tatsächlich wieder aufgebaut werden könnten. Es ist schade, daß die Rundohren so verräterisch sind; ansonsten könnte man eine Art Bündnis mit ihnen schließen oder zumindest wieder lernen, wie man Eisen bearbeitet. Ich weiß, ich weiß – ihr haßt Eisen –, aber wir bräuchten es wirklich, etwa um Stein zu schneiden, und wir müßten lernen, wie man Mörtel herstellt und Stoffe webt und Brücken baut, die nicht einstürzen, und Straßen, die nicht aufbrechen. Es wäre vielleicht am Anfang nur eine einzige Stadt, aber es kommt mir so schade vor, daß sie für immer zerstört sein sollen und nur noch Eulen in ihnen nisten und Wölfe sie durchstreifen.«

»Das sagst du, um mich in Versuchung zu führen.«

»Könnte ich denn?«

»Ja, vielleicht mehr, als du wissen kannst, weil ich besser weiß als du, wie man es tun könnte. Wenn wir einen Ort hätten, an den wir gehen könnten, einen angemessenen Ort, wäre es viel wahrscheinlicher, daß wir eure Art von Leben wählten. Zumindest einige von uns. Die jungen Leute. Es ist ihr Schicksal, das mich beunruhigt. Es werden weniger und weniger geboren.«

»Ich verstehe immer noch nicht, wie sie geboren werden.«

»Das weiß ich ebensowenig wie du.« Er lachte leise. »Ebensowenig wie du, aber sie *werden* einfach, und sie erfreuen uns. Ich will gar nicht daran denken, daß sie eines Tages verschwinden.«

Draußen auf der Wiese erscholl die Musik in Harmonie mit Lachen. Dallandra blickte auf und sah einen riesigen Silbermond, über den gerade eine Wolke hinwegzog. Schwarze Flecken – Vögel, nahm sie an – zogen über sein Gesicht, kreisten dort, schossen nieder und wurden immer schneller und größer. Mit einem Wutschrei sprang Evandar auf.

»Lauf!« schrie er. »Dalla, lauf zu den Bäumen!«

Plötzlich sah sie Bäume ein paar Schritte entfernt auf der Hügelkuppe. Während sie rannte, hörte sie Kreischen, Flügelschlagen, das Krächzen wütender Raben. Gerade als sie unter den Bäumen Schutz suchte, bemerkte sie, daß einer der riesigen Vögel ein Nachtfalke war, der direkt auf sie zuschoß. Im letzten Augenblick warf sie sich in den Schutz des Unterholzes und niedrig hängender Äste. Mit einem enttäuschten Schrei flatterte der Falke zurück zur Wiese, wo sich die Tänzer ängstlich unter den Fackeln sammelten. Als Dallandra es wagte, wieder aufzustehen, kam der Falke zurück, aber diesmal landete er mit schimmernden Flügeln und verwandelte sich in Alshandra.

»Ich dachte schon, daß du das bist«, sagte Dallandra ruhig. »Du solltest mit deiner Tochter kommen, wenn sie geht, dann wirst du sie nicht verlieren.«

»Stinkende Hündin! Ich werde dich umbringen.«

»Das kannst du nicht – nicht hier, nicht in diesem Land.« Sie legte die Hand auf die Amethystfigur. »Was willst du machen? Mich mit deinen Klauen zerreißen?«

Ein Kreischen hing in der Morgenluft, Alshandra war verschwunden, und die Sonne erhob sich im lavendelfarbenen Nebel.

Als Dallandra den Hügel hinabging, um sich zu Evandar und den anderen zu gesellen, ging in Deverry und Eldidd das Jahr 854 zu Ende. Während der Herbstregen über das Land peitschte, sah es so aus, als stünde ein weiteres schwarzes Jahr für Eldidd bevor. Maryn, nun ein erwachsener Mann und Hochkönig des gerade erst wiedervereinten Deverry, belagerte die nördlichen Städte mit der größten Armee, die Eldidd je gesehen hatte. Aderyn reiste mit seinem Alar zu den Winterlagern, als er von Nevyn hörte, der inzwischen Berater des Hochkönigs war und mit seinem König in den Krieg zog, statt in den zugigen Ruinen des Palastes im kriegszerrütteten Dun Deverry zu sitzen.

»Nicht, daß es hier viel für mich zu tun gäbe«, sagte er in dieser Nacht mit offensichtlicher Erleichterung. »Wir haben uns in Cernmeton verschanzt, und hier ist es angenehm, weil die Stadt sich ohne Belagerung ergeben hat.«

»Das freut mich. Glaubst du, der Krieg wird noch lange dauern?«

»Nein. Wohin der König auch reitet, zerbricht die Opposition. Im Frühjahr, wenn in den Städten überall die Vorräte ausgehen und sie keiner Belagerung mehr standhalten können, wird die Armee nach Süden ziehen und Aberwyn und Abernaudd einnehmen, und das wird das Ende sein. Von nun an werden Deverry und Eldidd ein vereintes Königreich sein. Was ist denn? Du siehst verängstigt aus.«

»Das bin ich. Wenn der Krieg vorbei ist, werden die Menschen aus Eldidd dann wieder nach Westen ziehen und das Land meines Volkes stehlen?«

»Ich habe mich so angestrengt, den Bürgerkrieg zu beenden, daß ich ganz vergessen habe, wie diese Angelegenheit für dich aussieht. Aber laß dich davon nicht beunruhigen.« Nevyns Geist war voll Trauer. »Du verstehst nicht, wie schrecklich es gewesen ist, so viele Menschen sterben zu sehen. Ich denke, es wird genug Land im neuen Königreich geben, damit alle noch jahrelang zufrieden sind.«

Aderyn konnte sich gerade noch zurückhalten, triumphierend zu lächeln.

»Laß mich nachdenken«, sagte er statt dessen. »Mein Alar ist nicht sehr weit von Cernmeton, und wir werden auf unserem Weg ins Winterlager dort vorbeikommen. Glaubst du, wir könnten uns treffen?«

»Das wäre schön, aber ich denke, du solltest lieber nicht in die Stadt reiten. Tatsächlich sind die Leute des Königs so damit beschäftigt, jeden Mann einzuziehen, der so aussieht, als könne er kämpfen, daß ich der Meinung bin, das Volk sollte sich im Augenblick so gut wie möglich von uns fernhalten. Aber im Sommer, wenn der Krieg vorbei ist – er sollte es zumindest sein.« Nevyns Abbild lächelte plötzlich. »Und ich habe jemanden hier, den du wirklich kennenlernen solltest. Die Seele, die einmal dein Vater war. Er ist wieder Barde, jedenfalls eine Art Barde, aber er war jahrelang Söldner, und er ist ein Freund von mir. Er heißt Maddyn.«

Inzwischen war jeder Gedanke an seinen Vater für Aderyn

so weit entfernt, daß er sich über die Gelegenheit, diese Seele wiederzutreffen, nicht mehr und nicht weniger freute als über die Möglichkeit, einem Freund Nevyns zu begegnen. Sobald er Maddyn allerdings erst einmal kannte, verstanden sich die beiden gut. Nevyns Vorhersagen über den Verlauf des Krieges erwiesen sich als wahr. Als Maryn und seine Armee im Frühjahr nach Süden zogen, war das Volk von Eldidd nur zu bereit, sich zu ergeben und den Schrecken des Krieges zu beenden. Abernaudd öffnete die Tore, kaum daß man ihn kommen sah; Aberwyn hielt unter großem Getöse einen Nachmittag lang stand und ergab sich dann bei Sonnenuntergang. Während Maryn und seine Leute Aencycyr, dem letzten König von Eldidd, hinterherjagten (für jene, die solche historischen Dinge interessieren: Er war der Ururenkel von Prinz Mael von Aberwyn, der später als Mael der Seher bekannt sein sollte, und zwar durch die legitime Linie seiner ersten Ehe), nahm Nevyn Urlaub von seinem König und reiste mit Maddyn nach Westen, um sich mit Aderyn zu treffen.

Sie trafen sich direkt nordwestlich von Cannobaen am Ufer eines kleinen Baches, der in den Y Brog mündete, an dem das Alar sein Lager aufgeschlagen hatte. Inzwischen war Maddyn fünfundvierzig Jahre alt – ein hohes Alter für einen Kämpfer; sein Haar war vollkommen ergraut und seine blauen Augen müde vom tiefen Hiraedd eines Menschen, der gesehen hatte, wie zu viele Freunde innerhalb zu kurzer Zeit starben. Aber es war immer noch angenehm, sich mit ihm zu unterhalten, er hatte Humor, und das Volk mochte ihn sofort, weil er neben seinen anderen Begabungen das Wildvolk genauso deutlich sehen konnte wie sie. Eines dieser kleinen Geschöpfe, eine Fee mit langem blauem Haar und nadelspitzen Zähnen, war ihm so ergeben wie ein Lieblingshund und folgte ihm bei Tag und schlief nachts in seiner Nähe.

»Ich fürchte, das ist meine Schuld«, sagte Nevyn bedauernd,

als Aderyn nach der Fee fragte. »Vor vielen, vielen Jahren hat Maddyn einen Winter bei mir verbracht, als er schwer verwundet war. Damals begann er, das Wildvolk zu sehen – wahrscheinlich nur, weil sie ständig in seiner Nähe waren. Auch seine Musik hat etwas damit zu tun, weil er wirklich ein guter Harfenspieler ist.«

»Ja, das Wildvolk liebt Musik. Nun, ich denke, das kann nichts schaden, außer, daß mir das arme kleine Ding leid tut. Wenn Maddyn einmal stirbt, wird sie es nicht verstehen.«

»Ach, sie wird ihn wahrscheinlich schnell vergessen. Es war nicht vorgesehen, daß er das Wildvolk sieht, und erst recht nicht, daß sich eine von ihnen in ihn verliebt.«

Obwohl Aderyn normalerweise nachts kaum schlief, war er an jenem Abend so müde, daß er früh ins Zelt ging und sofort einschlief. In seinen Träumen kam die kleine blaue Fee zu ihm und führte ihn über das Grasland – das heißt, zunächst dachte er, daß es das Grasland war, bis er einen riesigen purpurfarbenen Mond am Horizont sah. In seinem Traumgeist erklang eine Stimme, die rätselhaft »das Torland« sagte. Als er aufblickte, sah er zwei junge Frauen, die auf ihn zuliefen, Hand in Hand und lächelnd. Eine von ihnen war Dallandra. Er hatte in den vergangenen hundert Jahren so oft von ihr geträumt, daß er zunächst weder Freude noch Schmerz empfand, sondern in seinem Traum nur feststellte, daß sie ihm tatsächlich immer noch genug bedeutete, um hin und wieder ihr Bild heraufzubeschwören.

Zumindest, bis sie näher kam und er die kleine Amethystfigur an ihrer Kehle sah – eine Einzelheit, die bewirkte, daß er sich fragte, ob dieser Traum tatsächlich etwas anderes war. Dann bemerkte er, daß er selbst nicht als Traumbild auftrat, sondern seinen Lichtkörper angenommen hatte, eine hellblaue Gestalt, in der er die ätherische Ebene bereisen konnte.

»Ado, es ist gut, dich zu sehen, selbst in dieser Gestalt«, sagte

Dallandra. »Aber ich habe nicht viel Zeit. Es ist schwierig für uns, in dieser Weise zum Torland zu kommen, weißt du.«

»Nein, das weiß ich nicht. Um aller Götter willen, Dalla, wann kommst du endlich nach Hause?«

»Schon bald. Sei nicht mürrisch – es waren doch nur ein paar Tage. Und jetzt hör mir gut zu. Du hast im Augenblick einen Gast, Nevyns Freund, den die Fee so liebt.«

»Er heißt Maddyn. Aber es waren nicht nur ein paar Tage.«

»Also gut, dann waren es eben fünf Tage, aber hör mir doch zu! Ich spüre schon, wie sie mich wieder zurückziehen. Maddyn besitzt ein Schmuckstück, das aus Zwergensilber hergestellt ist. Die Wächter brauchen es. Ado, ich habe dir so viel zu erzählen! Manchmal können die Wächter die Zukunft sehen. Nur in kleinen Stücken, wie in winzigen Wachträumen, aber sie sehen sie. Und einer von ihnen hat erkannt, daß dieser Maddyn einmal wichtig sein wird. Also brauchen sie den Rosenring.« Noch während sie weitersprach, schien sie durchscheinender, bleicher zu werden. »In meinen Satteltaschen sind alle möglichen Sachen, die du zum Tausch benutzen kannst – nimm soviel, wie du brauchst, gib ihm alles, es ist mir gleich. Aber beschaffe uns diesen Rosenring. Leg ihn in einen Baum nahe dem Lager.«

»Wieso sollte ich diesen elenden Geschöpfen überhaupt helfen?«

»Bitte Ado, sei doch vernünftig! Tue es um meinetwillen, wenn schon nicht um ihretwillen.« Sie war nur noch ein Schatten, ein Farbfleck auf der Landschaft hinter ihr. »In der größten Eiche nahe dem Lager.«

Dann war sie verschwunden und ihre Begleiterin auch. Aderyn blickte nach unten und sah die Silberschnur, die seinen Lichtkörper mit seinem physischen Körper verband, der in seinem Zelt in den Decken direkt unter ihm lag. Er hatte also tatsächlich nicht geträumt! Diese Begegnung hatte stattgefunden. Er glitt an der Schnur entlang, kehrte in seinen Körper zurück, setzte sich und schlug auf den Boden, um sich auf dieser Ebene zu erden. Die blaue Fee hockte unten an seinem Bett und beobachtete ihn.

»Kleine Schwester, du warst also eine Botin?«

Sie nickte und verschwand. Lange Zeit dachte Aderyn darüber nach, ob er tun sollte, was Dallandra wollte, oder nicht, aber am Ende entschloß er sich, um ihretwillen ihren Wünschen nachzukommen. Er suchte ihre Satteltasche – er hatte sie über hundertzwanzig Jahre mit sich herumgeschleppt – und die Edelsteine, von denen sie gesprochen hatte. Der Schmuck war zwar verstaubt und angelaufen, aber es waren tatsächlich ein paar schöne Broschen und Armreife im Elfenstil, und sie ließen sich gut wieder polieren.

Früh an diesem Morgen hielt Aderyn nach Maddyn Ausschau und fand ihn im Gras sitzen, wo er inmitten einer Menge von Wildvolk eine kleine Harfe stimmte. Obwohl das Instrument abgegriffen aussah, hatte Nevyn doch nie süßere Klänge gehört. Einige Zeit unterhielten sie sich über dies und das, während sich das Wildvolk in der Hoffnung auf Musik in ihrer Nähe niederließ.

»Ich muß Euch etwas fragen«, sagte Aderyn schließlich. »Und das wird sich für Euch wahrscheinlich sehr seltsam anhören.«

»Ihr Götter, nachdem ich Nevyn nun all diese Jahre kenne, bin ich an seltsame Dinge gewöhnt. Fragt einfach.«

»Jemand hat mir gesagt, Ihr besitzt einen Silberring mit Rosen darauf.«

»Ja.« Maddyn schien verblüfft, daß Aderyn das wußte. »Ich habe ihn von einer Frau bekommen, die ich … nun, wenn ich sage, ich liebte sie, dürft Ihr mich nicht falsch verstehen. Sie war mit einem anderen verheiratet, und ich habe sie zwar geliebt, aber zwischen uns ist nie etwas Falsches geschehen.«

Er klang so trotzig, daß Aderyn sich fragte, ob er log – nicht, daß ihn das etwas anginge. Im Geist verfluchte er Dalla, daß sie ihn um etwas gebeten hatte, das für Maddyn vielleicht sehr viel wert war.

»Nun gut.« Aderyn nahm an, die Wahrheit sei wie üblich das beste. »Wißt Ihr, in meinem Traum hat mir eine Dweomerfrau von großer Macht erzählt, daß dieser Ring ein eigenes Wyrd hat. Sie braucht ihn unbedingt für einen Zauber, an dem sie arbeitet. Sie hat angeboten, gut dafür zu bezahlen.«

»Nun, dann soll sie ihn haben. Ich habe genug vom Dweomer gesehen, um eine Vorstellung von der Wichtigkeit von Träumen zu haben. Ich will nichts dafür haben, ich gebe ihn Euch einfach.«

»Es tut mir leid! Ich wollte nicht darum betteln wie ein Kind. Er muß Euch viel bedeuten.«

»So war es einmal, aber der Frau, die ihn mir gegeben hat, können jetzt weder der Ring noch ich etwas bedeuten.« Tränen standen in den Augen des Barden. »Wenn Ihr ihn wollt, sollt Ihr ihn haben.«

Mit dem neugierigen Wildvolk im Gefolge gingen sie zu dem Zelt, das Maddyn mit Nevyn teilte. Der Barde suchte in seinen Satteltaschen und holte etwas heraus, das in besticktes Leinen gepackt war. Er schlug das Tuch auf, um Aderyn den Schmuck zu zeigen: ein einfaches, silbernes Band, etwa ein Drittel Zoll breit, mit Rosen graviert, und eine Nadel in Form einer einzelnen Rose, so geschickt gearbeitet, daß es beinahe schien, als wären die Blütenblätter weich. Er gab Aderyn den Ring, die Nadel packte er wieder ein und steckte sie in seine Satteltasche. Aderyn schaute auf die Innenseite des Rings und erwartete halb, daß der Name der fraglichen Frau eingraviert war, aber sie war glatt, und es war nichts darauf zu sehen.

»Der Schmied, der den Ring und auch diese Nadel gemacht

hat, ist ein hervorragender Handwerker«, meinte Maddyn. »Er heißt Otho.«

Als Aderyn den Ring aus reiner Neugier an den eigenen Finger steckte, zitterte seine Hand vor Dweomerkälte.

»Stimmt etwas nicht?« wollte Maddyn wissen.

»Nein. Es ist nur das Wissen. Eines Tages, Maddo, werdet Ihr diesen Ring zurückerhalten. Ihr werdet ihn auf eine Art erhalten, die ihr nie erwartet hättet, und lange nachdem Ihr ihn vergessen habt.«

Maddyn starrte ihn völlig verblüfft an. Ado konnte ihm nichts weiter sagen, weil er selbst nicht wußte, was er gemeint hatte. Und er war verbittert, weil er sich an ein ähnliches Versprechen erinnerte, das Evandar ihm gegeben hatte. Offensichtlich hatte der Wächter tatsächlich gemeint, daß er Dallandra wiedersehen würde, aber nur in diesem kurzen, quälenden Moment auf der ätherischen Ebene.

Am Morgen des nächsten Tages tat Aderyn, worum Dallandra gebeten hatte, und legte den Ring hoch oben in eine Astgabel der Eiche, während das Alar das Lager abbrach. Als sie das nächste Mal dieses Weges kamen, war der Ring verschwunden, wenn Aderyn auch nie erfuhr, wer ihn genommen hatte. An seiner Stelle befand sich ein kleines, glattes Stück Holz, in das ein paar elfische Worte eingeritzt waren, ein einfaches »Danke«, aber in ihrer Handschrift. Er lieh sich eine Ahle und bohrte ein Loch in das Holzstück, damit er es an einer Schnur um den Hals tragen konnte, nur weil ihre Hände es berührt hatten. Sie wiederzusehen hatte seine Trauer erneut zum Leben erweckt und den letzten Rest seiner Hoffnung getötet.

Früh im folgenden Jahr segelte Maddyn zusammen mit Nevyn nach Bardek, und Aderyn sah ihn nie wieder und hörte nicht einmal, daß er gestorben war, weit weg auf den Inseln, nachdem man ihm die Rosennadel gestohlen hatte. Aber seltsamerweise sollte Dallandra vom Tod des Barden erfahren, um genauer zu sein, ihr sollte klarwerden, was geschehen war, als seine blaue Fee am Hof der Wächter erschien, scheinbar am Tag, nachdem sie den Silberring abgeholt hatte. Es war dieser Ring, der das kleine Geschöpf anzog, denn sie fanden sie, wie sie ihn mit ihren winzigen Händen umklammerte. Sie hatte ihr Gesicht schmerzlich verzogen, und als Elessario versuchte, sie zu streicheln, riß die Fee den Kopf herum und schlug ihre spitzen Zähne tief in die Hand der Wächterin. Illusorisches Blut drang heraus und verschwand. Elessario starrte die sich schließende Wunde an.

»Warum hat sie das getan?«

»Ich weiß es nicht sicher, aber ich denke, daß Maddyn tot ist.«

Die Fee warf den Kopf zurück, öffnete den Mund in lautlosem Aufheulen und verschwand.

»Ja, das ist wohl so«, fuhr Dallandra fort. »Und sie beweint ihn.«

Elessario legte den Kopf schief und dachte einen Augenblick über die Worte nach. Sie gingen durch das schimmernde Smaragdglas auf die blaugrünen Bäume am Horizont zu, die sich wie Rauch zu bewegen schienen. Mit einem Wehklagen, das sie tatsächlich hören konnten, erschien die Fee abermals, diesmal viel größer, etwa wie ein dreijähriges Kind.

»Sie weint, weil er an einen Ort gegangen ist, den sie Tod nennt«, sagte Elessario, »und sie kann ihm dorthin nicht folgen.«

»Das stimmt, ja.«

Sie setzten sich ins Gras, und die Fee setzte sich neben sie und legte den Kopf in Elessarios Schoß.

»Manchmal frage ich mich, wie es sein wird zu sterben«, sagte Elessario. »Erzähl es mir.«

»Ich weiß es nicht. Ich kann nur raten. Ich nehme an, es ist ganz ähnlich, wie wenn man einschläft – aber du schläfst ja auch nie, entschuldige.«

»Ich habe wirklich genug davon herauszufinden, daß es so viele Dinge gibt, die ich nie getan habe.« Aber sie klang eher traurig als ärgerlich. Inzwischen saß die Fee auf ihrem Schoß und war wieder größer geworden, wie ein etwa neun- oder zehnjähriges Kind, ließ sich in Elessarios Armen wiegen und schwieg. »Wenn ich gehe und beim Volk lebe, wenn ich geboren werde und eines Tages sterbe, was dann, Dallandra?«

»Das weiß ich nicht. Niemand von uns kann wissen, was dann geschieht.«

»Ich bin es wirklich müde, daß du mir dauernd von Dingen erzählst, von denen du nichts weißt.«

»Aber ich weiß es wirklich nicht. Die einzige, die die Antworten finden kann, bist du.«

Sie gingen durch einen Rosengarten, und die Fee, wieder winzig geworden, flog vor ihnen her. Plötzlich legte das kleine Geschöpf den Kopf zurück und schnüffelte in der Luft wie ein Jagdhund. Einen kurzen Augenblick erstarrte sie, dann schoß sie in die Luft, wirbelte voller Freude herum und verschwand.

»Etwas hat sie glücklich gemacht«, bemerkte Dallandra.

»Vielleicht ist ihr Barde wiedergeboren worden.«

»O nein, dafür ist es viel zu früh! Obwohl ich es bei den Rundohren nicht genau weiß. Es könnte bei ihnen anders sein.«

Die Landschaft um sie veränderte sich und schimmerte im hellen Mondlicht, und hier und da erklang Musik in der warmen Luft.

»Oh, schön – der Mond geht auf«, sagte Dallandra. »Es ist schwer zu glauben, daß ich hier schon seit sieben Tagen bin.«

Ganz plötzlich, nur weil sie es ausgesprochen hatte, wurde ihr die Bedeutung dieser Worte klar. Wie konnten es nur sieben kurze Tage gewesen sein, wenn genug Zeit vergangen war, daß

Nevyn zum Elfenland gereist war und es wieder verlassen hatte, daß Maddyn, der Barde, aufgetaucht, dann gestorben und nun vielleicht wiedergeboren war? Dallandra schrie laut auf.

»Elessario! Du hast mich angelogen! Du hast mich betrogen!«

»Wie bitte?« Das junge Mädchen fuhr herum und brach in Tränen aus. »Niemals! Dalla, wovon redest du?«

»Wie lange bin ich hiergewesen?«

Elessario konnte sie nur anstarren, während ihr Tränen über die Wangen liefen. Dallandra wurde klar, daß das junge Mädchen keine Möglichkeit hatte, so etwas wie Zeit zu verstehen.

»Bring mich zu deinem Vater. Wo ist dein Vater?«

»Hier.« In einem höfischen Gewand, mit einem silbrigblauen Umhang und einem Goldreif im gelben Haar, kam Evandar auf sie zu. »Es ist meine Schuld, Dallandra, nicht die meiner armen kleinen Tochter. Die Zeit hier in unserem Land verläuft anders.«

»Das hast du mir nie gesagt.«

»Dann wärst du nie gekommen.«

»Wenn ihr Götter hättet, würde ich mich jetzt an sie wenden, dich zu verfluchen.«

»Zweifellos. Weißt du, es tut mir ziemlich leid, daß ich gelogen habe. Was ein seltsames Gefühl.«

»Laß mich nach Hause gehen.«

»Selbstverständlich. Das war unser Handel. Du sollst nach Hause gehen, und jetzt gleich.«

»Nein!« heulte Elessario. »Bitte geh nicht, Dalla.«

»Es tut mir leid, Kind, aber ich muß. Du kannst mich in meinem eigenen Land besuchen, wie du es vorher getan hast.«

»Ich will jetzt mit dir kommen. Bitte, laß mich mit dir kommen und bei dir leben.«

Plötzlich wurde die Luft kalt, und der Mond verschwand

hinter dunklen Wolken. Im trüben Licht glitzerten Fackeln auf Rüstungen und Schwertern; Schilde klirrten, Männer fluchten, Banner flatterten, während eine Armee auf sie zuraste, mit Alshandra an der Spitze. Mit leicht angewiderter Miene hob Evandar eine Hand und schnippte mit den Fingern. Die angreifenden Soldaten verwandelten sich in Nebel und flogen davon. Alshandra stand vor ihnen und stampfte mit dem Fuß auf.

»Ich werde Dallandra nicht weglassen. Sie hat meine Tochter gegen mich aufgehetzt, und als Ausgleich werde ich sie hierbehalten. Das ist nur gerecht.«

»Ich habe ihrem Mann etwas versprochen«, sagte Evandar. »Und ich werde mein Versprechen halten.«

»*Du* hast das Versprechen gegeben, Evandar Gelbhaar, nicht ich. Sie wird nicht gehen. Wenn unsere Tochter wegen ihr geht, wird sie an ihrer Stelle bleiben.«

Dallandra umklammerte die Amethystfigur an ihrer Kehle. Alshandra kreischte vor Lachen.

»Du weißt den Weg nach Hause nicht, nicht wahr, Mädchen? Du weißt nicht, welcher Weg nach Hause führt.«

Sie standen auf der nebligen, grünen Ebene und schauten in die untergehende Sonne. Rechts erhoben sich die finsteren Hügel, links die hohen Berge, deren weiße Gipfel im letzten Licht schimmerten. Vor ihnen erstreckte sich nicht eine Straße, sondern viele, die alle in einen Nebel führten, der so dunkel war wie die Nacht.

»Du könntest hier lange Zeit umherwandern«, sagte Alshandra. »Vielleicht wird dich dein Glück direkt nach Hause führen. Das bezweifle ich allerdings.«

Evandar packte sie am Ellbogen. Als sie sich zu ihm umdrehte, grinste er selbstzufrieden.

»Du sagst, es sei gerecht, etwas hierzubehalten, und das entspräche unseren Gesetzen. Aber es wäre nicht gerecht, eine

Seele hierzubehalten, die dir nie etwas genommen hat, die Elessario niemals zuvor gesehen hat und auch dich oder mich nicht.«

»Was? Selbstverständlich wäre das nicht gerecht, und so etwas würde ich nie tun. Was meinst du damit?«

»Dallandra trägt ein Kind unter ihrem Herzen, ein unschuldiges Kind, das uns nie etwas genommen hat, das nie einen von uns gesehen hat.«

Mit einem Aufschrei reiner Qual wuchs Alshandra ins Riesenhafte, ragte über ihnen auf wie Sturmwolken. Als sie abermals aufschrie, war ihre Stimme ein Klagen.

»Das ist ungerecht!«

»Nein.« Evandars Stimme war kühl und ruhig. »Das ist sogar sehr gerecht.«

Alshandra streckte sich aus, bis sie so dünn war wie Wolken, die sich unter der heißen Sonne auflösen, dann schnappte sie zurück und stand als alte, welke Frau vor ihnen, in Schwarz gekleidet, mit Tränen auf den faltigen Wangen.

»Klug«, bemerkte Evandar. »Aber irgendwie tust du mir nicht so leid, wie es sein sollte.«

Mit einem Fauchen wurde Alshandra wieder sie selbst, in Jagdkleidung und Stiefeln, den Bogen in der Hand.

»Also gut, dann zeig ihr den Weg nach Hause, aber ich hasse dich dafür.«

Dann war sie verschwunden. Dallandra schluchzte laut.

»Und was willst du von mir, Evandar, für all das?«

»Nur eins. Wenn dein Kind geboren ist und wenn du nicht mehr glücklich bist, komm zurück.« Er packte sie an den Schultern. »Aber nur, wenn du nicht glücklich bist, verstehst du? Komm nur dann zurück, wenn du dich danach sehnst.«

»Das verstehe ich, aber ich fürchte, dann wirst du mich nie wiedersehen.«

»Ohne Zweifel. Nun, ich kann hoffen – nein, ich bin ziemlich sicher –, daß Elessario ihren Weg zu dir und deiner Welt früher oder später finden wird. Was uns andere angeht, brauchst du dich nicht zu sorgen. Ich werde unser Schicksal in meine Hände nehmen und sehen, was ich tun kann. Leb wohl.« Er beugte sich herab und küßte sie mit einem weichen, brüderlichen Kuß.

Der Kuß schien die Landschaft um sie herum wegzuwischen. Sie blinzelte, taumelte, fand sich dann am Rand einer niedrigen Klippe. Als sie automatisch nach ihrer Kehle griff, stellte sie fest, daß die Amethystfigur verschwunden war. In einer mit Büschen bewachsenen Schlucht unter ihr standen die bunten Zelte ihres Volkes. An der Seite konnte sie das große Zelt mit den Rosenranken sehen, das ihr und Aderyn gehörte, aber das Muster war seltsam verblaßt und verwittert. Hat er sich nicht darum gekümmert? dachte sie. Nun, das ist jetzt gleich – ich bin zu Hause. Halb lachend, halb weinend rannte sie auf der Klippe entlang, bis sie den Pfad fand, dann kletterte sie nach unten und rutschte ein wenig, weil sie es so eilig hatte. Als sie unten angekommen war, hörte sie Rufe, und ein paar Elfen kamen auf sie zugelaufen, Enabrilia an der Spitze.

»Dalla, Dalla!« Enabrilia schlang die Arme um sie und weinte hysterisch. »Oh, allen Göttern sei Dank! Farendar, steh da nicht so und glotze! Geh und hol Aderyn!«

Ein hochgewachsener junger Mann, ein muskulöser Krieger, rannte davon. Dallandra packte ihre Freundin an den Schultern, während die anderen Elfen um sie herumstanden und sie nur schweigend anstarrten. Die Hälfte von ihnen erkannte sie nicht einmal.

»Das kann doch nicht Faro sein!« Aber noch während sie sprach, spürte sie, wie äußerst unwillkommenes Wissen in ihren Geist eindrang wie eine Drohung. »Was ist los?«

»Du warst so lange weg.« Enabrilia wiederholte das immer wieder. »Du warst so lange weg.«

Dallandra umarmte sie, schüttelte sie, schrie sie an, bis sie schließlich schwieg. Als die anderen Elfen zur Seite traten, um jemanden durchzulassen, blickte Dallandra auf und erkannte Aderyn. Einen Augenblick glaubte sie, ohnmächtig zu werden. Er war so alt, so dünn, sein Haar vollkommen weiß, seine Hände knochig wie Stöcke oder Klauen und sein Gesicht so faltig wie uraltes Leder, das man zu lange in die Sonne gelegt hatte. Sie schluchzte laut, und dieses Schluchzen kam einer Totenklage gleich.

»Ihr Götter! Ich bin gerade noch rechtzeitig zurückgekommen, um dich sterben zu sehen.«

»Das bezweifle ich.« Seine Stimme war sanft, aber kräftig – irgendwie jünger als sein Gesicht. »Meine Art altert lange, bevor sie stirbt, Dalla.«

Plötzlich gaben ihre Knie nach, sie taumelte vorwärts, konnte sich noch einmal zusammenreißen, taumelte dann wieder und ließ sich schließlich von ihm aufrecht halten.

»Wie lange?« flüsterte sie. »Wie lange war ich weg?«

»Beinahe zweihundert Jahre.«

Sie legte den Kopf zurück und klagte, heulte und tobte, wie Alshandra es getan hatte. Die anderen Elfen drängten sich näher, stützten sie, führten und schoben sie zurück zum Lager und zum Zelt. Nur Enabrilia kam mit ihr und Aderyn herein.

»Setz dich, Dalla«, sagte Enabrilia. »Setz dich und ruhe dich aus. Alles wird besser sein, wenn du einen Augenblick Zeit hattest, nachzudenken. Zumindest bist du jetzt frei und wieder bei uns.«

»Es wird nie wieder besser sein, niemals!«

Gemeinsam brachten Aderyn und Enabrilia sie dazu, sich auf einen Stapel Decken zu setzen. Als sie dann tränenblind ihre Hände ausstreckte, nahm er sie und drückte sie, seine Finger steif und trocken und dünn auf ihren. Ihr wurde klar, daß sie nie wieder die Berührung der Hände spüren würde, an die sie sich erinnerte, und wieder brach sie in Tränen aus. Trübe war sie sich bewußt, daß Enabrilia ging, und sie hatte den hysterischen Gedanken, daß Bril in den vergangenen zweihundert Jahren zumindest so etwas wie Takt gelernt hatte. Sie hätte beinahe gelacht, verschluckte sich dann, weinte wieder, bis sie schließlich erschöpft schwieg und sich auf die Decken sinken ließ. Sie hörte, wie Aderyn aufstand; dann legte er ein Lederkissen vor sie. Sie nahm es, schob es unter den Kopf, legte sich dann auf den Rücken und beobachtete ihn betäubt. Seiner Miene war nichts weiter anzusehen als tiefe Verwirrung, wie bei einem Mann, der nach einem schweren Schlag auf den Kopf wieder zu sich kommt.

»Ado, es tut mir leid.«

»Es ist nicht deine Schuld.« Er setzte sich neben sie. »Ich bin überrascht, daß sie dich überhaupt gehen ließen.«

»Ich werde ein Kind haben, und sie haben mich um seinetwillen gehen lassen. Es ist dein Kind, Ado – all diese Jahre waren für mich wie sieben Tage, nicht mehr.«

Nun war es an ihm zu weinen. Seine Tränen waren das rostige Rinnsal eines Mannes, der nicht geglaubt hatte, daß ihn jemals im Leben wieder etwas genügend interessieren würde, um darüber zu weinen. Sie hätte am liebsten laut über die Ungerechtigkeit geschrien, aber es hatte keinen Zweck, »es ist ungerecht« zu schreien wie einer der Wächter. Langsam setzte sie sich auf und legte ihm die Hand auf die Schultern.

»Weine nicht, Ado, bitte. Zumindest bin ich wieder da. Zumindest sind wir zusammen. Du hast mir so sehr gefehlt.«

»Ich oder der junge Mann, den du zurückgelassen hast?« Die Tränen waren versiegt, und nun wandte er sich ihr zu, dieser alte Mann, der sie so sehr an ihren Geliebten erinnerte. »Ich würde nicht einmal mehr am Leben sein, wenn Evandar mich nicht mit einem Dweomer belegt hätte, um mir die Lebensspanne eines Elfen zu geben, aber er hat vergessen, die elfische Jugend hinzuzufügen.«

Er war wütend, und sie wußte, ganz gleich, wie sehr er widersprach, er war wütend auf sie, nicht auf die Wächter. Sie hätte gerne wieder geweint, aber sie war zu erschöpft.

»Was ist mit unserem Kind?« flüsterte sie. »Wirst du es hassen?«

»Es hassen? Wie bitte? Als ob ich das könnte! Dalla, verzeih mir. Zunächst habe ich in jeder Nacht davon geträumt, dich wiederzusehen, und ich hatte mir so viel zurechtgelegt, was ich dir sagen wollte, wunderbare, liebevolle Dinge. Und dann gingen die Jahre weiter und weiter, und ich habe sie vergessen, weil ich alle Hoffnung verloren habe, dich je wiederzusehen. Und nun sind mir keine Worte mehr geblieben.« Er stand auf und stand zögernd an der Zeltklappe. »Verzeih mir.«

Als er ging, war sie erleichtert. Innerhalb kurzer Zeit war sie eingeschlafen.

Im Lauf der Zeit fand Aderyn schließlich heraus, daß er wütender auf sich selbst als auf Dallandra oder Evandar war. Er begann, sich wie einen Krieger zu betrachten, der den ganzen Winter mit Essen und Trinken verbracht hat und damit, in der Halle seines Herrn herumzusitzen, bis ihm schließlich, wenn der Frühling kommt, seine Rüstung nicht mehr paßt und er außer Atem gerät, wenn er auch nur eine Waffe hebt, gerade wenn der Krieg beginnt und man ihn am meisten braucht. In all den Jahren, in denen Dallandra weg gewesen war, war es ihm nicht einmal eingefallen, eine andere Frau anzusehen.

Niemand hätte je Dallandras Platz in seinem Herzen einnehmen können; niemals hätte er daran gedacht, wieder zu heiraten, obwohl die elfischen Gesetze es ihm gestattet hätten, nachdem sie zwanzig Jahre und einen Tag fort gewesen war. Wenn nicht Liebe, so hätte er vielleicht Freundschaft und

Zuneigung gefunden, und das hätte sein Herz am Leben gehalten, statt daß er es mit seiner Arbeit erstickt hatte. Alle Energie seines Herzens, all die Fähigkeit zu lieben, die er vielleicht einer anderen Frau hätte geben können – die hatte er in etwas Steriles verwandelt und in seine Schüler und in seine Studien ergossen. Er staunte über sich selbst, daß er Dallandra nun, wo er sie wiederhatte, nicht mehr wirklich lieben konnte, obwohl sie ihn mit all ihrer alten Zärtlichkeit behandelte. Sie hätte auch sein Bett geteilt, wenn er das gewollt hätte, aber er benutzte ihre Schwangerschaft als Ausrede und schlief woanders.

Er wollte ihr Mitgefühl nicht – so erklärte er es sich selbst. Er war sicher, daß sie ihn, einen alten, welken und häßlichen Mann, mit Mitleid behandelte, und das wollte er nicht. Obwohl er selbst vergessen hatte, wie man liebt, wußte er doch, daß er ihr Herz keinem anderen gönnte. Während die Tage zu Monaten wurden und ihre Schwangerschaft deutlicher zu sehen war, verwandelte er sich mehr und mehr in dieses lächerliche, menschliche Stereotyp, das er haßte, obwohl er machtlos war, die Veränderung zu verhindern: Er sah sich zu einem eifersüchtigen alten Mann mit einer jungen Frau werden. All seine Dweomerkunst, all sein Wissen und seine große Macht, sein tiefes Verständnis geheimer Orte des Universums und seine Konversationen mit verborgenen Geistern – nichts davon half ihm jetzt, wenn er sah, wie Calonderiel sich mit ihr unterhielt und er ihn aus tiefstem Herzen haßte, wenn er sah, wie sie unschuldig einen jungen Mann anlächelte und er ihn tot wünschte. Und was würde er tun, fragte er sich, wenn das Kind erst geboren war und sie wieder schlank und schön war?

Hätte er mit Nevyn sprechen können, dann hätte sein alter Meister ihn vielleicht geheilt, aber Nevyn war in Bardek, in einer seiner geheimnisvollen Angelegenheiten. Hätten sie in

Deverry gelebt, unter Menschen so verschiedenen Alters und Aussehens, wäre er vielleicht auch vernünftig geworden, aber so waren alle, die er sah, jung und schön, außer Aderyn selbst. Seine Eifersucht fraß jeden Tag an ihm und vergiftete jede Nacht, aber dank seiner langen Ausbildung in Selbstdisziplin und Bewußtwerdung gelang es ihm schließlich, sie zumindest nicht zu zeigen. In Dallandras Gegenwart war er immer vollkommen ruhig und freundlich; nicht ein einziges Mal tadelte er sie oder unterzog sie quälenden Fragen, wo sie gewesen war oder was sie zu diesem oder jenem Mann gesagt hatte. (Jahre später, als es viel zu spät war, wurde ihm klar, daß diese Vernunft vielleicht das schlechteste gewesen war, da Dallandra seine sorgfältige Selbstbeherrschung für Gleichgültigkeit gehalten hatte.) Als ihre Schwangerschaft fortgeschritten war, wurde es selbstverständlich unmöglich, daß sie irgendwohin allein ging. Das Alar schlug ein halbdauerhaftes Lager an einem Bach auf, wo es gute Grasflächen gab, und wartete dort auf die Geburt. Mehr und mehr verbrachte Dallandra ihre Zeit mit anderen Frauen, besonders mit Enabrilia, die ihre Hebamme sein würde.

Als tatsächlich die Wehen begannen, war Aderyn Meilen entfernt und zeigte einigen seiner Schüler, wie man Arzneiwurzeln ausgräbt. Als er zum Lager zurückkam, hatte sich Dallandra zusammen mit anderen Frauen in Enabrilias Zelt zurückgezogen. Nach elfischem Brauch hielt man ihn fern, selbst wenn er hätte bei ihr bleiben wollen. Den ganzen Abend saß er am Feuer in einem Kreis anderer Männer, die wenig sprachen, grimmig dreinschauten und einen Metschlauch herumreichten, bis schließlich eine erschöpfte Enabrilia Aderyn zum Zelt holte.

»Ein Sohn«, sagte sie. »Und ihm und seiner Mutter geht es gut, obwohl … nein, es geht ihnen beiden hervorragend.«

»Sag mir die Wahrheit«, fauchte Aderyn. »Was ist los?«

»Nichts, wirklich. Es geht Dallandra gut. Sie ist zwar müde, aber wach und kräftig. Nur das Baby war so ruhig. Er hat nicht geweint, nicht einmal, als er anfing zu atmen.«

Als er ins Zelt eilte, erinnerte sich Aderyn an all die alten Geschichten über Wechselbälger und fragte sich, welche Art Kind seine Frau wohl zur Welt gebracht hatte. Aber das Baby sah vollkommen normal aus, obwohl es viel menschlicher wirkte als die Elfenkinder. Seine Ohren waren zwar ein wenig spitz, aber seine Augen hatten menschliche Pupillen, und sein Gesicht und die Hände waren rundlich und nicht lang und schlank. Anders als die Frauen von Deverry, wickelten elfische Frauen ihre Babys nie fest; Dallandra saß aufrecht vor einem Kissenstapel und hatte das Kind locker in eine Decke gehüllt, während sie es stillte. Aderyn kniete sich neben sie, küßte sie auf die Stirn und starrte dann lange Zeit dieses runzlige, rötliche Geschöpf mit dem weichen, hellen Haar an. Sein Sohn. Er hatte einen Sohn, und in diesem Augenblick fühlte er sich wieder jung, hatte tatsächlich das Gefühl, die Mutter seines Sohnes niemals mehr geliebt zu haben als in diesem Augenblick. Aber wenn er es ihr sagte, würde sie ihn nicht noch mehr bemitleiden? Einen alten Mann, der sich über ein Kind freut, das ihm beweist, daß er immer noch ein Mann ist?

»Wie sollen wir ihn nennen, Ado?« Ihre Stimme war leise und zitterte vor Erschöpfung. »Ich dachte an den Namen meines Vaters, aber ich habe ihn nun wirklich so lange nicht mehr gesehen, daß es gleich wäre, wenn du ihm einen anderen Namen geben wolltest.«

»Ich habe nichts im Kopf. Das ist dumm von mir, aber ich habe bis zu diesem Augenblick nicht einmal an Namen gedacht.«

Sie verzog das Gesicht.

»Geht es dir gut? Tut dir etwas weh?«

»Nein, nein, es geht mir gut.« Sie blickte mit gezwungenem

Lächeln auf. »Ich dachte an den Namen Alodalaenteriel, wir werden es Laen abkürzen.«

»Das klingt gut. Warum nicht, wenn es dir gefällt.«

Obwohl sie dem Kind also den elfischen Namen Alodalaenteriel gaben, neigte Aderyn später dazu, ihn bei der deverrianisch klingenden Abkürzung Loddlaen zu rufen, weil es erheblich leichter auszusprechen war und außerdem die Bedeutung »der Trost des Lernens« hatte, was ihn amüsierte. Im Lauf der Jahre sollte es sich jedoch zu einem Vorzeichen entwickeln, denn das Lernen und Loddlaen waren der einzige Trost, der ihm blieb.

Dallandra war sich nie ganz sicher, wann genau sie beschlossen hatte, zu den Wächtern zurückzukehren. Als erstes erkannte sie, daß sie dieses Baby nicht sonderlich liebte. Nach der Geburt wurde sie lange Zeit von einer herzzerreißenden Traurigkeit niedergedrückt, die sie weder verstehen noch erklären konnte. Das geringste Wort oder ein Blick konnte sie in Tränen ausbrechen lassen, und Loddlaens Schreien war eine Qual für sie. Aderyn behielt das Baby bei sich, bis es gestillt werden mußte. Dallandra stillte den Jungen auch nicht gern. Zunächst, wenn sein Saugen bewirkte, daß ihr Bauch sich wie üblich zusammenzog, empfand sie dabei nicht das Vergnügen, das einige Frauen empfinden, sondern nur krampfhafte Schmerzen; als das aufhörte, hatte sie nur wenig Milch, das Kind blieb oft hungrig und schrie nur um so mehr. Enabrilia versuchte, ihn dazu zu bringen, Schafs- oder Stutenmilch aus einem Lappen zu saugen, aber das bewirkte nur, daß der Kleine sich übergab. Die einzige Freude, die Dallandra in diesen Tagen hatte, bestand darin zu sehen, wie sehr Aderyn seinen Sohn liebte, obwohl auch das von dem bitteren Gedanken verdorben wurde, daß ihr Mann sie längst nicht mehr so gern hatte wie ihr Kind.

Halb verhungert wie er war, wäre Loddlaen wahrscheinlich bald an einem Fieber gestorben, aber als er zwei Monate alt war, zogen sie zu einem Alardan, wo Dallandra eine Frau namens Banamario fand, die gerade selbst ein Kind bekommen hatte. Banamario war eine jener Frauen, die sehr viel Milch haben, genug für ihr eigenes Kind und noch zwei weitere, wie sie bemerkte, und der ihre Brüste sehr viel Schmerzen bereiteten, wenn sie die Milch nicht herausdrückte. Dallandra übergab ihr Loddlaen, ohne einen Moment nachzudenken. Als sie sah, wie liebevoll Banamario das Baby anlächelte, wie sanft sie sein helles, feines Haar streichelte und seine kleinen, runden Ohren berührte, traf sie das Gefühl der Schuld bis in die Seele – sie hatte ihren Sohn nicht halb so gern, wie es diese Fremde tat. Da sie Elfe war, Angehörige eines Volkes, das jedes Kind sowohl als einen Schatz als auch als Waffe gegen das eigene Aussterben betrachtete, brannte die Schuld tagelang in ihrer Wunde. Dennoch überließ sie Loddlaen am Tag oft Banamario, die ihrerseits erfreut war, der Weisen einen Gefallen tun zu können.

Manchmal ritt Dallandra allein aufs Grasland hinaus, weg von dem Lärm und der Unruhe des Alardan, und dann dachte sie an die Wächter, besonders an Elessario, die ihr schrecklich fehlte. Sie fragte sich auch, ob sie Loddlaen mehr geliebt hätte, wenn er eine Tochter statt ein Sohn gewesen wäre, aber sie wußte, das wirkliche Problem bestand zwischen ihr und Aderyn. Sie hätten beide jung sein sollen, wenn ihr Sohn zur Welt kam, hätten sich freuen und über seine Erziehung streiten und sich dafür um so mehr lieben sollen. Zweifellos hätten sie noch ein weiteres Kind gehabt, vielleicht auch zwei im Lauf der Jahre. Nun war ihnen das alles versagt, und sie schleppte sich durch eine Welt, die durch ihre Erinnerungen an den Glanz des Lebens in einer anderen flach und sauer geworden war. Dallandra kam sich vor wie jemand, der gezwungen ist, das

Lagerfeuer schon zu verlassen, bevor der Barde seine besten Geschichten erzählt hat, und nie das Ende zu hören: Was hatte Evandar mit seinem Volk im Sinn? Mehr und mehr erinnerte sie sich auch an Evandar, besonders daran, daß er ihr gesagt hatte, sie solle zurückkommen, wenn sie unglücklich sei. Er wußte, dachte sie dann, daß es mir so ergehen würde.

Einen Tag bevor das Alardan zu Ende ging, arrangierte Aderyn, daß Banamario und ihr Mann ihr Alar verließen und sich ihm und Dallandra anschlossen. Zu wissen, daß Loddlaen mehr gefüttert und geliebt würde, als sie ihn füttern und lieben könnte, half Dallandra, einen Entschluß zu fassen. Als sie an jenem Abend in das Zelt der Amme ging, um Loddlaen einen Abschiedskuß zu geben, fühlte sie sich wieder schuldig, weil es ihr so leichtfiel, ihn zurückzulassen. Ihr rundes, kleines Baby mit den ernsten Augen und dem Geruch saurer Milch ... aber sobald sie das Lager verließ, verschwand dieses Gefühl – tatsächlich dachte sie nach diesem Tag nie wieder an Loddlaen. Sie ging etwa fünf Meilen nach Westen, bis sie eine Reihe Haselbüsche fand, die an einer Stelle wuchsen, wo sich drei Bäche zu einem Fluß vereinten. Zweihundert Jahre zuvor hatte sie sie einmal als Rinnsale gekannt, und damals waren die Büsche noch nicht hier gewesen, aber Jahr um Jahr von Regen und Strömung hatten die Landschaft verändert.

Unter den Haselbüschen wartete Evandar, an einen Stamm gelehnt, und eine herzzerreißende Melodie pfeifend. Sie bemerkte, daß sie nicht einmal überrascht war, daß er es gewußt hatte und ihr entgegengekommen war. Es war so gut, ihn wiederzusehen, daß sie auch mit plötzlichem Flattern ihres Herzens feststellte, daß sie anfing sich in ihn zu verlieben.

»Bist du sicher, daß du zurückkommen willst?« fragte er.

»Ja. Es ist seltsam. Ich hasse es, Mutter zu sein, aber es hat mich darauf vorbereitet, Hebamme zu werden. Ich nehme an, daß einige von euch den Mut haben werden, euer Geburtsrecht anzunehmen.«

»Zumindest Elessario und vielleicht einige andere der jungen Leute.« Plötzlich lachte er. »Das ist ein schöner Witz, ihr Geburtsrecht annehmen. Ich brauchte einen Augenblick, um es zu verstehen. Weißt du, ich fühle mich irgendwie feierlich, und das ist etwas, was ich noch nie zuvor erfahren habe.«

Seite an Seite gingen sie in den durchscheinenden Nebel hinein, wo die Straße schon auf sie wartete, zwischen den dunklen Hügeln und den sonnenbeschienenen Bergen. Als Dallandra die Hand an die Kehle hob, fand sie dort die Amethyststatue an einer Goldkette hängen.

»Und was ist mit dir, Evandar? Willst du nicht ein für allemal in meine Welt übergehen, wenn die Zeit kommt?«

»Wie könnte ich das tun, wo ich doch weiß, was ich weiß und was ich habe?«

»Wenn du es nicht tust, wirst du deine Tochter verlieren.«

Er blieb stehen und starrte sie an wie ein schmollendes Kind.

»Ich kann so heimtückisch sein wie du, wenn es sein muß«, sagte sie grinsend. »Aber denk an folgendes: Wenn du als erster gingst, würde Elessario dir folgen. Sie liebt dich noch mehr, als du sie liebst. Denk nur daran: Du könntest sie retten, indem du dich selbst rettest.«

»Du bist wirklich heimtückisch!« Aber er lachte. »Ich will dir etwas sagen, Dalla. Ich weiß jetzt, was es bedeutet, wenn einem jemand fehlt, und wie bitter das sein kann. Weißt du, warum?«

»Ich glaube schon. Aber was ist mit Alshandra?«

»Sie hat mich verlassen. Sie ist weiter nach innen gegangen.«

»Weiter nach innen?«

»Das bedeutet nichts Gutes. Aber ich werde es dir später erklären.«

Als er sie küßte, schloß sich der Nebel um sie, und die Straße wurde zu der sonnigen Wiese voller Blüten.

In diesem Augenblick wußte Aderyn mit einer Berührung von Dweomerkälte, daß sie wieder gegangen war. Diesmal weinte er weder, noch fluchte er, er erklärte nur der Amme, Dallandra habe so Wichtiges zu tun, daß sie einige Zeit nicht zurückkommen werde. Voller Freude, daß sie jetzt zwei Babys hatte, die sie lieben konnte, stellte Banamario nur fest, daß ihr das gleich war. Als Aderyn an diesem Abend in einen ruhelosen Schlaf fiel, in einem Zelt, das plötzlich wieder riesig und einsam geworden war, erschien Dallandra ihm in den Torlanden.

In seinem Traum kam es ihm so vor, als ständen sie auf einer hohen Klippe und blickten auf neblige Ebenen hinaus. Sie mußten sich an der Westgrenze des Graslandes befinden, denn als er nach Osten schaute, sah er die Sonne hinter Sturmwolken aufsteigen, die die Farbe von Blut annahmen, was er als schlechtes Vorzeichen kannte. Dallandra trug nicht ihr elfisches Hemd und Hosen, sondern ein langes Gewand, in der Taille mit Edelsteinen gegürtet, das aus purpurfarbener Seide bestand. Wie es in Träumen manchmal geschieht, wußte er, ohne daß man es ihm sagen mußte, daß ihr Kleid von der Art war, wie man es in den lange verlorenen Städten weit im Westen getragen hatte.

»Ich wollte mich dafür entschuldigen, daß ich dich wieder verlassen habe«, sagte sie. »Aber du wolltest ja auch nicht, daß ich bleibe.«

Es war keine Frage, aber sein Herz zog sich bei der Ungerechtigkeit zusammen, daß sie glaubte, er wollte, daß sie ginge, wo er sich doch so sehr wünschte, sie wieder lieben zu können.

»Ich kann es dir nicht übelnehmen, wenn du gehst«, sagte er statt dessen. »Es gab für dich nichts mehr in unserer Welt, nicht wahr? Nicht einmal das Baby konnte dich noch erfreuen.«

»Genau. Dennoch, ich will, daß du weißt, daß ...«

»Still! Du brauchst mir nichts zu erklären und dich nicht mehr zu entschuldigen. Geh in Frieden. Ich weiß, daß ich dich nicht mehr an mich binden kann.«

Sie zögerte, Tränen traten ihr in die Augen, und sie verzog traurig den Mund, aber zur gleichen Zeit verblaßte ihr Bild, wurde schwach und bleich und schließlich zu Nebel, der im grauen häßlichen Licht eines windigen Morgens davongeweht wurde. Aderyn war wieder in seinem Zelt, saß aufrecht, war hellwach und hörte Loddlaen in seiner großen, ledernen, mit Knochen verstärkten Hängewiege weinen. Aderyn stand auf, nahm das Baby, wickelte es neu und brachte es in Banamarios Zelt, das direkt neben dem seinen stand. Während die Frau das Kind stillte, hockte sich Aderyn in der Nähe nieder und dachte an die beiden Ebenholzpfeile mit den Silberspitzen, die irgendwo in seinem Zelt in eine alte Decke gewickelt waren. Diese Schwüre der Wächter, die sich tatsächlich als scharf und tödlich erwiesen hatten.

»So ein guter Junge«, gurrte Banamario. »Jetzt hat er keinen Hunger mehr. Was für ein guter Junge! Hier ist dein Papa, Laen, geh zu Papa.«

Aderyn nahm das Baby und legte ihn an die Schulter, damit er aufstoßen konnte, während Banamario sich ihr eigenes Kind, einen Jungen namens Javanateriel, an die andere Brust legte.

»Wann, glaubst du, Weiser, wird Dallandra zurück sein?« fragte sie.

»Sie wird nie wiederkommen.«

Beunruhigt blickte sie auf.

»Der Dweomer hat seltsame Wege, Bana. Sie hat einen gewählt, der an einen Ort führt, an den keiner ihr folgen kann.«

»Ich verstehe, aber es tut mir so leid!«

»Um meinetwillen? Mach dir keine Sorgen. Ich habe es akzeptiert.«

Von diesem Tag an konnte Aderyn Loddlaen nichts verweigern, nicht einmal, als er alt genug wurde, um um Dinge zu bitten, die er nie hätte bekommen dürfen.

ELDIDD
918

I

Nach über sechzig Jahren in Bardek kehrte Nevyn im Sommer des Jahres 918 nach Eldidd zurück. Er landete im Hafen von Aberwyn und hatte eine ungewöhnliche Fracht dabei, die er sich um der Sicherheit willen ins Hemd gesteckt hatte. Während er sich mit dem Dweomerwissen der bardekianischen Priester beschäftigt hatte, war ihm die Idee gekommen, einen Talisman für den Hochkönig herzustellen, einen magisch aufgeladenen Edelstein, der endlos edle Tugenden in den Geist des Besitzers ausstrahlte. Zu diesem Zweck hatte er einen ausgesprochen ungewöhnlichen Stein erworben und die Schriften über solche Schöpfungen in den Bibliotheken verschiedener Tempel studiert. Um den Talisman tatsächlich herzustellen, brachte er den Stein nach Hause. Es handelte sich um einen walnußgroßen, vollkommen runden und glattpolierten Opal, durchschossen mit blaßgoldenen Schatten und bläulich-rosa Venen, was ihn ein wenig wie die Haut eines exotischen Tieres aussehen ließ. Noch war er bei all seiner Schönheit nur ein normaler Edelstein, allerdings ein Vermögen wert. Durch Nevyns Behandlung würde er überwältigend interessant und sogar ein Menschenleben wert sein.

In der Stadtmitte von Aberwyn stand die Halle der Kaufmannsgilde, ein beeindruckender, breiter Turm mit Glas in den unteren Fenstern und einem festen Schieferdach. Der offizielle Geldwechsler der Gilde residierte in einem nackten Steinraum, in dem es nur eine Feuerstelle, zwei Stühle und einen langen Tisch gab, an dem ein untersetzter, grauhaariger Mann hinter einem Berg von Schriftrollen saß. Hinter ihm, im Eingang zum nächsten Raum, lehnte ein Bewaffneter.

»Ich komme gerade aus Bardek zurück«, sagte Nevyn zu dem Geldwechsler.

»Ihr habt einen guten Wechselkurs erwischt, Herr. Setzt Euch, setzt Euch.«

Als Nevyn den klapprigen dreibeinigen Hocker an den Tisch zog, bemerkte er, wie der Bewaffnete ihn mit dem Interesse eines lange Gelangweilten beobachtete: Er war ein junger Mann von etwa zwanzig Jahren, hochgewachsen und muskulös, mit blondem Haar und blauen Augen und einem Schnurrbartflaum auf der Oberlippe. Nevyn hätte gar nicht weiter über ihn nachgedacht, wäre da nicht der Silberdolch an seinem Gürtel gewesen. Er sah sich den Jungen besser an und hätte beinahe laut geflucht, weil die Seele hinter seinen Augen ihm bekannt und freundlich vorkam. Bevor er jedoch weitere Beobachtungen anstellen konnte, verlangte der Geldwechsler wieder seine Aufmerksamkeit.

»Wir geben dreißig deverrianische Silberstücke für jeden bardekianischen Zotar von vollem Gewicht.«

»Tatsächlich! Das ist wirklich großzügig! Ist die Lage in Eldidd unruhig?«

»Seid Ihr lange Zeit nicht mehr im Land gewesen?«

»Jahre.«

»Hmm.« Der Geldwechsler dachte über etwas nach, bevor er weiterredete. »Ich hoffe bei jedem Gott in den Anderlanden, daß diese Gerüchte nur Gerüchte sind, aber es heißt, die Gwerbrets sehnen sich immer noch nach den Tagen, in denen sie Prinzen waren. Der Hochkönig ist sehr weit weg, mein Freund.«

»Das stimmt. Steht eine Rebellion bevor?«

»Wollen wir lieber sagen, daß bardekianische Kaufleute nie reich geworden sind, wenn sie sich in irgendwelche Unruhen einmischten. Sie bringen nicht mehr so viel Münzen mit wie früher einmal.«

Der Geldwechsler zählte Nevyns Zotars, schrieb die Summe auf ein Pergament, das Nevyn unterzeichnete, und ging dann in seine Schatzkammer, um die Münzen zu wechseln. Nevyn wandte sich dem jungen Mann zu und lächelte ihn an.

»Wie heißt du, Junge? Es sieht so aus, als würde dich die Pflicht müde machen.«

»Maer, Herr. Aber ich werde diesen Burschen hier nicht mehr lange bewachen. Er hat mich nur als Ersatz eingestellt. Der Mann, der sonst hier arbeitet, ist gestürzt und hat sich das Handgelenk gebrochen, aber den Göttern sei Dank, die Schiene ist jetzt ab.«

Als Nevyn es wagte, einen größeren Ausblick aus der Dweomersicht zu öffnen, verschwomm das Gesicht des Silberdolches und veränderte sich. Einen Augenblick schien Nevyn die müden Augen von Maddyn dem Barden vor sich zu sehen. Nevyn war so froh, ihn wiederzusehen, daß er ihm am liebsten um den Hals gefallen wäre, aber das tat er selbstverständlich nicht, da Maer kein Bewußtsein seines letzten Lebens haben würde.

»Und was hast du als nächstes vor?« fragte Nevyn. »Wenn diese Gerüchte über Unruhen wahr sind, wird es für Silberdolche in Eldidd viel Arbeit geben.«

»Ach, wenn Ihr mich fragt, ist das alles Pferdedreck, Herr. Die Gwerbrets können viel in ihr Bier murmeln, aber das Geld zu beschaffen, um eine Armee aufzustellen, ist ein wenig schwieriger. Ich denke, ich werde nach Westen ziehen. Ich war noch nie in dieser Gegend.«

Das war vielleicht eine Art Omen. Nevyn hatte keine rechte Vorstellung, wo er sich niederlassen wollte, während er die Dweomerarbeit an dem Opal vollziehen würde, aber an der westlichen Küste lag ein stilles kleines Dorf, an das er angenehme Erinnerungen hatte.

»Ich bin selbst auf dem Weg nach Westen«, sagte Nevyn. »Was würde dein Hauptmann sagen, wenn ich eine Weile mit eurer Truppe ritte?«

»Hauptmann? Truppe?« Maer lachte. »Die Silberdolche sind seit fünfzig Jahren nicht mehr als Truppe zusammen geritten, guter Mann. Es war ein königlicher Erlaß, wißt Ihr. Wir dürfen nur noch zu zweit reiten, nicht zu mehreren.«

»Ach ja?« Nevyn war ehrlich entsetzt. Ich bin zu lange weggewesen, sagte er sich. »Warum?«

»Ich weiß es nicht. Es ist königliches Gesetz, das muß mir genügen. Aber wenn Ihr einen Leibwächter brauchen solltet, bin ich demnächst frei.«

»Hast du Lust, nach Cannobaen zu reiten?«

»Gern. Zwei Silberstücke?«

»In Ordnung. Wir brechen übermorgen im Morgengrauen auf.«

Als dieser Morgen gekommen war, tauchte Maer prompt auf. Nevyn belud gerade im Hof des kleinen Gasthauses sein neu erworbenes Reitpferd und das Packmaultier, als der Silberdolch erschien und ein wunderschönes schwarzes Streitroß mit sich führte, beladen mit Satteltaschen, einer Bettrolle, einem einfachen weißen Schild und einem Topfhelm, alles unordentlich an seinen Sattel gebunden. Er betrachtete das Maultiergepäck mit Interesse.

»Ihr seid also ein Kräutermann?«

»Ja. Mach dir keine Gedanken, daß du auf unserer Reise krank werden könntest.«

Maer grinste und begann das Maultier zu Ende zu beladen, ohne daß man ihn gebeten hatte. Sie führten ihre Pferde durch die geschäftigen morgendlichen Straßen und stiegen vor dem Westtor in den Sattel, als der letzte Rest des Seenebels von der

Spätsommersonne aufgezehrt wurde. Zu ihrer Linken funkelte das türkisfarbene Meer und gischtete am Fuß heller Klippen, und zu ihrer Rechten stand der Winterweizen golden und reif auf den Feldern. Maer war gut gelaunt, pfiff und sang in einem klaren Tenor, der ihn bei etwas mehr Übung zu einem Barden gemacht hätte. Nevyn war so froh, den Mann, an den er immer als Maddyn denken würde, singen zu hören, daß er sich selbst ernsthaft mahnen mußte. Das hier war jetzt Maer, nicht mehr Maddyn, und es verstieß sowohl gegen alle Gesetze des Dweomer als auch gegen die Vernunft, den einen wie den anderen zu behandeln.

Als er sich im Sattel umdrehte, um Maer ein Kompliment über seine Stimme zu machen, erlebte er eine Überraschung. Hinter dem Silberdolch saß eine blaue Fee und klammerte sich an ihn wie ein Kind. Gerade als Nevyn sich sagte, daß es auf keinen Fall dasselbe Geschöpf sein konnte, grinste die Fee ihn so zufrieden an, daß er gezwungen war, sie zu erkennen. Im Lauf der nächsten Tage, während sie langsam nach Cannobaen weiterzogen, sah Nevyn die Fee häufig. Den ganzen Tag drängte sie sich irgendwie um Maer, und nachts schmiegte sie sich an ihn wie ein Hündchen, wenn er schlief. Es war allerdings offensichtlich, daß Maer sie nie sah, denn häufig wäre er auf sie getreten, wenn sie nicht rechtzeitig weggesprungen wäre. Einmal, als Maer zu einem Bauernhof gegangen war, um Vorräte zu kaufen, hatte Nevyn die Gelegenheit, allein mit ihr zu sprechen. Einem vom Wildvolk vom Tod zu erzählen war selbstverständlich Zeitverschwendung.

»Er sieht dich nicht mehr, weißt du; er hat sich verändert, seit du ihn zum letzten Mal gesehen hast.«

Sie fauchte und zeigte ihre langen, spitzen Zähne.

»Es ist nicht gut für dich, ihm so zu folgen. Du solltest mit Geschöpfen deiner eigenen Art zusammensein.«

Bei dieser Bemerkung warf sie den Kopf zurück und heulte –

ein dünner Hauch von einem Geräusch. Da das Wildvolk normalerweise vollkommen unfähig war, Geräusche von sich zu geben, war Nevyn nur noch mehr beunruhigt.

»Ich werde mit einem eurer Könige reden«, sagte er, »und wir sehen, was ...«

Mit einem Wutschrei schien sie zu schwellen, saugte Substanz von der materiellen Ebene und wurde einen kurzen Augenblick ziemlich fest und so groß wie ein Kind. Dann verschwand sie in einer Bö kalter Luft.

Maer hatte in seinem letzten Leben nicht nur das Wildvolk gesehen, sondern er war ebenfalls ein Silberdolch gewesen, aber Nevyn neigte dazu, das als Zufall abzutun. Obwohl er nie nach dem Grund für die Unehre gefragt hätte, erzählte Maer die Geschichte selbst, als sie an ihrem zweiten Abend am Lagerfeuer saßen.

»Du kommst nicht aus Eldidd, nicht wahr?« hatte Nevyn ihn gefragt.

»Nein. Ich bin in Blaeddbyr geboren, drüben in Deverry, und daher habe ich auch diesen verfluchten Dolch. Ich ritt für den Wolf-Clan, und eines Abends haben wir ein wenig zuviel getrunken, die Jungs und ich. Also kam einer meiner Freunde auf diese dumme Idee. Er war hinter einem Mädchen her – er war ziemlich schlimm hinter ihr her, er benahm sich wegen der Tochter des Schneiders wie ein brünstiger Eber, aber ihr Vater ließ seine Tochter nicht aus dem Auge. Also haben wir uns zusammengetan, um unserem Freund zu helfen. Wir gingen also zur Schneiderwerkstatt, und Nyn lockte das Mädchen aus ihrem Schlafzimmerfenster, während die anderen Jungs und ich nach vorne gingen. Wir taten so, als hätten wir einen Streit, und der alte Vater kam herausgerannt. Also führten wir einen netten Tanz auf, beleidigten ihn und hatten jede Menge Spaß, und dann ist es ein wenig ausgeufert.« Seufzend rieb Maer sich das Kinn. »Wir haben ihn in die

Pferdetränke des Dorfs getunkt, und die ganze Zeit hatte sich Nyn mit der Tochter in einer Hecke rumgetrieben. Also beschwerte sich der Vater bei unserem Lord, und Avoic stellte sich auf die Seite des alten Schneiders und warf uns aus dem Kriegshaufen! Verdammt ungerecht, würde ich sagen. Er hat Nyn allerdings zurückkommen lassen, weil das dumme Mädchen schwanger geworden war und Nyn sie heiraten mußte.«

Maer klang so empört, daß Nevyn laut lachen mußte. Maer richtete sich auf und warf ihm einen erbosten Blick zu.

»Haltet Ihr das etwa nicht für ungerecht?«

»Nun ja. Aber du bist der erste, dem ich begegne, der diesen Dolch wegen eines Streiches bekommen hat.«

»Mein Pech, guter Mann. Ich wollte nur ein bißchen Spaß haben, und ihr Götter, alle müssen es falsch verstehen!«

Spät an einem Sommernachmittag ritten Nevyn und sein Leibwächter über einen Hügel und sahen Cannobaen vor sich, das an dem kleinen Fluß namens Y Brog lag. Beim Anblick der runden, strohgedeckten Häuser grinste Maer breit.

»Heute abend gibt es Bier zum Essen, Herr. Oder gibt es in diesem Loch etwa keine Schenke?«

»Das letzte Mal gab es eine. Aber das ist lange her.«

Mit etwa hundert Familien, überwiegend Bauern und Fischern, war Cannobaen etwa doppelt so groß wie bei Nevyns letztem Besuch. Da, wo zuvor die kleine Schenke gestanden hatte, gab es jetzt ein gutes Gasthaus. Nachdem er eine Kammer gemietet hatte, bestellte Nevyn Bier und eine Mahlzeit für sich und bezahlte auch dem Silberdolch ein letztes Essen. Der Wirt, ein untersetzter Bursche namens Ewsn, hielt sich in der Nähe.

»Kommen hier viele Händler durch?« fragte Nevyn, eigentlich nur, um höflich zu sein.

»Es gibt einen Kaufmann in unserer Stadt, der mit dem Westen Handel treibt – mit diesen Stämmen mit den seltsamen

Namen. Hin und wieder kommen Leute aus Aberwyn hierher und kaufen die Pferde, die er mitbringt.« Er zögerte und saugte an seinen Zahnstümpfen. »Seid Ihr ein Kräutermann, Herr? Meine Frau hat diese Gelenkschmerzen, und ich dachte …«

»Ja. Morgen früh werde ich gern mit ihr sprechen, wenn sie möchte.«

Der Morgen schien allerdings Samwna, der Wirtsfrau, nicht früh genug zu sein. Während sie Nevyn und Maer ihr Essen servierte, überreichte sie ihnen auch eine lange Liste ihrer Symptome, die sie so gut eingeübt hatte wie ein Barde seine Vorstellung. Während sie Rindfleisch und Rüben aßen, hörten sie alles über diesen geheimnisvollen Schmerz in ihren Gliedern, ein seltsames Ziehen unten am Rücken und Schweißausbrüche in der Nacht, die manchmal heiß, manchmal kalt waren. Mit dem Apfelkuchen kamen noch Kopfschmerzen und die Augenblicke hinzu, in denen ihr schwindelig war.

»Das hat alles mit der Veränderung in Eurem Leben zu tun, gute Frau«, sagte Nevyn. »Ich habe beruhigende Kräuter, die Euch helfen sollten.«

Maer wurde dunkelrot und hätte sich beinahe verschluckt.

»Meinen untertänigsten Dank.« Samwna knickste. »Ich überlege die ganze Zeit, Herr, wollt Ihr nicht in unserer Stadt bleiben? Es ist Jahre und Jahre her, seit es hier einen Kräutermann gab.«

»Tatsächlich werde ich langsam zu alt, um hin und her zu ziehen, und suche nach einem netten, ruhigen Platz, an dem ich mich niederlassen kann.«

»Ach, eine viel ruhigere Stadt als Cannobaen könntet Ihr nicht finden.« Samwna mußte lachen. »Die größte Aufregung der letzten Zeit war, als einer von Lord Pertycs Bärenhunden drüben in Mynas Hof zwei Hühner getötet hat.«

Nevyn lächelte erfreut. Zerstreut rieb er sich über das Hemd und berührte den Opal, den er darin versteckt hatte. Sollte es in Aberwyn Schwierigkeiten geben, dachte er, dann konnten diese in Aberwyn bleiben. Zweifellos würde das abgelegene Cannobaen von diesen Gerüchten einer Rebellion verschont bleiben.

»Bei den Höllen, wie kannst du so störrisch sein?«

»Das liegt mir im Blut.« Pertyc Maelwaedd berührte das Wappen auf seinem Hemd. »Wir sind Dachse, mein Freund, wir sind zäh.«

»Wenn es danach geht, müßten wir Bären in unseren Höhlen bleiben.« Danry, Tieryn Cernmeton und Pertycs engster Freund, hockte auf der Kante eines geschnitzten Tischs und betrachtete ihn. »Aber ich will verflucht sein, wenn ich das tue.«

»Warum, glaubst du, habe ich dich immer den Falken genannt, als wir noch jung waren? Aber diesmal fliegst du zu hoch.«

Sie hatten sich in Pertycs kleinem Zimmer niedergelassen und die Türen verriegelt, und das war gut so, weil Danry von Verrat redete. Das Zimmer war wild vollgestopft: ein großer Schreibtisch, ein Regal mit zwanzig ledergebundenen Kodexen, zwei Stühle, ein paar kleine bardekianische Teppiche und an der Wand zwei mottenzerfressene Hirschköpfe, Trophäen einer längst vergessenen Jagd eines Urahnen. Pertycs Helm hing schräg im Geweih des größeren Hirsches, und sein Schild lehnte an einem buchbeladenen Stehpult, das mit Hunden und Dachsen verziert war.

»Ich habe meine Ländereien immer gemocht«, meinte Pertyc zerstreut. »Es ist so schön abgelegen hier an der Grenze, angenehm und ruhig. An einem Ort wie Cannobaen kann man sich leicht von jedem Ärger fernhalten.«

»Diesmal kannst du das nicht, und das verstehst du nicht.«

»Ach ja? Warte ab.«

Danry seufzte abermals. Er war ein hochgewachsener Mann mit gerötetem Gesicht, das normalerweise am Rand eines Zornausbruchs glühte, und einem dicken, blonden Schnurrbart, der für gewöhnlich feucht von Met war. In letzter Zeit jedoch war Danry nachdenklich geworden, und der Schnurrbart sah angefressen aus, als hätte er viel darauf herumgekaut. Pertyc hatte sich gefragt, was seinen Freund so beschäftigte. Nun bekam er es endlich zu hören. Seit der erzwungenen Vereinigung der beiden Königreiche vor etwa sechzig Jahren hatte es in Eldidd einige Unruhe gegeben. Die Sehnsucht nach Unabhängigkeit und vergangenem Ruhm köchelte wie Haferbrei auf kleiner Flamme. Jetzt war das Feuer aufgeflackert; der Haferbrei drohte überzukochen.

»Ich hatte gehofft, es dir irgendwann klarmachen zu können«, sagte Danry schließlich. »Aber es ist kaum zu glauben, daß du zu blind bist, das Bier in deinem eigenen Krug zu sehen.«

»Saures Bier mochte ich eigentlich nie. Was interessiert es mich, ob ich meinen Schwur gegenüber einem neuen oder einem alten König leiste?«

»Pero! Es geht um die Ehre.«

»Wie wollt ihr eine Rebellion veranstalten, wenn ihr nicht mal einen König habt? Oder habt ihr irgendeinen obskuren Erben ausgegraben?«

»So solltest du nicht über ihn sprechen. Wir haben tatsächlich einen.« Danry nahm ein ledernes Hundehalsband von dem überfüllten Schreibtisch und begann, an den Messingbeschlägen herumzuspielen. »Der Junge ist auf der weiblichen Linie zweimal mit königlichem Blut verwandt, und es gibt ein Mädchen, das eine Verwandte in der männlichen Linie ist. Wenn wir sie verheiraten, genügt das für einen Anspruch. Sie kommen beide aus guten Familien aus Eldidd, und darum geht es schließlich.« Er zog das Ende des Halsbands durch die

Schnalle und riß fest daran. »Und du weißt, mein Freund, daß dein Anspruch auf den Thron so gut ist wie der dieses jungen Mannes.«

»Ist er nicht! Ich habe überhaupt keinen Anspruch. Keinen, hast du mich gehört? Mein ehrenwerter Ahnherr hat abgedankt; ich stamme von seiner nichtadligen Frau ab, das ist alles! Kein Priester im Königreich würde meinen Anspruch unterstützen, und das weißt du auch.«

»Mit Priestern kann man zurechtkommen.« Danry warf das Halsband beiseite. »Aber du hast zweifellos recht. Ich habe nur nachgedacht.«

»Hör zu, selbst Schakale reißen die Beute erst, bevor sie anfangen, sich über das Fleisch zu streiten.«

Danry verzog das Gesicht.

»Als ich erwachsen wurde«, fuhr Pertyc fort, »habe ich König Aeryc geschworen, ihm gut zu dienen, ihm treu zu dienen und sein Leben über das meine zu stellen. Und es kommt mir so vor, als hätte ich dich und den Rest unserer Freunde dasselbe schwören hören.«

»Ach, bei den Höllen! Kein Eid ist bindend, wenn er unter Zwang geleistet wird.«

»Niemand hat mir ein Schwert an die Kehle gehalten. Ich habe auch keines an deiner gesehen.«

Fluchend stand Danry vom Tisch auf und versuchte, in dem überfüllten Zimmer auf und ab zu gehen.

»Der Zwang liegt weiter in der Vergangenheit. Sie haben Eldidd alle Rechte genommen und seine Unabhängigkeit zerstört, indem sie mit Gemetzel drohten. Es geht um die Ehre, Pero.«

»Wenn ich einen Eid breche, habe ich keine Ehre mehr, um die ich kämpfen muß.« Pertyc berührte das Wappen an seinem Hemd.

»Ach, deine Dachse sollen verflucht sein! Wenn du nicht

mit uns kommst, was dann? Wirst du zu diesem falschen König rennen und ihm alles erzählen?«

»Niemals, und das nur um deinetwillen. Glaubst du, ich werde den Hals meines Freundes in die Schlinge schieben? Ich würde lieber sterben.«

Danry seufzte und wandte den Blick ab.

»Ich wünschte, du würdest dich aus dieser Angelegenheit raushalten«, sagte Pertyc.

»Und ich werde sterben, bevor ich das tue. Du kannst deine Neutralität laut heraustrompeten, aber du wirst dennoch mittendrin stecken. Was glaubst du, was wir vorhaben – unsere Kriegshaufen direkt in Aberwyn zusammenstellen? Wenn das Frühjahr kommt, treffen wir uns im Wald, hier im Westen.«

»Ihr hinterhältigen Mistkerle!«

Danry lachte und versetzte ihm einen freundschaftlichen Schlag auf die Schulter.

»Wir werden unser Bestes tun, deine Lordschaft nicht zu stören oder durch den Küchengarten zu trampeln. Und bis zum Frühling dauert es noch lange. Ich glaube fest daran, daß du zu uns stoßen wirst, wenn es soweit ist. Es könnte gefährlich sein, wenn du es nicht tust. Du weißt, daß ich nie die Hand gegen dich oder deine Festung oder deine Familie erheben würde, aber was die anderen angeht …« Er schwieg vielsagend.

»Es ist schon früher passiert, daß Neutrale belagert wurden. Da hast du recht. Du kannst deinen Freunden sagen, daß ich mein Land bis zum letzten Atemzug verteidigen werde, ob sie nun einen König auf ihrer Seite haben oder nicht.«

»Das würden sie auch nicht anders erwarten. Ich warne dich allerdings – wenn wir diesen Kampf gewinnen, kannst du im neuen Königreich nicht viel Ehre und Stellung erwarten.«

»Das muß ich riskieren. Ich werde lieber als Bettler sterben, als meinen Eid zu brechen.« Pertyc lächelte dünn. »Und das richtige Wort, mein Freund, lautet nicht ›wenn‹ ihr gewinnt, sondern ›falls‹.«

Danry wurde rot, ein zorniges Glühen über seinen Wangen. Pertyc wich seinem Blick nicht aus, bis Danry sich zu einem müden Lächeln zwang.

»Lassen wir die Götter entscheiden«, sagte Danry. »Wer weiß schon, wohin das Wyrd eines Mannes ihn führen wird? Also gut. *Falls.*«

Pertyc ging mit Danry hinaus in den Hof, wo das Pferd seines Freundes gesattelt am Tor stand. Danry stieg auf, verabschiedete sich freundlich und trabte dann die Straße nach Norden entlang. Während Pertyc sah, wie der Staub hinter ihm sich auflöste, spürte er die Gefahr wie einen kalten Schmerz im Magen. Diese Dummköpfe, dachte er, und ich bin vielleicht der schlimmste Dummkopf von allen! Er drehte sich um und sah sich seine Festung an, einen kleinen, niedrigen Broch innerhalb einer holzverstärkten Mauer, ohne Zinnen und Wehrgänge. Obwohl er immer zuwenig Geld hatte, beschloß er, es wäre wohl klug, das Vorhandene für Befestigungen auszugeben, selbst wenn er sich nur ein paar Gräben leisten könnte – und was auch sonst der Festung fehlen mochte. Sie hatte immerhin in Form des Leuchtturms von Cannobaen, wo jeden Abend ein Leuchtfeuer entzündet wurde, um vorbeifahrende Schiffe vor unterseeischen Felsen direkt an der Küste zu warnen, den besten Wachtturm im Königreich. Falls die Rebellion tatsächlich hierhergetrieben würde, dachte Pertyc, konnte er vielleicht behaupten, wegen des Leuchtturms neutral bleiben zu müssen. Vielleicht.

Später an diesem Tag saß er in seiner großen Halle und trank, als ein Page die Nachricht brachte, ein Silberdolch sei an den Toren. Da er nur zehn Männer in seinem Kriegshaufen hatte, ließ er Maer sofort hereinführen.

»Ich werde dich einstellen, Silberdolch. Ich weiß nicht, ob es zu Gefechten kommen wird, aber ich könnte einen weiteren Mann brauchen. Essen, ein Dach über dem Kopf, und wenn es unruhig wird, ein Silberstück pro Woche.«

»Danke, Herr. Der Winter kommt näher, und mir wäre ein Dach über dem Kopf sehr willkommen.«

»Gut. Äh ... Maer? Wenn du diesen Schnurrbart abrasierst, wird er das nächste Mal dichter wachsen.«

Maer richtete sich zur vollen Höhe auf.

»Ist das ein Vorschlag, Euer Lordschaft, oder ein Befehl?«

»Nur ein Vorschlag. Nimm es mir nicht übel.«

Pertyc schickte ihn zu seinem Hauptmann, dann ging er hinauf zur Frauenhalle, einem angenehmen, sonnigen Raum, der die Hälfte des ersten Stocks im Turm einnahm. Sie war die Domäne von Maudda, der alten Amme Pertycs, die in diesen Jahren schon sehr gebückt ging und langes weißes Haar hatte, aber ihr Bestes tat, dem Clan zu dienen, indem sie sich um Pertycs vierjährige Tochter Beclya kümmerte. Pertyc hatte ein schlechtes Gewissen, weil er die alte Frau weiterarbeiten ließ, aber es gab einfach niemanden sonst, der mit dem Mädchen zurechtkam. So störrisch wie ihre Mutter, dachte er und verzog bei dem Gedanken an seine Frau das Gesicht. Er fand die beiden in der Sonne am Fenster, Beclya auf einem Stuhl, Maudda hinter ihr, wo sie versuchte, dem Mädchen das Haar zu kämmen, aber sobald Pertyc hereinkam, riß sich Beclya los und rannte zu ihrem Vater.

»Papa, Papa, ich will reiten gehen. Bitte, Papa, bitte?«

»Bald, meine Süße.«

»Jetzt!« Sie warf den Kopf zurück und heulte wütend auf.

»Laß das! Du regst die arme Maudda auf.«

Mit sichtlicher Willensanstrengung hörte sie tatsächlich auf und warf ihrer geliebten Kinderfrau einen Blick zu. Mit ihrem mondbleichen Haar und riesigen grauen Augen war Bectya ein hübsches Kind, hochgewachsen und schlank für ihr Alter und mit anmutigen Bewegungen.

»Lämmchen«, sagte Maudda. »Du wirst bald genug zum Reiten kommen. Dein Papa ist der Lord, weißt du, und wir müssen alle tun, was er sagt. Die Götter haben ihn zum Lord gemacht, und wir ...«

»Pferdedreck!« Die Kleine stampfte mit dem Fuß. »Aber ich werde brav sein, wenn du unbedingt willst.«

Mit einem Seufzer und einem wäßrigen Lächeln streckte Maudda die Arme aus, und Beclya rannte zu ihr. Ich muß der armen Alten eine Hilfe geben, dachte Pertyc bei sich. Er hatte diesen Gedanken mit derselben lästigen Regelmäßigkeit, mit der er zunächst junge Kindermädchen einstellte und dann zusah, wie sie sich wieder davonmachten.

»Maudda, ich brauche deinen Rat«, sagte er laut. »Ich habe über meinen Sohn nachgedacht. Meinst du, mein Vetter würde es mir übelnehmen, wenn ich zu seiner Festung ritte und Adraegyn für den Winter nach Hause holte?«

»Ah. Ihr habt also die Gerüchte über Unruhen gehört.«

»Ihr Götter, Maudda, weißt du denn alles?«

»Alles Wichtige, Herr.«

»Bitte, Papa, hol ihn schnell«, warf Beclya ein. »Draego fehlt mir so.«

»Das glaube ich dir«, sagte Pertyc. »Ich denke, es wäre wirklich das beste, wenn er nach Hause käme. Ich kann ihn selbst ausbilden, wenn es sein muß.«

»Papa?« sagte Beclya. »Ich will mit dir kommen.«

»Das geht nicht, Süße. Junge Damen ziehen nicht im Land umher wie Silberdolche.«

»Ich will aber!«

»Ich habe gesagt, es geht nicht.«

»Es ist mir egal, was du sagst. Es ist mir auch egal, was deine blöden Götter sagen. Ich will keine Dame sein. Ich will reiten.

Ich will mit dir kommen, wenn du Draego holst.« Mit einem schrillen Schrei warf sie sich auf den Boden und begann, um sich zu treten.

»Wenn ich so unverschämt sein darf, Herr?« Maudda mußte sich anstrengen, über den Lärm hinwegzuschreien. »Geht einfach und überlaßt sie mir.«

Pertyc floh. Er wünschte sich, er hätte getan, was seine Frau wollte, und ihr erlaubt, ihre Tochter mitzunehmen. Er hatte sich nur aus störrischem Ehrgefühl geweigert. Er konnte den Göttern nur danken, daß Adraegyn ein so vernünftiger Mann geworden war.

»Wißt Ihr, wer ein kleines Häuschen hat?« sagte Samwna nachdenklich. »Wersyn, der Kaufmann. Er hat es für seine Mutter gebaut, als sie verwitwet war, aber die arme Frau ist in diesem Frühjahr in die Anderlande gegangen. Das war auch keine Überraschung, weil sie mindestens siebzig Winter erlebt hat. Sie hat immer vierundsechzig gesagt, aber ha! So was weiß man eben. Jedenfalls ist es ein nettes, solides Häuschen mit einer großen Feuerstelle.«

»Gibt es ein wenig Land ringsherum?«

»Ja, weil sie gerne Blumen hatte. Außerdem ist es einen guten Steinwurf von Wersyns Haus entfernt. Moligga – das ist seine Frau – hat darauf bestanden, und das kann ich ihr wirklich nicht übelnehmen, weil die alte Bwdda von der neugierigen Sorte war und ihre Nase in die Töpfe ihrer Schwiegertochter stecken wollte, wenn Ihr versteht, was ich meine, guter Mann.«

Nevyn fiel langsam wieder ein, wieso er kleine Landstädtchen normalerweise mied.

Andererseits erwies sich das Häuschen als passend und billig, und er mietete es sofort; dann verbrachte er den Rest des Tages mit Auspacken. Am Morgen beschloß er, das Pferd zu behalten, aber das Maultier zu verkaufen. Samwna, diese Quelle aller örtlichen Informationen, sagte ihm, er solle es einem Bauern namens Nalyn verkaufen.

»Er wohnt draußen nahe der Festung von Lord Pertyc. Er hat in den Hof eingeheiratet, oder sollte ich sagen, er gehört immer noch der armen Myna – sie ist so jung verwitwet und mußte zwei Töchter alleine aufziehen –, aber jetzt ist eine der Töchter verheiratet, Lidyan heißt sie, und es ist gut für sie, daß sie wieder einen Mann haben, der die Felder bearbeitet. Also ist es in gewisser Weise eben Nalyns Hof.«

Nevyn konnte ihrem Wortschwall endlich entkommen und ritt los, das Maultier am Seil, und suchte den Hof. Als er vor dem schäbig gedeckten Rundhaus aus dem Sattel stieg, konnte er drinnen jemanden schreien hören. Eine Männerstimme, schrill vor Wut, gefolgt vom Flehen einer Frau. Ihr Götter, dachte er, schlägt dieser Nalyn etwa seine Frau? Eine zweite Frauenstimme schrie zurück, und dann kam ein junger, untersetzter Mann aus dem Haus gerannt. Gerade als er die Schwelle überschritt, flog ein Ei hinter ihm her, erwischte ihn am Hinterkopf und zerbrach. Fluchend wollte sich der Mann umdrehen, dann sah er Nevyn.

»Ich bitte um Verzeihung«, sagte Nevyn. »Ich habe im Dorf gehört, daß Ihr vielleicht ein Maultier kaufen wollt. Ich kann später wiederkommen.«

»Nicht nötig.« Der junge Bauer wischte sich mit beiden Händen das Ei vom Hinterkopf. »Ich brauche tatsächlich ein Maultier, obwohl meine Schwägerin störrisch genug für eine ganze Herde ist. Laßt mich nur schnell das hier abwaschen.«

Lachen erscholl im Haus, und eine junge Frau von etwa Maers Alter kam hinaus. Sie war hübsch, schwarzhaarig und blauäugig, aber nicht wirklich schön, und hatte ihr Haar wie viele Bauersfrauen kurz geschnitten, damit es bei der Arbeit aus dem Weg war. Ihr Kleid war schmutzig, häufig geflickt, und sie hatte es über der Schärpe hochgezogen, so daß man ihre Füße und Fußknöchel sehen konnte.

»Und wer ist das, Nalyn? Wieder jemand, mit dem du mich verloben willst?«

»Halt deinen dummen Schnabel, Glae!« fauchte Nalyn.

»Immerhin sieht er besser aus als Doclyn, alt oder nicht. Seid nicht böse, guter Mann, aber mein geliebter Schwager ist entschlossen, mich zu verheiraten, damit er mich endlich los wird. Sucht Ihr zufällig nach einer jungen Frau?«

»Glae!« schrie Nalyn. »Ich habe doch gesagt, du sollst den Mund halten!«

»Hör auf, mich rumzuschikanieren, du Nachgeburt einer wurmstichigen Sau.«

Mit einem gequälten Blick in Nevyns Richtung ging Nalyn zum Brunnen, um sich das Ei abzuwaschen. Das Mädchen lehnte sich bequem an den Türrahmen und schenkte Nevyn ein strahlendes Lächeln, das ihr Gesicht für einen kurzen Augenblick vollkommen veränderte. Dann sah sie wieder nur müde aus, ihr Blick mißtrauisch und kalt.

»Guter Mann, ich habe Euch nicht einmal nach Eurem Namen gefragt. Ich heiße Glaenara. Ihr müßt mit den Dorffrauen gesprochen haben, wenn Ihr erfahren habt, daß wir ein Maultier brauchen.«

»Ja, ich habe mich zufällig mit Samwna unterhalten. Ich heiße Nevyn, und das ist tatsächlich ein Name, kein Witz.«

»Ach ja? Also gut, Lord Niemand, willkommen auf unserem bescheidenen Hof. Samwna ist wirklich eine gute Frau. Und ihre Tochter Bredda ist meine beste Freundin. Sanft wie ein Lämmchen, aber ich habe sie wirklich gern.« Glaenara fuhr mit den Händen über die Beine des Maultieres, stieß es gegen die Brust, packte dann seinen Kopf und schob das Maul auf, um sich die Zähne anzusehen, bevor das verblüffte Tier protestieren konnte. Sein nasses Hemd in der Hand, kam Nalyn zurück und sah säuerlich zu.

»Ich bin derjenige, der entscheidet, ob wir dieses Maultier kaufen oder nicht.«

»Dann schau ihm doch selbst ins Maul.«

Als Nalyn das tat, biß ihm das inzwischen unruhige Tier in den Arm. Kreischend vor Lachen schubste Glaenara das Maultier so fest, daß es losließ. Nevyn packte Nalyns Arm und sah ihn an: Maultierbisse konnten unangenehm werden, aber zum Glück war kein Blut geflossen. Nalyn fluchte ununterbrochen vor sich hin.

»Ich würde sagen, das gibt nur einen blauen Fleck«, meinte Nevyn tröstend. »Es tut mir leid.«

»War ja nicht Eure Schuld«, knurrte Nalyn. »Glae, eines Tages lege ich dich übers Knie.«

»Versuch es mal.« Glaenara stützte die Hände auf die Hüften und lächelte ihn an.

In diesem Augenblick kamen die beiden anderen Frauen aus dem Haus gerannt. Glaenaras Mutter war grauhaarig und dünn, ihr Gesicht ausgemergelt und voll tiefer Falten. Ihre Schwester war hübsch, mit weniger Kraft, aber mehr Harmonie in ihrem großäugigen Gesicht. Sie packte ihren Mann am Arm und blickte ihn schweigend und flehentlich an. Die Mutter wandte sich Glaenara zu.

»Glae, bitte, doch nicht vor einem Fremden.«

Seufzend wurde Glaenara zahm und trat zu ihrer Mutter, um ihr einen Arm um die zerbrechliche Taille zu legen und ihr einen Kuß auf die Wange zu drücken. Nalyn tätschelte den Arm seiner Frau, sah Nevyn an und wurde wieder rot. Einen Augenblick standen sie alle da wie aufgereiht, dann führte Glaenara ihre Mutter zurück ins Haus. Mit einem Blick zu Nevyn eilte ihre Schwester hinter ihr her.

»Ich entschuldige mich für meine Schwägerin«, sagte Nalyn.

»Guter Mann, kein Mensch würde Euch für irgend etwas verantwortlich machen, was dieses Mädchen tut.«

Als er zurück ins Dorf ritt, begegnete Nevyn Lord Pertycs Kriegshaufen, der in Zweierreihen aus einer Staubwolke hervorritt. An der Spitze ritt der Lord selbst, ein hochgewachsener, schlanker Mann, der Nevyn mit seinem rabenschwarzen Haar und den umschatteten dunkelblauen Augen erstaunlich an Prinz Mael, seinen Urahnen, erinnerte. Neben ihm auf einem grauen Pony saß ein etwa achtjähriger Junge, der dem Lord so ähnlich sah, daß Nevyn annahm, er sei sein Sohn. Als sie vorbeiritten, winkte Pertyc Nevyn zu und nickte; Nevyn verbeugte sich ernst. Hinter ihnen kamen zehn Männer mit Dachsen auf ihren Schilden. Ganz am Ende, allein im Staub, aber so vergnügt wie immer, ritt Maer. Als er Nevyn sah, winkte er.

»Ich habe einen schönen, warmen Platz in einem Dachsbau gefunden. Ihr habt mir Glück gebracht, Nevyn.«

»Gut, gut! Ich habe mich im Dorf niedergelassen. Wir werden uns bestimmt hin und wieder sehen.«

»Weißt du was?« fragte Adraegyn.

»Nein«, erwiderte Maer. »Was denn?«

»Papa sagt, er möchte mehr Silberdolche einstellen, wenn er sie finden kann.«

»Ach ja? Weißt du, warum?«

»Ich wette, es wird Krieg geben. Wieso hat er mich sonst von Vetter Macco zurückgeholt?«

»Da hast du sicher recht.« Adraegyn betrachtete den Silberdolch einen Moment. Er hockte auf dem Rand der Tränke und sah zu, wie Maer seine Ausrüstung säuberte. Maer hatte den Jungen gern; als der älteste von sieben Geschwistern war er daran gewöhnt, daß Kinder hinter ihm herrannten.

»Mußt du diesen Dolch viel polieren? Silberteller und solche Sachen werden ganz schnell dreckig.«

»Ja. Aber der Dolch ist etwas anderes. Er ist nicht nur aus Silber gemacht, weißt du.«

»Darf ich ihn mal sehen? Oder ist das unhöflich zu fragen?«

»Du kannst dir meinen ansehen, aber du solltest andere Silberdolche lieber nicht fragen. Die meisten von uns sind ein bißchen empfindlich, was das angeht. Und sei vorsichtig. Er ist so scharf wie der Schneidezahn des Höllenfürsten.«

Grinsend nahm Adraegyn den Dolch und zog ihn aus der Scheide, dann riskierte er vorsichtig, die Klinge mit dem Daumen zu berühren.

»Hast du damit je einen Menschen erstochen?«

»Nein, aber ich habe ihn auch noch nicht sehr lange. Vielleicht werde ich die Gelegenheit bekommen, wenn dein Vater in den Krieg zieht.«

»Ich wünschte, ich könnte mitgehen, aber ich muß immer noch lernen.« Adraegyn seufzte dramatisch. »Und ich muß so viel Zeit damit verschwenden, lesen zu lernen.«

»Ach ja? Das ist wirklich seltsam. Warum denn?«

»Papa will das so. Alle Männer in unserem Clan lernen lesen. Das ist eine von den Sachen, die uns zu Maelwaedds machen.«

Kurz darauf kam der Maelwaedd selbst herüber und stützte sich neben seinen Sohn auf die Tränke.

»Es ist immer angenehm, anderen bei der Arbeit zuzusehen«, sagte Pertyc. »Seltsam, aber so ist es.«

»Ja, Herr. Manchmal, wenn ich unterwegs bin, bleibe ich auf der Straße stehen und sehe einem armen Schwein von Bauern zu, der auf den Feldern schuftet.«

»Genau. Draego, was machst du da mit Maers Silberdolch?«

»Er hat ihn mich ansehen lassen, Papa. Das ist alles.«

»Sei vorsichtig – diese Dinger sind verdammt scharf.«

»Ich weiß, Papa!« Widerstrebend reichte Adraegyn Maer den Dolch zurück. »Papa, ich will reiten gehen. Kann ich mit dem Pony ins Dorf reiten?«

»Ja sicher. Oder weißt du was …« Pertyc zögerte einen Augenblick. »Maer, geh mit ihm, ja? Du kannst ein anderes Zaumzeug nehmen, während deines trocknet.«

»Gern, Herr.« Maer blickte auf. »Glaubt Ihr, es gibt Ärger?«

»Die Welt ist so voller Ärger wie das Meer voller Fische. Ich befürchte noch nichts, aber hör zu, Draego, von nun an sagst du mir Bescheid, wenn du die Festung verläßt, und du nimmst einen der Männer mit.«

»Warum? Das mußte ich doch sonst nicht.«

»Sei still und tu, was ich dir sage. Ich werde dir mehr sagen, wenn es mehr zu sagen gibt.«

In Cannobaen war an diesem Nachmittag einiges los, denn es war Markttag. Die meisten Bauern und Handwerker hatten ihre Waren auf Decken auf dem Boden ausgebreitet, der Weber und der hiesige Schmied hatten kleine Buden. Als Maer und Adraegyn herumschlenderten, blieb der Junge hier und da stehen und fragte einen der Leute aus dem Dorf, wie es seiner Frau ginge oder ob die Kinder gesund seien, und es gelang ihm auf beeindruckende Weise, sich an jeden Namen zu erinnern. Am Rand des Marktes saß eine junge Frau hinter einem Korb Eier. Maer konnte den Blick kaum von ihr wenden. Sie war zwar nicht schön, aber sie sah gut aus, und in ihrem Grinsen und im Blitzen ihrer blauen Augen lag etwas Boshaftes.

»Wer ist das da, Herr?« Maer zeigte auf sie.

»Ach, das ist Glae. Sie und ihre Familie haben den Bauernhof neben unseren Ländereien.«

Maer führte den Jungen hinüber zu Glae und ihren Körben. Hinter ihr war ein Maultier angebunden.

»Guten Morgen, Glae«, sagte Adraegyn.

»Guten Morgen, Herr. Wollt Ihr einen Blick auf Euren Markt werfen?«

»Das habe ich schon getan«, Adraegyn zeigte auf Maer. »Das da ist Maer. Er ist jetzt mein Leibwächter.«

»Ach ja?« Glae warf Maer einen abschätzenden Blick zu. »Und er ist auch ein Silberdolch.«

»Ja.« Maer verbeugte sich halb. »Aber ich hoffe, daß Ihr deshalb nicht schlecht von mir denkt.«

»Da ich ohnehin nichts von Euch gedacht habe, kann es wohl kaum schlechter werden, oder?«

Maer öffnete den Mund und schloß ihn wieder, weil ihm kein Wort einfiel.

»Du hast ein neues Maultier, sehe ich«, sagte Adraegyn.

»Ja, Herr. Wir haben es von dem neuen Kräutermann gekauft.«

»Es gibt jemand Neuen in der Stadt?« Adraegyn war begeistert. »Wo wohnt er?«

»In dem kleinen Häuschen, das Wersyns Mutter gehörte. Und nach dem, was Bredda mir sagt, scheint er wirklich ein weiser alter Mann zu sein.«

»Kommt mit, Maer. Gehen wir zu ihm. Vielleicht ist er ein Dweomermann oder so.«

»Also wirklich«, sagte Maer grinsend. »Du hast wohl zuviel für Bardenphantasien übrig?«

»Nun, man weiß nie. Guten Morgen, Glae. Ich hoffe, du verkaufst viele Eier. Komm schon, Maer, gehen wir.«

Maer verbeugte sich noch einmal vor Glae, was sie mit einem Seitenblick zur Kenntnis nahm, dann eilte er hinter seinem kleinen Befehlshaber her.

Sie fanden Nevyn draußen im Garten vor seinem Haus, wo er mit der Kraft eines halb so alten Mannes ein Blumenbeet umgrub. Adraegyn grüßte ihn, lehnte sich an den Zaun und strahlte dann plötzlich.

»Oh, Euer Garten ist voller Wildvolk! Sie tanzen alle um Euch herum.«

Nevyn grunzte überrascht. Maer begann zu lachen, dann unterdrückte er es, weil er dem Jungen nicht weh tun wollte – Adraegyn war bereits dunkelrot angelaufen.

»Ich meine … äh … es tut mir leid, ich meine, ich weiß, daß es das Wildvolk nicht wirklich gibt …«

»Wie bitte?« Nevyns Stimme war vollkommen freundlich. »Selbstverständlich gibt es Wildvolk. Und du hattest ganz recht. Mein Garten ist voll von ihnen.«

Es war nett von dem alten Mann, dachte Maer, dem Jungen über diesen unangenehmen Augenblick zu helfen. Adraegyn strahlte Nevyn an.

»Ihr seht sie also auch? Wirklich?«

»Ja.«

Adraegyn drehte sich um und sah Maer an.

»Und du doch sicher auch. Du kannst es uns ruhig sagen, Maer, wir sehen sie alle.«

»Was denn, Herr?«

»Komm schon. Diese große blaue Fee folgt dir überallhin. Sie muß dich wirklich mögen. Siehst du sie nicht?«

Zum zweiten Mal an diesem Nachmittag war Maer sprachlos. Er starrte den Jungen mit offenem Mund an, während sich peinliches Schweigen breitmachte.

»Herr«, sagte Nevyn sanft. »Manchmal gewinnt das Wildvolk Menschen lieb, ohne daß wir die Gründe dafür wissen. Ich glaube nicht, daß Maer sie sehen kann, und auch nicht die anderen, oder, Maer?«

»Nein, wirklich nicht.«

»Nun sag mir, Maer, kannst du den Wind sehen?«

»Wie bitte? Selbstverständlich nicht! Niemand kann den Wind sehen.«

»Aber trotzdem ist er wirklich.«

Einen ganz kurzen Augenblick geriet Maer ins Wanken. Konnten Adraegyn und der alte Nevyn tatsächlich das Wildvolk sehen? Gab es diese kleinen Geschöpfe aus den Legenden wirklich? Ach, sei doch nicht dumm! sagte er sich. Selbstverständlich nicht.

Als sie später zur Festung zurückritten, ging Lord Pertyc gerade über den Hof, als sie hereinkamen. Ein Diener kam, um Adraegyn das Pferd abzunehmen. Kaum war der Junge aus dem Sattel gestiegen, rannte er los, duckte sich unter der liebevollen Hand seines Vaters durch und lief in den Broch.

»Stimmt was nicht?« fragte Pertyc Maer.

»Nun ja, Herr, Euer Sohn wollte den neuen Kräutermann kennenlernen, also habe ich ihn hingebracht; aber ich frage mich wirklich, ob der Alte den Verstand verloren hat.«

»Wieso? Hat er den Jungen erschreckt oder so?«

»Überhaupt nicht, aber mich. Herr, ich will keine alten Wunden öffnen, aber spricht der junge Adraegyn oft vom Wildvolk?«

»Ach, das!« Pertyc lächelte erleichtert. »Das ist alles? Hat der Kräutermann ihn deshalb geneckt? Nun, der Bursche war sicher verblüfft zu hören, daß ein Junge seines Alters immer noch vom Wildvolk erzählt.«

»Nein, eigentlich nicht, Herr. Der alte Mann sagt, er kann sie auch sehen.«

Später an diesem Morgen arbeitete Nevyn im hinteren Garten, wo er ein paar schnellwachsende Kräuter pflanzte, weil er hoffte, daß sie bis zum Herbst noch groß genug würden. Als er einen Reiter auf das Haus zukommen hörte, eilte er, die Schaufel in der Hand, nach vorn und sah Lord Pertyc vor seinem Haus vom Pferd steigen.

»Guten Morgen, Herr. Welchem Umstand verdanke ich die

Ehre dieses Besuchs? Ich hoffe, niemand in Eurer Festung ist krank.«

»Nein, der heiligen Sebanna sei Dank, wir sind alle gesund. Ich dachte nur, wir können uns einmal unterhalten, da Ihr hier neu seid.«

Nevyn lehnte die Schaufel ans Haus und öffnete das Gartentor. Pertyc folgte ihm und sah sich mit großen Augen im Garten um, als erwartete er, daß Geister unter jedem Busch auftauchten. Der Garten war tatsächlich voller Wildvolk, kleine graue Gnomen, blaue Feen mit struppigem Haar und langen Nasen, die grinsend spitze Zähne enthüllten, Sylphen, die wie luftige Kristalle hierhin und dahin schossen. Drinnen, nahe der Feuerstelle, saß Wildvolk auf Tisch und Bank und kletterte auf Regalen voller Kräuter herum. Auf dem Tisch lag ein ledergebundenes Buch aufgeschlagen.

»Ihr Götter!« sagte Pertyc. »Das ist ja das Buch meines berühmten Vorfahren!«

»Zumindest eins von ihnen. Daß ich hierher kam, hat mich wieder daran erinnert. Habt Ihr es gelesen?«

»Ich schaue hin und wieder hinein. Wenn ein Maelwaedd zum Mann wird, sagt sein Vater ihm, er solle die *Ethik* lesen. Also blättert man ein wenig darin herum, und dann gibt der Vater zu, daß er es auch nie zu Ende geschafft hat, und man weiß, daß man wirklich ein Mann unter Männern ist.«

»Aha. Wollt Ihr mir die Ehre erweisen, Euch hinzusetzen, Herr? Ich kann Euch ein Bier holen.«

»Das ist nicht nötig.« Pertyc warf einen beunruhigten Blick auf die Regale voll seltsamer Kräuter und Arzneien. »Ich kann wirklich nicht länger bleiben. Es gibt nur etwas, was ich Euch fragen wollte.«

»Wegen des Wildvolks? Ich nahm an, daß Maer Euch erzählen würde, was passiert ist.«

»Das hat er getan. Ihr habt doch sicher nur meinem Jungen einen Gefallen tun wollen, nicht wahr?«

Ein gelber Gnom griff über den Tisch und klappte das Buch zu, was eine kleine Staubwolke aufwirbelte. Pertyc zuckte zusammen.

»Nein, so war es nicht«, sagte Nevyn. »Bezweifelt Ihr wirklich, daß der junge Adraegyn das Wildvolk sieht, Euer Lordschaft?«

»Nein, das kann ich eigentlich nicht sagen, aber ich würde es gern in der Familie halten.«

»Aha, dann nehme ich an, daß Euer Lordschafts Frau vom Westvolk stammt.«

»Ja. Sie kam dorther.«

»Verzeiht mir, Herr. Es war mir nicht klar, daß sie bereits in die Anderlande geritten ist.«

»Nichts von der Art, wenn Ihr meint, daß sie gestorben sei.« In Pertycs Stimme klang verletzter Stolz mit. »Soviel ich weiß, lebt sie und es geht ihr gut, und sie ist zweifellos so unangenehm und störrisch wie je. Kann sein, daß ich ungerecht bin. Ich weiß nicht, wie ich je auf die Idee gekommen bin, daß sie in einer Festung wohnen und die Frau eines Lords sein könnte, aber bei allem Eis in den Höllen, sie hätte es wenigstens versuchen können!«

»Aha.« Nevyn unterdrückte ein Grinsen. »Ich nehme an, Ihr habt Euch ihr nicht in den Weg gestellt, als sie beschloß zu gehen.«

»Es hätte keinen Unterschied gemacht, selbst wenn ich auf die Knie gefallen wäre und sie angefleht hätte zu bleiben.« Plötzlich errötete er leicht. »Aber ich will Euch nicht damit belasten. Es scheint den Leuten leichtzufallen, mit Euch zu sprechen, Nevyn.«

»Danke, Herr. Das ist bei einem Kräutermann eine gute Eigenschaft.«

»Zweifellos. Kräutermann, wie? Ist das alles, was Ihr seid?«

»Für was sonst würden Euer Lordschaft mich halten?«

»Nun, ich weiß, daß die meisten Männer über den Dweomer nur spotten, guter Mann, aber wir Maelwaedds tun das nicht. Es gibt in Prinz Maels Buch einige Stellen darüber, und außerdem sind da noch die Überlieferungen unseres Clans. Wir sind Dachse, wirklich. Wir sind zäh.«

»Selbst wenn es um Euren Eid für einen ausländischen König geht?«

Lord Pertyc wurde totenbleich. Nevyn lächelte. Diese logische Übung mußte dem Lord wie Magie vorgekommen sein.

»Ja«, sagte Pertyc schließlich. »Aeryc ist der König, dem zu dienen ich geschworen habe, und ich werde ihm dienen.«

»Mit nur zehn Männern wird es schwierig sein, sich gegen die Feinde des Königs zu stellen.«

»Ich weiß. Ein Dachs kann einen einzelnen Bärenhund zerreißen, aber das Rudel wird ihn am Ende erwischen. Aber ein Schwur ist ein Schwur, und mehr kann ich nicht sagen. Ich kann nur hoffen, daß sie meine Neutralität respektieren.« Plötzlich grinste der Lord. »Außerdem habe ich bereits einen Silberdolch angeheuert, also haben wir jetzt elf Männer. Vielleicht kommen noch mehr hier vorbei.«

»Das erinnert mich an etwas, Herr. Könnt Ihr mir sagen, wieso die Silberdolche nicht mehr als Truppe zusammenreiten wie in den alten Tagen?«

»Ein König hat es ihnen verboten. Ich nehme an, sie waren zu gefährlich. Die Königsmacher – so hat man sie genannt. Ein Kriegshaufen, der einen König machen kann, kann einen ebenso leicht vom Thron stoßen.« Pertyc runzelte nachdenklich die Stirn. »Wartet, in diesem Buch, das ich zu Hause habe, heißt es, daß nach den Bürgerkriegen alle freien Truppen verboten wurden. Das stimmt! Jetzt fällt es mir wieder ein. Es war Maryns Sohn. Seine Berater wollten, daß er auch die Silberdolche verbietet, aber er hat sich geweigert, wegen des Dienstes, den sie seinem Vater geleistet haben. Aber er wollte keine unabhängige Armee, die umherreitet und Ärger macht, also hat er ein Dekret erlassen, daß sie sich nur einzeln oder höchstens zu zweit als Söldner verdingen können.«

»Aha. Nun, das ist in gewisser Weise nicht gut. Wenn es sie immer noch gäbe, könntet Ihr eine ganze Truppe anwerben, aber vielleicht beschränkt sich diese Rebellion ja auch auf Aberwyn.«

Pertyc wandte so schnell den Blick ab, daß Nevyn wußte, daß er gegenteilige Informationen hatte.

»Es gibt Zeiten, da breitet sich der Ärger so schnell aus wie Feuer in trockenem Gras«, sagte Nevyn. »Niemand weiß, woher der Wind weht.«

»Genau. Nun, ich will Euch nicht länger von der Arbeit abhalten. Guten Tag.«

Den ganzen Sommer hatte Glaenara in runden, hölzernen Formen Käse hergestellt. Als die vier größten Räder fertig waren, lud sie sie aufs Maultier und brachte sie als Teil der Steuern zu Lord Pertycs Festung. Es war drückend heiß, und sie ging barfuß, weil sie das Leder ihrer einzigen Schuhe lieber für den Winter schonen wollte. Nalyn drängte sie zwar dauernd, sich im Dorf ein paar Stiefel machen zu lassen, aber sie war lieber sparsam, als das anzunehmen, was sie für seine Wohltätigkeit hielt. Bis Nalyn aufgetaucht war, war Glaenara die Starke in der Familie gewesen, hatte nach dem Tod ihres Vaters ihre Mutter und Schwester immer wieder ermutigt und schwerer gearbeitet als die meisten jungen Männer, damit sie mit dem Bauernhof ein Auskommen fanden. Gerade als ich alt genug war, wie ein Mann pflügen zu können, kam er hereinspaziert, dachte sie verbittert. Aber zweifellos waren Mutter und Lidyan jetzt glücklicher. Das war vielleicht der schwerste Schlag von allen.

Die Tore der Festung standen offen, und im Hof herrschte die übliche träge Geschäftigkeit – Diener, die ihrer Arbeit nachgingen, Reiter, die in der Sonne saßen und um Kupferstücke würfelten. Lord Pertyc selbst, der mit einem Krug Bier auf der Treppe hockte. Glaenara knickste vor ihm, und er erhob sich. Obwohl sie glaubte, eine ganze Welt unterhalb von ihm zu stehen, mochte Glaenara den Lord, weil er ein freundlicher Mensch war, und seine unglückliche Heirat hatte allen jahrelang ein aufregendes Gesprächsthema verschafft. Herrscher waren schon für erheblich weniger geliebt worden.

»Sieht aus wie Käse«, sagte Pertyc. »Welche Art, gelb oder weiß?«

»Gelber, Herr. Er ist schrecklich gut.«

Pertyc setzte den Bierkrug auf dem Boden ab und zog seinen Dolch, um sich ein Stück abzuschneiden. Nachdem er einen Bissen probiert hatte, nickte er zufrieden. »Das stimmt. Paßt gut zum Bier, und so etwas ist hier wirklich wichtig.«

Pertyc schnitt sich ein weiteres, dickeres Stück ab, hob sein Bier wieder auf und ging zur Treppe zurück. Glaenara führte das Maultier um den Broch herum zur Küchentür und begann, den Käse abzuladen. Sie hatte gerade zwei Räder losgeschnallt, als Maer, der Silberdolch, angerannt kam und sich vor ihr verbeugte.

»Vorsicht, schöne Frau, die sehen schwer aus. Laß mich sie für dich tragen.«

»Sie sind gar nicht so schwer. Einer wiegt nur zwanzig Pfund.«

Maer bestand jedoch darauf, drei Räder zu schleppen und ihr nur noch eines zu überlassen. Als er den Käse auf den langen Holztisch legte, fiel Glaenara auf, daß er versuchte, höflich zu ihr zu sein. Das war eine überraschende Vorstellung.

»Ich danke dir«, sagte sie.

»Oh, ich bin froh, etwas für dich tun zu können.«

Noch eine Überraschung: Er flirtete mit ihr. Völlig verwirrt wandte Glaenara sich ab und begann, sich mit der Köchin zu unterhalten, einer alten Freundin ihrer Mutter, und ließ Maer hilflos in der Tür stehen. Sie hoffte, er würde weggehen, aber er wartete, bis sie und die Köchin ihren Schwatz beendet hatten. Als sie wieder ging, griff Maer nach dem Führseil des Maultiers und führte es für sie zum Tor.

»Es war wirklich schön, dich zu sehen«, sagte Maer.

»Ja? Warum?«

»Nun … äh …« Maer begann, mit dem Ende des Führseils zu spielen. »Es ist immer schön, ein hübsches Mädchen zu sehen. Besonders eine, die etwas im Kopf hat.«

Glaenara schnaubte und riß ihm das Seil aus der Hand.

»Danke, daß du mir mit dem Käse geholfen hast. Ich muß wieder an die Arbeit.«

»Kann ich ein Stück mit dir gehen?«

»Nein. Oder warte einen Augenblick. Du sagtest, du würdest alles für mich tun?«

»Ja. Sag mir einfach, was du willst.«

»Dann rasier dir diesen ekelhaften Schnurrbart ab. Damit sieht dein Gesicht nur ungewaschen aus.«

Maer heulte auf und schlug sich die Hand vor die Oberlippe. Glaen stolzierte davon – überzeugt, daß sie ihn nicht wiedersehen würde. Aber als sie an diesem Nachmittag ein paar Eimer mit Gemüseresten zu den Schweinen brachte, sah sie, wie er sein Pferd durchs Tor führte. Sie hielt inne und starrte ihn an: Der Schnurrbart war weg. Nalyn kam herüber, eine Mistgabel in der Hand, und starrte Maer kalt an.

»Guten Morgen, guter Mann«, sagte Maer. »Ich wollte mit Glaenara sprechen.«

»Ach ja? Und was willst du von meiner Schwägerin?«

»Und was geht es dich an, mit wem ich rede?« fauchte Glaenara.

»Halt den Mund. Ich will mir diesen Mann ansehen, der mit einem Silberdolch im Gürtel hier hereinkommt, um um dich zu werben.«

»Also wirklich!« warf Maer nervös ein. »Ich habe ehrenhafte Absichten, das kann ich versichern.«

Nalyn und Glaenara ignorierten ihn beide und starrten einander wütend an.

»Du bist zu jung, um einen Mann richtig einschätzen zu können«, fauchte Nalyn. »Ich habe genug Erfahrung, um einen verdorbenen Apfel von gesunden unterscheiden zu können.«

»Wen nennst du da verdorben?«

»Niemanden – noch nicht. Ich mag nur ein angeheirateter Verwandter sein, aber ich bin der einzige Bruder, den du hast, und ich will verflucht sein, wenn ich zulasse, daß du dich mit Silberdolchen und anderem Abschaum von der Straße abgibst.«

»Nenne Maer nicht Abschaum! Das lasse ich nicht zu.«

»Ach ja?« sagte Nalyn mit höhnischem Grinsen. »Und woher weißt du seinen Namen, und wieso verteidigst du ihn so schnell?«

Glaenara packte einen ihrer Eimer mit Schweinefutter, schwang ihn hoch und kippte ihn über Nalyns Kopf aus.

»Ich rede, mit wem ich will!«

Wie vorauszusehen war, brachte der Lärm Lidyan herbei – und sie schrie auf, als sie ihren Mann mit Möhrenschalen und Rettichblättern bedeckt sah. Maer bog sich vor Lachen.

»Blumen für die Schönen«, sagte er schließlich keuchend, »und Schweinefraß für die Schweine. Ihr Götter, du hast eine gute Hand mit dem Eimer. Er sollte froh sein, daß du nicht gerade den Kuhstall ausgemistet hast!«

Ein Stück Karottenschale war in seine Richtung geflogen

und klebte an seinem Hemd. Er pflückte es weg und reichte es Glaenara mit einer höflichen Verbeugung.

»Ein kleines Zeichen meiner Wertschätzung. Jetzt sollte ich lieber verschwinden, bevor dein Bruder mit der Mistgabel auf mich losgeht.«

»Er ist nur mein Schwager, das ist alles. Das solltest du nicht vergessen.«

Als Glaenara das nächste Mal zum Markt ging, konnte sie den gesamten Käse und die Eier früh am Tag verkaufen, und dann ging sie zum Gasthaus. Als sie draußen das Maultier anband, kam Braedda, Samwnas hübsche blonde Tochter, gleich angerannt, packte Glaenara am Arm und beugte sich wie eine Verschwörerin zu ihr. Sie waren gleich alt, obwohl Braedda jünger aussah, weil ihre Hände weich waren und ihr Gesicht nicht den rauhen Wind der Felder abbekommen hatte.

»Ganedd und sein Vater sind letzte Nacht zurückgekommen«, sagte Braedda kichernd.

»Das ist ja wunderbar! Wird dein Vater ihn wegen der Verlobung fragen?«

»Er geht heute abend nach dem Essen hin. Ach, Glae, ich kann es kaum erwarten! Ich will Ganno unbedingt heiraten.«

Hinter den Ställen war ein Schuppen, in dem Hafersäcke und Heu lagerten. Dorthin gingen Glaenara und Braedda, wie sie es immer taten, um sich außerhalb der Hörweite ihrer Eltern zu unterhalten. Sie hatten allerdings kaum mit ihrem Tratsch begonnen, als Ganedd selbst erschien und ohne zu klopfen die Tür aufriß. Er war ein hochgewachsener junger Mann, der eher wie ein Krieger als wie ein Kaufmann gebaut war, mit hellblauen Augen und goldblondem Haar – ein Zeichen, daß es irgendwo in der Geschichte seines Clans deverrianisches Blut gab.

»Ich sollte lieber gehen«, sagte Glaenara. »Ich komme nächste Woche wieder zum Markt, Brae.«

Ganedd lächelte kurz, dann hielt er ihr höflich die Tür auf. Als sie das Maultier aus dem Dorf führte, wünschte sich Glaenara, sie wäre weniger eifersüchtig auf das Glück ihrer Freundin. Obwohl sie Ganedd nicht sonderlich mochte, war er ein viel besserer Fang als jeder Mann, der je um sie werben würde. Gerade als sie auf die Straße einbog, begegnete sie Nevyn. Er verbeugte sich aus dem Sattel, überraschend gelenkig für einen Mann, der so alt aussah.

»Ihr wart auf dem Markt?«

»Ja, Herr. Und ich wünsche Euch einen guten Tag.«

Er lächelte, dann beugte er sich plötzlich vor und starrte ihr in die Augen. Einen Augenblick hatte sie das Gefühl, sie hätte sich in Stein verwandelt und sein kalter Blick wäre ein Meißel, der ihr bis in die Seele schnitt; dann ließ er sie mit einem knappen Nicken wieder los.

»Auch Euch einen guten Tag, Mädchen. Wartet, mir ist gerade etwas eingefallen. Würdet Ihr Euch gern ein paar Kupferstücke verdienen, indem Ihr meine Wäsche wascht und mein Haus putzt?«

»Das würde ich gern tun.«

»Wunderbar! Dann kommt gleich morgen vorbei, denn ich habe leider mit diesen Dingen zu lange gewartet. Danach sollte es genügen, wenn Ihr zweimal in der Woche morgens kommt.«

»Also gut. Ich komme vor dem Mittag.«

Als er weiterritt, dachte Nevyn über die seltsamen Wege des Wyrd nach. Als er diese Frau zum letzten Mal gekannt hatte, war sie Königin von ganz Deverry und praktisch Regentin von Cerrmor gewesen, während ihr königlicher Ehemann in den Krieg gezogen war. Das seltsamste daran war allerdings nicht die offensichtliche Veränderung ihrer Stellung in der Welt; es war, daß sie ihm noch erheblich mehr leid getan hatte, als sie Königin gewesen war.

Draußen auf der Weide hinter dem großen Holzhaus des Kaufmanns grasten zwölf Westjägerfohlen in der warmen Sonne. Es waren überwiegend Braune und Füchse, aber an der Seite stand ein wunderbarer Rotschimmel, Ganedds Lieblingstier. Als er sich an den Zaun lehnte, kam der Rotschimmel herüber und ließ sich die Ohren kraulen.

»Ich denke daran, dieses Fohlen dem Gwerbret von Aberwyn zu schenken«, sagte Wersyn. »Es ist eine ganze Zeit her, seit ich seiner Gnaden ein Zeichen unserer Wertschätzung gegeben habe.«

»Dieser Bursche wird wirklich ein gutes Streitroß abgeben.«

»Das denke ich auch. Ich finde, du solltest ihn bei seiner Gnaden abgeben. Es wird Zeit, daß er deinen Namen als den meines Erben kennenlernt.«

»Nun ja, Vater, ich habe nachgedacht und ...«

»Du wirst nicht zur See gehen! Ich habe genug von diesen Gesprächen. Du bist mein Sohn, und wir sind Pferdehändler, und damit Schluß.«

»Du hast doch noch Avyl! Er ist auch dein Sohn, oder nicht? Er wird einen guten Pferdehändler abgeben! Das hast du selbst gesagt.«

»Du bist der Älteste.«

Warsyn hatte die Arme über der Brust verschränkt – ein sicheres Zeichen, daß es keinen Zweck hatte, ihm zu widersprechen. Ganedd drehte sich auf dem Absatz herum und stakste in Richtung Stadt davon. Manchmal wünschte er sich, er hätte genug Mut, einfach davonzulaufen. Wenn er nur den Kapitän eines Handelsschiffes finden könnte, dem es nichts ausmachte, sich seinem Vater zu widersetzen ... aber das war unten in Aberwyn, wo Wersyn in der Gilde eine wichtige Position hatte, sehr unwahrscheinlich. Ganedds zielloses Schlendern führte ihn zu dem kleinen Haus, in dem seine Großmutter gewohnt hatte und wo jetzt der neue Kräutermann im Garten grub. Als Ganedd sich über den Zaun lehnte, um zuzusehen, richtete sich der alte Mann auf, wischte sich die Hände an einem Lumpen ab und kam dann hinüber, um guten Tag zu sagen.

»Gefällt Euch das Haus, Herr?« fragte Ganedd. »Falls etwas ausgebessert werden muß, kann ich mich darum kümmern.«

»Das ist nett von Euch, Junge, aber soweit ist alles in Ordnung. Ich höre, daß Ihr bald mit Eurem Vater nach Aberwyn reist.«

»Wir brechen morgen im Morgengrauen auf. Wir müssen dem Gwerbret Tribut zahlen, und es gibt eine große Versammlung der Kaufmannsgilde.«

»Interessant. Worum wird es gehen?«

»Darüber darf ich mit jemandem, der nicht der Gilde angehört, nicht sprechen.«

»Also gut. Ich wette, Ihr geht gern nach Aberwyn.«

»Ganz bestimmt! Ihr Götter, es ist so verflucht langweilig hier in Cannobaen.«

»Zweifellos, aber begleitet Ihr Euren Vater denn nicht, wenn er mit dem Westvolk handelt?«

»Natürlich. Warum – sie sind nur das Westvolk.«

»Aha.«

Und Ganedd hatte das ehrliche Gefühl, daß der alte Mann sich anstrengen mußte, nicht über ihn zu lachen.

Noch an diesem Abend handelten ihre Väter den Hochzeitsvertrag aus. Der Form halber war es auch noch notwendig, daß Braeddas Vater Lord Pertycs Erlaubnis erbat, die Verlobung seiner Tochter mit Ganedd, dem Sohn des Kaufmanns, einzugehen. Eigentlich hätte auch Wersyn mitkommen müssen, aber er war bereits auf dem Weg nach Aberwyn, ebenso wie sein Sohn und der Silberdolch seiner Lordschaft, den Pertyc dem Kaufmann geliehen hatte. Pertyc stimmte der Verlobung zu, trank einen Kelch Met mit dem Wirt und schickte ihn dann mit seinen besten Wünschen wieder auf den Weg. Der Wirt war erst ein paar Stunden weg, als Tieryn Danry mit einer Eskorte von zehn Männern vor Pertycs Tor auftauchte.

Den ganzen Nachmittag, während sie zusammen in der großen Halle tranken und über alles mögliche (nur nicht über die Rebellion) sprachen, war sich Pertyc bewußt, daß Danry ihn forschend betrachtete und wie ein taktisches Problem studierte. Als Danry am nächsten Tag beim Frühstück vorschlug, sie sollten lieber allein jagen gehen, als eine Hirschjagd mit Treibern zu organisieren, spürte Pertyc die Konfrontation auf sich zukommen, aber er stimmte zu, weil er es hinter sich bringen wollte. Als sie ausritten, nahmen sie nur einen Jungen mit einem Maultier und ein paar Hunde mit. Danry hatte einen Jagdbogen dabei, Pertyc einen Langbogen aus Ebenholz mit Silberbeschlägen, ein Hochzeitsgeschenk vom Bruder seiner Frau.

Am Waldrand ließen sie den Jungen mit den Pferden und dem Maultier zurück und gingen zu Fuß weiter, in der Hoffnung, Wild aufzuscheuchen. Die Hunde – zwei jener schlanken, grauen Rasse, die man Gwertrae nannte – schnüffelten winselnd nach Spuren und suchten sich begierig den Weg durch das Farnkraut. Über ihnen erhoben sich die uralten Eichen, und der Schatten, den sie warfen, enthielt schon einen Hauch des kommenden Winters. Pertyc und Danry hatten so schon hundertmal zusammen gejagt und sich schweigend wie die Beute, die sie verfolgten, ihren Weg über schmale Wildpfade gesucht. Pertyc wünschte sich geradezu, daß sie wieder junge Männer wären, zu jung, um sich von Verpflichtungen und Schwüren und Kriegen beunruhigen zu lassen. Als sie schließlich eine Lichtung erreichten, wo die Sonne golden auf den Laubboden fiel, pfiff Danry scharf nach den Hunden, die sofort zurückkamen.

»Sie haben noch nicht einmal eine Spur gefunden«, sagte Pertyc.

Danry wandte sich ihm mit einem müden Lächeln zu.

»Meine Antwort ist immer noch dieselbe«, fuhr Pertyc fort. »Ich werde im Frühjahr nicht mit dir reiten.«

»Du bist tatsächlich so stur wie ein Dachs. Aber ich wollte dir etwas erzählen, und wenn du mich gern hast, dann wirst du niemandem sagen, wo du es gehört hast.«

»Du weißt, daß ich schweigen werde.«

»Also gut. Hör zu, Pero, die Sache wird langsam unangenehm. Es war schlau von dir, deinen Jungen nach Hause zu holen. Ich bin nicht der einzige Mann, der über deinen Anspruch auf den Thron nachgedacht hat. Es gibt einige, die gerne den kleinen Draego an deine Stelle setzen würden.«

»Sie würden mich umbringen müssen, um an den Jungen zu kommen.«

»Genau das haben sie vielleicht vor.«

Trotz der warmen Herbstsonne wurde Pertyc eiskalt.

»Er wäre nicht das erste Kind, für das erwachsene Männer einen Thron gewinnen«, sagte Danry. »Alles, was ich bis jetzt gehört habe, sind Gerüchte. Niemand wird vor meiner Nase ehrlich über diese Dinge sprechen, weil sie wissen, daß du mein geschworener Freund bist. Es wäre erheblich einfacher, diesen Gerüchten ein Ende zu machen, wenn du dich uns anschließen würdest.«

Pertyc wandte den Blick ab.

»Wie willst du sie aufhalten, wenn sie sich den Jungen holen wollen?« fragte Danry. »Du kannst dir keine Armee leisten. Ihr Götter, Pero, ich weiß nicht, was ich tun soll.«

»Dann solltest du dich vielleicht mir und dem König anschließen.«

Danry verzog das Gesicht und schüttelte schmerzlich den Kopf.

»Das geht nicht. Meine Ehre würde mir keine Ruhe lassen.«

»Nicht mehr als mir die meine, wenn ich mich den Rebellen anschlösse. Ich kann dich nur warnen. Wenn deine Verbündeten versuchen, mir den Jungen abzunehmen, dann sei darauf vorbereitet, mich sterben zu sehen.«

Danry hätte beinahe geweint. Zu seinen Füßen winselten die Hunde, tänzelten ein paar Schritte davon und kamen dann zögernd wieder zurück. Tief im Wald sang ein Vogel eine trotzige kleine Melodie.

»Und wenn ich sterbe und du überlebst«, sagte Pertyc bedächtig, »dann bitte ich dich, für mich auf Adraegyn aufzupassen. Er braucht einen treuen Hund, wenn er von Wölfen umgeben ist.«

Danry nickte zustimmend. Pertyc zögerte, dachte daran, mehr zu sagen, aber es gab nichts mehr. Er wünschte sich noch einen letzten Tag mit seinem Freund, an dem sie so tun konnten, als wäre alles so wie immer.

»Laß uns weiter jagen, ja?«

Danry hob die Hand und schickte die Hunde wieder aus. Sie durchkämmten weiter schweigend die Wälder, bis endlich einer der Hunde erstarrte und den Kopf hob. Einen Pfeil auf die Bogensehne gelegt, folgte Pertyc dem Tier, bis sie plötzlich das Wild aufspringen sahen und die Hunde pfeilschnell voranschossen und kläffend einer jungen Hirschkuh folgten. Ein Pfeil pfiff: Danrys erster Schuß, der an einem Baum abprallte. Pertyc hob den Bogen und schoß, alles in einer einzigen Bewegung. Die Hirschkuh bäumte sich auf, taumelte ein paar Schritte und fiel nieder, als die Hunde sich auf sie warfen. Pertyc zog seinen Dolch und rannte auf die Tiere zu, aber die Hirschkuh war bereits tot. Der Pfeil hatte sie ins Herz getroffen. Rufend trat Pertyc die Hunde weg. Danry kam angerannt, warf seinen Bogen hin und packte die winselnden Hunde an den Halsbändern.

»Ihr Götter!« sagte Danry grinsend. »Du bist der beste Bogenschütze in ganz Eldidd.«

Pertyc lächelte nur und dachte daran, daß seine Frau ihm diesen Rang mühelos streitig machen könnte. Während Danry die Hunde zwang, sich hinzulegen, setzte er den Fuß auf die Kehle der Hirschkuh und zog den Pfeil mit beiden Händen heraus. Er war nicht zerbrochen, und man konnte ihn wieder geradebiegen. Während er die Fiederung untersuchte, mußte er an seine Frau denken, an die Geschichten, die sie ihm von längst vergangenen Kriegen erzählt hatte. Plötzlich begann sein Herz in grausamer Hoffnung zu schlagen. Als er aufblickte und sah, daß Danry ihn anschaute, kam er sich so schuldig vor wie ein auf frischer Tat ertappter Einbrecher.

»Pero? Pero, ich flehe dich an, komm mit uns.«

»Das kann ich nicht. Dazu bin ich zu sehr Dachs, mein Freund.«

»Bei den Höllen! Dann geht es wohl nicht anders.«

Ihr Nachmittag war vorüber – das letzte Mal, daß sie sich gern haben konnten, ohne daß diese Liebe zum Alptraum wurde. Pertyc wandte sich ab, um nicht zu weinen.

Später an diesem Abend, als alle in der Festung schon schliefen, ging Pertyc in sein Arbeitszimmer und entzündete zwei Kerzen in einem Silberhalter. Als der Durchzug die Kerzen zum Flackern brachte, schossen Schatten über die Wände und ließen Pertyc an den Winter denken – seinen letzten Winter, wie er annahm. Aber er war entschlossen, daß seine Feinde für seinen Tod einen hohen Preis bezahlen würden.

»Und wäre es wirklich unehrenhaft«, sagte er zu einem der Hirschköpfe an der Wand, »die Langbogen zurück nach Eldidd zu bringen? Das hat man mir immer gesagt. Die Frage ist, gebe ich auch nur den Furz eines Zweikupferschweins für diese Ehrlosigkeit? Unsere Rebellen, mein gehörnter Freund, sind mit ihren elenden Intrigen erheblich unehrenhafter.«

In den Schatten schienen sich die Augen des Hirschs zu bewegen, als dächte er über Pertycs Worte nach, aber er gab keine Antwort. Pertyc suchte nach den Büchern seiner Vorfahren, einer Sammlung von Verträgen, die man für den Clan in zwei Bände gebunden hatte. In die hellen Ledereinbände war das Clanwappen geprägt und jedes Buch wog gut fünfzehn Pfund. Er legte das zweite davon auf das Stehpult, entzündete mehr Kerzen und begann darin zu blättern. Schon das Buch zu berühren war auf seine Art ein Trost, weil es ihm greifbaren Kontakt mit seiner Geschichte gab, mit all diesen anderen Maelwaeddlords, bis zurück zu dem abgedankten Prinzen. Er bezweifelte jedoch, daß sein Clan ihn selbst lange überleben würde. Wenn die Rebellen Adraegyn zum König machen wollten, hatte der Hochkönig keine andere Wahl, als den Jungen zu töten.

»Zur Hölle mit der Ehrlosigkeit!« sagte er zu dem Hirschkopf. »Sie werden meinen Jungen umbringen, einfach indem sie ihn auf einen Thron setzen wollen, der ihm nicht gehört. Also habe ich das Recht, so viele der elenden Bastarde zu erschießen, wie ich kann. Ich werde sehen, ob ich einen dieser Kaufleute dazu bewegen kann, für mich nach Westen zu reiten, sobald sie erst wieder hier sind.«

Dann wandte er sich wieder dem Buch zu und fand dort eine Überraschung ganz anderer Art.

Am Morgen verabschiedete sich Danry und ritt mit einem Winken und einem Scherz davon, begleitet von seiner Eskorte. Pertyc ließ sich selbst sein Pferd satteln und ritt direkt zu Nevyns Haus. Als er den Garten durchquerte, hatte er das unangenehme Gefühl, beobachtet zu werden, aber obwohl er in jeden Schatten spähte, sah er nichts als umgegrabene Erde und wachsende Pflanzen. Als er klopfte, öffnete Nevyn ihm die Tür und bat ihn mit einer Verbeugung herein.

»Guten Morgen, Euer Lordschaft. Womit habe ich diese Ehre verdient?«

»Ich wollte mit Euch sprechen.«

Nevyn lächelte und wartete höflich. Pertyc sah sich im Zimmer um, das mit dem Duft von hundert Kräutern, Wurzeln und Rinden, bitter und süß, trocken und scharf, angefüllt war.

»Ich habe in der vergangenen Nacht im Buch meines Urahnen gelesen und dort eine sehr seltsame Passage über den Dweomer gefunden. Es stand im Buch der Qualitäten. Habt Ihr das vielleicht gelesen?«

»Ja, aber das ist schon lange her.«

»Zweifellos. Laßt mich Eurer Erinnerung auf die Sprünge helfen. Der edle Prinz dachte darüber nach, ob es wirklich so etwas wie Dweomer gibt, und er bemerkte, daß er einmal einen Dweomermann kannte.«

»Ach ja? Ich glaube, ich erinnere mich an diesen Abschnitt.«

»Zweifellos. Es ist sicher eine große Ehre, den eigenen Namen in einem Buch zu finden, an das sich die Menschen noch so lange Jahre erinnern.«

Nevyn betrachtete ihn stirnrunzelnd, dann lachte er plötzlich.

»Euer Lordschaft sind ein kluger Mann. Ihr seid zweifellos des Namens Eures edlen Ahnherren würdig.«

»Bei den Höllen! Ihr meint also, ich hätte richtig geraten?«

»In bezug auf was? Ihr glaubt doch nicht wirklich, daß ich derselbe Mann bin, den Prinz Mael kannte, oder?«

»Nun, das kommt mir wirklich zu phantastisch vor, um wahr zu sein …«

»Wahrhaftig.« Der alte Mann dachte einen Augenblick nach, als könne er sich nicht so recht entschließen, was er nun sagen wollte. »Also gut, wenn Ihr versprecht, es für Euch zu behalten, werde ich Euch die Wahrheit sagen. Der Name Nevyn ist eine Art Ehrentitel, der vom Meister zum Schüler weitergegeben wird, genau wie ein Lord seinen Titel an seinen Sohn weitergibt. Wenn ein Nevyn alt wird und stirbt, taucht ein neuer auf.«

Pertyc war so verlegen wie ein Page, den man bei einem Verstoß gegen die Etikette erwischt hat. Nevyn bedachte ihn mit einem seltsam hinterhältigen Grinsen, als wäre der alte Mann plötzlich sehr zufrieden mit sich.

»Und das wolltet Ihr mich fragen, Herr, und sonst nichts? Ihr scheint beunruhigt zu sein. Geht es dabei nur um den Dweomer?«

»Ihr müßt mir verzeihen, guter Mann. Mir geht in letzter Zeit so vieles durch den Kopf.«

»Zweifellos. Es kann den anderen Lords in Eldidd nicht anders gehen.«

Wäre Danry nicht gewesen, dann hätte Pertyc dem Dweomermann die ganze Geschichte auf der Stelle erzählt, aber sein geschworener Freund steckte bis zum Hals in diesem Verrat.

»In Eldidd gibt es immer Ärger.« Pertyc wählte seine Worte sorgfältig. »Aber daraus wird wirklich selten etwas Großes.«

»Das kann dann allerdings tödlich sein.«

»Ihr habt recht. Deshalb hat unser Mael unter seinen edlen Tugenden auch die Vorsicht aufgelistet. Es zahlt sich aus, auf Ärger vorbereitet zu sein, selbst wenn es keinen gibt.«

Nevyns Blick schien ihm wie ein Schwert in die Seele zu dringen.

»Ich bin mir durchaus bewußt, daß Ihr und Euer Sohn einen gewissen Anspruch auf den Thron von Eldidd habt.«

»Ich habe keinen Anspruch, nicht im wahren oder heiligen Sinn des Wortes.«

»Qualitäten wie das Wahre und Heilige werden in den meisten Teilen des Königreichs nicht sonderlich hochgehalten. Das ist übrigens beinahe ein direktes Zitat aus dem Buch Eures Ahnherren. Es sieht so aus, als hätte er sich den Beinamen ›Seher‹ wirklich verdient.«

Pertyc stand auf und ging unruhig zur Feuerstelle hinüber.

»Laßt mich raten, was Ihr zu ehrenhaft seid, mir zu erzählen«, fuhr Nevyn fort. »Alle Freunde, die Ihr habt, sind zu tief in diese Rebellion verstrickt, um wieder herauszukommen, und Ihr seid hin- und hergerissen zwischen Eurer Loyalität gegenüber ihnen und der gegenüber dem König.«

»Wie – ihr Götter, Ihr müßt wirklich ein Zauberer sein!«

»Nichts davon. Das war reine Logik. Aber ich will Euch eines fragen: Werdet Ihr für den König kämpfen oder neutral bleiben?«

»Ich bleibe neutral, wenn die Götter es erlauben. Und laßt mich die Frage zurückgeben: Steht Ihr auf Seite des Königs, oder seid Ihr neutral?«

»Ich gehöre zum Volk dieses Königreichs, Junge, nicht zu dem König und nicht zu den Rebellen. Eine andere Antwort werdet Ihr von mir nicht bekommen.«

Es war heiß in der großen Gildehalle von Aberwyn. Jedes in der langen Reihe von Fenstern war mit unzähligen kleinen, rautenförmigen Scheiben verglast – ein gewaltiger Luxus, der sich aber als unangenehm erwies, als das Sonnenlicht auf die dichtgedrängte Menschenmenge fiel. Hundert Männer hockten auf langen Bänken, während oben auf dem Podium die Vorsitzenden der Gilde auf geschnitzten Lehnstühlen saßen, alle in ihren Umhängen aus buntkarierter Wolle. An einem Ende dieser beeindruckenden Reihe schnarchte der Oberschreiber der Gilde schamlos. Auf seiner Bank unten wünschte Ganedd, er könne dasselbe tun, aber jedesmal, wenn er einnickte, versetzte sein Vater ihm einen Rippenstoß. Den ganzen Nachmittag war es darum gegangen, ob man dem Gwerbret von Aberwyn zweitausend Silberstücke leihen sollte. Obwohl niemand je erwähnte, warum der Gwerbret das Geld wollte, war das Wissen so bedrückend wie die Hitze und machte es schwer, klar zu denken. Eine erfolgreiche Rebellion würde die Freiheit von deverrianischen Steuern und den dortigen Gilden bedeuten und einen gewissen Stolz auf die Unabhängigkeit. Ein Mißerfolg würde selbstverständlich heißen, daß sie das Geld bis aufs letzte Kupferstück verloren. Nachdem die offizielle Versammlung zum Ende gekommen war, ging die Debatte nach Sonnenuntergang in den Hinterzimmern von Gasthöfen oder über Abendbrottischen in reichen Kaufmannshäusern weiter. Dort tauchte immer wieder die geflüsterte Frage auf: Konnten die Gwerbrets gewinnen oder nicht?

»Und selbst wenn, was dann?« sagte Wersyn. »Es gibt zwei große Gwerbrets in Eldidd und nur einen Thron. Ihr Götter, ich bekomme Kopfschmerzen, wenn ich daran denke, daß sie sich vielleicht gegeneinander wenden, nachdem der erste Krieg gewonnen ist.«

»Nun, wir sollten anfangen, darüber nachzudenken, Vater«, sagte Ganedd. »Wir müssen morgen über das Darlehen abstimmen.«

»Das stimmt, aber du wirst ohnehin so abstimmen, wie ich es dir sage.«

Sie saßen in ihrem luxuriösen Gasthauszimmer und warteten auf zwei von Wersyns alten Freunden, die sie zu einer weiteren privaten Besprechung eingeladen hatten. Auf einem leinengedeckten Tisch war ein kaltes Abendessen serviert, und Flaschen mit bardekianischem Wein warteten.

»Wenn ich ohnehin so abstimmen muß, wie du sagst, kann ich dann heute abend in den Schankraum gehen? Es besteht kein Grund für mich, euch zuzuhören, wenn du mir ohnehin sagst, wie ich denken muß.«

»Du widerliche kleine Kröte.« Aber Wersyn sprach ohne echte Abneigung. »Komm bloß nicht betrunken hier hereingetaumelt, bis meine Gäste wieder gegangen sind. Ihr Götter!

Manchmal frage ich mich, womit ich einen Sohn wie dich verdient habe. Zur See will er gehen! Trinken! Hmpf!«

Da sie in einem teuren Gasthaus wohnten, war der Schankraum groß und sauber; alle paar Fuß hingen verglaste Laternen an den weißgekalkten Wänden, und alle Schankmädchen waren ehrenhaft und wurden von einem väterlichen Wirt bewacht, der entschlossen schien, für ihren Anstand zu sorgen. In einer Ecke neben der Küchentür fand Ganedd Maer, der allein sein Bier trank und sein Bestes tat, sich zu benehmen.

»Mußt du heute abend keine gewichtigen Staatsaffären mit deinem Vater und seinen Freunden besprechen?«

»Nein. Sie hören mir ohnehin nicht zu, und es macht mich verrückt. Dieser ganze Plan ist dumm, Maer. Sie reden darüber, wieviel mehr Reiter die Rebellen anheuern können, wo sie doch hauptsächlich Schiffe bräuchten.«

»Was haben Schiffe damit zu tun?«

»Fang du nicht auch noch an! Wenn der König von Dun Deverry nach Cerrmor marschiert, was findet er auf dem ganzen Weg? Loyale Vasallen mit schönen, üppigen Ländereien und großen Kriegshaufen. Und wenn er nach Cerrmor kommt, was findet er dort?«

»Schiffe.« Maer setzte sich etwas gerader hin und begann nachzudenken. »Schiffe, die all diese Männer nach Abernaudd und Aberwyn bringen, und zwar doppelt so schnell, wie sie reiten könnten.«

»Genau. Und die Rebellen haben nicht ein Drittel der notwendigen Galeeren, um ihn aufzuhalten.«

»Hm.« Maer nagte nachdenklich an der Unterlippe. »Zu schade, Ganno, daß du kein Offizier auf einer der Galeeren Seiner Gnaden werden kannst. Du hast den Kopf dafür.«

»Das ist eine wunderbare Idee und eine, an die ich noch nie gedacht habe. Ich frage mich … aber wir werden diesmal nicht lange in Aberwyn bleiben, also kann ich Seine Gnaden schlecht fragen. Was meinst du, sollen wir mal nachsehen, was für Mädchen es in den Tavernen an den Docks gibt? Ich habe ein paar von Vaters Münzen aus dem Beutel genommen, als er nicht hinsah.«

»Ach ja? Nun, wenn es dich nicht stört, wenn ich dir helfe, sie auszugeben, bin ich dabei.«

Es war schon weit in der dritten Wache, als Ganedd die Treppe des Gasthauses wieder emportaumelte. Als er ins Zimmer kam, stolperte er und fiel fluchend auf Hände und Knie. Gerade als er sich mühsam wieder aufrichtete, kam Wersyn mit einer Kerzenlaterne in der Hand aus dem Schlafzimmer. Ganedd packte die Tischkante, um sich zu stützen, und zwang sich zu einem müden Lächeln.

»Ich kann den Met schon von hier riechen«, verkündete Wersyn. »Und noch mehr als Met, muß ich sagen. Billiges Parfum, nicht wahr?«

»Nun, ich habe gewartet, bis deine Gäste weg waren, oder?«

»Wahrscheinlich sollte ich den Göttern dafür danken, daß sie dir wenigstens so viel Vernunft mitgegeben haben. Sieh dich doch an – wie ein preisgekrönter Bulle, zufrieden und doppelt so verschwitzt! Und du bist betrunken, und du hast mir Geld gestohlen und …«

Er geriet ins Stottern, dann holte er tief Luft. »Ihr Götter, Ganno! Weißt du, wie spät es ist! Du hast dich den größten Teil der Nacht herumgetrieben. Und jetzt wirst du wohl in die Gildenhalle taumeln, die Augen so rot wie ein Wiesel, und alle werden wissen, was du hinter dir hast. Beim schwarzen Arsch des Höllenfürsten, was werden die Leute nur von mir denken?«

Wersyn stolzierte zurück in sein Schlafzimmer. Als er die Tür hinter sich und seiner Kerze zuschlug, war das Wohnzimmer wieder dunkel. Ganedd stolperte über die Möbel, fand schließlich den Weg zu seinem eigenen Schlafzimmer, fiel vollständig angekleidet aufs Bett und schlief ein.

Am nächsten Morgen erwachte er in mürrischer Laune. Während des Frühstücks, das er kaum herunterbrachte, hatte er Schwierigkeiten, seinen Vater anzusehen, der von niedrigeren Steuern redete, als sei die Rebellion bereits gewonnen.

»Und erinnere dich daran, was ich heute früh über die Abstimmung gesagt habe«, verkündete Wersyn schließlich.

Ganedd versuchte einen Löffel Gerstengrütze herunterzuwürgen, dann schob er die Schale weg.

»Sie werden dem Darlehen zustimmen, ganz gleich, was wir davon halten«, fuhr Wersyn fort. »Also werden wir ebenfalls zustimmen.«

Ganedd wollte widersprechen, dann stand er auf und rannte aus dem Zimmer. Er schaffte es nicht mehr bis zur Latrine, aber es kümmerte niemanden, als er seinen Magen auf dem Misthaufen hinter dem Gasthaus entleerte.

Die Abstimmung über das Darlehen war der letzte Punkt auf der Tagesordnung der Gilde, als wollte der Vorsitzende es in der Hoffnung, es gäbe noch ein Vorzeichen, das die Entscheidung leichter machen würde, so lange wie möglich aufschieben. Ganedd saß schmollend auf seiner Bank – ganz weit hinten, da er spät gekommen war – und konnte kaum an etwas anderes denken als an das Pochen in seinen Schläfen und das flaue Gefühl im Magen. Plötzlich erweckte eine Unruhe auf dem Podium seine Aufmerksamkeit. Der Gildemeister erhob sich, warf den Umhang von einer Schulter zurück und blies sein Silberhorn, um die Versammlung zur Ordnung zu rufen. Sonnenlicht fiel schwer auf das Meer von Farben, mit dem sich die Gilde schmückte: golddurchwebte Banner, Karos und Streifen in allen Farben auf Umhängen und Brigga und bunte Wandbehänge an den angemalten Wänden.

»Wir kommen nun zu dem Darlehen von zweitausend Silberstücken an Seine Gnaden, Gwerbret Aberwyn«, rief der

Gildemeister. »Werden vor der Abstimmung noch weitere Debatten gewünscht?«

Schweigen – niemand sagte etwas oder regte sich. Der Gildemeister hob das Horn an die Lippen und blies abermals.

»Also gut. Jene, die dafür sind, nach rechts, wer dagegen ist, nach links. Schreiber, haltet Euch bereit, zu zählen und die Zahlen festzuhalten.«

Langsam, einer nach dem anderen, erhoben sich die Männer, beginnend am Anfang der Halle, und gingen so einheitlich nach rechts, daß die Bewegung so glatt war wie ein Seil, das aufgerollt wird. Ganedd sah zu, wie sein Vater nach rechts ging und wie Wersyns engste Freunde dann gehorsam folgten. Nun erhoben sich auch die Männer seiner Reihe, der letzten. Ganedd folgte ihnen von der Bank weg, dann wandte er sich abrupt um und ging nach links. Er wollte verflucht sein und in der dritten Hölle frieren, bevor er einen zum Untergang verdammten Plan wie diesen unterstützte. Die größte Freude war außerdem zu sehen, wie sein Vater buchstäblich purpurn vor Zorn wurde. Ganedd verschränkte die Arme vor der Brust und grinste, als die gesamte Gilde ihn keuchend anstarrte: schnurrbärtige Gesichter, schmale Gesichter, scharfe Augen, wäßrige Augen, aber alle erzürnt.

»Es ist geschehen«, rief der Gildemeister. »Schreiber, was habt Ihr gezählt?«

»Siebenundneunzig für das Darlehen, zwei Mitglieder fehlen, und einer stimmt dagegen.«

»Es gibt einen einzigen Mann in Eldidd, der treu zum König steht«, schrie Ganedd. »Ihr stinkenden Feiglinge!«

Bei dem Geschrei, das sich erhob, fühlte er sich wie jemand, der einen Stein in eine Gänseherde geworfen hat. Die Männer wirbelten herum, stießen einander an, flüsterten und fluchten, schrien und fluchten lauter und lauter. Ganedd hatte die unaussprechliche Wahrheit ausgesprochen: Sie hatten für Verrat gestimmt. Ganedd begann zu lachen, als die Versammlung sich auflöste, als alle murmelnd davonliefen und so taten, als hätten sie nichts gehört. Wersyn kam angerannt und schlug Ganedd so fest ins Gesicht, daß dieser gegen die Wand zurücktaumelte.

»Du elender Welpe!« kreischte Wersyn. »Wie kannst du nur? Ihr Götter, dafür bringe ich dich um!«

»Mach schon! Ich werde nicht der letzte Mann sein, der in diesem Krieg stirbt.«

Ununterbrochen schimpfend packte Wersyn ihn am Arm und zerrte ihn durch die Halle. Ganedd folgte demütig und lachte dabei leise vor sich hin. In seinem ganzen Leben hatte er nicht so viel Spaß gehabt. Aber seine Freude war zu Ende, sobald sie in ihrem Gasthauszimmer waren. Vor Wut zitternd, schob Wersyn Ganedd auf einen Stuhl und begann, auf und ab zu gehen, die Hände ringend und mit blitzenden Augen.

»Du elender kleiner Mistkerl! Damit ist es ein für allemal entschieden! Ich schicke dich sofort nach Hause. Wie kann ich mit einem solchen Sohn an meiner Seite meine Würde bewahren? Wie konntest du nur? Warum? Ganno, um aller Götter willen, warum?«

»Hauptsächlich, um zu sehen, was passieren würde. Ihr habt alle so verdammt selbstzufrieden ausgesehen.«

Wersyn ging zu ihm und schlug ihm wieder ins Gesicht.

»Du nimmst Maer mit und verschwindest sofort von hier. Pack deine Sachen und geh! Ich will dich nicht mehr sehen.«

Die ganze Zeit, während Ganedd packte, die ganze Zeit, während er sein Pferd sattelte, schrie Wersyn ihn weiter an, nannte ihn einen Narren und undankbaren Welpen, einen wertlosen Dummkopf und madigen Pferdeapfel. Alle im Gasthaushof lauschten dieser Tirade mit sichtlicher Neugier. Nachdem Wersyn erst einmal nach drinnen gestürmt war und sie ihre Pferde in die Stadt führten, konnte der Silberdolch es nicht mehr aushalten.

»Ihr Götter, regt er sich wegen einer einzigen Hure dermaßen auf?«

»Die vergangene Nacht hat nichts damit zu tun. Erinnerst du dich an das Darlehen für den Gwerbret? Heute wurde abgestimmt, und ich war der einzige, der dagegen gestimmt hat.«

Maer starrte ihn mit plötzlichem, schmeichelndem Respekt an.

»Das zeugt von Mut.«

»Wirklich? Kann sein.«

Die Tore an der Straße nach Westen standen offen. Direkt davor fanden sie einen anderen Kaufmann, Gurcyn, einen alten Freund der Familie, der neben seinem Pferd stand und seinen Maultiertreibern Befehle zuschrie. Ganedd warf Maer seine Zügel zu und ging hinüber, um mit ihm zu sprechen, sozusagen aus letztem Trotz.

»Guten Morgen«, sagte Ganedd. »Ihr verlaßt die Stadt schon so früh?«

Gurcyn sah ihn an – keinesfalls so kühl, wie Ganedd erwartet hatte, aber er schwieg.

»Macht schon«, fuhr Ganedd fort. »Sagt mir, was Ihr von mir haltet. Ich gebe Euch die Gelegenheit dazu, Rebell.«

»Ich denke nur, daß es Euch an Klugheit fehlt, obwohl Ihr genug Unverschämtheit besitzt. Man wird sich an diese Sache erinnern. Hat Euer Vater Euch in Schande heimgeschickt?«

»Ja. Und was ist mit Euch? Ich bin überrascht, daß Ihr nicht bleibt, um Euren Verrat mit den anderen zu feiern.«

»Haltet den Mund! Hähne, die zu laut krähen, enden im Suppentopf. Was mich angeht, so ist meine Frau krank, und ich muß sofort wieder nach Hause. Ich wünsche Euch einen guten Morgen, Junge, und – bei den Göttern Eures Volkes – paßt auf, was Ihr sagt.«

Als Gurcyn davonging und weiter seine Männer anbrüllte, führte Maer die Pferde herüber.

»Wer war das? Einer von der Gilde?«

»Ja. Warum?«

»Ich habe ihn schon öfter gesehen.« Maer kniff nachdenklich die Augen zusammen. »Wahrscheinlich in einer Schenke, aber ich glaube, es war oben in Dun Deverry, direkt nachdem mein Herr mich aus Blaeddbyr rausgeworfen hat und ich auf dem Weg nach Westen war.«

»Das kann schon sein. Ein guter Gildemann reitet, wohin ihn das Geld ruft, und in Dun Deverry gibt es eine Menge Geld. Komm, machen wir uns auf den Weg.«

Ganedd war normalerweise ein unterhaltsamer Reisegefährte, aber auf diesem Ritt nach Hause schwieg er immer wieder und weigerte sich, sich umstimmen zu lassen, was Maer eine Menge Zeit zum Nachdenken gab – eine Aktivität, die er nicht gewöhnt war und die er, wenn möglich, vermied. Jetzt allerdings gab es viele seltsame Dinge, über die er nachdenken konnte, beginnend bei dem alten Kräutermann Nevyn. Als sie sich damals in Aberwyn begegnet waren, hatte Maer ihn kaum bemerkt, aber auf ihrem gemeinsamen Weg nach Westen hatte er immer mehr das bedrückende Gefühl gehabt, daß er den alten Mann früher schon gekannt hatte, obwohl das logisch vollkommen unmöglich war, weil Nevyn darauf beharrte, in den Jahren seit Maers Geburt nie auch nur in der Nähe von Blaeddbyr gewesen zu sein. Und während Maer als Silberdolch unterwegs war, hatte der alte Mann sich in Bardek aufgehalten.

Dazu mußte man natürlich bedenken, daß Lord Pertyc Nevyn für einen Zauberer hielt, was bedeutete, daß Lord Pertyc tatsächlich an Dweomer glaubte. Das alles rief sich Maer hin und wieder in Erinnerung, wie man eine seltsame Münze aus einem Beutel nimmt, und wendete es zwischen geistigen Fingern neugierig hin und her. Man hatte Maer dazu erzogen, den Adligen ohne eine weitere Frage zu gehorchen, und er nahm an, wenn Pertyc sagte, daß der alte Mann ein Zauberer sei, dann war er eben einer. Er hielt den Gedanken noch einmal hoch ins geistige Licht, schüttelte den Kopf und steckte ihn wieder weg. Vielleicht würde es irgendwann ja Sinn machen. Vielleicht.

Und dann war da noch die Sache mit dem Wildvolk. Seit der junge Adraegyn und der alte Mann an diesem Nachmittag darüber gesprochen hatten, hatte Maer immer wieder darüber nachdenken müssen und dachte nun, daß es sie vielleicht tatsächlich gab und daß vielleicht eine von ihnen ihm folgte, wie der Junge es gesagt hatte. Seine Beweise dafür waren dünn, und er strengte sich an, sie zu ignorieren. Nur hin und wieder hatte er das Gefühl, daß etwas seinen Arm oder sein Haar berührte, und noch seltener spürte er beim Reiten so etwas wie kleine Arme um seine Taille geschlungen, als säße jemand hinter ihm im Sattel. Manchmal sah er, wie sich ein Busch oder ein Zweig bewegte, als stünde jemand darin oder darauf, oder einer von Lord Pertycs Hunden sprang mitunter auf und bellte ohne Grund, oder eines der Pferde stampfte plötzlich und riß den Kopf herum, um etwas anzusehen, das Maer nicht sehen konnte. Einmal, als er aus einem schäumenden Krug Bier trank und ganz alleine am Tisch saß, hatte ihm etwas den Schaum direkt ins Gesicht geblasen. Die ganze Geschichte war wirklich unheimlich. Er hätte sich ja gerne gewünscht, daß sie aufhören und ihn in Ruhe lassen würden, aber dieser Wunsch würde auf der anderen Seite bedeuten, daß er zugab, daß es sie gab. Und dazu war er noch nicht bereit, nicht im geringsten.

Dennoch begann er, trotz all seiner Versuche, diese seltsamen Wesen zu ignorieren, neue Beweise zu sammeln. Während sie die letzten paar Meilen nach Cannobaen zurücklegten, wurde Ganedds Schweigen so finster und kalt wie ein Wintersturm. Maer amüsierte sich damit, die inzwischen vertraute Landschaft zu betrachten: links die Wiesen auf der Klippe und die glitzernde See, die üppigen Felder zu seiner Rechten, hier und da durchzogen von Baumreihen, die man für Feuerholz angepflanzt hatte. Nur noch wenige rote und goldene Blätter hingen an den Zweigen, besonders an den Bäumen, dic direkt an der Straße standen und dem Seewind am heftigsten ausgesetzt waren. Und in einem dieser Bäume sah Maer vollkommen deutlich ein kleines Gesicht, das ihn anstarrte. Es war ein hübsches Gesicht, offensichtlich weiblich, mit langem, dunkelblauem Haar und mit großen blauen Augen, das ihn sehnsuchtsvoll betrachtete. Als Maer zurückstarrte, lächelte es plötzlich und enthüllte lange, spitze Zähne. Maer schrie leise auf.

»Was ist denn?« fragte Ganedd. »Was ist los?«

»Siehst du es nicht? Sieh doch! Da drüben, auf diesem niedrigen Ast.«

»Was soll ich sehen? Maer, verlierst du den Verstand? Da ist nichts.«

»Es weht überhaupt kein Wind, aber alle Blätter bewegen sich.«

»Dann ist gerade ein Vogel aufgeflogen oder so. Was machst du? Bist du im Sattel eingeschlafen und hast geträumt?«

»Ja, wahrscheinlich. Es tut mir leid.«

Mit einem melancholischen Seufzen wandte sich Ganedd wieder seiner Grübelei zu. Maer verfluchte sich, weil er so dumm gewesen war, und versuchte sich selbst zu überzeugen, daß er nichts gesehen hatte. Er stand kurz vor dem Erfolg, als ihm Nevyn auffiel, der ein paar hundert Schritt entfernt oben auf der Klippe Wurzeln ausgrub. Als sie vorbeiritten, richtete der Kräutermann sich auf und winkte freundlich, aber schon seine reine Anwesenheit kam Maer wie ein Vorzeichen vor. Er mußte sich anstrengen, auch zurückzuwinken.

Am nächsten Markttag verkaufte Glaenara den Rest des Käses. Sie war gerade dabei, sich wieder auf den Heimweg zu machen, als sie einen Reiter sah, der sein Pferd über den belebten Platz führte: Maer, den Silberdolch blitzend am Gürtel. Sie war nicht sicher, ob sie hoffte, daß er stehenbleiben würde, oder nicht, aber er nahm ihr die Entscheidung ab, indem er direkt auf sie zukam.

»Und, ist dein dummschwätzender Schwager heute in der Stadt?«

»Nein. Was interessiert es dich?«

»Nun, ich habe dir so etwas wie ein Geschenk aus Aberwyn mitgebracht, und ich will nicht, daß er sieht, daß ich es dir gebe.« Maer holte etwas, das in weißes Leinen gewickelt war, aus seinem Hemd und reichte es ihr.

»Vielen Dank, Maer.«

Er lächelte nur und sah zu, wie sie das Tuch aufwickelte und darin einen kleinen Bronzespiegel fand, einen Kreis, der gut in ihre Handfläche paßte. Auf der einen Seite war versilbertes Glas angebracht, von einem Band geflochtener Drähte an Ort und Stelle gehalten; auf der anderen ein schönes Muster aus ineinander verwobenen Spiralen.

»Ich wollte dir einen Silberspiegel kaufen«, sagte Maer seufzend, »aber Münzen fliehen vor Silberdolchen wie Hühner vor Füchsen.«

»Das ist doch gleich. Er ist wunderschön. Ihr Götter, ich hatte zuvor nie einen Spiegel. Ich danke dir. Ich bin dir wirklich dankbar.«

Glaenara hielt den Spiegel hoch. Sie konnte sich in diesem Spiegel erheblich besser sehen als in einem Eimer Wasser. Zu ihrem Entsetzen entdeckte sie einen Dreckfleck auf ihrer Wange. Hastig wischte sie ihn weg.

»Ein hübsches Mädchen wie du sollte einen Spiegel haben.«

»Glaubst du wirklich, ich sei hübsch? Ich nämlich nicht.«

Er sah sie so schockiert an, daß sie verlegen wurde.

»Nun«, meinte Maer nachdenklich. »Hübsch ist vielleicht nicht das richtige Wort. So schön wie ein wildes Pferd oder eine Forelle, die aus einem Bach springt – nicht hübsch wie eine Rose im Garten eines Adligen.«

»Dann bedanke ich mich.« Glaenara konzentrierte sich ganz darauf, den Spiegel wieder ins Tuch zu packen, aber sie spürte, wie sie aus reiner Freude errötete. »Und weshalb bist du heute hier?«

»Nun, unser Dachs wollte mit Ganedd dem Kaufmannssohn sprechen. Ich will verflucht sein, wenn ich weiß, warum, aber ich bringe dem Jungen einen Brief. Ich kann nicht lesen, sonst hätte ich hineingespäht. Er ist nicht versiegelt.«

»Das wäre ehrlos gewesen.«

»Selbstverständlich, aber ich war immer schon neugierig. Nun, es geht ohnehin nicht. Wirst du nächste Woche wieder in die Stadt kommen?«

»Kann sein, kann auch nicht sein. Das hängt von den Hühnern ab.«

»Dann bete ich zur Göttin, daß sie mehr Eier legen, als deine Familie essen kann, und daß mein Herr mich in die Stadt kommen läßt.«

Nachdem sie auch die Eier verkauft hatte, zählte Glaenara ihr Geld. Sie hatte gerade genug, um Stoff für ein neues Kleid zu kaufen, was Nalyn ihr schon so oft angeboten hatte. Wenn sie sich wirklich anstrengte und sich jeden Abend nach draußen setzte, um den letzten Rest Sonnenlicht zu nutzen, würde das Kleid bis zum nächsten Markttag fertig sein.

Ganedd saß nervös auf der Stuhlkante und hielt seinen Metkrug in unruhigen Fingern. Er trug blau-grau karierte Brigga und ein üppig mit Blumen besticktes Hemd – seine besten Kleider, nahm Pertyc an, die er extra für seinen Besuch bei dem Adligen angelegt hatte.

»Ihr fragt Euch zweifellos, wieso ich Euch hergebeten habe. Ich werde nicht lange um den heißen Brei herumreden. Mein Silberdolch hat mir gesagt, daß Ihr gegen die Rebellion in Aberwyn gestimmt habt. Ich selbst halte ebenfalls zum König. Es freut mich, daß Ihr dasselbe tut.«

»Danke, Herr, aber ich weiß wirklich nicht, was wir beide dagegen ausrichten können.«

»Wir müssen es zumindest versuchen. Ich wollte Euch fragen, ob Ihr in meinen Dienst treten wollt. Es wird im Frühjahr Krieg geben, und ich bezweifle nicht, daß unsere Rebellen mich töten wollen, bevor sie gegen den König marschieren.«

»Ich bin kein Krieger, Herr, aber wenn Ihr das wirklich wollt, werde ich mein Bestes tun, um gut zu kämpfen.«

Pertyc war sowohl überrascht als auch beschämt. Er hatte diesen jungen Mann als nichts als einen Kaufmann abgetan, kaum mehr als einen Bauern und sehr wahrscheinlich einen Feigling.

»Nun«, sagte er, »ich hatte gehofft, daß Ihr eine Botschaft für mich überbringt. Ihr treibt doch die ganze Zeit mit dem Westvolk Handel, nicht wahr? Ihr müßt wissen, wo sie zu finden sind.«

»Ja, Herr.« Ganedd sah ihn erstaunt an, dann grinste er. »Langbogen.«

»Genau. Wenn Ihr alle Eisenwaren und Tuche und den Schmuck mitnehmt, den ich zusammenkratzen kann, glaubt Ihr, Ihr könnt mir genug Bogen für den Kriegshaufen mitbringen? Ich hätte auch nichts gegen ein paar Bogenschützen, wenn Ihr welche rekrutieren könnt.«

»Ich werde es versuchen, Herr, aber ich glaube nicht, daß das Westvolk daran interessiert ist, als Söldner in den Krieg zu ziehen. Die Bogen werde ich wahrscheinlich bekommen.«

»Das wäre wirklich gut.« Pertyc zögerte, weil ihm plötzlich etwas einfiel, und er war überrascht, daß er bisher nicht daran gedacht hatte. »Wißt Ihr, ich frage mich wirklich, wie stolz ich bin.«

»Herr?«

Pertyc brauchte lange, um antworten zu können, und am Ende tat er es nur aus Liebe zu seinen Kindern. Zweifellos hatten die Rebellen nicht vor, seine Tochter zu töten, aber bei Belagerungen konnten schreckliche Dinge geschehen, besonders, wenn sie in Feuer endeten. Sollte Pertyc die Schlacht, die Rebellen aber den Krieg verlieren, wäre Adraegyn selbstverständlich so gut wie tot. Die Männer des Königs würden den Jungen vermutlich erwürgen.

»Sagt mir eins, Ganno. Glaubt Ihr, Ihr könntet meine Frau finden?«

Ganedd starrte ihn mit weit aufgerissenen Augen an.

»Sie würde für mich keinen Finger krumm machen«, sagte Pertyc. »Aber für Beclya und Adraegyn würde sie vielleicht eine kleine Armee aufstellen.«

»Ich werde mein Bestes tun, Herr, aber nur die Elfengötter können wissen, wo sie steckt, und das Westland ist ziemlich groß. Je eher ich aufbreche, desto besser. Könnt Ihr mir eine Wache und ein paar Packpferde mitgeben? Je weniger von Vaters Tieren ich benutze, desto weniger Fragen wird Mutter stellen.«

Den ganzen Nachmittag, während Ganedd sich die nötigen Vorräte beschaffte, quälte sich Pertyc mit dem Brief an seine Frau. Endlich, als er keine Zeit mehr hatte, beschloß er, es so einfach wie möglich zu halten:

Unsere Kinder sind durch einen Krieg in tödlicher Gefahr. Mein Bote wird es erklären. Um ihretwillen bitte ich um Deine Hilfe. Ich werde mich auf jede Weise, die Du wünschst, demütigen, wenn Du nur herkommst und sie in Sicherheit bringst.

Er rollte den Brief auf, versiegelte ihn in einer silbernen Botschaftsröhre und küßte, ohne nachzudenken, das Siegel, als könnte das Wachs den Kuß mitnehmen.

Bei Sonnenuntergang stellte Ganedd im Hof seine kleine Karawane zusammen, ein paar Packpferde und Maultiere und dazu zwei von Pertycs verläßlichsten Reitern als Wachen und einen Stallburschen als Diener. Pertyc gab Ganedd, was immer er an Geld erübrigen konnte, und die Röhre mit dem Brief, dann brachte er ihn zum Tor, um seiner einzigen Hoffnung nachzuwinken, die dort im Staub und Seenebel verschwand. Als er sich umdrehte, um wieder in den Broch zu gehen, schimmerte der Hof in hellem Licht. Oben auf dem Turm hatte der Leuchtturmwärter das Feuer entzündet.

In jedem Kriegshaufen, dachte Maer traurig, gab es einen so vollkommen humorlosen Mann wie Crindd. Wenn man sagte, es sähe nach gutem Wetter aus, sah Crindd Regenwolken am Horizont; wenn man erklärte, eine Mahlzeit schmecke gut, stellte Crindd fest, die Köchin hätte schmutzige Fingernägel; wenn einem ein Pferd gefiel, bestand Crindd darauf, daß ein Pferd mit solchen Beinen schnell lahm würde. An einem besonders schlimmen Tag konnte Crindds kleine finstere Wolke selbst Garoic, den Hauptmann, dazu bringen, gereizt zu stöhnen.

»Ihr Götter«, sagte Maer eines Morgens zu Cadmyn, »ich würde diesen Mann ersäufen, wenn es ihm nicht so viel Freude machen würde, daß wieder etwas Schlimmes passiert.«

Cadmyn, ein unbeschwerter blonder Mann, der Maers einziger wirklicher Freund im Kriegshaufen war, nickte mit angewiderter Miene.

»Da hast du recht. Früher haben wir ihn immer geneckt, aber dann hat das auch keinen Spaß mehr gemacht. Es ist ihm einfach nie wirklich aufgefallen.«

»Ach ja? Dann überlaß das nur mir.«

An diesem Nachmittag bat Maer Lord Pertyc um die Erlaubnis, die Festung zu verlassen, und dann ritt er zu Glaenaras Hof. Zu seinem großen Ärger war sie nicht da, und ihr Schwager weigerte sich, ihm zu sagen, wohin sie gegangen war.

»Was willst du von ihr, Silberdolch?« fauchte Nalyn.

»Einen Scheffel getrocknete Bohnen oder Erbsen kaufen und nichts weiter. Ich gebe dir ein Kupferstück.«

Nalyn dachte nach, und man konnte sehen, wie seine Gier mit der Abneigung gegen den Silberdolch kämpfte.

»Ich habe nichts dagegen, dir eine Handvoll Hülsenfrüchte zu verkaufen«, sagte er schließlich. »Aber ich will nicht, daß du dich mit Glae rumtreibst.«

An diesem Abend lenkten zwei andere Männer Crindd in der großen Halle ab, während Maer und Cadmyn sich zur Mannschaftsunterkunft schlichen. Sie zogen die Decke und das Laken von Crindds Pritsche, und während Cadmyn an der Tür Wache hielt, streute Maer die getrockneten Erbsen auf die Matratze, bevor er das Bett wieder machte. Als die Zeit gekommen war, gingen alle im Kriegshaufen erwartungsvoll zu Bett. Im Dunkeln konnten sie hören, wie Crindd sich wand. Endlich stand er auf, und sie hörten, wie er versuchte, das Laken mit den Händen abzuwischen. Als er sich dann wieder hinlegte, begann er abermals, sich zu winden. Endlich konnte es einer der Männer nicht mehr aushalten und lachte leise, und der gesamte Kriegshaufen fiel ein. Crindd setzte sich mit einem Wutschrei auf.

»Und worüber lacht ihr Dreckskerle?«

In dem darauffolgenden Schweigen war nur zu hören, wie Crindd aufstand und an der Feuerstelle herumwirtschaftete. Endlich gelang es ihm, einen Funken zu schlagen und eine Kerze anzuzünden. Alle anderen setzten ein unschuldiges Lächeln auf, als er zu seiner Pritsche zurückkehrte, um sie zu untersuchen.

»Da ist etwas in meinem Bett!«

»Flöhe?« fragte Maer. »Läuse? Wanzen?«

»Halte bloß deinen eiterbeuligen Mund, du Hurensohn!«

»Mann, hat der schlechte Laune!« meinte Cadmyn.

Crindd steckte die Kerze in einen wachsverkrusteten Halter und riß das Laken vom Bett.

»Getrocknete Erbsen!«

»Und wie sind die dahin gekommen?« fragte Cadmyn.

»Das muß das Wildvolk gewesen sein«, antwortete Maer.

Sobald Maer das ausgesprochen hatte, bedauerte er es, denn das rief sie herbei – zumindest nahm er das an, denn er wußte nicht, daß das Wildvolk gute Streiche liebte, je boshafter, desto besser. Obwohl das im flackernden Kerzenlicht schwer zu sagen war, glaubte Maer, sie wie kleine Schattengestalten zu sehen, dichter als Rauch, aber genauso schwer zu fassen. Als Crindd begann, die Erbsen aufzulesen und sie nach jedem Mann in Reichweite zu werfen, halfen die vom Wildvolk den Männern, sie aufzufangen und zurückzuwerfen. Maer allerdings blieb starr auf seiner Pritsche sitzen und sah nur zu und fragte sich, ob Nevyn vielleicht einen Trank brauen konnte, der ihn wieder normal machen würde. Endlich kam Garoic herein, das Nachthemd über den Brigga, und brüllte sie an, gefälligst Ruhe zu geben.

Der Streich brachte Maer solchen Ruhm ein, daß er sich einfach immer neuen Schabernack ausdenken mußte. Am Morgen füllte er einen Eimer Wasser, warf eine Handvoll dreckigen Strohs aus dem Stall hinein und stellte ihn oben auf die halb geöffnete Tür zur Sattelkammer. Als der junge Werryc Crindd irgendwie dazu brachte, etwas aus dieser Kammer zu holen, riß Crindd die Tür vollkommen auf, und das stinkende und inzwischen sehr kalte Wasser ergoß sich über ihn. Den Rest des Tages stolzierte er in unerträglicher Laune umher, und das wurde nicht besser, als Maer die Latrinentür von außen verbarrikadierte und ihn darin gefangensetzte. Er mußte lange Zeit gegen die Tür trommeln und schreien, bevor Adraegyn ihn hörte und herausließ. Crindd griff nach einer Mistgabel und kam auf die Mannschaftsunterkunft zugerannt; am Ende hätte er noch jemanden getötet, wenn es Garoic nicht gelungen wäre, ihn zu beruhigen.

Crindd mochte keine Ahnung haben, wer ihn da verfolgte, aber Garoic war weniger dumm. An diesem Abend nahm er Maer beiseite, als dieser gerade die große Halle verließ.

»Hör zu, Silberdolch, ein Streich ist ein Streich, und ich muß zugeben, daß ich mitgelacht habe, aber es reicht jetzt.«

»Aber Hauptmann, wie kommt Ihr darauf, daß ich etwas damit zu tun haben könnte?«

»Ich habe Augen und Ohren. Und ich warne dich, Silberdolch: Wenn du so weitermachst, wird dir der lange Weg bald wieder winken.«

Da es eine Katastrophe gewesen wäre, so kurz vor dem Winter aus dem Kriegshaufen geworfen zu werden, schwor Maer, daß die Streiche ein Ende nehmen würden.

Leider hatte Cadmyn dann eine unwiderstehlich gute Idee, und er bot auch an, alle Schuld auf sich zu nehmen, falls sie erwischt würden. Crindd hatte ein paar neue Reitstiefel, in zwei verschiedenen Lederfarben gearbeitet, die ihn seinen ganzen Gewinn aus einem besonders gelungenen Würfelspiel gekostet hatten. Maer und Cadmyn gingen zu einem Teich nahe der Festung und fingen die beiden letzten Frösche, die sich noch nicht für den Winter im Schlamm vergraben hatten. So ein Frosch paßte genau in einen Stiefel. Obwohl Maer und Cadmyn draußen waren, als Crindd seine neuen Stiefel anziehen ging, konnten sie sein Geschrei sehr deutlich hören. Sie hatten sich schon halb totgelacht, bis Crindd sie fand.

»Ihr elenden Mistkerle! Ich kann den Schlamm an Euren Brigga sehen.«

In seinem Hemd quakten die Frösche.

»Du hast dir ein paar Haustiere zugelegt, wie?« fragte Maer. »Nun, Blüten für die Schönen und Frösche für die Warzigen.«

Crindd ballte die Faust und schlug Maer ins Gesicht. Maer schlug zurück, aber er war so schwindelig, daß er nicht traf. Er konnte Cadmyn aufschreien und Männer rennen hören, und gerade, als Crindd ihn zum zweitenmal schlug, packten Hände sie beide und rissen sie auseinander. Obwohl Maers rechtes Auge bereits zuschwoll und triefte, konnte er sehen, wie Lord Pertyc und Garoic mit finsterer Miene auf sie zukamen.

»Es war alles meine Schuld!« rief Cadmyn. »Crindd hat den Falschen geschlagen!«

»Das ist ihm zuzutrauen«, sagte Garoic.

»Worum geht es hier überhaupt?« wollte Pertyc wissen.

»Frösche, Herr! Sie haben mir Frösche in die Stiefel gesteckt. Heute früh.« Crindd griff in sein Hemd und holte eines der erschrockenen Tierchen heraus. »Hier ist der Beweis. Und sie haben mir getrocknete Erbsen unters Laken getan und mich mit stinkigem Wasser begossen und ...«

»Das genügt!« Pertyc nahm die Frösche entgegen, betrachtete sie kurz und reichte sie dem grinsenden Adraegyn. »Bring die zurück in den Teich, ja? Und zwar bitte sofort. Maer, Cadmyn. Warum habt ihr all diese schrecklichen Verbrechen begangen?«

Cadmyn suchte nach Worten und gab schließlich auf.

»Nun, Herr«, sagte Maer, »nur um des Spaßes willen. Wißt Ihr, Crindd gibt ein wunderbares Opfer ab.«

Crindd brüllte vor Zorn auf, weil Seine Lordschaft lachte.

»Das ist nicht zu übersehen. Crindd, es sieht so aus, als hättest du dich mit diesem Schlag bereits an Maer gerächt. Laß dir das eine Lehre sein: Gib nie wieder ein wunderbares Opfer ab. Es bringt Leute nur auf Ideen.«

»Aber Herr ...«

»Denk einfach darüber nach, ja?« Pertyc wandte sich den beiden Missetätern zu. »Maer, du solltest lieber ins Dorf reiten und den Kräutermann einen Blick auf dein Auge werfen lassen. Diese Schwellung gefällt mir nicht.«

Als Maer zum Häuschen des Kräutermanns ritt, wartete dort eine größere Überraschung auf ihn, als die Frösche Crindd bereitet hatten. Draußen im Garten breitete Glaenara Wäsche zum Trocknen aus. In einem hübschen neuen Kleid aus blauer Wolle sang sie leise vor sich hin, und ihr rabenschwarzes Haar schimmerte im Sonnenlicht. Bei ihrem Anblick wurde ihm ganz warm.

»Und was machst du hier?« rief er, als er aus dem Sattel stieg.

»Ich kümmere mich um Nevyns Haushalt.« Sie öffnete das Gartentor. »Maer! Dein Auge!«

»Nur eine kleine Auseinandersetzung mit einem der Jungs.«

Nevyn saß drinnen am Tisch und sortierte Kräuter und getrocknete Rinden. Der alte Mann stand sofort auf, legte Maer die Hand unters Kinn und bewegte den Kopf des Silberdolches hin und her, als wäre Maer ein Kind. Seine Hand war überraschend stark.

»Das ist ziemlich unangenehm. Ich werde dir einen Sud brauen. Setz dich, Maer.«

Als Maer sich hinsetzte, erschienen zwei dicke Gnomen auf dem Tisch und betrachteten ihn nachdenklich. Er starrte stirnrunzelnd zurück. Nevyn ging zur Feuerstelle, wo ein Eisenkessel an einem Dreifuß über ein paar Scheiten hing. Auf eine Geste des alten Mannes hin begann ein Feuer aufzuflackern. Maer wurde so elend, daß er gegen den Tisch sackte, der hinter ihm stand. Nevyn griff sich ein paar Kräuter vom Tisch und rührte sie in das Wasser, das sich im Topf langsam erwärmte.

»Ich nehme an, das blaue Auge stammt von einer Faust.«

»Ja, Herr. Erst vor kurzem.«

»Aha.« Nevyn wandte sich von der Feuerstelle ab und betrachtete Maer mit einem seiner nadelscharfen Blicke. »Glaenara ist ein nettes, anständiges Mädchen. Ich will nicht sehen, daß sie entehrt und verlassen wird.«

»Ja, Herr?« Maer hielt inne und leckte sich nervös die trockenen Lippen. »Äh ... nun gut, ich glaube nicht, daß es angenehm ist, wenn Ihr über etwas verärgert seid.«

»Das ist es wirklich nicht, mein Junge.«

Auf eine weitere Geste Nevyns ging das Feuer wieder aus. Also hatte Lord Pertyc wohl recht, was den alten Mann anginge, dachte Maer. Ob Zauberer wohl wirklich Menschen in Frösche verwandeln können? Ich habe eigentlich keine Lust, das herauszufinden.

Aber als er sich wieder auf den Rückweg machte, ging auch Glae, und Maer war selbstverständlich der Meinung, es wäre unehrenhaft, sie zu Fuß gehen zu lassen, wenn er in ihre Richtung ritt. Er hob sie in seinen Sattel, dann stieg er hinter ihr auf, schlang ihr die Arme um die Taille und nahm die Zügel.

»Um was ging es bei dem Streit?« fragte Glaenara. »Ich wette, um ein Mädchen.«

»Ganz bestimmt nicht! Es ist eine lange Geschichte.«

Während des Heimritts erzählte er ihr von Crindd, und sie lachte nicht weniger als die Männer des Kriegshaufens. Er kam zu der Ansicht, daß ihm besonders gefiel, daß sie so lachen konnte; wenige Mädchen schienen seinen Sinn für Humor zu schätzen. Als sie etwa eine halbe Meile von dem Hof entfernt waren, bestand sie darauf, er solle sie den Rest des Weges zu Fuß gehen lassen, damit ihr Schwager sie nicht zusammen sah. Als er sie vom Pferd hob, versuchte er sie zu küssen. Obwohl sie lachte und ihn wegschob, ließ sie es zu, daß er ihr einen zweiten Kuß stahl. Aber gerade als seine Lippen die ihren berührten, spürte er einen scharfen Schmerz, wie das Zwicken knochiger Finger an der Rückseite seines linken Oberschenkels. Er zuckte zusammen.

»Was ist denn?« sagte Glae. »Was ist passiert?«

»Ein Muskelkrampf, glaube ich.« Er rieb die Stelle vorsichtig – es tat immer noch weh. »Tut mir leid.«

»Nun ja, wenn das jetzt so weitergehen soll ...«

Aber sie lächelte, als sie sich umdrehte und davonrannte. Maer winkte ihr nach, aber er war ziemlich abgelenkt. Einen Augenblick konnte er in einem nahen Gebüsch ein kleines Geschöpf mit langem blauem Haar und dem Gesicht eines hübschen Kindes sehen, das ihn eifersüchtig betrachtete. Dann war es plötzlich verschwunden, und er fragte sich wieder einmal, ob er den Verstand verlor.

Dennoch sah er sie wieder, als er das nächste Mal zur Stadt ritt, wo er hoffte, Glaenara zu treffen. Tatsächlich verkaufte Glae Eier und Rüben auf dem Markt, aber gerade als Maer ein Gespräch begann, erschien das blauhaarige Geschöpf, stellte sich direkt hinter Glae und fauchte wie eine eifersüchtige Geliebte. Maer vergaß jede Vorsicht. »Wage nicht, ihr weh zu tun.«

»Was?« sagte Glae. »Wem weh tun? Dem Huhn?«

»Es tut mir leid. Ich habe nicht mit dir gesprochen – ich meine – ach, bei den Höllen!«

Glae drehte sich um, um zu sehen, ob jemand hinter ihr stand. Obwohl Blauhaar, wie Maer sie bei sich nannte, mit dem

Fuß stampfte und Glae mit der Faust drohte, war es offensichtlich, daß die junge Frau nichts sah.

»Maer, du bist wirklich albern! Das ist wirklich der älteste Streich der Welt, jemanden dazu zu bringen, daß er sich umsieht und nichts sieht. Und ich muß so dumm sein, darauf reinzufallen.«

»Es tut mir wirklich leid. Ich hätte nicht … nun gut. Ich muß gehen und … äh … etwas erledigen, aber ich werde bald zurückkommen. Geh nicht ohne mich.«

Sein Pferd hinter sich herführend, eilte Maer in Richtung der Schmiede davon, aber er bog vorher ab und fand eine etwas ruhigere Stelle neben dem Gasthof. Blauhaar erschien auf seinem Sattel und grinste ihn selbstzufrieden an. Obwohl Maer sich dümmer vorkam als je, drohte er ihr mit dem Finger.

»Jetzt hör mir mal zu. Du kannst nicht einfach Leute kneifen.«

Sie hob die Hand und machte eine Kneifbewegung mit Daumen und Zeigefinger.

»Ja genau. Tu das nicht wieder, besonders nicht mit anderen Leuten.«

Sie streckte ihm die Zunge heraus.

»Wenn du dich nicht benimmst, dann werde ich … dann werde ich … dann werde ich Nevyn dem Dweomermann von dir erzählen.«

Er sprach diese Drohung nur aus, weil ihm keine andere einfiel – immerhin hatte er selbst vor Nevyn Angst –, aber es hatte genau die Wirkung, die er sich wünschte. Sie sprang auf, riß den Mund zu einem lautlosen Schrei auf und verschwand. Einen Augenblick fühlte sich Maer beinahe schuldig; dann kam er zu der Ansicht, daß es ihre eigene Schuld war, und eilte zurück, um seine Werbung in Ruhe fortzusetzen. Noch Wochen danach hielt das Wildvolk sich von ihm fern, und er war froh darüber.

»Hör mir gut zu, Glae«, fauchte Nalyn. »Du weißt so gut wie ich, daß Doclyn ein anständiger junger Mann ist, der schwer arbeiten kann. Sein Vater verlangt nur die kleinstmögliche Mitgift. Etwas Besseres kann uns nicht passieren. Warum willst du ihn nicht heiraten?«

Glaenara blickte von der Schüssel getrockneter Bohnen auf, die sie sortierte, und klimperte mit den Wimpern.

»Er gefällt mir nicht.«

»Oh, ich bitte demütigst um Verzeihung, edle Dame! Aber es kommt bei Männern nicht aufs Aussehen an.«

»Offensichtlich, sonst hätte Lida dich nie geheiratet.«

»Glae!« Myna, die neben dem Feuer saß, war überhaupt nicht erfreut. »Bitte fangt nicht wieder an.«

Glae stellte die Schüssel krachend auf den Tisch und eilte mit gerafften Röcken hinaus über den schlammigen Hof. Die bittere Wahrheit war, daß sie hier weiter wohnen mußte, bis sie jemanden heiratete, was bedeutete, daß sie ihr ganzes Leben lang schwer unter der Aufsicht ihres Schwagers arbeiten und nie ein eigenes Haus haben würde – von solch hübschen Dingen und soviel Muße, wie Braedda sie haben würde, gar nicht zu reden. Am Kuhstall blieb sie stehen und sah zum Himmel hinauf, wo der Mond sich gerade von einer dünnen Eiswolke befreit hatte. Sie schauderte und wünschte, sie hätte den Schal mitgenommen. Drüben beim Hühnerstall bewegte sich etwas: Eine Gestalt trat aus dem Schatten. Maer. Sie eilte zu ihm und flüsterte: »Was machst du denn hier?«

»Ich habe überlegt, wie ich wohl mit dir sprechen könnte. Ist dir kalt? Du kannst meinen Umhang haben. Hier.«

In das schwere Wolltuch gewickelt, ging sie mit ihm ein Stück zum Wald, wo er sein Pferd gelassen hatte. Mondlicht fiel durch die kahlen Bäume und malte kleine Muster auf den Boden.

»Wenn ich morgen abend herkäme«, sagte Maer, »würdest du dich mit mir treffen?«

»Morgen abend wird es regnen. Samwnas Gelenke tun schon den ganzen Tag weh, und das ist immer ein sicheres Zeichen.«

»Nun gut, ich werde trotzdem herkommen und hoffnungsvoll im Regen stehen und ein schreckliches Fieber bekommen und vielleicht sterben und das alles, weil ich dich liebe.«

»Red nicht solchen Unsinn.«

»Ich meine es ernst. Glae, ehrlich, ich verliere aus Liebe zu dir fast den Verstand.«

»Lüg mir nichts vor!« Im Mondlicht konnte sie sehen, wie entsetzt er war. Sie befürchtete halb, in Tränen auszubrechen, dann setzte sie sich unter einen Baum. Er setzte sich zu ihr.

»Es tut mir leid«, sagte er. »Du hast recht. Aber was ich jetzt sage, sind keine schönen Worte, sondern die Wahrheit. Ich glaube nicht, daß es irgendwo in Deverry und Eldidd noch einmal ein Mädchen wie dich gibt.«

»Ist das gut oder schlecht?«

»Ein bißchen von beidem. Wie wäre es damit? Ich bin nicht verrückt vor Liebe zu dir, aber ich hab dich verdammt gern, und hin und wieder denke ich auch, daß ich dich liebe.«

»Das kann ich besser glauben, und vielen Dank, ich mag dich auch.«

Ein wenig zögernd, legte Maer ihr den Arm um die Schulter und küßte sie. Sie ließ es zu, mußte an die Zukunft denken und küßte dann ihrerseits Maer, um diesen Gedanken zu verbannen. Als er begann, sie zu streicheln, umarmte sie ihn fest, wie jemand, der einen ganz besonders bitteren Heiltrank schluckt, und ließ zu, daß er sie auf den weichen Blätterboden drückte.

Die Medizin half. Einen eigenen Mann zu haben würde den Rest ihres Lebens einfacher machen, ebenso wie die Kupfermünzen, die Nevyn ihr gab, damit sie sich um sein Haus kümmerte. Nachdem Glaenara sich erst einmal entschlossen hatte, Nalyns Beleidigungen zu ignorieren und friedlich zu bleiben, kamen sie tagelang miteinander aus, ohne sich zu streiten, und ihre Mutter und Lidyan waren erfreut und erleichtert. Als sich die Explosion dann ereignete, war es doppelt so schlimm wie zuvor. Eines Abends bei Sonnenuntergang, als Glaenara gerade die Hühner in den Stall scheuchte, kam Nalyn aus dem Haus. Schon an seinem Blick konnte sie sehen, daß etwas nicht stimmte.

»Was nagt an dir?«

»Ich war heute in der Stadt, und dort haben mir alle gesagt, ich solle meine kleine Schwägerin im Auge behalten. Dieser Silberdolch kommt in die Stadt, um dich abzuholen, nicht wahr?«

»Und wenn?« Glaenara hatte die Hände auf die Hüften gestützt. »Es ist anständig von ihm, mich reiten zu lassen, wenn ich müde bin.«

»Reiten – ha! Wer reitet hier was, Glae?«

»Du kleine Eiterbeule! Rede nicht so mit mir!«

Nalyn packte sie an den Schultern und schüttelte sie.

»Sag mir gefälligst die Wahrheit.«

Glaenara riß sich los und trat ihm vors Schienbein. Als er sie wieder griff und diesmal fester hielt, war sie erschrocken darüber, wie stark er war – er war viel größer als sie, und er konnte ihr weh tun, ohne sich sonderlich anstrengen zu müssen.

»Du hast dich mit dem Burschen herumgetrieben, nicht wahr? Von so einer wie dir würde er nichts anderes wollen.«

Da dies nicht vollkommen unmöglich war, brach Glaenara in Tränen aus.

»Ihr Götter!« zischte Nalyn. »Es ist also wahr?«

»Und wenn? Kann ich in meinem ganzen elenden Leben denn nichts haben, nur weil ich es haben will?«

Fluchend ließ Nalyn sie los und schlug ihr fest ins Gesicht. Ohne nachzudenken, schlug Glae zurück, und dann brach sich die lange Abneigung zwischen beiden endlich Bahn. Er riß sie an der Schulter herum und versohlte ihr fest das Hinterteil. So sehr sie sich auch wehrte – und sie verabreichte ihm einige blaue Flecken –, so konnte sie sich doch nicht befreien. Der Schmerz der Schläge war nichts im Vergleich zu dem Gefühl der Hilflosigkeit. Sie schluchzte so sehr, daß sie kaum etwas sehen konnte. Wie von weitem hörte sie ihre Mutter schreien und dann auch Lidyans Stimme. Ganz plötzlich ließ Nalyn sie los. Glaenara taumelte und fiel ihrer Schwester beinahe in die Arme.

»Nal, Nal«, jammerte Myna. »Was tust du da nur?«

»Ich verprügle die kleine Schlampe«, spuckte Nalyn. »Lida, laß sie los! Ich werde nicht zulassen, daß meine Frau sich um eine solche Schlampe sorgt. Sie und ihr verfluchter Silberdolch! Ihr Götter, jetzt werde ich nie mehr einen anständigen Mann für sie finden.«

Lidyan fing an zu weinen, ihre Hände wie willenlos auf Glaenaras Arm. Immer noch vollkommen verängstigt, wandte sich Glaenara ihrer Mutter zu, aber Myna starrte sie nur ungläubig an, die dünnen Lippen zitternd, die Augen voller Tränen.

»Glae«, flüsterte Myna. »Sag mir, daß das nicht wahr ist.«

Glaenara hätte gern gelogen, aber sie war zu erschüttert, um etwas zu sagen. Myna streckte die Hand aus, zog sie dann zurück und starrte sie weiter mit trüben Augen an.

»Glae«, jammerte Lidyan. »Wie konntest du nur?«

Lidyan sah ihren Mann an; auch Myna wandte sich ihm zu, was Glaenara mehr weh tat als alle Schläge. Sie würden es also ihm überlassen, das Urteil über sie zu sprechen.

»Ja, es stimmt«, fauchte Glaenara. »Macht schon! Nennt

mich, was ihr wollt! Ich werde nicht hierbleiben, um zuzuhören!«

Glaenara drängte sich durchs Tor, lief so schnell sie konnte die Straße entlang und rannte immer weiter, selbst als sie sie zurückriefen. Sie wußte kaum, was sie tat; sie wollte nur laufen und laufen und keinen von ihnen je wiedersehen. Ihre Mutter hatte sich auf Nalyns Seite gestellt. Bei dem Gedanken erstickte sie fast an ihren Tränen und mußte sich in das hohe Gras werfen, um zu weinen. Als sie endlich aufhören konnte, ging die Sonne unter. Sie stand auf und erwartete, daß Nalyn ihr gefolgt war, um sie noch mehr zu schlagen, aber die Straße war leer. Sie wischte sich das schmutzige Gesicht mit dem Ärmel ab und rannte weiter zur Stadt und zu Braedda, die ihr vielleicht verzeihen würde – die vielleicht der einzige Mensch auf der Welt war, der das täte.

Als schon die ersten Sterne am Samthimmel glitzerten, erreichte Glaenara die kleine Stadt. Und als sie dann hinter dem Gasthaus stand und sich fragte, ob Samwna sie auch nur hereinlassen würde, wenn sie erst die Wahrheit wußte, kamen ihr wieder die Tränen, heiß und erstickend. Sie hatte keinen Platz mehr im Leben, konnte nirgendwo hingehen, hatte nichts, was sie ihr eigen nennen konnte. Sie war eine Frau, die Schande über sich gebracht hatte, eine Schlampe und nichts anderes. Sie weinte immer noch, als Braeddas riesiger Vetter Cenedd, der Sohn des Schmieds, über den Gasthaushof kam.

»Glae, bei den Göttern!« sagte Cenedd. »Was ist denn los?«

»Nalyn hat mich rausgeworfen, und ich habe es auch nicht besser verdient. Alles wegen Maer.«

Als Braedda und Samwna herausgeeilt kamen, erzählte Glaenara ihnen schluchzend die ganze Wahrheit, einfach weil es keinen Sinn hatte zu lügen. Braedda begann ebenfalls zu weinen, aber Samwna blieb ebenso ruhig, wie Cenedd es gewesen war.

»Ach, das ist nicht das Ende der Welt. Glae, du warst wirklich dumm, aber ich habe schon befürchtet, daß so etwas passieren würde. Du bist doch nicht schwanger, oder?«

»Ich weiß nicht. Es ist nicht lange genug her, als daß ich es sagen könnte.«

»Dann werden wir es wissen, wenn wir es wissen. Jetzt komm herein ins Warme, und wir trinken alle ein nettes heißes Bier.«

Als die Frauen sie in die Küche führten, drehte sich Glae noch einmal um und sah Cenedd, der sich angeregt mit Ewsn und Selyn, dem Sohn des Webers, unterhielt. Sie und Braedda hockten sich auf eine Bank in der Ecke der Küche, während Samwna sich damit beschäftigte, Bier in eine große Metallflasche zu gießen und diese in die Kohlen auf dem Herd zu stellen.

»Mama?« fragte Braedda. »Kann Glae heute nacht hierbleiben?«

»Selbstverständlich. Es hat keinen Zweck, mit Nalyn zu reden, ehe er sich ein wenig abgekühlt hat.«

»Danke«, stotterte Glae. »Warum willst du mir überhaupt helfen? Ihr solltet mich auf die Straße werfen.«

»Ach, sei still! Du bist nicht das erste Mädchen auf der Welt, das sich wegen eines gutaussehenden Reiters zum Narren macht, und zweifellos wirst du auch nicht die letzte sein.«

Ewsn streckte den grauen Kopf zur Küchentür herein. »Ich bin gleich wieder da. Ich habe zusammen mit einigen der Jungs etwas zu erledigen. Wißt ihr, wir haben an die arme Myna gedacht.«

»Ich auch«, sagte Samwna. »Sie tut mir wirklich leid.«

»Ihr wollt doch nicht zum Hof?« rief Glaenara.

»Noch nicht, Mädchen«, sagte Ewsn. »Wir werden deinem Schwager Zeit lassen, ein wenig nachzudenken.«

Nach dem Abendessen waren Pertycs Reiter willkommen, in der großen Halle sitzen zu bleiben und zu trinken, während sie sich unterhielten oder würfelten. Maer und Cadmyn waren gerade mit einem Spiel beschäftigt, als Ewsn, der Wirt, Cenedd, der Schmied, und Selyn, der Sohn des Webers, die große Halle betraten, sich zögernd einen Augenblick umsahen und zu Pertyc gingen, um leise auf ihn einzureden.

»Ich frage mich, was die vorhaben«, meinte Cadmyn.

»Wer weiß? Eine seltsame Tageszeit, um Steuern zu bezahlen.«

Kurze Zeit darauf kam ein grinsender Adraegyn zum Tisch der Reiter.

»Maer, Vater will mit dir reden. Du wirst Ärger kriegen, Maer.«

»Ja? Warum grinst du dann wie ein kleiner Dämon?«

»Du wirst schon sehen. Komm schon, Maer, Vater will sofort mit dir reden.«

Neben Lord Pertycs geschnitztem Lehnstuhl standen Ewsn, Cenedd und Selyn, alle die Arme über der Brust verschränkt und den Mund fest zugekniffen. Pertyc sah eher so aus, als könnte er sich das Lachen nur mühsam verkneifen. Maer scheuchte ein paar Hunde aus dem Weg und kniete zu Füßen seines Herrn nieder.

»Ich wollte dich beglückwünschen, Maer«, sagte Pertyc.

»Beglückwünschen, Herr?«

»Zu deiner Hochzeit.«

Vollkommen verwirrt und überzeugt, daß er es mit einem Streich zu tun hatte, sah sich Maer in alle Richtungen um. Cenedd trat vor und sah dabei irgendwie noch gewaltiger aus als sonst.

»Hochzeit«, sagte Cenedd. »Du hast dich mit Glae rumgetrieben, du kleiner Mistkerl, und nun hat ihr Schwager sie rausgeworfen.«

»Heiraten ist nicht so schlimm, Maer.« Pertyc beugte sich vor und setzte eine angestrengt aufrichtige Miene auf. »Ich habe es selbst einmal getan, Junge, und es hat mich nicht umgebracht – obwohl es, wenn ich ehrlich sein muß, verdammt nahe dran war.«

Maer wollte etwas sagen, bekam aber kein Wort heraus, während die Männer des Kriegshaufens leise lachten.

»Ich sollte dir wohl am besten einen Platz in meinem Kriegshaufen geben«, fuhr Pertyc fort. »Schließlich kann ich nicht zulassen, daß die arme Glae mit einem Silberdolch umherziehen muß.«

»Augenblick«, quiekte Maer. »Ich habe nicht gesagt, daß ich sie heiraten werde!«

Cenedd spannte die gewaltigen Muskeln an.

»Ich würde einen elend schlechten Ehemann abgeben. Glae hat einen besseren verdient als mich.«

»Das stimmt«, wandte Ewsn ein. »Aber dafür ist es jetzt ein wenig zu spät. Du bist derjenige, der ihr den Rock gehoben hat, also wirst du sie auch heiraten.«

Ewsn und Selyn packten Maer an den Armen und rissen ihn hoch.

»Jetzt hör mir gut zu«, sagte Cenedd. »Du hast dafür gesorgt, daß Glae ihr Zuhause verloren hat. Entweder du gibst ihr ein anderes, oder ich schlage dich zu Brei.«

Maer war vollkommen überzeugt, daß er gleich ohnmächtig würde.

»Wenn sie mit dir hier in der Festung wohnen will«, sagte Pertyc, »dann habe ich genau den richtigen Platz für sie. Ich weiß, daß unsere Glae wirklich einen starken Willen hat, also kann sie das Kindermädchen meiner Tochter sein. Du bist ja ganz blaß, Junge! Es wird dir schon gefallen, verheiratet zu sein. Man braucht nur ein wenig, bis man sich daran gewöhnt hat. Wir werden sehen, was wir tun können, damit ihr beiden hier im Broch ein Zimmer für euch allein bekommt.« Er warf einem Diener, der höhnisch grinsend in der Nähe stand, einen Blick zu. »Geh und sattle Maers Pferd. Er reitet jetzt in die Stadt, um seine Verlobte zu besuchen.«

Johlen, Jubeln und Pfeifen – der ganze Kriegshaufen brach in grölendes Lachen aus.

»He, Maer!« rief Crindd. »Das ist wirklich witzig!«

Mit einem lauten Stöhnen schloß Maer die Augen und ließ sich von Cenedd auf den Hof hinauszerren. Adraegyn kam hinterhergerannt und zupfte Maer am Ärmel.

»Aber Maer, was hast du denn mit Glae gemacht?«

»Frag deinen Vater, Junge. Es ist zu kompliziert, als daß ich es dir jetzt erklären könnte.«

Eine grimmige Prozession aus drei Städtern und einem frischverlobten Silberdolch ritt zum Gasthof. Als Maer zögerte, zog ihn Cenedd vom Pferd, schüttelte ihn noch einmal durch und stellte ihn wieder auf die Beine. Als Maer über die Ungerechtigkeit klagte, schubste ihn Cenedd nach drinnen, wo Ewsn, Selyn, Samwna und Braedda warteten. Direkt hinter ihnen stand Nevyn und starrte ihn finster an. Maer wurde vor Entsetzen ganz kalt, als er sich an zwei wichtige Tatsachen erinnerte: Nevyn hatte Glae unter seine Fittiche genommen, und er war ein Zauberer, was bedeutete – da war Maer plötzlich vollkommen sicher –, daß er Menschen in Frösche verwandeln konnte. Keine Hoffnung mehr, dachte Maer; entweder heiraten oder hüpfen. Glae saß zusammengesackt auf einer Bank in der Ecke. Er hatte noch nie jemanden gesehen, der so elend aussah. Ihre Augen waren vom Weinen geschwollen, ihr hübsches Kleid zerrissen und schmutzig, und ihre Wange war rot und geschwollen. Plötzlich wurde Maer klar, daß ihr Schwager sie geschlagen haben mußte, und er kam sich wie der ehrloseste Dreckskerl im ganzen Königreich vor. Glae hob den Kopf und sah ihn an; ihr Mund zitterte.

»Du mußt mich nicht heiraten, wenn du nicht willst.« Ihre Stimme war trocken und kalt. »Ich würde lieber verhungern, als deine Wohltätigkeit anzunehmen.«

»Ach, halt den Mund! Selbstverständlich will ich dich heiraten!« Er eilte zu ihr und warf sich ihr zu Füßen. »Verzeih mir, meine Süße. Ich habe mich verdammt schlecht benommen.«

Glaenara starrte ihn an, als würde sie ihren Ohren nicht trauen. Als er die Hand ausstreckte, legte sie die ihre schlaff hinein, als wäre es ihr beinahe gleichgültig, was er mit ihr machte.

»Glae, ich möchte dich wirklich heiraten. Jetzt komm schon, zeig deinem Mann ein Lächeln.«

Und tatsächlich lächelte sie schließlich, zunächst schüchtern, dann immer strahlender – dieses strahlende Lächeln, das sie so schön aussehen ließ. Nevyn drängte sich durch die Menge und bedachte Maer mit einem eisblauen Blick.

»Du solltest lieber ein guter Ehemann werden.«

»Der beste, den Ihr je gesehen habt. Das schwöre ich.«

»Gut.« Nevyn setzte dazu an, noch etwas zu sagen, dann warf er plötzlich einen Blick zur Seite und runzelte die Stirn.

Als Maer seinem Blick folgte, sah er Blauhaar, die im Schneidersitz auf dem Boden saß wie ein Kind. An diesem Abend schien sie beinahe drei Fuß groß, und sie hatte irgendwie mehr Substanz als jemals zuvor. Sie zeigte auf Glae, zog angewidert die Nase kraus, und dann begann sie zu weinen. Während Maer entsetzt zusah, verschwand sie langsam, verblaßte, wurde durchsichtig, und dann war sie weg. Aber er wußte irgendwie, daß sie zurückkehren würde. Als er Nevyn wieder anschaute, bemerkte er, daß der alte Mann beunruhigt aussah, und das war das Erschreckendste von allem.

In diesem Jahr 918, nach der Zeitrechnung der Deverrianer, wurde Loddlaen drei Jahre alt, ein schlankes, ernstes Kind mit hellem Haar und riesigen purpurfarbenen Augen. Obwohl die anderen Kinder ihn als einen der ihren betrachteten, schien er immer ein wenig abseits ihrer Spiele und des allgemeinen Geschreis zu stehen, und er zog es vor, sich ans Hosenbein seines Vaters zu klammern und einfach zu beobachten, was geschah. Oder er spielte ruhig mit seinem Pflegebruder Javanateriel in der Sicherheit des Zeltes. In seinen besseren Augenblicken fragte sich Aderyn, ob die Zeit, die er im Mutterleib im seltsamen Land der Wächter verbracht hatte, den Jungen irgendwie verändert hatte, obwohl er sich letztlich weigerte zu glauben, daß mit seinem wunderschönen Sohn etwas nicht stimmen konnte. Selbst wenn Loddlaen schreiend aus schrecklichen Träumen aufwachte, sagte Aderyn sich, daß alle Kinder in seinem Alter von Ungeheuern träumten.

Das Herbstalardan in diesem Jahr war eines der größten, die Aderyn je gesehen hatte. Da das Wetter den ganzen Sommer über außergewöhnlich gut gewesen war, war das Gras außerordentlich üppig, und so gab es nahe dem Lager genug Futter, um die Herden ein paar Tage länger als üblich zu ernähren. Die Elfen nutzten das aus und feierten ausgiebig. Aderyn machte sich nicht die Mühe, die Zelte zu zählen, aber es kam ihm so vor, als reihten sich mindestens fünfhundert am Ufer des Flusses entlang. Nachts leuchteten die vielen Lagerfeuer wie ein Sternenfeld.

Daher war es kein Wunder, daß Ganedd und seine kleine Karawane das Alardan bald fanden, besonders, da der junge Kaufmann wußte, daß die Elfen um diese Jahreszeit auf ihrem Weg nach Süden waren und sich nicht in der Nähe der üblichen Handelsplätze aufhielten. Aderyn war Ganedd schon mehrere Male zuvor begegnet; er mochte den Jungen recht gern und verstand Ganedds Bedürfnis, den Einengungen seines Familienlebens zu entfliehen und etwas von der Welt zu sehen. Es war Aderyn, den Ganedd zuerst aufsuchte, nachdem man seinen Leuten einen Platz zugeteilt hatte, an dem sie ihr eigenes Zelt aufstellen konnten, und nachdem man sie mit Essen versorgt hatte. Ganedd kannte sich mit den elfischen Bräuchen gut genug aus, sich als erstes an den Weisen zu wenden. Sobald Aderyn seine Geschichte gehört hatte, schickte er allerdings nach Halaberiel. Dem Banadar sah man langsam sein Alter an; er hatte tiefe Krähenfüße in den Augenwinkeln, und in bestimmtem Licht hätte man schwören können, graue Strähnen in seinem hellen Haar zu sehen.

»Hal, das solltest du dir lieber selbst anhören«, sagte Aderyn. »Es gibt Ärger in Cannobaen, und zwei halbelfische Kinder sind darin verwickelt.«

»Die Kinder von Pertyc Maelwaedd?« Halaberiel warf Ganedd einen Blick zu.

»Ja, Banadar.« Das Elfisch des jungen Mannes war nicht gut, aber es genügte. »Er hat mich mit einem Brief für seine Frau hierher geschickt. Er braucht dringend Hilfe. Seine Feinde drohen, sein Steinzelt niederzubrennen und ihn und seine Kinder zu töten. Er hat elf Männer, aber keine Bogenschützen. Seine Feinde haben Hunderte von Männern.«

»Es paßt zu den verfluchten Rundohren, so etwas auszunutzen.«

Halaberiel wechselte ins Deverrianische über. »Ich bezweifle, daß du seine Frau finden kannst, Junge. Als ich sie das letzte Mal gesehen habe, war sie mit ihrem Alar zu den weit abgelegenen Lagern im Westen unterwegs. Ich werde Boten aussenden, aber ich habe nicht viel Hoffnung, sie rechtzeitig zu erwischen.«

»Das hatte ich befürchtet, Herr«, sagte Ganedd. »Aber was wir wirklich brauchen, sind Bögen und möglichst viele Pfeile und vielleicht den einen oder anderen Bogenschützen, der uns zeigt, wie wir sie nutzen können, obwohl sie lieber wieder gehen sollten, bevor die Belagerung beginnt. Es würde mir leid tun, wenn eure Leute für eine hoffnungslose Sache umkämen.«

»Ich habe Pertyc bei seiner Hochzeit kennengelernt.« Halaberiel warf Aderyn einen Blick zu. »Wenn ich mich recht erinnere, hast du dieses Fest verpaßt, Weiser. Er ist ein guter Mann, das einzige Rundohr, das ich je mochte – natürlich außer dir, aber du bist ja nicht wirklich ein Rundohr. Soweit ich sagen kann, warst du nie eines. Nicht, daß ich verstünde, wieso Annaleria ihn geheiratet hat, aber als Mann habe ich ihn gemocht. Ich werde vielleicht alt, aber ich will verflucht sein, wenn ich hier sitze, während ein Mann, den ich mag, in seinem Zelt umgebracht wird.«

»Ihr werdet uns helfen, Herr?« Ganedd grinste.

»Ja. Ihr sollt Bögen haben und Pfeile, und dazu mich und einige meiner Männer. Calonderiel ist immer auf einen guten Kampf versessen, und ich denke, Farendar und Albaral werden auch mit uns kommen, und dann ist da noch der junge Jennantar, der die eldiddische Sprache lernen muß. Ich werde hören, ob es noch einige andere danach gelüstet, mit uns zu kommen, aber ehrlich gesagt, Ganedd, möchte ich nicht mehr Männer als diese aufs Spiel setzen.«

»Banadar, Ihr allein seid hundert Rundohrenmänner wert.«

Halaberiel lachte. »Stell mich hoch oben auf eine Steinmauer, gib mir einen guten Bogen und jemanden, der mir den Köcher füllt, und du magst recht haben, Junge. Aber wir werden es bald herausfinden.«

Aderyns erste Reaktion auf diese elfische Einmischung in die Menschenpolitik war Unbehagen, aber am Ende kam er zu der Ansicht, daß er nichts dagegen tun konnte. Als Weiser hätte Aderyn den Banadar überstimmen können, aber nur um einen hohen Preis. Es würde tagelang Streit geben, und das gesamte Alardan wäre gespalten, was zu jahrelangen weiteren Schwierigkeiten führen würde. Außerdem war er der Ansicht, daß Pertyc Maelwaedd die Gerechtigkeit auf seiner Seite hatte und es verdiente, verteidigt zu werden, wie er gegenüber Nevyn bemerkte, als sie am Abend durch das Feuer miteinander sprachen.

»Ich bin derselben Meinung«, dachte Nevyn ihm zu. »Aber glaubst du, daß Bogenschützen viel bewirken können?«

»Ja. Hal hat mir erklärt, daß die Rebellen auf einem offenen Feld eine kleine Bogenschützentruppe schnell überrennen könnten, aber es wird kein offenes Feld geben, nicht wahr? Wir werden in der Truppe des Banadar zwei Pfeilmacher haben, und ich nehme an, daß sie den ganzen Winter damit zubringen, Pfeile herzustellen, während er Pertyc und die Männer ausbildet.«

»Aha. Warte – hast du gesagt *wir?*«

»Ich dachte, ich sollte lieber mitkommen. Ich würde Loddlaen gerne mitnehmen, damit du ihn sehen kannst, aber es ist einfach zu gefährlich.«

»Da bin ich auf jeden Fall deiner Meinung. Hier ist auch noch eine weitere Sache im Gange, über die ich gerne dein Urteil erfahren würde. Kannst du dich noch an Maddyn erinnern?«

Aderyn mußte einige Zeit nachdenken.

»Ach, der Barde! Der mit dem Silberring mit den Rosen.«

»Genau. Er wurde inzwischen wiedergeboren. Er ist hier, und diese seltsame kleine, blaue Fee ist immer noch in seiner Nähe. Weißt du, ich glaube, sie liebt ihn wirklich. Ich hätte nicht geglaubt, daß das Wildvolk so etwas könnte.«

»Ich auch nicht.«

»Und nun hat Maer gelernt, sie und all die anderen sehen zu können. Der arme Junge kam gestern zu mir und war sehr beunruhigt. Ich habe ihm eine aufgeblasene und vage Rede über die magische Natur von Grenzlanden im allgemeinen und dieses Grenzlands im besonderen gehalten und ein paar harmlose Andeutungen über das Wildvolk gemacht – dummes Geschwätz, aber er war beeindruckt, und dann ging es ihm viel besser. Ich hätte ihm ja wohl kaum sagen können, daß meine Nähe seine tiefsten Erinnerungen an sein vergangenes Leben geweckt hat.«

»Wenn das alles ist! Es könnte sein, daß auch die Fee etwas damit zu tun hat. Also, ich mache mich auf den Weg. Wir brechen morgen in der Dämmerung auf, und da wir viel Gepäck haben, werden wir wahrscheinlich vierzehn Tage brauchen, bis wir Cannobaen erreichen.«

»Also gut. Ich freue mich, dich wiederzusehen.«

»Ich ebenfalls. Es ist viel zu lange her.«

Als die Karawane in Cannobaen eintraf, goß es in Strömen. Maer hatte an diesem Tag Stalldienst, also war er draußen auf dem Hof, in einen gefetteten Umhang mit Kapuze gehüllt, und fegte den Stallmist für den Gärtner zusammen. Der Regen hatte gerade seinen Weg durch die schwere Wolle gefunden und lief ihm über den Rücken, als er an den Toren Rufe und Geschrei hörte. Froh über die Ablenkung ließ er den Besen fallen und ging zum Tor, als Ganedd und seine Männer die beladenen Maultiere hineinführten. Maer stieß einen vergnügten Ruf aus und sagte dem Gärtner, er solle Seine Lordschaft holen.

»Maer!« sagte Ganedd. »Gut, dich zu sehen, Mann! Wir haben es geschafft. Wir haben Bögen und Männer, die uns beibringen, wie wir die Bögen benutzen können.« Wieder jubelte Maer; er hatte sich schon so darauf gefreut, noch länger als einen Winter zu leben. Plötzlich sah er, daß die kleine Karawane von Wildvolk geradezu umschwärmt war und daß er es deutlicher sehen konnte als je zuvor. Sylphen hingen in der Luft und spielten im Regen; Undinen tauchten aus Pfützen auf und grinsten ihn an; Feen und Gnomen umtanzten die

Tiere oder saßen auf Sätteln und Satteltaschen; einige mutigere hockten sogar auf den Schultern der Männer oder eilten ihnen zur Begrüßung entgegen, als sie abstiegen. Nevyns beeindruckende Bemerkungen über das Westvolk bekamen jetzt tatsächlich eine Bedeutung.

»Komm schon!« rief Ganedd. »Bring unsere Gäste herein, damit sie Lord Pertyc kennenlernen können. Hier sind schon die Diener, die sich um die Tiere kümmern werden.«

Mit Ganedd an der Spitze eilten sie in die große Halle, die vom Feuer beider Feuerstellen warm und rauchig war. Sofort warfen alle ihre Umhänge ab und überließen den feuchten, stinkigen Tuchhaufen einer Dienerin. Maer erhielt seinen zweiten Schock des Tages, denn er hatte nie zuvor einen Elfen gesehen – er hatte nicht einmal gewußt, daß es sie gab. Riesige grüne, purpurfarbene oder blaue Augen mit Katzenpupillen, Haar so bleich wie Mondlicht und die Ohren – so sehr er es auch versuchte, er konnte den Blick nicht abwenden. Endlich konnte es ein hochgewachsener Bursche mit violetten Augen nicht mehr ertragen.

»Und was starrst du so, rundohriger Hund?«

»Cal, halt den Mund!« So schnell wie ein Lord, der einen Streit in seinem Kriegshaufen unterbricht, trat der älteste der Elfen zwischen sie. »Du kannst dem Jungen nicht übelnehmen, daß er überrascht ist. Und er kann kein so übler Bursche sein, denn schließlich ist er ein Freund des Wildvolks.«

Maer warf einen Blick nach unten auf Blauhaar. Sie hatte sich dicht an ihn gedrängt und seine Hand ergriffen; jetzt lehnte sie sich an sein Hosenbein und starrte die Besucher an wie ein schüchternes Kind.

»Ihr seht sie ebenfalls?« flüsterte Maer.

»Selbstverständlich.« Der Mann namens Cal lächelte und streckte die Hand aus. »Freunde?«

»Freunde.«

Feierlich schüttelten sie sich die Hand; dann eilte Cal hinter den anderen her, um dem Lord vorgestellt zu werden.

»Ganedd, mein Freund, wenn es in meiner Macht stünde, dich in den Adelsstand zu versetzen, würde ich das tun«, sagte Pertyc. »Da das aber leider nicht der Fall ist und ich nicht mehr viel Geld habe, weiß ich wirklich nicht, wie ich dir das je danken soll.«

»Ach, Euer Lordschaft, wenn wir alle im Frühjahr umgebracht werden, macht Bezahlung und Dank eh keinen Sinn mehr.«

Pertyc lachte und versetzte ihm einen freundschaftlichen Schlag auf die Schulter.

»Ich mag euch Kaufleute. So störrisch und praktisch. Nun, wenn mir noch etwas einfällt, werde ich dich bezahlen, besonders, wenn wir durch ein Wunder den Frühling überleben sollten.«

»Dann werde ich es gerne entgegennehmen, Herr. Die Diener sollten inzwischen die Bögen hereingebracht haben. Wenn Euer Lordschaft mich entschuldigen, werde ich sie ein wenig antreiben.«

»Bitte. Ich glaube nicht, daß ich jemals begieriger auf etwas gewartet habe als auf diese Bögen. Und ich muß ohnehin mit meinem alten Freund Halaberiel sprechen.«

Als Ganedd die große Halle verließ, stand er einer jungen Frau gegenüber – Glaenara. Ganedd starrte sie mit offenem Mund an. So gewaschen und gepflegt wie sie war, hätte er sie einen Augenblick kaum erkannt. Selbst ihr Haar war schimmernd sauber und lockte sich jetzt weich um ihr Gesicht. Auch ihre Hände waren sauber und die Nägel ordentlich geschnitten.

»Was ist denn, Ganno? Bist du vom Pferd gefallen und hast dir den Kopf verletzt?«

»Entschuldige, Glae! Ich … äh … ich habe dich einfach nicht erkannt. Ich meine, ich hatte nicht erwartet, dich hier zu sehen.«

»Ich bin jetzt mit Maer verheiratet.«

»Dem Silberdolch?«

»Er ist kein Silberdolch mehr.« Sie zögerte plötzlich bedrückt. »Ganno, willst du Braedda immer noch heiraten?«

»Wie bitte? Selbstverständlich.«

»Dann solltest du lieber gleich in die Stadt gehen. Als dein Vater aus Aberwyn zurückkam, ist er direkt zu Braeddas Vater gegangen und hat versucht, die Verlobung aufzulösen, aber Ewsn – gesegnet möge er sein – sagte, er wolle erst mit dir sprechen.«

Ganedd nahm ihren Rat an und ritt in die Stadt, sobald Pertyc ihn nicht mehr brauchte. Der Regen war inzwischen weitergezogen und der Sonnenuntergang klar und hell, mit einem leichten Seewind, der den Geruch von Salz mitbrachte. Im Hinterhof seines Elternhauses band Ganedd sein Pferd an, dann kletterte er über die Gartenmauer und ging durch die Hintertür hinein. Der zwölfjährige Avyl war in der Küche und belagerte die Köchin wegen eines Honigbrots. Als er Ganedd sah, grinste er höhnisch. Die Köchin schlug die Schürze vors Gesicht und fing an zu weinen.

»Oho, du bist also heimgekommen, wie?« sagte Avyl. »Warte, bis Vater dich sieht.«

Als Ganedd weiterging, folgte Avyl ihm kichernd. Das brachte Moligga hinaus in den Flur. Sie warf einen Blick auf Ganedd und begann zu zittern. Avyl hielt plötzlich den Mund.

»Es tut mir leid, Mutter«, sagte Ganedd. »Aber ich mußte tun, was ich für richtig hielt.«

Sie wollte etwas sagen, dann schüttelte sie einfach nur weinend den Kopf. Als Ganedd ihr die Hand auf den Arm legen wollte, wich sie zurück.

»Ganno, verschwinde«, sagte Moligga beinahe im Flüsterton. »Ich will nicht, daß dein Vater dich sieht.«

»Ach ja? Ich wollte ihm das eine oder andere sagen. Aber verrate mir eins: Was hältst du von dieser Rebellion?«

»Glaubst du, daß mich das interessiert? Ihr Götter, daß es je dazu kommen würde: Mein Junge und mein Mann gehen einander an die Kehle, und das nur wegen eines Königs, den ich nie gesehen habe!« Langsam rannen ihr die Tränen über die Wangen. »Ganno, er hat eine Erklärung vor der ganzen Gilde abgegeben und dich offiziell verstoßen.«

»Das wußte ich. Wo ist er?«

»Nein.« Moligga packte ihn am Arm. »Geh einfach.«

So sanft er konnte, schob sich Ganedd an ihr vorbei und ging den Flur entlang. Er stieß die Tür zum Arbeitszimmer seines Vaters auf und ging ohne anzuklopfen hinein. Wersyn erhob sich von seinem Schreibtisch, ein ledergebundenes Kassenbuch in der Hand, und bedachte ihn mit einem säuerlichen Lächeln.

»Wer seid Ihr? Seltsam – Ihr erinnert mich an meinen verstorbenen Sohn.« Einen Moment lang bekam Ganedd kaum Luft. Wersyn lächelte weiter. Das Schweigen hing so dicht wie Seenebel in der winzigen Kammer.

»Dann betrachte mich als seinen Geist, der aus den Anderlanden zurückkehrt. Und ich werde dir eine Warnung geben, wie es Geister manchmal tun. Wenn ich diesen Winter überlebe, dann werde ich dafür sorgen, daß du nie wieder im Westland Handel treibst. Diese Leute sind meine Freunde, Vater, nicht deine, und das weißt du verflucht genau.«

Mit einem Keuchen warf Wersyn das Buch nach seinem Kopf. Ganedd wich aus und lachte.

»Aber es geht um den König, Vater, nicht um mich.«

Mit zornrotem Gesicht stürzte sich Wersyn auf ihn, die Hand zum Schlag erhoben. Ganedd hörte Moligga schreien. Er wich abermals aus, packte die Handgelenke seines Vaters und hielt ihn fest. Ganz gleich, wie sehr Wersyn sich wehrte, er konnte sich nicht losreißen. Er schnappte nach Luft und weinte vor Hilflosigkeit gegenüber der unausweichlichen Wahrheit: Nun war sein kleiner Sohn der starke Mann. Als Moligga zu schluchzen begann, ließ Ganedd ihn los.

»Einen Toten kannst du nicht schlagen. Leb wohl.«

Ganedd drehte sich auf dem Absatz herum, ging langsam den Flur entlang und öffnete die Vordertür. Sein kleiner Bruder starrte ihn mit großen Augen an.

»Jetzt bin ich Erbe, Ganno – was hältst du davon?«

»Sie hätten dich nach der Geburt ersäufen sollen, wie man es mit rattengesichtigen Wieseln tut.«

Früher an diesem Tag war Aderyn zu Nevyns Häuschen geritten, wo sie sich in Ruhe über Dinge unterhalten konnten, die normale Menschen um den Verstand gebracht hätten. Nevyn war überrascht, wie froh er war, seinen alten Schüler wiederzusehen – genug, daß er sich fragte, ob er nun etwa alt und sentimental würde. Stundenlang sprachen sie von allem und jedem, von ihrer Kunst und den diversen Schülern, die sie in der Vergangenheit oder in Aderyns Fall auch in der Gegenwart hatten.

»Das Westvolk ist wirklich verblüffend, was Magie angeht«, sagte Aderyn schließlich. »Sie stehen ihr erheblich näher als unsereins.«

»Zweifellos. Sieh dir nur ihre Vitalität an, wie lange sie leben und dabei immer noch jung wirken. Es kommt mir so vor, als seien sie dem Fluß der Lebenskraft gegenüber erheblich offener als Menschen.«

»Sie sind in größerer Harmonie mit sich selbst.« Dann wurde Aderyns Miene plötzlich verschlossen. »Die meisten von ihnen jedenfalls.«

Nevyn konnte sich denken, daß das Gespräch ihn irgendwie an Dallandra erinnert hatte.

»Nun ja«, sagte Nevyn ein wenig hastig, »ich nehme an, daß es mit deiner großen Aufgabe gut weitergeht. Du wirst dem Westvolk das gesamte Dweomersystem wiedergeben.«

Sie unterhielten sich noch eine Weile und machten aus, sich am Morgen wiederzutreffen. Nachdem Aderyn sich auf den Weg gemacht hatte, ging Nevyn in seine Schlafkammer, hockte sich nieder und hob die lockere Bodendiele, unter der die kleine Holzschachtel mit dem Opal verborgen war. Er war in fünf Stücke bardekianischer Seide gewickelt: ganz helles Purpurgrau, flammendes Rot, Seeblau, Sonnengelb, und dann gab es noch ein fleckiges Stück aus rostbraunen, zitronengelben, olivgrünen und schwarzen Fäden. Er betrachtete den Stein, der in seiner Handfläche lag und im Kerzenlicht sanft schimmerte.

Da jeder gute Stein Teile von Gefühlen, Traumgedanken und Lebenskraft seiner Besitzer und der Ereignisse aufnimmt, die ihn umgeben, hatte es Nevyn aufgeschoben, an dem Opal zu arbeiten. Sein eigener Wille und seine Gefühle waren beunruhigt und getrübt von dem, was er als »diese dumme Rebellion« bezeichnete, und wenn sein Geist nicht vollkommen klar war, würde er den Opal unwillkürlich mit den falschen Gedanken aufladen. Das letzte, was dieser Talisman den Königen von ganz Deverry nahelegen sollte, war selbstgerechte Gereiztheit. Das würden sie zweifellos auch selbst fertigbringen. Irgendwie müßte er die Angelegenheiten hier in Cannobaen zu einem Ende bringen, bevor er sich an die Arbeit machen könnte. Nun gut, sagte er sich, wenn du ein einfaches Leben gewünscht hättest, hättest du Priester werden können und fertig!

II

In der großen Festung von Elrydd, die auf einem hohen Hügel über der Stadt aufragte, trank Danry von Cernmeton zusammen mit seinem Lord Tieryn Yvmur. Sie saßen an der Ehrenfeuerstelle an einem schön geschnitzten Tisch, zusammen mit dem jungen Thronprätendenten Cawaryn. Obwohl dieser erst sechzehn war, würde er die Männer, die ihm dienen mußten, angemessen beeindrucken. Mit seinem rabenschwarzen Haar und den kornblumenblauen Augen war dem Aussehen nach jeder Zoll ein Mann aus Eldidd, er bewegte sich mit lässiger Anmut, hielt sich arrogant, und er schien zum Befehlen geboren. Yvmur hingegen war ein hartgesottener Fuchs Mitte Dreißig, hatte einen langen, dunklen Schnurrbart und betrachtete den Sohn seiner älteren Schwester mit solcher Zuneigung, als wolle er Danry dazu einladen, sie zu teilen.

»Ich bin wirklich dankbar, daß Ihr zu uns gekommen seid«, Cawaryn klang ein wenig, als hätte er diese Ansprache vorbereitet. »Ich weiß Eure Kampferfahrung sehr zu schätzen, Euer Gnaden.«

»Ich danke Euch, Euer Hoheit.«

Bei diesem Titel lächelten sich Yvmur und Cawaryn kurz zu.

»Aber ich hoffe dennoch, daß es nicht notwendig sein wird, diese Fähigkeiten vor dem Frühjahr zu demonstrieren, wenn der deverrianische König hier eintrifft«, fuhr der Prätendent fort. »Ich möchte nicht gern, daß wir unsere Kraft hier in Eldidd verschwenden. Es wäre eine Schande, wenn wir unsere Kraft schon aufteilen müßten, bevor wir den Thron errungen haben.«

»Das stimmt«, meinte Danry. »Pertyc Maelwaedd hat es einmal folgendermaßen ausgedrückt: Selbst Schakale erlegen die Beute erst, bevor sie sich darüber streiten.«

Als Pertycs Name erwähnt wurde, wurde Yvmur ein wenig

starr. Danry beschloß, daß es jetzt Zeit war, den Tanz zu Ende zu bringen.

»Wißt Ihr, ich habe mit eigenen Ohren gehört, wie Pertyc seinen Anspruch auf den Thron von Eldidd abgelehnt hat. Er ist sich der Tatsache sehr bewußt, daß er vom Bastard einer Gemeinen abstammt.«

»Pertycs Geist war immer scharf wie ein Rasiermesser«, warf Yvmur ein, bevor der potentielle König etwas sagen konnte. »Er ist ein Mann, den ich in großen Ehren halte.«

»Ich ebenfalls«, meinte Danry, »obwohl er wirklich exzentrisch ist. Man begegnet nur selten einem Mann, der nicht herrschen möchte.«

»Ihr kennt Pero besser als jeder andere«, meinte Yvmur.

»Ja, ich habe nie einen Mann kennengelernt, dessen Wappen besser zu ihm paßt. Pertyc kann so stur sein wie ein Dachs, wenn er erst einmal eine Idee in seinem Kopf hat. Er will in Cannobaen bleiben, und daran klammert er sich mit sämtlichen Klauen.«

Yvmur nickte nachdenklich, aber Cawaryn rutschte unruhig auf seinem Stuhl hin und her.

»Das ist alles schön und gut«, fauchte er. »Aber warum will er nicht dem wahren König Treue schwören?«

Yvmur drehte sich herum und warf ihm einen warnenden Blick zu.

»Nun gut, ich meine … äh …«, stotterte Cawaryn. »Zweifellos wird er das tun, wenn der Krieg zu Ende ist. Ich meine, er hat nicht einmal viele Männer, die er der Armee zur Verfügung stellen könnte, also möchte er vielleicht einfach nicht kämpfen, oder so.«

Danry lächelte und tat so, als wäre er nicht beleidigt.

Nach dem Abendessen bestand Yvmur darauf, Danry hinaus in den Stall zu begleiten, um ihm ein besonders schönes Pferd zu zeigen, und er trug die Kerzenlaterne selbst, statt einen

Diener mitzubringen. Sie gingen zu der Box, wo ein hübscher grauer Hengst über seiner Futterkrippe döste. Danry gab die üblichen Komplimente ab und wartete.

»Cawaryn ist nicht alt genug, um zu verstehen, daß ein Mann sich neutral verhalten kann«, sagte Yvmur schließlich. »Aber ich bin es wohl.«

»Ich verstehe es ebenfalls. Ich frage mich, wie es den anderen geht.«

»Es verstehen nur wenige. Übrigens ist es an der Zeit, Cawaryn zu verheiraten. Wenn die beiden Linien erst einmal verbunden sind, werden sie dicker aussehen.«

»Ja. Meine Frau freut sich schon darauf, zu dem Fest nach Abernaudd zu kommen.«

»Ich freue mich zu hören, daß Ihr kommen wollt.«

»Warum auch nicht? Ich möchte unserem Lehnsherrn soviel Respekt wie möglich erweisen.«

Yvmur senkte die Laterne und sah Danry ins Gesicht.

»Es gibt einige, die angenommen haben, Ihr würdet Euren Freund gegen den König unterstützen. Aber ich denke, sie haben unrecht.«

»So ist es. Mein Schwert und meine Männer stehen hinter Cawaryn.«

»Also gut. Ich danke Euch.« Yvmur dachte einen Augenblick nach. »Wäre es falsch, wenn ich nach dem Grund fragte?«

»Nicht im geringsten. Ich möchte Pertycs Leben und das seines Sohnes retten. Jeder, der glaubt, Adraegyn hätte einen besseren Anspruch auf den Thron als Cawaryn, wird mich zum Feind haben – um Pertycs und auch um Euretwillen.«

Yvmur nickte bedächtig und betrachtete die Laterne in seiner Hand.

»Dann habe ich einen Rat für Euch. Ihr solltet Leomyr von Dun Gwerbyn lieber nicht aus den Augen lassen. Ich tue das jedenfalls nicht.«

Auf einer wilden Wiese hinter Dun Cannobaen, wo das Gras ziemlich hoch wuchs und stets vom Seewind gebeugt wurde, stellte Halaberiel für Pertycs Kriegshaufen Ziele aus bemaltem Holz auf; später würden sie zu diesem Zweck alte Hemden mit Stroh ausstopfen. Maer war der Ansicht, diese Zielübungen mit dem Bogen seien das Langweiligste, was er je getan hatte, und der Rest des Kriegshaufens murrte mit ihm. Jeden Morgen, ganz gleich, ob es regnete oder die Sonne schien, ließ Halaberiel seine Rekruten vor den Zielen antreten, bedachte sie mit heftigem Sarkasmus und ließ sie Pfeil um Pfeil abschießen. Selbst mit ledernen Handschuhen und Armschützern bekamen die Finger Blasen und die Handgelenke blaue Flecken. Halaberiel verteilte elfische Kräuter, mit denen sie die Hände einreiben konnten, und wies sie an, am nächsten Morgen wiederzukommen.

Maer war der einzige, der das Wildvolk wahrnahm, das sich versammelte, um sie zu beobachten. Sie kamen in Schwärmen, hielten sich zu beiden Seiten des Übungsfeldes wie Zuschauer bei einem Wettbewerb, krabbelten über die Ziele, standen hinter den Männern und äfften sie nach und zwickten sie sogar hin und wieder, damit sie ihr Ziel noch weiter verfehlten. Als Maer zum erstenmal sah, wie ein Pfeil einen vom Wildvolk durchdrang, hätte er beinahe laut aufgeschrien – er konnte spüren, wie er blaß wurde –, aber das kleine Geschöpf verschwand einfach und erschien dann ein paar Fuß weiter unbeschadet wieder. Hin und wieder sah er auch die blaue Fee, die in der Nähe stand und ihn traurig ansah. Der Tadel in ihrem Blick war so menschlich, daß er sich beinahe schuldig fühlte, als hätte er sie tatsächlich verraten. Die andauernden Übungen ließen Maer wenig Zeit für seine Frau, was ihn zu seiner Überraschung ärgerte. Er mußte zugeben, daß es Vorteile hatte, verheiratet zu sein. Es war angenehm, Glaenara haben zu können, wann immer er wollte, und das in ihrem warmen, eigenen Bett und nicht auf dem harten Waldboden. Wenn sie beim Abendessen zusammen am Dienertisch saßen und einen Teller teilten, lächelte Glaenara und lauschte mit schmeichelhafter Aufmerksamkeit, wenn er über seinen Tag berichtete, bis sie hinausgehen mußte, um der alten Maudda in der Frauenhalle zu helfen. Da Maer danach mit dem Rest des Kriegshaufens in aller Ruhe trinken konnte, konnte er nur feststellen, daß er durch seine Heirat wenig verloren, aber viel gewonnen hatte.

Eines Abends mußte er dauernd an den hübschen Körper seiner Frau denken und erhob sich früh vom Tisch. Als er in ihre Schlafkammer kam, saß Glae auf der Bettkante und nähte im Kerzenlicht einen Riß in seinem zweiten Hemd. Maer setzte sich auf den Boden und sah ihr zu, wie sie im schlechten Licht die Stirn runzelte.

»Es tut mir leid«, sagte Maer. »Ich habe einen dieser verfluchten Pfeile in eine Hecke geschossen, und unsere katzenäugigen Freunde haben mich dazu gezwungen, ihn wieder herauszuholen. Ich nehme an, wenn die Pfeile nicht zu sehr verbogen sind, kann man sie noch einmal benutzen.«

»Ich nähe lieber deine Hemden als die anderer Leute.«

Sie blickte mit einem Lächeln auf, das Maer gleichzeitig süß und beunruhigend fand. Er fragte sich, wie lange es noch dauern würde, bis sie das dumme Hemd fertig hatte und sie ins Bett gehen konnten.

»Maer? Bist du glücklich mit mir?«

»Glücklich?« Maer war vollkommen verblüfft. »Nun, über solche Dinge denke ich nicht viel nach. Ich dachte auch nicht, daß du das tust.«

»Das habe ich auch früher nicht getan.« Glaenara konzentrierte sich darauf, einen Knoten in den Faden zu machen. »Aber jetzt fange ich damit an.«

»Nun, ich bin lieber Teil dieses Kriegshaufens als Silberdolch, Pfeile hin, Bögen her.« Er nahm sie in den Arm und küßte sie. »Leg dich hin, und ich erzähle dir noch mehr.«

»Gern. Wann werden wir ein Kind haben, Maer?«

»Wenn die Göttin will, daß ich dir eins schenke, nehme ich an, und nicht vorher. Aber leg dich hin, und wir geben ihr die Gelegenheit dazu.«

Am nächsten Morgen nach den Schießübungen blieb er ein wenig zurück, um mit Pertyc zusammen zur Festung zu gehen.

»Herr, ich wollte Euch etwas fragen. Ihr wart einmal ein verheirateter Mann, also denke ich, Ihr versteht mich. Ich habe daran gedacht, daß wir vielleicht belagert werden könnten. Eure Tochter ist in der Festung, außerdem sind da meine Frau und die alte Kinderfrau und die Dienerinnen. Was soll aus denen werden?«

»Ich werde sie wegschicken, lange bevor der Ärger losgeht. Ich habe mich auch schon gefragt, ob du dir deshalb Sorgen machst.«

»Ja. Glae wird vielleicht bald schon Witwe sein, aber ich könnte es nicht ertragen zu sehen, wie sie mit uns hungert.«

»Du bist auf deine Art ein guter Junge, Maer. Schade, daß dein Wyrd ungünstig genug war, dich nach Cannobaen zu bringen. Aber mach dir um die Frauen keine Sorgen. Ich werde Nevyn um Hilfe bitten.«

Das war eine große Erleichterung für Maer, der Seiner Lordschaft und dem Zauberer blind vertraute. Als sie in die Festung kamen, sahen sie am Tor ein schönes Pferd mit rotem Lederzaumzeug, das mit Silber beschlagen war. Pertyc fluchte leise.

»Maer«, sagte er. »Hol dir einige von den Jungs, und dann lauft ihr zur Wiese und versteckt die Ziele. Versteckt auch die Bögen. Ich bete, daß es noch nicht zu spät ist, diesen Bastard abzulenken.«

Während Pertyc zur Halle lief, eilte Maer zur Mannschaftsunterkunft. Er trieb sechs Männer zusammen und folgte den Befehlen, versteckte die Ziele und die Bögen auf dem Heuboden. Als sie in die große Halle zurückkehrten, sah Maer einen jungen Mann, der neben Pertycs Stuhl kniete und sich ernst mit ihm unterhielt. Maer ging zu Glaenara, die an der Dienstbotenfeuerstelle stand, und zupfte sie am Arm.

»Weißt du, wer das ist?«

»Ein Reiter von Tieryn Yvmur. Er hat unserem Herrn eine Botschaft über die königliche Hochzeit gebracht.«

Erst in diesem Augenblick wurde Maer klar, wie gut es war, eine Frau zu haben, die das Vertrauen der größten Klatschbase in ganz Cannobaen besaß.

»Es ist so aufregend«, fuhr Glaenara fort. »Dieser Junge, der da heiraten wird, ist derjenige, von dem die Rebellen sagen, er sei der König von Eldidd. Wenn unser Lord geht, wird er damit also kundtun, daß er auch ein Rebell ist, und wenn er nicht geht, ist es eine Beleidigung. Wenn er zur Hochzeit geht und sich nicht auf die Seite des Königs stellt, werden sie ihn direkt dort umbringen. Maudda sagt, sie macht sich solche Sorgen. Immerhin war unser Herr wie ein Sohn für sie.«

»Und was wird unser Dachs tun?«

»Zu Hause bleiben. Er hat Maudda gesagt, daß er die Rebellen bereits einmal beleidigt hat, warum also nicht ein zweites Mal?« Glaenara seufzte beunruhigt. »Warum können sie nicht einfach mit dem König, den wir haben, zufrieden sein? Er kommt nicht einmal hierher nach Eldidd und stört sich an ihnen.«

»Das ist wahr. Schade, daß sie es nicht so sehen wie du.«

Am Morgen ritt der Bote wieder weg, und die Zielübungen begannen aufs neue. Aber von nun an übten sie weiter von der Festung entfernt im Wald, wo kein zufälliger Besucher die vielsagende Reihe von Zielen entdecken würde.

Da Cawaryns Vater tot war, sollte die Hochzeit im Palast des Gwerbret in Abernaudd stattfinden. Gwerbret Manoic war ein grauhaariger, zur Prahlerei neigender Bursche, mehrfach Blutsverwandter von Cawaryn und der Sache vollkommen ergeben. Als besonderes Zeichen seiner Gunst lud er Danry und seine Familie ein, im Hauptbroch der vieltürmigen Festung zu wohnen, während er an den vielen Zerstreuungen teilnahm – Jagd in Manoics Jagdgebiet, Bardenvorstellungen in der großen Halle, Besichtigung der Kriegsgaleeren im Hafen. Spät an diesem Nachmittag schlug Yvmur vor, daß sie alle einen Spaziergang im Garten hinter dem Brochkomplex machen sollten. Es nieselte ein wenig, die Blumenbeete waren schon für den Winter umgegraben, und von den nackten Zweigen tropfte der Regen. Mitten auf dem braun gewordenen Rasen stand ein kleiner Brunnen, der den Drachen von Aberwyn und den Hippogryph von Abernaudd zeigte. Yvmur betrachtete die Statuen einen Augenblick.

»Fällt Euch auf, daß sie den Drachen ein wenig kleiner gemacht haben als den Hippogryph? Es gibt einen ähnlichen Brunnen in Aberwyn, habt Ihr ihn je gesehen?«

»Ja. Seltsam, dort ist der Drache auffällig größer.«

»Genau. Übrigens, Leomyr ist eingetroffen. Er ist über Aberwyn hierher gereist.«

Sie sahen sich kurz an.

»Kalt hier draußen«, meinte Danry. »Sollen wir hineingehen? Ich möchte Leomyr gerne begrüßen.«

Man hatte Leomyr, Tieryn Dun Gwerbyn, ein paar schöne Zimmer im obersten Stockwerk des Hauptturms gegeben. Als Danry ihn dort aufsuchte, war er gerade dabei, einen Apfel zu essen, hielt ihn in der Hand wie ein Bauer und biß mit seinen vorstehenden Schneidezähnen hinein.

»Ich hatte schon vor, Euch aufzusuchen«, Leomyr hielt inne,

um den Rest des Apfels ins Feuer zu werfen. »Ich freue mich, Euch zu sehen, mein Freund.«

»Danke, es geht mir ebenso. Und spät zu kommen ist besser als gar nicht.«

Leomyr griff nach einem weiteren Apfel, dann reichte er Danry die Silberschale.

»Nicht für mich, danke, ich habe gerade erst gegessen. Der Gwerbret ist ein großzügiger Gastgeber. Es sollte für uns alle genug sein.«

Mit leicht spöttischem Blick biß Leomyr in den zweiten Apfel.

»Ihr werdet noch ein richtiger Höfling«, sagte Leomyr mit vollem Mund. »Ich wußte nicht, daß Ihr Euch so gut auf diese Gefechte versteht.«

»Übung macht den Meister.«

»Habt Ihr etwas von Pertyc gehört? Er scheint dieser Tage sehr schüchtern, schlimmer als ein junges Mädchen.«

»An Pero ist nichts Schüchternes. Und wenn er etwas sagt, dann meint er das ehrlich.«

Leomyr biß ein weiteres Stück Apfel ab und betrachtete ihn nachdenklich.

»Die meisten jungen Mädchen mögen eine Brosche als Geschenk, wenn man um sie wirbt«, sagte Leomyr schließlich. »Je größer, desto besser, besonders wenn es eine Ringbrosche ist.«

»Um einen Umhang zusammenzuhalten? Pertyc hat sich nie für Schmuck interessiert.«

»Nun, es ist mir natürlich gleich, was Pertyc tut, solange er nicht für den Deverrianer kämpft.«

»Selbstverständlich.«

»Es wird Euch aufgefallen sein, daß ich zur Hochzeit hier bin. Ich habe unserem Lehnsherrn auch ein wunderbares Geschenk gebracht.«

»Nun gut. Ich hoffe, er und die neue Königin werden es lange bei guter Gesundheit würdigen.«

Wie in einem stillschweigenden Abkommen setzten sie sich gegenüber. Danry legte die Hände auf die Oberschenkel und wartete.

»Ich bin ausgesprochen überrascht, mein Freund«, sagte Leomyr. »Ich weiß, daß Ihr den Maelwaedd wie einen Bruder liebt.«

»Ja, deshalb lasse ich ihn auch tun, was *er* will, und nicht, was ich will.«

»Gut. Ihr wißt, ich habe nur dreißig Männer, nicht gerade genug, um einen König zu machen.«

»Und wieviel Männer haben sie hier in Aberwyn?«

»Hundertzehn, und das sind nicht mehr, als Ihr habt, Falke, wie Ihr nur zu gut wißt. Aber ich frage mich, ob Ihr auch nur ahnt, wie sehr der Erfolg dieser Rebellion von Eurer Loyalität abhängt.«

»Ich kann die Männer, die für eine Armee zur Verfügung stehen, genausogut zählen wie jeder andere.«

»Es geht darüber hinaus. Ich habe Euch kämpfen sehen. Ihr wirkt wie einer der Götter selbst, wenn Euer Schwert blitzt. Männer würden Euch überallhin folgen.«

Danry wandte sich ehrlich verlegen ab. Als Leomyr wieder sprach, schien er amüsiert zu sein.

»Ich hoffe, daß wir nie den Tag erleben, an dem sowohl Ihr als auch Euer störrischer Dachs diese Entscheidung bereut. Ich habe Yvmur niemals getraut.«

»Manoic ebenfalls nicht.« Danry sah ihn wieder an. »Ich bezweifle nicht, daß alles zu unserer Zufriedenheit ausgehen kann – wenn Ihr einige Zeit in Abernaudd verbringen wollt.«

Leomyr warf ihm einen scharfen Blick zu, dann lächelte er. Danry erwiderte das Lächeln. Es genügt, wenn die Schakale um einen einzigen König kämpfen, dachte er, solange das Blut frisch genug riecht, um sie herbeizuholen.

Später an diesem Nachmittag rief ein Page Danry in die große Halle zu Cawaryn und seinem Onkel. Auch die meisten anderen Adligen, die in der Festung untergebracht waren, hielten sich dort auf, ihrem Rang entsprechend an langen Tischen plaziert, während Cawaryn am Kopf des eigenen Tischs des Gwerbrets saß, obwohl er nur der Neffe eines Tieryn war – eine Geste, die niemandem entging. Als Leomyr die Halle betrat und den Jungen mit einer Verbeugung grüßte, die einem Kniefall so nahe kam, wie die Umstände es erlaubten, war Danry sehr zufrieden mit den Ergebnissen ihres Gesprächs. Gwerbret Manoic erhob sich und räusperte sich.

»Ihr Herren, ich habe Euch zusammengerufen, um Zeugen von etwas zu sein, was mich freut. Die Kaufmannsgilden von Abernaudd und Aberwyn haben sich zusammengetan, um unserem Cawaryn ein Hochzeitsgeschenk zu machen.«

Die Gilden verschwendeten ihr Geld nie für Geschenke für unwichtigere Adlige, nur für Gwerbrets – und Könige. Langsam und gemessenen Schritts kamen acht Kaufleute herein, die eine Art Sänfte trugen, die man aus einem Brett improvisiert hatte. Darauf lag ein riesiges rotes Samtkissen, und auf dem Samtkissen stand ein goldener Kessel, in den miteinander verwobene Spiralen eingraviert waren und der groß genug war, zwanzig Schläuche Met aufzunehmen. Danry stieß einen leisen Pfiff aus – das Ding war ein Vermögen wert! Auf ein Zeichen seines Onkels erhob sich Cawaryn, um die Kaufleute zu empfangen, die ihre Last nun absetzten.

»Meinen untertänigsten Dank für dieses wunderbare Geschenk«, sagte Cawaryn mit einem Seitenblick auf seinen Onkel. »Wem verdanke ich die Ehre?«

»Den versammelten Handelsgilden von Eldidd, Euer Gnaden.«

Der Kaufmann, der vortrat, war der alte Wersyn aus Cannobaen. Sieh da, dachte Danry, weiß Pero davon? Als Wersyn mit einer langen und langweiligen Rede begann, die das Thema immer wieder umkreiste, ohne direkt auszusprechen, daß Cawaryn der neue König war, gestatteten sich die versammelten Adligen Lächeln und Seitenblicke. Wenn selbst das gemeine Volk hinter der Rebellion stand, dann waren die Vorzeichen wirklich günstig.

Als Danry in seine Kammer zurückkehrte, um seine Frau zum Abendessen herunterzuholen, bemerkte er einen weiteren Kaufmann, der in einem Flur stand und sich mit einer Dienerin unterhielt. Als er Danry sah, verbeugte der Kaufmann sich, lächelte und eilte rasch davon – vielleicht ein wenig zu rasch. Danry blieb stehen und ergriff das Mädchen am Arm.

»Und wer war das?«

Das Mädchen wurde scharlachrot und knickste.

»Oh, er heißt Gurcyn, ist ein verheirateter Mann und alt genug, um es eigentlich besser zu wissen, Euer Gnaden, als ein Mädchen wie mich zu belästigen.«

»Aha. Dann mach dich jetzt an die Arbeit.«

Nachdem das Festessen vorüber war, zog sich Danry in seine Kammer zurück. Da er Pertycs Pflegebruder gewesen war und von den Maelwaedds auf ihre exzentrische Weise erzogen, konnte er lesen und schreiben. An diesem Abend war er froh darüber und dankte Pertycs Vater tief im Herzen, daß er ihn von den Schreibern eines anderen Herrn unabhängig gemacht hatte. Er schrieb Pertyc einen langen Brief und berichtete ihm von allem, was sich rund um den neuen König tat, und betonte dabei mehrfach, daß er sich vor Leomyr von Dun Gwerbyn hüten sollte. Früh am Morgen, als die Sonne gerade erst aufging, ging er zu den Mannschaftsunterkünften, weckte seinen Hauptmann und übergab den Brief seinem vertrauenswürdigsten Mann, damit der ihn nach Cannobaen brachte. Er ging sogar mit dem Reiter zusammen zum Haupttor der Festung und schaute ihm nach, aber als er zurückkehrte, kam ihm Leomyr entgegen.

»Ihr habt einen Brief weggeschickt?«

»Anweisungen für meinen Kämmerer zu Hause. Ihr habt ein scharfes Auge auf die Angelegenheiten anderer Männer.«

Leomyr zuckte die Achseln und verbeugte sich. Danry zweifelte nicht daran, daß Leomyr ihm ebenso sehr glaubte wie er ihm.

»Pertyc, hört mir zu«, sagte Nevyn. »Ihr habt mich um Hilfe gebeten, und ich habe versprochen, Euch zu helfen, aber es gibt verdammt wenig, was ich tun kann, wenn Ihr nicht ehrlich mit mir seid. Wann haben die Rebellen vor, sich zu erklären?«

Sichtlich hin- und hergerissen zögerte Pertyc. Sie waren in seinem unaufgeräumten Arbeitszimmer, Pertyc in einem Sessel, Nevyn hinter dem Stehpult, die Hände auf dem Buch von Prinz Mael.

»Ich weiß, daß Ihr an Eure Freunde denken müßt«, sagte Nevyn.

»Nur an einen Freund. Ich würde für ihn sterben, aber ich habe nicht vor, die Frauen und Kinder ebenfalls sterben zu lassen.«

»Das ist anständig von Euch. Aber wie kann ich Euch beraten, wenn ich nicht weiß, was Euch beunruhigt? Nehmen wir einmal an, Ihr wäret krank und Ihr würdet mir nicht sagen wollen, wo es weh tut. Wie soll ich entscheiden, was die richtige Arznei wäre?«

Pertyc zögerte und starrte geradeaus.

»Nun, es wird vermutlich vor dem Frühjahr keinen Ärger geben.« Anfangs sprach Pertyc nur zögernd, dann brach es aus ihm heraus. »Die meisten Rebellen stellen sich hinter denselben Prätendenten, Cawaryn von Elridd, aber es gibt einige, die eine zweite Gruppe bilden, weil sie dem, der hinter Cawaryn steht, nicht trauen. Diese Gruppe möchte mich auf den Thron setzen, aber ich habe mich geweigert. Nicht, daß etwas offen ausgesprochen wurde, aber ich wette, wir beide können erraten, was sie denken. Warum töten wir den Maelwaedd nicht einfach und nehmen seinen Sohn als Kandidaten?«

»Von allen dummen ... Ihr Götter, daran hätte ich denken müssen! Aber so sind die Deverrianer nun einmal – so damit beschäftigt, untereinander zu kämpfen, daß ihre Feinde einfach einmarschieren und den Krieg gewinnen können. Ich sehe, daß Ihr Maels alte Ausgabe der *Annalen der Dämmerungszeit* hier habt. Habt Ihr die Geschichten von Gwersingetoric und dem großen Gwindec gelesen?«

»Darüber, wie ihre alten Verbündeten sie verrieten und die verfluchten Rhwmanen daher König Bran und unsere Vorfahren auf die westlichen Inseln vertrieben? Zweifellos ist diese Rebellion ebenso zum Scheitern verurteilt wie jene, die Gwindec anführte. Ihr Götter, mein armer Danry! Ich ...«, er hielt inne, weil er sich nun doch verraten hatte.

»Aha. Euer Freund ist also Tieryn Cernmeton. Liebt er Euch genug, um Euch zu warnen?«

»Ja, und das hat er bereits getan, und er tut alles, was in seiner Kraft steht, die zweite Gruppe auf Cawaryns Seite zu bringen, damit sie mich in Ruhe lassen. Er sagte mir, daß sie den neuen König so bald wie möglich öffentlich ausrufen wollen. Er hat große Hoffnung, daß alle den Jungen unterstützen, sobald die Priester ihr Ritual durchgeführt haben. Ich selbst zweifle daran.«

»Das ist klug von Euch. Also gut; ich weiß genug und werde jetzt aufhören, Eure Ehre mit heißen Eisen zu foltern. Zumindest für eine Weile.«

An diesem Abend bat Nevyn Aderyn, seinen physischen Körper zu bewachen, während er sich im Lichtkörper auf die

Suche machte – eine gefährliche Angelegenheit, aber er hatte keine Wahl. Da er nie zuvor einen dieser Männer gesehen hatte, konnte er sie nicht einfach mit Hilfe des Zweiten Gesichts durch ein Feuer oder einen anderen Konzentrationspunkt beobachten. Sie gingen in seine Schlafkammer, die von dem kleinen Holzkohlenherd in der Ecke angenehm warm war. Nevyn legte sich auf den Rücken auf seine feste Strohmatratze, während Aderyn sich im Schneidersitz auf dem Boden niederließ. In dem kleinen Zimmer war es still und, von dem rötlichen Schimmer der Kohlen abgesehen, dunkel. Um diese Tageszeit war es unwahrscheinlich, daß einer der Dorfleute vorbeikommen würde, aber Aderyn war hier, um sie wegzuschicken, falls es doch geschehen sollte.

»Wohin willst du gehen?« fragte Aderyn.

»Zunächst nach Aberwyn.«

Nevyn verschränkte die Arme vor der Brust, schloß die Augen und konzentrierte sich auf seinen Atem. Schon bald erschien sein Lichtkörper, eine vereinfachte Menschengestalt aus blauem Licht, die mit einer silbernen Schnur mit ihm verbunden war. Er wechselte hinüber, hörte ein Rauschen, ein Klicken, als sein Bewußtsein sich festsetzte, und öffnete die astralen Augen. Als er auf Aderyn niederblickte, sah er den Körper seines alten Freundes nur trüb wie den Docht einer Kerzenflamme hinter dem Schimmern seiner goldfarbenen Aura.

Langsam ließ Nevyn sich zur Decke hinauftreiben, dann konzentrierte er sich auf einen bestimmten Abschnitt der Küstenstraße. Ganz plötzlich war er draußen und schwebte über dem blauen, ätherischen Licht über den Klippen. Hinter dem Strand war das Meer, ein silbrig-blauer Wirbel elementarer Kraft, der in wilden Strömungen kochte, wimmelnd vor Wildvolk und Geistern aller Art. Obwohl die Klippen aus Stein und Erde dunkel und schwärzlich schienen, waren sie dort, wo

Unkraut und Gras in Ritzen und Nischen wuchs, mit roten Flecken gesprenkelt. Die Wiesen oben auf der Klippe schimmerten in einem matten Orange, durchzogen von der toten Straße. Als Nevyn sich höher hob, drängte sich das Wildvolk um ihn, einige in Gestalt von kleinen, gebrochenen Lichtblitzen, andere als glühendes, pulsierendes, wie Edelsteine schimmerndes Licht. Als er über die Schulter schaute, sah er die Silberschnur, die sich hinter ihm erstreckte und im Nebel verschwand.

Mit dem Wildvolk hinter sich eilte Nevyn in weiten Gedankensprüngen über das schlafende Land, bis er nach Aberwyn kam. Tief unter ihm lag die Stadt: verstreute, runde, schwarze Flecke – die Häuser –, hin und wieder von einer rötlichen Pflanzenaura beleuchtet. Hier und dort zog auch eine menschliche oder Tieraura wie eine bewegte Kerzenflamme durch die dunklen Straßen. Verhüllt von einem Schleier aus Elementarkraft, strömte der gefährliche Fluß wie ein Streifen kalten Feuers durch die Stadtmitte. Nevyn ließ sich über die Stadtmauer treiben, aber er achtete darauf, beim Flug zur Festung des Gwerbret den Fluß zu vermeiden.

Da er nur ein einziges Mal in dieser Festung gewesen war, und das vor beinahe siebzig Jahren, fand er sich zunächst nicht zurecht, bis ein kleiner Garten seine Aufmerksamkeit erregte. Inmitten der hellen Auren gepflegter Pflanzen stand ein Brunnen in Form eines Drachen und eines Hippogryphen, beleuchtet vom ätherischen Schimmer des Wassers, das über sie strömte. Nevyn schwebte abwärts, bis er nur noch ein paar Zoll über dem Gras war. In der Nähe war die gekrümmte Mauer des Hauptturms zu sehen. Kerzenlicht und Feuerlicht, genauer gesagt, ihre bleichen Reflexionen in der ätherischen Welt, flackerten so deutlich aus den Fenstern, daß Nevyn annahm, daß sich die große Halle dort befand. Er konnte auch eine Spur uralter Gefühle empfangen: Blutgier, Zorn, das Hochgefühl des

Krieges und der Gestank von Verrat, all das hing als schwache, beinahe unkenntliche Spur im blauen Licht.

Er ging direkt durch die Wand und fand sich auf dem Podest auf der Ehrenseite der großen Halle wieder. Gwerbret Gatryc aß zusammen mit seiner Frau und einem Ehrengast, einem Adligen, den Nevyn nicht erkannte, einem braunhaarigen Burschen mit vorstehenden Schneidezähnen. Die Gefühlsströme, die von ihnen ausgingen, waren miteinander verwoben und stachelig wie eine Dornenhecke. Eines war klar: Sie haßten einander, aber sie brauchten einander auch. Einige Zeit sprachen sie nur von trivialen Dingen; dann verließen sie den Tisch, gingen nach oben und befahlen einem Pagen, ihnen mit Met und Kelchen zu folgen.

Nevyn folgte ihnen in eine kleine Kammer, die mit Wandbehängen geschmückt war, die für den Astralblick so matt und tot wie bemaltes Pergament waren. Gatryc und sein Gast setzten sich in geschnitzte Sessel an ein kleines Feuer, nahmen den Met entgegen und schickten den Pagen weg. Auf dieser Ebene schienen die Silberkelche mit der bläulichen Aura des Mondmetalls so lebendig wie die Hände, die sie hielten. Vorsichtig schränkte Nevyn seine Wahrnehmungsfähigkeit ein wenig ein, bis die Kammer nur noch wenig vor ätherischem Licht leuchtete und er mit großer Anstrengung die Worte der Männer wahrnehmen konnte.

»Das ist im Augenblick alles gut und schön«, sagte der Gast gerade. »Aber wie werdet Ihr Euch vorkommen, wenn Manoic den Thron kontrolliert?«

»Das ist der Zeitpunkt, an dem wir einschreiten müssen. Hört auf mich, Leomyr, ein solcher Preis ist es wert, daß man auf ihn wartet.«

»Das ist wahr, Euer Gnaden, aber wenn wir den Anspruch der Maelwaedds jetzt nicht vorbringen, könnten die Leute später große Zweifel haben. Und sie werden sich fragen, wieso

Ihr Cawaryn die Treue geschworen habt, wenn Ihr nie an ihn als König glaubtet.«

Gatryc dachte nach und drehte den Kelch zwischen seinen Händen.

»Das ist wahr. Es ist eine unangenehme Situation. Wir haben nicht genug Männer hinter uns, um Adraegyn mit Gewalt zum König zu machen. Deshalb war Danry so wichtig.«

»Ich weiß. Aber vielleicht sollten wir uns den Jungen schon jetzt holen, damit wir auf ihn aufpassen können.«

»Wenn wir Pertyc Maelwaedd jetzt angreifen, könnten wir uns ebensogut weigern, Cawaryn die Treue zu schwören, und es hinter uns bringen. Jeder wird wissen, wieso wir das tun.«

»Ich sehe nichts Schlimmes daran, den einzigen Getreuen des alten Königs auf Eurem Land zu beseitigen, bevor der Krieg beginnt. Er ist ein Feind an unserer Flanke, und wenn er sich hundertmal als neutral bezeichnet.«

»Das mag sein.« Gatryc trank einen Schluck Met. »Aber niemand wird glauben, daß er mit seinen zehn Mann eine große Bedrohung für die Rebellion ist. Und dann gibt es noch Danry und seine hundertzwanzig Mann. Und seine Verbündeten.«

Leomyr dachte nach.

»Gut, Euer Gnaden«, sagte Leomyr schließlich, »was eins angeht, habt Ihr wirklich recht: Es ist zu früh, etwas zu unternehmen. Ich möchte nur, daß Ihr weiter über diese Frage nachdenkt. Wenn der Zeitpunkt kommt, da der neue König ausgerufen wird, müssen wir ein wenig herumschnüffeln und feststellen, was wir finden können. Ich denke, wir werden einige weitere Verbündete finden, sobald Yvmur aufgeblasen um den König herumstolziert.«

Nevyn hatte genug gehört. Er dachte sich nach draußen, flog über die Mauer der Festung und machte sich auf den Heimweg. Am Morgen ließ er Aderyn in seinem Haus zurück und ritt zum Übungsfeld der Bogenschützen, wo Lord Pertyc mit seinen Männern arbeitete.

»Ich habe Neuigkeiten, Herr«, sagte Nevyn.

»Laßt uns ein wenig spazierengehen.«

Pertyc folgte ihm in den Wald, wo der Nebel in feuchten, grauen Girlanden an den Zweigen hing.

»Sagt mir eins, Herr – was wißt Ihr über einen Mann namens Leomyr?«

»Tieryn Dun Gwerbyn? Warum fragt Ihr?«

»Haltet Ihr ihn für einen Freund, den Ihr schützen müßt? Ich schwöre Euch, er ist der schlimmste Feind, den Ihr habt.«

Pertyc wurde ein wenig bleich und starrte ihn an wie ein Kind, das Schläge befürchtet.

»Woher wißt Ihr das?«

»Auf meine eigene Art. Achtet Ihr ihn?«

»Nicht im geringsten. Danry hat mich bereits vor ihm gewarnt. Ich bin einfach nur überrascht, daß Ihr es ebenfalls wißt.«

»Und hat Danry Euch auch gesagt, daß Leomyr und der Gwerbret von Aberwyn einander so nahe stehen wie zwei Kühe an einem kalten Morgen?«

»Er hat es nur angedeutet. Er war sich nicht ganz sicher.«

»Ich weiß es genau. Hört zu, wenn einer von diesen beiden hierherkommt oder sie Euch Botschaften schicken, glaubt kein Wort von dem, was sie sagen. Und schickt sofort Maer ins Dorf, um mir Bescheid zu geben.«

Im Lauf der nächsten Woche verbrachte Nevyn manche lange und gefährliche Nacht mit Reisen auf der ätherischen Ebene, bis er die Namen und das Aussehen jener kannte, auf die er achten mußte. Von diesem Zeitpunkt an konnte er sie sicherer mit Hilfe des Zweiten Gesichts verfolgen. Er sah Leomyr, der sich mit seinen Ländereien und seinen Familienangelegenheiten beschäftigte, als wären politische Intrigen ihm vollkommen fern, bis auf die ununterbrochene Reihe von Boten, die zwischen ihm, seinen Verbündeten und dem Gwerbret Aberwyn hin- und hergingen. Er hörte, wie Gatryc versuchte, sich ins Vertrauen von Männern zu schleichen, die loyal zu Cawaryn standen. Er sah Cawaryn selbst und bedauerte den Jungen, der von seinem ehrgeizigen Onkel in solche Gefahr gebracht wurde. Was noch wichtiger war, er sah Yvmur, der sich mit Priestern des Bel besprach, die über den Kalender und die Vorzeichen nachdachten und versuchten, den günstigsten Tag zur Proklamation des neuen Königs zu finden – jenen Tag, der den Beginn nicht nur von Cawaryns Herrschaft, sondern auch der offenen Rebellion darstellen würde.

Haß ist allerdings ein schlechter Grund, einen Krieg zu beginnen, einfach deswegen, weil er einen für die guten Eigenschaften des Feindes blind macht. Die Adligen von Eldidd waren so damit beschäftigt, König Aeryc für einen unehrenhaften Thronräuber zu halten, daß sie vergaßen, daß er keinesfalls ein Narr war. Er hatte den Ärger in dieser abgelegenen Provinz schon seit langem kommen sehen und Spione geschickt, die er gut dafür bezahlte, daß sie ihm mitteilten, was es zu wissen gab. Noch während Yvmur und die Priester damit beschäftigt waren, den passenden Tag zu Cawaryns Krönung festzustellen, erhielt einer dieser Spione in Dun Deverry seine Bezahlung für interessante Neuigkeiten.

Obwohl in der Feuerstelle ein großes Feuer flackerte, war es am Fenster kalt. Die Steinmauern strahlten feuchte Kälte aus, und die Glasscheiben hatten einen eisigen Atem. Außerhalb des Königspalasts von Deverry lag der erste Schnee auf totem, braunem Gras. Der König war ruhelos und ging zwischen Fenster und Feuerstelle hin und her. Aeryc war ein gutaussehender Mann mit leuchtendgrünen Augen, über sechs Fuß groß, aber dank seiner Mähne starren, hellen Haares, das er nach der Mode der Dämmerungszeit mit Zitrone gebleicht und aus dem Gesicht gekämmt hatte, wirkte er noch größer. Da er sich erhoben hatte, war auch Berater Melyr gezwungen zu stehen, aber der alte Mann hielt sich dicht am Feuer. Sein ohnehin mageres Gesicht wirkte noch abgehärmter durch die Sorge – und das war nur angemessen, dachte Aeryc, da sie über wirkliche gefährliche Entwicklungen sprachen.

»Wir haben einfach genug von dieser Warterei«, sagte Aeryc. »Wenn der König eine Rebellion hinnimmt, hat er es nicht besser verdient.«

»Zweifellos, mein Lehnsherr, aber glaubt der König wirklich, er solle selbst ins Feld ziehen?«

»Wir haben uns noch nicht entschieden.«

Aus Rücksicht auf das Alter des Beraters setzte sich Aeryc schließlich. Mit einem dankbaren Seufzen sank Melyr auf den gegenüber stehenden Sessel.

»Aber wenn wir nach Eldidd reiten, müssen wir es bald tun«, erklärte Aeryc. »Daher haben wir es eilig.«

»Ganz recht, mein Lehnsherr. Die Straßen könnten schon bald zu schlecht sein.«

»Ja.« Aeryc war viel zu beunruhigt, um sich noch länger an Formalitäten zu halten.

»Ich will verflucht sein, wenn ich es zulasse, daß diese Hunde aus Eldidd ihren Kandidaten einfach so auf den Thron setzen. Sie werden alle mit ihren Kriegshaufen in Abernaudd sein, nicht wahr.«

»Wenn die Informationen, die Ihr erhalten habt, der Wahrheit entsprechen.«

»Wieso sollte Gurcyn lügen? Er ist mir – genauer gesagt meinem Geld – schon seit Jahren treu. Er hat überall in der Provinz Informationen gesammelt, gar nicht zu reden von dem, was er mit eigenen Augen gesehen hat. Die Unverschämtheit dieser hündischen Kaufleute! Die Hochzeit dieses erbärmlichen Jüngelchens mit einem königlichen Kessel zu feiern!«

Als Aeryc sich aus reiner Wut erhob, tat Melyr es ihm mit knarrenden Gelenken nach.

»Aber Herr? Genügt das Wort eines Spions als Beweis für Verrat? Einige Lords von Eldidd haben vielleicht Verbündete in den westlichen Teilen Deverrys. Ein König, den man insgeheim ungerecht nennt, ist ein König, dem noch mehr Ärger bevorsteht.«

»Wahr gesprochen. Unter militärischen Gesichtspunkten wäre es besser, direkt über sie herzufallen und sie einen nach dem anderen zu bekämpfen. Aber unter politischen Gesichtspunkten habt Ihr recht. Es ist besser zu warten. Ich halte es allerdings nicht für falsch, bereits in der Nähe zu sein, wenn sie diese absurde Farce einer Zeremonie veranstalten. In Cerrmor schneit es nie viel. Ich habe vor, meine Armee dorthin zu führen, solange die Straßen noch passierbar sind. Dann können wir rechtzeitig mit dem Schiff nach Eldidd weitersegeln.«

»Eine brillante Idee, mein Lehnsherr. Dann bleibt nur noch die Frage, ob der König selbst mit seinen Männern reiten wird. Es erscheint mir unnötig. Ich glaube fest daran, daß Eure Hauptleute Euch genügend achten, um so tapfer für Eure Sache zu kämpfen, als würdet Ihr sie selbst anführen.«

»Selbstverständlich. Aber was bedeutet das schon? Ich gehe, und dabei dulde ich keinen Widerspruch. Ich will sie selbst in den Dreck werfen. Diese Unverschämtheit dieser elenden Hundesöhne von Adligen! Haben sie sich denn eingebildet, daß ich sie nicht im Auge behalte? Ich ...«, Aeryc hielt inne und grinste.

»Mein Lehnsherr?«

»Mir ist gerade etwas eingefallen. Da sie anscheinend nicht über Spione nachdenken, möchte ich wetten, sie haben keine. Wie ungerecht von mir, alle Spione auf meiner Seite zu haben!

Ich denke, wir sollten ihnen bald jemand mit Informationen schicken, die extra für sie zusammengebraut wurden – wie ein Abführmittel.«

Es war etwa einen Monat später, als Yvmur zu einem Besuch vor Danrys Toren stand. Den ganzen Tag taten sie so, als wäre dies einfach ein Höflichkeitsbesuch, bei dem der Tieryn seine Neugier auf die Vorbereitungen für die Thronbesteigung befriedigen konnte. Später an diesem Abend allerdings, als Danrys Familie sich in ihre Zimmer zurückgezogen hatte und der Kriegshaufen wieder in den Unterkünften war, blieben sie noch am Ehrentisch in der großen Halle sitzen und tranken einen letzten Kelch Met am niedergebrannten Feuer.

»Ich habe nichts davon gehört, was Leomyr tut«, sagte Danry. »Ihr vielleicht?«

»Nein, und das macht mir Sorgen. Es ist lange her, seit er zum letztenmal in Aberwyn war, aber ich bezweifle, daß er sich nur um seine eigenen Angelegenheiten gekümmert hat. Ich habe ihm eine Botschaft geschickt, in der ich ihn freundlich fragte, ob er uns die Ehre erweist, an den Zeremonien teilzunehmen. Sollte er zustimmen, werden wir immer Platz für einen weiteren Ehrenstallmeister haben.«

»Gut. Laßt mich wissen, wenn er antwortet.«

Als die bleiche Sonne am nächsten Morgen spät aufging, glitzerte sie auf frostweißem Reif, der dick auf dem Laub am Boden und dem sterbenden Gras lag. Mit ein paar Hunden und Treibern ging Danry mit seinem Gast zur Jagd. Gerade als ihre kleine Gruppe den Rand eines kahlen Waldes erreichte, kam ein Reiter hinter ihnen hergaloppiert. Es war ein Mann aus der Festung, der wieder und wieder Lord Danrys Namen schrie.

»Euer Gnaden«, keuchte der Mann. »Dringende Nachrichten. Ihre Ladyschaft hat mich geschickt, Euch zu holen. In der Festung ist ein Bote für Euch.«

Auch ohne ausdrücklichen Befehl Danrys wendete die Jagdgesellschaft, und alle galoppierten zurück. Schon auf dem Weg hatte er ein schlechtes Gefühl; eisig kalt wie der Morgen umklammerte es sein Herz – ein Vorzeichen, das durch die Botschaft von Manoic mehr als bestätigt wurde.

»Es ist wirklich dringend, Euer Gnaden«, sagte der Bote. »Ich flehe Euch an, laßt sofort Euren Schreiber rufen.«

Statt dessen brach Danry das Siegel und holte die Pergamentrolle selbst heraus. Während er las, wich ihm das Blut aus dem Gesicht. Der Kaufmann Gurcyn war von seiner letzten Geschäftsreise mit schrecklichen Neuigkeiten zurückgekehrt. Der König hatte Männer in Cerrmor – noch schlimmer, der König selbst war in Cerrmor, und alle sagten, er habe vor, mit seiner gesamten Armee nach Eldidd zu reiten, bevor die Rebellen Cawaryn zum König erklären konnten. Manoic bat darum, daß alle in Eldidd ihre Kriegshaufen nach Aberwyn führen sollten, wo sie den Jungen dann zum König erklären und dem Eindringling entgegenmarschieren würden.

»Ihr Götter«, sagte Danry. »Nun, es sieht so aus, als würde Euer Neffe nicht die schöne Zeremonie bekommen, die wir geplant haben, mein Freund.«

»Zum Höllenfürsten mit der Zeremonie, solange er nur König wird. Der verfluchte Deverrianer glaubt also, er könnte uns heraustreiben wie Hirsche aus einem Wald? Wir werden auf unserem Boden kämpfen, nicht auf seinem, und das können wir jetzt ebenso gut wie später.«

Danry nickte zustimmend, aber er wußte ebensogut wie Yvmur, daß dies nur Prahlerei war. Sie hatten keinen Kriegsrat gehalten, hatten keine Nachschublinien geplant, hatten nicht an ihren Befestigungen gearbeitet. Am Rand des Winterhungers würde Aeryc sich auf den Überfluß eines Königreichs verlassen können, während die Rebellen ihre Vorräte der widerstrebenden Bevölkerung abnehmen mußten.

»Ich sollte mich lieber gleich auf den Weg machen«, sagte Yvmur.

»Ja. Wir müssen alle Vorbereitungen treffen. Wir sehen uns so bald wie möglich in Aberwyn.«

Diesen ganzen Tag, bis weit in die Nacht hinein, arbeitete Danry Seite an Seite mit seinem Kämmerer und dem Hauptmann, um den Kriegshaufen kampfbereit zu machen und genügend Vorräte zusammenzustellen. Er schlief unruhig ein paar Stunden, dann erhob er sich lange vor Morgengrauen, um weiterzuarbeiten. Gerade als die Sonne sich über den Horizont erhob, rannte er nach oben, um sich von seiner Frau zu verabschieden. Ylanna warf sich ihm weinend in die Arme.

»Schon gut, schon gut, meine Liebste«, sagte Danry. »Wir werden uns bald wiedersehen. Die Götter werden auf der Seite einer gerechten Sache und des wahren Königs kämpfen.«

Obwohl ihr bleiches Gesicht tränenfeucht war, blickte sie auf und zwang sich zu einem Lächeln.

»Ganz bestimmt. Dann kämpfe bis zu einem wirklichen Sieg, mein Liebster, und bringe unseren Jungen sicher wieder zurück.«

»Das schwöre ich. Eines Tages wirst du in der Gunst einer echten Königin von Eldidd stehen.«

Draußen im Hof ging ihr ältester Sohn, Cunvelyn, nervös auf und ab. Er grinste von einem Ohr zum anderen. Der Fünfzehnjährige sollte zum erstenmal in den Kampf reiten.

»Und für wen kämpfen wir, Junge?« fragte Danry.

»Für den wahren König. Den wahren König von Eldidd.«

Der Kriegshaufen jubelte: für den König, den König! Danry lachte, als er aufs Pferd stieg. Während sie durchs Tor trabten, begann ein neuer Tag für Eldidd.

Sie erreichten Aberwyn schon nach drei Tagen, und unterwegs sammelten sie Männer und Verbündete auf, bis Danry durch Zustimmung der anderen Adligen eine Armee von vierhundert Köpfen in die Stadt führen konnte. Die Festung des Gwerbret wimmelte von Menschen und Pferden. Überall im Hof standen Vorratswagen, Pferde waren in Gärten angebunden, Schlafrollen lagen auf dem Boden in der großen Halle, Waffen und Rüstungen auf den Tischen, an denen Krieger standen, um zu trinken und zu essen, und Dienstboten rannten endlos mit Essen und Botschaften und weiteren Teilen von Rüstungen hin und her. Danry drängte sich durch und fand in den Privatgemächern des Gwerbret oben im Hauptbroch einen Kriegsrat vor. Gewöhnliche Lords standen am Rand, während die Tieryns sich in den halbrunden Raum drängten. Manoic und Gatryc standen zu beiden Seiten des Thronprätendenten und redeten eindringlich auf ihn ein, häufig zur gleichen Zeit. Danry sah sich nach Leomyr um und entdeckte ihn ebenfalls am Rand, wo er an der Wand lehnte. Danry war müde und erschöpft genug, um auf die Höflichkeitsfloskeln zu verzichten.

»Jetzt ist keine Zeit mehr für Eure verfluchten Intrigen. Laßt den Dachs in seinem Bau.«

»Das weiß ich genausogut wie Ihr, aber es könnte für den Maelwaedd bereits zu spät sein.«

»Was redet Ihr da?«

»Hört zu. Hört zu, was sie sagen, Falke.«

Danry ließ ihn stehen und drängte sich wieder durch die Menge, wobei er hier und da stehenblieb und ein Wort mit einem Freund sprach. Alle hatten dieselbe Frage: Woher wußte Aeryc so viel von ihren Plänen?

»Er wußte sogar von dem verfluchten Kessel, den die Gilde dem König geschenkt hat«, sagte Ladoic von Siddclog. »Das ist Verrat, Jungs.«

Die Männer in seiner Nähe nickten grimmig und starrten Danry auf entschieden unangenehme Weise an. Danry war völlig verblüfft und fragte sich, ob sie an seiner Loyalität zweifelten, aber dann fuhr Ladoic fort.

»Neutral, wie? Dieser Dachsfreund, den ihr habt, meine ich. Ich denke, Pertyc hat Euch Sand in die Ohren gestreut, Danry. Wir hätten nach Cannobaen reiten und ihn umbringen sollen, als er sich geweigert hat, sich uns anzuschließen.«

Die meisten der Männer im Raum drehten sich nun um, um zuzuhören. Als Danry sich umsah, sah er kalte Blicke – Augen, in denen bitterer Haß stand.

»Pertyc hat es mir geschworen«, fauchte Danry.

»Oh, zweifellos«, erwiderte Ladoic. »Niemand gibt Euch die Schuld, mein Freund. Schwüre sind schon öfter gebrochen worden. Irgend jemand hat dieser Eiterbeule von einem Deverrianer alles gesagt, was er wissen muß.«

Nicken, grimmiges Lächeln – Danry hatte das Gefühl, daß man mit tausend Messern auf ihn einstach.

»Bei den Höllen, Pertyc würde eher sterben, als mich anzulügen. Es muß ein anderer gewesen sein!«

»Dafür haben wir jetzt ohnehin keine Zeit mehr!« Yvmur schob andere zur Seite, um Danry zu erreichen. »Es ist ganz gleich, wer den Weinschlauch aufgeschlitzt hat – jetzt geht es darum, das Loch wieder zu stopfen. Später können wir uns darum kümmern, wer der Verräter sein könnte.«

Mehr Nicken, leises Murmeln, mürrische Zustimmung. Den Rest des Tages hielt Danry sich zurück. Obwohl er sich weigerte zu glauben, daß Pertyc ein Verräter war, fraßen die Zweifel an ihm wie Gift.

Statt des Festessens, großartiger Feierlichkeiten und einer Halle, die in Blau und Gold drapiert war, statt der Gesellschaft schöner Frauen und statt der langen Prozessionen zum Tempel, erklärte man Cawaryn an einem finsteren, kalten Morgen einfach in Gwerbret Gatrycs Hof zum König. Fackeln leuchteten und warfen ihr rötliches Licht auf die grimmigen Gesichter der Männer, der Lords in den ersten Reihen, der Reiter weiter hinten, die sich dicht drängten, bewaffnet für den Krieg und bereit zu reiten. Auf einem improvisierten Podium stand der Junge hoch aufgerichtet, flankiert von den Gwerbrets und seinem Onkel, während die Priester des Bel ihm den Umhang im blau-gold-silbernen Karo von Eldidd um die Schultern legten. Cawaryn kniete nieder, während die Priester ihre Hände hoben und über ihm beteten. Danry lauschte grimmig und war froh über jedes Gebet, das sie auf ihrer Seite hatten. Endlich nahm der Priester die massive Ringbrosche von Eldidd aus einer Schachtel, die man über fünfzig Jahre in den Gewölben des Tempels aufbewahrt hatte. Die Brosche maß acht Zoll im Durchmesser, war aus Gold und auf beiden Seiten mit zartem Knotenwerk verziert, das einem König angemessen war. In der Mitte zeigte sie Drachen und Hippogryph, die sich um einen riesigen Saphir wanden. Als der Priester sie mit beiden Händen hochhielt, keuchte die Menge ehrfürchtig. Langsam und feierlich steckte der alte Priester sie dem Jungen an die Schulter.

»Erhebt Euch, Cawaryn«, rief der Priester. »König von ganz Eldidd in der Stunde der Not.«

Als der Junge aufstand, jubelten die Männer. Welle um Welle lauten, hysterischen Lachens erfüllte den Hof, während die Sonne sich über dem Krieg erhob.

Die Armee ritt noch an diesem Morgen los. Außer der Küstenstraße gab es von Deverry aus nach Eldidd noch zwei Bergpässe. Der im Norden war hoch und zweifellos völlig verschneit. Der südliche Paß würde einer entschlossenen Armee gerade noch zugänglich sein. Obwohl man schon vor längerer Zeit Späher entsandt hatte, nahmen alle an, daß die Deverrianer von Cerrmor aus die Küste entlangkämen.

Zwei Tage angestrengten Reitens brachten eine Armee von beinahe tausend Mann in die Vorgebirge. Bei diesem ersten

Marsch hatten sie viel Hoffnung. Auf ihrer Seite standen Männer, die nicht nur auf Befehl kämpfen würden, sondern weil sie an den Kampf glaubten. Sie hatten rechtzeitig von Aerycs Plänen erfahren, um ihren eigenen Platz für dieses erste Zusammentreffen wählen zu können. Die Vorräte reichten zumindest für ein paar Wochen. Kundschafter ritten aus und kehrten mit der Nachricht vom Südpaß zurück, daß von den Deverrianern noch nichts zu sehen war. Spät am zweiten Abend rief Yvmur Danry zu einem Kriegsrat an das Feuer des Königs. Während die älteren Männer sich unterhielten, ging Cawaryn auf und ab, die Brosche schimmernd an seiner Schulter.

»Wenn wir Aeryc auf der Seestraße stellen«, sagte Yvmur, »erwischen wir ihn an einem für ihn elend schlechten Platz. Wir können ihn gegen die Klippen drücken, wo er keinen Platz mehr zum Manövrieren hat.«

»Und wenn die Götter es erlauben, werfen wir ihn ins Meer«, sagte Gatryc grinsend. »Sind die Späher schon zurück?«

»Nicht die letzten.« Nun ergriff der König endlich das Wort. »Wir haben Männer über die Grenze geschickt, in der Hoffnung zu erfahren, wie weit entfernt der Feind lagert.«

Die Männer nickten ernst und versuchten, die häufigen Seitenblicke des Königs zu seinem Onkel zu ignorieren.

»Mein Lehnsherr?« sagte Danry. »Und was ist mit den Kundschaftern aus dem Norden?«

»Kein Wort«, warf Yvmur ein. »Wir haben ihnen Männer hinterhergeschickt, aber ich wette, daß Aeryc diesen Paß nicht benutzen wird.«

Damit hatte Yvmur recht, aber die Rebellen hatten übersehen, was außer Ganedd aus Cannobaen jeder übersehen hatte: Der Hochkönig hatte Schiffe in Cerrmor, eine gewaltige Flotte von Schiffen, die ausreichen würde, eine Armee von über fünfzehnhundert Männern nach Abernaudd zu bringen. Die

Rebellen hörten gegen Mittag des nächsten Tages von der Landung, als ein völlig erschöpfter Reiter die Nachhut erreichte, nachdem die Armee schon wieder auf dem Weg nach Osten war. Danry ritt mit Yvmur und Leomyr nach hinten, um zu sehen, was los war, und fand einen der Männer vor, die sie als Wache in Abernaudd zurückgelassen hatten.

»Herr, er ist in die Stadt eingedrungen! Ich konnte gerade noch fliehen.«

»Was?« fauchte Yvmur. »Wer?«

»Der König. Der deverrianische König. Aeryc. Mit einer Flotte. Sie sind gestern im Morgengrauen im Hafen gelandet. Sie haben den Hafen eingenommen, Ihr Herren, aber die Stadt hält sich. Sie haben nicht versucht anzugreifen. Sie lagern nur vor den Toren.«

Noch während die Männer ringsum fluchten und staunten, wußte Danry mit schrecklicher Sicherheit, wieso Aeryc sich Zeit ließ.

»Dann müssen wir sofort zurückreiten.« Das war Manoic, der sich an den Männern vorbeischob, die den Boten umdrängten. »Meine Stadt! Er wird meine Stadt niederbrennen.«

»Unsinn«, zischte Danry. »Genau das will er uns glauben machen, und es wäre absolut falsch, jetzt loszureiten.«

»Haltet den Mund, *Tieryn* Danry! Ich sage, wir kehren sofort zurück.«

»Laß Danry ausreden.« Sehr zur allgemeinen Überraschung – vielleicht sogar seiner eigenen – war es Leomyr, der ihn verteidigte. »Er kennt den Krieg, Herr, im Herzen, im Blut, in seinen Knochen.«

Einen Augenblick schwiegen alle; dann nickte Manoic mürrisch und ließ Danry sprechen.

»Wir sind es, auf die er es abgesehen hat. Er hat nicht vor, einer Menschenseele in der Stadt ein Haar zu krümmen und damit Abernaudd gegen sich aufzubringen. Er möchte uns und die Rebellion brechen und dann allen anderen in Eldidd seine majestätische Gnade anbieten, damit es hier nie wieder eine Rebellion geben wird. Wenn wir zurück nach Abernaudd eilen, wird er an einem Ort, den er selbst gewählt hat, mit ausgeruhten Männern auf uns warten.«

Die Streitereien brachen aus wie ein Sommergewitter, donnernd gewaltsam und unglaublich schnell.

»Das mag sein, Falke«, sagte Manoic schließlich. »Also was sollen wir tun? Selbst eine gute Position finden und darauf warten, daß er uns verfolgt? Unsere Männer könnten verhungern, bevor er sich auch nur bewegt.«

»Das weiß ich, Euer Gnaden. Ich schlage vor, nach Aberwyn zu marschieren. Soll Aeryc doch hinten in Abernaudd sitzen und auf uns warten. Bis er sich regt, haben wir uns in einer ummauerten Stadt verschanzt, deren Befestigungen den Hafen vom Land trennen. Wir können Schiffe und Vorräte aussenden, wenn wir wissen, wohin, oder unsere Männer sicher auf dem Weg hinein- und hinausbringen. Und dann können wir Ausfälle ins offene Land unternehmen.«

Alle sahen nun Gatryc an. Er zuckte mit den Achseln.

»Leomyr hat recht«, meinte der Lord von Aberwyn. »Der Falke lebt und atmet den Krieg. Ihr Herren, gestattet mir, Euch die Gastfreundschaft meiner Festung anzubieten.«

Einige lachten, aber es war ein grimmiges, leises Lachen. Doch als sie sich daranmachten, Befehle auszugeben, hatten sie immer noch Hoffnung. Männer und Pferde waren frisch, und selbst wenn sie einen Umweg nahmen, um Aeryc abzulenken, war Aberwyn kaum mehr als hundert Meilen entfernt. Zum Unglück der Rebellen ergab sich aber Abernaudd, das nur von fünfzig älteren oder kranken Männern der Rebellenarmee und einer widerstrebenden und jämmerlichen Stadtwache gehalten wurde, noch an diesem Nachmittag.

Als die Stadtmiliz die Tore von Abernaudd öffnete, befürchtete Aeryc einen Hinterhalt, aber sorgfältig ausgewählte Truppen besetzten die Stadt ohne jeden Zwischenfall. Dann ritt Aeryc mit dem Rest der Armee durch unbewachte Tore und stille Straßen, wo sich die Bürger hinter den Fenstern verbargen. Erst in der Nähe der Festung sah er eine einzelne alte Frau an einer Straßenecke stehen. Als er vorbeireiten wollte, raffte sie ihren abgetragenen Rock und knickste mit vollendeter Höflichkeit. Aeryc hob die Hand und wies die Armee an anzuhalten. Während die Männer mit einigen Schwierigkeiten hinter ihm zum Stehen kamen, verbeugte er sich feierlich aus dem Sattel vor der runzeligen Alten. »Guten Tag. Und was bringt dich dazu, einen Knicks vor dem König zu machen?«

»Gute Erziehung, mein Lehnsherr. Ob nun alle anderen in dieser verfluchten Stadt ihre Höflichkeit vergessen haben oder nicht – und das muß es wohl sein, wenn sie vor ihrem König die Tore verschließen. Mach immer einen Knicks, wenn du einen König siehst, hat meine Mutter mir gesagt, und das tue ich.«

»Ach ja? Und wie ist dein Name?«

»Ach, sie nennen mich die verrückte Mab, und sie haben ganz recht, mein Lehnsherr. Werdet Ihr die Stadt niederbrennen? Ich mag ein gutes Feuer.«

»Nun, du wirst dir leider nur Feuer im Kamin ansehen können, Mab. Erzähl allen, die dich fragen, daß der König sagt, es gibt Gnade für alle, die nicht direkt an der Planung der Rebellion teilgenommen haben. Ich werde das auch bald öffentlich verkünden lassen.«

»Bis dahin werden es alle längst von mir gehört haben, mein Lehnsherr. Ihr seht wirklich wie ein guter König aus.« Die verrückte Mab legte den Kopf ein wenig schief und betrachtete ihn nachdenklich. »Ja, das tut Ihr, und Ihr seid sicher auch höflich zu Eurer Mutter.«

»Ich tue mein Bestes. Guten Tag, Mab.«

Als Aeryc zur Festung hinaufritt, fand er dort seine eigenen Männer an den Toren. Die Festung war verlassen, sagten sie ihm, kein Mann, kein Pferd war mehr übrig, und auch die meisten Vorräte waren verschwunden. Nicht einmal die Dienstboten waren noch da. Vermutlich hatten sie sich unter die Städter gemischt.

»Die verfluchten Dienstboten sind mir gleich«, sagte Aeryc dem Hauptmann, der ihm Bericht erstattete. »Manoics Frau muß anderswo Schutz gesucht haben, auch das stört mich nicht. Im Augenblick machen Geiseln ohnehin nur zuviel Umstände.«

Aeryc überließ sein Pferd einem Pagen und ging mit Gwenyn, dem Hauptmann seiner Leibwache, in die große Halle. Aeryc war überrascht, wie klein und schäbig sie war, nicht viel besser als die Halle eines Tieryn in Deverry. Die Wandbehänge waren altmodisch, die Möbel abgenutzt, und es war nur Platz für zweihundert Männer.

»Nun, mein Lehnsherr«, meinte Gwenyn, »der falsche König wird in dieser Festung schließlich nur hängen. Dafür ist sie groß genug.«

Einer der Männer fand ein paar gute Landkarten. Das war sehr wichtig, weil weder der König noch einer seiner Hauptleute zuvor in Eldidd gewesen waren. Aeryc setzte sich auf die Kante des Ehrentisches und breitete die Karten dort selbst aus. Während er und seine Leute eilig eine Mahlzeit aus Käse und Brot zu sich nahmen, die sie mit einem vergessenen Faß von Manoics Bier hinunterspülten, studierte er die langgezogene Kurve der eldiddischen Küste, an der all die Dörfer und Ländereien der Adligen eingezeichnet waren. Weit im Westen lag Cannobaen, wo sich sein einziger loyaler Vasall vergraben hatte wie der Dachs seines Wappens. Aeryc zeigte mit der Dolchspitze auf diese Stelle.

»Auf die eine oder andere Weise werden wir am Ende der Festung des Maelwaedd einen Besuch abstatten müssen«, sagte Aeryc. »Ich habe vor, ihn für seine Loyalität zu belohnen, also sollte er sich am besten mit seinen Männern der Armee anschließen. Unser Spion sagt, sie haben nur zehn oder elf Reiter, aber einem Mann wie dem Maelwaedd wird es auch um die Ehre gehen.«

»Zweifellos, mein Lehnsherr«, sagte Gwenyn. »Ihr Götter, an der Westgrenze gibt es nicht sonderlich viel, oder?«

»Nach allem, was ich gehört habe, nur Wald und Nebel. Ich habe es nicht eilig, nach Cannobaen zu marschieren. Dazu besteht kein Anlaß. Zunächst warten wir hier in der Falle und sehen, ob unsere Rebellen den Köder schlucken.«

Kurz nach Sonnenuntergang kamen jedoch zwei Späher zurück und brachten die Neuigkeiten, daß die Rebellenarmee sich offenbar nach Aberwyn bewegte. Aeryc befahl, daß die Männer sich bereithalten sollten, lange vor der Morgendämmerung aufzubrechen.

Danry hatte selbst auch Späher ausgeschickt, und als die Rebellenarmee an diesem Abend ihr Lager aufschlug, sorgte er dafür, daß dieses Lager von doppelten Wachen umgeben war. Nach einem kurzen und vergeblichen Gespräch mit dem demoralisierten König kehrte Danry zurück an sein eigenes Feuer und fand dort seinen ungeduldigen Sohn vor, der auf ihn wartete.

»Vater, ich will nicht den ganzen Winter in Aberwyn hocken! Werden wir denn überhaupt nicht kämpfen?«

»Ganz bestimmt. Nachdem erst das ganze Land unserem Ruf gefolgt ist und sich eine Hilfsarmee auf dem Weg zu uns befindet, werden wir Ausfälle aus Aberwyn vornehmen.«

Cunvelyns Enttäuschung war geradezu kindisch.

»Warten ist ein Teil des Krieges, Junge, ob dir das gefällt oder nicht – du bist dadurch bereits ein echter Soldat.«

Zu diesem Zeitpunkt hatte die Rebellenarmee den Aver Dilbrae zwanzig Meilen flußaufwärts von Abernaudd überquert und lagerte am Westufer. Wenn sie in einer halbwegs direkten Linie weiter nach Süden zogen, waren sie jetzt nur noch fünfundvierzig Meilen von Aberwyn entfernt. Da eine Armee selbst bei gutem Sommerwetter nicht mehr als zwanzig Meilen am Tag zurücklegen konnte und sie an den kurzen, feuchten Wintertagen Glück hatten, wenn sie zwölf schafften, nahm Danry an, daß sie außerhalb der Reichweite des Königs waren. Er hatte einfach keine Ahnung, daß die Elitekavallerie des Königs – sorgfältig ausgebildet, ausgerüstet mit den besten Pferden, genügend Ersatzpferden und unterstützt von einem ausgeklügelten Nachschubsystem, das ironischerweise eine von Nevyns Hinterlassenschaften an das Königreich war – in Notfällen die doppelte Entfernung zurücklegen konnte.

Yvmur selbst machte die Situation am nächsten Morgen unwissentlich noch ein wenig schlechter, indem er darauf bestand, daß die Armee einen kleinen Umweg in Richtung seiner eigenen Festung, Dun Graebyr, unternahm, um dort die zwanzig Männer mitzunehmen, die er auf Wache zurückgelassen hatte. Da Aeryc die Hauptarmee angreifen würde, ging Yvmur davon aus, daß er sich nicht um die Festung kümmern würde, also könnten sie die Männer und die frischen Pferde ebensogut mitnehmen. Obwohl Danry den Mann am liebsten angetrieben hätte, so schnell wie möglich weiterzuziehen, war er sich schmerzlich bewußt, daß er kein Cadvridoc war, nur eine Art Berater, und das auch nur, solange man es zuließ. Also hielt er den Mund, und die Armee bog scharf nach Westen ab, statt sich direkt nach Süden zu bewegen.

Am Ende machten Yvmurs zwanzig weitere Männer keinen Unterschied, weil Aeryc sie am zweiten Tag nach der Übergabe von Abernaudd einholte. Da die Rebellen an den Flanken Spähtrupps ausgeschickt hatten, war Danry nicht vollkommen überrascht. Sie hatten immerhin eine gute Stunde, eine Stellung zu finden, in der sie sich gut verteidigen konnten, und die Armee aufzustellen. Sie fanden eine Wiese, an deren Rand sich eine niedrige Erhöhung befand, kaum mehr als zwölf Fuß hoch, aber genug, um ihnen Rückendeckung zu bieten. Außerdem standen oben auf dem Hügel ein paar Bäume, unter denen der Troß ein wenig geschützter wäre. Was den König anging, so nahmen Yvmur und die beiden Gwerbrets ohne Widerspruch Danrys Rat an, den Jungen bei dieser ersten und wichtigen Schlacht am besten aus dem Weg zu halten. Während sie auf Aerycs Armee warteten, packte Danry Cunvelyn am Kragen.

»Hör gut zu, Junge, das ist jetzt dein erster richtiger Kampf. Du wirst zu den Männern gehören, die den König schützen.«

»Du meinst wohl, die sich im Wald verstecken!«

Danry schlug ihm ins Gesicht, aber er hielt sich zurück, weil es nur darum ging, dem Jungen Manieren beizubringen.

»Du tust, was ich sage.«

»Jawohl, Herr.«

»Gut.« Er gestattete sich ein Lächeln. »Und jetzt komm, Cunno, die meisten Männer würden danach lechzen, neben dem König reiten zu dürfen. Man ehrt dich hier, du dummer kleiner Welpe, und glaub mir, es wird später noch genügend Schlachten geben.«

Cunvelyn rieb sich die Wange, und auch er lächelte. Sein Vater versetzte ihm einen aufmunternden Schlag auf die Schulter, dann schickte er ihn hinter den Vorratswagen und dem Rest der Königswache her.

Als Aerycs Armee in Sicht kam, hatte die Sonne ihren Höchststand erreicht. Hörner erklangen entlang der Rebellenlinie. Mit metallischem Klirren zogen Männer ihre Speere und hielten die Schilde bereit. Danry stellte seine Männer auf und setzte sich selbst an ihre Spitze, in die Mitte des langgezogenen Halbmondes seiner Armee. Er sprach noch ein kurzes Stoßgebet um Cunvelyns Sicherheit; dann gellten die deverrianischen Hörner ihre Herausforderung, und es war keine Zeit mehr zum Beten oder Denken. Aerycs Armee bog von der Straße ab, löste sich aus einem Gehölz und blieb eine Viertelmeile entfernt stehen, um die Speere zu zücken. Es waren etwa tausend Männer, schätzte Danry, also waren sie etwa gleich stark, obwohl seine Späher die Anzahl höher geschätzt hatten, was er auf die Angst und Aufregung der unerprobten Männer zurückführte. Das war der einzige Fehler, den er in der ganzen Kampagne machte.

Die deverrianische Armee drängte sich zum Angriff zu einem Keil zusammen. Als sie endlich nahe genug waren, daß Danry die goldenen Drachen auf ihren Schilden sehen konnte, blies auch auf der eldiddischen Seite das Horn zum Angriff. Die Linie bewegte sich, der Keil schob sich vorwärts und auf die Rebellen zu. Mit einem Befehl an seine Männer warf Danry seinen Speer und zog das Schwert, beinahe im selben Augenblick, als seine Männer die Schilde hochrissen. Einige von ihnen fielen. Danry stieß einen Kriegsschrei aus und gab seinem Pferd die Sporen. Seine Männer folgten ihm auf dem Fuß und wandten sich ein wenig zur Seite, weil man sie ausgebildet hatte, in die Flanke der führenden Reiter einzudringen und sie zu zerstreuen. Hinter ihnen brach der Rest der Armee in Kriegsgebrüll aus.

Danry fand sich einem Mann gegenüber, tötete ihn, wandte sich einem anderen zu, und dann hörte er Hörner – viele Hörner – laut und deutlich über den Kriegsschreien und dem Waffengeklirr. Die deverrianische Linie bewegte sich rückwärts, beinahe wie zum Rückzug. Sein Hauptmann, Odyl, war plötzlich neben Danry.

»Herr! Dort hinten!«

Da Odyl jetzt seine Flanke bewachte, hatte Danry Gelegenheit, sich umzudrehen, gerade als eine Staubwolke sich hinter den Bäumen erhob und weitere Hörner und Kriegsschreie erklangen. Der Rest der deverrianischen Armee kämpfte sich die andere Seite des Hügels hinauf. Zweifellos versuchten sie, die Rebellenarmee von hinten anzugreifen, und plötzlich wurde Danry klar, daß ihnen das tatsächlich einen guten Preis einbringen würde.

»Der König!« schrie er. »Odyl!«

Schreiend und fluchend versuchten sie, ihre Pferde zu wenden und den Rest ihrer Männer mit den Hügel hinaufzunehmen, aber die Deverrianer waren überall. Aerycs Männer kämpften verdammt gut. Danry hatte gerade noch Zeit, sich das unwillig einzugestehen, bevor er um sein Leben kämpfen mußte, weil er von dreien gleichzeitig bedrängt wurde. Odyl fiel, von einem Schwerthieb im Rücken getroffen. Verzweifelt kämpfte Danry darum, auf dem Pferd zu bleiben, parierte mehr, als daß er angriff, aber immer, wenn er einem Schlag ausgewichen war, fand er sich neuen Gegnern gegenüber. Sein Herz wurde eiskalt, als ihm klar wurde, daß Aerycs Männer sich bewußt auf die Anführer stürzten, die Adligen und Hauptleute, um die Gemeinen dann um so besser in ihre Gewalt bringen zu können. Schweigend wie der Tod, schlug er weiter zu, parierte, duckte sich, trieb sein Pferd vor- und rückwärts, bis sie endlich den Hügel erreicht hatten. Dort hatte sich das, was als Schutz gedacht war, als Falle erwiesen. Er wurde so hart bedrängt, daß es den Tod bedeutet hätte, sein Pferd zu wenden und den Hügel hinaufzureiten. Er konnte nur weiterkämpfen und hoffen, daß er die Gelegenheit erhalten würde, seitwärts auszubrechen.

Die Hörner von Eldidd bliesen zum Rückzug. Überall sah Danry den goldenen Drachen. Er stieß einen Mann von seinem

Pferd, tötete einen weiteren, drängte vorwärts und entging durch reines Glück zwei Deverrianern so schnell, daß sie nicht reagieren konnten. Gerade als er durchgebrochen war, sah er drei eldiddische Schilde, die auf ihn zugaloppierten: Leomyr und zwei seiner Männer.

»Verschwindet von hier, Mann!« schrie Leomyr ihm zu. »Wir haben verloren!«

»Mein Sohn! Ich muß zu den Bäumen!«

»Das ist hoffnungslos. Es tut mir leid, aber um der Götter willen, reitet!«

Ein Trupp von etwa zwanzig Männern kam direkt auf sie zu. Nur der Gedanke, daß der König und Cunvelyn vielleicht durch ein Wunder noch am Leben waren und ihn brauchen könnten, brachte Danry dazu, sich zurückzuziehen, aber dann folgte er Leomyr und den anderen, die auf die Sicherheit eines entfernteren Waldes zuhielten. Später sollte Danry erkennen, daß ihnen die Flucht nur gelungen war, weil die Feinde durch ihren großen Sieg einzelnen gegenüber gleichgültig geworden waren. Zu diesem Zeitpunkt aber konnte er nur den Göttern danken, daß sie es geschafft hatten.

Auf der anderen Seite des Waldes fanden sie weitere versprengte eldiddische Reiter. Sie trieben sie zusammen wie Vieh und führten sie weiter, immer im Galopp, bis ihre Pferde nicht mehr konnten, dann ließen sie sie in taumelnden Schritt übergehen. Als Danry sich im Sattel umdrehte und zurückblickte, sah er keine Verfolger. Ihnen blieb nur noch, zur nächsten loyalen Festung zu reiten und zu hoffen, daß der Rest der Armee dieselbe Idee hatte. Auf dem Weg sammelten sie tatsächlich weitere Kämpfer auf, bis sie schließlich sechzig müde Männer zu Lord Marddyrs Tor brachten. Im Hof fanden sie Verwundete und erschöpfte Pferde. Danry überließ seine Tiere den hektischen Dienern und führte die Männer hinein.

Die Halle war ein Meer von Reitern, die auf dem Boden saßen, in Ecken lagen, sich um ihre Wunden kümmerten oder einfach nur weinten. Marddyrs Frau und ihre Dienerinnen eilten hierhin und dorthin und kümmerten sich um die Verwundeten. Am Ehrentisch hatten sich die Adligen zusammengedrängt. Als Danry und Leomyr dazu traten, erkannte Danry entsetzt, daß der König nicht unter ihnen war, ebensowenig Manoic und Yvmur.

»Sie haben den König gefangengenommen! Ihr Götter, sie haben ihn gefangengenommen wie einen gewöhnlichen Reiter«, berichtete Ladoic aufgebracht.

Danry weinte um das Ende all seiner Hoffnungen und seiner Ehre, während die anderen weitererzählten. Er war nicht der einzige Mann, dem die Tränen über die Wangen liefen. Einer hatte gesehen, wie Manoic fiel, ein anderer wußte, daß Yvmur tot war, ein dritter hatte gesehen, wie man Cawaryn aus dem Sattel zog. Während sie noch sprachen, kamen weitere Männer in die große Halle getaumelt. Bei jedem Neuankömmling blickte Danry auf und betete, es möge sein Sohn sein. Aber Cunvelyn kam nicht. Als die Sonne unterging, entzündeten die Diener Kerzen, und die Adligen begannen sich zu streiten, was als nächstes zu tun sei. Jeder Lord hatte in seiner Festung ein paar Leute als Wache zurückgelassen; wenn sie sie zusammenzögen, würden sie eine Armee von vierhundert Männern haben. Die Frage war, wie sie vorgehen sollten. Endlich brachte Gwerbret Gatryc trotz eines Schnitts im rechten Arm genügend Kraft auf, den Befehl zu übernehmen.

»Wir müssen von hier verschwinden, oder man wird uns in einer hoffnungslosen Belagerung festsetzen. Fangt an, Eure Männer wieder in den Sattel zu treten. Ich weiß, es ist schlimm, aber wir müssen nach Westen. Im wilden Land dort haben wir eine bessere Chance, uns zu verstecken.«

Dieser Logik konnte niemand etwas entgegensetzen. Während Danry seine Männer aus der Menge holte, kam einer von Yvmurs Reitern auf ihn zu.

»Herr? Ich habe Euren Sohn fallen sehen. Er ist tot.«

Danry konnte ihn einen Augenblick nur wie betäubt anstarren. Der Junge war nicht viel älter als Cunvelyn selbst.

»Wir werden alle bald tot sein«, sagte Danry schließlich. »Ich werde ihn in den Anderlanden wiedersehen.«

An diesem Abend ritten zweihundert Männer der ursprünglich tausend nach Westen. Ihre Pferde waren zu müde, um mehr als im Schritt gehen zu können, und niemand drängte sie, denn sie hatten kaum Hoffnung, andere Tiere zu finden, wenn diese zusammenbrachen. Sie ritten, bis sie nicht mehr konnten, und schlugen gegen Mitternacht eine Art Lager im Wald auf. Um ein qualmendes Lagerfeuer aus feuchten Zweigen sammelten sich die Reste der Adligen von Eldidd und versuchten zu planen.

»Wir müssen abseits der Küste Zuflucht suchen«, sagte Gatryc. »Auf diese Weise verlängern wir seine verfluchten Nachschublinien soweit wie möglich. Er wird es nicht wagen, uns den ganzen Weg auf unser eigenes Gebiet zu folgen. Soll er Aberwyn doch nehmen! Wir nehmen es uns zurück.«

»Das ist wahr«, warf Ladoic ein. »Und Danry hier kennt die Wälder rund um Cannobaen.«

Danry merkte, daß alle sich umdrehten und ihn anstarrten. In seiner Betäubung und Trauer verstand er überhaupt nicht, was sie von ihm wollten.

»Ja. Und es stimmt, das ist unsere beste Hoffnung.«

Alle nickten. Seufzend starrte Gatryc zu Boden. Während die anderen weitersprachen, dachte Danry an seinen Sohn, erinnerte sich an den kleinen Jungen, der mit ausgestreckten Armen auf ihn zugerannt war, als er noch kaum sprechen konnte. Als jemand ihn am Arm packte, blickte er verwirrt auf.

»Habt Ihr das verstanden?« sagte Leomyr zu ihm.

»Was? Verzeiht mir, Ihr Herren. Cunvelyn ist in dieser Schlacht gefallen.«

Alle verzogen mitfühlend das Gesicht. Leomyr ließ ihn los.

»Wir fragten uns, wann der Deverrianer den König hängen will«, sagte Leomyr. »Ich wette, er wird nicht lange warten.«

»Oh, da bin ich ganz Eurer Meinung.«

»Und der König hat keine Erben.« Gatryc klang mutlos. »Wenn wir den Thron in Eldidd halten wollen, brauchen wir einen Mann für diesen Thron, nicht wahr?«

Die Worte schnitten durch Danrys Erschöpfung wie ein heißer Dolch durch Wachs.

»Es ist edel, einen Freund zu achten«, sagte Gatryc. »Aber nun hält Pertyc Maelwaedd die Zukunft von Eldidd in seinen Dachsklauen. Glaubt Ihr, Ihr könntet ihn dazu überreden, den rechten Weg einzuschlagen?«

Als Danry zögerte, bedachte Gatryc ihn mit einem dünnen Lächeln.

»Ich bezweifle das«, fuhr der Gwerbret fort. »Danry, glaubt mir, es tut mir leid, daß ich das jetzt sagen muß. Aber wir brauchen den Jungen. Sobald Cawaryn stirbt, ist Adraegyn König von Eldidd. Ich habe keinen Zweifel daran, daß der Deverrianer das ebenso weiß wie wir. Wir werden einen Kriegshaufen vorausschicken – die Männer, die in der besten Verfassung sind, auf den besten Pferden –, um den Jungen aus der Festung seines Vaters zu holen. Leomyr wird sie anführen, denn er kann in Dun Gwerbyn haltmachen und frische Männer mitnehmen. Der Rest von uns wird folgen und den Deverrianer ablenken, damit er nicht so schnell nach Westen vorstößt. Und Ihr bleibt an meiner Seite. Wir brauchen Eure Erfahrung im Kampf. Außerdem möchte ich nicht, daß Ihr die Ereignisse in Cannobaen miterleben müßt.«

Das war freundlich gesagt, aber Danry wußte, daß er unter Arrest stand.

»Ich danke Euch, Euer Gnaden. Obwohl er uns verraten hat, war Pertyc doch einmal mein Freund. Ich möchte nicht zusehen, wenn er stirbt.«

Das war ein so unerwarteter Gedanke, daß er alle verwirrte. Als sie ihn anstarrten, setzte Danry ein bitteres Lächeln auf.

»Beim schwarzen Arsch des Höllenfürsten, was glaubt Ihr eigentlich? Daß ich zusehen kann, wie all meine Hoffnungen zugrunde gehen, mein König und mein eigener Sohn, und immer noch den Verräter lieben kann, der uns das alles zugefügt hat?«

»Ich glaube, ich habe Euch falsch eingeschätzt, mein Freund«, sagte Gatryc. »Also gut. Meine Herren, es gibt nichts mehr zu sagen. Schlafen wir soviel wie möglich.«

Als er davonging, war sich Danry bewußt, daß Leomyr ihn beobachtete, aber er hatte nicht mehr die Kraft, sich darüber Gedanken zu machen. Es ist ohnehin alles verloren, dachte Danry, und uns bleibt nur noch übrig, mit ein wenig Ehre zu sterben. Um drei Lagerfeuer drängten sich die siebenunddreißig Männer, die von seinem hundertzwanzigköpfigen Kriegshaufen übriggeblieben waren. Danry sprach ein paar Worte mit ihnen, dann wickelte er sich in einen Umhang. Er schlief auf dem eisigen Boden ein und träumte von seinem Sohn und Pertyc, den beiden Menschen, die er am meisten auf der Welt liebte, der eine bereits verloren, der andere zum Sterben verurteilt.

Danry erwachte lange vor den anderen Männern, als der Mond unter eisigen Sternen unterging. Er stand auf und sah sich nach den Wachen um, von denen er wußte, daß Gatryc sie abgestellt hatte, um auf ihn aufzupassen. Im trüben Licht konnte er den jungen Reiter sehen, der am Boden hockte und schnarchte. Danry schlich an ihm vorbei, ohne ihn zu wecken. Auf einer Lichtung waren die Pferde angebunden; der Soldat, der sie bewachen sollte, schlief ebenfalls. Danry fand seinen eigenen Fuchswallach, immer noch mit Zaumzeug, und führte ihn durch den Wald davon. Sobald er das Lager weit genug hinter sich gelassen hatte, stieg er auf den nackten Rücken des Tieres. Der Weg nach Cannobaen würde lang und schwierig sein, aber er war entschlossen, Pertyc zu warnen und an der Seite seines Freundes zu sterben. In seiner Verwirrung war ihm alles vollkommen klar: Er ließ seine Männer und seine Pferde bei seinen Verbündeten zurück, um diese für den Verrat zu entschädigen. Da das Pferd müde war, ließ Danry es auf der Straße nach Westen im Schritt gehen, während er versuchte zu denken. Er konnte sich quer durch Eldidd lügen und unter dem Vorwand, ihnen die schreckliche Nachricht zu bringen, in den Festungen seiner ehemaligen Verbündeten Pferde und Vorräte erhalten. Die Straße führte durch waldiges Gelände, das bald in einen Überrest des alten Urwalds übergehen würde. Er würde quer durchs Land reiten, beschloß er, zur Festung von Lord Coryn, eines der Vasallen von Manoic. Dann hörte er Geräusche hinter sich: Männer und Pferde, die sich schnell näherten. Er klammerte sich an den Hals seines Pferdes und spornte es so gut wie möglich an, aber es konnte nur traben. Als er zurückblickte, sah er, daß der Trupp ihn schnell einholte.

Zunächst dachte Danry, es wären Deverrianer, aber als sie näher kamen, erkannte er im Mondlicht Leomyr. Es war ein jämmerliches, lächerliches Rennen erschöpfter Männer auf erschöpften Pferden, die hintereinander hertrabten und kaum mehr die Kraft hatten, Luft zu holen. Danry, der von dieser ganzen Farce genug hatte, wendete sein Pferd und ritt ihnen entgegen. Leomyrs höhnisches Lächeln ließ ihn sein Schwert ziehen. Die sechs Reiter umdrängten ihn und versuchten verdrießlich, im trüben Licht die beste Position einzunehmen.

»Das dachte ich mir«, sagte Leomyr. »Ihr seid ein guter Lügner, Danry, aber nicht gut genug. Ihr werdet den Dachsbau nie erreichen.«

Danry schrie und trieb sein Pferd direkt auf Leomyr zu, aber ein Reiter warf sich dazwischen. Mit zwei raschen Schlägen tötete er den Mann und landete dann einen guten Schlag gegen einen anderen – er konnte nicht sehen, wen –, bevor er das Feuer spürte, Schnitte an seinem Rücken, als fünf Reiter ihn von den Seiten und von hinten bedrängten. Wieder kam der Schmerz, brannte sich durch seine Schulter bis auf den Knochen und dann in die Seite. Die trüb beleuchtete nächtliche Straße verschwamm vor seinen Augen, drehte und drehte sich, während Pferde sich aufbäumten und Männer brüllten. Die Bäume tanzten und fielen nieder. Danry lag auf dem Boden und schmeckte Staub und Blut. Die Straße wurde dunkel. Im Dunkeln sah er ein Licht, aber es war eine Art Licht, wie es nie an Land oder auf dem Meer brannte. Darin erkannte er seinen Sohn, der die Hand nach ihm ausstreckte.

Die Nachrichten waren ein solcher Schock, daß sich Pertyc lange Zeit so elend und wirr im Kopf fühlte wie jemand, der hohes Fieber hat. Er hatte sich an diesem Morgen länger als üblich beim Frühstück aufgehalten, weil er es herauszögern wollte, zu den Schießübungen in den Regen hinauszugehen, als Nevyn die Halle betrat. Der alte Mann riß sich den nassen Umhang ab und warf ihn Adraegyn zu.

»Sie kommen, Herr. Leomyr und achtzig Männer, aber die Rebellion ist gescheitert, ob die Idioten es nun wahrhaben wollen oder nicht.«

Als Pertyc etwas sagen wollte, brachte er kein Wort heraus. Nevyn fuhr fort und zählte weiter auf, was er wußte: Der König hatte die Rebellen überrascht und in Stücke gerissen. Ein paar verzweifelte Männer hatten sich im Wald gesammelt und wollten bis zum Tod weiterkämpfen.

»Und heute früh hat König Aeryc den jungen Cawaryn aufgehängt«, schloß Nevyn. »Ihr Götter, das alles hat mich vollkommen überrascht! Ich wollte mich einfach nur nach Neuigkeiten umhören und stellte fest, daß der Kessel bereits übergekocht war. Ich dachte, wir hätten noch zumindest einen Monat, bevor der König auch nur in Eldidd einträfe.«

»Das dachte ich ebenfalls«, stotterte Pertyc. »Wie nahe ist Leomyr?«

»Einen Tagesritt entfernt.«

Pertyc konnte nur verblüfft den Kopf schütteln. Halaberiel, der offenbar gesehen hatte, wie Nevyn eintraf, kam zum Ehrentisch.

»Und was werden wir mit den Frauen machen?« wollte der Banadar wissen. »Es hört sich an, als gäbe es nicht eine Festung in Eldidd, wo sie in Sicherheit sind.«

Pertyc nickte und sah sich um. Aderyn stand in der Tür und beobachtete Nevyn mit seinem Eulenblick.

»Wir können sie nicht in den Wald schicken«, sagte Nevyn. »Nun, ich fürchte, sie müssen hierbleiben, und wir müssen einfach der Belagerung standhalten, bis der König sie aufheben kann.«

Endlich hatte Pertyc seine Stimme wiedergefunden.

»Das ist leicht gesagt. Wenn die Bogenschützen sie aufhalten, werden sie vielleicht versuchen, die Festung niederzubrennen. Ihr wißt schon, so dicht wie möglich heranreiten und Fackeln über die Mauern werfen. Wir haben für den Leuchtturm überall Berge von Feuerholz gelagert.«

»Manchmal staune ich über die Götter«, Halaberiel grinste, um seinen Worten den Stachel zu nehmen. »Sie haben Euch Rundohren Köpfe gegeben, die so groß sind wie die unseren, aber sie haben vergessen, ein Hirn hineinzutun. Ihr habt Dweomerleute auf eurer Seite.«

»Und was hat das mit der Belagerung zu tun?«

Halaberiel verdrehte die Augen, um die Götter als Zeugen für den zuvor erwähnten Mangel an Hirn aufzurufen.

»Er meint, wenn Leomyr versucht, die Festung niederzubrennen«, warf Nevyn ein, »dann wird sie nicht brennen.«

»Wollt ihr mir etwa sagen, daß Ihr dem Feuer befehlen könnt?«

Nevyn sah sich um, zeigte auf ein paar Strohhalme auf dem Pflaster und schnippte mit den Fingern. Das Stroh ging in Flammen auf. Als er die Finger abermals bewegte, ging das Feuer augenblicklich aus. Pertyc hatte das Gefühl, er müsse gleich ohnmächtig werden.

»Ich dachte, ich hätte Euch dieses kleine Kunststück schon gezeigt. Nun, Herr, ich schlage vor, wir bereiten uns auf die Belagerung vor.«

»Eine letzte Frage. Habt Ihr etwas von Danry gehört?«

»Ja, Herr. Ich sage es Euch ungern, aber Danry ist tot, ebenso sein ältester Sohn.«

Pertyc weinte, dann schüttelte er den Kopf, um die Tränen zu unterdrücken.

»Ihr Götter, ich wußte, daß dies passieren würde, als er diesen elenden Weg wählte, aber es tut dennoch weh. Sind sie in der Schlacht gestorben?«

»Sein Sohn ja. Aber Danry ... Leomyr und sechs Männer haben ihn auf der Straße umgebracht. Ich glaube, Danry wollte versuchen zu fliehen und Euch vor den Rebellen zu warnen, aber das weiß ich nicht mit Sicherheit.«

»Es würde zu ihm passen, daß er an mich gedacht hat.« Er hörte, wie seine Stimme zitterte, und schluckte fest, dann wandte er sich der großen Halle zu. »Männer, hört zu! Wenn die Rebellen auf unser Tor zureiten, dann gehört Lord Leomyr von Dun Gwerbyn mir. Habt ihr mich gehört? Niemand schießt auf ihn, bevor ich eine Gelegenheit dazu hatte. Und jetzt an die Arbeit. Wir müssen die Bauern und die Leute in der Stadt warnen und anfangen, die Pfeile auf der Mauer zu verteilen.«

Der Tag verging mit so viel Arbeit, daß Pertyc kaum Zeit

zur Trauer hatte, aber spät an diesem Abend ging er allein auf den dunklen Hof hinaus und dachte an Danry. Er hätte seinen rechten Arm für eine Abschiedsumarmung gegeben. Seine Frau hatte ihn immer bezichtigt, Danry ebenso zu lieben wie sie; das entsprach der Wahrheit, nahm er an, obwohl er Danry nie mehr geliebt hatte – nicht, daß sie ihm das geglaubt hätte. Um beide trauernd, kletterte er die hundertfünfzig Stufen zum Leuchtfeuer von Cannobaen hinauf, da der Blick vom Turm herab ihn oft tröstete. Oben auf der Plattform hockte der Leuchtturmwärter neben der Feuergrube und schob hin und wieder ein Scheit in die Flammen. Am anderen Ende lehnte sich Halaberiel an das Steingeländer und schaute auf das dunkle Meer hinaus, dem das Mondlicht vereinzelt silbrige Lichter aufsetzte. Pertyc lehnte sich neben ihn und sah zu, wie tief unten mit geisterhaftem Schaum besetzte Wellen an den Strand schlugen.

»Nun, Pero, es sieht so aus, als wäret Ihr für unsere uneingeladenen Gäste bereit.«

»So bereit, wie es geht. Es ist immer noch Zeit, daß Ihr und Eure Männer nach Hause reiten könnt.«

»Dazu wird in hundert Jahren nicht genug Zeit sein. Ich dachte gerade an Eure Hochzeit und …«

»Wißt Ihr, Hal, ich möchte wirklich im Augenblick nicht daran denken, wie glücklich ich damals war.«

»Also gut. Wir sollten statt dessen vielleicht lieber an unsere Feinde denken. Nevyn sagt, sie seien noch ein ganzes Stück entfernt und lagerten an der Straße nach Norden.«

»Nun, ich hoffe, der alte Mann weiß, was er sagt.«

»Er hält ein Auge auf sie.« Halaberiel drehte sich ein wenig um, und im flackernden Licht des Leuchtfeuers hinter ihnen konnte Pertyc sehen, daß er dem Lachen nah war.

»Nevyn sagte zu mir: ›Diese Bastarde haben mich einmal überraschen können, und ich will zweimal verflucht sein, wenn es ihnen wieder gelingt!‹ Dieser alte Mann ist ein wahres Wunder, nicht wahr?«

»Das könntet Ihr dreimal sagen, und es wäre nur die halbe Wahrheit.«

Lange vor der Morgendämmerung weckte Pertyc seine Männer und stellte sie im Licht des Leuchtfeuers auf. Die Linie von Bogenschützen hockte auf den Wehrgängen, hinter Kornsäcken, die man mit feuchtem Sand gefüllt hatte, weil es keine richtigen Zinnen gab. Wenn Pertyc das Zeichen gab, würden sie aufstehen und die Feinde hoffentlich ordentlich überraschen. Pertyc bezog die Position direkt oberhalb des Tores und hielt seinen Bogen außer Sichtweite. Er lehnte sich an die Mauer, als wollte er mit dem Feind verhandeln. Während sie warteten, sprach niemand ein Wort, nicht einmal die Elfen. Langsam wurde der Himmel im Osten heller, und langsam erstarb das Leuchtfeuer. Oben auf dem Turm rief der Leuchtturmwärter: »Staub über der Straße, Herr. Sie kommen schnell näher.«

Wenig später hörte Pertyc Pferde, eine Menge Pferde. Leomyr, unverschämterweise ohne Helm, saß lässig im Sattel und führte seinen Kriegshaufen von achtzig Männern von der Küstenstraße weg auf die Festung zu. Als sie etwa hundert Schritt entfernt und gerade außer Reichweite der Bögen stehenblieben, besaß Leomyr die Dreistigkeit, freundlich zu winken, bevor er ein Stück näher ritt und laut rief: »Öffnet die Tore. Seid kein Narr, Dachs! Das hier ist Eure Gelegenheit, König von Eldidd zu werden.«

»Eldidd hat bereits einen König. Er heißt Aeryc.«

Achselzuckend drehte sich Leomyr im Sattel um und schrie seinen Männern Befehle zu. Scheinbar zufällig blieben die meisten außer Schußweite, während sie sich verteilten und die Festung umstellten und andere sich hinter Leomyr auf dem Weg zum Tor drängten. In der Nachhut stiegen Männer vom

Pferd und eilten zu ein paar Packmaultieren. Sie luden eine Ramme ab – einen grob behauenen Baumstamm, mit Eisen beschlagen, den Leomyr wohl in Dun Gwerbyn abgeholt hatte. Offensichtlich hatte er ohnehin nicht angenommen, daß Pertyc sich ergeben würde. Acht Männer – zu Fuß, aber in voller Rüstung – packten die Griffe der Ramme und hielten sich bereit.

»Eine letzte Chance«, rief Leomyr Pertyc zu. »Ergebt Ihr Euch?«

»Schiebt Euch die Ramme dahin, wo es Euch Spaß macht.«

Leomyr zuckte die Achseln, setzte seinen Topfhelm auf und winkte seine Männer vorwärts. Langsam näherten sich die Reihen, die bewaffneten Reiter eskortierten die Ramme, während Leomyr sich an der Seite hielt und weitere Befehle gab. Die Männer bewegten sich vorsichtig und langsam, da sie und Leomyr erwarteten, daß jeden Augenblick die Tore aufgingen und die Belagerten einen Ausfall wagten. Pertyc lächelte und schätzte die Entfernung ab. Als die Reiter näher kamen, zogen sie ihre Schwerter, starrten aber weiter verwirrt an der Mauer empor.

»Pertyc, verflucht sollt Ihr sein«, rief Leomyr. »Wollt Ihr nicht einmal verhandeln?«

»Hier ist meine Verhandlung.«

Pertyc hob den Bogen, zielte und schoß – alles in einer einzigen geschmeidigen Bewegung. Der Pfeil sank im Flug und traf Leomyr in die Schulter. Pertyc griff nach einem weiteren, legte ihn auf, schoß und sah Leomyr im Sattel zur Seite kippen, als der Pfeil sich durch seine Rüstung in die Brust bohrte. Mit einem Aufschrei erhoben sich die anderen Schützen, legten Pfeile auf und schossen einen tödlich flüsternden Regen ab. Pertyc hörte Halaberiel laut lachen, als sein Schuß einen anderen Mann vom Pferd warf.

»Versucht die Pferde zu verschonen!« rief der Banadar auf

deverrianisch, dann schrie er einen weiteren Befehl auf elfisch.

In der Panik, die nun unter den Angreifern ausbrach, fiel Leomyr über den Hals seines Pferdes zu Boden. Pferde wieherten und bäumten sich auf; Männer schrien und stürzten und rannten kopflos hierhin und dorthin. Diejenigen, die die Ramme getragen hatten, ließen sie zu Boden fallen und flohen zur Straße, aber nur zwei von ihnen erreichten ihr Ziel. Pertyc tanzte einen todbringenden Tanz: schießen, einen Pfeil greifen, auflegen und wieder schießen. Ohne jede Anstrengung konnte er ein Ziel wählen, als die letzten des feindlichen Kriegshaufens die Tore bestürmten, weil ihnen nichts Besseres einfiel. Als die Männer vorwärtsstürmten, hatte Pertyc das Vergnügen zu sehen, wie Leomyrs Leiche von den Pferden der eigenen Männer zertrampelt wurde. Halaberiel schrie etwas auf elfisch; seine Männer drehten sich um, um direkt auf die Angreifenden zu zielen. Die Pfeile flogen nach unten; Männer und Pferde stürzten und schrien und fluchten und bluteten. Endlich konnte Pertyc dieses Schlachten der Hilflosen nicht länger ertragen. Er senkte den Bogen und begann, die Feinde anzuschreien.

»Zieht Euch zurück, ihr dummen Bastarde! Ihr könnt nicht gewinnen! Zieht Euch zurück!«

Und nur, weil er ein Adliger und sie vollkommen hysterisch waren, folgten die Angreifer seinen Befehlen, drehten sich um und flohen. Fluchend rief Halaberiel seine Bogenschützen zurück und ließ zu, daß die Feinde ihre schwitzenden Pferde in Richtung Straße trieben. Erst jetzt begriff Pertyc, daß es vorüber war. Auf dem Feld bewegte sich nichts mehr, außer verwundete Pferde, die darum rangen, aufstehen zu können, und dann wieder stürzten.

»Öffnet die Tore, Jungs!« rief Pertyc. »Sehen wir, was wir für die armen Kerle tun können, die sie zurückgelassen haben.«

Seine Männer jubelten, lachten und schlugen einander auf den Rücken. Pertyc mußte sich anstrengen, nicht zu weinen. Er hätte nie geglaubt, daß seine Idee so gut funktionieren würde, und als er die Leichen unter sich betrachtete, verstand er plötzlich, warum die Männer in Eldidd die Existenz von Langbogen so viele hundert Jahre geleugnet hatten. Mit einem letzten Schluchzen schwang er den Bogen über den Rücken und kletterte unter dem Jubel seiner Männer die Leiter herunter.

Er wies einige seiner Männer an, die Verwundeten in die Festung zu tragen, dann befahl er anderen, die Toten zu begraben und die schwerverwundeten Pferde von ihrem Elend zu erlösen. Er selbst suchte Leomyrs mißhandelte Leiche und zog sie unter den toten Tieren hervor. Er legte Leomyr gerade hin, verschränkte ihm die Arme über der Brust und erhob sich dann und starrte auf die Leiche nieder.

»Ich hoffe, du frierst heute nacht in der Hölle.«

Er trat Leomyr fest gegen den Kopf, dann ging er zurück in die Festung. Adraegyn kam herausgerannt und nahm seine Hand.

»Kann ich jetzt herauskommen? Es ist ungerecht, Papa, daß du mich einschließt wie eine Frau!«

»Sag mir eins, Draego, möchtest du König von Eldidd werden?«

»Nein. Ich wäre nur ein Usurpator, kein König. Hast du mir das nicht gesagt, Papa? Du hast doch immer recht. Oh, das ist wunderbar. Glae sagt, du hast sie alle umgebracht. Hast du das wirklich?«

»Die meisten. Komm mit. Mein Vater hat mir eine Lektion beigebracht, die ich dir jetzt auch erteilen werde.«

Pertyc führte ihn direkt hinter das Tor, wo der Kriegshaufen die Leichen aufeinanderhäufte. Pertyc hielt Adraegyns Hand fest und zerrte ihn hinüber zu den aufgehäuften verrenkten Leichen. Als Adraegyn versuchte, sich loszureißen und davonzurennen, packte Pertyc ihn an den Schultern und zwang ihn herum, damit er sich die Leichen ansehen mußte. Der Junge brach in Tränen aus.

»Das ist es, was Kriegsruhm bedeutet, Draego«, sagte Pertyc. »Du mußtest es sehen. Sieh sie dir an.«

Adraegyn schluchzte so, daß er kaum stehen konnte. Pertyc nahm ihn auf den Arm und trug ihn hinüber zu Leomyr, dann setzte er den weinenden Jungen ab.

»Erinnerst du dich an Tieryn Dun Gwerbyn, Draego?« fragte Pertyc.

Mit tränenüberstömtem Gesicht nickte Adraegyn.

»Ich habe ihn getötet«, fuhr Pertyc fort. »Ich stand auf unserer Mauer und habe ihn zweimal mit dem Pfeil getroffen und vom Pferd geworfen. Weißt du, warum? Weil er Danry getötet hat. Das bedeutet es, wenn man einen geschworenen Freund hat, Junge. Sieh ihn an. Eines Tages wirst du Lord Cannobaen sein, und dann wirst du einen Freund haben, den du so liebst, wie ich Danry geliebt habe.«

Langsam und unter viel Schniefen hörte Adraegyn auf zu weinen.

»Was ist mit seinem Gesicht passiert?« flüsterte der Junge.

»Die Pferde haben seine Leiche ein paarmal getreten.«

Adraegyn wandte sich ab, riß sich von Pertycs Hand los und übergab sich. Als er fertig war, kniete Pertyc neben ihm nieder, riß eine Handvoll Gras aus und wischte dem Jungen damit den Mund ab.

»Findest du Krieg immer noch großartig?«

Adraegyn schüttelte den Kopf zu einem stummen Nein.

»Das ist gut. Als ich in deinem Alter war, hat dein Großvater mit mir gemacht, was ich gerade mit dir gemacht habe. Es gehört zu dem, was uns zu Maelwaedds macht.«

Diener mit Schaufeln kamen an ihnen vorbei. Adraegyn wandte sich von dem Anblick ab.

»Du kannst heute nacht in meinem Bett schlafen«, sagte Pertyc. »Du wirst zweifellos schlimme Träume haben. Mir ging es jedenfalls so.«

An diesem Abend schloß Pertyc seine Tore wieder, stellte Wachen auf und rief den Rest seiner Männer in die große Halle. Er ließ eine Runde Met ausschenken, dann ließ er die Diener die Ramme in Stücke hacken und ins Feuer werfen. Die Männer jubelten, sie prosteten ihm als dem besten Hauptmann zu, den sie je gesehen hatten. Pertyc lächelte nur und entgegnete, daß sie alle den Ruhm verdienten. Am Morgen würde er eine grimmige Ansprache halten, aber im Augenblick wollte er, daß sie ihren Sieg genossen. Die Elfen waren etwas anderes. Pertyc rief sie zusammen, außer Hörweite der anderen Männer.

»Ihr könnt morgen gehen, wenn Ihr wollt, mit soviel Beute, wie Eure Pferde tragen können. Es ist nicht nötig, daß Ihr unsere Niederlage miterlebt. Die restlichen Rebellen sind auf dem Weg hierher, wie mir Nevyn sagt, und sie haben noch einige Verstärkung bekommen.«

»Nun, Pero«, sagte Halaberiel. »Das ist ehrenhaft von Euch, aber wir reiten nicht in ein Rennen, nur um nach dem ersten Staub, der aufgewirbelt wird, wieder davonzulaufen.«

»Seid Ihr sicher? Ihr wißt genug darüber, was Bogenschützen leisten können, um auch zu wissen, daß sechzehn keine Armee von dreihundert zurückschlagen können.«

»Nicht für immer. Aber wenn wir auch nur ein bißchen Glück haben, werden, wenn wir mit ihnen fertig sind, nur noch hundertfünfzig von ihnen übrig sein.«

»Wir haben bestimmt Glück«, warf Calonderiel ein. »Der Weise des Westens ist hier, ebenso der Weise des Ostens. Ihr Götter, sollte so viel Pech auf uns zukommen, daß selbst diese beiden es nicht abwenden können, dann würden wir auch auf unserem Heimritt vom Pferd fallen und uns das Genick brechen.«

Später an diesem Abend, nachdem er sich um die Verwundeten gekümmert hatte, stieg Nevyn hoch auf den Turm. Da der Leuchtturmwärter inzwischen an seine exzentrische Art gewöhnt war, sagte er einfach nur freundlich guten Abend und wandte sich dann wieder dem Stapeln von Feuerholz zu. Nevyn setzte sich bequem mit dem Rücken an das Geländer und betrachtete das Feuer, ein wunderbarer Konzentrationspunkt für das Zweite Gesicht. Kurze Zeit darauf verwandelte sich ein Teil des Leuchtfeuers von Cannobaen in ein winziges Lagerfeuer, an dem Gatryc und Ladoic auf und ab gingen und sich leise unterhielten. Nevyn konzentrierte seinen Willen und brachte sich näher an die Männer heran, bis er Gatrycs graubleiches Gesicht sehen konnte. Jedesmal, wenn der Gwerbret den Arm bewegte, zuckte er zusammen und biß sich auf die Unterlippe. Wahrscheinlich ist seine Wunde infiziert, dachte Nevyn. Ganz in der Nähe saßen zwei der Männer, die mit Leomyr geritten waren, erschöpft am Boden. Also wußten die Lords, daß Leomyr tot war und daß sie sich Adraegyn selbst holen mußten.

Nevyn erweiterte die Vision, bis es schien, als flöge er in großer Höhe über das Land, und er stellte fest, daß die Rebellen weniger als einen Tagesritt entfernt waren, vielleicht nur noch zwölf Meilen. Wichtiger war allerdings, wo sich der König befand. Diese Suche dauerte ein wenig länger, aber endlich entdeckte Nevyn die königliche Armee etwa fünfzig Meilen entfernt, wo sie direkt vor dem Westtor von Aberwyn an der Straße lagerte. Plötzlich war er so finster gestimmt, daß die Vision abbrach. Nach dem, was er von Halaberiels Worten verstanden hatte, würden die wenigen Bogenschützen nicht in der Lage sein, die verstärkte Rebellenarmee aufzuhalten, bevor sie die Tore aufbrechen konnten. Nun waren die Rebellen gewarnt, daß Bogenschützen mit elfischen Langbögen die Mauern verteidigten, und sie würden nicht dumm genug sein, einfach wieder anzugreifen, wie Leomyr es getan hatte. Nun, wenn der König nicht rechtzeitig hier sein kann, sagte Nevyn sich selbst, werden wir einfach die Rebellen ein wenig aufhalten müssen. Die Frage ist nur, wie? Er lehnte sich an die Mauer und starrte in die Flammen, während er über Möglichkeiten nachdachte.

Plötzlich fegte eine Windbö über den Turm, und der Leuchtturmwärter fluchte und hustete und rieb sich die Augen mit dem Handrücken.

»Verfluchter Rauch!« murmelte er.

Es gelang Nevyn gerade noch, nicht zu lachen, denn es waren natürlich nicht die brennenden Augen des armen Mannes, die ihn amüsierten. Er stand auf und verabschiedete sich von dem Leuchtturmwärter und fragte sich, was der Mann wohl denken würde, wenn er wüßte, daß sein kleines Mißgeschick gerade vielleicht die gesamte Festung gerettet hatte. Aber für die Arbeit, die nun folgen würde, brauchte Nevyn Ruhe. Er suchte Aderyn, der ihn in seine Kammer oben im Broch führte.

»Ich bin nicht sicher, ob das wirklich zu schaffen ist«, sagte Nevyn, nachdem er seinen Plan erklärt hatte. »Nach den bardekianischen Schriftrollen zu schließen, die ich studiert habe, ist es theoretisch möglich, aber Theorie ist eine Sache und Praxis die andere.«

»Nun, wenn du es nicht kannst, wird uns etwas anderes einfallen. Bist du bereit, dich in Trance zu versetzen? Ich habe die Tür verriegelt.«

»Ja. Wenn ich anfange, um mich zu schlagen, halt mich fest. Manchmal mache ich das, wenn ich tief in Trance bin.«

Sobald Nevyn sein Bewußtsein in den Lichtkörper übertragen hatte, verließ er die Festung, schwebte einen Augenblick darüber, um Kraft zu sammeln, und flog dann zum Rebellenlager. Als er es erreichte, waren die meisten Männer bereits am

Schlafen, aber Gwerbret Gatryc war immer noch wach und saß mit ein paar Adligen und den wenigen Hauptleuten, die übriggeblieben waren, am Ratsfeuer. Was Nevyn so wütend machte, war, daß sie wußten, daß ihre Sache bereits verloren war. Sie hatten nur noch vor, Aeryc für seinen Frieden zahlen zu lassen, damit sie, wie sie glaubten, ehrenhaft sterben würden, ganz gleich, was das die Bauern und Städter von Eldidd kostete.

Nach ein paar Augenblicken der Ruhe ließ sich Nevyn dicht ans Feuer treiben, das von goldenen Strömen reiner, ätherischer Energie und dickem, schwärzlichem Rauch nur so sprudelte, weil die Lords feuchtes und modriges Holz verbrannten, das sie vom Waldboden aufgelesen hatten. Nevyn bereitete seinen Geist auf die Weise vor, die die bardekianischen Schriftrollen empfahlen, rief die Götternamen an, die sie zusätzlich vorschlugen, und saugte dann langsam die Energie auf, zog die feinen Rauchpartikel an und band sie mit Willenskraft an sich. Dann bat er die Herren des Feuers um ihre Hilfe. Die Rauchpartikel erhoben sich und klebten an seinem Lichtkörper wie Eisenspäne an einem Magneten. Gatryc schrie entsetzt auf und kam auf die Beine; sein verfaulender Arm hing nutzlos an seiner Seite. Als die anderen Adligen ebenfalls aufsprangen, fluchten und ihn anstarrten, konnte Nevyn davon ausgehen, daß er tatsächlich als ein geisterhaftes Geschöpf aus Rauch sichtbar war. Da er keine Kehle hatte, durch die er sprechen konnte, sandte er Gedanken zu ihrem Geist.

»Hütet Euch«, dröhnte Nevyn. »Hütet Euch! Hütet Euch, Ihr sündhaften Menschen! Die Götter haben die Geduld mit Euch verloren. Hütet Euch, oder Ihr werdet morgen bei mir in den Anderlanden sein.«

Nevyn konnte sehen, wie ihre Auren schrumpften – eine Panikreaktion, die entsteht, wenn die Kräfte sich in den Körper zurückziehen. Wie in einer einzigen Bewegung wichen die

Männer zurück. Nevyn bemerkte, daß sich unter ihnen ein paar Reiter aufgesetzt hatten und ihn ebenfalls anstarrten.

»Wer seid Ihr?« stotterte Gatryc.

»Ich bin der Geist von Aenycyr, dem letzten König von Eldidd. Ist Euch meine tragische Geschichte bekannt?«

»Ja.«

»Der Höllenfürst hat mir einen Moment erlaubt, auf Erden zu wandeln, damit ich Euch, die Ihr Eldidd so sehr liebt, warnen kann.« Er zögerte und versuchte, sich an mehr von der alten Sage zu erinnern, auf die er sich bezog. »Obwohl Eure Sache gerecht ist, droht Euch ein schrecklicher Wyrd. Nicht einmal die Toten wissen, wann die Zeit kommt, daß sich Eldidd wieder erheben darf. Hütet Euch!«

Es wurde einfach zu anstrengend, den Rauchkörper aufrechtzuerhalten. Nevyn konnte spüren, wie seine improvisierte Gestalt über dem Feuer wirbelte und sich auflöste. Er nahm an, daß eine direkte Warnung vor Pertyc für ein Vorzeichen zu offensichtlich wäre, und gestattete dem größten Teil der Gestalt, sich aufzulösen, aber er hielt das Gesicht einen Augenblick länger intakt.

»Noch während ich spreche, ruft mich der Höllenfürst zurück. Laßt ab von dieser Dummheit, Männer aus Eldidd, oder Ihr werdet schon morgen abend in den Anderlanden mit mir vereint sein.«

Als der letzte Rauch davongetrieben wurde, strahlte Nevyn reine Panik aus. Genau wie die Schriftrollen vorhersagten, glaubten die Männer tatsächlich, einen Aufschrei gehört zu haben, einen schrillen, das Blut vereisenden Schrei, während Nevyn in seinem Lichtkörper durch das Lager eilte und diesen Gedanken ebenso in die Geister der schlafenden Reiter versenkte wie in die der Lords. Die Männer kamen taumelnd auf die Beine, fluchten, schimpften und fragten einander, was für ein grauenvolles Jammern das gewesen sei.

Auch das Wildvolk hatte es gehört. Unbehagen ausstrahlend, das die etwas empfindsameren Männer als ihr eigenes Unbehagen wahrnahmen, materialisierten sie sich, drängten sich aber um Nevyns Lichtkörper, den sie selbstverständlich sehen konnten. Plötzlich bekam er eine andere Idee.

»Seht ihr diese Männer da?« dachte Nevyn ihnen zu. »Das sind sehr böse Männer. Sie wollen Aderyn und Halaberiel umbringen.«

Hätte das Wildvolk in Wutgeschrei ausbrechen können, dann hätten sie das getan, als sie nun durch das Lager tobten. Sie zwickten und traten und bissen, schlugen auf die Männer ein, kniffen die Pferde. In einem Chaos von Geschrei, Gewieher, Schlagen und Treten explodierte das ganze Lager. In diesem Augenblick bemerkte Nevyn, wie erschöpft er war. Er eilte an der Silberschnur entlang zurück und glitt wieder in seinen Körper. Als er zu seinem normalen Bewußtsein erwachte, stellte er fest, daß er zusammengekrümmt an der Wand lag. Der keuchende Aderyn hatte die Arme um ihn geschlungen.

»Bei den Göttern!« sagte Aderyn. »Wenn ich gewußt hätte, wie stark du in Trance bist, hätte ich Maer gebeten, daß er mir hilft.«

»Ich bitte um Verzeihung. Ist alles in Ordnung?«

»Du hast mich am Unterkiefer erwischt, aber ansonsten geht es mir gut. Wie ist es gewesen?«

»Den Rauch zu einer ätherischen Gestalt zu formen hat wunderbar funktioniert. Hätte ich diesen Trick nur schon während des Bürgerkriegs gekannt! Was das Ergebnis angeht – schauen wir doch ins Feuer und sehen nach.«

Aber als sie sich das Lager ansahen, waren dort nur verstreute Decken und Zaumzeug, zerrissene Seile und Gwerbret Gatryc zu finden, der allein am Feuer saß und sich verzweifelt den entzündeten Arm hielt. Wäre dieser Mann nicht zuvor so entschlossen gewesen, dem Volk von Eldidd den Tod zu bringen, hätte er Nevyn sogar leid getan.

Tatsächlich fand die Rebellion in dieser Nacht ihr Ende. Die meisten gemeinen Reiter verschwanden auf dem Land, kehrten zu ihren Familien zurück, nahmen ihre alten Plätze auf dem Bauernhof ihres Vaters, in seinem Laden oder seiner Werkstatt wieder ein, um abzuwarten, wie nachlässig Aeryc sein würde. Um ihre Familien zu schützen, ergaben sich die verbliebenen Rebellenlords und ihre letzten loyalen Männer Aeryc, der die Reiter begnadigte und die Lords aufhängen ließ. Gatryc brachte sich um, aber seine infizierten Wunden hätten ihn ohnehin nicht lange überleben lassen. Während Aeryc in lässigem Tempo nach Cannobaen ritt, wartete ganz Eldidd und zitterte. Nachdem ihre Väter tot waren, waren die Jungen die einzigen adligen Herren der Provinz, aber jeder wußte, daß Aeryc die Festungen und Ländereien der Rebellen unter die loyalen Männer aus Pyrdon und Deverry verteilen würde.

Pertyc war kein bißchen überrascht, als Halaberiel verkündete, er und seine Männer würden davonziehen, bevor der König eintraf. Es bestand keine Notwendigkeit, wie der Banadar feststellte, das gesamte Weltbild seiner Hoheit wegen einer kleinen Rebellion wie dieser auf den Kopf zu stellen.

»Aber ich danke Euch aus tiefstem Herzen, daß Ihr gekommen seid, mein Freund«, sagte Pertyc. »Und ich bin froh, daß keiner Eurer Leute in diesem Kampf getötet wurde.«

»Ich ebenfalls.« Halaberiel wirkte ein wenig zerstreut. »Und ich werde bald die Flüsse meiner Heimat sehen.«

»Ihr müßt froh darüber sein.«

»Ich denke schon.«

Pertyc zögerte.

»Ich werde alt.« Halaberiel sprach es für ihn aus. »Ich denke, irgendwo tief im Herzen habe ich einen ruhmreichen Tod in der Schlacht erwartet, schnell und sauber. Und jetzt scheint es unwahrscheinlich, nicht wahr? Für meine letzten paar Jahre sehe ich nichts als Frieden voraus. Nun denn, was die Götter uns auftischen, müssen wir essen, nicht wahr?«

»Genau. Ich verstehe.«

»Das dachte ich mir. Wenn ich Eure Frau sehe, soll ich ihr etwas ausrichten?«

»Daß es den Kindern gutgeht. Daß ich mir wünsche, sie würde mich immer noch lieben.«

»Sie hat nie aufgehört, Euch zu lieben, Pero. Sie konnte es bloß nicht ertragen, mit Euch zusammenzuleben. Es lag an der Art der Rundohren, nicht an Euch selbst.«

»Oh.« Pertyc dachte lange über diese Enthüllungen nach. »Nun, dann sagt Ihr, wenn sie will, kann sie kommen und Beclya mitnehmen. Und sagt Ihr von mir, daß ich auch nie aufgehört habe, sie zu lieben.«

Mit einer Ehrengarde von vierhundert Mann erschien König Aeryc an einem Tag in Cannobaen, der mit Regen drohte, diese Drohung aber nie wahr machte. Pertyc nahm an, daß Nevyn etwas mit dieser Zurückhaltung des Wetters zu tun hatte, traute sich aber nie, den alten Mann zu fragen. Der König hatte den größten Teil der Armee in Aberwyn gelassen, aber hinter den Mauern von Dun Cannobaen gab es immer noch nicht genug Platz für alle, die er mitgebracht hatte. Sie schlugen ihr Lager auf der Wiese auf, wo die Dorfleute im Sommer ihr Vieh grasen ließen, und Aeryc, Gwenyn und eine Eskorte ritten weiter zur Festung, wo Lord Pertyc sie am Tor empfing.

»Mein Lehnsherr, ich fühle mich über alle Maßen geehrt, Euch in meiner bescheidenen Festung willkommen heißen zu dürfen.«

»Sie ist tatsächlich klein, nicht wahr?« Aeryc sah sich mit unterdrücktem Lächeln um. »Das wird nicht genügen, Lord Pertyc.«

»Dann bitte ich aus tiefstem Herzen um Verzeihung.«

»Das ist nicht notwendig. Aber ich schlage vor, daß wir uns so bald wie möglich zu Eurer anderen Festung zurückziehen.«

»Mein Lehnsherr? Ich habe keine andere Festung.«

»Die habt Ihr doch, Gwerbret Aberwyn.«

Pertyc blickte sprachlos zu dem grinsenden König auf.

»Pertyc, mein Freund, dank dieser Rebellion sind vom Wahlrat für Südeldidd nur zwei Mitglieder übrig: Ihr und ich. Wenn ich Euch vorschlage, Oberhaupt des Gwerbretrhyn zu werden, und Ihr diesem Vorschlag zustimmt, wer wird sich gegen uns stellen?«

»Ich danke Euch, aber ich bin dieser Ehre nicht würdig.«

»Pferdedreck. Erhebt Euch, Aberwyn, und laßt mir ein wenig von Eurem Met bringen. Meine Hoheit sind so durstig wie ein Salzhering.«

Als sich Pertyc viel später an diesem Tag mit Nevyn besprach, erklärte der alte Mann ihm, daß der König sich auf ein uraltes Gesetz berief. Jedes Mitglied des Wahlrats, das sich einer Rebellion gegen den rechtmäßigen König anschloß, verlor dadurch seinen Sitz im Rat. Obwohl Pertyc von seinem plötzlichen Aufstieg ganz offen verängstigt war, wußte er genau, daß er es den Rest seines Lebens bedauern würde, wenn er das Amt ablehnte. Außerdem wurde ihm bald klar, daß er als Gwerbret einiges zu sagen hätte, wenn es um das Aufräumen nach der Rebellion ginge. Da der König dazu neigte, gnädig zu sein – er war weitsichtig genug, mehr daran interessiert zu sein, weitere Rebellionen zu verhindern, als die derzeitige zu bestrafen –, stimmte er vielen der Gnadengesuche zu, die Pertyc einreichte. Selbstverständlich nicht allen – die Familien der rebellischen Gwerbrets verloren Ländereien und Titel, ebenso alle aus den Clans Yvmurs und Cawaryns, ob sie nun durch Geburt oder Ehe mit ihnen verwandt waren. Cawaryns junge Witwe, die kaum seine Ehefrau gewesen war, durfte weiterleben, aber nur als Priesterin, praktisch als Gefangene ihres Tempels.

Aber Danrys Witwe und sein jüngerer Sohn behielten Cernmeton, ebenso wie die Familie Ladoics und die aller geringeren Lords ihre Ländereien nicht verloren. Endlich war Pertyc auch in der Lage, Ganedd zu belohnen, als der junge Kaufmann um Gnade für seinen Vater bat. Dun Gwerbyn war allerdings eine andere Sache. Als Aeryc vorschlug, es einem loyalen, aber armen Clan aus Westdeverry zu übergeben, dem roten Löwen, hatte Pertyc nicht das geringste dagegen.

Und wie es mitunter manchmal geht, verspürte der rote Löwen-Clan nichts als Freundschaft gegenüber den Maelwaedds, während die Bären von Cernmeton, erschöpft durch Dankbarkeit, sie schließlich haßten.

III

Als Pertyc, Gwerbret Aberwyn, seine Familie und sein Gefolge schließlich bereit waren, ihren Wohnsitz in der neuen Stadt zu beziehen, bestand der Gwerbret darauf, daß Nevyn, solange er wollte, als Herr in Cannobaen bleiben könne. Mit dem Frühling wandte sich die Festung schnell wieder ihrer verschlafenen Routine zu, bei der es überwiegend darum ging, das Leuchtfeuer am Brennen zu halten und die Familie des Leuchtturmwärters zu ernähren. Nevyn sah sich im Broch genauer um und beschloß schließlich, eine Kammer im obersten Geschoß als Arbeitszimmer zu benutzen. Nachdem das Zimmer erst einmal gefegt und gesäubert war, erwies es sich als angenehmer, sonniger Raum – wenn denn in Cannobaen einmal die Sonne schien, was sogar im Sommer nur selten vorkam –, und die drei Fenster gewährten einen atemberaubenden Ausblick auf Meer und Land. Nevyn ließ einen langen Tisch, ein paar Regale, ein Kohlenbecken und einen bequemen Sessel hereinbringen, und dann konnte er endlich seine unterbrochene Arbeit an dem Talisman wieder aufnehmen, obwohl er morgens meistens damit beschäftigt war, sich um die Krankheiten der Ortsansässigen zu kümmern. Hin und wieder traf ein Brief aus Aberwyn ein, der ihm entweder Neuigkeiten mitteilte oder um seinen Rat in einer kleineren Angelegenheit bat. Nevyn antwortete sofort, dann kehrte er in seine Einsamkeit zurück.

An einem warmen Spätsommermorgen, etwa um die Zeit der letzten Apfelernte, sah Nevyn von seinem Turm aus einen Reiter auf Cannobaen zukommen. Er nahm an, es sei der übliche Botschafter von Pertyc, und die Diener würden sich schon darum kümmern, daß der Mann etwas zu essen und einen Schlafplatz bekam, und daher fuhr er fort, die Diagramme von Symbolen und Siegeln zu betrachten, die er aus Bardek mitgebracht hatte. Nach einer Weile jedoch klopfte es vorsichtig an der Tür. Leise schimpfend öffnete er und fand sich Maer gegenüber. Die Augen des ehemaligen Silberdolchs waren so müde, sein Gesicht so spitz und abgehärmt, als wäre er zehn Jahre älter. Nevyn war entsetzt zu sehen, daß er den Dolch wieder im Gürtel trug.

»Wenn ich Euch störe, Herr, reite ich einfach weiter.«

»Selbstverständlich nicht! Es sieht so aus, als wärst du nicht in Pertycs Auftrag hier.«

»Nein.« Er blickte zu Boden und biß sich auf die Unterlippe, als müsse er mit Tränen kämpfen.

»Dann laß uns hinunter in die große Halle gehen und etwas trinken, und du kannst mir erzählen, was los ist.«

»Das ist einfach, Herr. Glae ist tot.«

Nevyn starrte ihn mit offenem Mund an.

»Im Kindbett?« sagte er schließlich.

»Genau. Und unser Sohn starb mit ihr. Das Kind war einfach zu groß, sagte die Hebamme, und die Geburt hat sie beide zu

Tode erschöpft.« Sein Gesicht wurde kreidebleich, und er zitterte bei der Erinnerung. »Ihr Götter, ich konnte einfach nicht in Aberwyn bleiben. Seine Gnaden hat mich gebeten zu bleiben, aber ich konnte es nicht aushalten. Also dachte ich, ich komme vorbei, bringe Euch die Nachricht und sage Lebewohl, und dann kehre ich auf den langen Weg zurück.«

»Das tut mir so leid für dich und noch mehr für Glae.« Nevyn fühlte sich schuldig und fragte sich, ob er das Leben der jungen Frau hätte retten können, wenn er in Aberwyn gewesen wäre, aber damals hatte er weder das Wissen noch die chirurgischen Instrumente eines bardekianischen Arztes, um in einem Fall wie diesem zumindest das Baby retten zu können. »Aber tu bitte nichts Übereiltes, Junge.«

»Das hat Lord Pertyc auch gesagt, aber ich kenne mich selbst, Herr.« Er blickte mit dem Schatten eines Lächelns auf. »Ich hätte wirklich nichts gegen ein Bier, wenn es Euch nichts ausmacht.«

Über dem Bier erzählte Nevyn mehr von Glaes Tod, aber während er über das sprach, was für alle Beteiligten eine Zeit des Schreckens gewesen war, blieb seine Stimme tonlos, sein Blick starr. Nur sein bleiches Gesicht zeigte, wieviel Anstrengung es ihn kostete, ruhig zu bleiben. Während er berichtete, erschien die blaue Fee, um sich neben ihn auf die Bank zu setzen. Sie war erfreut, klatschte lautlos in die Hände und zeigte ihre spitzen Zähne in einem wütenden Grinsen. Aber als Maer am Ende zu ihr hinsah, hörte sie damit abrupt auf und setzte eine halbwegs glaubwürdig traurige Miene auf.

»Versteht sie, was passiert ist, Nevyn?« fragte Maer.

»Nein, Junge. Sie hat keinen wirklichen Geist. Also sei nicht böse, wenn sie sich freut, daß ihre Rivalin weg ist.«

»Zunächst war ich wütend. Aber dann ist mir einiges von dem, was Ihr mir erzählt habt, wieder eingefallen, und ich denke, sie ist nicht mehr als ein kluger Hund.«

»Ein wenig klüger, weil sie unsere Sprache versteht, selbst wenn sie sie nicht benutzen kann. Hast du jemals einen Affen gesehen?«

»Einen was, Herr?«

»Das sind Tiere aus Bardek. Aber wenn du nie einen gesehen hast, wird mein Vergleich dir nichts sagen. Denke an sie einfach wie an ein kleines Kind.«

Indem er die ganze Überzeugungskraft eines bardekianischen Politikers anwandte, gelang es Nevyn, Maer dazu zu überreden, noch drei Tage zu bleiben, aber nichts, was er sagte, konnte den Silberdolch davon abhalten, Pertycs Dienst zu verlassen. Der Gwerbret hatte ihm offensichtlich gesagt, er könne jederzeit zurückkehren. Maers einziges Zugeständnis bestand darin zu erklären, daß er dies vielleicht eines Tages, wenn der lange Weg zu kalt und armselig war, tatsächlich tun würde.

»Immer vorausgesetzt, du lebst lang genug«, meinte Nevyn beim Abendessen. »Was hast du jetzt genau vor? Willst du dich sofort im nächsten Kampf töten lassen?«

»Nein, Herr. Wenn ich mich umbringen wollte, hätte ich mich längst im Hafen von Aberwyn ersäuft, aber diese Art Mann bin ich nicht. Es ist nur – was sonst kann ich tun, um mir meinen Unterhalt zu verdienen, als zu kämpfen?«

»Hast du daran gedacht, nach Westen zu reiten und das Westvolk zu besuchen? Calonderiel hat dich doch eingeladen, als sie davonritten.«

»Das hat er. Meint Ihr, er hat es ernst gemeint, Herr?«

»Die vom Westvolk sagen nie etwas, wenn sie es nicht ernst meinen.«

Ein wenig Leben kam in Maers Blick.

»Ganedd wird bald eine letzte Handelsreise für dieses Jahr nach Westen unternehmen«, fuhr Nevyn fort. »Warum gehst du nicht mit ihm?«

»Hat er die Geschäfte seines Vaters übernommen? Ich war sicher, Ganno würde zur See gehen, sobald er die Gelegenheit hat.«

»Nun, sein Vater ist ein gebrochener Mann. Er sitzt den ganzen Tag da und starrt aufs Meer hinaus. Also brauchen Moligga und der jüngere Bursche Ganedd, und dann ist da auch noch Braedda ...« Abrupt brach Nevyn ab, weil er jetzt lieber nicht von glücklichen Ehen reden wollte. »Aber du könntest zum Beispiel für den Rest des Sommers im Westland bleiben. Dann kannst du ja sehen, wie dir im Herbst zumute ist. Du tust mir wirklich leid, aber weißt du, Glae hätte nicht gewollt, daß du dein Leben wegwirfst.«

Maer wollte etwas sagen, dann brach er wie ein Kind in Tränen aus. Nevyn legte ihm den Arm um die Schultern und ließ ihn schluchzen, so lange und so jämmerlich, daß dem alten Mann jetzt erst klar wurde, daß Maer die ganzen langen Wochen seit Glaes Tod nie geweint hatte.

Normalerweise hätte Nevyns Rat funktioniert. Maer hätte das Elfenland besucht, eine Welt, die sich genügend von der seinen unterschied, um ihn vollkommen abzulenken, und dann wäre er wahrscheinlich nach Aberwyn zurückgekehrt, nachdem er mit seiner Trauer ins reine gekommen war. Aber Nevyn hatte nicht mit der blauen Fee und auch nicht mit Elessario gerechnet.

In dem sich endlos verschiebenden Land der Wächter waren scheinbar nur ein paar Stunden vergangen, seit Dallandra sie verlassen hatte, um zu Aderyn zurückzukehren. Als sie sah, daß ihre Freundin sich auf den Weg nach Hause gemacht hatte, rannte Elessario tränenblind davon. Ihr Schmerz war zu unklar, um Trauer genannt zu werden, aber bitter genug, daß sie sich ins Gras warf und weinte. Etwa zu dem Zeitpunkt, als Dallandra Loddlaen zur Welt brachte, hörte sie auf zu weinen –

der Schmerz war so schnell, wie er gekommen war, auch wieder vergangen. Sie machte sich auf die Suche nach Gesellschaft. Als Dallandra zurückkehrte, war Elessario weit entfernt, saß an der Seele eines Flusses und sah ihren Freunden beim Tanzen zu. Dort fand sie die blaue Fee, etwa um dieselbe Zeit, als Maer und Ganedd im Westland auf das Herbstalardan stießen. Obwohl Elessario ihren Schmerz bereits vergessen hatte, erinnerte sie sich an Dallandra und an alles, worüber sie gesprochen hatten. Bei einem dieser Gespräche war es um Mitgefühl gegangen und darum, anderen aus keinem anderen Grund zu helfen, als weil es ihnen schlechtging. Irgendwo, tief im Herzen, wollte Elessario Dallandra unbedingt alles recht machen und ihren Lehren folgen, obwohl sie sie eher auswendig gelernt als sie tatsächlich verstanden hatte. Als sie den ehrlichen Schmerz der Fee erkannte und begriff, was ihn verursacht hatte, beschloß sie, dem armen kleinen Ding so gut wie möglich zu helfen, in der Hoffnung, Dallandra wäre stolz auf sie. Elessario mochte noch ein Kind sein, aber ihre Fähigkeiten waren beträchtlich.

Als das Herbstalardan sich auf den Aufbruch vorbereitete und Ganedd davon sprach, mit den neu eingekauften Pferden nach Hause zurückzukehren, sah sich Maer der Wahl gegenüber, entweder mit dem Kaufmann zu ziehen oder mit Aderyn und seinem Alar ins Winterlager zu reiten. Er trauerte immer noch so sehr und war so einsam, daß ihm die Wahl schwerfiel, einfach weil jede Entscheidung schwierig für ihn war. Jeden Tag mußte er sich aufs neue der Ironie stellen, daß ihm nie klargeworden war, wie sehr er Glae liebte, bevor er sie verloren hatte. Wenn man zurückkehren könnte, dachte er, nur für einen einzigen Tag, nur für einen verfluchten Tag, und ihn noch einmal leben könnte und wissen, was man jetzt weiß … Dann schüttelte er heftig den Kopf, als könnte er sein Wyrd körperlich abschütteln, und stand auf, um den neuen Tag zu beginnen. Auch ein weiterer Gedanke ärgerte ihn: Nun, wo er sich über ein wenig Gesellschaft gefreut hätte, schien die blaue Fee ihn verlassen zu haben. In seinen langen Wochen im Elfenland sah er sie nicht ein einziges Mal.

Endlich kam der Morgen, an dem das Westvolk die Zelte abbrach und Ganedds Männer den Pferden die Halfter und Führseile anlegten. Maer ging mit Calonderiel durchs Lager und versuchte, eine Entscheidung zu treffen – nach Süden mit dem Westvolk oder nach Osten mit Ganedd?

»Sag mir«, fragte Calonderiel, »wenn du mit Ganno zurückkehrst, was wirst du dann tun?«

Nach sechs Wochen unter Freunden schien die Idee des langen Weges erheblich weniger verlockend, als sie inmitten seiner Trauer erschienen war.

»Nun, ich könnte zurück nach Aberwyn gehen und Gwerbret Pertyc sagen, daß er recht hatte.«

»Und dann den ganzen Winter über in seinem Steinzelt sitzen?«

»Ich verstehe, was du meinst. Nun gut, ich bleibe bei euch, wenn ihr mich mitnehmt.«

»Ich würde nichts lieber tun.«

Zu dieser Zeit bestand Aderyns Alar aus ihm selbst und seinem Sohn, dem Banadar, seinem Kriegshaufen aus zwanzig Männern und deren Familien und Zelten und einem Dutzend anderer Familien, die alle ihre eigenen Herden besaßen. Für eine so große Gruppe brauchten sie ein eigenes Winterlager und fanden schließlich eine tiefe Schlucht etwa zwei Meilen vom Meer entfernt, die dafür geeignet war. Wie üblich schlugen sie die Zelte am Flußufer auf, aber die Herden grasten am Rand der Schlucht. Da Calonderiels derzeitige Freundin kurz nach ihrer Ankunft erzürnt davongeritten war (seine Frauen kamen und gingen fast so schnell wie das Wildvolk), zog Maer in das Zelt seines Freundes. Maer bestand darauf, ebenfalls Pflichten als Hirte zu übernehmen. Er war vielleicht Gast hier, aber er aß nicht gern am Tisch anderer, ohne etwas dafür zu tun. Wenn er nicht auf Wache war, machte er sich an den wenigen Sonnentagen auf und ließ sich von seinem Pferd lange ziellos umhertragen.

Es war auf einem dieser einsamen Ritte, als er die Fee wiedersah – nicht, daß er sie zunächst erkannt hätte. An einem sonnigen Morgen kam er zu einem Haselgebüsch, wo sich drei Bäche zu einem kleinen Fluß vereinten. Da sein Pferd Durst hatte, stieg er ab, lockerte das Halfter des Tieres und ließ es trinken, während er sich umsah. Im Gehölz saß eine Elfenfrau, gekleidet in ein langes Hemd – das dachte er zumindest zunächst.

»Ich grüße dich.« Damit war es um sein Elfisch auch schon getan, und er wechselte zu Deverrianisch. »Störe ich Euch?«

Mit einem Kopfschütteln und einem Zurückwerfen des taillenlangen blauen Haares stand sie auf und ging ein paar Schritte auf ihn zu. Ihre Haut war kreidebleich, aber davon abgesehen war sie sehr schön, mit riesigen blauen Augen und einem vollen, weichen Mund. Wenn sie lächelte, schienen ihre Zähne ein wenig scharf, aber sie waren weiß und nicht mehr spitz. Maer war angetan genug, die Zügel des Pferdes fallen zu lassen und auf sie zuzugehen. Aus der Nähe duftete sie nach Rosen.

»Maer?« sagte sie.

»Woher kennt Ihr meinen Namen?«

»Ich kenne dich schon so lange. *Sie* hat schon gesagt, daß du mich nicht erkennen würdest. Du tust es wohl wirklich nicht.«

»Nein. Sie? Wer ist sie?«

»Einfach sie. Eine Göttin.« Sie hielt inne und lächelte verführerisch. »Ich kann jetzt sprechen. Ich liebe dich, Maer.«

Diese Bemerkung über das Sprechen ließ ihn seine blaue Fee erkennen, die sich so verändert hatte. Mit einem kleinen Aufschrei wich er zurück.

»Was ist denn? Ich bin jetzt eine richtige Frau.«

»Ganz bestimmt nicht!«

Tränen traten ihr in die Augen. Maer drehte sich um und rannte zu seinem Pferd, aber als er in den Sattel stieg, konnte er ihr Schluchzen hören. Er hatte gerade genug Angst, um weiterzureiten, aber er hörte ihr Weinen noch lange in der Erinnerung, und das tat weh. Er wußte, was es bedeutete, jemanden zu verlieren, den man liebte. Das arme kleine Ding, dachte er. Hat versucht, zu einer Frau zu werden, um mich zu erfreuen! Es war wirklich grotesk und ebenso peinlich wie beängstigend – so sah er das jedenfalls. Nachdem er auf dem Heimritt lange nachgedacht hatte, ging er davon aus, daß diese geheimnisvolle »Sie« keine echte Göttin sein konnte. Wahrscheinlich gehörte sie ebenfalls zum Wildvolk, oder sie war etwas viel Schlimmeres. Wie jeder andere, den er kannte, glaubte Maer an alle Arten von Geistern und Gespenstern, die sich irgendwo in den Anderlanden aufhielten und zu bestimmten Zeiten wieder in seiner Welt auftauchten. Einem von ihnen zu begegnen war Geis und brachte Unglück, und es drohten einem so viele schreckliche andere Dinge, daß er sich weigerte, jemand anderem davon zu erzählen, weil er tatsächlich befürchtete, von da an würde ihn jeder meiden.

In dieser Nacht schlief er nur unruhig und träumte sofort von ihr. In dem Traum kam es ihm so vor, als läge er hellwach, aber unfähig, sich zu rühren, unter seinen üblichen Decken in Calonderiels Zelt. Sie erschien einfach durch die Zeltwand, setzte sich hin und starrte ihn an, starrte einfach nur mit vorwurfsvollem Blick, bis er die Stille nicht mehr ertragen konnte.

»Es tut mir leid, daß du wegen mir weinen mußt.«

»Bitte, komm und sprich mit mir, Maer. Das ist alles. Bitte komm zurück und sprich mit mir.«

»Wohnst du in diesem Haselgebüsch?«

»Ich wohne in *ihrem* Land. Ich besuche die Haselbüsche manchmal. Ich kann auch das Lager besuchen, aber nicht, wenn der alte Mann da ist.«

»Wer?«

»Der Eulenmann.«

Nun, als er daran dachte, fiel Maer auf, daß Aderyn tatsächlich eulenhaft aussah. Automatisch setzte er sich auf und fand sich wach in einem dunklen Zelt, neben Calonderiel, der auf der anderen Seite schnarchte. Es war doch ein Traum gewesen, oder? Aber ein verflucht überzeugender! Als er dann wieder einschlief, träumte er nur wie üblich von Glae.

Nach den ununterbrochen über sie hinwegziehenden Herbststürmen und dank all seiner Pflichten als Hirte dauerte es ein paar Wochen, bevor Maer Blauhaar wiedersah. Er hatte allerdings oft an sie gedacht, wenn auch nur, weil er sich schuldig fühlte. Er kam sich vor wie ein Mann, der spätnachts nach Hause kam, keine Laterne mehr anzündete und bei dem Versuch, sich durch das Haus zu tasten, über seinen treuen Hund fiel und ihm dabei weh tat. Endlich, an einem sonnigen Morgen zwischen zwei Stürmen ritt er los, um sie zu suchen. Als er sie nicht im Haselgebüsch fand, ritt er ein Stück weiter flußaufwärts durch das Gras, das so hoch und naß war, daß es an den Pferdebeinen klebenblieb. Immer noch keine Spur von ihr. Mit einem beunruhigten Blick auf die dunklen Wolken, die sich im Süden zu türmen begannen, dachte Maer daran zurückzukehren, aber ganz in der Nähe war ein anderes Dickicht. Und tatsächlich, als er näher kam, sah er sie dort zwischen zwei Bäumen stehen und so strahlend glücklich lächeln, daß es ihm ins Herz stach.

»Du bist tatsächlich gekommen. Endlich.«

»Nun, das Wetter war nicht das beste.«

Maer lockerte das Halfter seines Pferdes und sattelte das Tier ab, damit es sich wälzen und ausruhen konnte. Als das Pferd zu grasen begann, ging er in das Gebüsch hinein. Sie setzte sich auf den Boden und breitete dabei ihren langen blauen Rock wie eine anmutige Dame um sich aus.

Automatisch setzte sich Maer ihr gegenüber.

»Ich kann aber nicht lange bleiben.«

»Warum nicht?«

»Weil es schon spät ist und es einen Sturm geben wird. Ich will nicht klatschnaß werden, und ich möchte auch nicht die ganze Nacht in der Kälte bleiben.«

»Oh.« Sie legte den Kopf schief und dachte nach. »Das kann ich verstehen.«

»Gut. Paß auf, Kleine. Wir müssen über etwas reden, das dir nicht gefallen wird. Du mußt dir einen Mann von deinem eigenen Volk suchen und mich in Ruhe lassen.«

»Nein!« Ihre Augen blitzten zornig auf. »Sie sind alle häßlich und haben Warzen.«

Maer mußte zugeben, daß die Gnomen, die er gesehen hatte – und das schienen die einzigen männlichen Wesen beim Wildvolk zu sein –, nicht gerade sonderlich gut aussahen.

»Das tut mir wirklich leid, aber so ist es nun einmal. Weißt du, ich denke nicht, daß du dieser ›Sie‹, von der du dauernd sprichst, zuhören solltest. Es kommt mir so vor, als führte sie dich in die Irre.«

»Nein!«

»Ach ja? Warum hat sie dann dein Aussehen verändert? Ich wette, Nevyn und Aderyn wären alles andere als erfreut, wenn ich ihnen davon erzählte.«

»Sag ihnen nichts! Bitte nicht!«

Sie beugte sich vor, so daß sie vor ihm hockte wie ein Bittsteller, und blickte mit feuchten Augen zu ihm auf. Als sie seine Hand in ihre Hände nahm, fühlte sich ihre Haut so kalt und weich an wie Seide aus Bardek. Da er sich nicht dazu überreden konnte, sie für wirklich zu halten, war es ihm unmöglich zu begreifen, wie gefährlich sie war. Sie lächelte und tätschelte ihm die Wange.

»Also gut. Aber diese Freundin von dir gefällt mir immer noch nicht. Ich bezweifle, daß sie eine Göttin ist. Ich wette, sie ist eine Art Geist oder Gespenst und sollte lieber die Anderlande nicht verlassen, um sich hier einzumischen.«

»Kein Geist. Nicht aus den Anderlanden.« Ihr Griff wurde fester, und sie sah ihm so traurig, so sehnsuchtsvoll in die Augen, daß sie ihm leid tat. »Würdest du mich küssen, Maer? Nur einen kleinen Kuß?«

Lächelnd beugte er den Kopf und gab ihr einen brüderlichen Kuß, der ihre Lippen kaum streifte. Als er den Kopf hob, war das Haselgebüsch verschwunden. In purpurfarbenem Zwielicht erstreckte sich eine Wiese rings um sie, auf der Sommerrosen blühten, von deren Duft er beinahe trunken wurde. Maer stieß die Fee von sich und kam mit einem Aufschrei auf die Beine. Sie lachte, erhob sich ebenfalls und tanzte mit wirbelndem Rock um ihn herum.

»Jetzt gehörst du mir, und wir werden so glücklich sein.«

»Augenblick! Bring mich sofort zurück!«

»In einer Weile.«

Sie hielt inne und lächelte ihn so gewinnend an, daß er Verdacht geschöpft hätte, wäre er nicht vollkommen verängstigt gewesen. »Selbstverständlich kehren wir zurück. In einer klitzekleinen Weile.«

Da Maer bezweifelte, daß sie zu einer offenen Lüge fähig war, war er beruhigt genug, sich umzusehen. Etwa eine Viertelmeile entfernt stand so etwas wie eine Festung, aber viel aufwendiger als der Palast von Aberwyn: vielleicht zwanzig

Pfeiltürme, alle in einem Muster, das er nicht erkennen konnte, miteinander verbunden, erhoben sich aus dem Nebel.

»Gehen wir zu ihr, und dann kannst du nach Hause zurückkehren«, sagte die Fee. »Bitte. Nur eine kleine Weile.«

Maer ließ zu, daß sie seine Hand nahm und ihn auf die vieltürmige Festung zuführte, während das Zwielicht langsam blausilberne Töne annahm. Als sie auf den Palast zugingen, konnte er ihn klarer sehen: Ein rechteckiges Gebäude, anders als alles, was er bisher gesehen hatte, stellte das gemeinsame Fundament der Türme dar, und eine Mauer, die an den Ecken ebenfalls Türme hatte, umgab die Anlage. Diese Mauer bestand aus vielen Arten von Stein, rosafarbenem Sandstein, grauem Kalkstein und grünem Marmor. Maer sah hinter den Fenstern goldenes Kerzenlicht leuchten und hörte Musik von solcher Süße, daß er am liebsten geweint hätte. Aber gleichzeitig hatte er den Eindruck, daß die Burg nicht mehr näher kam. Bei jedem Schritt wurden seine Füße schwerer, seine Beine wurden taub, und er hatte das Gefühl, kaum mehr atmen zu können. Das Licht begann, schwächer zu werden, als er plötzlich ein anderes Licht wahrnahm; golden und blendend öffnete es sich vor ihm wie ein Tunnel.

Das letzte, was er hörte, bevor der Körper, den er in dieser Welt hatte, vollkommen zerfiel, war der gequälte Schrei der Fee.

Unter normalen Umständen hätte Calonderiel den gesamten Kriegshaufen auf die Suche nach seinem Gast geschickt, als Maer nicht zum Abendessen zurückkehrte, aber durch den heftigen Regeln der letzten Stunden stieg das Hochwasser in dem Fluß am Lager. Als die Strömung stärker geworden war, hatten Aderyn und Halaberiel befohlen, den Abbruch des Lagers vorzubereiten. Alle rannten umher, packten Zelttaschen, beluden die Schlitten, nahmen Hunde an die Leine, suchten ihre Kinder. Als das Wasser beinahe den Rand des Flußbettes erreicht hatte, war die gesamte bewegliche Habe des Alardan an den Rand der Schlucht gebracht worden. Halaberiel und Aderyn gingen am Fluß entlang und beobachteten ihn in dem letzten schwachen Licht des Abendhimmels. Auf und ab schaukelnd wie ein vielarmiges Tier trieb ein gesamter Baum vorbei.

»Es wird noch weiter steigen«, meinte Aderyn. »Ich brauche keinen Dweomer, um das zu wissen.«

»Ja, Weiser. Also gut. Geben wir den Befehl, die Zelte abzubrechen.«

Als sie sich wieder in Richtung des Lagers wandten, hörten sie den entsetzten Schrei einer Frau. Ein ganzer Chor von Stimmen drang durch den Regen: Er ist hineingefallen! Fluchend rannte Halaberiel zum Flußufer. Aderyn konnte gerade noch einen kleinen, blonden Kopf sehen, der etwa fünf Fuß vom Ufer auf und ab tanzte. Schreiend versuchte die Mutter des Kindes, sich selbst in die Fluten zu werfen. Jemand packte sie und hielt sie zurück, und im selben Augenblick tauchte der Banadar wie ein Seevogel ins Wasser. Aderyn hörte sich laut die Herren des Wassers anrufen, während er flußabwärts rannte. Zunächst konnte er nichts sehen als die wilden, braunen und silbrigen Wellen; dann tauchten zwei Köpfe auf, ein kleiner blonder und ein größerer grauer.

»Hal! Ich halte Schritt mit dir! Oh, Herren des Wassers, helft mir jetzt, wenn ich Euch jemals geholfen habe!«

Einen Arm um den Hals des Jungen gelegt, versuchte Halaberiel, mit dem anderen zu schwimmen, während die tobende Strömung sie unweigerlich zur Flußmündung und aufs Meer zu trieb. Obwohl Aderyn die Herren der Elemente nicht sehen konnte, mußten sie auf seinen Ruf geantwortet haben, denn ohne übernatürliche Hilfe wäre Halaberiel nie imstande gewesen, das Ufer zu erreichen. Tatsächlich gelang es ihm, bis auf einen Fuß an das schlammige Ufer heranzukommen und den Jungen in Aderyns wartende Hände zu schieben. Dann packte ihn die Strömung wieder und riß ihn weiter, riß ihn in den schäumenden Wirbel, der ihn weiter in Richtung Meer trug. Aderyn umklammerte das kreischende Kind und weinte, bis die anderen ihn einholten. Hysterisch schluchzend riß die Mutter ihm das Kind weg, als wäre er derjenige gewesen, der es beinahe ertränkt hätte.

»Banadar!« rief Calonderiel. »Hal! Hal!«

»Er ist nicht mehr.« Aderyn packte ihn am Arm. »Du bist jetzt der Kriegsführer dieses Alar.«

Calonderiel legte den Kopf zurück und schrie seine Trauer in den heulenden Wind hinaus. Aderyn packte ihn an den Schultern und schüttelte ihn.

»Die Zelte! Du mußt den Befehl geben, die Zelte abzubrechen.«

Mit einem letzten Schluchzen riß Calonderiel sich zusammen, und während er auf die anderen zurannte, gab er schon mit befehlsgewohnter Stimme Anweisungen.

Es war beinahe Morgen und der Regen nur noch ein Nieseln, als jemand sagte: »Wo steckt eigentlich Maer?« Mit viel Geschimpfe machte sich der Kriegshaufen daran, zunächst das improvisierte Lager zu durchsuchen. Als der graue, mürrische Tag heranbrach, kehrten sie mit der Nachricht zurück, daß sowohl Maer als auch sein Pferd nicht zu finden seien. Aderyn spürte das Unheil wie eine eisige Berührung auf seinem Rücken.

»Der Sturm muß ihn unterwegs erwischt haben«, sagte Calonderiel. »Und diese elenden Rundohren wissen nicht, wie man hier im offenen Land auf sich aufpaßt. Wir müssen ihn sofort suchen.«

»Wenn du vielleicht fünf Herzschläge lang abwarten könntest«, meinte Aderyn gereizt, »dann werde ich mit dem Zweiten

Gesicht nach ihm suchen und eure Aufgabe ein wenig erleichtern.«

Da keine Rede von Lagerfeuern sein konnte, nutzte Aderyn das Wasser als Konzentrationspunkt und sah Maers verkrümmte Leiche in einem Haselgebüsch. Mit einer schrillen Klage brach er die Vision ab.

»Tot?« sagte Calonderiel.

»Ertrunken. Aber ich verstehe nicht, warum. Er war inmitten von Bäumen. Wieso ist er nicht nach oben geklettert? Ihr Götter, das Wasser war nur einen Fuß hoch!«

An der Spitze einer grimmigen Prozession führte Aderyn sie zu Maers Leiche. Calonderiel war so überwältigt wie bei dem Verlust des Banadar, aber in diesem Fall zerriß ihm ebenso Schuld wie Trauer das Herz. Maer war sein Gast gewesen, und er hatte ihn im Stich gelassen – so sah Calonderiel es, ganz gleich, wer ihm widersprach. Während er weinte und tobte und Albaral Maer mit den rituellen Gebeten in eine Decke wickelte, verließ Aderyn das Haselgebüsch und ging ein paar Fuß weiter flußabwärts zu der Stelle, wo sich drei Bäche vereinten. Drei Bäche. Das Haselgebüsch. Aderyn fluchte leise.

»Evandar!« schrie er. »Evandar, kannst du mich hören?«

Niemand antwortete, niemand kam. Nur der Wind fegte mit endlosem Seufzen über das regennasse Gras.

Es dauerte Tage, bis Aderyn entdeckte, was Maer tatsächlich umgebracht hatte. Er suchte mit jeder erdenklichen Methode, besprach sich mit Nevyn, beschwor die Könige der Elemente und die Herren des Wildlands herauf, nahm seinen Lichtkörper an und durchsuchte nicht nur die ätherische, sondern auch Teile der astralen Ebene, bis es ihm endlich gelang, die wenigen Informationen, die er erhielt, zu einem Bild zusammenzusetzen und zu erkennen, daß die Fee unwissentlich den Mann, den sie geliebt hatte, umgebracht hatte. Also machte er sich viele

Wochen später auf, sie in dem Haselgebüsch bei den drei Bächen zu suchen.

Gerade an diesem Tag hatte er so intensiv die Notwendigkeit verspürt, sich dieses Problems anzunehmen, daß er sicher war, jemand müsse ihm eine Botschaft gesandt haben, ob es nun die Herren des Wildlands oder die Könige des Wassers waren – er war jedenfalls nicht gewillt, den Impuls zu ignorieren. Als er näher kam, sah er die Fee am Bach auf und ab gehen, den Kopf gesenkt, als suche sie etwas. Um sie nicht zu erschrecken, stieg er vom Pferd und ging den Rest des Weges zu Fuß. Als sie ihn sah, fauchte sie und schlug mit einer Hand nach ihm, die Finger wie Klauen verkrümmt.

»Ich habe dir Maer nicht weggenommen.«

»Doch! Ich habe es gesehen. Du bist mit den älteren Brüdern gekommen, ihr habt ihn in eine Decke gewickelt, und dann habt ihr ihn weggebracht.«

»Seine Seele war schon nicht mehr da. Er war tot. Weißt du, was Tod bedeutet?«

Sie starrte ihn nur an und begann dann, lautlos zu weinen.

»Gib ihn mir wieder.«

»Es gibt nichts, was ich dir wiedergeben könnte.«

»Doch! Du hast ihn weggenommen. Wo hast du ihn hingebracht?«

Aderyn überlegte, dann beschloß er, daß es ratsam sei zu handeln.

»Ich zeige dir sein Grab, wenn du mir drei Fragen beantwortest.«

»Sein was?«

»Die Stelle, an die wir seinen Körper gebracht haben. Aber ich warne dich, er kann nicht mehr sprechen und sich nicht bewegen.«

»Ich will ihn sehen.«

»Dann beantworte mir die Fragen. Erstens, wer hat dir beigebracht zu sprechen?«

»Sie. Die Göttin, die mir geholfen hat.«

»Wie hat diese Göttin ausgesehen?«

»Sie sieht immer anders aus. Sie kommt und geht und verändert sich wie ich.«

»Hat sie einen Namen?«

»Einen was?«

»Einen Namen, wie Maer. Ein Wort, das nur ihr gehört.«

»Oh.« Einen Augenblick zog sie nachdenklich die Nase kraus. »Elessario. Das ist ihr besonderes Wort. Jetzt zeig mir Maer. Du hast es versprochen, und ich habe alle drei Fragen beantwortet.«

»Das hast du. Folge mir – aber ich warne dich, er ist jetzt ganz anders.«

Mit einem Rauschen wie Gras im Wind verschwand sie, aber ihre Stimme blieb noch einen Augenblick.

»Reite los, ich folge dir.«

Während er in jenen Teil der Schlucht zurückkehrte, wo sie Maer begraben hatten (Calonderiel hatte beschlossen, sein Gast wäre lieber begraben worden, wie es bei seinem Volk üblich war, statt verbrannt zu werden wie ein Elf), dachte Aderyn über Strategien nach. Er hatte Angst, sich offen mit den Herren des Wildlands in Verbindung zu setzen, aber sie hatten offensichtlich ein Auge auf ihn gehabt, denn als er das Grab erreichte, waren sie dort – schlanke Lichtsäulen, kaum wahrnehmbar als ein Schimmern in der Luft. Er spürte ihren Dank eher, als er ihn hörte, wußte ohne weitere Worte, daß sie gekommen waren, um die Fee mitzunehmen und sie zu heilen.

Aber sie erschien nicht. Aderyn und die Lords warteten den ganzen Tag und den ganzen Abend, bis schließlich der Mond aufging, um zu verkünden, daß es Mitternacht war.

»Sie ist zu klug für uns«, dachte Aderyn. »Ich denke, sie weiß, daß Ihr sie mitnehmen wollt.«

Er konnte spüren, wie sie ihm mit einer Ausstrahlung von Sorge zustimmten. Einer nach dem anderen verblaßten sie wie Sterne in der Morgendämmerung, aber Aderyn hatte das Gefühl, daß er sich selbst um die Fee nicht mehr sorgen mußte, daß sie auf die eine oder andere Weise einen Weg finden würden, ihr zu helfen.

Maer allerdings, oder genauer gesagt die Seele des Mannes, der einmal Maer gewesen war, war etwas anderes. Auch Nevyn war der Meinung, daß Maers Wyrd mit Dingen in Verbindung geraten war, die im Grunde nicht seine Angelegenheit waren. Immerhin hatte die Fee ihn bereits einmal gefunden, nachdem er wiedergeboren war, und jetzt hatte sie nur noch mehr Grund, nach ihrem verlorenen Geliebten zu suchen.

»Ich trage die Verantwortung dafür«, dachte Nevyn seinem alten Schüler durch das Feuer zu, »wegen Maddyn. Ich hätte nie zulassen dürfen, daß er diese Verbindung mit dem Wildland eingeht.«

»Du wußtest doch auch nicht, wohin das führen könnte.«

»Das mag sein. Aber ich hätte darüber nachdenken müssen. Ich hätte vielleicht eine Warnung erhalten, was passieren könnte, oder zumindest, daß es falsch war.«

»Es hätte alles in Ordnung sein können, hätten sich die Wächter nicht eingemischt. Vergessen wir nicht, daß eine von ihnen damit zu tun hat. Und das ist zum Teil auch mein Fehler. Ich hätte sie nicht Dallandra überlassen dürfen. Ich hätte versuchen müssen, sie selbst kennenzulernen, und vielleicht …«

»All diese Vielleichts schaden uns nur, mein Freund. Was ist, ist, und es steht nicht in unserer Macht, das Gewebe der Zeit aufzulösen und diesen einzelnen Faden herauszuziehen.«

»Ich weiß. Nun, ich nehme an, wenn er wiedergeboren wird,

wird Maer abermals zu mir kommen. Wir werden dann sehen, was wir für ihn tun können.«

Aber es dauerte lange, bis Aderyn dieser Seele wieder begegnen sollte, etwa sechzig Jahre, und auch dann nur durch Zufall. Eines Spätsommers, als die Tage bereits kürzer und die Bäume auf den Hügelkuppen gelb wurden, zog sein Alar über die nördlichen Ebenen, nicht weit von der deverrianischen Provinz Pyrdon entfernt. Eines ihrer Pferde, ein junger Hengst, setzte sich in den Kopf, sich loszureißen, seinen natürlichen Instinkten zu folgen und vor dem regierenden Hengst der Herde zu fliehen. Ein paar Männer folgten ihm, und aus dem sentimentalen Bedürfnis, sein eigenes Volk wiederzusehen, überließ Aderyn Zelt und Herden seinem Sohn Loddlaen und ritt mit Calonderiel und Albaral davon. Es war einfach, der Spur des Hengstes zu folgen, und ein paar Meilen weiter gesellten sich ihm die Spuren eines anderen Pferdes hinzu, eines Tieres, das eine Last trug. Beide Spuren bewegten sich weiter nach Westen, in einer so geraden Linie, daß es offensichtlich war, daß der Hengst von einem Reiter aufgegriffen und mitgenommen worden war. Aus der Tatsache, daß das zweite Pferd Hufeisen trug, konnte man leicht schließen, daß der Reiter ein Mensch war.

Und tatsächlich führte die Spur sie direkt in die Stadt Drwloc, wo sie in Unmengen anderer Spuren verschwand, aber nachdem sie sich ein wenig umgehört hatten, erfuhren sie, daß einer von Lord Gorddyns Männern ein Pferd des Westvolks gefunden und zur Festung gebracht hatte. Calonderiel war wütend und schwor, dem stinkenden Pferdedieb die Kehle durchzuschneiden, aber Aderyn befahl ihm, den Mund zu halten.

»Wir sollten zumindest zunächst mit dem Lord sprechen. Wenn du den Hengst an den Besitzer einer Herde verkauft hättest, die einen Zuchthengst braucht, hätte er sich nie losgerissen.«

»Nun, das sehe ich ein. Aber dieser elende Reiter hätte ja nach dem Besitzer des Pferdes suchen können.«

»Würdest du allein in ein Rundohrenlager reiten?«

Calonderiel setzte zu einer erbosten Antwort an, dann hielt er nachdenklich inne.

»Du hast schon wieder recht. Also reden wir mit Lord Gorddyn.«

Die Festung des Lords lag etwa drei Meilen vor der Stadt, ein einzelner Broch hinter einem Erdwall auf einem kleinen Hügel. Als sie auf die Lücke im Wall zuritten, die als Tor diente, sahen sie eine seltsame Frau auf dem grasbewachsenen Wall sitzen. Sie war schlank und bleich und in ein schmutziges, zerrissenes Kleid gekleidet, aber als sie näher kamen, sahen sie, daß ihr langes, offenes Haar von tiefem Blau war, der Farbe des Meeres im Winter. Beim Anblick Aderyns und der Elfen sprang sie auf und verschwand plötzlich.

»Was ist das?« fragte Calonderiel. »Eine vom Wildvolk? Sie sah so verdammt menschlich aus!«

»Das stimmt.« Aderyn verspürte eine üble Vorahnung. »Cal, ich habe das unangenehme Gefühl, daß ich sie schon einmal gesehen habe. Ich vermute, wir sind hier in eine üble Angelegenheit geraten.«

Lord Gorddyn erwies sich als untersetzter, freundlicher Mann mit schütterem Haar, der sie gastfreundlich begrüßte. Er bestand darauf, daß sie an seinem abgenutzten Ehrentisch am rauchigen Feuer saßen und Met aus verbeulten Silberkelchen tranken, dann hörte er sich ihre Geschichte von dem verlorenen Pferd an.

»Ja, der Hengst ist hier. Ein schönes Tier, wunderschön. Was würdet Ihr sagen, wenn ich es kaufen würde? Nach deverrianischem Gesetz gehört er mir, weil einer meiner Männer ihn gefunden hat, aber nach dem Gesetz des Westvolks gehört er Euch, also sollten wir uns nicht streiten. Ich habe zwei schöne braune Stuten in meinem Stall, und Ihr sollt beide haben, wenn Ihr sie wollt.«

Angesichts dieses vollkommen unerwarteten Entgegenkommens konnte Calonderiel nichts anderes tun, als sich die Tiere zumindest anzusehen, und alle gingen hinaus in den Stall. Die Stuten waren tatsächlich so jung, gesund und schön, wie es der Lord versprochen hatte.

»Also gut, Herr«, sagte Calonderiel. »Um des Friedens zwischen unseren Völkern willen nehme ich sie gern zum Ausgleich für den Hengst.«

»Wunderbar! Das freut mich, guter Mann. He, Junge!« Letzteres sagte er zu einem Stalljungen, der in einiger Entfernung stehengeblieben war, um die Elfen mit großen Augen anzustarren.

»Leg diesen Stuten Halfter und Führseile an und bring sie hinaus auf den Hof.«

Als sie den Stall verließen, fiel Aderyn ein junger Mann auf, der in einer leeren Box auf dem Stroh lag. Obwohl der Tag warm war, war er in eine Decke gewickelt, und sein Gesicht war totenbleich.

»Herr?« sagte Aderyn. »Was ist mit diesem Burschen?«

»Er ist schrecklich krank, fürchte ich, und das tut mir leid, denn er ist einer meiner geschworenen Reiter und ein guter Mann. Unsere Kräuterfrau hat angeordnet, daß er am Tag hier liegen soll. Sie sagt, auf diese Weise wird er die Lebenskraft von den Pferden aufnehmen, und das könnte ihm helfen.«

Das war abergläubischer Unsinn, aber Aderyn sprach es nicht laut aus.

»Ich bin zufällig auch ein Kräutermann, Herr. Soll ich ihn mir einmal ansehen? Vielleicht fällt mir etwas auf, das Eurer Kräuterfrau entgangen ist.«

»Gerne, guter Mann, gerne. Er heißt Meddry. Ich bringe nur unsere anderen Gäste schnell in die große Halle.«

Lord Gorddyn hatte ihn einen Mann genannt, aber Meddry war kaum mehr als ein Junge, etwa fünfzehn Jahre alt und vermutlich ganz neu im Kriegshaufen. Er war viel zu dünn und hohläugig, und sein hellblondes Haar klebte ihm schweißnaß an dem ausgemergelten Gesicht. Als Aderyn sich neben ihn kniete, stützte Meddry sich auf einen Ellbogen und versuchte, etwas zu sagen, dann begann er zu husten – das schrecklichste, tiefste Husten, das Aderyn je von einem Menschen gehört hatte. Er legte Meddry den Arm um die Schulter und stützte ihn, bis er schließlich ausspucken konnte – keinen Schleim, sondern Blut, hellrot und klumpig. Aderyn packte eine Handvoll sauberes Heu und wischte ihm den Mund ab.

»Ich sterbe, nicht wahr?« flüsterte Meddry.

»Noch nicht, und vielleicht überhaupt nicht.« Aderyn kam einer offenen Lüge so nah, wie es nur möglich war. »Wir werden sehen, was wir für dich tun können.«

»Ich kann es inzwischen gut erkennen, wenn jemand versucht, mich nur aufzuheitern, Kräutermann.« Seufzend ließ er sich wieder ins warme Stroh sinken.

Vor allem um zu sehen, wieviel Lebenskraft sein neuer Patient noch hatte, starrte Aderyn ihm in die Augen, dann hätte er beinahe laut geflucht, als er die Seele erkannte, die im letzten Leben den Namen Maer getragen hatte. In diesem Augenblick fiel ihm auch wieder die seltsame Fee ein, die er an Lord Gorddyns Tor gesehen hatte, und ihm wurde eiskalt.

»Du hast eine seltsame Geliebte, nicht wahr, Meddry?«

Das Gesicht des Jungen wurde erst so bleich, dann so feuerrot vor Scham, daß Aderyn wußte, daß sein Pfeil ins Ziel gegangen war.

»Du mußt sie gehen lassen. Sie ist es, die dich umbringt. Still! Widersprich mir nicht. Hör einfach zu. Sie ist so darauf versessen, dich zu erfreuen, daß sie wie eine echte Frau aussehen will. Das tut sie, indem sie dir die Lebenskraft aussaugt. Ich kann es nicht besser erklären, aber das ist es, was dich krank macht.«

In einem störrischen Ausbruch von Energie schüttelte der Junge den Kopf.

»Wir werden später weitersprechen. Du solltest jetzt ruhen, und ich schicke einige deiner Freunde zu dir.«

Aderyn eilte in die große Halle, wo Calonderiel und die anderen Elfen gerade ihren Met austranken und sich für die Abreise vorbereiteten. Er nahm Lord Gorddyn für ein paar vertrauliche Worte beiseite.

»Herr, Euer Reiter ist dem Tode nahe.«

Gorddyn fluchte und starrte bedrückt zu Boden.

»Es könnte sein, daß ich ihm helfen kann. Sagt mir, wie lange ist er schon krank?«

»Nun, das Fieber begann im letzten Frühjahr, und Blut spuckt er erst seit ein paar Wochen, aber er hat sich schon vorher seltsam benommen. Es begann im letzten Winter, direkt nach Samaen.«

»Seltsam benommen? Wie denn?«

»Oh, er hat sich ziemlich abgesondert, obwohl er zuvor gerne in Gesellschaft war. Er unternahm lange Ausritte im Schnee, und ich habe das Gefühl, daß seine Körpersäfte damals zu welken begannen, draußen im kalten Wind. So nennt es die Kräuterfrau in der Stadt – welkende Körpersäfte. Und hier und da bemerkte einer der anderen, daß er mit sich selbst redete. Er sprach einfach ins Leere hinein, als wäre jemand dort.«

Aderyn verspürte jenen heftigen Ärger, der einen überfällt, wenn man seine schlimmste Angst bestätigt sieht.

»Nun, Herr, ich bin dieser Tage mit dem Westvolk unterwegs, aber unser Lager ist nur ein paar Tage von hier entfernt. Ich muß zurückreiten und meine Arzneien holen, aber ich werde so bald wie möglich zurückkehren. Nun hört mir genau zu. Ich weiß, was ich sage, wird seltsam klingen, aber bitte, Herr, wenn Euch das Leben dieses Mannes etwas wert ist, dann tut, was ich sage. Während ich weg bin, solltet Ihr eine Wache für Meddry aufstellen. Er darf keinen Augenblick allein sein. Er ist mehr als krank; er wird von einem bösen Geist verfolgt, aber von einem der geringeren Art, die an Samaen erscheinen. Er muß sich zu diesem Zeitpunkt an ihn geklammert haben. Es ist dieser Geist, der seine Körpersäfte aussaugt. Wenn Menschen in seiner Nähe sind – das hoffe ich zumindest –, wird der Geist einige Zeit verwirrt sein und ihn in Ruhe lassen.«

Lord Gorddyn riß die Augen so weit auf wie ein Kind, aber er nickte verstört. Hier in diesen einsamen, kleinen Städten nahmen die Leute es ernst, wenn man von Geistern sprach.

Auf dem Rückweg zum Lager trieb Aderyn alle zur größtmöglichen Eile an. Dort packte er seine Arzneien zusammen, nahm ein paar frische Pferde mit und eilte zurück. Obwohl er sich gewünscht hätte, daß Loddlaen mit ihm gekommen wäre, um diesen interessanten Fall zu studieren, bestand der Junge – nun, eigentlich war er bereits ein junger Mann – darauf, zu Hause zu bleiben, und wie üblich brachte es Aderyn nicht über sich, ihm zu widersprechen. Entgegen allem, was er zu Lord Gorddyn gesagt hatte, sorgte Aderyn sich um die Fee ebenso wie um Meddry. Auf seinem Ritt plante er, wie er sich ihr nähern würde und wie er die Herren des Wildlands anrufen konnte, ihm zu helfen, aber am Ende war er bei all seiner Geschwindigkeit zu spät. Er erreichte Lord Gorddyns Festung gerade noch rechtzeitig zu Meddrys Begräbnis in dem heiligen Eichenhain hinter dem Erdwall.

»Ihr Götter, was ist passiert?« rief Aderyn. »Ich hatte wirklich geglaubt, daß er noch ein paar Wochen hat, Herr.«

»Guter Kräutermann, ich fürchte, ich habe dem Jungen geschadet. Wir werden uns nach dem Begräbnis unterhalten.

Geht in die Festung und sagt den Stallburschen, sie sollen sich um Eure Pferde kümmern.«

Später an diesem Nachmittag berichtete Lord Gorddyn Aderyn über einem Kelch Met, was geschehen war. Nachdem der Dweomermeister sie verlassen hatte, hatten sie seine Anweisungen genau befolgt. Die Männer des Kriegshaufens wechselten sich dabei ab, bei dem Jungen zu sitzen, damit er den Tag über nie allein war. Nachts trugen sie ihn in sein Bett in den Mannschaftsunterkünften, wo er von anderen umgeben schlief. Da er so krank war, zog keiner auch nur die Möglichkeit in Erwägung, daß er aufstehen und sich davonstehlen könnte.

»Aber genau das hat er getan.« Lord Gorddyn sah aus, als sei ihm übel. »Vor zwei Tagen. Den ganzen Tag hatte er die Männer angefleht, sie sollten weggehen, er tobte regelrecht und sagte wieder und wieder, ›ich muß sie sehen‹. Sie glaubten, er meinte vielleicht seine Mutter, aber sie ist bereits seit zwei Jahren tot.« Er schauderte plötzlich. »Vielleicht meinte er ja auch seine Mutter, denn er sieht sie nun tatsächlich in den Anderlanden. Jedenfalls ließen sie ihn nicht gehen. Am Abend haben sie ihn in sein Bett gebracht und ihm ein wenig Brühe gegeben, aber sie haben ihn immer noch nicht allein gelassen. Sie haben sich abgewechselt, einer blieb auch bei ihm, wenn die anderen zum Abendessen in die Halle gingen, so daß er immer Gesellschaft hatte. Irgendwann mitten in der Nacht, als alle fest schliefen, muß er sich davongeschlichen haben. Es ist kalt in diesen Herbstnächten, Aderyn. Der Winter kommt dieses Jahr früh, dem Frost nach zu schließen, den wir bereits hatten. Aber sei es, wie es will, Meddry hat irgendwie die Kraft aufgebracht, die Mannschaftsunterkünfte und die Festung zu verlassen. Sehr weit ist er allerdings nicht gekommen. Wir fanden ihn eine Viertelmeile von hier entfernt, oben im Birkenhain.«

»Ich nehme an, er war tot.«

»Genau. Er hatte einen dieser Hustenanfälle und ist verblutet.« Lord Gorddyns dickliches Gesicht wurde plötzlich bleich. »Aber etwas daran war verflucht seltsam. Er lag auf dem Rücken, die Hände auf der Brust gefaltet. Jemand hatte ihn regelrecht aufgebahrt. Und ich und meine Männer haben in der Stadt und auf den Bauernhöfen alle gefragt, und wir haben niemanden gefunden, der zugab, ihn in dieser Nacht gesehen zu haben, erst recht nicht jemanden, der so etwas getan haben wollte, und ehrlich gesagt, ich kenne meine Leute, und niemand hätte es in einem solchen Fall versäumt, mich zu benachrichtigen.«

Obwohl Lord Gorddyn Aderyn seine Gastfreundschaft für die Nacht anbot, verabschiedete sich der Kräutermann mit einigen Ausreden schon lange vor dem Abendessen. Ein Bauer, dem er auf der Straße begegnete, sagte ihm genau, wo man Meddrys Leiche gefunden hatte. Auf der abgelegenen Seite einer Wiese neben der Festung standen ein paar Birken reglos in der Nachmittagskälte, als beweinten auch sie den Jungen, der dort gestorben war. Da es in der Nähe auch einen Bach gab, an dem er sein Pferd tränken konnte, schlug Aderyn unter den Bäumen sein Lager auf. Er aß etwas, dann zeichnete er einen magischen Kreis um das Lager, versiegelte ihn mit Pentagrammen und wartete.

Sie kam bei Mondaufgang, ging auf die Bäume zu wie eine Menschenfrau, aber ihr langes, blaues Haar umwehte ihr Gesicht, und sie schritt barfuß über den Reif. Anders als eine Menschenfrau konnte sie die magische Kuppel sehen, die das Lager schimmernd umgab. Sie reagierte mit einem Wutgeheul, das mehr wölfisch als menschlich klang. Langsam und vorsichtig, um sie nicht zu erschrecken, ging Aderyn zum Rand des Kreises und öffnete ihn, um sie hereinzubitten. Sie weigerte sich, näher zu kommen, ballte nur die Fäuste und versuchte, ihm zu drohen.

»Wo ist er?« fauchte sie.

»Der Junge, den du liebst? Er ist tot, Kind.«

Sie starrte ihn verständnislos an.

»Du hast ihn getötet, Kind. Ich weiß, du wolltest ihm nicht weh tun, und auch du brauchst meine Hilfe. Komm, wir müssen uns unterhalten.«

Wieder starrte sie ihn an, den Mund leicht geöffnet.

»Er ist gegangen.« Aderyn versuchte, es ihr klarzumachen. »Er ist tief, tief unter der Erde. Erinnerst du dich, er hat das schon öfter getan. Als du versucht hast, ihn mit zu Elessario zu nehmen.« Ihr Aufheulen überraschte ihn, denn diesmal war es ein so menschliches Geräusch, als zerrisse ihr all die Trauer und aller Schmerz der Welt das Herz.

»Es tut mir leid. Bitte, Kind, komm und setz dich zu mir ans Feuer. Laß mich dir helfen.«

Wieder heulte sie auf, dann verschwand sie, und er verfluchte sich, weil er so dumm gewesen war, sie so leicht davonkommen zu lassen. Niemals hätte er erwartet, daß sie ihr Opfer so sehr liebte, daß sie mit echter Trauer reagierte. Er lagerte noch zwei Wochen unter diesen Bäumen, suchte sie jede Nacht auf der ätherischen Ebene, und tagsüber meditierte er und besprach sich mit den Herren des Wildlands, aber weder er noch sie konnten die Fee finden. (Er fand allerdings heraus, daß es die Herren gewesen waren, die den armen Jungen aufgebahrt hatten, als kleines Zeichen der Wiedergutmachung.) Endlich mußte er zugeben, daß er besiegt war, und sich wieder seinem Alar anschließen, denn der Winter kam und trieb sie zur Südküste. Er warf sich sein Versagen noch jahrelang vor.

Und noch jahrelang sollten die Menschen rund um Drwloc das Jammern eines Geistes hören, besonders bei Vollmond. Im Laufe der Zeit geschah dies seltener und seltener, und endlich verschwand der Geist und wurde nie wieder gehört.

EPILOG
AN DER GRENZE ZUM ELFENLAND
SOMMER 1096

Sechs Tage lang schlug das Alar sein Lager nahe den alten Festungsruinen auf und wartete auf Nachricht von Rhodrys Vater. Wegen des Viehs mußten sie am siebten Tag ein paar Meilen weiter nach Norden zu frischen Weiden ziehen. Nach zwei Tagen dort teilte sich das Alar jedoch. Calonderiel und sein Kriegshaufen, zusammen mit Frauen und Kindern und natürlich Aderyn und Rhodry selbst, trieben eine Herde von Pferden weiter, um das beste Grasland den Schafen zu überlassen. Sie schlugen in der Nähe der Grenze zu Eldidd ihr Lager auf und stellten jede Nacht Wachen auf, um sich vor den verhaßten Rundohren zu schützen. Jeden Tag suchten die Dweomermeister nach Devaberiel. Mit Hilfe des Zweiten Gesichts konnten sie ihn leicht finden, aber er schien immer weiter nach Norden zu ziehen und sich nicht bewußt zu sein, daß sein Sohn an der Grenze auf ihn wartete.

Während all dieser Zeit suchte Rhodry trotz seiner Vorsätze, sie in Ruhe zu lassen, immer wieder Jills Nähe. Er hatte sie nie verlieren wollen, hatte von dem Augenblick an, als sie sich begegnet waren, vorgehabt, sein ganzes Leben mit ihr zu verbringen, und nun, nachdem er sie wiedergefunden hatte – so dachte er jedenfalls –, flackerte die alte Leidenschaft wieder auf, wie ein Feuer, das man über Nacht mit Erde bestreut hat, aufflackert, wenn ein Diener die Erdbrocken beiseite schiebt und frische Luft hereinläßt. Er warb um sie, als wäre sie noch ein junges Mädchen, erschien an ihrer Seite, wenn sie irgendwohin ging, brachte ihr Blumen und mühte sich, bei jedem

Essen neben ihr zu sitzen. Obwohl sie überwiegend kühl zu ihm war, schien sie gelegentlich aufzutauen, und dann unterhielten sie sich über etwas, das sie getan oder gewußt hatten, vor all diesen Jahren in seinem anderen Leben als Silberdolch auf dem langen Weg.

Eines Morgens, als Rhodry wie üblich nach Jill suchte, fand er sie am Ufer. Offenbar hatte sie sich gerade gewaschen, denn sie kämmte ihr nasses Haar, während Salamander neben ihr saß und mit ihr redete. Als Rhodry sich zu ihnen gesellte, wandte sich sein Bruder ihm zu.

»Ich werde heute losziehen und mich auf die Suche nach unserem Vater machen. Cals Boten haben ihn offenbar noch nicht erreicht, und ich kann mir gut vorstellen, daß wir jahrelang hin und her ziehen, einander immer knapp verpassen, aber nie begegnen und uns ununterbrochen fragen, wo die anderen sind – du weißt schon, was ich meine.«

»Ich habe selbst schon angefangen, mir Sorgen zu machen, und ich danke dir, aber vielleicht sollte ich mitgehen. Immerhin bin ich derjenige, der ihn sehen möchte.«

»Aderyn sagt, dein Platz sei hier«, warf Jill ein. »Er möchte noch nicht, daß du jetzt überall hier herumziehst.«

»Gut, aber warum nicht?«

»Das hat er mir nicht gesagt.«

»Ich würde gerne wissen …«

»Warte einen Augenblick, Bruder«, schaltete Salamander sich ein. »Wir haben hier einen Brauch. Was ein Weiser – das ist ein Dweomermeister – sagt, das tun wir. Das ist ein Grund, wieso ich nie den Ehrgeiz hatte, so hoch aufzusteigen. Ich habe ein wenig Dweomer, aber was die Weisheit angeht, mein Volk zu führen – ich möchte lieber nicht, daß sie auf die Probe gestellt wird.«

»Was zeigt«, meinte Jill, »daß du zumindest ein kleines bißchen weise bist.« Sie stand auf, immer noch den aus

Knochen geschnitzten Kamm in der Hand. »Ich gehe zurück ins Lager.«

»Ich komme mit.«

Rhodry wollte aufstehen, aber sie sah ihn stirnrunzelnd an und bedeutete ihm mit einer Geste, sitzen zu bleiben.

»Würdest du bitte damit aufhören, mir überallhin zu folgen?«

»Ach, Liebste …«

»Nenn mich nie wieder so.«

Ihre Stimme war so kalt, so barsch, daß er sich einfach wieder setzte und kein Wort mehr sagte, sondern ihr nur hinterhersah, während Salamander so tat, als konzentrierte er sich auf etwas anderes.

»Nun gut«, sagte Salamander schließlich. »Ich werde ein Packpferd mitnehmen. Kannst du mir beim Packen helfen?«

»Selbstverständlich. Bringen wir den Abschied hinter uns.«

»Ah, du fängst wirklich an, wie ein Elf zu denken.«

Am nächsten Morgen ritt Rhodry allein zum Rand der Grasebene, die sehr wie ein grünes Meer wirkte, wenn das Gras sich seufzend unter dem Streicheln des Windes bog. Lange Zeit saß er in der warmen Frühlingssonne auf dem Pferd, beobachtete das Wogen der Halme und dachte an nicht viel. Plötzlich fiel ihm auf, daß er nicht einmal mehr seinen Namen wußte. Er fluchte, schlug sich fest mit den Zügeln auf den Oberschenkel, schüttelte den Kopf und fluchte abermals, aber der Name blieb ihm störrisch verborgen, bis er wieder zum Lager zurückritt.

»Rhodry Maelwaedd«, sagte er laut, dann mußte er lachen. »Nur, daß es eigentlich nicht Maelwaedd ist – und nie war –, und ich nehme an, aus diesem Grund kann ich mich nicht erinnern. Aber Rhodry ap Devaberiel klingt mir immer noch fremd. Was meinst du? Welchen Namen sollte ich verwenden?«

Das Pferd schnaubte und schüttelte den Kopf, als wollte es sagen, daß ihm das alles gleich sei.

Als er ins Lager zurückkehrte, wartete Calonderiel dort bei der Herde auf ihn. Der Banadar half ihm, sein Pferd abzusatteln und es mit den anderen anzupflocken, und er schwieg dabei so beharrlich, daß Rhodry wußte, daß etwas nicht stimmte.

»Was ist los?« fragte er – auf elfisch, ohne auch nur darüber nachzudenken.

»Ach, eigentlich nicht viel. Aderyn möchte, daß du in sein Zelt ziehst, statt in meinem zu wohnen, das ist alles.«

»Schon gut. Aber warum – bei der Dunklen Sonne! Jill ist weg, nicht wahr?«

»Ich fürchte ja. Sie ist wie all diese verfluchten Rundohren – sie sind so ungeduldig wie kleine Kinder! Heute früh hat sie verkündet, wenn Devaberiel keine Lust habe, sich zu beeilen, habe sie keine Lust, hier herumzusitzen und auf ihn zu warten.« Calonderiel blickte stirnrunzelnd zu Boden. »Sie hätte zumindest warten können, bis du zurück bist, um sich von dir zu verabschieden.«

»Sie ist wegen mir gegangen, ganz gleich, was sie dir gesagt hat.«

»Oh.« Calonderiel schwieg einige Zeit. »Aha.«

Rhodry drehte sich um und ging allein zum Lager. In Calonderiels Zelt stellte er fest, daß seine Sachen bereits weg waren – man hatte sie auf den Befehl des Weisen schon gepackt und in Aderyns Zelt gebracht. Dort fand er auch den Dweomermeister, der, umgeben von Wildvolk, an einem niedergebrannten Feuer saß. Nahe der Zeltwand, nicht weit von Gavantars Platz, lagen Rhodrys Decke und seine restliche Ausrüstung unter zwei neuen Zelttaschen. Aderyn blickte auf.

»Jill ist weg, nicht wahr?« sagte Rhodry, jetzt wieder auf deverrianisch.

»Ja. Hast du wirklich geglaubt, sie würde bleiben?«

Rhodry zuckte mit den Achseln und setzte sich auf seine Decke. Von draußen drangen die üblichen Geräusche des Lagerlebens in ihr Zelt – lachende Kinder, ein wieherndes Pferd, eine Frau, die sang –, aber das alles schien seltsam weit entfernt zu sein.

»Ich weiß nicht, was ich geglaubt habe«, sagte Rhodry schließlich. »Aber es ist gleich. Es kümmert weder sie noch die Götter, noch mein Wyrd, noch den verfluchten Dweomer.«

»Das ist vermutlich wahr.«

Rhodry nickte und zog sich die Stiefel aus. Als er danach wieder aufblickte, war der alte Mann weg.

In dieser Nacht hatte Rhodry einen Traum. Er ging in einer Vollmondnacht über einen Hügel, und das Gras knirschte vor Reif unter seinen Füßen, aber in seinem Traum war er zu fiebrig, die Kälte zu spüren, und seine Wangen brannten in der eisigen Luft. Jeder Schritt, den er machte, trieb den Schmerz wie Messerstiche in seine Lunge. Dennoch ging er weiter, dachte nicht einmal daran umzukehren, zwang sich zu einem Schritt nach dem anderen, bis er einen kleinen Birkenhain erreichte, wo die Stämme der Bäume im Mondlicht so weiß wie Frost aussahen und vor seinen fiebrigen Augen tanzten und bebten. Unter den Bäumen wartete eine Frau. Zuerst glaubte er, es wäre Jill, aber als er weiter auf sie zuging, erkannte er, daß sie weder ein Mensch noch eine Elfe war, sondern Haut so hell wie die Birkenrinden hatte und ihr taillenlanges Haar dunkelblau wie das Meer im Winter war. Sie schlang die Arme um ihn und gab ein leises, winselndes Geräusch von sich, während sie seine brennenden Wangen mit kalten Lippen küßte, aber als er sie auf den Mund küßte, mußte er immer wieder nach Luft ringen. Dann begann er zu husten. Er wandte sich ab, drehte sich um und schlug beide Hände vor den Mund, während er einen Hustenanfall erlitt, der seinen ganzen Körper zittern und zucken ließ. Weinend sah sie ihm zu. Als er die Hände wegnahm, waren sie voller Blut, frischem Blut, aber mit dicken Klumpen darin. Mit einem Aufschrei warf die Frau sich wieder auf ihn und küßte ihn. Als sie zurücktrat, waren ihre bleichen Lippen hellrot von seinem Blut.

Er bekam keine Luft mehr. Er erstickte, ertrank in seinem eigenen Blut – mit einem Aufschrei setzte Rhodry sich hin und hörte noch den Nachhall des klagenden Schreis der Frau. Gelbes Dweomerlicht tanzte auf den Zeltwänden. Aderyn hatte sich über ihn gebeugt.

»Was hast du geträumt?«

»Ich erstickte. Sie hat mich geküßt und mich getötet. In dem Birkenhain.« Dann verblaßte der Traum, verschwamm wie ein Spiegelbild im Wasser, wenn der Wind darüberweht. »An mehr kann ich mich nicht erinnern.«

»Ich habe mich schon gefragt, was passieren würde, wenn du zur Grenze zurückkehrst. Steh auf, wir müssen uns unterhalten.«

Auf die Bitte des alten Mannes hin entzündete das Wildvolk das Feuer wieder. Rhodry schauderte.

»Weißt du, ich hatte schon als Kind solche Alpträume, aber ich kann mich nicht besonders gut daran erinnern. Dieser hier war allerdings verflucht wirklich. Ihr Götter, es tut immer noch weh, wenn ich atme.«

»Als du den Traum als Kind hattest, schmerzten deine Lungen da auch, wenn du aufgewacht bist?«

»Ich kann mich nicht daran erinnern, aber ich bezweifle es, weil ich genau weiß, daß ich geschrien habe wie am Spieß, und meine alte Kinderfrau kam mit wehendem Nachthemd angerannt. Was hat das alles zu bedeuten?«

»Die meisten Träume haben so viele Bedeutungen wie eine Zwiebelschale. Ich kann dir nicht sagen, was die richtige Bedeutung ist.«

Rhodry zögerte und überlegte, ob er mehr fragen sollte.

Obwohl er wußte, daß Aderyn geschworen hatte, niemals offen zu lügen, konnte er spüren, daß der alte Mann vieles unausgesprochen ließ. Aber möchte ich ihn wirklich dazu zwingen, mehr zu sagen? fragte Rhodry sich. Dort, mitten in der Nacht, Meilen entfernt von seinem alten Zuhause und seinem alten Leben, beschloß er, es nicht zu tun. Aber am nächsten Tag mußte er immer wieder an den Traum denken, und hin und wieder kam es ihm so vor, als könne er sich an einen kleinen Teil davon erinnern, an ein Bild der Frau oder das Gefühl des Kusses, bis ihm klar wurde, wie vertraut sie ihm war, diese Weiße Dame, wie er sie nannte.

Beim Abendessen verkündete Aderyn, daß er Devaberiel gesehen hatte, wie er in Richtung Süden unterwegs war, aber immer noch viele Meilen entfernt. Er hatte auch Salamander entdeckt, der seinem Vater entgegeneilte. Da der Dweomermeister annahm, daß einer von Calonderiels Boten den Barden endlich gefunden hatte, beschloß er, das Alar solle auf ihn zureiten. Sie hielten sich allerdings auf dem Weg nach Norden an die Grenze, denn Devaberiel erwartete, sie irgendwo nahe von Eldidd zu finden. Aus demselben Grund ritten sie nicht sonderlich weit und schlugen schließlich ihr Lager in der Nähe des Peddroloc auf.

Als er nun so weit von seinem alten Rhan entfernt war, wurde Rhodry melancholisch. Es war eine Sache, sich vorzustellen, daß man ein völlig neues Leben vor sich hatte, eine andere, das alte Leben vollkommen hinter sich zu lassen. Sehr zu seiner Überraschung wurde ihm klar, daß ihm seine Familie viel mehr fehlte als die Macht seines Amtes. Manchmal fragte er sich, wie es seinen Söhnen und ihren Kindern jetzt wohl ginge; hin und wieder dachte er sogar liebevoll an Aedda. Er gewöhnte sich an, alleine zu reiten, weil sein Hiraedd dann erträglicher war, und die Elfen ließen ihn in Ruhe.

An einem Tag lieh er sich einen besonders schönen Wallach

von Calonderiel und ritt weiter vom Lager weg als üblich, einfach nur, um sich mit dem neuen Pferd vertraut zu machen. Nach einiger Zeit kam er an einen kleinen Bach, der zu einem sumpfigen, von Rinnsalen genährten Teich führte, der mit Haselgebüsch und ein paar Weiden umgeben war. Rhodry stieg ab, und als er sein Pferd zum Teich führte, sah er einen weißen Reiher, der auf einem Bein im flachen Wasser stand und ihn mit einem runden Auge mißtrauisch betrachtete. Plötzlich stieß der Vogel einen Schrei aus und flog auf. Rhodry fuhr herum, weil er glaubte, daß sich jemand angeschlichen hatte, aber er sah niemanden, nicht einmal das Wildvolk. Da sein Pferd von Elfen ausgebildet war, ließ er es alleine trinken und ging ins Gehölz zurück. Das goldene Licht eines späten Nachmittags fiel schräg durch die Bäume und wirkte durch den Staub beinahe fest; die Stille war ebenso greifbar. Dann sah er sie zwischen zwei Weiden stehen und ihn traurig beobachten.

Obwohl er sofort wußte, daß sie keine wirkliche Substanz hatte, war ihm auch klar, daß sie keine Illusion war: Sie war eine wirkliche Frau, aber irgendwie anders als die soliden Bäume, die sie umgaben. Sie war hochgewachsen und schlank und trug ein weites, blaues Kleid ohne Ärmel, das ihr in Fetzen um die Unterschenkel hing. Ihr dunkelblaues Haar fiel ihr wie Wasser über die bleichen Schultern und lockte sich um ihr noch bleicheres Gesicht. Als sie sprach, hörte er ihre Worte auf elfisch, aber es kam ihm so vor, als spräche sie nicht wirklich.

»Diesmal hast du nicht gehört.« Tränen traten ihr in die Augen. »Ich habe immer wieder gerufen, aber du bist nicht gekommen. Sonst bist du immer zu mir gekommen.«

»Bitte weine nicht. Es tut mir leid. Ich konnte dich nicht hören, das ist alles.«

»Ah. Das muß an dem alten Mann liegen. Er ist ein böser alter Mann. Ich hasse ihn. Warum wohnst du in seinem Zelt?«

»Ich muß schließlich irgendwo wohnen. Redest du von Aderyn?«

»Ich rede von der Eule.«

»Nein, nein, er ist ein Mensch. Er heißt Aderyn.«

Sie sah so verwirrt aus, daß er nicht weiter versuchte, etwas zu erklären.

»Warum haßt du ihn?«

»Er hat mich angelogen. Ich wußte, daß du nicht weit weg und tief unter der Erde warst. Das hat er nämlich gesagt. Weit weg und tief unter der Erde.« Sie hielt inne und legte nachdenklich den Kopf schief. »Aber ich habe so lange gebraucht, um dich zu finden. Warum?«

»Ich weiß es nicht.«

Sie zog einen Schmollmund wie ein Kind, dann lachte sie und schüttelte die Stimmung ab, während sie hüftschwingend auf ihn zukam. Ihre Augen waren vom selben Dunkelblau wie ihr Haar und vollkommen geistlos – wie Wasserpfützen, glitzernd und leer.

»Du bist so kalt.« Sie starrte ihn an, betrachtete forschend sein Gesicht. »Du liebst mich nicht mehr, nicht wahr? Du hast mich vergessen.«

Dicke Tränen liefen ihr über die Wangen, aber statt ins Gras zu fallen, verschwanden sie einfach. Ihr Schluchzen allerdings, das Schlucken und Keuchen eines traurigen Kindes, war wirklich genug.

»Es tut mir leid.« Rhodry spürte ihren Schmerz wie einen Stich in sein eigenes Herz. »Sei bitte nicht so traurig. Ich verstehe es einfach nicht.«

Die Tränen hörten auf. Wieder legte sie den Kopf ein wenig schief, um ihn anzusehen, dann lächelte sie plötzlich.

»Ich weiß, woran du dich erinnern wirst.« Sie nahm sein Gesicht in ihre Hände und küßte ihn auf den Mund. »Ja, jetzt bist du schon wärmer. Komm, leg dich mit mir nieder. Ich möchte dich halten, wie wir es früher getan haben. Kannst du dich daran erinnern? Ich wette ja. Das scheint Männern sehr zu gefallen.«

Und als sie ihm mit den Fingern durchs Haar fuhr, erinnerte Rhodry sich tatsächlich an ein träges, sinnliches Vergnügen, ganz anders als in den Armen einer menschlichen Frau. Als er sie jedoch an sich zog und sie küßte, erinnerte er sich auch an ihre Lippen, die im Mondlicht rot von seinem Blut waren. Das war nur ein Traum, sagte er sich, und es hat etwas ganz anderes bedeutet. Wieder und wieder küßte er sie, bog sanft ihren Kopf zurück und küßte ihren Hals. Sie begann zu lachen und sich an ihn zu klammern, so glücklich, so strahlend in ihrem Glück, daß er selbst vor Freude, daß er sie wiedergefunden hatte, lachen mußte. Als sie sich niederlegten, konnte er an sie nicht anders als an eine Frau denken. Aber wenn er sie streichelte, erkannten seine Hände den Unterschied. Ihre Haut fühlte sich wie Seide an, ihr Fleisch war seltsam weich, ohne Widerstand oder Muskeln. Zunächst war er ein wenig abgestoßen, aber mit jedem Kuß verschwand der Unterschied mehr. Sie wurde wärmer, fester, schwerer in seinen Armen. Auch das abgerissene Kleid verschwand; er zog es ihr nicht aus, aber sie lag plötzlich nackt in seinen Armen. Er fuhr über ihre Brust, dann schrie er auf und zog die Hand zurück. Sie hatte keine Brustwarzen, nur eine sanfte Wölbung aus nicht ganz wirklichem Fleisch.

Ihr Drängen und seine Lust hielten ihn in ihren Armen. Als er die Augen öffnete und sah, daß sie auch keinen Nabel hatte, wich er abermals zurück. Sie blickte auf, die schönen Augen voller Tränen, und sie schien so verzweifelt zu sein, daß er sie küßte, um sie vom Weinen abzuhalten. Und nachdem er damit wieder begonnen hatte, konnte er nicht mehr aufhören, obwohl er sich lange Zeit nur mit Küssen zufriedengab und versuchte zu vergessen, was seine Hände entdeckt hatten.

Endlich griff sie mit leisem, seine Schüchternheit verspottenden Lachen in seine Brigga und begann, ihn zu streicheln. Dann konnte er an nichts anderes mehr denken als daran, sie zu nehmen.

Aber auch die Leidenschaft war anders – träge und zähflüssig umgab sie ihn wie warmes Wasser. Es genügte, in ihr zu sein, sich kaum zu bewegen, zu spüren, daß sie ihre Arme fest um ihn schlang. Sie winselte wie ein Tier, bewegte sich unter ihm, erregte ihn für einen Zeitraum, der ihm fast wie eine Ewigkeit schien, bis es beinahe schmerzhaft war. Als er sich selbst zu bewegen begann, verlor er beinahe das Bewußtsein von diesem quälenden Entzücken, und als er an ihrer Schulter schluchzte, lachte sie triumphierend. Dann lag er neben ihr, zog sie in die Arme und rang keuchend nach Atem.

»Soll ich dir Dinge zeigen wie früher?« flüsterte sie. »Sollen wir wieder zu den schönen Orten gehen? Nicht zu den gefährlichen und nicht dorthin, wo *sie* ist, sondern zu den sicheren Orten meiner eigenen Heimat.«

»Das verstehe ich nicht. Wer ist diese *Sie?*«

»Ach ja, du hast sie nie kennengelernt.« Sie runzelte die Stirn, sichtlich angestrengt vom Nachdenken. »Du sagtest, sie sei ein Dämon.«

»Ich kann mich nicht erinnern, so etwas gesagt zu haben.«

»Das hast du aber! Und vielleicht hattest du recht, denn als wir in ihr Land gingen, bist du in der Erde verschwunden, also gehen wir nicht wieder dorthin.«

»Ach ja? Nun gut, was immer du willst.«

Sie hob den Kopf, küßte ihn auf die geschlossenen Lider und dann auf den Mund. Er fühlte sich, als glitten sie zusammen in einen trägen Strom, und er spürte auch die warme und intensive Sonne. Als er die Augen öffnete, lagen sie auf einer Wiese mit Hecken roter Rosen, die sich durchs Gras zogen. Rhodry setzte sich hin und sah sich um. Ein paar Pfauen stolzierten vorbei, angeführt von drei radschlagenden männlichen Tieren, die blau, grün und lila schimmerten wie Edelsteine.

»Hier hat es dir immer gefallen.« Sie setzte sich und begann, sein Haar mit den Fingern zu kämmen.

»Es ist wunderschön, aber wo sind wir?«

»Das weiß ich nicht. Es ist einfach nur ein Ort.« Sie legte sich wieder hin und strich ihm über den Rücken. »Mach das noch einmal mit mir. Es ist so lange her, Liebster.«

»Viel zu lange. Ihr Götter, du hast mir mein ganzes Leben lang gefehlt, und ich wußte nie, wonach ich mich gesehnt habe.«

Aber diesmal verschwand mit der Annehmlichkeit am Ende auch die Wiese. Sie lagen wieder im Haselgebüsch, auf festem Boden, und die Bäume warfen lange Schatten in der untergehenden Sonne. Nur in ihrem Haar war noch der Duft von Rosen geblieben.

»Es wird spät«, sagte Rhodry. »Es tut mir leid, aber ich muß dich verlassen.«

»Ich weiß. Ich will nicht, daß der alte Mann es herausfindet. Aber du kommst doch morgen zurück?«

»Ja. Das verspreche ich.«

Mit einem Rascheln trockener Blätter verschwand sie. Rhodry stand auf und taumelte, weil ihm schwindelig wurde. Kalter Schweiß lief ihm über den Rücken, als er sich an einem Baum festhielt, um aufrecht stehen zu können. Es dauerte einige Zeit, bis er die Kraft aufbrachte, zu seinem Pferd zurückzukehren, das geduldig im hohen Gras stand. Aber erschöpft oder nicht, er wußte, daß er zu ihr zurückkehren würde, nicht nur wegen der seltsamen Zärtlichkeit, die sie ihm bot. Es waren die Wunder. Irgendwie war er dumm genug gewesen zu vergessen, daß sie ihn ins Wildland bringen und ihm die Wunder dort zeigen konnte. Während seines ganzen langen Rittes zum Lager zurück fragte er sich, wie es ihm je gelungen war, sie zu vergessen. Aber er dachte auch an ihre Warnung: Der alte Mann durfte es nicht herausfinden.

Als er zum Zelt zurückkehrte, war Aderyn irgendwo im Hauptlager. Rhodry setzte sich hin. Er wollte sich nur ein wenig ausruhen, aber er schlief sofort ein. Irgendwann erwachte er und hatte gerade noch genug Energie, unter seine Decken zu kriechen. Als er abermals erwachte, fiel Sonnenlicht durch die Zeltwände, und Gavantar hockte am Feuer und rührte etwas würzig Riechendes in einen Eisenkessel.

»Guten Morgen«, sagte Rhodry mit einem Gähnen. »Wo ist der Weise?«

»Oh, er ist mit einem Packpferd zum Meer geritten. Dort sind die roten Seealgen reif zur Ernte – die sind gut gegen Magenbeschwerden, hat er mir gesagt.«

»Und du begleitest ihn nicht?«

»Ich werde heute nachmittag gehen. Bronarios Tochter ist immer noch ein wenig krank. Aderyn wollte, daß ich heute morgen noch bei ihr bleibe, nur um mich zu überzeugen, daß das Fieber nicht zurückkehrt.«

»Also gut. Dann werde ich etwas essen und mich selbst auf den Weg machen; ich bin dran, die Herde hinauszutreiben.«

»Dafür bist du zu spät.« Gavantar hockte sich auf die Hacken und grinste. »Es ist beinahe Mittag. Ich wollte dich wecken, aber Cal sagte, ich solle dich schlafen lassen. Du kannst ebensogut morgen die Wache übernehmen, sagte er.«

»Mittag? Beinahe Mittag?«

»Genau.« Sein Lächeln verschwand. »Rhodry, ist alles in Ordnung? Du siehst blaß aus.«

»Ja? Nein, es geht mir gut. Ich hatte nur … ich hatte nur in der letzten Nacht seltsame Träume, das ist alles. Nun, ich denke, ich werde trotzdem losreiten und versuchen, die Herde einzuholen. Ich komme mir wie ein Idiot vor, daß ich geschlafen habe, als ich arbeiten sollte!«

Aber selbstverständlich ritt er direkt zurück zu den Weiden und dem Haselgebüsch, und er bereute es kein bißchen, daß er Gavantar angelogen hatte. Sie wartete am Ufer auf ihn, saß auf dem Boden und fuhr sich mit den Fingern durch ihr langes blaues Haar. Er stieg ein paar Schritte von ihr entfernt vom Pferd und begann, es abzusatteln.

»Du hast dem alten Mann doch nichts erzählt, oder?« sagte sie.

»Nein. Er wird ohnehin ein paar Tage nicht hiersein.«

Lachend glitt sie davon, wie ein Lichtblitz von einem Spiegel, und erschien dann direkt neben ihm.

»Dann bleib bei mir, bis er zurückkommt.«

»Das geht nicht. Ich muß morgen mit der Herde reiten. Wir müssen die Pferde bewegen, damit sie genug zu fressen haben.«

Mit erstauntem Stirnrunzeln hob sie die Arme und schlang sie ihm um die Schultern, so leicht und beweglich wie ein Stück Tuch. Erst als er sie küßte, spürte er plötzlich ihr Gewicht.

»Für dein Pferd gibt es hier genug zu fressen.«

»Das stimmt, aber wir haben im Lager noch viel mehr Pferde.«

»Du bist jetzt einer der älteren Brüder. Ist das nicht seltsam?«

»Seltsam? Warum?«

»Ich verstehe euch nicht. Ihr verändert euch so sehr.« Sie drückte sich an ihn und küßte ihn. »Komm, leg dich hin. Dann gehen wir an einen schöneren Ort.«

Im Lauf der nächsten Wochen entwickelte Rhodry allerhand Kunstgriffe, wenn es darum ging, sich Zeit für seine Weiße Dame zu stehlen. Er erledigte seinen Anteil an den Arbeiten des Alar, verbrachte gerade genug Zeit mit Calonderiel und seinen anderen Freunden, damit diese nicht mißtrauisch wurden, und fand eine Ausrede nach der anderen für seine

Melancholie und seine langen, einsamen Ausritte. Hin und wieder bemerkte er, daß Aderyn ihn forschend betrachtete, aber es gelang ihm, immer genug gute Laune an den Tag zu legen, um den alten Mann abzulenken. Alle nahmen an, daß er sich einerseits immer noch nach Jill sehnte und sich andererseits an sein neues Leben gewöhnen mußte. Immerhin war er einmal der mächtigste Mensch an der westlichen Grenze gewesen, und jetzt einfach nur einer vom Volk zu sein - und auch noch einer, der nicht einmal eigene Pferde hatte - hätte die meisten zum Grübeln gebracht. Niemand ahnte auch nur die Wahrheit, daß er nämlich von seiner Weißen Dame so gebannt war wie eine Hure in Cerrmor von ihrer Opiumpfeife.

Aber sie stand ebenso in seinem Bann. Jedesmal wenn er sie verließ, flehte sie ihn an zu bleiben, und ganz gleich, wie sehr er versuchte, es zu erklären, sie konnte nie verstehen, daß er Essen und ein Dach über dem Kopf brauchte. Als er anbot, sie mit sich zurück ins Lager zu nehmen, wurde sie wütend, schrie ihn an und zerkratzte sein Gesicht wie eine Katze. Es fiel ihm so schwer, Aderyn diese Kratzer zu erklären, daß er beschloß, sich von ihr fernzuhalten, aber als er das nächste Mal die Gelegenheit hatte, sich davonzuschleichen und zu ihr zu reiten, tat er genau das. Sie wartete auf ihn, so liebenswert und liebevoll, als hätten sie sich nie gestritten. Tatsächlich hatte er das Gefühl, daß sie es vollkommen vergessen hatte.

An diesem Tag brachte sie ihn an einen Ort, den sie ganz einfach die Seehöhlen nannte. Riesige Amethyste, Kristalle so groß wie ein Pferdekopf und glitzernd von mineralischem Feuer, überzogen diese Höhlenwände, und türkisfarbenes Wasser, klar und warm wie flüssiges Licht, erfüllte sie. Gemeinsam trieben sie lange gewundene Gänge entlang, durch Räume mit goldenen Wänden, in denen Geschöpfe mit Stimmen, süßer als jede Harfe, mit ihnen sprachen. Manchmal kam es ihm so vor, als bäten sie ihn um seine Hilfe, flehten ihn an zu bleiben und ihr Land von irgendeinem Übel zu befreien, aber er konnte ihre Worte nie richtig verstehen. Nur die Gefühle, die dahinterzustehen schienen. Zu anderen Zeiten war er allein mit seiner Weißen Dame, um sein Begehren zu befriedigen. Als die Vision schließlich verblaßte, war er zu erschöpft, auch nur den Kopf vom Gras zu heben, aber dann fiel ihm auf, daß er Durst hatte, so dringend, daß es ihm fast den Mund verbrannte. Er raffte sich auf, kam taumelnd auf die Knie, rutschte zum Teich hin und trank Wasser, bis er nicht mehr konnte. Sie setzte sich neben ihn und strich ihm mit einer bleichen, kühlen Hand über die verschwitzte Stirn.

»Die Sonne steht noch im Osten«, sagte er schließlich. »Es muß immer noch Morgen sein. Aber ich habe das Gefühl, daß wir lange weg waren.«

»Was ... ich verstehe dich nicht.«

»Es ist einfach nur Zeit vergangen, das ist alles. Es kam mir wie Tage vor, aber es können nicht mehr als ein paar Stunden gewesen sein.«

Sie starrte ihn an, die Augen halb zusammengekniffen, den Mund ein wenig geöffnet und vollkommen verwirrt.

»Nun, mach dir darüber keine Gedanken, meine Liebste. Es ist gleich.«

Aber als er das Lager wieder erreichte, fand er heraus, daß es nicht gleich war. Als er näher kam, kamen ihm ein paar Männer entgegengerannt und fragten ihn, wo bei den Höllen er in den letzten zwei Tagen gewesen war. Erst dann wurde ihm klar, wie lange er weg gewesen war – verloren in ihrer fremden Welt und ohne etwas zu essen oder einen Schluck Wasser. Als er in Aderyns Zelt flüchtete, fand er dort Aderyn, Gavantar und Calonderiel, die darüber sprachen, wie viele Reiter sie auf die Suche nach ihm schicken sollten. Ein Schwarm aufgeregten Wildvolks wirbelte um das Zelt herum. Bei Rhodrys Anblick sprang Calonderiel auf und packte ihn an den

Schultern, während das Wildvolk kam, um sich an seine Unterschenkel zu klammern oder begeistert um ihn herumzutanzen.

»Bei der Dunklen Sonne!« sagte Calonderiel. »Ich dachte, du wärst in eine Schlucht gefallen und tot! Du Dummkopf! So allein davonzureiten! Es gibt hier Giftschlangen! Tu das nie wieder, oder ich breche dir persönlich das Genick.«

Rhodry konnte ihn nur mit offenem Mund anstarren.

»Cal, Gav?« Aderyns Stimme war so kalt, daß Rhodry plötzlich klar wurde, daß der alte Mann die Wahrheit wußte. »Raus mit euch.«

Zusammen mit dem Wildvolk gingen sie ohne ein Wort des Widerspruchs. Elend und schaudernd kniete Rhodry sich ans Feuer und hielt die Hände über die Wärme. Aderyn sah ihm zu, mehr beunruhigt als zornig.

»Es tut mir leid«, sagte Rhodry schließlich.

»Das ist nicht nötig. Es ist überwiegend meine Schuld, denn ich hätte dich warnen müssen. Ich wollte dich warnen, nachdem ich erst einmal herausgefunden hatte, was ich dir überhaupt sagen konnte. Ich hätte mir nie träumen lassen, daß sie dich so schnell finden würde, das ist alles. Um ehrlich zu sein, hatte ich gehofft, daß sie dich überhaupt nicht finden würde. Das war dumm von mir.«

Als Rhodry begann, ein paar Zweige ins Feuer zu legen, zitterten seine Hände so krampfhaft, daß er die Zweige fallen ließ. Aderyn kam auf die Knie und legte Rhodry eine Hand auf den Rücken. Wärme ging von seinen Fingern aus und trieb die Kälte aus Rhodrys Knochen.

»Wo hast du sie getroffen?«

»Das werde ich dir nicht sagen. Du wirst ihr nur weh tun.«

»Das ist nicht wahr.«

»Du wirst uns trennen.«

»Das muß ich zugeben.«

Ohne nachzudenken, drehte Rhodry sich um und schlug nach ihm, einfach aus der Drehung heraus und mit keinem anderen Zweck, die Hand des alten Mannes wegzuschlagen, aber Aderyn wich einfach zurück, und so fiel Rhodry flach auf den Boden. Erst jetzt wurde ihm klar, wie erschöpft er war. Er lag dort einen Augenblick und brachte dann die Energie auf, den Kopf zu heben und sich schließlich aufzusetzen. Aderyn setzte sich ebenfalls und sah ihn an.

»Es tut mir leid«, flüsterte Rhodry. »Ich weiß nicht, was in mich gefahren ist.«

»Sie ist wie ein Fieber oder eine Blutvergiftung, aber es ist dein Geist und deine Seele, die infiziert sind. Und tatsächlich hast du es dir selbst zugefügt. Sie kann nichts dafür, und sie kann nicht aufhören mit dem, was sie tut – nicht weniger, wie Feuer aufhören könnte, deine Hand zu verbrennen, wenn du dumm genug wärst, sie in die Flamme zu stecken.«

»Woher wußtest du das alles?«

»Ich habe die vergangenen Wochen immer geglaubt, du hättest irgendwo eine Liebesaffäre und wärst nur zu verlegen, es zu erwähnen. Das passiert mir manchmal mit Leuten, und es muß mit meinem Alter zu tun haben.« Aderyn lächelte kurz. »Es war offensichtlich, daß du etwas verborgen hast, und hier und da sah ich, wie du in dich hineinlächeltest, wie es Männer tun, wenn sie bei einer Frau gewesen sind, die sie gern haben. Aber dann bist du verschwunden, und ich habe mir schreckliche Sorgen gemacht und das Schlimmste befürchtet, und tatsächlich, da kommst du hereingetaumelt, vollkommen erschöpft und so bleich wie Birkenrinde – und ganz plötzlich ist mir dein Traum wieder eingefallen. Ich hätte wissen müssen, daß sie in der Nähe war. Ich war dieser Tage sehr abgelenkt und auch mit der Ausbildung meines Schülers beschäftigt, aber ich hätte es erkennen müssen.«

»Nun, es ist meine Schande und nicht die deine. Du bist

nicht derjenige, der …« Die Worte blieben ihm wie Dornen in der Kehle stecken, als er endlich sah, wie unnatürlich seine Lust gewesen war. »Ihr Götter, es tut mir leid.«

Aderyn sagte nichts, sondern starrte ins Feuer, als könnte er die Flammen wie Schrift lesen. Rhodry war sich nur seiner Scham bewußt, die seine Wangen heftiger zum Glühen brachte als jedes Fieber. Aber selbst bei aller Unehre wußte er, daß die Wunder, die sie ihm gezeigt hatten, ihn mehr in Bann geschlagen hatten als jede ihrer Berührungen. Er konnte sich so lebhaft daran erinnern – an diese juwelenbesetzten Höhlen, tief unter dem Meer, unter Wellen, die sich nie an einem irdischen Strand gebrochen hatten, oder an die Rosenwiesen und ihren Duft im goldenen Sonnenlicht. Er konnte die schrillen Schreie der Pfauen hören, die durch das smaragdgrüne Gras stolzierten, und sah direkt hinter ihnen einen rubinroten Rosenhügel, so groß wie eine Festung. Er stand auf und ging hinüber zu diesen Rosen, angezogen vom Duft …

… als ein beißender Schmerz sein Gesicht überzog. Er versuchte, es zu ignorieren, und ging weiter, aber der Schmerz kam wieder. Die Vision verschwand mit einem Zischen, wie wenn Wasser in eine Pfanne mit heißem Öl tropft. Rhodry starrte Aderyn an, der sich über ihn beugte, die Hand noch erhoben.

»Das ist wirklich schlimm«, sagte der alte Mann. »Sie hat dich verfolgt.«

Aderyn wich zurück, streckte die Hand aus und begann sich langsam in einem Kreis zu bewegen, während er leise in einer Sprache sang, die Rhodry nicht kannte. Es sah so aus, als nutzte er seinen Zeigefinger, um einen großen, unsichtbaren Kreis um das Zelt zu zeichnen und in jedes Viertel dieses Kreises etwas zu schreiben. Nachdem er das dreimal gemacht hatte, hatte Rhodry das Gefühl, als wäre er nach einer Nacht lebhafter Träume plötzlich wach gerüttelt worden. Er konnte sich zwar noch daran erinnern, die Wunder gesehen zu haben, aber ihm fiel kein einziges Detail mehr ein, und das Zelt kam ihm sehr viel wirklicher und solider vor als seit Wochen. Aber die Welt, die ihn umgab, war auch seltsam trostlos – irgendwie schäbig und schmutzig an den Kanten, als wäre sie ein schönes Hemd, ganz mit bardekianischer Seide bestickt, das er immer wieder getragen hatte, bis es fadenscheinig, abgewetzt und fleckig und nur noch dazu gut war, daß ein Bettler es anzog, um sich damit gegen die Kälte zu schützen.

»Du mußt sie aufgeben.« Aderyns Stimme war kalt und barsch. »Verstehst du mich? Sie wird dich umbringen, wenn du das nicht tust.«

Rhodry war überrascht über seinen eigenen Zorn. Er wollte sie, er wollte die Wunder, er wollte sie so intensiv, daß er kurz daran dachte, alle zu töten – selbst Aderyn –, die ihm im Weg standen. Der alte Mann wich so heftig zurück, daß Rhodry wußte, daß sein Zorn sich auf seiner Miene gespiegelt haben mußte.

»Bitte, Rhodry, hör mir zu. Du hast den Rand verbotener Dinge berührt, und es fällt mir schwer zu erklären, aber – warte, ich weiß es. Denk an folgendes. Dieser Traum, den du hattest? Das ist ein Vorzeichen. Sie wird dich töten, ohne es selbst zu wollen, wenn du weiterhin zu ihr gehst. Sie saugt die Lebenskraft aus dir, und bald wird dein Körper schwächer werden und sterben, weil er nicht mehr genug Kraft hat, ihn zu halten. Ich weiß, das klingt wie Unsinn, aber …«

»Verdammt, das tut es wirklich! Ihr Götter, verstehst du denn nicht? Sterben scheint ein geringer Preis zu sein für das, was sie mir gibt.«

Aderyn starrte ihn einfach nur lange Zeit an.

»Es ist noch schlimmer, als ich befürchtet hatte«, sagte der alte Mann schließlich. »Aber es gibt eine letzte Sache, die du nicht verstehst. Vielleicht hast du nichts dagegen zu sterben, aber was wird aus ihr? Willst du sie mit hinabziehen? Sie glaubt, daß ich sie hasse, aber sie ist mir ebenso anvertraut wie du. Ihr Verstand genügt nicht, um zu verstehen, was zwischen euch geschieht. Sie liebt dich, und das ist alles, was sie von dieser Welt weiß.«

Beinahe gegen seinen Willen erinnerte sich Rhodry an ihre Verwirrung über so einfache Dinge wie Namen, oder daß die Zeit verging.

»Sie ist geworden, was sie ist, weil sie wußte, daß du sie so haben wolltest«, fuhr Aderyn fort. »Das tust du ihr an, Rhodry Maelwaedd. Wenn sie weiter versucht, dir zu Willen zu sein, wird sie vollkommen zerstört werden und zwischen dem Land der Menschen und Elfen auf der einen und dem Wildland auf der anderen festsitzen. Das Wildland ist ihr wahres Zuhause, aber das wird sie bald verlieren, sich davon ausschließen, und alles wegen dir. Möchtest du das etwa? Sie wird zum Untergang verurteilt sein, ein Stück kosmischen Mülls, das die halbe Ewigkeit leiden muß, und alles nur, weil ...«

»Hör auf! Ihr Götter, schweig! Das könnte ich niemals tun! Dann werde ich sie eben aufgeben! Ich schwöre es bei den Göttern meiner beiden Völker!«

»Und an diesen Schwur werde ich dich erinnern. Gut. Dann laß mich schnell Gavantar zurückrufen. Es sieht aus, als könntest du etwas zu essen brauchen.«

Rhodry zwang Essen herunter, das seltsam geschmacklos war, dann ging er zu seiner Decke und schlief ein, ohne sich auch nur auszuziehen. Beinahe sofort träumte er so lebhaft, daß er wußte, dies war kein normaler Traum, nein, sie war dort zu ihm gekommen, wo er sich nicht gegen sie wehren konnte, denn im Land der Träume war sie die Herrin und er der Vasall. Als sie ihn tadelte, weil er sie verraten hatte, fiel er auf die Knie und bat sie, ihm zu verzeihen. Er duckte sich zu ihren Füßen wie ein Unfreier, bis sie gnädig die Hand nach seiner

Hand ausstreckte. Sie brachte ihn zurück auf die Rosenwiese, wo selbst im Traum der Blütenduft dick in der Luft hing, und führte ihn zu einem Bach, wo Fische schimmernd wie Edelsteine durch goldenes Ried und smaragdfarbene Algen glitten. Als sie sich zusammen in das warme und duftende Gras setzten, wußte Rhodry, wenn er sie jetzt liebte, würde er nie wieder erwachen, dann würde sein Körper in Trance weiterschlafen, während sein Geist im Traum blieb. Selbstverständlich nur, bis er starb, aber ihr Lächeln war süß – so süß, daß der Preis ihm gering erschien. Es sah so aus, als würde er auf diese Weise lange Zeit hier mit ihr leben können und als würden sie einen wunderbaren Tag miteinander teilen, bis unvermeidlich die graue Nacht über sie hereinbrach. Als sie sich auf ihn zubeugte, um ihn zu küssen, lächelte er – dann packte er sie an den Handgelenken und hielt sie zurück.

Sein Tod würde auch sie verurteilen. Das hatte Aderyn gesagt, und er wußte tief im Herzen, daß der alte Mann niemals lügen würde. Schmollend rutschte sie näher heran, spürte seine Kälte, lächelte abermals, entzog die Hände seinem schwächer werdenden Griff und drängte sich noch näher heran, um ihm durchs Haar zu fahren und eine Begierde zu wecken, die ihm schier den Atem raubte. Er wollte sie gerade küssen, als sie einen Schrei ausstieß. Rhodry drehte sich um und sah, wie Aderyn über die Wiese gerannt kam, seine Miene so grimmig wie die eines Kriegers, und direkt hinter ihm folgte eine Präsenz. Für Augenblicke schien es sich um einen schlanken jungen Mann zu handeln, aber mit Haut und Kleidung aus bleichstem Silber; im nächsten Augenblick war es ein wirbelnder, nebliger Turm aus Mondlicht. Mit einem Aufheulen und einem Wutschrei verschwand die Weiße Dame und nahm alle Farbe der Welt mit sich. Über eine leichengraue Wiese kam Aderyn immer noch angerannt, der Boden bebte, die Bäume zitterten und schaukelten …

… und Rhodry erwachte und stellte fest, daß Aderyn ihn an den Schultern gepackt hatte und schüttelte. Obwohl Aderyns Gesicht ebenso grimmig war wie im Traum, war kein Anzeichen des silbernen Herrn der Wildlande mehr zu bemerken.

»Bei der Dunklen Sonne«, sagte Aderyn. »Das wird ein schwerer Kampf werden. Du wirst das Lager nicht mehr allein verlassen, bis wir gesiegt haben. Ich werde jetzt Cal suchen und ihn um Wachen bitten.«

Rhodrys erster Gedanke war, davonzuschlüpfen, während der alte Mann weg war, aber Gavantar stand an der Zelttür, die Arme über der Brust verschränkt. Als er mit den Fingern schnippte, erschien eine Horde vom Wildvolk und setzte sich auf Rhodrys Schoß, packte ihn an den Armen, hockte auf seinen Schultern und tat alles, was sie konnte, um ihn an Ort und Stelle zu halten. Rhodry starrte den Boden des Zeltes an und versuchte, ihre Stimme zu ignorieren, ihr Flüstern, ihr Flehen, wie sie ihn zu sich rief wie das Murmeln eines weit entfernten Meeres. Nun, da er wach war, konnte er sich mit ihr streiten, ihr drohen, ihr von dem schrecklichen Schicksal erzählen, das sie erwarten würde, wenn sie darauf bestand, ihn zu lieben, aber sie erklärte nur, sie sei ebenso bereit, für ihn zu sterben, wie er für sie.

»Du weißt nicht einmal, was Tod bedeutet.«

Er bemerkte, daß er laut gesprochen hatte, und blickte auf. Gavantar starrte ihn mit entsetzter Faszination an. Er spürte, wie ihm Tränen in die Augen traten und er sie nicht aufhalten konnte, aber er konnte kein Wort sagen, bevor Aderyn zurückkehrte. Sobald der Dweomermeister das Zelt wieder betrat, floh sie mit einem letzten begierigen Flüstern.

»Ich schlafe nicht soviel wie die meisten«, sagte Aderyn. »Aber auch ich muß mich hin und wieder ausruhen, und Gav ist in diesen Sachen erst ein Anfänger. Dank Cal und seinen

Männern wird dein Körper hierbleiben, aber deine Seele ist ein Problem. Ich denke, ich sollte lieber um Hilfe bitten.«

Nachdem sie das Lager verlassen hatte, war Jill nach Südwesten geritten, zur Küste und den Inseln von Wmmglaed, auf denen zu dieser Zeit ein kleiner Tempelkomplex stand, der den Göttern des Wissens und des Lernens geweiht war. Bereits damals enthielt ein langgezogenes Steingebäude, in dem Torfeuer ununterbrochen glühten, um die feuchte Kälte fernzuhalten, den Kern dessen, was einmal eine berühmte Bibliothek werden sollte. Mit Hilfe eines jungen Priesters machte sich Jill dort in fünfhundert Büchern und Schriftrollen auf die Suche nach jeglicher Art von Information, die helfen könnte, die Geheimnisse von Rhodrys Wyrd im allgemeinen und des Rosenrings im besonderen zu ergründen. Ihr Problem war ganz einfach: Zu diesem Zeitpunkt war offensichtlich das gesamte elfische Erbe an Literatur und Geschichte verlorengegangen. Obwohl einige vom Volk lesen konnten und einige dazu ausgebildet waren, gewaltige Schätze an mündlicher Überlieferung weiterzugeben, waren nur zwei elfische Bücher bekannt, die die große Verbrennung überlebt hatten. Mit all diesem Erbe war offenbar auch die Bedeutung der Worte, die in Rhodrys Ring eingraviert waren, verlorengegangen. Hier und da fanden sich allerdings in Büchern in anderen Sprachen Hinweise auf elfische Geschichte und Wissenschaft, niedergeschrieben von vereinzelten Gelehrten, die der Ansicht waren, das Volk sei es wert, ihm zuzuhören. Jill war entschlossen herauszufinden, was sie auf diesem weniger als fruchtbaren Feld ernten konnte. Da sie erst relativ spät lesen gelernt hatte, brauchte sie immer noch lange, um deverrianische Texte zu verstehen, und sie mußte oft innehalten und einen Schreiber nach der Bedeutung eines seltenen Wortes fragen. Sich mit dem Bardekianischen zurechtzufinden kostete sie noch mehr

Zeit. Nach etwa zwei Wochen enttäuschend unergiebiger Forschungsarbeit war Jill bereit, es aufzugeben und sich allein auf Meditation zu verlassen, aber gerade zu diesem Zeitpunkt stolperte sie über eine Passage, die tatsächlich darauf schließen ließ, daß ihre Arbeit sich noch lohnen könnte. »Als unser Volk damals auf die Inseln kam«, schrieb ein bardekianischer Historiker, »stellte es fest, daß ihm andere Flüchtlinge zuvorgekommen waren: ein seltsames Volk, das keinen Namen für sich hatte, aber behauptete, es sei über das nördliche Meer gekommen. Es gab nie viele von ihnen, so berichten die alten Geschichten, und sie starben alle entweder oder segelten nach Süden.« Das war alles. Nur ein quälend allgemeines Stück Legende, das mündlich überliefert und wahrscheinlich vollkommen unzuverlässig war – das aber ebenso auf die Beschreibung der elfischen Flüchtlinge der großen Verbrennung der Städte paßte. Was, wenn es wahr wäre? Und was, wenn die Abkömmlinge dieser Flüchtlinge immer noch lebten, auf diesen weit abgelegenen, wenig bekannten Inseln tief im Süden? Der Gedanke daran ließ lange vergessene Erinnerungen aufsteigen, die ihr zuvor nie wichtig vorgekommen waren, wie ein bestimmter Stil der Wandmalerei, der sie an die Dekorationen eines elfischen Zeltes erinnert hatte.

Eines Abends saß sie noch spät in dem winzigen Gästehaus und ging eine Liste der Namen unbekannterer Inseln durch, auf der sie hoffte, Ähnlichkeiten mit elfischen Wörtern zu finden. Dann spürte sie, wie Aderyns Geist an ihrem zupfte. Sie setzte sich neben das Feuer auf den Boden und starrte in die glühenden Kohlen, bis schließlich das Gesicht des alten Mannes über den Flammen erschien.

»Den Göttern sei Dank, daß ich dich endlich erreicht habe. Ich versuche schon so lange, deine Aufmerksamkeit zu erregen.«

»Ich bitte um Verzeihung, aber ich war einigen sehr seltsamen Dingen auf der Spur, und es ist ein faszinierendes Rätsel.«

»Wäre es möglich, daß du es für eine Weile beiseite schiebst? Hier sind schreckliche Dinge im Gang.«

»Was? Aber selbstverständlich! Was ist denn los?«

»Ich brauche deine Hilfe. Ich bitte dich wirklich ungern darum, weil ich weiß, was du für Rhodry empfindest, aber du bist die einzige, an die ich mich wenden kann. Ich flehe dich an, wenn du mich je geachtet hast, dann kehre zu uns zurück.«

»Ich werde morgen früh aufbrechen. Wo seid ihr?«

Die Vision veränderte sich, um ihr das Lager zu zeigen, das sich in ein Tal am Nordende des Peddroloc schmiegte. Dann verließ Aderyns Geist sie eilig, als sei jeder Augenblick so kostbar, daß er einfach keine Zeit für Erklärungen hatte.

Als sie losritt, ließ Jill ihr Maultier und die Arzneien zurück und lieh sich ein Ersatzpferd von den Priestern, damit sie ihr Gewicht zwischen den Reittieren verteilen konnte. Die ersten drei Tage reiste sie schnell; dann bildete sich im Westen ein Sommergewitter. Am vierten Morgen erwachte sie unter schiefergrauem Himmel, und die Pferde waren in der drückenden Hitze nervös und schlecht gelaunt. Später brach das Gewitter los, zunächst ein paar schwere Regentropfen, dann peitschender Regen, Blitz und Donner. Jill war gezwungen, abzusteigen und ihre zitternden Pferde zu beruhigen, bis zumindest die Blitze nachließen und der Regen in ein stetiges Nieseln überging. Es gelang ihr zwar noch, ein paar weitere Meilen zurückzulegen, aber es war so schwierig, die Pferde durch das triefend nasse Gras zu drängen, daß sie ihr Lager früh in einem kleinen Weidengehölz an einem Bach aufschlug.

Sie erwachte kurz vor der Dämmerung, zitternd und verkrampft und mit dem deutlichen Gefühl, daß jemand sie beobachtete. Obwohl der Regen aufgehört hatte, hingen die Wolken immer noch schwer und niedrig über den Ebenen, und die Dämmerung war grau und neblig, aber als Jill sich umsah, konnte sie unter den Bäumen eine Frau erkennen.

»Einen guten Morgen«, sagte Jill auf elfisch. »Ist dein Alar in der Nähe oder reitest du allein?«

Die Frau warf den Kopf zurück und gab ein schrilles Heulen von sich, dann verschwand sie. Langsam kam Jill auf die Beine, und nun schauderte sie nicht nur von der Kälte.

»Eine Banshee? Ihr Götter! Rhodry!« Sofort versuchte sie, ihn mittels des Zweiten Gesichts zu finden, aber sie konnte weder ihn noch das Elfenlager aufspüren. Gerade als sie schon in Panik geriet, fiel ihr ein, daß Aderyn vermutlich Gründe gehabt hatte, das Lager zu versiegeln – und wenn das der Fall war, dann sprach das wirklich von schweren Problemen.

Den ganzen Tag lang, während der Sturm sich verzog und die Sonne und der Wind das hohe Gras trockneten, trieb sie sich selbst und die Pferde gnadenlos vorwärts. Dennoch erreichte sie das Elfenlager erst am nächsten Mittag – am fünften Tag, nachdem sie die Inseln des Wmm verlassen hatte: ein paar dicht zusammenstehende Zelte am Horizont und die Pferdeherden, die friedlich grasten. Der junge Elf, der sie hütete, begrüßte Jill mit einem Ruf, der sowohl Calonderiel als auch ein halbes Dutzend anderer Männer im Galopp zu ihr brachte.

»Nehmt ihre Pferde«, rief der Banadar. »Ich bringe sie zum Zelt des Weisen. Jill, bei allen Göttern, ich bin so froh, dich zu sehen!«

»Ist Rhodry tot?«

»Nein. Hat Aderyn es dir nicht gesagt? Rhodry hat den Verstand verloren. Er tobt, er sieht Dinge – ich verstehe es überhaupt nicht, aber es ist wirklich erschreckend. Ihn auch nur zum Essen zu bringen ist ein harter Kampf.«

Aderyns Zelt stand in der Mitte des Lagers und nicht, wie üblich, ein Stück entfernt. Mit Calonderiel direkt hinter sich und einem Schwarm von Wildvolk, das sie umdrängte, stürmte Jill hinein. Aderyn stand am toten Feuer und wartete auf sie. Der Dweomermeister sah erschöpft aus, bleich und gebeugt, mit dunklen Ringen unter den Augen, die eines verkaterten Kriegers würdig gewesen wären. Hinter ihm an der ledernen Zeltwand, geduckt wie ein Tier, hockte Rhodry. Zunächst erkannte sie ihn kaum, einfach weil er so reglos saß und sein Blick so starr und ausdruckslos war.

»Was ist denn los?« fragte Jill.

»Ich habe seit einer Woche nicht viel geschlafen«, sagte Aderyn. »Aber ich wette, du meinst Rhodry.«

Rhodry regte sich nicht, und er blickte auch nicht auf, als sein Name erwähnt wurde.

»Ich hatte schon Angst, er wäre tot. Ich bin auf der Straße einer Banshee begegnet.«

»Das war keine Banshee. Das war – sie war – die Ursache des Ärgers.« Aderyn wandte sich dem Banadar zu. »Cal, kannst du hier bei ihm bleiben? Ruf nach uns, sobald du die ersten Anzeichen seines üblichen Wahns siehst. Wir werden nur nach draußen gehen, wo wir in Ruhe reden können.«

Sie gingen ein Stück vom Zelt weg, und Jill bemerkte, daß niemand wagte näher zu kommen, nicht einmal die normalerweise neugierigen Kinder und Hunde.

»Es ist eine Frau aus den Wildlanden.« Aderyn verschwendete keine Zeit. »Das kleine Miststück hat ihn in Bann geschlagen, aber um ehrlich zu sein, schadet es ihr noch mehr als ihm. Sie ist von anderen Leben her mit ihm verbunden, und ich hatte keine Möglichkeit, ihn zu warnen, ohne Dinge zu verraten, die er nicht hören sollte.«

»Wir müssen sie in die Falle locken und den Herren des Wildlandes übergeben.«

»Das ist leichter gesagt als getan. Ich habe es versucht, aber sie ist ein schlaues kleines Ding.«

»Aber Rhodry ist ein Mann von Ehre. Kannst du ihm nicht erklären, daß er dieser Unschuldigen nur weh tut und …«

»Das habe ich, und nur aus dem Grund ist er überhaupt noch bei uns. Er hat sein Bestes getan, ihr zu widerstehen, aber am Ende hat sie ihn zu sich gezogen.«

»Ich verstehe immer noch nicht …«

»Sie ist seine Geliebte. Und ich meine genau das. So sehr seine Geliebte, wie du es jemals warst.«

Jill war überrascht, wie verärgert sie plötzlich war – ein Aufflackern von Eifersucht. Aderyn verstand ihr Schweigen falsch.

»Du weißt von solchen Dingen, nicht wahr?« sagte der alte Mann. »Sie gehört zum Wildvolk, aber vor vielen, vielen Jahren geriet sie an eine der Wächter, die ihr eine Art falschen Körper gegeben hat. Seitdem arbeitet sie daran, ein körperliches Wesen zu werden, saugt die Lebenskraft aus ihm und anderen Geliebten, um …«

»Selbstverständlich weiß ich, was sie tut! Oh, ich bitte um Verzeihung, Aderyn, ich wollte dich nicht anfauchen. Wie lange geht das schon so?«

»Ein paar hundert Jahre, schätze ich.«

»Sie muß inzwischen ziemlich … nun, überzeugend sein.«

»Sehr, und außerdem schön – das sagt er zumindest –, aber in diesem Fall ist das wohl eine Frage der Betrachtungsweise. Ich selber hatte nie viel für diese bleichen, schmollenden Geschöpfe mit ihren großen Augen und klimpernden Wimpern übrig, nicht einmal, als ich noch jung war.«

»Rhodry auch nicht. Es ist wirklich widerwärtig. Ich kann es kaum von ihm glauben, aber es ist wohl so. Wie bewachst du ihn? Die üblichen Siegel?«

»Genau, aber sie ruft ihn immer wieder, besonders, wenn er schläft, und ich kann ihn nicht ununterbrochen bewachen. Gav kann mit den Siegeln helfen, aber das ist alles. Tatsächlich dachte ich daran, da du jetzt hier bist, vielleicht in Cals Zelt zu gehen und ein wenig zu schlafen. Ihr Götter, ich bin so müde!«

Also schickte Jill Gavantar vor die Zelttür, um zu wachen, und kehrte selbst in Aderyns Zelt zurück. Rhodry blickte nicht einmal auf, als sie hereinkam, und er sagte kein Wort, als sie sich aus einem Korb neben der Feuerstelle Brot und geräuchertes Fleisch nahm. Sie setzte sich ein paar Fuß von ihm entfernt hin und betrachtete ihn, während sie aß. Sie stellte erschrocken fest, daß er so alt aussah, wie er war. Er hatte zwar kein einziges graues Haar und keine Falte in seinem wettergegerbten Gesicht, aber er sah alt aus, zusammengesackt, und von jener ungeheuren Lebenskraft und dem Magnetismus, der Wesen von elfischem Blut nach menschlichen Maßstäben so »jung« erhält, war offenbar nichts mehr übriggeblieben. Da sie ihn im Geist immer als ihren jungen Geliebten sah, hatte sie das Gefühl, diesen Mann in mittleren Jahren kaum zu kennen. Diese Entfremdung schmerzte sie.

»Rhodry? Hast du mir denn gar nichts zu sagen?«

Er blickte auf, der Mund schlaff, die Augen halb zusammengekniffen, als versuchte er herauszufinden, wer sie sei.

»Ich bitte um Verzeihung«, sagte er schließlich. »Ich dachte, du würdest es vorziehen, wenn ich den Mund halte.«

»Wieso denn das?«

»Ich muß dich doch anwidern.«

Sie überdachte die Angelegenheit mit der Sorgfalt, die sie verdiente.

»Nein, das tust du nicht. Aber ich fürchte um dein Leben.«

»Ist es denn nicht gleich, ob ich lebe oder sterbe?«

»Selbstverständlich ist das nicht gleich. Dein Wyrd …«

»Ach, mein Wyrd soll verflucht sein! Ich meine, ist es dir gleich oder nicht?«

Noch eine Frage, die eine sorgfältige Antwort und nicht eine gedankenlose Phrase verlangte.

»Es ist wichtig. Ich mag nicht mehr in dich verliebt sein, aber ich habe dich gern. Das hatte ich immer schon. Ich habe dich als Freund geliebt und bewundert, und über diese langen Jahre ist das wichtiger als Liebe.«

»Ja? Ich ...« Er erstarrte mitten im Satz.

Jill spürte am Rand ihres Geistes die Berührung jener knisternden Energie, die bedeutete, daß die Wildlande ganz in der Nähe waren. Ihr grauer Gnom erschien und zeigte mit großen Augen und offenem Mund auf etwas hinter ihr. Sie drehte sich um und bediente sich des Zweiten Gesichts. Das erste, was sie sah, war die glatte, gerundete Wand der goldenen Kuppel, die Aderyn und Gavantar über dem Zelt errichtet und mit flammenden Pentagrammen befestigt hatten. Aber dicht dahinter konnte sie eine weibliche Gestalt erkennen, wenn auch unscharf, wie durch Flaschenglas gesehen. Als Jill sich aufrichtete, verschwand die Gestalt.

»Sie weiß, daß ich hier bin.«

»Tatsächlich hat sie mir gesagt, daß du auf dem Weg bist. Ich meine, sie wußte nicht, wer du bist, aber sie sagte mir, der alte Mann bringe einen anderen Dweomermeister her. Ich dachte schon, daß du das wärest.«

»Du wußtest, daß sie das wußte, und hast es Aderyn nicht mitgeteilt?«

Als Rhodry vor Scham errötete, wurde ihr erst wirklich klar, wie gespalten seine Loyalität war.

Während der nächsten Tage arbeiteten Jill und Aderyn eine seltsame Art von Wache aus. Solange Rhodry wach und daher halbwegs sicher war, ruhten sie sich beide aus, aber sobald er einschlief, wachte einer von ihnen über seinem Körper und der andere auf der ätherischen Ebene. Die Weiße Dame war gezwungen, weit außer Reichweite seiner Träume zu bleiben, obwohl Jill sie eines Morgens erspähte. Normalerweise erscheinen Geister auf der ätherischen Ebene als Knoten von Kraftlinien kristalliner Brillanz, eher Geometrie als Person, aber das Geschöpf, das Jill auf einer Wolke blauen Lichts sah, schien irgendwo dazwischen zu hängen. Sie hatte ein halb menschliches Gesicht aufgesetzt, aber es neigte immer wieder dazu, sich in grünes Licht und Linien aufzulösen. Bei diesem Anblick verstärkte sich Jills abstraktes Mitgefühl zu echtem Mitleid. Dieses arme Geschöpf war aus seiner eigenen Entwicklungslinie gerissen und an einer Stelle festgehalten worden, wo es nicht hingehörte. Wenn dies so weiterging, würde es nicht lange überleben, besonders, nachdem es sich nicht mehr von Rhodry nähren konnte. Jill zeichnete das Symbol des Königs des Aethyr ins blaue Licht, dann begann sie sich vorwärtszubewegen – aber der Geist floh mit einer Ausstrahlung von Zorn wie einem physischen Aufheulen, das noch lange auf der ätherischen Ebene widerhallte.

Jill kehrte in ihren Körper zurück, setzte sich, gähnte ein wenig und stellte fest, daß Rhodry hellwach war und sie anstarrte.

»Was hast du ihr angetan?« fauchte er.

»Ich habe versucht, ihr zu helfen, du Dummkopf.«

Er verfügte über den Anstand, beschämt dreinzuschauen.

Diesen ganzen Tag war Rhodry quälend ruhelos. Er ging im Zelt auf und ab, dann rund und rund, bis Jill schon vom Hinschauen schwindelig wurde. Als sie vorschlug, daß sie Calonderiel holen sollten, um mit ihm auszureiten, antwortete er nicht einmal.

»Hast du vor, als nächstes an deiner Krippe zu nagen?« fauchte Jill.

»Wie bitte?«

»Du benimmst dich wie ein Hengst, den man von einer rossigen Stute fernhält. Das ist kein schöner Anblick.«

Er blieb stehen und starrte sie an.

»Aderyn ist freundlicher als ich«, fuhr sie fort. »Er sieht dich als das arme, unschuldige Opfer. Ich kenne dich besser. Ich wette, diese Phantomgeliebte hat dich nicht mit Gewalt ins Bett zerren müssen. Ich wette, sie brauchte dich nicht zweimal zu fragen.«

Rhodry lief dunkelrot an und ging wütend auf sie zu.

»Versuch es nur«, sagte Jill grinsend. »Ich habe nicht vergessen, wie man kämpft, und ich wette, ich kann dich aus dem Zelt werfen.«

Er fuhr herum, zögerte und warf sich dann auf seine Decken. Sie beobachtete einige Zeit, wie seine Schultern zuckten, bevor ihr klar wurde, daß er weinte. Sie kniete nieder und begann, ihm den Nacken zu reiben, ließ ein wenig ihres eigenen Magnetismus fließen, um ihn zu beruhigen. Einen Augenblick später hörte er auf zu weinen und drehte sich um.

»Rhodry, bitte, ich möchte nicht, daß du stirbst. Tu, was Aderyn und ich sagen. Bitte.«

Er setzte sich hin und wischte sich die Augen mit dem Hemdsärmel.

»Danke«, flüsterte er. »Ich fühle mich vollkommen zerrissen, und ich weiß nicht, wie …«

Das Kreischen hörte sich an wie das Heulen eines Panthers, blind, wild und katzenhaft, und es erfüllte das ganze Zelt. Der Schlag kam direkt aus dem Schrei heraus, ein fester Schlag in Jills Gesicht, gefolgt vom Brennen von Klauen. All die Jahre von Jills Dweomerausbildung schienen zu verschwinden. Ohne nachzudenken, war sie auf den Beinen und schlug zurück, griff nach einem Arm, der nicht wirklich vorhanden war, nach einem Feind, den sie nicht sehen konnte. Ihre Finger schlossen sich um etwas Festeres als Luft, das dennoch nicht ganz wirklich war. Ein weiterer Schlag traf sie auf den Mund, dann hörte sie Aderyn schreien. Ihre Feindin verschwand.

»Ich komme mir so dumm vor!« sagte Jill. »Nun hatte ich endlich die Gelegenheit, das Zeichen der Könige auf sie zu legen, und ich habe den Kopf verloren.«

»Das kann ich dir nicht vorwerfen«, meinte Aderyn. »Instinkt, nehme ich an. Gavantar hat ihre Gegenwart gespürt und mich geweckt, aber als ich herkam, war es schon zu spät.«

»Das ist jetzt gleich.« Jill sah sich um und entdeckte Gavantar, der am Eingang stand. »Gav, bleib hier. Aderyn, laß uns nach draußen gehen, wo wir nicht belauscht werden können. Es tut mir leid, Rhoddo, aber ich kann dir nicht wirklich trauen.«

Da sie damit rechnen konnten, daß der Geist zu verängstigt war, um sofort zurückzukehren, entfernten sie sich ein wenig vom Lager. Aber obwohl das Grasland still und schwitzend in der Hitze eines windstillen Sommertags lag, tat es so gut, sich vom Zelt und von Rhodrys Besessenheit zu entfernen, als tauchten sie in einen kühlen Fluß.

»Sie muß so verzweifelt sein wie ein Wolf im Winter, wenn sie es wagt, die Siegel zu brechen«, bemerkte Aderyn. »Es muß sie allen Mut und alle Kraft gekostet haben, die sie hat. Ich kann nicht glauben, daß er ihr so schrecklich fehlt.«

»Es geht um etwas ganz anderes. Sie ist eifersüchtig auf mich, und ich denke, das können wir benutzen. Ich nehme an, die Herren der Wildlande werden uns bei dieser Sache helfen wollen.«

»Ich habe mich bereits mit ihnen in Verbindung gesetzt. Sie führt uns allerdings an der Nase herum und macht sich immer wieder davon, wenn wir in ihre Nähe kommen.«

»Deshalb müssen wir das bißchen Geist, das sie hat, ablenken, und ich denke, wir haben den besten Köder für unsere Schlinge gefunden. Es wird Rhodry weh tun zu sehen, wie wir sie fangen, aber es ist seine eigene Schuld.«

»Du hältst nicht viel von Verzeihen, oder?«

»Du hast meine Schwäche durchschaut. Mitgefühl fällt mir nicht leicht, Aderyn. In dieser Hinsicht bin ich nicht wie Nevyn oder wie du. Vielleicht liegt es daran, daß ich selbst schwere Zeiten überlebt habe. Ich habe nicht viel Geduld für andere, die das nicht einmal versuchen.«

»Solange dir das bewußt ist.«

Zwei Tage später peitschte ein Sommergewitter einen Regenvorhang über das Grasland. Aderyn verkündete, er wollte mit Calonderiel sprechen, verließ das Zelt und nahm dabei demonstrativ Gavantar mit. Jill stellte eine Kugel aus Dweomerlicht her, hängte sie dicht an das Rauchloch im Zeltdach und holte dann einen Beutel mit elfischen »Würfeln«, kleinen hölzernen Pyramiden, die auf jeder Seite anders bemalt waren, heraus. Um damit zu spielen, schüttelte man zehn Stücke in die Hand und streute sie dann in einer Linie aus; wieviel Seiten jeder Farbe oben lagen und in welchem Muster, entschied über den Gewinn, wobei die Höchstleistung in beinahe unmöglichen zehn roten Flächen bestand. Da Zeltböden selten sonderlich eben sind, endete ein solches Spiel meist in einem Streit der Spieler – nicht, daß Rhodry irgendwie daran interessiert gewesen wäre. Die Hälfte der Zeit sah er kaum hin, und Jill mußte ihn immer wieder erinnern, wenn er dran war.

»Wir können aufhören, wenn du willst«, sagte sie schließlich.

»Ich bitte um Verzeihung, aber ich bin nicht mit dem Herzen dabei.«

»Ruft sie dich?«

»Sie ruft mich dieser Tage ununterbrochen.«

»Ach, Rhoddo, das tut mir so leid.«

Als er diesen Kosenamen hörte, blickte er auf, und solch tiefe Melancholie stand in seinem Blick, daß er ihr einen Moment wirklich leid tat. Sie streckte die Hand aus und strich ihm übers Haar und über die Wange, und bei ihrer Berührung wandte er den Kopf und küßte ihre Finger, eine alte Geste, eine Gewohnheit aus ihrer gemeinsamen Zeit, die nun so lange zurücklag.

Der Schlag von hinten traf Jill so fest, daß sie beinahe in Rhodrys Arme gefallen wäre. Sie hörte Rhodry schreien, dann traf sie ein Schlag ins Gesicht. Sie brauchte all ihre Willenskraft, keine Magie einzusetzen, sondern mit beiden Händen zurückzuschlagen. Endlich traf eine Hand auf etwas halbwegs Festes.

»Du Miststück! Laß Rhodry in Ruhe!«

Die einzige Antwort war ein weiterer Schlag. Jill packte mit zwei Händen zu und erwischte etwas Glattes und Kühles, das wie ein Arm geformt war. Ein Schrei erklang, dann ein Klatschen, und plötzlich konnte Jill sie sehen, wie sie sich in ihren Händen wand: bleich, hübsch, aber wütend, der Mund verzerrt, die Zähne spitz und scharf, das lange blaue Haar wehend. Sie warf sich auf Jill und versuchte, sie zu beißen, dann verschwand sie und glitt durch ihre Hände wie Wasser. Jill drehte sich herum, griff wieder zu und erwischte dabei etwas, das sich wie eine Handvoll langes Haar anfühlte. Mit einem Keuchen tauchte die Fee abermals auf, schrie und schlug mit den Klauen nach Jills Gesicht.

»Das genügt!« rief Aderyn. »Wir haben den Kreis gezeichnet.«

Die Fee erstarrte in Jills Händen, dann stöhnte sie – ein so jämmerliches kleines Geräusch, daß Jill sie gehen ließ. Sie konnte ohnehin nicht mehr verschwinden, denn nicht nur Aderyn und Gavantar waren hereingeschlüpft, als sie durch den Kampf abgelenkt gewesen war, sondern auch ein Herr des Wildlands befand sich jetzt hier auf der physischen Ebene. Er erschien als eine Verdichtung des Lichtes, eine silbrige Säule, die nur annähernd eine vage menschliche Gestalt erkennen ließ. Mit Tränen in den Augen fiel die Fee zu seinen Füßen nieder und schlug die Hände vors Gesicht.

»Es ist jetzt überstanden.« Die Stimme der Präsenz war so sanft wie Wasser, das über den Felsen gleitet. »Du kommst mit mir nach Hause, Kind.«

Die Fee stöhnte und hob den Kopf, um Rhodry einen verzweifelten Blick zuzuwerfen. Als sie die Arme nach ihm ausstreckte, trat er einen Schritt vor, aber Jill packte ihn und schob ihn zurück.

»Ich hasse dich!« zischte die Fee Jill zu.

»Ich hasse dich nicht, Kleine.«

Direkt hinter dem Lord erschien eine andere Präsenz wie ein Lichtstrahl aus einer Laterne, der diesmal eine weibliche Gestalt enthielt. Jill hörte Aderyns Keuchen, aber sie konzentrierte sich weiter auf das gequälte Geschöpf vor ihr.

»Geh mit deinem Herrn. Er wird dich wieder gesund machen.«

Die silberne Säule erglühte vor warmem Licht, dann glitt sie nach vorn, um die Fee zu umschließen. Die vage menschliche Gestalt darin streckte die Hand aus, um das blaue Haar zu streicheln; dann verschwanden sie beide. Rhodry fiel nach vorn, sackte ohnmächtig in Jills Arme. Sie fluchte ein wenig über sein Gewicht, legte ihn auf den Boden und deckte ihn dann zu, weil er totenbleich und eiskalt war und schauderte, nachdem er die Verbindung mit seiner Weißen Dame verloren hatte. Als sie aufblickte, um etwas zu Aderyn zu sagen, bemerkte sie, daß die weibliche Präsenz immer noch da war, daß sie sogar an Substanz gewonnen hatte. Als sie aus der Lichtsäule heraustrat, schien sie beinahe fest. Sie sah aus wie eine sehr schöne Elfenfrau, mit so hellem Haar, daß es beinahe silbern schien, und sturmgrauen Augen. Wie zu Stein erstarrt, beobachtete Aderyn sie, seine Miene so gezwungen gleichgültig, daß Jill plötzlich klar war, wer sie sein mußte.

»Dallandra?« flüsterte sie.

Die Gestalt drehte den Kopf und betrachtete sie einen Augenblick wortlos.

»Folgst du dem Weg des Lichts?« Ihre Stimme war eher ein Gedanke, der Jills Geist berührte, aber auch Aderyn hatte sie gehört, nach dem schmerzlichen Zucken zu urteilen, das über seine Miene glitt.

»Ja.« Jill sprach laut.

»Gut.« Sie wandte sich Aderyn zu. »Es tut Elessario leid. Ihr war nicht klar, was sie getan hat. Sie wollte dem armen Ding helfen, als es diesen Mann namens Maer liebte.«

»Ich habe schon angenommen, daß deine Freundin keine Schuld trifft.«

Aderyns Stimme war so kalt, daß Jill ernsthaft schockiert war, aber Dallandra ignorierte das.

»Es wird ein Kind zur Welt kommen«, sagte sie zu Jill. »Bald. Jedenfalls nach unserer Vorstellung von Zeit. In eurer Welt mag es länger dauern.«

»Hat dieses Kind etwas mit mir zu tun?«

»Das hoffe ich. Ich sehe, daß es überall von Gefahr umgeben ist.«

»Ich werde tun, was ich kann.«

Sie nickte in einer Art wortlosem Dank, aber ihre Aufmerksamkeit hatte sich schon wieder einer anderen Welt zugewandt. Sie wurde dünner wie eine Rauchwolke im Wind.

»Was ist mit dem Ring?« Jill legte alles Drängen, das sie aufbringen konnte, in ihre Stimme, um Dallandra zurückzuhalten. »Kennst du die Bedeutung des Rosenrings?«

Einen winzigen Augenblick lächelte die Gestalt, und für diesen Augenblick schien sie wieder sterblich und fest zu sein.

»Nein. Sie haben es mir nie gesagt. So sind sie nun einmal.«

Ihr leises Lachen schien noch in der Luft zu hängen, nachdem sie längst verschwunden war. Aderyn seufzte tief, schüttelte den Kopf und kniete sich neben Rhodry, als wäre nichts geschehen.

»Jill, du wirst doch noch ein paar Tage hierbleiben, oder? Ich könnte deine Hilfe brauchen.«

»Selbstverständlich. Ich bin immer froh, helfen zu können, und ich würde auch gerne sehen, wie es ihm bald bessergeht. Ich habe ihn einmal sehr geliebt.«

»Einmal, aber nicht jetzt?«

»Einmal, aber nicht jetzt.« Jill erhob sich seufzend. »Und ich bedaure es in gewisser Weise, eine solche Liebe verloren zu haben, aber es hätte nie sein sollen, und nun ist sie nicht mehr da, und das ist alles.«

Aderyn schwieg einen Moment. Als er wieder sprach, war seine Stimme unnatürlich ruhig.

»Es ist schade, daß du Dalla nie kennengelernt hast. Ich denke, ihr beide wäret gut miteinander ausgekommen.«

Als Rhodry einige Zeit später aus seiner Ohnmacht erwachte, kam es ihm so vor, als hätte er tagelang geschlafen. Er war auch verwirrt und fragte sich, was er hier in Aderyns Zelt tat und wieso Jill und Gavantar so feierlich wie Priester dastanden.

»Was ist los?« murmelte er. »Bin ich krank gewesen?«

»So könnte man sagen.« Aderyn reichte ihm einen Becher mit heißer Flüssigkeit. »Trink das bitte.«

Das Wasser schmeckte ein wenig nach Kräutern, und nachdem er es getrunken hatte, war sein Kopf klar genug, daß er sich an die Weiße Dame erinnern konnte. Plötzlich konnte er es nicht ertragen, die anderen anzusehen, besonders nicht Jill; er spürte, wie seine Wangen vor Scham brannten.

»Ah, ich sehe, daß das Blut in deinen Kopf zurückkehrt.« Aderyn klang amüsiert. »Komm schon, Junge, es ist gut ausgegangen. Ich kann dir nicht vorwerfen, daß du einen

Kampf verloren hast, in dem du nicht einmal eine einzige Waffe besaßest, und sie hatte eine ganze Rüstkammer.«

Tagelang weigerte sich Rhodry, Aderyns Zelt zu verlassen – er ging nur nachts aus, wenn alle anderen schliefen. Unter dem zunehmenden Mond zog er über das Grasland oder am Flußufer entlang, immer eilig, als könnte er die Schande und Unehre hinter sich lassen oder vielleicht bei seinen Wanderungen auf sich selbst stoßen und schließlich wissen, wer er sei. Niemals dachte er in diesem lang andauernden Wahnsinn an sich selbst als an Rhodry Maelwaedd. Der beste Schwertkämpfer im Königreich, der Mann, dessen Ehre selbst vom Hochkönig bewundert worden war, der beste Gwerbret, den Aberwyn je gehabt hatte – diese Männer waren alle tot. Hin und wieder wurde er zu dem alten Rhodry, der Vater und Großvater war und sich fragte, ob es seiner Familie gutging, aber nur kurz. Selbst sein geliebter Enkel schien sich weiter und weiter von ihm zu entfernen, als säße das Kind in einem kleinen Boot, das einen gewaltigen Fluß hinabgetrieben wurde. In der Morgendämmerung kehrte Rhodry dann erschöpft zurück, ging in Aderyns Zelt und schlief den Tag hindurch. Oft träumte er dann von alten Schlachten, besonders von der Zerstörung einer Stadt namens Slaith; dieser Traum war so lebhaft, daß er praktisch den Rauch riechen konnte, als die Zuflucht der Piraten niederbrannte. Nur einmal, als der Mond voll war, träumte er von der Weißen Dame, aber ganz entfernt, ein Erinnerungstraum. Die Wunder waren verschwunden, vollkommen weg. Als er erwachte, weinte er.

Aderyn und Gavantar saßen mitten im Zelt am niedergebrannten Feuer und studierten zusammen ein Buch, sprachen leise über Symbole und Siegel. Aus dem Licht, das durch die Zeltwände schimmerte, konnte Rhodry schließen, daß es kurz vor Sonnenuntergang war. Als er sich aufsetzte, schaute Aderyn hinüber.

»Hungrig? Wir haben Räucherfisch.«

»Nein, danke.«

Aderyn klappte das Buch zu und betrachtete Rhodry forschend, genauer gesagt schien er die Luft rund um Rhodry zu betrachten.

»Du solltest öfter in die Sonne gehen. Du bist so blaß wie Milch.«

Rhodry wandte den Blick ab.

»Komm schon«, sagte Aderyn gereizt. »Niemand außer mir und Jill und Gavantar weiß, was geschehen ist.«

»Alle anderen glauben nur, ich hätte den Verstand verloren, nicht wahr? Das ist Unehre genug.«

Aderyn seufzte. Rhodry zwang sich, ihn anzusehen.

»Ich wollte dich etwas fragen«, sagte Rhodry. »Als dieser … nun … dieser ganze Ärger begann, hast du ein paar seltsame Dinge gesagt, die mir gerade erst wieder eingefallen sind. Sie hat mich wiedergefunden, hast du gesagt. Was meintest du mit *wieder?* Ich hatte sie zuvor noch nie gesehen.«

»Nun, ich habe mich schon gefragt, ob du dich daran erinnern würdest. Es war ein schrecklicher Fehler, so etwas zu sagen.« Der alte Mann stand auf und ging zu Rhodry, und in diesem Augenblick schien er größer, beinahe bedrohlich. Sein Blick war kalt. »Möchtest du es wirklich wissen? Ich muß es dir sagen, wenn du fragst, aber die Frage ist bereits eine unangenehme Sache und der Beginn einer langen, langen Straße.«

Ganz plötzlich hatte Rhodry Angst. Er wußte vage, daß er kurz davor stand, ein schreckliches Geheimnis aus seinem Käfig zu lassen wie ein wildes Tier – ein Wissen, das die wenigen Fetzen, die ihm von seinem alten Leben geblieben waren, vollkommen zerreißen würde. Er hatte zu viele geheime Orte dieser Welt gesehen und zu viele verbotene Grenzen überschritten, um noch mehr aufs Spiel zu setzen.

»Wenn ich es nicht wissen soll, dann behalte deine Geheimnisse. Das wäre ohnehin eine widerwärtige Art, dir zu danken, indem ich dir Dinge entlocke, die du mir nicht sagen sollst.«

Aderyn seufzte ehrlich erleichtert und sah wieder wie er selbst aus. Rhodry fiel erst später auf, daß der alte Mann vermutlich ebenso verängstigt gewesen war wie er.

Dieser Tag stellte den Wendepunkt dar, als wäre Angst die einzige Medizin, die stark genug gewesen war, um Rhodrys Scham zu vertreiben. An diesem Abend verließ er Aderyns Zelt und ging hinüber zu Calonderiel, wo Jill wohnte. Wie gewöhnlich hatte der Banadar eine kleine Gruppe von Elfen um sich versammelt, überwiegend junge Männer, die einen Schlauch Met herumreichten. Während Jill ein wenig nervös zusah, begrüßten alle Rhodry ohne weiteren Kommentar. Er setzte sich dazu, trank einen Schluck, wenn man ihm den Schlauch reichte, und lauschte den Geschichten von der Jagd und dem Sommergras. Als er ging, verabschiedeten sich alle lässig, und in dieser Nacht irrte er nur relativ kurze Zeit unter dem abnehmenden Mond umher. Am Morgen nahm er seinen Platz bei den Herden wieder ein, und niemand sagte ein falsches Wort zu ihm oder fragte ihn etwas.

An diesem Abend saß er zum Essen wieder bei Calonderiels Männern. Sie akzeptierten ihn so unbeschwert, daß ihm klar wurde, daß man ihn bereits für ein Mitglied des Kriegshaufens des Banadar hielt, einen anderen Schwertkämpfer, der dem einzigen Anführer unterstellt war, den das Volk kannte. Er war zufrieden mit diesem Platz und nahm ihn dankbar entgegen, und er war noch dankbarer, dies nie mit einem offiziellen Wort tun zu müssen. Einem anderen als dem Hochkönig Treue zu schwören, selbst dem ältesten Freund, den er auf der Welt noch hatte, wäre ihm schwergefallen. Nach dem Essen saßen sie draußen um ein Feuer und reichten den Metschlauch herum, bis Melandonatar eine Harfe herausholte und mit einem Lied begann. Als die anderen einfielen, hörte Rhodry zunächst nur zu. Die Musik umgab ihn – eine Melodie mit seltsamem Rhythmus in einer Molltonart, die zu komplizierten Harmonien anschwoll, während die Männer von einer uralten Schlacht sangen, einer verzweifelten Verteidigung der Tore von Rinbaladelan vor so langer Zeit. Das Ende machte alle so traurig, daß der Harfner sofort mit einem fröhlicheren Lied begann, einem einfachen Jagdlied. Dieses kannte Rhodry bereits, denn es war oft am Hof von Aberwyn gespielt worden, wenn welche vom Volk zu Besuch kamen, und ohne nachzudenken sang er mit, fügte seinen Tenor der Melodielinie hinzu und überließ die schwierigen Harmonien den anderen. Da dieses Lied auch eine derbe Seite hatte, lachten sie bald ebenso laut, wie sie sangen, und machten so viel Krach, daß Rhodry gar nicht hörte, daß jemand näher kam und sich hinter ihn gekniet hatte.

Plötzlich erscholl eine neue Stimme, ein geübter und schöner Tenor, rein wie eine Glocke auf jeder unbeschwerten Silbe. Als Rhodry eine freundliche Hand auf seiner Schulter spürte, drehte er sich um und sah in ein Gesicht, das ihn an das eigene erinnerte. Devaberiels Haar war hell wie Mondlicht, aber seine auf elfische Art geschlitzten Augen vom selben Kornblumenblau wie Rhodrys und die Linie seines Unterkiefers und seine Stirn und sein rasches, unbeschwertes Lächeln waren Rhodry so vertraut wie sein eigenes Spiegelbild. Rhodry hörte auf zu singen und spürte, daß ihm Tränen die Kehle zuschnürten. Devaberiel legte ihm einen Arm um die Schulter und zog ihn näher. Langsam verklang die Musik, und alle im Kreis sahen die beiden an.

»Banadar?« rief Devaberiel. »Gibt es irgend jemanden hier, der so blind ist, nicht zu sehen, daß das hier mein Sohn ist?«

»Das bezweifle ich«, meinte Calonderiel grinsend. »Ich finde jedenfalls, es läßt sich nicht leugnen.«

»Dann beanspruche ich ihn gegenüber dieser Versammlung und stelle ihn euch gleichzeitig vor.«

Nun weinte Rhodry wirklich und fragte sich noch während des Weinens, warum. Die Männer standen auf und jubelten; Frauen kamen mit neuen Metschläuchen; verschlafene Kinder krochen aus den Zelten, um sich dem Fest anzuschließen. Mitten in diesem Aufruhr war es unmöglich, sein eigenes Wort zu verstehen. Rhodry sah Salamander neben Jill im Schatten stehen, und sein Bruder hüpfte vor Aufregung auf und ab, während das Wildvolk die beiden umschwärmte wie Bienen einen Bienenstock. Als Rhodry auf sie zuging, drehte Jill sich allerdings um und ging davon. Obwohl er nichts anderes erwartet hatte, traf ihn ihre Kälte dennoch bis ins Herz.

»Nun, ich habe unseren verehrten Vater endlich erwischt«, sagte Salamander. »Und ihn hierhergezerrt, wie ich es versprochen habe.«

»Ich war zufällig ohnehin auf dem Weg«, erklärte Devaberiel. »Aber das ist gleich. Ich sehe, daß du diesen elenden Ring trägst, jüngerer Sohn. Hat schon irgendwer herausgefunden, was er zu bedeuten hat?«

»Jill möchte mit dir darüber sprechen, Vater«, warf Salamander ein. »Aber das könnt ihr morgen tun. Heute wollen wir feiern, und sieh, der Mond hat sich bereits erhoben, um sich unserem Fest anzuschließen!«

Es dauerte noch zwei Tage, bevor Rhodry eine Gelegenheit erhielt, mit Jill zu sprechen. Er saß, noch vom Kater geplagt, in Aderyns stillem Zelt, als sie mit ein paar Satteltaschen hereinkam. Er sprach deverrianisch mit ihr, einfach, weil sie so sehr Teil seiner Jugend und seiner Vergangenheit war.

»Es sieht aus, als würdest du uns verlassen. Wann?«

»Morgen früh.«

»Jill, ich wünschte, du würdest ein wenig bei mir bleiben.«

»Das kann ich nicht. Das habe ich dir oft genug gesagt. Wir gehören nicht zusammen.«

»Ich verstehe es einfach nicht.«

»Das stimmt. Du verstehst es nicht.« Sie stand auf und ging zur Zeltöffnung, wo sie stehenblieb und den Geräuschen des Lagers lauschte. »Und wenn du es nun wirklich nicht verstehen kannst, dann laß es um der Liebe aller Götter willen sein!«

Einen Augenblick hätte Rhodry sie am liebsten erwürgt; dann wollte er weinen, aber schließlich seufzte er, kniete nieder und warf ein, zwei Zweige ins Feuer.

»Und wohin gehst du?« fragte er.

»Nach Bardek.«

»Bardek?«

»Genau.« Sie kam zurück und kniete sich ans Feuer. »Ich habe gerade noch Zeit, nach Aberwyn zu gehen und ein Schiff zu finden, bevor die Jahreszeit dafür zu Ende ist.«

»Und wieso willst du nach Bardek, oder geht das auch über meinen jämmerlichen Verstand hinaus?«

»Du kannst immer noch ein mürrischer Bastard sein, wenn du willst. Hör zu, du hattest bereits genug Ärger wegen einer Frau, die du nicht haben solltest. Warum …«

»Ach, halt den Mund! Du hast wirklich eine spitze Zunge!«

»Die nichtsdestoweniger die Wahrheit spricht. Also gut, ich will mehr über diesen Rosenring herausfinden. Oder es zumindest versuchen.«

Automatisch warf er einen Blick auf den silbernen Ring am Mittelfinger seiner rechten Hand.

»Um genauer zu sein, über diese eingravierte Schrift«, fuhr Jill fort. »Gib ihn mir einen Moment, ja?«

»Ich weiß nicht, wieso du glaubst, daß es ein Wort von den Inseln sein soll, das hier auf elfisch geschrieben worden ist. Aber da hast du ihn.«

»Ich habe nie gesagt, daß ich es für Bardekianisch halte.« Sie hob den Ring und hielt ihn ein wenig schräg, damit Licht vom Feuer auf die Inschrift fiel. »Weißt du noch, als du Sklave auf den Inseln warst? In diesem Haus der reichen Frau – ich kann mich nicht mehr an ihren Namen erinnern, aber ich erinnere mich, was du über ihre Sänftenträger gesagt hast. Erinnerst du dich an sie, diese Männer mit diesen seltsamen gelben Augen, und daß du sicher warst, daß sie das Wildvolk sahen?«

»Bei den Göttern, ja! Ich habe mich gefragt, ob sie elfisches Blut haben.«

»Das tue ich immer noch. Ich habe mit deinem Vater über die alten Tage gesprochen. Nach der Verbrennung flohen die Elfen in alle Richtungen. Wir wissen, daß sie Schiffe hatten. Rinbaladelan – vergiß nicht, es war ein Hafen – hielt über ein Jahr stand, also hatten sie Zeit genug, ihre Schätze zu packen und ins Exil zu gehen. Deine Urahnen – jene, die nach Westen flohen – waren Bauern; sie hatten weder die Zeit noch die Absicht, Bücher und Schriftrollen mitzunehmen, als sie flohen. Aber Rinbaladelan war eine Stadt der Wissenschaft und Künste, und man kann Bücher auf einem Schiff erheblich einfacher mitnehmen als in einer Satteltasche.«

»Und du glaubst, daß nach all dieser Zeit noch einige dieser Bücher erhalten sind?«

»Nicht, wenn sie in der Zwischenzeit nicht mehrmals kopiert wurden – nein, nicht in den Urwäldern der südlichen Inseln mit ihrer feuchten Luft und dem Schimmel. Aber was, wenn einige vom Volk dort Zuflucht gefunden und eine Stadt gebaut haben, und was, wenn sie das alte Wissen am Leben erhalten haben?«

Rhodry setzte sich auf die Hacken und starrte in die Flammen. Es kam ihm so vor, als sähe er goldene Türme, die sich im Feuer erhoben, und das Schimmern gewaltiger Paläste.

»Jill, laß mich mit dir gehen.«

»Ihr Götter, du bist so störrisch wie ein Terrier mit einer toten Ratte im Maul! Ich habe nein gesagt, und dabei bleibe ich. Du gehörst hierher. Ich weiß nicht, warum, aber so ist es.«

»Ach ja? Und ich nehme an, ich soll einfach hier sitzen und warten, bis du wiederkommst! Ich will verflucht sein, wenn ich das tue!«

»Du wirst vielleicht wirklich verflucht, wenn du es nicht tust.« Dann grinste sie ihn plötzlich an. »Wenn du dich mit Zauberern abgibst, solltest du lieber aufpassen, was du sagst. Aber ehrlich, ich bezweifle, daß das eine Rolle spielt. Geh, wohin du willst, Rhodry ap Devaberiel, aber der Dweomer wird dich einholen, wenn er dich braucht.«

Er versuchte, sich eine kluge Entgegnung einfallen zu lassen. Es gab keine. Wieder hielt sie den Ring ins Licht, und er blitzte auf und entsandte einen Lichtstrahl in den Schatten.

»Es muß ein Name sein«, sagte sie schließlich.

»Was?«

»Diese Schrift, du Dummkopf! Wenn es ein gewöhnliches Wort wäre, müßte jemand es übersetzen können. Dein Vater und dein Bruder haben alle Weisen in zwei Königreichen gefragt. Irgend jemand hätte es erkennen müssen. Aber ein Name – jeder kann sich nennen, wie er will, besonders wenn er weder elfisch noch menschlich ist.« Sie betrachtete die Schrift stirnrunzelnd, dann las sie sie laut vor. »Arr-soss-ah-sodd-ih-lorr-ess-oh-ahs.« Sie hielt inne, dann sprach sie es noch einmal mit einer seltsam angespannten Stimme aus, beinahe mit einem Knurren, das durch das ganze Zelt zu vibrieren und sich zu den Enden der Welt auszubreiten schien. »Arzosah Sothy Lorezohaz!«

Weit, weit im Norden, auf einem Felsensims in einem Gebirge, das kein menschliches Auge je erblickt hatte, regte sich ein schlafender Drache und wimmerte in einem plötzlichen Alptraum.

Anhänge

INKARNATIONEN DER PERSONEN IN DER DEVERRY-REIHE

(Jede Spalte steht für eine Seele, jede Reihe für eine Geschichte)

643	Brangwen	Blaern	Gerraent	Madoc	Rhodda	Ysolla		Graltion
696/698	Lyssa	Gweran	Tanyc	***	Cabrylla	Cadda		Nevyn
718/720	***	***	Cinvan	Addryc	***	***		Nevyn
773	Gweniver	Ricyn	Dannyn	Glyn	Dolyan	Macla	Dagwyn	Nevyn
835	Branoic	Maddyn	Owaen	Caradoc	***	Clwna	Aethan	Nevyn
918	***	Maer	Danry	***	***	Braedda	Leomyr	Nevyn
980	***	Meddry	***	***	***	***	***	Nevyn
1052/1063	Jill	Rhodry	Cullyn	Blaern	Lovyan	Seryan	Gwin	Nevyn

GLOSSAR

Aber (deverrianisch) – Flußmündung, Delta.

Ätherische Ebene – Die Existenzebene direkt »oberhalb« der physischen. Mit ihren magnetischen Strömungen hält die *Ätherische Ebene* die Materie in einem unsichtbaren Muster und ist die wahre Quelle dessen, was wir »Leben« nennen.

Ätherischer Doppelgänger – Das wahre Wesen einer Person, die elektromagnetische Struktur, die den Körper zusammenhält, der eigentliche Sitz des Bewußtseins.

Alar (elfisch) – Eine Gruppe von Elfen, blutsverwandt oder nicht, die sich entschieden haben, einige Zeit zusammen zu reisen.

Alardan (elf.) – Treffen mehrerer Alarli; im allgemeinen Anlaß für eine Feier mit viel Alkohol.

Annwn (walisisch, wörtlich: nirgends) – Der Name der Welt, in welche die Deverrianer auswanderten.

Astralebene – Die Existenzebene direkt »oberhalb« oder »innerhalb« der *Ätherischen Ebene*. In anderen magischen Systemen wird die Astralebene oft der Akashische Bereich oder das Schatzhaus der Bilder genannt.

Aura – Das Feld elektromagnetischer Energie, das von jedem lebenden Wesen ausgeht und es durchdringt.

Aver (dev.) – Fluß.

Bara (elf.) – Ein Enklitikon in einem elfischen Kompositum, das anzeigt, daß das voranstehende Bestimmungswort der Name des Stammwortes ist, das dem Enklitikon folgt, wie bei Can+bara+melim: Rauher Fluß (Rauh+Enklitikon+Fluß).

Bel (dev.) – Der wichtigste Gott des deverrianischen Pantheons.

Bel (elf.) – Ein Enklitikon, dessen Funktion ähnlich ist wie die des Enklitikons *Bara*. Es zeigt an, daß das voranstehende Verb der Name des folgenden Stammwortes ist, wie in Darabeldal: Fließender See.

Blaues Licht – Ein weiterer Name für die *Ätherische Ebene*.

Brigga (dev.) – Weite Wollhose, die von Jungen und Männern getragen wird.

Broch (dev.) – Ein niedriger Turm, der als Wohnhaus dient. Früher hatten diese Türme eine einzige große Feuerstelle mitten im Erdgeschoß und eine Anzahl kleiner Räume oder Nischen an den Seiten, aber zur Zeit unserer Erzählung hat dieser alte Stil bereits mehreren Stockwerken mit Feuerstellen und Kaminen an zwei Seiten des Gebäudes Platz gemacht.

Cadvridoc (dev.) – Heerführer. Der Cadvridoc ist kein General im modernen Sinn, und es wird erwartet, daß er sich mit den Adligen, die mit ihm reiten, berät, aber er hat das Recht, die endgültigen Entscheidungen zu treffen.

Conaber (elf.) – Ein Musikinstrument, ähnlich der Panflöte, aber von geringerem Umfang.

Cwm (dev.) – Tal.

Dal (elf.) – See.

Dun (dev.) – Festung.

Dweomer (Übersetzung des deverrianischen *Dwunddaevad)* – Strenggenommen ein magisches System, das der persönlichen Erbauung durch Harmonie mit dem Universum in all seinen Ebenen und Manifestationen dient; im allgemeinen Sinn Magie, Zauberei.

Elcyion Goecl (dev.) – Das Wildvolk.

Elcyion Lacar (dev.) – Die Elfen; wörtlich: »strahlende Geister«.

Fola (elf.) – Enklitikon in einem Kompositum, das anzeigt daß das voranstehende Nomen der Name des folgenden Stammwortes ist, wie in Corafolamelim: Eulenfluß.

Gedankenform – Das Bild einer dreidimensionalen Gestalt, die entweder aus ätherischer oder astraler Substanz besteht und von einem geübten Denker geschaffen werden kann. Wenn genügend fähige Leute gemeinsam an derselben Gedankenform arbeiten, kann diese – abhängig von dem Ausmaß der verwendeten Energie – einige Zeit unabhängig bestehen (dieser Prozeß der Zuführung von Energie ist als Beseelen bekannt). Manifestationen von Göttern und Heiligen sind für gewöhnlich solche Gedankenformen, die sehr intuitive Wesen wie Kinder oder solche, die mit dem Zweiten Gesicht begabt sind, wahrnehmen können. Es ist auch möglich, daß eine große Anzahl ungeübter Denker unklare Formen hervorbringt, die dann vielleicht als UFOs oder Erscheinungen des Teufels wahrgenommen werden.

Geis – Tabu, für gewöhnlich ein Verbot, etwas zu tun. Ein Geis zu brechen führt zu Unreinheit und setzt den Schuldigen der Mißbilligung, wenn nicht gar der Feindschaft der Götter aus. In Gesellschaften, die wirklich an Geis glauben, stirbt eine Person, die es bricht, meistens sehr schnell, entweder an Depressionen oder einem selbstverursachten »Unfall«, es sei denn, er oder sie leistet rituelle Genugtuung.

Geister – Lebende, aber körperlose Wesen, die zu den diversen nichtphysischen Ebenen des Universums gehören. Nur die Elementargeister wie das Wildvolk (Übersetzung des dev. *Elcyion Goecl*) können sich direkt auf der physischen Ebene manifestieren. Alle anderen benötigen ein Werkzeug wie einen Edelstein, den Rauch von Räucherwerk oder den Magnetismus von frisch geschnittenen Pflanzen oder vergossenem Blut.

Gerthddyn (dev.) – Wörtlich ein Musiker, ein wandernder

Sänger und Unterhalter von erheblich niedrigerem Rang als ein echter Barde.

Große – Geister, einstmals Menschen, die aber nicht reinkarniert sind und sich nun auf einer unglaublich hohen Existenzebene befinden. Sie haben sich der Erleuchtung aller fühlenden Wesen verschrieben. Den Buddhisten sind sie als Boddhisattvas bekannt.

Gwerbret (dev.) – Der höchste Adelsrang unterhalb der Königlichen Familie. Gwerbrets (dev. *Gwerbretion)* sind die obersten Gerichtsherren ihrer Bereiche, und selbst Könige stoßen nur ungern ihre Entscheidungen um, weil sie über viele, aus alter Zeit hergebrachte Vorrechte verfügen.

Hauptmann (Übersetzung des deverrianischen *pendaely)* – Der Mann, der – unter dem Befehl des Lords – einen Kriegshaufen anführt. Es ist interessant, daß das Wort *taley* (die Wurzel oder unveränderte Form von *-daley)* je nach Kontext entweder einen Kriegshaufen oder eine Familie bezeichnen kann.

Hiraedd (dev.) – Eine besondere keltische Form der Depression; eine tiefe, quälende Sehnsucht nach etwas, was man nicht haben kann (daher auch im besonderen: ausgeprägtes Heimweh).

Lichtkörper – Eine künstliche Gedankengestalt, die ein Dweomermeister schafft und die ihm oder ihr erlaubt, die inneren Existenzebenen zu durchwandern.

Lwdd (dev.) – Blutpreis; anders als das Wergeld ist Lwdd nicht gesetzlich festgelegt, man kann also darüber verhandeln.

Malover (dev.) – Förmliches Gerichtsverfahren, bei dem sowohl Belpriester als auch ein Gwerbret oder ein Tieryn anwesend sind.

Melim (elf.) – Fluß.

Mor (dev.) – Meer.

Pan (elf.) – Ein Enklitikon wie *Fola.* Es zeigt an, daß das voranstehende Nomen im Plural steht, ebenso wie das folgende Stammwort, wie in Corapanmelim: Flüsse der vielen Eulen. Man darf dabei nicht vergessen, daß das Elfische den Plural immer durch Hinzufügen eines halb unabhängigen Morphems anzeigt und daß sich diese Halbunabhängigkeit in den diversen syntaxtragenden Enklitika niederschlägt.

Pecl (dev.) – Weit entfernt.

Rahn (dev.) – Politische Region, daher Gwerbretrhyn, Tierynrhyn: das Land, das von einem bestimmten Gwerbret oder Tieryn beherrscht wird.

Speer (Übersetzung des dev. *Picecl)* – Da die fragliche Waffe nur drei Fuß lang ist, könnte man sie auch als »Kriegs-Wurfpfeil« bezeichnen. Man darf sich diese Speere nicht wie die langen Waffen vorstellen, die heutzutage bei den Olympischen Spielen verwendet werden.

Taer (dev.) – Land.

Tieryn (dev.) – Mittlerer Adel, unterhalb der Gwerbrets, aber ranghöher als ein einfacher Lord (dev. *Arcloedd)*.

Wyrd (Übersetzung des dev. *Tingedd)* – Schicksal; die unausweichlichen Probleme, die auch Inkarnationen überdauern können.

Ynis (dev.) – Insel.

EXCALIBUR – fremde Welten voller Magie und ungekannter Gefahren, grandiose Epen von Mythen und Wundern, übermenschlichen Schicksalen und der erlösenden Kraft der Liebe.

(70109)

(70108)

(70100)

(70105)

(70110)

(70121)